Imagens da Imparcialidade entre o Discurso Constitucional e a Prática Judicial

Imagens da Imparcialidade entre o Discurso Constitucional e a Prática Judicial

2017

Alexandre Douglas Zaidan de Carvalho

IMAGENS DA IMPARCIALIDADE
ENTRE O DISCURSO CONSTITUCIONAL E A PRÁTICA JUDICIAL
© Almedina, 2017
Autor: Alexandre Douglas Zaidan de Carvalho
DIAGRAMAÇÃO: Almedina
DESIGN DE CAPA: FBA
ISBN: 978-858-49-3247-4

Dados Internacionais de Catalogação na Publicação (CIP)
(Câmara Brasileira do Livro, SP, Brasil)

Carvalho, Alexandre Douglas Zaidan de
Imagens da imparcialidade entre o discurso
constitucional e a prática judicial / Alexandre
Douglas Zaidan de Carvalho. -- São Paulo : Almedina,
2017.

Bibliografia
ISBN 978-85-8493-247-4

1. Brasil. Supremo Tribunal Federal
2. Constitucionalismo 3. Direito constitucional
4. Imparcialidade (Direito) 5. Juízes - Decisões –
Brasil I. Título.

17-09376   CDU-342 (81)

Índices para catálogo sistemático:

1. Brasil : Direito constitucional 342 (81)

Este livro segue as regras do novo Acordo Ortográfico da Língua Portuguesa (1990).

Todos os direitos reservados. Nenhuma parte deste livro, protegido por copyright, pode ser reproduzida, armazenada ou transmitida de alguma forma ou por algum meio, seja eletrônico ou mecânico, inclusive fotocópia, gravação ou qualquer sistema de armazenagem de informações, sem a permissão expressa e por escrito da editora.

Outubro, 2017

EDITORA: Almedina Brasil
Rua José Maria Lisboa, 860, Conj.131 e 132, Jardim Paulista | 01423-001 São Paulo | Brasil
editora@almedina.com.br
www.almedina.com.br

Para Elisabete, Alda e Dirlene, por tudo que só elas sabem.

"Hoje é impossível dizer ao certo por que se castiga: todos os conceitos em que um processo inteiro se condensa semioticamente se subtraem à definição; definível é apenas aquilo que não tem história".

Nietzsche, Friedrich.
Genealogia da Moral, 1877.

"– Vejo por aí que vosmecê condena toda e qualquer aplicação de processos modernos.

– Entendamo-nos. Condeno a aplicação, louvo a denominação. O mesmo direi de toda a recente terminologia científica; deves decorá-la. Conquanto o rasgo peculiar do medalhão seja uma certa atitude de deus Término, e as ciências sejam obra do movimento humano, como tens de ser medalhão mais tarde, convém tomar as armas do teu tempo".

Machado de Assis.
Teoria do Medalhão, 1881.

AGRADECIMENTOS

A alegria de chegar ao fechamento deste ciclo é acompanhada da oportunidade de resgatar uma série de boas lembranças sobre o que ele representa. Escrever palavras de gratidão após a experiência dos quatro anos de uma pesquisa intensa inaugura uma cadeia interminável de vínculos com o passado. Reatá-los em poucos parágrafos é tarefa impossível. Mas esta impossibilidade não me exonera de manifestar a gratidão a tantas pessoas que mais diretamente contribuíram para a realização do trabalho.

Sem o apoio da minha amada companheira e esposa, Dirlene Pires, o desejo de realizar a pesquisa de que deriva este livro não passaria de um projeto. A compreensão que ela demonstrou em relação à minha ausência em tantos momentos e, em especial, no período de afastamento só reafirma que o nosso amor se fortalece após períodos difíceis.

À minha família, cujo apoio foi central em todos os momentos do desenvolvimento do trabalho. O amor, a paciência, a coragem e a perseverança de minha mãe, Elisabete Zaidan, e minha tia, Alda Zaidan, foram os estímulos mais significativos de toda a minha aventura no direito. Sem elas todo um universo de possibilidades sequer teria surgido. Este trabalho também é devedor da ajuda incondicional do meu tio, Michel Zaidan Filho, professor por vocação, crítico por engajamento e acadêmico que dá à expressão gramsciana de 'intelectual orgânico' a densidade de sentido num grau que eu não conheço em nenhum outro. Agradeço também à minha querida avó Elisabete, cuja presença é sempre especial entre nós. À minha irmã Sara Carvalho, Rumão Resende, Reginaldo Gregório e Divamise Pires sou igualmente grato pelo apoio.

Ao amigo, professor e orientador Alexandre Araújo Costa, por me ajudar a compreender as perguntas adequadas para as minhas próprias dúvidas. Pela paciência e disponibilidade com que se propõe ao diálogo. E especialmente por fazer da sua vivência acadêmica um espaço singular da reflexão séria com a leveza de quem convida a pensar junto. Agradeço também ao grupo de pesquisa em política e direito da Faculdade de Direito da Universidade de Brasília, por ter me proporcionado a alegria de conhecer pessoas incríveis, sem as quais minha identificação com a universidade e seus projetos além-muros de construção coletiva do conhecimento dificilmente teria ocorrido. Ao amigo Felipe Farias eu agradeço pela cuidadosa revisão do texto.

Aos professores, servidores e amigos que fiz na Faculdade de Direito da UnB, lugar no qual encontrei o principal motivo para permanecer em Brasília mesmo com saudades de Pernambuco. Registro aqui o meu agradecimento ao professor Marcelo Neves, cuja admirável obra e incansável dedicação acadêmica constituem exemplo para todos os que ingressam no mundo da pesquisa em direito, e não só. Ao professor Juliano Zaiden Benvindo, pelo ininterrupto comprometimento com a qualidade do ensino e da pesquisa realizada na Faculdade. Pela atenção, nas aulas e fora delas, agradeço aos professores Cristiano Paixão, Cláudia Roesler, Miroslav Milovic, Cláudio Ladeira e Argemiro Martins. Sou grato também a Euzilene, Jaqueline e Lionete, da secretaria da Pós-Graduação, pela permanente disposição em ajudar.

À minha supervisora de estágio doutoral Aida Torres Pérez, pelas discussões sobre a distinção que a noção de imparcialidade adquire na jurisdição do Tribunal Constitucional em relação aos demais órgãos judiciais, alertando para os efeitos institucionais dessa diferença. Serei eternamente grato pela atenção com que ela e os demais integrantes do departamento de direito da Universitat Pompeu Fabra me receberam durante o período de pesquisa sanduíche. Também a Víctor Ferreres Comella e Alejandro Saiz Arnaiz pelas aulas, pelo câmbio de ideias sobre a abrangência dos problemas de articulação entre imparcialidade e independência judicial em outras esferas, mas também pela oportunidade de apresentar um seminário naquela universidade durante o período em que estive como pesquisador visitante. Pela gentileza da entrevista sobre um dos casos discutidos na tese, agradeço a Pablo Pérez Tremps.

AGRADECIMENTOS

A vários amigos e interlocutores este trabalho também possui considerável dívida de gratidão. Um projeto específico (o blog *crítica constitucional*) desenvolvido durante o curso me aproximou mais de alguns colegas. Foram eles: Gilberto Guerra Pedrosa, com quem tenho discutido e aprendido muito nos últimos anos, Maurício Palma, Fábio Almeida, Pablo Holmes e Carina Calabria, excelentes acadêmicos e críticos das práticas institucionais na política e no direito. Sou grato também a Laís Maranhão, Gladstone Leonel, Fabíola Araújo, Luciana Fernandes Coelho, Eduardo Gonçalves Rocha, Isaac Reis, Flávia Santiago Lima, Bruno Galindo e Alexandre da Maia, que me apresentou a Luhmann e Koselleck durante o mestrado. Também aos bons amigos de Recife que sempre me acompanham, ainda que à distância.

Pelos debates sobre os meandros da teoria dos sistemas e o modo de incorporá-las às discussões dos nossos projetos, agradeço a Wellington Migliari que, ao lado das abstrações sobre a regulação jurídica da propriedade, mantém-se na luta política contra os *desahucios* na Catalunha e pelo direito à moradia em São Paulo.

O estágio de doutorado na UPF permitiu a possibilidade de conhecer os amigos Gustavo Zavala, Ana María Henao, Jorge Ernesto Roa, Patrícia Alvarado, Omar Sánchez, Jesus Becerra e Bolívar Portugal. A todos eu agradeço por fazer de Barcelona uma cidade ainda mais agradável desde a criação da *banda del poblenou*, sem a qual alguns espaços acadêmicos e gastronômicos locais não seriam conhecidos.

Registro o meu agradecimento aos bibliotecários das Universidades de Brasília e Pompeu Fabra. Sou grato ainda às pessoas cujo nome esqueci, mas que facilitaram o meu acesso aos acervos das Faculdades de Direito do Recife e da USP, e também aos funcionários da Bilioteca Nacional, do Tribunal de Justiça do Rio de Janeiro, do STF e da Escola da Advocacia-Geral da União, onde foi possível localizar a maioria das obras sobre o Judiciário publicadas antes de 1988 utilizadas na pesquisa.

Por fim, devo agradecer também a duas instituições pelo apoio sem o qual o trabalho não poderia ter sido realizado do modo planejado. São elas, a Advocacia-Geral da União, que integro há onze anos e possibilitou o meu afastamento temporário, e a Coordenação de Aperfeiçoamento de Pessoal de Nível Superior/CAPES pela concessão da bolsa de pesquisa do doutorado sanduíche (processo BEX 14818/13-2).

NOTA DO AUTOR

A velocidade da escrita e da leitura constitui um elo entre autor e leitor. Para quem escreve, cada palavra é pensada no ritmo estabelecido pela cadência do argumento, pelo tom da ideia em construção. Para quem lê, a celeridade entre frases e parágrafos é medida pela disposição e interesse em compreender o que diz o texto. O tempo é o espaço de diálogo entre autor e leitor.

Se tomada como metáfora a afirmação de Benjamin de que os *romances existem para serem devorados*, acredito ser correto dizer que as teses existem para serem escritas lentamente. Os distintos modos de leitura e escrita encontram no trabalho acadêmico um elemento constitutivo comum: o método. No entanto, com razão, os leitores esperam que suportar o peso do método seja tarefa exclusiva do autor. Afinal, escrever é um risco, como é arriscada toda escolha. Assim como se lançar no mundo da pesquisa é necessariamente expor-se à crítica, é dever de quem escreve tornar a leve a leitura, assumindo o ônus da escolha das palavras que melhor expressam o que há de ser dito.

O livro que o leitor tem em mãos é o resultado de uma pesquisa mobilizada pelo estranhamento sobre o modelo predominante de justificação da atividade de juízes e tribunais no julgamento de temas políticos. A escolha de investigar o tema da imparcialidade entre os discursos e as práticas judiciais, com destaque para a experiência do Supremo Tribunal Federal, resulta da percepção de uma situação paradoxal: *como* uma categoria-chave de legitimação do *direito* na modernidade, que exige equidistância de inclinações subjetivas ou paixões, mantém a centralidade na produção do sentido da autoridade de respostas *políticas*, que essencialmente se fundam na tomada de posição, lado ou parte de uma disputa.

Os contornos desse paradoxo que está na base da justificativa do poder de fazer escolhas políticas sob a linguagem do direito, como verá o leitor nas páginas que se seguem, constituem a dimensão conflitiva e contingente que tornam possível o reconhecimento do papel relevante de juízes e tribunais. Sabemos que o estabelecimento das tensões entre a política e o direito no texto da Constituição não encerram os dissensos em torno dos projetos de vida boa, mas pouco avançamos na compreensão de *como* as autoridades judiciais decidem quais projetos são válidos. Trata-se de analisar de que maneira o uso das categorias do direito no embate político reforça o próprio campo judicial.

A afirmação do poder de dizer o direito sobre questões políticas quando o jurídico e o político são encarados de modo paradoxal, como no constitucionalismo, busca solução na articulação de uma *imagem*. É nela que os elementos míticos, simbólicos e alegóricos se abrigam, absorvendo expectativas, riscos e interesses. As mais diversas formas de expressão individuais ou coletivas têm na projeção de sua *imagem* a perspectiva de reconhecimento social e legitimação política. É aqui que o leitor se coloca diante da questão sugerida no título do livro: *qual é a imagem da imparcialidade?* Essa é uma pergunta que pode ser encarada pelo leitor como uma provocação retórica. Mas ela não se resume a isso.

Por um lado, essa *imagem* se apresenta como um reflexo, na forma de um espelho, de uma *comunidade de sentido*, a que fazem referência as convenções em torno da linguagem do direito. Novamente com Benjamin, em *Da morte de um velho*, pode-se dizer estaríamos diante da imagem de um pensamento. Ou seja, da representação de um *diálogo que se mantém completamente afastado de todo e qualquer cálculo e de toda consideração exterior*[1]. Aqui, estamos diante do imaginário de um espaço desinteressado entre julgador e partes que é constitutivo de uma *imagem idealizada da imparcialidade*.

Por outro lado, como destaca John Berger, nós nunca olhamos somente para um objeto. Estamos sempre observando a relação entre o objeto e nós mesmos. E se nossa visão está sempre em contínua ativi-

---

[1] Benjamin, Walter. *Rua de mão única*. Obras escolhidas. Vol 2. São Paulo: Ed. Brasiliense, p. 268.

NOTA DO AUTOR

dade, os distintos olhares que se refletem sobre uma imagem constituem também aquilo que observamos. Como nota Berger, logo após ver nos tornamos conscientes de que igualmente podemos ser vistos, e percebemos que *o olho do outro se combina com o nosso olho para dar plena credibilidade ao fato de que formamos parte do mundo visível*[2]. Contudo, enganoso seria imaginar que essa combinação de olhares constitutivos das imagens e de nós mesmos são resultado de projeções harmônicas e homogeneizantes.

Antes disso, o aprendizado proporcionado pelo permanente esforço de observação é resultado de conflitos entre as visões sobre a imagem em disputa. Vemos aqui a presença de uma batalha em torno da *imagem da imparcialidade*, que se desloca de uma visão cristalizada de seu ideal típico para mover-se segundo um conjunto de projeções com efeitos práticos da afirmação de um tipo especial de poder. Um poder capaz de ocultar simbolicamente a própria disputa da qual ele fora vencedor para apresentá-la como solução técnica e objetiva extraída da razão desinteressada.

Foi a partir do confronto entre essas duas imagens do juízo imparcial no discurso jurídico que foi pensada e escrita a obra ora apresentada ao leitor. Ela buscar privilegiar uma leitura da disputa entre uma visão pragmática informada pela sociologia do direito e uma visão normativa apoiada na dogmática jurídica. O retrato da imparcialidade que essas distintas visões sobre o direito produz diz menos sobre o juízo imparcial em si do que sobre os elementos constitutivos das distintas compreensões do direito e do comportamento judicial.

Lançadas essas palavras que, parcialmente, explicam o título e o propósito da publicação, tem agora o livro um encontro com o seu melhor juiz, o leitor, a quem cabe o veredito sobre o êxito deste empreendimento.

[2] Berger, John. *Ways of seeing*. London: Penguin Books, 1972, p. 9.

APRESENTAÇÃO

É difícil pensar em um momento mais oportuno para o lançamento de uma obra que analisa a questão da imparcialidade dos juízes a partir de um estudo cuidadoso sobre o modo como o Supremo lida com as arguições de impedimento e suspeição. Essa circunstância confere uma especial relevância para a pesquisa de Douglas, que se torna uma referência fundamental a compreensão do fenômeno político-jurídico da (im) parcialidade dos ministros do STF, uma vez que o seu trabalho alia uma densa análise teórica a uma minuciosa investigação empírica.

Cabe ressaltar que a oportunidade dessa análise não é fruto do acaso, mas de uma sensibilidade do pesquisador para identificar um projeto de pesquisa dotado de efetiva relevância. Um dos erros básicos de um pesquisador da área jurídica é escolher um tema por ele estar alinhado com os debates políticos que ocupam os noticiários. Esse pode ser um bom critério para escrever posts modelados para viralizar nas redes sociais, em que circulam textos compartilhados milhares de vezes para uma leitura instantânea e esquecimento imediato. Tal foco na celebridade fugaz pode ser útil em alguns campos do jornalismo, mas ele não tem muito a contribuir para a pesquisa.

A atenção da opinião pública flutua a cada dia em uma dinâmica guiada pelo encantamento da novidade, mas o calor da notícia se esvai muito rápido para que valha a pena dedicar uma pesquisa. Se textos jornalísticos da semana passada já nos parecem muito velhos, que se dirá de uma pesquisa de doutorado.

Quando escolhemos um tema de pesquisa, nunca sabemos o contexto em que ela será terminada. Existe sempre um risco muito grande de selecionar um objeto que nos parece muito promissor, mas que perde sua relevância ao longo da pesquisa em virtude de alterações políticas, legislativas e sociais. Esse perigo pode ser minimizado pela escolha de temas clássicos, mas essa busca por segurança pode ser ilusória, conduzindo o pesquisador a realizar trabalhos sem originalidade e nem relevância social.

Escrevemos para o futuro, e por isso é mais importante escolher temas que acentuam linhas de tensão nos discursos e nas práticas jurídicas, que apontem problemas que são reais, mas que têm visibilidade limitada. Quando Douglas decidiu estudar as decisões de suspeição e impedimento, não havia qualquer apelo midiático sobre esse tema. Inobstante, ele percebeu com clareza que essa era uma questão fundamental para compreender o modo muito problemático como o STF têm lidado com a clássica noção de *imparcialidade judicial*. Assim, a oportuna publicação desta obra não é fruto do mero acaso, mas de uma escolha muito refletida, em chamar atenção sobre pontos que não estavam sob os holofotes, mas que mereceriam estar.

Creio que o ponto mais forte do trabalho é esclarecer que houve uma mudança estrutural no papel do judiciário ao longo do último século, sendo que os juízes (especialmente na Suprema Corte) passaram a tomar decisões acerca de conflitos políticos que os envolviam direta ou indiretamente. Quando os juízes julgavam as pessoas, a imparcialidade era uma garantia de impessoalidade, no sentido de que a isenção dos juízes não poderia ser prejudicada por qualquer relação com as partes julgadas.

Todavia, o exercício contemporâneo da jurisdição (especialmente do controle de constitucionalidade) envolve muitas possibilidades de um magistrado julgar escolhas políticas que envolvem suas próprias ideologias, que tratam de situações em que o magistrado já tinha atuado e que afetam os interesses dos atores políticos que têm ligação com os ministros do STF. No contexto desse tipo de controle, será que a antiga noção de *imparcialidade* continua sendo um bom guia? Será que as leituras atuais da *imparcialidade judicial* buscam ocultar a efetiva parcialidade da atuação judicial contemporânea?

Essas são questões sobre os discursos e as práticas judiciais efetivas, que não podem ser resolvidos senão por meio de uma análise empírica cuidadosa, que infelizmente ainda não é tão típica da pesquisa em direito. A pesquisa evidencia que o STF tem tratado das questões de *imparcialidade* a partir de discursos ligados à *independência judicial*, o que exige uma avaliação da congruência desses conceitos e dos sentidos políticos dessa aproximação.

Todas essas questões são tratadas de modo cuidadoso pela pesquisa de Douglas, que realiza muito bem o desafio indicado no seu título, analisando o modo como as referências à imparcialidade têm emergido nos discursos jurídicos e nas práticas judiciais. Tal como em seu livro anterior, acerca do *efeito vinculante*, Douglas faz uma leitura minuciosa dos discursos judiciais, contribuindo para que nós sejamos capazes de observar uma série de elementos e de tensões que passariam despercebidas por uma análise menos sutil. Nessa medida, ele realiza plenamente o papel da pesquisa em direito, que é nos ajudar a compreender melhor os fenômenos do direito, tendo especial sucesso em nos auxiliar a entender melhor as complexas interações que existem entre os discursos jurídicos e as efetivas práticas judiciais.

ALEXANDRE ARAÚJO COSTA

Professor da Faculdade de Direito da Universidade de Brasília (UnB). Credenciado nos programas de pós-graduação em Ciência Política e em Direito. Doutor, mestre e bacharel em Direito pela UnB. Coordenador do Grupo de Pesquisa em Política e Direito

SUMÁRIO

INTRODUÇÃO	23
Estrutura do livro	26
Entre querer e dever: problematizando a noção de imparcialidade	32

CAPÍTULO 1. IMPARCIALIDADE JUDICIAL: A HISTÓRIA DE UM CONCEITO — 41

1.1. O interesse contra a justiça: *nemo iudex in sua causa*	43
1.2. O trânsito da jurisdição entre a monarquia litúrgica e a monarquia legal	50
1.3. A modernidade do direito e a imparcialidade como dogma da atividade judicial	61
1.4. Imparcialidade judicial no constitucionalismo	68

CAPÍTULO 2. À PROCURA DE UMA IMAGEM: A CONSTRUÇÃO DA IMPARCIALIDADE JUDICIAL PELO DISCURSO CONSTITUCIONAL NO BRASIL — 75

2.1. Imparcialidade sem independência: os limites da função judicial no Império	80
2.2. A imparcialidade em fragmentos: a autonomia judicial entre o constitucionalismo liberal e o conservadorismo oligárquico na Primeira República	93
2.3. A era Vargas, o Estado corporativo e o associativismo da magistratura	115
2.4. Entre o dever da toga e o apoio à farda: independência judicial e imparcialidade no STF durante o regime militar	131

CAPÍTULO 3. DESENHANDO A PRÓPRIA IMAGEM: OS JUÍZES E OS JURISTAS NO DEBATE SOBRE O JUDICIÁRIO NA ASSEMBLEIA NACIONAL CONSTITUINTE (1987-1988)   155

3.1. O cenário pré-constituinte pelos juristas e o lugar do Judiciário na instalação da Assembleia Nacional Constituinte   157

3.2. O Poder Judiciário na constituinte: entre instituição e corporação   169

3.3. O Judiciário pelos juízes ou para os juízes?   172

3.4. Eles, os juízes, vistos de fora do Judiciário   181

3.5. O recurso à imparcialidade na constituinte e os deslocamentos da função judicial na Constituição de 1988   192

3.6. Imparcialidade à brasileira?   201

CAPÍTULO 4. MAPEANDO UMA IMAGEM: A IMPARCIALIDADE NOS JULGADOS DO STF   211

4.1. As arguições de impedimento e suspeição no Supremo Tribunal Federal   214

4.1.1. Arguições de Impedimento   220

4.1.2. Arguições de Suspeição   224

4.2. A imparcialidade diante dos conflitos de interesse   237

4.3. A imparcialidade em relação ao estatuto funcional da magistratura   247

4.4. Uma imagem sob distintos olhares: comparando o discurso judicial sobre a imparcialidade   258

4.4.1. O caso Pérez Tremps   259

4.4.2. O caso Eros Grau   272

4.5. Qual imparcialidade?   280

CAPÍTULO 5. A RECONSTITUIÇÃO DE UM MOSAICO: AS CONDIÇÕES DO JUÍZO IMPARCIAL   291

5.1. Imparcialidade como sentido: a contingência como condição de possibilidade do juízo imparcial   294

5.2. Abertura cognitiva e o processo de decisão   300

5.3. Dupla contingência, confiança e a imparcialidade reflexa   305

5.4. Função da imparcialidade judicial   318

5.5. Independência *versus* imparcialidade   327

Um quadro desfigurado: a seletiva imparcialidade judicial no Brasil   334

REFERÊNCIAS   339

Introdução

A pergunta que guia as reflexões desenvolvidas neste livro gira em torno de uma sensação incômoda sobre o modo de compreensão das decisões judiciais: por que mantemos a crença na existência da imparcialidade dos juízes?

Esse parece ser um incômodo amplamente compartilhado pelo senso comum[3]. Ao perguntarmos às pessoas dos mais variados contextos de origem, formação, língua, classe econômica, social ou cultural, a resposta é invariavelmente vacilante, incerta, duvidosa, ambígua, cética, sempre arriscada. Quando não são oferecidas respostas que a negam em forma de nova pergunta: "Ora, você sabe que imparcialidade não existe, então porque perguntas?". Ou que fazem analogia com suas próprias atividades: "por exemplo, como médico eu preciso manter uma esfera imparcial, que é ao mesmo tempo uma empatia e uma distância com o paciente para poder tratá-lo".

Então, o que poderia motivar uma investigação sobre um tema tão amplo e cercado de tantas variantes quanto o da imparcialidade? Um tema que, além do direito, pode ser apropriado por investigações de campos do conhecimento tão díspares como psicanálise, filosofia,

---

[3] Prevalece entre os juristas, mas não somente para eles, o dogma de que 'o juiz deve ser imparcial, porém não neutro, pois é um cidadão imerso na sociedade na qual vive e atua.' O problema dessa noção é que, em geral, quem a afirma costuma parar nesse ponto e o faz em resposta ao questionamento de uma atuação vista como 'ativista' ou 'estranha' de algum magistrado.

biologia-genética, linguagem (comunicação social), história, sociologia, ciência política e tantas outras relacionadas à capacidade humana de formular juízos morais. Definir sob que perspectiva pesquisar a imparcialidade judicial já impõe à própria escolha a condição de ser parcial. Escolher os contornos sobre os quais aquela pergunta incômoda será lida, confrontada e reescrita já põe em dificuldade qualquer pretensão de objetividade que uma descrição sobre a categoria de imparcialidade judicial possa guardar. Então, estabelecer os pontos de partida de uma análise sobre a imparcialidade é, necessariamente, ancorar-se sobre determinados pressupostos contingentes que, por sua vez, possibilitem visualizar as diversas contradições entre discursos e práticas judiciais.

Em primeiro lugar, o que impulsiona a pesquisa que subjaz este livro é o questionamento sobre quais as condições da formação de um juízo imparcial quando o sentido dessa expressão se sujeita a uma variável tão significativa de circunstâncias e exceções que lançam dúvidas sobre a utilidade de sua manutenção como categoria-chave na descrição sobre exercício do poder como autoridade. Em segundo, a percepção de que é justamente sob as lentes da ideia de imparcialidade como possibilidade entre o direito e a política, que a construção e a crítica à prática judicial parecem se refletir. Ora sob movimentos de forte tensão, ora sob particularidades que as aproximam, nem sempre produzindo o sentido esperado, mas provocando distinções nas formas de articulação entre os discursos político e jurídico.

Se eu pudesse fazer uma analogia geográfica com a finalidade de explicar como a ideia de imparcialidade se coloca entre o direito e a política, ela seria representada sob a imagem de uma linha de fronteira entre dois estados ou países[4]. De um lado, desde um olhar lançado sobre o mapa, a aparência é de que se trata da definição clara entre pátrias distintas, marcadas por sua própria soberania, cujo exercício se dá invariavelmente dentro dos limites de sua extensão territorial. Por outro, vista a partir daqueles que vivem na zona de fronteira e podem tomá-la como experiência cotidiana, certamente a construção iconográfica representada no mapa daria lugar a uma imagem mais dinâmica, incerta, passa-

---

[4] Como exemplo, a imagem que surge da letra de *Petrolina Juazeiro*, composta por Luiz Gonzaga, ao expressar a recordação da beleza das margens do São Francisco, na divisa entre Pernambuco e Bahia.

INTRODUÇÃO

geira. Uma imagem cujos contornos se confundem com o trânsito constante de um lado a outro, e onde a linha fronteiriça pode ser percebida apenas como um traço imaginário que produz efeitos práticos.

Mais do que isso, o traçado de uma fronteira pode se revelar como resultado de conquista militar, simbolizando a vitória de uma nação sobre outra ou de acordo político, em que a habilidade de negociação evita ou põe fim a um conflito armado. Em ambos os casos, a fronteira é vista como disputa[5]. Na guerra ou na diplomacia, ela torna-se motivo de regozijo para o vencedor e de desconforto para o perdedor, porém, sempre mantida sob vigilância mútua. Logo, compreender os contornos de uma linha de fronteira é olhar para a história do território e das narrativas de sua imagem pelo olhar de seus habitantes. Seguramente, os habitantes que vivem mais afastados da linha de fronteira guardam imagens mais bem definidas sobre as características de seu próprio *habitat*, língua e costumes em relação aos fronteiriços. Mas estes também terão suas próprias versões sobre o que ela representa. Serão versões constituídas a partir do antagonismo presente no contexto contingente no qual a fronteira foi erguida.

A fronteira, então, seria esse *locus* construído onde abrigam-se tanto a integração como o conflito. O conceito a partir do qual se pode definir semelhanças e distinções entre o que é interno e o externo. Contudo, sem o apoio de um ponto arquimediano tomado *a priori*, mas produzido pelas narrativas dos seus habitantes, cujas relações submetem as próprias descrições a permanentes ressignificações. Ao dividir estados, uma linha fronteiriça não divide apenas porções territoriais[6], mas cria uma

---

[5] A região da Alsácia, na fronteira entre França e Alemanha tem essa característica. Inicialmente habitada por Celtas, por volta de 1500 a.C, foi ocupada pelos romanos em 90 d.C, e depois por tribos germânicas com a queda do Império Romano. No século V foi incorporada ao domínio dos francos, até que o Reino Franco fosse dissolvido em 843, quando se tornou parte do Sacro Império Romano-Germânico, sob controle da dinastia dos Habsburgo da Áustria. Em seguida voltou a ser cedida à França após a Guerra dos trinta anos, em 1648. No final da Guerra Franco-Prussiana, em 1870, voltou ao domínio alemão até o término da Primeira Guerra Mundial, encerrada pelo Tratado de Versalhes, que em 1919 estabeleceu o seu retorno ao território francês. Durante a Segunda Guerra foi novamente anexada pela Alemanha, que devolveu o território aos franceses em 1944, após o bombardeio dos norte-americanos e a iminente derrota alemã. Cf. D'Aprix, Peter. Brief history of Alsace-Lorrain.

[6] Um exemplo de como as assimetrias refletidas na fronteira alcançam efeitos significativos para as relações sociais está no muro militarmente monitorado que divide a cidade

representação paradoxal entre metáfora e história. Enquanto metáfora, a fronteira é vista como recorte simbólico de uma identidade formada a partir de semelhanças (étnicas, linguísticas, culturais, religiosas, etc.), cuja pluralidade é reduzida para dar lugar à representação da unidade. Já como história, a fronteira é mais complexa e fragmentada, formada pelas particularidades que não se deixam absorver por inteiro pelo mosaico de semelhanças representado pela metáfora.

Tal como uma linha de fronteira, a ideia de imparcialidade é permeada pelas diversas ambiguidades do discurso jurídico que, no entanto, constrói uma autocompreensão homogeneizante para descrever a função decisória de juízes e tribunais como atividade imparcial. Esse discurso evidencia uma articulação teórica que enxerga na Constituição não o parâmetro de adequação de regras normativas, mas sim o critério de avaliação do justo ou íntegro. Uma operação que eleva a categoria de imparcialidade dos juízes a um uso político quase "divino", afastado da tensão que se põe entre a política e o direito.

Longe de sugerir que o objeto da tese seja (re)desenhar uma espécie de linha de fronteira entre política e direito, com a analogia feita acima quero deixar claras outras duas escolhas feitas neste trabalho: 1) a de analisar a imparcialidade judicial a partir do confronto entre a sua *imagem objetiva* usualmente incorporada no discurso dogmático e as descrições feitas pelos seus agentes – os juízes, em suas *decisões*; 2) buscar compreender *se* e *como* a ideia de imparcialidade judicial está inserida nas *disputas de poder*, e em que medida o direito *limita* ou *reforça* os usos políticos da atividade do Supremo Tribunal Federal em sede de jurisdição constitucional.

Estrutura do livro

A abordagem acolhida neste livro convida o leitor a concentrar a sua observação no modo pelo qual as referências explícitas e implícitas à *imparcialidade* ocorrem nos discursos contidos nas decisões do Supremo Tribunal Federal (STF). Lançar o olhar sobre o modo como a Corte se autodescreve muitas vezes nos mostrará um lugar vazio, tendo em vista

---

de Nogales, cuja parte norte encontra-se no Arizona e sul no estado mexicano de Sonora. Cf. Acemoglu & Robinson, 2012. Ou ainda na proposta do presidente norte-americano, Donald Trump, de construir um muro de 1.600 km na fronteira com o México.

INTRODUÇÃO

o fato descrito por Paul Ricoeur de que "a consciência de si é opaca a si mesma"[7]. Se a reflexividade é uma tônica nos discursos acadêmicos (que precisam deixar claro seus pressupostos teóricos, suas premissas metodológicas e seus engajamentos ideológicos), ela não é um elemento relevante dos discursos técnicos da burocracia judicial, que raramente coloca em questão a sua própria autoridade e os seus limites. Não obstante, a única forma que temos de perceber as noções de imparcialidade que permeiam a atuação do STF são intermediadas pela análise da sua atividade decisória.

Embora as instituições judiciais não tenham por hábito tematizar de modo explícito a sua própria atuação, há diversas situações que envolvem tomadas de decisão sobre os parâmetros de atuação das próprias Cortes. Isso ocorre especialmente nas decisões sobre exceções de suspeição e impedimento, casos em que as garantias de imparcialidade precisam ser tratadas, ao menos de forma implícita. Mas também ocorre em outras questões sensíveis, notadamente na definição judicial de direitos fundamentais, que envolvem debates acerca dos limites da competência do STF. Assim, é na linguagem articulada em suas decisões que buscaremos identificar as manifestações da Corte acerca de seu papel e de seus limites. Uma avaliação que pode ser distinta à configuração da separação de poderes previstas no texto constitucional, texto que paradoxalmente cabe a ela redefinir e resguardar.

Expor a maneira pela qual um tribunal descreve a si mesmo, enquanto decide casos envolvendo direitos fundamentais com relevante significado para a comunidade política, pode ainda ser o instrumento sob o qual se abre espaço para a diferença. Nesse sentido, a crítica de Iris Marion Young[8] ao ideal de imparcialidade promovido por teorias da justiça de fundo moral, cujo foco sobre a dicotomia entre "egoísmo e imparcialidade" seria inadequado. Checar o grau de abertura à diferença que o espaço das Cortes está disposto conceder é, então, levar a sério a limitação que as democracias constitucionais se auto-impõem e observar como os agentes de uma de suas instituições, os juízes, compreendem e exercitam eles próprios essa autolimitação.

---

[7] Cf. Ricoeur, 1991, p. 7.
[8] Cf. Young, 1990, p. 106.

Importa destacar que a forma de descrever a imparcialidade aqui não esconde o seu caráter paradoxal. Se assume como premissa o fato de que os motivos psíquicos ou a consciência dos julgadores são elementos prescindíveis para legitimar as decisões judiciais numa democracia constitucional, por outro não deixa de destacar que, tratando-se de imparcialidade, é a própria autodescrição do sistema jurídico que reintroduz o problema da consciência[9], como forma de manter as expectativas em uma decisão produzida de acordo com o direito. Assim, analisar o problema da imparcialidade judicial sob os parâmetros da autodescrição do STF, em meio à contingência dos conflitos com que ele próprio é confrontado a todo tempo, potencializa uma visão distinta daquela tradicionalmente adotada pelos juristas. Além disso, permite o exame das relações entre o discurso universalista e principiológico de liberdade e igualdade e a atuação discursiva do Tribunal, possibilitando uma análise da coerência entre o discurso teórico e a prática decisória.

A escolha do enfoque sobre o problema da imparcialidade judicial e sua apropriação como categoria de justificação do controle de constitucionalidade definem a metodologia que foi utilizada no trabalho. Por um lado, os instrumentos de análise buscam pôr em xeque a imprecisão do senso comum que trata 'imparcialidade' e 'neutralidade' como léxicos distintos para uma mesma semântica, o que adquire um caráter especialmente problemático no discurso judicial. Por outro, a metodologia empregada precisa se mostrar adequada a uma distinção fundamental para a avaliação do trabalho: o fato que ele examina a ideia de imparcialidade descrita em discursos judiciais e não na intenção ou comportamento dos juízes[10].

O ponto de partida e primeiro capítulo do livro trata da história do conceito de imparcialidade judicial, construída nas descontinuidades da tradição jurídica do Ocidente[11], em busca dos elementos estruturais e semânticos que transformaram a função dos juízes. Localizar a justifi-

---

[9] Essa reintrodução, entretanto, está restrita à forma exigida pelo direito e não à investigação da consciência do magistrado. Tanto que para o acolhimento das arguições de suspeição basta a *suspeita* de que o juiz possa vir a ser parcial. Cf. Luhmann, 2005, p. 439.

[10] Adota-se aqui a perspectiva sistêmica da impossibilidade de considerar os sistemas psíquicos e consciência humana como componentes internos do sistema social e do sistema parcial do direito. Cf. Luhmann, 2007, pp. 21-27 e 2005, p. 104.

[11] Nos moldes descritos por Harold Berman. Cf. Berman, 2006, pp. 11-63.

INTRODUÇÃO

cativa da imparcialidade na formação de um corpo de *juízes profissionais*, que *aplicam* o direito escrito segundo parâmetros discursivos produzidos por *juristas*, sugere a possibilidade de um conflito de interesses quando o discurso é manejado *pela* e *para* a própria classe dos magistrados. Assim, a investigação acerca da *reflexividade* da ideia de imparcialidade sobre as práticas judiciais pode jogar luzes sobre pontos pouco debatidos pela comunidade jurídica.

O segundo capítulo se aproxima do discurso da imparcialidade na narrativa de quatro momentos da história constitucional no Brasil[12]. A historicidade da imagem da magistratura será descrita a partir dos influxos entre o texto constitucional e a autodescrição na construção do seu próprio espaço. Relacionar o exercício da jurisdição com as formas de justificação do poder político nos períodos trabalhados não busca, contudo, desenhar um contorno linear da semântica da imparcialidade. A ideia antes se articula com a possibilidade de visualizar as distintas formas de sua apropriação. O que renova o potencial crítico sobre como o tema passou a ser tratado após a Constituição de 1988.

A construção do espaço dos juristas e juízes é também explorada no capítulo terceiro pela investigção da mobilização da magistratura no processo constituinte (1986-1988). Para tanto, fizemos um recorte a partir de 248 publicações da imprensa na época[13], identificando nelas a existência de distintas compreensões sobre a função judicial nas descrições de jornalistas, professores e membros da magistratura. Os dados revelam como a posição corporativa foi decisiva na formatação do capítulo do Poder Judiciário no texto

O quarto capítulo avalia o discurso do STF sobre a própria imparcialidade a partir de três categorias de decisão: 1) as que encerram as *arguições de impedimento*; 2) as que encerram as *arguições de suspeição*; 3) as que manejam o argumento da imparcialidade dos ministros nas demais classes processuais que se referem expressamente aos integrantes da Su-

---

[12] A escolha dos períodos trabalhados (Império, Primeira República, Era Vargas e Regime Militar) foi motivada pela relevância desses momentos para a formação e usos das distintas *imagens* do Judiciário no país, e viabilizada pelo acesso à literatura desses períodos sobre a função dos juízes.

[13] Também foram consultados os livros sobre o Poder Judiciário publicados no período disponíveis nas bibliotecas da UnB, das Faculdades de Direito da USP e UFPE, além dos títulos correspondentes no acervo das bibliotecas do TJRJ e do STF publicados no mesmo período.

prema Corte. O resultado desse levantamento apontou para um grande e eloquente silêncio. Isso porque nenhum questionamento sobre a parcialidade dos ministros chegou a ser levado à discussão na sessão plenária de que trata o art. 282 do Regimento Interno. Considerando a inexistência de uma imparcialidade perfeita, mas admitindo que as decisões judiciais orientam-se também pela *percepção externa* de sua atuação, o capítulo busca captar quais desses fatores têm maior reflexo na argumentação do tribunal sobre a sua imagem imparcial de "guardião da constituição". O que se pretende pôr em xeque com a análise dos casos escolhidos é como a justificativa construída por uma instituição contramajoritária, teoricamente livre da pressão popular, pode se converter em trincheira da defesa de interesses corporativos[14], inclusive dos seus próprios membros.

O enfoque deste livro segue na direção das contribuições que a sociologia do direito tem oferecido à compreensão do funcionamento do Poder Judiciário. Assim, a tese exposta no quinto capítulo faz uso distinto das abordagens mais tradicionais do discurso jurídico. Essa perspectiva de análise procura destacar mais a variedade do que a redundância, ou seja, menos a segurança dos entendimentos jurisprudenciais do que a ampliação dos problemas relacionados à nossa percepção da imparcialidade judicial. Tal ponto de vista mostra especial relevância quando se observa que o STF reserva para si a competência para conferir validade jurídica às suposições sobre a própria imparcialidade[15]. Ou seja, autodescreve-se como organização imparcial de um sistema cuja pressão por seleção tem de lidar com a sobrecarga de decidir sobre toda espécie de conflitos a ele submetidos.

---

[14] Nesse sentido, as conclusões da pesquisa com o amplo mapeamento empírico das ações do controle concentrado no Brasil. Cf. Costa, Alexandre & Benvindo, Juliano (2014). *A Quem Interessa o Controle Concentrado de Constitucionalidade?* O Descompasso entre Teoria e Prática na Defesa dos Direitos Fundamentais. Pesquisa financiada pelo CNPq. Brasília: Universidade de Brasília.

[15] Cf. Luhmann, 2005, p. 446. Especialmente interessante sobre esse ponto foi a decisão sobre a discussão da competência do STF para revisar os atos do Conselho Nacional de Justiça, na ADI 3.367, relatada pelo ministro Cezar Peluso, que em seu voto afirma: "*O Supremo Tribunal Federal é o fiador da independência e imparcialidade dos juízes, em defesa da ordem jurídica e da liberdade dos cidadãos.*" STF. ADI 3.367, rel min. Cezar Peluso, *DJ* 13.04.2005, analisada no capítulo IV.

INTRODUÇÃO

O leitor encontará aqui evidências sobre como o Poder Judiciário se constitui pelas dinâmicas internas que se expressam em disputas políticas. Reconhecerá as significativas mudanças na atividade dos juízes no processo de redemocratização, em virtude da ativa participação corporativa de seus agentes pela reinvenção de suas próprias funções nos campos jurídico e político. E poderá visualizar esse trânsito na narrativa da *imagem imparcial* do Supremo Tribunal Federal segundo seu próprio discurso.

O comportamento do STF lida com a imparcialidade como fórmula do equilíbrio entre o contramajoritarismo e a ampliação dos canais de participação democrática em suas decisões. Este comportamento expõe a face de uma justiça imparcial vista como metáfora, mas historicamente portadora de mecanismos particularmente seletivos que demandam investigação. Por isso, o trabalho abre espaço para problematizar o discurso naturalizado de que ofertar progressivamente mais garantias institucionais à magistratura, em reforço à sua independência, promove simultaneamente a garantia ao juiz imparcial, o reforço do acesso à justiça e a efetiva proteção dos direitos fundamentais.

A expressão "juízo imparcial" será utilizada em todo o livro em referência às condições cognitivas relativas à tomada de decisão pelo julgador, e não em relação ao "juízo" como "órgão jurisdicional", quando serão usados os termos "juiz imparcial" ou "tribunal imparcial". O termo "imparcialidade", como ficará mais claro, será ora utilizado para denominar a transição entre a formação do "juízo imparcial" e o comportamento judicial, ora no sentido acolhido pela dogmática jurídica e usado nos indicentes de impedimento e suspeição.

Por último, a apresentação da abordagem sobre a imparcialidade judicial a partir dos seus distintos usos nas deliberações do Supremo Tribunal Federal contempla uma lacuna nos estudos do processo constitucional brasileiro. Nesse particular, o livro pode ser lido como uma proposta de diálogo tanto com as investigações voltadas ao tema do Judiciário sob uma perspectiva da teoria constitucional, quanto com os trabalhos de processualistas dedicados à imparcialidade[16]. Em especial sobre os instrumentos de seu questionamento: as exceções de suspeição

---

[16] Cito exemplificativamente a investigação etnográfica sobre a imparcialidade judicial no Tribunal de Justiça do Rio de Janeiro feita por Bárbara Lupetti Baptista. Cf. Baptista, 2013.

e impedimento, mas ainda os poderes instrutórios dos juízes; o contraditório na condução do processo, a exemplo da determinação de produção de prova de ofício; o indeferimento de diligências requeridas pelas partes; o uso dos métodos de integração do direito no preenchimento das lacunas legais; a restrição e o controle do acesso privado de partes e advogados aos magistrados.

A imparcialidade e o direito fundamental ao juízo imparcial tem um tratamento bastante abrangente em inúmeros diplomas normativos nacionais: Código de Processo Civil (arts. 134 a 138), Lei Complementar n. 35/1979 – Lei Orgânica da Magistratura Nacional (art. 50), Código de Ética da Magistratura Nacional (arts. 1º e 8º); Regimento Interno do Supremo Tribunal Federal (arts. 277 a 287); e internacionais: Declaração Universal dos Direitos Humanos (art. 10), Pacto de San José – Convenção Americana de Direitos Humanos[17], Pacto Internacional sobre Direitos Civis e Políticos (art. 14, 1), Convenção Europeia de Direitos Humanos (art. 6º), refletindo a relevância do tema na prática do direito, e destacando a dimensão mais significativa do trabalho, pois seguramente o valor de uma pesquisa deve ser encontrado mais na produtividade empírica de seus resultados do que no seu conteúdo teórico ou especulativo.

Entre querer e dever: problematizando a noção de imparcialidade.
"Uma imagem mantinha-nos prisioneiros. E não podíamos escapar, pois ela residia em nossa linguagem, e esta parecia repeti-la para nós, inexoravelmente."
(Wittgenstein, 2012, p. 72)

O principal problema em identificar um juiz ou tribunal imparcial é justamente definir os critérios de imparcialidade a serem utilizados, visto que essa palavra tem uma dimensão semântica tão extensa quanto contraditória. Nessa questão, parece adequada a observação de Wittgenstein de que "os problemas filosóficos têm origem quando a lingua-

---

[17] Art. 8º, 1. "Toda pessoa tem direito a ser ouvida, com as devidas garantias e dentro de um prazo razoável, por um juiz ou tribunal competente, independente e imparcial, estabelecido anteriormente por lei, na apuração de qualquer acusação penal formulada contra ela, ou para que se determinem seus direitos ou obrigações de natureza civil, trabalhista, fiscal ou de qualquer outra natureza."

INTRODUÇÃO

gem folga"[18], referindo-se às dificuldades em realizar um acoplamento entre objetos existentes no mundo e palavras que compõem uma frase.

Essas dificuldades podem ocorrer tanto na dimensão intencional, relativa à indefinição do significado do termo; quanto na extensional, relativa à indefinição do conjunto de objetos referidos pelo termo[19]. Ambas dimensões invocam a análise do tema sob duas questões entrelaçadas:

- O que significa *imparcialidade?*
- Quais são os objetos do mundo que podem ser qualificados como *imparciais?*

O caráter indefinido do termo é ressaltado pela heterogeneidade dos seus usos comuns, sendo que o dicionário de língua portuguesa Aurélio Buarque de Holanda elenca cinco sentidos para a palavra imparcial: "1) Que não favorece um em detrimento de terceiro; 2) Que revela imparcialidade; 3) Que não tem partido; 4) Reto, justo; 5) Que julga como deve julgar entre interesses que se opõem."[20] O último desses sentidos parece sintetizar os anteriores, mas ajuda muito pouco a identificar alguém que "julga como deve julgar": com justiça, com retidão, sem favorecer indevidamente qualquer das partes. Esse tipo de esclarecimento parece identificar *imparcialidade* e *justiça,* quando aparentemente o senso comum entende que a *imparcialidade* é uma das dimensões do conceito de justiça, que é mais amplo. Outro ponto que se repete nas definições de *imparcialidade* é a multiplicação de definições baseadas em *negações.* Essa estratégia, provavelmente calcada na própria etimologia da palavra (construída com a agregação de um sufixo de negação ao conceito de parcialidade), conduz a definições do imparcial como aquele que "não favorece"; que "não tem partido", estratégia que se repete também no inglês ("not supporting any of the sides involved in an argument"[21]) e no espanhol ("que no se adhiere a ningún partido o no entra en ninguna

---

[18] Cf. Wittgenstein, 2012, p. 35.

[19] Cf. Warat, 1994, p. 34, distinguindo *ambiguidade intencional* e a *vagueza extensional,* na definição dos critérios de relevância em disputas verbais sobre desacordos valorativos enquanto uso *persuasivo* de uma descrição que traz o receptor da mensagem para o mesmo campo valorativo do seu emissor.

[20] Dicionário Aurélio: http://www.dicionariodoaurelio.com/imparcial.

[21] Cambridge Dictionaries: http://dictionary.cambridge.org/es/diccionario/britanico/impartial.

parcialidad").[22] Se contássemos com um sentido claro de parcialidade, o problema seria minorado, mas ocorre que essa noção é também bastante ambígua, pois aponta para casos em que o julgador beneficia *indevidamente* alguma das partes em conflito.

Indevido é uma daquelas palavras que Warat designa como *variável axiológica*, na medida em que esse termo desempenha função avaliativa muito maior do que uma função designativa. Essa qualidade faz com que essa palavra se preste a definições persuasivas, ou seja, expedientes retóricos voltados a conferir novos significados sem substituir interesses e vontades subjacentes, ainda que sem intermediação da consciência. Por exemplo, quando alguém qualifica como *parcial* uma decisão do STF que beneficia os integrantes do próprio judiciário, outra pessoa pode redefinir esse termo para afirmar a imparcialidade do julgamento, tendo em vista que a decisão se limitava a seguir a Constituição, a lei ou a jurisprudência estabelecida.

De um lado ou de outro, os interlocutores parecem trabalhar com a ideia de que *parcial* (ou *imparcial*) é uma palavra que tem um significado definido, cuja correta identificação permitiria um uso objetivo (técnico, neutro, imparcial...) do termo. Essa possibilidade de entender as relações entre *significante* e *significado* como uma forma de representação (em que o *signo* ocupa na fala o lugar do *conceito referido*) foi duramente criticada pelo segundo Wittgenstein, quando ele abandonou o estudo da linguagem a partir da relação entre *palavra designante* e *objeto designado*, para buscar o significado das palavras na forma como elas são utilizadas concretamente nos discuros. Essa percepção desloca o problema da busca de uma *definição correta* para a identificação dos possíveis usos das palavras dentro de jogos de linguagem. Tal perspectiva nos liberta da ilusão platônica de que é necessário haver um sentido ideal para cada conceito, pois essa era uma decorrência lógica da existência de um juízo verdadeiro: se era possível enunciar verdades objetivas por meio do discurso (algo que Platão não colocava em questão), então era preciso haver um sentido objetivo para os conceitos utilizados. Na República, Platão defende expressamente o reconhecimento contraintuitivo de que existe uma ideia objetiva de justiça, perceptível pela nossa faculdade

---

[22] Real Academia Española: http://lema.rae.es/drae/?val=imparcial

INTRODUÇÃO

intelectiva, era uma decorrência lógica do fato de que os discursos concretos faziam referência a uma justiça objetiva.

Em Wittgenstein, essa mesma realidade social é usada para identificar o significado de *justiça* nos seus usos concretos, mas com o reconhecimento de que esse significado existe apenas como elemento de uma relação linguística entre as pessoas. Falamos de justiça sem que ela precise existir, exceto como um elemento de coordenação de comportamentos por meio da linguagem, o que aponta para um primado da pragmática sobre a semântica.

Seguindo as lições platônicas, poderíamos buscar o sentido correto da palavra *imparcialidade*. Seguindo as intuições de Wittgenstein, a pergunta sobre o significado de imparcialidade tem uma dimensão metafísica deflacionada, pois trata-se apenas de investigar os sentidos em que essa palavra é usada em determinados jogos linguísticos. No caso do direito, o discurso padrão envolve um entralaçamento de jogos de linguagem carregados de conceitos normativos, voltados à definição de quais são os direitos e deveres aplicáveis a determinadas situações e pessoas. Nesse campo, a pergunta sobre se numa determinada situação um juiz ou tribunal foi imparcial invoca uma representação que supõe ou questiona a existência de *critérios objetivos* a partir dos quais é possível avaliar situações conflitivas. Esse é o ponto sobre o qual se digladiam juristas, parte deles tentando desconstruir a noção de que tal objetividade é possível, enquanto outros procuram rearticular os significados perdidos pelo desgaste do uso daquela palavra. Uma palavra que para o direito tem um significado fundamental, pois é ela que ativa uma determinada evidência de que a palavra "saber" tem uma relação próxima com as palavras "poder" e "ser capaz", mais além de "compreender"[23].

Seguindo as tendências procedimentais da modernidade tardia, fixou-se no debate jurídico um uso deflacionado da noção de imparcialidade, reduzida a um princípio processual. Há uma dificuldade muito grande em definir que tipo de decisão seria materialmente *imparcial*, mas há certo consenso que algumas regras básicas de procedimento devem ser cumpridas para que uma decisão possa ser qualificada como imparcial. Também em consonância com as estruturas do pensamento moderno, essas regras processuais mínimas apontam para a uma dimen-

---

[23] Cf. Wittgenstein, 2012, p. 86.

são de *impessoalidade*, ligadas à garantia de que o juglador não tenha uma ligação afetiva pessoal com uma das partes, o que tenderia a impedir que ele proferisse a decisão correta sobre os casos analisados.

Essa redução da imparcialidade do julgador à impessoalidade do julgamento é típica dos discursos jurídicos do século XX, mas ela não é capaz de substituir completamente o discurso da *imparcialidade*, que muitas vezes transborda essa dimensão processual. Esse transbordamento é radicalizado quando o judiciário passa a decidir questões de alta densidade política, nos quais não faz sentido exigir uma equidistância relativa às partes em conflito, pois não se trata de um conflito de interesses privados, mas de uma definição adequada do bem comum em decisões coletivamente vinculantes. Nesses casos, em especial, as regras de impessoalidade mostram os seus limites, pois é impossível ser impessoal com relação a causas cujo deslinde envolve posicionamentos valorativos densos e têm vastas implicações morais e econômicas, como por exemplo: os limites do direito à vida, à liberdade de expressão, à apropriação privada dos bens públicos por certas corporações que têm grande influência perante os julgadores.

Por mais que o direito positivo possa dispor de regras processuais sobre o que é ser imparcial em um julgamento, autorizando a dogmática jurídica a dizer que esse jogo é realizado segundo regras pré-determinadas, o funcionamento dinâmico de uma sociedade complexa põe o direito diante de situações em que as regras do jogo são insuficientes. E nessa situação, como distinguir o erro do acerto no jogo? Na teoria dos jogos de linguagem o critério é alcançado a partir dos "sinais característicos no comportamento do jogador"[24], situação que parece colocar todo o conjunto normativo relativo ao jogo em contingência, exceto a própria linguagem que descreve aqueles sinais típicos do comportamento dos jogadores.

Um conjunto de leis, assim como uma gramática, é incapaz de dispor sobre o modo como um discurso deve ser construído para atingir um dado objetivo. Para o direito aquele conjunto, contudo, fixa o ponto de partida que orienta seu próprio sentido, viabilizado pelo entrelaçamento entre expectativa e realização. Mas essa dimensão constitutiva

---

[24] Cf. Wittgenstein, 2012, p. 45.

INTRODUÇÃO

de sentido converte-se novamente em linguagem (decisão), e investigar sob que condições ela é trabalhada diz muito sobre o seu conteúdo.

A imparcialidade desempenha dentro do sistema jurídico uma função-chave: é um dos pressupostos sobre os quais se atribui a um juiz o poder de dizer o que é o lícito ou ilícito. Essa delegação é feita sob a suposição de uma outra crença – a de que signos normativos terão um papel preponderante na solução do conflito. Porém, um dos pontos que se mantém obscuros na prática judicial é o de que esse critério de imparcialidade é também uma construção linguística. Como afirma Wittgenstein: "[i]sto não é uma concordância de opiniões mas da forma de vida"[25], inserindo o sentido da linguagem no agir e vivenciar, mais além do que podem definir as convenções gramaticais. Nesse sentido a imparcialidade pode ser vista como uma imagem sem a qual não há justificação que autorize o juiz a proferir determinadas expressões realizativas, ou seja, dizer ou escrever as palavras que mudam o *status* jurídico de alguém – numa operação que consiste na mediação entre o abstrato (lei) e o concreto (fatos).

O êxito na comunicação cotidiana depende, em diversas situações, da transformação de locuções expressivas (típicas orações em primeira pessoa) em enunciados equivalentes pronunciados na terceira pessoa ou ao menos referenciados desde o ponto de vista de um terceiro. Caso se suponha que um sujeito A encontra com B para conversar, sem um tema pré-definido, então A começa a falar sobre o jogo de futebol que acabou de assistir, enquanto B fala sobre seu trabalho, será evidente que as palavras disparadas por ambos não formam um diálogo. Esse aparente caos comunicativo só terá fim se um deles, ambos ou um terceiro puder definir o tópico da conversa[26].

Transplantar o exemplo acima para a análise dos conflitos da sociedade plural contemporânea seria supor que ela também funciona de acordo com uma espécie de lógica, sobre a qual seria possível desenhar arranjos institucionais suficientes para lidar com toda a complexidade que pode ser observada nas relações sociais. Na ciência e no direito, a incorporação teórico-discursiva de fatos concretos guarda relação de

---

[25] Cf. Wittgenstein, 2012, p. 123.

[26] Bruce Ackerman classifica como *convertation stopper* a penúltima pergunta num impasse como esse, defendendo que esse é o modo de invocar as convenções como a estrutura de um diálogo num Estado liberal. Cf. Ackerman, 1983, p. 373.

dependência com a prévia conversão de experiências subjetivas em componentes de um mundo técnico que pode ser obsevado e descrito objetivamente. E esse é justamente o problema que a imagem tradicional da imparcialidade invoca: o de presumir a possibilidade de manutenção de um ponto de vista neutro e privilegiado sobre os conflitos na sociedade.

Não incluir a própria linguagem nos mecanismos de observação e seleção que fazem parte de um julgamento é um problema que tem repercussões graves para a legitimação das decisões numa democracia constitucional[27]. Isso porque ao não incorporar a compreensão dos limites da própria imparcialidade, juízes e tribunais perdem a capacidade de visualizar o impacto de suas deliberações para os demais domínios da sociedade. Por isso, levar em conta determinadas características como constitutivas da descrição da decisão é uma dimensão fundamental para considerar a própria limitação e incluir-se na observação. Manter um sentido de imparcialidade judicial como critério objetivo fechado à porosidade das fronteiras entre a política e o direito acaba por conservar uma noção inversa à pretendida ideia de objetividade do julgamento.

Compreender a imparcialidade como fronteira é visualizar que a sua função no direito não assume um significado unívoco. A ideia de que o domínio de uma linguagem técnica por parte de um terceiro, ou mesmo sua posição institucional na estrutura do Estado, conferem-lhe uma neutralidade indispensável ao julgamento parece há muito superada pela teoria do direito[28]. Porém, as observações de como o direito opera

---

[27] Cf. Luhmann, 1980, p. 89.

[28] O reconhecimento da indeterminação da aplicação do direito e da margem de livre apreciação do intérprete, como espaço de criação do direito, encontra na teoria pura de Kelsen significativa repercussão, que já fazia uma expressa crítica contra a crença na objetividade interpretativa da jurisprudência tradicional: "A teoria usual da interpretação quer fazer crer que a lei, aplicada ao caso concreto, poderia fornecer, em todas as hipóteses, apenas *uma única solução correta* (ajustada), e que a 'justeza' (correção) jurídico-positiva desta decisão é fundada na própria lei. Configurado o processo dessa interpretação como se se tratasse somente de um ato intelectual de clarificação e de compreensão, como se o órgão aplicador do Direito apenas tivesse que pôr em ação o seu entendimento (razão), mas não a sua vontade, e como se, através de uma pura atividade de intelecção, pudesse realizar-se, entre as possibilidades que se apresentam, uma escolha que correspondesse ao Direito positivo, uma escolha correta (justa) no sentido do Direito positivo." Cf. Kelsen, 1999, pp. 247-248. No mesmo sentido, inserindo a interpretação e a atividade judicial numa perspectiva evolutiva: Costa, 2013, pp. 9-46.

em questões que dizem respeito aos interesses dos próprios magistrados, individualmente ou corporativamente, mostram que a prática judicial segue reafirmando uma neutralidade discursiva contra uma postura auto-reflexiva.

Tomar a ideia de imparcialidade como uma categoria construída a partir de uma rede de signos que, na Constituição entrelaça a política e o direito, abre espaço para a discussão das diversas visões sobre o que o direito significa. Esse é um passo importante porque remete a observação da imparcialidade do órgão incumbido de interpretar a constituição a uma dupla face.

A primeira delas estaria manifestada num *querer*. Sem o ato de vontade do julgador não há decisão. E apesar desse ser um fator raramente assumido pelos juízes, essa é uma característica fundamental para a análise do comportamento judicial. Essa é uma dimensão que ganhou destaque no direito com a ascensão do realismo jurídico no início do século XX. Para Jerome Frank, juízes efetivamente fazem e mudam o direito[29] através de sentenças desenvolvidas retrospectivamente, a partir de conclusões previamente formuladas. Logo, as decisões dos juízes podem ser determinadas por elementos os mais diversos e ocultos, mas, sobretudo, por sua própria subjetividade, cuja manifestação é irracional para eles mesmos[30].

Por outro lado, como *dever* a decisão representa a imposição do ordenamento. Os juízes devem atribuir o dispositivo de suas sentenças à aplicação da lógica de subsunção. Nesse modelo, a decisão costuma ser descrita como o resultado da adequação dos fatos (premissa menor) à previsão textual (premissa maior), seja uma regra ou princípio. Ao serem apresentadas como manifestações da razão impessoal e não da vontade do julgador, as decisões reforçam a crença na validade do direito como elemento de coesão social. Sem essa crença, toda fundação sobre o qual é construído o edifício do ordenamento jurídico perde sua sus-

---

[29] Para o autor: "the myth that the judges have no power to change existing law or making new law: it is a direct outgrowth of a subjective need for believing in a stable, approximately unalterable legal world – in effect, a child's world" Cf. Frank, 1930, p. 35.

[30] "When judges and lawyers announce that judges an never validly make law, they are not engaged in fooling the public; they have successfully fooled themselves." Cf. Frank, 1930, p. 37.

tentação, e como ele a articulação de uma legitimidade comungada entre autores e destinatários das normas jurídicas.

A alternância entre *querer* e *dever* como apreensões do significado de um julgamento imparcial contradiz as previsões normativas destinadas a garantir o devido processo legal. Tem-se como observação que integra a comunicação do direito, o fato de que, inevitavelmente, caracteres constitutivos da subjetividade do julgador refletir-se-ão nas operações internas do sistema jurídico. E embora não lhe seja vedado revelar tais crenças em público, o sistema segue afirmando o aforismo de que 'a justiça não basta sê-la, também deve parecê-la.[31] É sob a imagem imparcial da Corte que as decisões extraem a sua legitimidade, ainda quando a percepção da sua "correção" não seja compartilhada pelos destinatários.

Nesse sentido, descrever a noção de imparcialidade judicial assumida pelo constitucionalismo aponta para a necessidade de observar a forma pela qual as constituições se apresentam como documentos escritos, cuja pretensão normativa carrega a autocompreensão de construir uma articulação que promova a mútua autonomia dos sistemas político e jurídico. Um dos mecanismos da observação do percurso desse entrelaçamento paradoxal, porém constitutivo, está nas distinções temporais entre a estabilidade prolongada da *sintaxe* (gramática) e as adaptações dinâmicas da *semântica*[32].

---

[31] Expressão atribuída ao juiz Hewart C. J.: "a long line of cases shows that it is not merely of some importance but is of fundamental importance that justice should not only be done, but should manifestly and undoubtedly be seen to be done", no famoso precedente inglês *R v Sussex Justices, ex parte McCarthy*, julgado em 1924. A ação tinha sido movida contra o réu por direção perigosa por um escritório em que trabalhava o assessor do juiz. Mesmo com o seu afastamento da assessoria, os juízes entederam que "His twofold position was a manifest contradiction"e por isso era "irrelevant to inquire whether the clerk did or did not give advice and influence the justices." *R v Sussex Justices v. McCarthy* (1924) 1 KB 256.

[32] Cf. Koselleck, 2006b, p.32.

Capítulo 1
Imparcialidade judicial: a história de um conceito

Tal qual a história do constitucionalismo moderno é uma história a ser escrita[33], o conceito de imparcialidade judicial tem uma historicidade que precisa ser contada segundo suas contingências. Esse é um empreendimento arriscado. A sua construção precisa lidar com o fato de que a narrativa historiográfica, invariavelmente, lida com os usos políticos do passado. O que envolve os riscos de manipulação da memória e das fontes da história e resulta da retenção de fatos e dados dependentes de memórias seletivas, logo refletidas numa linguagem sempre *parcial*[34].

Talvez por isso, as versões tradicionalmente acolhidas pela dogmática jurídica costumem indicar como única fonte do conceito de constituição a ideia de poder constituinte construída pela Ilustração e afirmada nas revoluções liberais. De tal modo, a constituição não chega a ser compreendida como uma descontinuidade da história normativa da sociedade, mas se converte no mito fundador da própria história constitucional[35]. No entanto, uma avaliação dos fenômenos que antecederam aquelas revoluções pode nos mostrar elementos relevantes sobre como o trabalho dos juristas, num primeiro momento pouco relevante para a compreensão da política, passou a desempenhar uma função primordial

---

[33] Cf. Dippel, 2007, 1-35.
[34] Cf. Levi, 2002, pp. 61-72 e Pomian, 2007, p. 178 e 214.
[35] Cf. Costa, 2011, p. 191-201 e Thornhill, 2011, p. 10.

na justificação do exercício do poder após a Revolução papal (séc. XI). Esse é um fator que não pode ser simplesmente afastado da história do conceito de imparcialidade judicial, em especial quando se relaciona imparcialidade do julgamento à profissionalização dos juízes.

Como fundamento da autoridade de juízes e tribunais, o conceito de imparcialidade é permeado por uma série de descontinuidades. Compreender como essa história foi escrita dirige-nos ao trânsito entre a ideia de unidade da "iurisdictio" do Rei, na baixa Idade Média, o processo de diferenciação do direito como sistema teórico-metodológico e a afirmação semântica da Constituição como norma dotada de autofundamentação. Assim, importará a esse primeiro capítulo destacar alguns fatores marcantes da passagem entre uma imagem essencialmente *subjetiva* e *transcendente* da imparcialidade, focada na consciência do julgador e nas particularidades de foro íntimo de sua personalidade, e a construção da ideia de imparcialidade *objetiva* e *concreta*, cujas características estariam na imagem pública ou na aparência do juiz imparcial como elemento imprescindível de legitimação das decisões judiciais. É a partir da problematização das relações entre a política e o direito, refletidas na compreensão do conceito de imparcialidade, que se visualiza como a percepção paradoxal do sentido da imparcialidade pode desempenhar uma função adequada às complexas respostas exigidas do direito constitucional contemporâneo.

Porém, a dificuldade de abordar um tema a partir da história de seu conceito[36] demandou o cuidado de não assumir com naturalidade as descrições que adjetivam teorias jurídicas antigas e medievais. Antes, coube-nos procurar as razões para quem aquela doutrina se apresentava apropriada, identificando as suas relações com o contexto em que ela produziu efeitos. A tarefa se expressa, então, no desafio de medir permanência e mudança do conceito de julgar imparcialmente enquanto

---

[36] Não se desconsidera a distinção metodológica entre *história social* e *história dos conceitos* que impede tratá-las como sinônimos. Por outro lado, seguindo a observação de Koselleck sobre a narrativa da história, registra-se que sem conceitos comuns não há unidade de ação política e, por outro lado, os conceitos são derivações de articulações de sentido político-sociais muito mais complexos do que pode supor uma determinada comunidade linguística. Por isso, busca-se o rastro no seguinte inicativo: "compreender os conflitos sociais e políticos do passado por meio das delimitações conceituais e da interpretação dos usos da linguagem feitos pelos contemporâneos de então [pois] a história dos conceitos tem por tema a confluência do conceito e da história" Cf. Koselleck, 2006a, p. 103 e 110.

tarefa associada à tensão entre *interpretar o direito* e *legitimar a política*. Esse olhar para o passado sobre doutrinas que estavam intimamente relacionadas à teologia e à política não deve implicar no julgamento teórico *a posteriori*, quando as descrições já indicam a existência do Estado secular. Contudo, essa observação também impõe escolhas, pois como destaca John Figgis[37], o horizonte da maioria dos escritores político--teológicos dos séculos XVI e XVII circunscreve-se a um determinado país num dado contexto de desenvolvimento.

Por isso, este primeiro capítulo será dedicado a selecionar elementos que possam evidenciar o crescimento da importância da argumentação técnica do direito como aspecto fundamental da solução de litígios. O que envolve observar como a ideia de imparcialidade de juízes foi articulada no espaço/tempo de autonomização do direito e ascensão do capitalismo, num primeiro momento, e chega a ocupar função primordial na edificação do constitucionalismo liberal, num segundo.

Entretanto, ao contrário do tradicional enfoque que associa como natural a ascensão do constitucionalismo aos direitos fundamentais e à separação de poderes, a nossa atenção se dirige à forma como o constitucionalismo pode ser relacionado ao empoderamento do poder judiciário e da classe política responsável pelo seu exercício, os magistrados. Isso porque nos parece que o conceito de constitucionalismo liberal não só pode ser invocado como esfera de proteção dos direitos individuais, antes disso, ele viabiliza a estabilização de uma estrutura burocrática que reforça a atuação estatal[38].

1.1. O interesse contra a justiça: *nemo iudex in sua causa*

Ao contrário do que possa parecer hoje, o monopólio da administração da justiça pelo Estado configurado sob uma estrutura independente do Legislativo e do Executivo é historicamente muito recente. A ideia de uma Corte sob um protótipo que denominamos de moderno[39] não havia se afirmado na Europa até o século XIX. Ela é precedida por um longo

---

[37] Cf. Figgis, 1982, p. 15.

[38] Cf. Luhmann, 2010, p. 126.

[39] Para Martin Schapiro, com as seguintes características: 1) formada por juízes independentes; 2) modelo de decisão com base em lei pré-existente; 3) sob uma demanda ajuizada a partir de um conflito entre duas partes e 4) cujo resultado declare uma delas vencedora e a outra perdedora, conforme o direito. Cf. Schapiro, 1992 (*kindle* posição 82 de 5840).

período em que predominavam os sistemas jurisdicionais baseados nas relações constituídas sob o direito feudal. Antes do final do século XI e início do XII não existiam juízes e advogados profissionais, literatura especializada em direito e muito menos um Judiciário institucionalizado constituído por regras e procedimentos distintos dos costumes sociais e religiosos[40]. A ausência de uma atitude social perante o direito durante toda a primeira Idade Média tem significado relevante quando se observa que a semântica articulada com as grandes revoluções inaugurais da "modernidade" foi justificada fundamentalmente sobre o direito.

Na alta Idade Média, a justificação de uma ordem sobrenatural que identificava o conhecimento e a justiça divina se manifestou no pensamento agostiniano em *A Cidade de Deus*. A crítica de toda a ordem normativa *pagã*, por natureza imperfeita e injusta, ajustava-se ao desenho de uma igreja em ascensão, cujo evangelho era a fonte do direito e da moral cristã e o dever mor de toda autoridade[41]. No plano da jurisdição, a doutrina agostiniana seguia o evangelho de São Paulo, ordenando aos cristãos que deixassem de ajuizar suas demandas nos tribunais do Império[42]. Tal compreensão do direito como justiça no alto medievo perdeu progressivamente sua influência nos centros de formação de legisladores e juízes a partir do século XII, quando as categorias sobre as quais se fundava pensamento sobre o direito passaram por uma intensa transformação.

A organização dos povos que viviam no território entre o norte e oeste da Europa no período compreendido entre o século VI ao X era baseada em vínculos de parentesco e confiança mútua de que decorriam as promessas de serviço e proteção entre os membros das tribos e comunidades. Predominavam os traços típicos de uma sociedade estratificada[43], que dividia proprietários e despossuídos segundo o *status* da senhoria ou da servidão. Os vínculos comunitários eram marcados por

---

[40] Cf. Foucault, 2003, p. 65. Em Bizâncio, a herança dos conceitos gregos de razão natural havia influenciado a formação de escolas de direito e uma literatura jurídica operada por juízes e advogados num sistema de legislação e administração. Cf. Berman, 2006, p. 216; Brunkhorst, 2014, p. 94.

[41] Cf. Agostinho, 1996, Livro I, capítulo III, p. 105-107 e capítulo XX, p. 153-160.

[42] Cf. Villey, 2005, p. 114.

[43] Cf. Luhmann, 2007, p. 538-539. Caracterizada pela distinção do acesso à riqueza de um pequeno grupo cujo *status* hierárquico se funda na divisão por estratos. Embora se autodescreva como unidade objetiva, o estrato superior segue fechado (inclusive por práticas endo-

IMPARCIALIDADE JUDICIAL: A HISTÓRIA DE UM CONCEITO

um profundo personalismo baseado na força, e o isolamento das reservas de poder em poucos núcleos familiares restrigiam o acesso a meios jurídicos de organização social[44]. À época, as referências ao direito romano eram esparsas e desorganizadas, consistindo mais como uma reminiscência conservada pela igreja do que um conjunto normativo com significado prático.

O caráter privado do modo de pôr fim aos conflitos predominava. Entre os povos germânicos, em geral, o costume local definia a forma de solução, a exemplo dos duelos ou jogos da prova, que estabeleciam o ritual da luta como prática da vingança privada. A alternativa à vingança era a transação. Neste caso, após mútuo consentimento, a questão era levada a um árbitro ou assembleia para o arbitramento de uma reparação a ser paga pelo ofensor. Como descreve Foucault, os litígios eram governados pela luta e a transação[45]. A submissão da contenda à assembleia pública dependia do acordo entre as partes, que deveriam apresentar os juramentos de suas alegações e levar testemunhas que pudessem jurar sobre elas.

Aqui se nota uma distinção importante em relação ao direito romano: para prestar o juramento em favor do acusado era necessário ser seu parente[46]. O testemunho não tinha como função provar a inocência ou a culpa num conflito, e sim a importância do envolvido para o grupo, garantindo ao acusado o apoio no duelo. Ao lado das provas corporais (ordálios) e as mágico-religiosas (*e.g.* repetição do juramento), o testemunho era uma prova frequente dos julgamentos no período, cuja busca não é pela *verdade*, mas pela *força*. Mesmo quando a questão era decidida por uma assembleia havia a dificuldade de impor o resultado, diante da inexistência de vinculação obrigatória à jurisdição. Na maior parte das

gâmicas) e já não reconhece seus laços com o estrato inferior pelas relações familiares ou de parentesco.

[44] Cf. Thornhill, 2011, p. 22 e Grimm, 2015, p. 14.

[45] "trata-se de um procedimento que não permite a intervenção de um terceiro indivíduo que se coloque entre os dois como elemento neutro, procurando a verdade, tentando saber qual dos dois disse a verdade". Foucault aponta que o processo dependia de um dano apresentado pela vítima diretamente ao ofensor (adversário), sem a intervenção de qualquer autoridade. Em apenas dois casos havia uma espécie de ação pública: a traição e a homossexualidade, quando a comunidade poderia exigir uma reparação do acusado. "O direito é, portanto, a forma ritual da guerra" Cf. Foucault, 2003, p. 57.

[46] Cf. Foucault, 2003, p. 59.

IMAGENS DA IMPARCIALIDADE ENTRE O DISCURSO CONSTITUCIONAL E A PRÁTICA JUDICIAL

lides a eficácia da decisão dependia da aceitação motivada pela *confiança* das partes nos membros da assembleia.

A justificação do exercício do poder sob a ordem divina no medievo manteve a dualidade sob a qual era possível valorar as ações do rei, ainda que essa avaliação não tivesse o efeito de destituí-lo. Esta é talvez a dimensão mais interessante da teologia política construída à época, pois guardava em sua descrição o paradoxo de que o rei era o guia do destino dos homens na terra, mas o seu fracasso ou as falhas de suas leis não podiam ser conduzidos ao fracasso da ordem divina. Então, a unidade sobre a qual o poder era exercido dependia da absorção de todas as contradições que a tensão entre as ordens temporal e divina pudessem produzir. A possível dissociação entre as imagens de deus e do rei enfraqueceria o poder deste enquanto guardião do reino.

No final do século XI e início do XII, contudo, essa espécie de justificação sofreu o abalo da transformação mais significativa para o direito na Europa medieval. O sentido dessa descontinuidade fora articulado a partir do direito e deu origem a uma *classe organizada* segundo a própria hierarquia interna regida pelo papa, constituindo a identidade corporativa do clero. A essa mudança foi concomitante o surgimento de uma comunidade de juristas profissionais, formada por juízes e advogados, além das primeiras escolas de direito[47]. A *novidade* estava na crença de terem sido eles, integrantes do clero, a *descobrir* no Código de Justiniano e no *antigo* direito romano um *direito natural* ideal para o mundo eclesiástico, baseado nas noções teológicas de moral e divindade. Esse *novo* direito revelado a partir de fontes antigas e que se haviam perdido serviria de parâmetro para os usos do direito costumeiro, segundo a interpretação da igreja. Para tanto, criou-se uma ciência jurídica[48] com o resgate de textos antigos aptos a justificar a luta contra a usurpação do poder papal.

Essa mudança paradigmática para a diferenciação do direito é localizada por Harold Berman na Revolução papal, que contextualizou o nascimento da tradição jurídica ocidental moderna. A Revolução refletiu-se numa profunda descontinuidade do modo de compreensão da sociedade

---

[47] Cf. Berman, 2006, p. 112. À época do papado de Gregório VII foi fundado o principal centro de estudos do direito romano na Idade Média, a escola de Bolonha, Cf. Thornhill, 2011, p. 35.
[48] Cf. Berman, 2006, p. 122.

na Idade Média, que marcou uma interrupção na era cristã ao "marcar firmemente a oposição entre o que veio antes dela, *o velho*, e o que veio depois, *o novo*"[49]. O movimento teria legado ao Ocidente a *forma* revolucionária, caracterizada em dois momentos: 1) o *inclinar-se ao passado remoto* para negar o passado recente (tido como anomalia antinatural), o que justifica a mudança radical, brusca e violenta de todo o sistema social; e em seguida pelo 2) *projetar-se ao futuro messiânico* que será capaz de restabelecer o direito como justiça (tida como bem ideal). O que justifica a legitimidade do rompimento com a tradição e a substituição de todo o sistema jurídico anterior por uma ordem renovada. Uma estrutura incompatível com a regularidade do direito que lida com padrões e cujo raciocínio normativo é baseado na tradição e na repetição de decisões passadas[50], que se sujeitam no máximo a reformas.

Como destaca Berman: "a natureza não dá grandes saltos"[51]. Então, como incorporar uma mudança tão brusca e radical como padrão de comportamento? A tradição do direito ocidental teria sido capaz de sobreviver a todos os grandes movimentos revolucionários justamente por adapatar-se a eles. Isso envolveu uma mudança semântica que precisou ser vista como legítima, pois implicou internalizar o que antes era uma anomalia inaceitável sob a descrição da naturalidade evolutiva da própria sociedade. Ao contar a história da formação da tradição jurídica do Ocidente, Berman[52] enumera dez características. No entanto, apenas quarto permaneceriam desempenhando um papel estruturante para o conceito de *direito*: 1) a distinção entre as instituições jurídicas das

---

[49] Cf. Berman, 2006, p. 41 v. tb. pp. 30-36. No mesmo sentido, indicando que a designação "Reforma" para a Revolução papal é um eufemismo. Sobre o caráter revolucionário do movimento em função de sua *totalidade, rapidez, violência* e *duração* v. Idem, pp. 127-135. No mesmo sentido: Rust, 2013, pp. 70-76, resgatando análises que inserem as mudanças da estrutura econômica e social dos feudos como principal motivação da Revolução papal, a exemplo do crescimento da densidade demográfica, a reação à exploração e a ascensão social do campesinato, a extensão dos antigos privilégios exclusivos da nobreza, sugerindo a formação de uma categoria da "multidão medieval".

[50] Sobre a inserção do direito nas estruturas de repetição na linguagem e na história: Koselleck, 2006b, p. 26, reforçando a ideia de repetibilidade como fundamento da estabilidade das expectativas.

[51] Cf. Berman, 2006, p. 26.

[52] Cf. Berman, 2006, pp. 18-21 e 47-55.

demais instituições sociais, ou seja, uma *autonomia relativa do direito*[53]; 2) aplicação por um *grupo de profissionais especializado*; 3) constituído por uma *técnica especializada de nível superior*, com metodologia e escolas próprias; 4) formatado por uma relação complexa entre o que decidem as instituições e um *metadircurso sobre o qual o próprio direito pode ser analisado*. Essas quatro características remanescentes articulam-se de modo complexo, logo o eventual ajuste ou mudança de qualquer delas se reflete nas demais.

Importa-nos aqui analisar o modo como o comportamento do grupo de *profissionais do direito* contribuiu para a formação e alteração de um *metadiscurso sobre o direito* e vice-versa. Tais pontos se mostram especialmente relevantes quando o discurso profissional versa sobre as *condições do exercício da própria jurisdição descrita como imparcial*. A descrição do entrelaçamento entre a atuação desse grupo de juristas, de um lado, e as injunções da formação do pensamento jurídico sobre a política, do outro, constitui um lugar de compreensão do sentido de imparcialidade que o constitucionalismo acolheu dos movimentos revolucionários liberais, quando o direito foi invocado contra a política e a moral prevalentes na sociedade[54].

Essa articulação entre a comunicação produzida por um grupo de especialistas e o fornecimento de uma justificativa para o acatamento da autoridade dos julgamentos encontrou na organização da igreja um caráter institucionalizado. Diante da ausência de um tribunal próprio para o *novo direito*, Gregorio VII atribuiu a *si* a competência para julgar os conflitos entre o papado e os impérios europeus, estabelecendo as 27 proposições da revolução nas Bulas Papais (*dictatus papae*) de 1075. Assim, fora inserida a universalidade do seu pontificado, o que lhe conferia exclusividade para a "elaboração de novas leis de acordo com a necessidade dos tempos". Por sua vez, esse deslocamento implicou superar o *incomensurável* sentido da justiça no modelo agostiniano à medida que a sua assimetria entre os dois reinos se *temporalizava* na divisão entre as ordens eclesiástica e secular[55].

---

[53] Também Luhmann localiza entre os séculos XI e XII a ruptura que inicia a autonomização do direito pela criação de método para o processo probatório. Cf. Luhmann, 2005, p. 72 e 117.

[54] Cf. Berman, 2006, p. 58.

[55] Cf. Koselleck, 2014, p. 320.

Além da designação de si mesmo como único legislador, as proposições de Gregório VII deixavam claro que a disputa semântica sobre a definição da *verdadeira* autoridade investida pela ordenação divina refletiam-se diretamente em questões que hoje são lidas como jurídicas[56]. A ordem se materializava nas leis escritas sob a sua autoridade, que sujeita a validade de toda a ordem secular à reorganização da jurisdição eclesiástica[57], da qual ele (e não o rei) era o único juiz. Tal estrutura era fundada em nome de um poder invisível e intangível, mas que justifica toda a construção dos sentidos sobre os quais era exercido o poder temporal[58].

Outro ponto relevante é que ao atribuir a si a jurisdição sobre toda a cristandade, o papa desprezou a antiga construção romana da *nemo iudex in sua propria causa*[59]. Enquanto afastava de si a noção de imparcialidade ao tempo em que se investia como supremo juiz, revelava como a concepção escatológica de juízo final era constitutiva da disputa sobre a última palavra entre reino e igreja. Por outro lado, definida a autoridade interpretativa de todo o direito[60], cujo domínio linguístico pertencia à igreja, estava o rei carente de legitimidade para indicar bispos ou interferir nos assuntos eclesiásticos. Assim, as ações do rei contra o papado passaram a ser vistas como a busca do *interesse próprio* e não como exercício de um *direito*. E ainda que deles surgisse um conflito hermenêutico, seria o papa a resolvê-lo.

Nessa distinta articulação do poder da igreja, a sistematização do direito escrito pelo resgate das categorias do direito romano assumiu uma função estruturante[61]. Foi ele o responsável por criar uma autorreferência das decisões da igreja justificada sob os programas do direito canônico criados pela reprodução interna de seu discurso. Esse fenômeno,

---

[56] Reproduzidas em Berman, 2006, p. 123.

[57] A respeito dessa centralização com vasta exploração de fontes v. Müßig, 2014, p. 81.

[58] Cf. Berman, 2006, p. 125.

[59] Sobre a incorporação da noção de imparcialidade, nos códigos de Teodósio e Justiniano, enquanto oposição entre o *interesse* e a *justiça*, nos negócios jurídicos privados do direito romano: Bianchi, 2012.

[60] O papa passou a governar também questões leigas nos temas relativos à fé e a moral, assim como casamentos, heranças e outras questões civis. À época o chamado direito canônico era compreendido como sinônimo de direito oficial, o que não existia antes de 1075. Cf. Berman, 2006, p. 126.

[61] Cf. Thornhill, 2011, pp. 30-32.

por sua vez, produziu dois efeitos relevantes para a consolidação do direito como forma simbolicamente generalizada de comunicação na Idade Média: 1) a formação de padrões jurídico-normativos possivelmente aplicáveis para toda a cristandade, com progressiva autonomia em relação à intervenção direta de outras esferas sociais e às regras definidas pelo poder local dos feudos, e 2) a internalização da referência comunicativa sobre a qual a igreja poderia organizar a si mesma sobre um conjunto de procedimentos previstos em códigos e leis escritas, que descreviam a si mesmos como mais consistentes e estáveis do que os usos e costumes fragmentariamente difundidos nos reinos europeus. Em virtude da revolução dividiu-se o direito em *antigo*, configurado pelos velhos textos e leis, e o *novo,* constituído pelas leis e decisões então contemporâneas.

A organização do direito canônico provocou a reação dos reinos através da sistematização das suas próprias ordens jurídicas seculares, criando um mecanismo de desparadoxalização das tensões entre valores espirituais e seculares: o direito[62]. Foi esse legado pré-adaptativo[63] de ajuste das relações entre as ordens sagrada e profana de que vão se servir as revoluções sucessoras. Essa dimensão tem impacto sobre o modo de compreender a mudança da função dos juízes e da categoria de imparcialidade sobre a qual sua autoridade é exercida. A revolução fez distintos usos do tempo histórico para inaugurar um *novo tempo*, no qual as noções de secular e eterno tinham sofrido uma alteração radical.

1.2. O trânsito da jurisdição entre a monarquia litúrgica e a monarquia legal

No plano da jurisdição ordinária a Revolução papal também produziu efeitos. A identidade entre o interesse do rei e dos seus súditos era uma evidência divina, então o seu questionamento não colocava em risco

---

[62] Paradoxalmente a figura que precedeu o formato jurídico dos modernos estados seculares europeus foi justamente a igreja, que descrevia a si mesma como uma ordem jurídica internamente diferenciada constituída por uma espécie de confederação universal cristã. Cf. Brunkhorst, 2014, pp. 92-99.

[63] Do acolhimento da ideia de que não há causas unívocas para as aquisições evolutivas, mas que a sua emergência se apoia em desenvolvimentos prévios, Luhmann denomina como "pradaptative advances" o surgimento de um arranjo propício a uma dada contingência e que só depois é visto como funcional para um contexto mais complexo. Cf. Luhmann, 2005, p. 306; 2007, p. 404-405.

o exercício da sua autoridade[64]. Fundada numa articulação complexa entre diversas unidades de poder com menor influência, a jurisdição do rei cedia amplo espaço para a igreja. Porém, ao sistematizar o direito canônico, a luta pela autonomia da igreja viabilizou o desenho de quadros paralelos das mudanças nos impérios dos quais pretendia se libertar. Mais tarde, seriam os reinos europeus impulsionados em direção à sua autonomização em relação à igreja, em busca da plenitude do domínio do rei sobre a jurisdição de seu território.

Essa transição foi novamente intermediada pelo discurso jurídico, cuja fundação teológica era a base de justificação do exercício da autoridade política[65]. A identificação de elementos místicos na linguagem dos juristas ingleses na baixa Idade Média foi trabalhada por Kantorowicz a partir dos *Reports* de Edmund Plowden, que resumiam as sentenças nos tribunais da Coroa inglesa durante o reinado de Elisabeth I. Mesmo após a Revolução papal, nos reinos europeus onde a presença do monarca era mais forte, os reis eram ainda considerados os vigários de deus[66] e mediadores entre ele e o povo. Por outro lado, o vínculo de legitimação do monarca ao poder do papa, num sistema feudal de relações de vassalagem, impossibilitava o surgimento de uma teoria da soberania nos termos modernos[67]. O importante para o reino era a permanência da ideia de que o rei era o supremo juiz e mantenedor das ordens divina e temporal, o que assegurava às suas decisões a *imagem* da justiça.

A exigência de uma justificação para o exercício do poder ilimitado por uma autoridade secular precisava se apoiar numa fonte divina. Então, a defesa de uma soberania divina do rei não poderia ser baseada

---

[64] Cf. Costa, 2008, p. 160.

[65] "We will still believe and maintain that our Kings derive not their title from the people but from God; that to Him only they are accountable; that it belongs not to subjects, either to create or censure, but to honour and obey their sovereign, who comes to be so by a fundamental hereditary right of succesion, which no religion, no law, no fault or forfeiture can altero or diminish." Trecho de carta da Universidade de Cambridge dirigida ao Rei Charles II, no ano de 1681, publicada no volume "History of Passive Obedience", Amsterdam, 1689, p. 108.

[66] Esse uso da linguagem *cristológica* refletida nos títulos honoríficos atribuídos ao rei, segundo Kantorowicz, tinha dois aspectos, um ontológico e outro funcional, ambos referidos à divindade do oficial real como "Imagem de Cristo" e "Vigário de Cristo". Cf. Kantorowicz, 1957, p. 88.

[67] Cf. Weber, 2009, p. 41.

em fatos, mas no direito[68]. Para os defensores do direito divino dos reis, a posição do papa era a de um usurpador, pois a *jurisdição ilimitada* era monopólio do rei. Esse deslocamento do exercício da autoridade divina para o monarca implicava na conversão de sua própria pessoa, o rei, em fonte e intérprete da *lei*, não submetido a qualquer limite[69]. É essa autodescrição do rei como único *juiz* legítimo e ilimitado que promove a independência dos imperadores e se constitui no antecedente fundamental à autoafirmação soberana dos Estados.

A semântica desse trânsito entre o aspecto litúrgico para a feição jurídica da autoridade do rei, por sua vez, retirava sua validade nas máximas do direito romano contidas no *Corpus Iuris Civilis*. A formulação da doutrina do rei como *legibus solutus* residia sobre uma antinomia: "Que o príncipe, ainda que não esteja sujeito aos vínculos da lei, é sem embargo um servo da lei e da equidade; que é portador de uma pessoa pública, e que derrama sangue sem culpa"[70]. A solução dessa antinomia existente sobre a pessoa do rei entre *persona publica* e *privata voluntas* é oferecida ao qualificar a vontade do rei *não como ato volitivo privado e arbitrário*, mas como manifestação do *sentido inato da justiça em si*. O caráter dúplice da personalidade do rei como pai e filho da justiça se reflete no direito fundamentando a ideia de que "não é o príncipe que governa, mas a justiça governa através do príncipe, que é, por sua vez, o instrumento da justiça"[71].

O conceito de direito divino passava a ser compreendido como direito próprio, adquirido legitimamente por herança, o que dispensava o

---

[68] Cf. Figgis, 1982, p. 85.

[69] Em contraposição à ideia de que o costume seria o limite ao exercício do poder do rei, que vai se afirmar num momento posterior. Cf. Müßig, 2014, p. 184 ss

[70] Expressão extraída do livro IV de *Policratius*, escrito em 1159 por John of Salisbury *apud* Kantorowicz, 1957, p. 95. Para Berman, a obra de Salisbury inaugura a ciência política ocidental e introduz no pensamento europeu *uma teoria orgânica da ordem secular* ao elaborar a "metáfora de que todo território político governado por um líder é um corpo. O príncipe é a cabeça, o senado é o coração, os juízes e governantes provinciais são os olhos, ouvidos e a língua, o soldados são as mãos, os lavradores são os pés". Berman ainda aponta que a partir de Salisbury é que Edward Coke, no século XVII, articulou a sua defesa de uma "supremacia judicial". Cf. Berman, 2006, p. 351. Já Mohnhaupt, 2012, p. 50, localiza na obra de Salisbury o sentido de uma 'constituição política' de grau hierárquico superior que organiza a ordem comunitária estamental. Logo, o modelo fisiológico do Estado corresponderia à semântica personalista de exercício do poder nos planos político e jurídico.

[71] Cf. Kantorowicz, 1957, p. 96.

reconhecimento do carisma pelos súditos. Embora a linguagem do direito tenha desempenhado relevante papel na distinção que opunha o papa ao rei, longe está a ideia de que o tipo de domínio instalado estaria baseado na razão jurídica[72]. Antes disso, o fundamento da obediência dos súditos estava baseado na crença do caráter sagrado do poder e do ordenamento consagrado pelo tempo. Tempo entendido como existente desde sempre[73].

Nesse contexto, o uso da palavra *constituição* podia ser identificado como acordo que conferia solução consensual aos litígios[74]. A semântica do termo representava o instrumento contratual a que chegavam as partes, após a submissão de um conflito a uma instância superior – em geral, conselhos comunitários instituídos pelos príncipes locais. Essa relação do termo com a normatividade da vida local aparece pouco depois nos estatutos de reforma de ordenamentos municipais, referenciados em fontes jurídicas transmitidas pela tradição. O funcionamento das incipientes estruturas coletivas de resolução de conflitos, sob o domínio do rei e baseadas na tradição, estavam inseridas na lógica de dominação estamental. A *jurisdição* e a manutenção do aparato administrativo do governo era organizada em funções públicas ocupadas por *direito patrimonial*[75], seja através da concessão a um grupo com determinadas características ou a um indivíduo específico em caráter vitalício e hereditário[76]. No primeiro caso, o rei tinha sua escolha limitada aos membros de determinado grupo de poder político (barões, condes e duques, por exemplo). Na segunda hipótese, a escolha poderia se dar em razão de um direito econômico, posse de meios materiais para a administração ou pelo simples exercício do poder de governo. Àquele que desempenha a função administrativa sob título estamental cabe pagar todos os custos com os seus próprios recursos ou custeados pelo senhor do

---

[72] Neves observa que os pactos de poder entre o rei e a nobreza não se confundem com o sentido moderno de constiuição, seja na sua *dimensão social*, pois restrito aos membros do acordo sob uma linguagem particularista e excludente no nível pragmático, seja na *dimensão material*, referindo-se apenas a aspectos pontuais da política e do direito, sem significação abrangente. Cf. Neves, 2009, pp. 17-22.

[73] Cf. Weber, 2012, p. 94.

[74] Cf. Mohnhaupt, 2012, p. 42.

[75] Fato que sujeitava o cargo aos negócios civis como o arrendamento, penhor, permuta e a venda, além de poderem ser adquiridos por usucapião.

[76] Cf. Weber, 2012, p. 104-105.

feudo em troca da prestação do serviço, a exemplo do que ocorria com os exércitos mercenários. Essa situação evidenciava como o poder estava dividido não só entre o rei e os senhores, mas entre estes e os detentores das funções de interesse coletivo, cuja ocupação se dava por direito próprio e autônomo.

Até a estabilização do poder normando sobre os ingleses, as unidades feudais senhoriais de cada distrito, vila ou condado mantinha sua própria organização política em cortes reguladas pelo *direito nobiliário*. A assembleia era formada por homens livres e servos, que se reuniam em assembleia periodicamente para discutir os assuntos de interesse local e para decidir disputas civis e penais[77]. As demandas eram submetidas ao "senhor", porém o litígio era decidido pelos pares dos litigantes, entre vassalos e arrendatários, num procedimento caracterizado pela informalidade e oralidade. Esse tipo de julgamento admitia recurso da decisão do senhor dirigido ao seu senhor e sua crescente uniformidade alcançou relativo grau de autonomia em diversas partes da Europa[78]. O período também foi marcado pelo crescimento do intercâmbio de recursos financeiros e serviços intermediados pelo uso entrelaçado de influência política e autonomia contratual, que se refletiria na formação dos estamentos no parlamento. Ao parlamento caberia supervisionar o funcionamento dos acordos entre o rei e os representantes da nobreza, do clero e do campesinato, o que abrangia as decisões sobre a divisão dos impostos para financiar a proteção do reino. Esses acordos entre nobreza, reino e clero da segunda metade do século XVII passaram a viabilizar o uso do termo *constitution* tanto ao vínculo contratual entre soberano e os estamentos, quanto por alguns direitos que deveriam ser reconhecidos aos súditos[79].

A relação entre a propriedade da terra e o exercício da jurisdição tinha adquirido significado bem estabelecido na semântica do domínio político da monarquia inglesa[80]. Nos feudos, o exercício da jurisdição não era derivado da condição monárquica de governo e sim da propriedade dos chamados "senhorios judiciais". Paralelamente, existiam as "jurisdições reais", cujos oficiais exerciam a judicatura por delegação do

[77] Cf. Berman, 2006, p. 378.
[78] Cf. Berman, 2006, p. 388.
[79] Cf. Mohnhaupt, 2012, p. 75.
[80] Cf. Müßig, 2014, p. 156 ss.

reino em nível local, acumulando a administração de bens e rendas da coroa. Essa completa dependência colocava à disposição do rei a escolha, substituição e remoção dos oficiais, de modo que a resolução dos casos concretos se manifestava como decorrência direta da *vontade do rei* e não como operação técnica de *aplicação da lei*. Esse fenômeno era observado inclusive em nível local, onde a competência territorial seria do "senhorio judicial".

A concorrência entre essas duas espécies de jurisdição resultava em tensões entre o rei e os barões ingleses. Além disso, o descumprimento arbitrário das condições dos empréstimos tomados junto aos senhores feudais, sob a proteção dos próprios juízes que estavam submetidos à sua autoridade aumentou o descontentamento com o reinado. Invocando o direito divino sobre o qual governava, o rei instrumentalizava os privilégios de que dispunha sobre a magistratura e poderia expulsar juízes dos ofícios para os quais haviam sido nomeados. Essa faculdade permitia que os juízes tivessem suas atividades suspensas até que o rei assim quisesse (*during pleusure*). O que garantia ao rei o poder de cassar as decisões judiciais cujo teor não lhe agradasse. O período é marcado pela ocorrência de decisões judiciais contra a Coroa, como algumas de Edward Coke[81] que reputou algumas das medidas da monarquia contrárias aos princípios do direito natural que justificava o *Common Law*. Algumas dessas decisões são tomadas como fundamentais para o surgimento da *independência judicial*.

Entretanto, o paulatino fortalecimento do poder dos juízes convivia com a fragmentação da jurisdição numa série de competências territoriais fixadas por critérios locais e sob o senhorio do feudo que, por sua vez, também era parte. Questões sobre inclinações pessoais nos julgamentos eram admitidas apenas em relação aos jurados e nunca aos juízes. Além disso, o pedido de deslocamento para um terceiro (*conusance*)

---

[81] Cf. Müßig, 2014, p. 179 descrevendo a associação entre o *Common Law* e a razão natural em Coke. A marcante atuação judicial de Coke em oposição à concentração de poderes do rei Jaime I, antecessor de Carlos I, fundava-se no argumento de que as liberdades concedidas na Magna Carta, na verdade, existiam ainda antes da conquista normanda e teriam sido historicamente afirmadas pelos povos germânicos que habitaram a Inglaterra nos séculos VI e VII. A invocação da *constituição antiga* contra o jugo normando, que rompera com o passado glorioso, era utilizada por Coke como *recurso ao passado* que *vincularia a legítima tradição ao futuro*. Cf. Paixão & Bigliazzi, 2008, p. 74.

estava sujeito ao arbítrio da própria corte em acolher, segundo o costume, a alegação de *impertinência* a ser *evitada* na apreciação do caso. Assim, a rigorosa proibição de julgamentos em causa própria parecia era uma noção inconsistente[82] e baseada em recurso ao direito canônico.

Nesse ponto, o direito teve *novo* papel sobre a mudança na percepção da figura do rei. O movimento a que a imagem do monarca se submetia deixava de se vincular estritamente à força militar necessária à proteção aos súditos para articular-se, também, com a capacidade de oferecer arranjos jurídicos estáveis e propícios ao desenvolvimento econômico. Esse trânsito passou a exigir um novo ajuste entre as esferas de compreensão do que era o *interesse* e o *direito*, dado o descolamento gradual entre o interesse do monarca e o dos indivíduos. Como o titular do poder político passou a ser visto como alguém que tinha interesses distintos dos súditos, uma *nova* semântica de legitimação do poder precisava surgir. Esse foi o cenário do surgimento das teorias contratualistas fundadas no direito natural de que decorreria a ideia moderna de soberania.

A centralidade da figura do soberano enquanto garante da legalidade e da segurança dos súditos buscou fundamento na exclusão da repercussão das convicções privadas sobre a política. A inserção do sentido difuso da política no seio da moral dos indivíduos converte-se em causa e consequência da autoridade do soberano, o único a decidir sobre o justo, pois detentor simultâneo das funções de legislador e supremo juiz[83]. O paradoxo lógico da soberania em Hobbes estava no fato de que a razão e a natureza levariam as pessoas a instituir o Estado para o seu próprio bem. Mas depois de criado, o Estado passaria a existir de modo autônomo, não lhe sendo oponível o direito natural sob o qual foi constituído[84].

---

[82] Cf. Yale, 1974, p. 85 e 96.

[83] Cf. Hobbes, 1997, p. 70. A função de constituir todos os juízes de opiniões e doutrinas pertence ao soberano, como forma de evitar a discórdia, assim como a *autoridade judicial*, pois sem a decisão das "controvérsias que possam surgir com respeito à leis, civil e natural, ou com respeito aos fatos" não há proteção de um súdito contra o outro. Cf. Hobbes, 1997, p. 63.

[84] Cf. Hobbes, 1997, p. 61.

Da igualdade entre os homens no estado de natureza[85], Hobbes extrai o sentido de *imparcialidade do julgamento*. Não cabendo a nenhum reservar para si direito que não deva ser guardado igualmente para os demais quando da passagem à lei civil, *não podem os homens atuarem como juízes em causa própria*, pois isso significaria ofender a equidade de tratamento suposta na lei natural[86]. A submissão das controvérsias à sentença de um *terceiro*, veementemente rejeitada na dinâmica de julgamentos através dos jogos da prova e dos ordálios no medievo, era agora descrita como *mandamento da lei natural*. O uso da força por qualquer deles passa a ser visto como causa da guerra e a parcialidade ganha conotação negativa[87]. Mas o ponto mais relevante do pensamento hobbesiano sobre o tema da imparcialidade dos juízes está na defesa de que bastaria a *aparência do interesse* na vitória de uma das partes para a perda de *credibilidade* do julgador. Essa noção, hoje compreendida como *imparcialidade objetiva*, não foi trabalhada exaustivamente por Hobbes, mas as suas posições restritivas à interpretação da lei pelos juízes como risco à soberania mostram que ele via na subjetividade da jurisdição um perigo a ser evitado. Para ele o que faz a lei não é a *juris prudentia* ou a sabedoria dos juízes subordinados, mas a razão do Estado e suas ordens [88].

Ainda assim, Hobbes não se furtou a prescrever recomendações que fazem do juiz um bom intérprete da lei[89], projetando na figura do magistrado ideal *uma compreensão correta* da principal lei da natureza: a equidade. A prescrição hobbesiana tinha em consideração a objetividade da função dos juízes diante das leis escritas, cujo autêntico sentido não lhes era dado, pois reservado ao soberano. A ambígua figura do soberano, dividida entre uma face temporal (sujeita à lei que dele emana) e outra eterna (sujeita apenas à sua vontade), põe em contingência a objetivi-

---

[85] A igualdade é pensada como atributo *natural* dos homens, mas mesmo admitindo que a natureza os fizesse desiguais, Hobbes projeta a igualdade no pensamento dos indivíduos, sem o que eles nunca entrarão em condições de paz. Cf. Hobbes, 1997, p. 55.

[86] Cf. Hobbes, 1997, p. 55 e 94.

[87] Cf. Hobbes, 1997, p. 56. A parcialidade é associada ao orgulho, disputa, corrupção e à vingança; enquanto a paz à modéstia, gratidão, justiça, equidade e misericórdia – virtudes morais segundo a *lei natural*.

[88] Esse argumento é recorrente em várias passagens do *Leviatã*. Cf. Hobbes, 1997, p. 63, 94-96.

[89] Cf. Hobbes, 1997, p. 96.

dade da atuação dos juízes segundo a lei à medida que o soberano não está sujeito às leis civis[90].

O contexto era marcado pela inobservância às decisões dos juízes investidos sob o título de "senhorio judicial" pelos oficiais do rei. O que entre outros motivos desencadeou a Revolução Puritana de 1642 a 1649. Após a negativa de Charles I, com base no direito divino dos reis, em atender as dezenove proposições do parlamento – entre as quais a de assegurar a *estabilidade dos juízes* e de sujeitar os ministros e *senior judges* do rei à aprovação legislativa, instaurou-se o movimento. A revolução culminou com a decapitação do rei Charles I e a instalação da República[91]. À época, a ideia de distinção da função judicial em relação à legislatura e ao governo já aparecia com maior clareza no pensamento político inglês. Em 1649, John Sadler publicou a obra *Rights of the Kingdom*, na qual uma defesa da tripartição de poderes é articulada, inclusive para assegurar a não interferência na atividade judicial[92].

A relação entre os juízes e o governo, contudo, não sofreu mudança significativa. O primeiro sinal de impacto da ascensão dos juízes como atores políticos de maior relevância aparece apenas após a Revolução Gloriosa de 1688, com a aprovação do *Act of Settlement* em 1701. O ato institucionalizou os princípios do regime político do governo misto pós--revolucionário[93], constituindo-se no primeiro antecedente do sentido moderno de independência judicial. O ato de estabelecimento conferiu ao parlamento meios para limitar o poder do rei sobre a magistratura, instituindo o caráter vitalício da função jurisdicional, a remuneração por salário fixo e a sujeição da remoção à prévia votação da Câmara dos Lordes ou Câmara dos Comuns[94]. O ato também substituiu o arbítrio do rei pela "observância da boa conduta" dos magistrados como fundamento da ocupação dos ofícios judiciais. A reforma ainda incluiu o princípio da

---

[90] "Porque, tendo poder para fazer e revogar leis, pode, quando quiser, libertar-se dessa sujeição, revogando as leis que o estorvam e fazendo outras novas." Cf. Hobbes, 1997, p. 91.

[91] No período republicano realizou-se uma reforma no direito, com a adoção do inglês como língua dos tribunais, a simplificações das formas jurídicas e a extinção de prerrogativas reais. Além da instalação de uma Assembleia unicameral. Cf. Paixão & Bigliazzi, 2008, p. 79.

[92] Cf. Gerber, 2011, p. 21.

[93] O que não significava, no caso inglês, a vitória de uma *nova* ordem. Antes reafirmava a *velha* pela resistência da nobreza e da burguesia ascendente no Parlamento. Nesse sentido: Grimm, 2015, p. 25.

[94] Cf. Shetreet & Turenne, 2013, p. 29.

irresponsabilidade dos juízes por seus atos, salvo deliberação do parlamento em sentido contrário, o que dependia da comprovação do descumprimento da lei ou mau comportamento.

A primeira experiência legislativa inglesa sobre a independência judicial relacionou-se à ideia de construir uma atmosfera menos sujeita ao poder do rei para as decisões. Era uma resposta institucional ao estímulo de produzir a *confiança* dos credores da monarquia inglesa de que as disputas sobre questões relativas aos empréstimos não seriam julgadas por juízes submetidos à vontade real. A posição da coroa como parte devedora e, consequentemente, interessada nos processos havia sido o fator determinante da defesa da independência. O que indicava também um deslocamento da justificativa do próprio direito. Se o rei e a monarquia tinham *interesses* que não se identificavam com o legítimo *direito* dos ingleses, era preciso delegar a aplicação do direito a um corpo de juízes visto como independente, cujas decisões fossem amparadas em normas previamente determinadas na lei ou no contrato.

Essa autonomização da função judicial se inseriu no processo mais abrangente de limitação do poder absoluto pela noção de constituição, cujo campo semântico não abrangia a ideia de povo[95]. No entanto, o uso do conceito de constituição era articulado em nome dos direitos individuais, que estavam longe de invocar uma *neutralidade* política. A disputa sobre a constituição relacionava-se ao projeto do parlamento em consolidar a sua supremacia contra o arbítrio do rei. Esse foi o pano de fundo sob o qual Locke invocou a noção de vedação de julgamento em causa própria ao tratar do estado de natureza e da sociedade política[96].

A referência à *imparcialidade*[97] no pensamento lockeano aparece em apoio à organização da sociedade civil. A ausência da autoridade investida para a aplicação imparcial da lei[98] é descrita como inimiga da auto-

---

[95] Na formulação do governo moderado, fundado sob o equilíbrio entre monarquia e parlamento, Locke rejeita que a constituição possa ser gerada pela vontade popular, vista como perigo à constituição. Cf. Locke, 1980, cap. XIX, sec. 220 e sec 223. Nesse sentido: Fioravanti, 1999, pp. 92 e 103. No pensamento liberal, a vontade popular foi construída apenas no século seguinte, mediante as categorias de *poder constituinte* de Sieyès e de *soberania do povo* em Rousseau. Cf. Sieyès, 1989, p. 96 e Costa, 2011, p. 181-193.

[96] Cf. Locke, 1980, cap. II, sec. 13 e cap. VII, sec. 90.

[97] Cf. Locke, 1980, cap. II, sec. 13.

[98] Locke refere o termo *judge* como árbitro impessoal e autoridade consituída pela transferência do direito natural dos indivíduos à comunidade para julgar todas as demandas e

preservação, o que sujeitava todos à escravidão e à guerra permanente. No argumento de que no estado de natureza todos os *homens seguem suas paixões*, não podendo serem bons juízes de seus interesses, Locke *inclui o rei*. O que conduziu à consideração de que conservá-lo nas funções de juiz e executor em causa própria era incompatível com o governo civil. Dessa conclusão, exclui-se a função de julgamento do rei para delegá-la a "um juiz *equânime* e *indiferente*, com a autoridade reconhecida para julgar sobre as controvérsias de acordo com a lei estabelecida"[99].

Desvincular a decisão judicial da vontade real não poderia, contudo, significar que ela seria o resultado da *vontade dos juízes*[100]. É nesse momento que ganha importância fundamental para a justificação da atividade judicial a vinculação da função jurisdicional ao *rule of law* e a *aproximação entre as noções de independência judicial e imparcialidade*, cuja articulação passava a caracterizar a autonomia funcional do direito[101]. A tarefa de constatar a adequação entre os fatos e as previsões normativas conferiu mais autonomia aos juízes, sob a justificação da imparcialidade do julgamento. Como apontam Klerman e Mahoney[102], as inovações institucionais incorporadas a partir do *Act of Settlement* proporcionaram a construção de padrões jurídicos vistos como mais seguros. Este foi um elemento de reforço da capacidade financeira da monarquia

---

reparar danos. Porém, a expressão *juiz*, nesse contexto, é identificada com o legislador (supremo juiz), que atua diretamente ou por *magistrados* por ele nomeados. Nesse sentido: Locke, 1980, cap. VII, sec. 87 a 90.

[99] Cf. Locke, 1980, cap. IX, sec. 125 e 131. Para Luhmann, "a novidade evolutiva consiste na crescente importância (e, sobretudo, no reconhecimento dessa importância) da legislação. O que conduz, na Inglaterra, ao reconhecimento da soberania do Parlamento e, no continente, à dasautorização da ideia de uma jurisdição do monarca que operava de modo uniforme em relação à lei e à jurisdição. É então evidente a tendência a subordinar a jurisdição à legislação e a reduzir o sistema jurídico à diferença, concebida de forma assimétrica, entre poder legislativo e poder judiciário. Tudo isso culmina, de maneira definitiva, na positivação de todo o direito." Cf. Luhmann, 1996a, p. 103.

[100] No capítulo XIX, Locke mantém o direito natural dos indivíduos ao julgamento de si e do governo. Nesse ponto, o pensamento lockeano é hoje compreendido como fundacional do liberalismo, mas essa significação *liberal* relacionada ao *constitucionalismo* da sua obra só adquire uma função no pensamento político na segunda metade do século XIX, quando passou a ser associada à democracia. Por isso, Duncan Bell sugere que só no século XX Locke *tornou-se* liberal. Cf. Bell, 2014, p. 693-698.

[101] Enquanto ocupante de um cargo vitalício e integrante de uma organização livre de pressões externas. Cf. Luhmann 2005, p. 119.

[102] Cf. Klerman & Mahoney, 2005, p. 25.

britânica durante o século XVIII, fomentando a tomada de empréstimos a juros mais baixos pela redução dos riscos de inadimplemento, criando condições propícias para a Revolução industrial[103].

Os acontecimentos políticos da Inglaterra no século XVII tiveram papel fundamental para o desenvolvimento da ideia de autonomia do direito, cuja reprodução passou a demandar arranjos institucionais operados por agentes vistos como imparciais. A cristalização de padrões normativos que projetam para o *futuro* a realização de programas condicionais do direito[104] refletiu-se, independentemente da vontade dos envolvidos, na neutralização do conflito entre lados opostos (rei e parlamento, *e.g.*) em torno da *expectativa* do uso do conceito de *juízo imparcial* para a defesa de suas próprias ideias. Esse foi o cenário propício para o desenvolvimento do constitucionalismo e da configuração do exercício da autoridade judicial como instância de crítica do funcionamento do Estado sob o parâmetro da Constituição.

1.3. A modernidade do direito e a imparcialidade como dogma da atividade judicial

O entrelaçamento entre técnica e política enquanto discurso de legitimação do poder ganhou *status* central na modernidade. A identificação do conhecimento jurídico manejado pela burocracia com o domínio da técnica, e a da técnica como forma racional de gerenciamento político, tornaram-se pressupostos para o desenvolvimento do capitalismo[105]. Para o direito essa aproximação se fez refletir na ascensão do positivismo, o que implicou numa determinada compreensão do direito como atividade técnica, a ser desempenhada por profissionais e cortes dotados de neutralidade, indispensáveis à jurisdição imparcial. Essa compreen-

---

[103] Nesse sentido, North e Weingast indicam cinco mudanças institucionais adotadas pós--Revolução Gloriosa, que impulsionaram o desenvolvimento inglês: a autonomização das funções legislativa e judicial do poder do rei; a substituição do arcaico sistema fiscal pelo controle dos gastos da coroa; a afirmação da autoridade do parlamento sobre a criação ou majoração tributária; a submissão à lei da alocação e monitoramento de recursos financeitos, e mecanismos de mútuo equilíbrio entre coroa e parlamento contra o arbítrio de ambos. Cf. North & Weingast, 1989, pp. 803-832.

[104] Sobre os programas condicionais do direito: Luhmann, 2005, pp. 253-263, destacando a coordenação do *momento da decisão* sempre relativa a fatos passados, mas atenta ao futuro.

[105] Cf. Weber, 2012, p. 87.

são põe à disposição do próprio direito os mecanismos de controle da discrição da subjetividade dos julgadores.

Sobre a atividade judicial, a modernidade da dominação legal-racional exigiu uma relação diferente com os cargos. A prestação jurisdicional vista como poder de interpretar um ordenamento jurídico segundo técnicas hermenêuticas torna-se um empecilho para a manutenção dos cargos segundo o regime do *patrimonialismo*, adotado pelo modelo de dominação tradicional. O titular do cargo não deve mais ocupar o posto oficial como propriedade, pois a sua atividade passa a ser estritamente guiada por normas e o seu trabalho exercido de maneira independente[106]. Nesse contexto, a compreensão da necessidade de uma instância imparcial, livre das disputas políticas, como elemento fundamental da autonomia do sistema jurídico impulsionou profundas transformações sobre a forma de enxergar o papel dos magistrados. Produzir instituições que estimulassem o crescimento econômico exigia que também o Estado se mostrasse disposto a submeter a sua vontade ao direito e, consequentemente, a uma instância que fosse percebida como neutra para aplicá-lo. Tal quadro reforçou a vinculação entre *imparcialidade* e *independência judicial*, por meio de uma estrutura institucional capaz de tornar possível e fiável um corpo de juízes que não atuasse de acordo com laços personalistas ou patrimoniais.

Esse processo de diferenciação, contudo, impôs ao direito um novo desafio: como manter a validade de disposições legadas por uma *tradição* (e aceitas apenas por parte da sociedade como fundamento de uma *moral natural*) capaz de obrigar a todos que vivem sob a mesma autoridade? Uma possível resposta é a afirmação de que a autoridade é neutra, pois carrega os valores daqueles grupos em conflito. Esse foi o arranjo clássico do Estado liberal. Mais, no que toca à ideia de imparcialidade dos juízes, esse foi e continua sendo o argumento oferecido pelo liberalismo como a imagem em que se espelha a legitimação das respostas

---

[106] Weber aponta três características gerais do tipo de dominação legal (racional), operado por uma administração burocrática: 1) ampliação da base de recrutamento sob o critério da máxima qualificação especializada; 2) tendência de plutocratização da aprendizagem, que passa a ter um período mais longo, e 3) a prevalência de um "espírito pessoal formalista", ou seja, o típico burocrata deve decidir sem ódio nem paixão, sem amor nem entusiasmo, orientado pela noção do dever de tratar todos formalmente de maneira igual. Cf. Weber, 2012, p. 92.

no direito. Uma imagem que se procura manter mesmo diante das dificuldades trazidas com a percepção da influência dos diversos vieses no processo de interpretação jurídica. A construção teórica sobre a racionalidade do direito, a burocratização do Estado e a compreensão da jurisdição como atividade técnica desenvolvida por profissionais, no entanto, não pode ser apartada do fato de que Weber tinha claro que "o fundamento de *toda* dominação, de *toda* obediência, é portanto uma crença: uma crença no prestígio do governante"[107]. A própria legalidade também estaria circunscrita no exercício desse domínio, embora ele nunca fosse puramente legal.

Entretanto, outra mudança era estrutural para a estabilização dessa semântica: a construção da noção moderna de *autonomia do indivíduo*. Apenas com fundamento na autonomia tornou-se possível expandir a universalidade do *novo* sentido das relações entre governo e sociedade civil. A construção da ideia de indivíduo como ser racional que marca a modernidade foi acompanhada de uma mudança fundamental sobre a ideia de imparcialidade. Compreender como *dever* humano suportar os conflitos, inclusive na política, representou não só uma dualidade que separava ser e objeto, mas foi invocada como a virtude moderna e laica, por excelência. Assegurada a unidade do Estado com o término das guerras civis e religiosas, a crítica liberal de cunho individualista gerada na organização da sociedade burguesa passou a ganhar espaço. Logo, a justificação da nova configuração do poder político demandou a articulação iluminista que inseriu no discurso político a opinião formada no seio privado[108].

O ponto de partida de fundação da política foi então deslocado do *soberano* para a *moral privada* que passava a ser vista sob a autoconsciência da certeza racional e convertida na legalidade do progresso. Porém, a convicção de pertencimento a uma *nova* elite moral e intelectual capaz de submeter o Estado à crítica da razão não era correspondida no plano do *status* social. Os membros dessa classe emergente permaneciam na condição de súditos. Então, *novamente* o espaço da experiência articulou o seu rompimento com o passado recente pelo resgate da

---

[107] Cf. Weber, 2012, p. 160.
[108] Cf. Koselleck, 1999, pp. 49 e 52.

IMAGENS DA IMPARCIALIDADE ENTRE O DISCURSO CONSTITUCIONAL E A PRÁTICA JUDICIAL

tradição remota da antiguidade[109], invocando a sua filosofia, artes e literatura. Os encontros e discussões realizados no *segredo*[110] das lojas maçônicas ou em cafés, clubes e academias distantes da vigilância dos órgãos do rei. Nesses espaços, a burguesia ascendente envolvia parte da nobreza na reciprocidade do discurso da igualdade política, uma dimensão que neutralizava as diferenças entre *gentlemen* e *working men*, autocompreendidos como *humanidade* e reunidos contra o regime absolutista.

Ao mesmo tempo, o conceito de humanidade – que era a condição genérica na qual haviam se inserido os dualismos (*heleno/bárbaro* e *cristão/pagão*)-, até então neutro e politicamente cego[111], ganha uma valoração semântica positiva. Enquanto função política, a noção de humanidade assumiria posição central que negava as suas antíteses refletidas na igreja, na hierarquia dos estamentos e na monarquia. Na assimetria desses opostos, a imagem do homem se destaca frente ao rei posicionando-se contra a analogia entre deus e o monarca[112]. Relacionada à doutrina teológica dos dois corpos, a reformulação linguística da humanidade operada pelo iluminismo dessacralizou a imagem rei, cujo corpo apenas se *eleva* à condição de homem com a renúncia. O *ser* homem implicava, então, em negar todo o campo conceitual que limitasse a realização de sua plena autonomia. E era contra as estruturas do antigo regime que essa autonomia era gramaticalmente articulada, inclusive para moldar a contagem do tempo segundo os acontecimentos da Revolução[113].

Nesse cenário foi desenvolvida a doutrina de separação de poderes de Montesquieu, cuja interpretação racionalista mais difundida a incorporou como garantia de respeito aos direitos. Herdeiro da concepção liberal de governo limitado, o constitucionalismo pós-revolucionário elevou a separação de poderes à cânone indispensável das constituições

---

[109] A produção de uma memória coletiva distinta nesse sentido é descrita por Pomian, 2007, p. 194.

[110] Cf. Koselleck, 1999, pp. 62-68. O aumento vertiginoso de lojas maçônicas na França foi registrado entre 1772, quando haviam 164 delas e 1789, com 629, sendo 65 só em Paris.

[111] Cf. Koselleck, 2006a, p. 220.

[112] "O rei, humanamente falando um não-homem, deve ser eliminado" Koselleck, 2006a, p. 226.

[113] Após a abolição da realeza na sessão da Convenção de 21/09/1792, ficou estabelecida a substituição do calendário gregoriano por um específico, que deveria tornar-se universal, como símbolo do *novo tempo*, que "recorria a uma natureza racionalizada como justificativa para inaugurar uma nova época da história." Cf. Koselleck, 2014, p. 226.

IMPARCIALIDADE JUDICIAL: A HISTÓRIA DE UM CONCEITO

modernas. A separação de poderes projetava-se ao *futuro*, quando já havia ganho força suficiente do outro lado do Atlântico para se fazer inserir na Declaração de Direitos do Bom Povo da Virgínia, de 1776[114] e, depois, na Constituição norte-americana de 1787. A nível institucional, o principal impacto foi a subtração da jurisdição da influência monárquica através do uso distinto da tradição do *Common Law*[115].

A garantia de que a decisão judicial estaria livre de pressões dos reis e déspotas esclarecidos, agora submetidos à constituição, refletiu-se na unificação do exercício da jurisdição. A atribuição de julgar se tornara monopólio e uma das funções de poder do Estado. Tal fator não impediu, contudo, a existência de jurisdições especiais (inclusive privadas) como exceções. Sobre a atividade dos juízes, a previsão da independência que se desenhava com o surgimento do constitucionalismo liberal pós-revolucionário era articulada sob o discurso do compromisso da lei com a superação da estratificação social e com a sujeição de todos ao seu domínio (universalização), vista como virtude republicana da igualdade[116]. Isso implicava concentrar a função judicial sob a autoridade estatal, iniciando um processo que se estendeu de modo descontínuo nos séculos XIX e XX.

Distintamente do modelo inglês de conferir maior autonomia aos juízes sem o estabelecimento de limites no direito escrito, a transição do antigo regime ao Estado constitucional, promovida em especial pela Revolução francesa, implicou na definição de parâmetros para a atuação

---

[114] Com o emprego de uma linguagem inovadora sobre a declaração de direitos num documento escrito que rompia com signos das constituições de até então. Nesse sentido, os dez traços do constitucionalismo moderno descritos em Dippel, 2007, p. 10. Sobre a inserção da separação de poderes e a influência da experiência judicial no *Common Law* inglês nas primeiras constituições das 13 ex-colônias inglesas na América: Thornhill, 2011, pp. 182-189. Fioravanti registra nas deliberações da conveção da Virgínia, de 30 de maio de 1765, o primeiro uso do termo *constituição* contra a *lei*, associado ao ato do parlamento que violava a máxima *no taxation without representation*, vigente na Inglaterra, mas cujos efeitos não alcançavam a treze colônias. Cf. Fioravanti, 1999, p. 103.

[115] Em que pese a relevância do distinto e inovador *uso* da história na Revolução americana, não cabe aqui descrever em detalhes a formulação da noção de independência judicial na história constitucional norte-americana. Sobre a relevância do direito e da luta pela autonomia judicial na formação institucional dos Estados Unidos: Madison *et al*, 2006, p. 346 ss; Adams, 2000, pp. 67-101 e 245; Wood, 1999, pp. 787-809; Casto, 2002, p. 180 ss; Gerber, 2011; Farejohn & Kramer, 2002, p. 968 ss; Paixão & Bigliazzi, 2008 e Lynch, 2010.

[116] Cf. Cf. Müßig, 2014, p. 144.

judicial sob a noção de *soberania popular* inserida no contrato social. No discurso dos líderes da Revolução, a plena liberdade dos juízes era um risco, pois as jurisdições estamentais eram associadas aos traços *corporativos* do antigo regime[117]. Esta posição foi evidenciada nos debates sobre a reforma judicial durante a Assembleia Constituinte de 1790, e radicalizada no período jacobino[118], quando se tornou possível submeter decisões judiciais ao crivo do legislativo. Tratava-se de evitar que a *estrutura nobiliárquica* herdada pudesse interferir nos destinos da Revolução e inseridos na lei. Então, fora estabelecida a separação entre os procedimentos administrativo e judicial, vedando ao último a revisão dos atos do primeiro.

Dos efeitos dessa compreensão, pode-se extrair em parte o modo de leitura da supremacia do legislador associada à estrita vinculação da jurisdição ao império da lei. Esta construção se adequadava à formação da imagem do juiz como *aplicador* e não *intérprete* da legislação, carente de função político-normativa. Esse foi o modelo acolhido pela lei francesa de organização judicial de 1790[119]. Ato contínuo, foram extintas as cortes senhoriais remanescentes, substituídas por juízes de paz diretamente submetidos ao controle estatal.

A Revolução inseriu no modelo de funcionamento da jurisdição três princípios: simplificação da organização judiciária, independência da magistratura[120] e universalização da proteção dos direitos individuais. A partir de então foram separadas as ordens judicial e administrativa, criando uma jurisdição própria para os conflitos envolvendo o poder executivo; aboliu-se a jurisdição patrimonial, proibindo a aquisição venal dos cargos da magistratura e tornando o acesso à justiça gratuito, mantido pelo Estado; distinguiu-se as jurisdições civil e penal; a imutabilidade das instituições judiciais foi prevista para evitar o retorno dos

---

[117] No entanto, a tensão entre a centralização do absolutismo monárquico e as jurisdições estamentais tinha raízes muito mais antigas na França. Cf. Müβig, 2014, p. 88 ss.

[118] Cf. Thornhill, 2011, p. 210 e 215.

[119] Lei de 16 e 24 de agosto de 1790, que organizou o sistema judiciário e consagrou o princípio da dualidade de jurisdição (art. 13). Texto integral em: https://goo.gl/3HFgRx.

[120] A previsão normativa da independência judicial, contudo, não teve grande significado prático durante a convenção. Eram frequentes os decretos de intervenção no Poder Judiciário, a anulação das eleições de juízes e a adjudicação pela Assembleia Nacional de casos. A separação de poderes proclamada na Constituição repentinamente poderia dar lugar à concentração radical sob o comando da Revolução.

juízes e tribunais de exceção; a competência para a matéria criminal foi submetida ao júri popular e foram previstas garantias para a uniformidade de recursos judiciais e o duplo grau de jurisdição.

Sobre a profissionalização da magistratura, a Revolução mudou completamente a forma de recrutamento e remuneração dos juízes, além de estabelecer uma nova hierarquia do sistema de justiça, composto por três tipos de juízes: os árbitros (escolhidos por mútuo consentimento das partes para qualquer tema de seus interesses privados), os juízes de paz (eleitos por região de acordo com o número de habitantes para funções de conciliador e assessor da corte) e os juízes comuns. A nova lei dispôs que todos os juízes seriam eleitos pelas pessoas sujeitas à sua jurisdição para o exercício da função por seis anos. Foi extinta a previsão de inamovibilidade dos magistrados em razão da sua incompatibilidade com as ideias revolucionárias. A Corte de Cassação, composta por juízes com mandatos de 4 quatro anos, foi concebida como órgão auxiliar da Assembleia Nacional, dotada de atribuição recursal para *corrigir* os erros de aplicação da lei cometidos pelos tribunais do país e dar *uniformidade* à aplicação do direito. Neste sistema, as controvérsias acerca do sentido da lei deveriam ser submetidas à Assembleia em forma de consulta, o *referé legislatif.*

A Constituição de 1791 reiterou a separação entre as funções legislativa e judicial, dispondo[121] que a jurisdição não poderia ser exercida nem pelo legislador nem pelo rei. Por outro lado, os artigos 3º e 19 do capítulo V vedaram expressamente ao judiciário a emissão de decisões vistas como intromissões no poder legislativo, além de conformar o papel auxiliar da Corte de Cassação. Essa organização não assegurava, por exemplo, a inamovibilidade dos juízes por ato de outro poder, tal qual previsto na Inglaterra desde de 1701. Enquanto os ingleses tinham na independência dos juízes a expectativa da garantia de cumprimento de contratos e obrigações financeiras pela monarquia, os franceses direcionavam seus esforços na consolidação política da Revolução[122], fatores que impactaram na formatação de distintas organizações judiciárias.

---

[121] Artigo 1º do Capítulo V, da Constituição francesa de 1791.

[122] A forte dependência do poder dos juízes em relação ao legislador deslocou-se para o poder executivo com o avanço do processo revolucionário, no período napoleônico. Esse processo marca o afastamento da autoridade dos juízes sobre temas da administração governamental, segmentando zonas imunes à interferência judicial.

1.4. Imparcialidade judicial no constitucionalismo

A Revolução Francesa havia criado condições estruturais para a prevalência evolutiva da *inclusão* contra a reinserção do interesse próprio na comunicação jurídico-política, que seria refletida em diversas outras constituições da Europa no período. Esse foi o ponto culminante da afirmação conjunta entre direitos e soberania popular, que pôs fim à reprodução difusa de ordens corporativas particulares fundadas no privilégio do *status* de grupos[123]. No campo semântico das transformações articuladas com a Revolução, o conceito de *modernidade* passou a supor *história em movimento* ou *transição*. Fixar o *tempo* médio no período anterior à ilustração, associado ao *(ultra)*passado, qualificado como atrasado, significava para o espaço de experiência constituído da Revolução a possibilidade de *aceleração* do *tempo* moderno[124]. Em direção ao *progresso* e em oposição ao medievo. Esse afastamento em relação ao aprendizado com o passado produzido pela estabilização da noção de permanente *reescrita* da história, por sua vez, incorporou ao espaço de experiência moderno a incerteza quanto ao futuro, sobre o qual se demandavam prognósticos e instrumentos de controle político-jurídico. Esse trânsito conceitual da própria história é registrado por Krysztof Pomian[125] pelo aprofundamento do divórcio entre *memória* e *história*. O que converteu o historiador num *crítico* da memória e portador de métodos capazes de provar a *veracidade* do conhecimento histórico pelo uso das fontes.

Tal cenário inaugura para Koselleck a jurisdição do palco[126], justificada enquanto *critério de distinção* entre a moral e a política, cuja cisão pela razão ilustrada havia submetido a segunda à primeira através de

---

[123] Cf. Luhmann, 1996b, p. 135; Luhmann, 2007, p. 398 e Thornhill, 2011, p. 218.

[124] Koselleck trabalha os conceitos de movimento na modernidade enquanto estratos temporais de ruptura com a antiga noção de história *magistra vitae* (história mestre da vida), herdada da escatologia judaico-cristã, segundo a qual o horizonte de expectativas já estava definido pela sagrada escritura. Aos homens, então, cabia apenas repetir os antepassados. Cf. Koselleck, 2006a, pp. 21-39 e 267-282. Assim, após a Revolução francesa, o conceito de *secularização* adquire semântica distinta que, mais além do sentido *jurídico-canônico*, passa a ter sentido *jurídico-político*, viabilizado pelo rompimento com a doutrina agostiniana dos dois mundos. Cf. Koselleck, 2003, p. 47.

[125] Cf. Pomian, 2007, p. 206.

[126] Cf. Koselleck, 1999, p. 91.

uma ambivalência cega à própria historicidade[127]. Reunir sob o signo do juízo neutro as qualidades da verdadeira justiça, incorruptível, e da razão identificada com a ciência e o progresso, opunha-se simultaneamente ao conceito antagônico da política. Isso envolveu representar a política no poder absolutista do despotismo decadente, amparado na escuridão e na parcialidade em defesa da estrutura de poder do antigo regime.

Essa operação fez o conceito de *juízo imparcial* incluir a si mesmo na categoria de uma moral elevada, sem deixar de depreciar e excluir simultaneamente o seu conceito antitético[128] – o da parcialidade, que passou a ser associado à política do rei e do clero. Essa distinção foi moldada pela mudança semântica do conceito de revolução[129], e com ela a transformação das noções de passado e futuro. Segundo Koselleck, a partir de então a história passou a justificar e ser justificada por um modo particular de lidar com o tempo, no qual o *passado* é visto como um *espaço* e o *futuro* como um *horizonte*. A apropriação de um passado linear na descrição do presente ganha *status* racional no método historiográfico e se reflete nas formas de articulação do sentido no direito e na política. Então, estabelecer o método científico como *nova* forma de raciocínio mostrou-se fundamental para estabelecer modos distintos de relacionar o indivíduo à política do então presente pós-revolucionário. Era necessária uma semântica do *novo espaço da experiência* em que a autonomia dos indivíduos – afirmada pelo liberalismo, pudesse justificar a si mesma e também o exercício do poder político a um só tempo. Isso

---

[127] "O verdadeiro crítico é o juiz, não o tirano da humanidade. 'Esse seria o trabalho de um crítico superior: ser, enfim, o juiz e não o tirano da humanidade'. A crítica supera seu motivo inicial, *torna-se o motor da justiça em causa própria*. Ela produz o seu próprio ofuscamento". Cf. Koselleck, 1999, p. 106.

[128] Aqui imparcialidade é entendida como conceito antitético-assimétrico trabalhado em Koselleck, 1999, pp. 88-110 e 2006, 191-197, ao descrever a função da *neutralidade apolítica* da razão iluminista em operar a distinção entre moral e política como forma prévia e indireta da chegada da burguesia ao poder e do estabelecimento da *nova* jurisdição em radical oposição ao passado, mediante uma atitude diferente em relação ao futuro.

[129] Como produto linguístico da nossa *modernidade* o conceito de revolução abandona a ideia de retorno como ciclo da natureza e se insere como fenômeno que dita o seu próprio tempo e é capaz de planificar o seu *futuro*, para além de toda *experiência* do passado. Cf. Koselleck, 2006a, pp. 61-77.

significava destruir a *velha* estrutura de submissão do indivíduo ao poder absoluto.

Antes monopólio da nobreza, dos juristas e dos eruditos, a linguagem sobre o controle do poder foi delegada à racionalidade do método científico, projetando-se como mecanismo de justificação da política e do direito. Essa operação se tornou possível com a expansão do espaço de experiência, cuja semântica precisava lidar com uma estrutura social mais complexa. A expressão linguística do dualismo entre terreno e divino foi submetida a uma *nova* temporalização (secularizada), que selecionava os eventos tornados possíveis pelas revoluções liberais com a abertura de um horizonte elástico de expectativas[130]. Ao longo do século XIX essa nova concepção de tempo histórico resultaria na conclusão da inexistência de princípios éticos, formas cognitivas ou direito natural fora da história[131]. A narrativa histórica deixava de ser a história das interações sociais e passava a ser a da história da sociedade. Esta distinção permitiu ao direito se autodescrever sob condições não vistas como possíveis até então[132]. Tornara-se possível compreender que o fundamento de validade das normas jurídicas não era necessariamente referenciado numa necessidade lógica determinada pela ética ou dirigido a um estado final, mas residia no modo como o direito operava segundo as próprias contingências.

O reflexo desse *movimento* sobre o vocabulário político criou novos termos, que tinham em comum o denominador temporal no sufixo "ismo"[133], e o fator subjacente de compensar a falta da experiência com a conformação das expectativas no tempo que está *por vir[134]. Sob esta estrutura passam a se organizar as disputas acerca de sua correta* interpretação,

---

[130] Cf. Koselleck, 2006a, p. 218.

[131] Cf. Luhmann, 1992, p. 282.

[132] Cf. Luhmann, 2005, p. 228 e 237.

[133] Nesse sentido, os léxicos 'liberalismo', 'republicanismo', 'conservadorismo', 'socialismo' e 'comunismo' poderiam a ser compreeendidos sob a dimensão pragmática da linguagem que intermediava as categorias históricas de *espaço de experiência* e *horizonte de expectativas* enquanto fenômenos politicos e jurídicos concretos. Cf. Koselleck, 2006a, p. 297 e 314-327. Uma percepção igualmente válida para a expressão 'constitucionalismo'.

[134] No campo conceitual, instaura-se um processo que "impõe ao agente a responsabilidade, ao mesmo tempo que dela o libera, pois a autogeração está incluída no futuro a que se quer chegar. Com isto os conceitos adquirem sua força impulsiva diacrônica, de que se nutrem tanto os que falam quanto seus interlocutores". Cf. Koselleck, 2006a, p. 299.

alcançável por meio da *imparcialidade do juízo*, cujo sentido as partes reivindicam em defesa de suas próprias posições antagônicas.

Essa mudança no espaço de experiência em relação ao tempo parece bem representada na passagem escrita por Shakespeare, em *Hamlet*, de que "nosso tempo está desnorteado"[135]. Tomada como provocação do pensamento moderno sobre a autoridade do poder, o trecho projeta uma imagem negativa sobre a descontinuidade do ajuste entre poder político e norma jurídica. O dilema apresentava-se, então, entre duas alternativas: o direito estabelece as normas de funcionamento do poder ou o poder cria livremente o direito. Sob as contingências da sociedade que se autodescrevia no contexto pós-revolucionário, aquela antinomia entre poder e direito buscou solução no *constitucionalismo*.

A estabilização semântica da Constituição envolvia um conceito de soberania fundado no primado de uma carta de direitos em que se inscreviam as condições de exercício do poder e a previsão de garantias individuais. Tratava-se do mecanismo que a um só tempo promoveria a diferenciação entre os sistemas político e jurídico, viabilizando a autonomia funcional de ambos por referências mútuas, e evitaria o regresso infinito à questão sobre a fundação do poder e do direito. No plano evolutivo[136], o conceito de constituição permitiria despersonalizar a soberania e organizar a alta complexidade de expectativas normativas juridicamente protegidas ao lado da estabilização de estruturas institucionais para exigir o seu cumprimento.

A ascensão do constitucionalismo foi acompanhada da mudança semântica no *conceito de constituição*[137], *que se deslocara do significado aristotélico do termo como "instrumento de governo" da politeia* e passaria a ser compreendido como *paramount law*. Assim como a semântica do conceito de revolução foi alterada no *interior* e *durante* os próprios acontecimentos

---

[135] Shakespeare, William (2007). *Hamlet*. Porto Alegre: L&PM, p. 41. No original, publicado em 1601: "*The time is out of the joint*"; há ainda uma tradução para o espanhol com o seguinte teor: "*La naturaleza está en desorden*" Shakespeare, William. *Hamlet*. trad. Inarco Celestino. Madrid: Oficina de Villalpando, 1798, p. 45. O trecho está no final do Ato I, cena 5, em que Hamlet dialoga com Horácio e Marcelo, logo após ter recebido do espectro de seu pai a notícia de que o motivo de sua morte foi o envenenamento por meimendro enquanto dormia no jardim, por ação do tio de Hamlet, Cláudio, que se tornara rei da Dinamarca e acabara de se casar com Gertrudes, a rainha viúva.

[136] Cf. Luhmann, 2005, p. 179.

[137] Nesse sentido: Dippel, 2007, pp. 1-35; Grimm, 2015, p. 68 e Stourzh, 1988, pp. 48-54.

revolucionários, convertendo-se no *horizonte de expectativa* aberto a um futuro planejado, a semântica da constituição escrita também se inseriu no quadro de um *conceito de expectativa*. Àquelas revoluções liberais atribui-se a seleção do sentido de *constituição* como resultado da interpenetração terminológica entre a política e o direito na semântica social. Desse modo, "política e direito aparecem como um sistema e o direito como forma de reação aos inconvenientes políticos, inclusive ao perigo de se recair no estado de natureza"[138]. *Então, o conceito de constituição assumido pelo constitucionalismo seria uma reação* à diferenciação funcional entre política e direito articulada pela demanda de religação das operações, sem contudo homogeneizar as tensões que caracterizam a própria diferenciação entre ambos[139].

Embora essa compreensão sistêmica do conceito de constituição tenha adquirido significado bem estabelecido nas descrições sobre a relação entre política e direito no *constitucionalismo,* o debate contemporâneo prevalecente sobre as condições da imparcialidade judicial permanece tributário de uma divisão da filosofia do direito. Nesta divisão, uma corrente liberal, segue defendendo a possibilidade de separação entre a política e a razão no que se refere a questões de moralidade. A segunda corrente, que se autodenomina como democrática, contesta a justificação desse isolamento, seja por entender impossível o alcance de tal ponto de vista imparcial ou por considerá-lo contrário ao pluralismo e à ampla participação social.

Aproximar a ideia de imparcialidade à proteção da distinção entre as comunicações da política e do direito no constitucionalismo destaca o modo como as instituições criadas para preservar aquela autonomia articulam sua própria organização nos espaços de poder. Ao passo que a *autonomia do direito* depende da independência de juízes e Cortes, inclusive como forma de lhes garantir a expectativa de imparcialidade dos julgamentos, a *autonomia da política* exige amplo espaço de discrição para a deliberação do legislador. Isso porque as razões do legislador sujeitam-

---

[138] Cf. Luhmann, 1996, p. 3.

[139] Nesse sentido, Möllers afirma que a constituição supõe um grau de integração institucionalizada entre política e direito. Essa perspectiva evita a simplificação daqueles que reduzem a constituição à previsão da garantia de direitos, de um lado, e daqueles que a reduzem à organização do poder, por outro. A função da constituição seria guardar essas distinções. Cf. Möllers, 2012.

-se a uma maior variedade de possibilidades de legitimação, enquanto esfera que se pretende continuamente aberta à diversidade de posições e grupos, e cujas demandas prescindem da conversão na linguagem técnica do direito.

Ocorre que, em geral, a teoria constitucional tende a descrever as Cortes como o *locus* privilegiado da razão, pois organizadas e compostas por agentes mais virtuosos[140] que os legisladores. Essa percepção, contudo, simplifica um problema relevante e que atinge diretamente a função de promoção da autonomia das esferas do direito e política articulada pela Constituição. Isso porque a afirmação, sob petição de princípio, de que um grupo de juízes constitui uma reserva moral qualificada e, por isso, está *sempre* melhor posicionado para decidir, potencializa a homogeneização[141] da distinção entre deliberação política e razão jurídica.

Essa descrição prevalecente sobre o papel das Cortes, contudo, não problematiza suficientemente o fato de que também elas estão sujeitas às mesmas deficiências dos parlamentos e governos. É fato que juízes e tribunais podem ser capturados por corporações[142], sobrecarregar-se, corromper-se, além de usarem sua autoridade para o alcance de benefícios em seu favor[143], escondendo interesses particularistas sob o manto de uma imagem de pureza ou neutralidade político-ideológica. A problemas como esse não se relaciona diretamente a linguagem do constitucionalismo. Porém, os usos a que se prestam os termos da imparcialidade no exercício da jurisdição constitucional, num projeto republicano e democrático, não pode desconsiderar o fato de que esse projeto deve

---

[140] Nesse sentido a crítica de Waldron, 2009, 125-145.

[141] Cf. Möllers, 2012.

[142] É exemplo disso o poder do lobby nos julgamentos de casos envolvendo interesses do *business* corporativo nos Estados Unidos. Sobre o tema, a pesquisa empírica feita por Joanna Sheperd (Sheperd, 2013, p. 16) e a decisão da Suprema Corte americana em *Caperton v. A. T. Massey Coal Co.* (556 U.S. 868 – 2009).

[143] Aqui se podem incluir as demandas por remuneração e vantagens do cargo Cf. Vermeule, 2012, p. 408 ss. No contexto brasileiro, analisamos brevemente como os interesses corporativos dos magistrados podem constituir um "protagonismo judicial remuneratório", que ora se reflete na agenda do Poder Legislativo (Carvalho & Lima, 2014) e ora assume caráter decisório interno, independente de lei e contra a Constituição, a exemplo do caso do auxílio-moradia para juízes de todo o país – STF. AO n. 1.773/DF; AO n. 1.946/DF, e ACO 2.511/ /DF, todas relatadas pelo min. Luiz Fux. Para uma análise da argumentação da decisão do Supremo Tribunal Federal: Carvalho & Costa, 2014.

expor os que exercem a autoridade jurisdicional a uma visibilidade permanente.

A ausência de condições estruturais e semânticas para a construção de uma resposta suficientemente convincente numa sociedade gradativamente mais complexa faz com que o papel do magistrado cada vez mais pareça com uma espécie de rei-juiz da autoridade normativa[144]. Uma imagem ainda presente nas descrições contemporâneas sobre o significado da imparcialidade. Porém, tais descrições acabam supondo, mesmo veladamente, uma certa superioridade moral projetada na dignidade socialmente reconhecida dos órgãos judiciais e das pessoas que o presentam. Suposição que, não raro, é associada à ideia de que os magistrados têm alguma espécie de privilégio epistêmico. E em que pese a fragilidade dessa justificação da autoridade judicial, a crença moderna nessa *aparência* precisa ser reafirmada constantemente a fim de que as decisões se imponham tanto pela existência do procedimento formal organizado, quanto pelo prestígio do sujeito de que a decisão emana.

As exigências de transparência, participação e ampliação do acesso à justiça, assim, seguem pondo em xeque a fórmula de sustentação da autoridade dos juízes no constitucionalismo. Num cenário em que a sobrecarga de fatores externos pressiona progressivamente a autonomia do direito, parece-nos justificável o questionamento cético sobre a possibilidade da generalização de expectativas de que juízes decidam conforme regras e procedimentos pré-estabelecidos e não conforme interesses outros, incluídos os próprios. Então, um ponto de vista que pretenda se autodescrever como imparcial precisa desvelar tanto quanto possível os *conflitos de interesse invisibilizados*. Inclusive os que se tornam instrumentos da manutenção de grupos privilegiados no domínio das estruturas de poder social.

---

[144] Essa representação reflete a permanência da noção de imparcialidade como reminiscência do jusnaturalismo nas constituições modernas. Cf. Vermeule, 2012, pp. 394-412 mantém, na modernidade, a figura do juiz como um administrador de bens salvíficos.

Capítulo 2
À procura de uma imagem: a construção da imparcialidade judicial pelo discurso constitucional no Brasil

No Brasil, a construção da imagem imparcial da magistratura tem sido em grande parte constituída em torno do grau de autonomia funcional do Poder Judiciário, articulada discursivamente como reação à interferência dos demais poderes, especialmente do Executivo. Os destacamentos da função judicial sob as reivindicações de independência marcam as permanências e descontinuidades da história constitucional brasileira. Essas reivindicações estão presentes mesmo quando, no plano operativo do sistema jurídico, o recurso à independência dos juízes sirva a usos políticos que conspirem contra a efetiva autonomia da magistratura para aplicar o direito.

Embora os discursos de independência/autonomia não sejam idênticos aos discursos sobre imparcialidade, existe um grande contato entre eles. Os debates sobre *independência judicial* se relacionam diretamente com a capacidade de o judiciário atuar de modo imparcial quando estão em jogo os interesses de instituições políticas relevantes, especialmente do poder executivo ou dos partidos que se opõem ao governo. Todavia, essa é uma questão cuja relevância é recente, tendo em vista que tradicionalmente cabia ao judiciário apenas o julgamento de conflitos entre *partes privadas*, e não entre instituições políticas. Especialmente no âmbito processual, o debate sobre a imparcialidade normalmente se limita à questão de garantir que o magistrado não tenha *interesses pessoais* que o façam beneficiar alguma das partes cujos interesses estejam em conflito. Entretanto, o debate sobre autonomia pode esclarecer questões relevantes sobre a imparcialidade, pois ele lida com tensões políticas entre as cortes e os demais atores políticos que são fundamentais para uma compreensão contemporânea do sentido de imparcialidade.

A multiplicidade dos discursos sobre a imparcialidade da magistratura no constitucionalismo é um campo ainda pouco explorado na literatura da história constitucional no Brasil. Embora essa seja uma perspectiva fundamental para a compreensão do conceito de imparcialidade enquanto descrição de uma imagem da articulação entre o direito e a política em movimento, a dispersão das fontes de estudo desse campo constitui uma dificuldade para a inovação do potencial crítico da autocompreensão do discurso jurídico sobre o judiciário. A ausência de um conjunto sistemático e contextual da historicidade desses argumentos reforça a necessidade de compreendê-los sob relação de complementariedade entre os *discursos sobre o judiciário* e a operatividade da *função dos juízes*.

Diversas razões podem ser especuladas para esse vácuo nas pesquisas e publicações no âmbito do direito constitucional no Brasil. A principal delas está na formação dos juristas brasileiros, que tradicionalmente tem privilegiado aspectos práticos e dogmáticos da aplicação do direito e reservado pouco espaço para reflexões interdisciplinares que dialoguem com a pesquisa empírica[145]. Sobre essa lacuna da formação contribui igualmente o afastamento entre perspectivas dogmáticas e zetéticas[146], mantidas como momentos estanques da formação dos juristas. A manutenção desse isolamento se reflete na cristalização de monó-

---

[145] Mudanças na percepção da função epistemológica do ensino e pesquisa em direito têm provocado, contudo, reflexões sobre a necessidade de reformas metodológicas em diversos Programas de Pós-Graduação. Além da recente criação da *Rede de Pesquisa Empírica em Direito* http://reedpesquisa.org.

[146] Nesse sentido, Roesler observando que parece prevalecer "uma falsa compreensão da natureza do saber jurídico e de sua função social e uma intervenção mal-orientada nos currículos dos cursos de Direito, ao menos em parte decorrente dessa falsa compreensão", o que impediria a continuidade da intervenção corretiva da zetética na dogmática. Cf. Roesler, 2003.

À PROCURA DE UMA IMAGEM: A CONSTRUÇÃO DA IMPARCIALIDADE JUDICIAL...

logos legalistas, de um lado, e monólogos críticos, de outro, que parecem travar um *diálogo de surdos* entre rivais desconhecidos ou que não se levam realmente a sério, optando pela manutenção de seus pontos cegos. A falta de diálogo entre críticas internas e externas é um problema que atinge diretamente a construção de critérios de avaliação da imparcialidade judicial[147], que precisa articular adequadamente esses dois âmbitos de pesquisa.

No âmbito do direito, o primado dos discursos dogmáticos contribui para a definição de um *jurista modelo* (aquele cuja atuação, acadêmica e profissional, tem influência reconhecida pelo próprio campo), com base na sua capacidade de influenciar a esfera de deliberação do Estado. Seja na elaboração e nos debates dos projetos de lei e reformas legislativas[148] ou no campo da decisão judicial, onde a força do discurso técnico-jurídico torna-se relevante na justificação de entendimentos adotados pelos tribunais. Em que pese a importância da autonomia desse *auto-reconhecimento* entre doutrina e instituições para a organização comunicativa do direito sobre si mesmo, a cristalização da representação do papel do jurista no *jurista modelo* reduz o espaço de crítica sobre os discursos e práticas acolhidas pelo Judiciário. Isso porque não é fator constitutivo do comportamento de um julgador adotar referências críticas ao seu próprio discurso nas decisões judiciais sob sua responsabilidade.

O discurso dogmático tende a adotar como referência apenas os juristas que reforçam a linha argumentativa adotada, pois o estabelecimento de um diálogo aberto com as perspectivas críticas e alternativas (algo que se espera das análises acadêmicas) pode colocar em risco a eficiência retórica do discurso. Essa evidência marca a construção dos argumentos das decisões em torno dos discursos doutrinários que possibilitem ao juiz reforçar o seu campo de poder decisório e forneçam o arsenal de argumentos que tornem legítima a aceitação de sua decisão pelos seus pares e, em seguida, pelo grupo de especialistas que produziu aquele discurso[149]. Essa é uma estrutura na qual as referências teóricas

---

[147] Cf. Schedler, 2005, p. 92, concluindo pela insuficiência de críticas internas e externas sem diálogo.

[148] Sobre esse ponto, a influência dos processualistas explorada na tese de Almeida, 2010, p. 126 ss.

[149] Constitui evidência dessa percepção a inúmera quantidade de dissertações, teses e outras publicações acadêmicas, tanto no direito constitucional quanto na filosofia do direito,

tendem a desempenhar o papel de *argumentos de autoridade*, em que juristas renomados são citados para que o seu reconhecimento reforce a adesão ao argumento de quem os cita. Logo, reduzidas são as probabilidades de que críticas consistentes, porém radicais, contra a reprodução desse modelo sejam lidas e inseridas nessa circularidade.

Outro elemento relevante é o fato de que a descrição do controle da atividade dos juízes é em grande medida realizada pelos próprios integrantes da magistratura. A maior proximidade dos magistrados com os temas da organização e administração judicial lhes dá, compreensivelmente, elementos para sistematizar informações sobre assuntos correlatos, ao tempo em que reforça o potencial viés corporativo de suas perspectivas. Além disso, deve-se reconhecer que reduzida é a probabilidade do surgimento de avaliações críticas entre profissionais de carreiras jurídicas que interagem diretamente com os magistrados no cotidiano de suas atividades. Seja para evitar certo constrangimento, gerar a antipatia da magistratura ou por algum temor reverencial. Considere-se ainda, no caso específico dos advogados, a adoção do comportamento estratégico. Pois a habilidade na construção de relações com os magistrados impede a crítica aberta à imagem e às posturas dos responsáveis por julgar as demandas patrocinadas por eles. O que poderia ser visto em prejuízo dos interesses de clientes. A manutenção do contexto de 'boas relações' entre grupos da advocacia e membros da magistratura frustraria, em alguns casos, as potencialidades da própria função de defesa de prerrogativas profissionais ou o desempenho adequado de funções institucionais da Ordem dos Advogados do Brasil junto aos tribunais. Há razões para supor que críticas mais contundentes podem comprometer a imparcialidade de alguns magistrados no tratamento de suas causas e diminuírem suas possibilidades de entrar no grupo dos juristas de autoridade reconhecida.

A organização do modelo brasileiro de justiça constitucional é especialmente rica e problemática nesse sentido. Temos uma Suprema Corte cujos ministros são indicados e nomeados pela Presidência da República, após uma sabatina demasiadamente frágil e criticada; que

---

dedicadas à legitimidade da jurisdição constitucional e à argumentação jurídica referenciadas na ponderação de princípios e no modelo de distinção entre regras e princípios, com apoio em Habermas, Alexy e Dworkin.

não se submete a qualquer mecanismo de controle externo – inclusive sobre seus atos não jurisdicionais; que, apesar de manter um sistema misto de fiscalização normativa, tem passado por um movimento de progressiva concentração de competências aliado à ampliação da extensão do efeito de suas decisões[150]. O que, todavia, não tem representado significativos resultados para a defesa dos direitos fundamentais. Nesse sentido, perguntar sobre o sentido da imparcialidade judicial no STF enquanto justificativa do controle de constitucionalidade num contexto como o nosso tem a função de questionar o desequilíbrio entre os poderes no desenho institucional brasileiro e, por sua vez, a própria percepção da sociedade sobre o adequado funcionamento da jurisdição constitucional.

Aproximar-se da narrativa historiográfica sobre o grau de interferência das relações entre os poderes no comportamento judicial fornece, então, as ferramentas hábeis à identificação dos limites em que a imparcialidade se inscreve na fronteira entre o direito e a política. Jogando luzes sobre parte das ambiguidades semânticas no discurso constitucional. Contudo, diferentemente das análises predominantes sobre a história da organização judicial, optamos por observar a magistratura como agente político cuja mobilização foi fundamental para a promoção do próprio espaço institucional e da ascensão funcional de seus membros. Buscou-se identificar as principais características desse discurso na trajetória de descontinuidades do nosso constitucionalismo, destacando-o a partir do contexto político-jurídico de quatro períodos da história institucional do Brasil, sem pretensão de buscar neles um fenômeno linear. A escolha dos recortes temporais procurou o sentido atribuído à função judicial quando novos arranjos constitucionais foram demandados em períodos de crise e inovação das instituições políticas ou reforço do autoritarismo. Justamente os momentos nos quais a atuação dos juristas costuma ser valorizada ao tempo em que se projetam no horizonte as mais diversas expectativas do que vem a ser a atuação imparcial dos juízes.

---

[150] Trabalhei especificamente como a inserção do efeito vinculante no processo constitucional brasileiro se articula com a gradual concentração da jurisdição constitucional do STF em Carvalho, 2012. Sobre a evolução histórica desse movimento e o seu baixo grau de eficácia em relação aos direitos fundamentais: Carvalho & Costa, 2015 e Costa, Carvalho & Farias, 2016.

2.1. Imparcialidade sem independência: os limites da função judicial no Império

Mais do que nos demais países europeus, a forte presença de juristas e magistrados na configuração de quadros burocráticos foi um traço marcante da formação do Estado português[151]. Tal característica que se reproduziria em grande medida também no Brasil, onde a homogeneidade do pensamento da elite conferida pelo grau universitário de orientação jesuíta em Coimbra, não passou por uma mudança significativa logo após a Independência.

No projeto constituinte de 1823, o título referente ao Judiciário não chegou a ser debatido, pois dos trabalhos foram interrompidos com a outorga do texto por D. Pedro I. Contudo, as disposições chegaram a ser apresentadas à Assembleia Constituinte, e alguns dos artigos acabaram sendo reproduzidos na Constituição de 1824. O Título VI – *Do Poder Judicial* foi composto do capítulo único *Dos Juízes e Tribunaes de Justiça*, e previa, pela primeira vez num texto normativo elaborado no país a independência do Judiciário[152], em que pese a manutenção da organização judiciária herdada do período colonial nos seis primeiros anos pós-independência. Em consonância com os ideais da época, a restrição do campo de atuação dos juízes às causas cíveis e penais excluía de sua competência a atuação administrativa e o julgamento de questões políticas.

O caráter dessa autonomia mitigada do Judiciário no período imperial influiu na adoção da *justiça administrativa*, inspirada no pensamento liberal que sustentava a monarquia constitucional da restauração na França e influiu a redação da Constituição espanhola de Cádiz, de 1812.

---

[151] José Murilo de Carvalho registra que em 1385, as Cortes de Coimbra haviam proposto a representação dos *legistas* ao lado do clero, da nobreza e do povo, e que ainda no século XIV os postos mais altos da administração do reino foram a eles reservados. Cf. Carvalho, 2003, p. 31. Também o estudo de Thomas Flory, 1981, p. 47 ss, descreve a aliança entre o rei de Portugal e os magistrados na oferta de uma justificativa filosófica para o exercício do poder real. No mesmo sentido, a exaustiva pesquisa de Stuart Schwartz sobre a relevância da magistratura na consolidação da burocracia em Portugal e sua íntima relação com a centralização do poder durante a formação do reino e a extensão do aparelho judicial lusitano às suas colônias. Cf. Schwartz, 2011, pp. 27-55.

[152] "Art. 179, § 12: Será mantida a independencia do Poder Judicial. Nenhuma autoridade poderá avocar as causas pendentes, sustal-as, ou fazer reviver os processos findos." A cláususa foi repetida com os mesmos termos no inciso XII do art. 179, já no Título VIII, sobre direitos civis e politicos.

Tais ideias tiveram eco na recepção da semântica do *liberalismo* no Brasil onde, apesar das tensões, conciliava-se com a matriz teológica do direito natural que justificava o regime monárquico ainda antes da Independência[153]. Tal ambiguidade se refletiu na Carta de 1824. Por isso, a análise do funcionamento das instituições judiciais na primeira metade do século XIX, no Brasil, demanda uma leitura complexa. Se a inegável influência iluminista e liberal do *constitucionalismo* circulava entre os juristas e políticos incumbidos de formatar as *novas* instituições, a sua configuração constitucional e operatividade estavam condicionados pela estrutura social estamental que se havia edificado no período colonial.

A independência judicial era assegurada em previsão do art. 153, pelo caráter *perpétuo* (vitalício) dos cargos de juízes de direito, de modo que só por sentença judicial poderiam os magistrados perderem os seus cargos. O texto ressalvava expressamente que da vitaliciedade não decorria a inamovibilidade, delegando à lei a disciplina da remoção dos magistrados. Na prática, contudo, a independência normativa em nada se refletia no regular desempenho da atividade judicial. O que se via era o "escandaloso abuso das remoções, com o atentado das aposentações, com a falta de inteira execução da garantia constitucional de serem os juízes de direito" [154]. A articulação de forças políticas locais com as diretrizes partidárias em nível central manipulava a independência judicial segundo estratégias definidas para eleições parlamentares, quando aumentavam o número de remoções[155]. Esse tipo de instrumentalização não distinguia liberais e conservadores, que transferiam juízes para comarcas de menor significação política e econômica na constelação de poderes, a partir da conjuntura de seus interesses no tabuleiro político.

No campo das responsabilidades, os juízes se sujeitavam à suspensão pelo Imperador no exercício do Poder Moderador[156], após queixas

---

[153] Cf. Lynch, 2007, p. 214; Lima Lopes, 2003, p. 204 ss.

[154] Joaquim Rodrigues de Sousa *apud* Memória da Justiça Brasileira, vol. III. Também Arinos, 1972, em remissão ao Marquês do Paraná que considerava autorizada a remoção pelo Imperador de acordo com o Livro I, Título 50, §16 das Ordenações Filipinas, assim como em assento da Casa da Suplicação. Carlos Maximiliano indica que só no dia 4.7.1843, 52 juízes foram removidos por questões políticas.

[155] Cf. Flory, 1981, p. 221.

[156] *"Art. 101 – O Imperador exerce o Poder Moderador: (...) 7.º) Suspendendo os Magistrados nos casos do art. 154. (...) Art. 153 – Os Juízes de Direito serão perpétuos; o que todavia, se não entende que não possam ser mudados de uns para outros lugares pelo tempo e maneira que a lei determinar. Art. 154 – O*

de abuso de poder ou prevaricação, além de ação popular por "suborno, peita, peculato, e concussão", promovida pelo interessado ou qualquer do povo, na forma da lei. Em que pese terem sido os principais artífices da construção do Estado no Império[157], os magistrados não estavam organizados segundo critérios burocrático-profissionais autônomos em relação ao domínio da política. As iniciativas de formatação de critérios técnicos generalizantes para a atuação da magistratura esbarravam no caráter privado da administração judiciária. O acúmulo da atribuição de julgar com as atividades policiais e administrativas, característico do período colonial, permaneceu no início do período imperial[158].

Nos primeiros anos pós-Independência a nomeação dos juízes era feita pelo ministro da Justiça a título de *prebenda*[159]. Os quadros da magistratura eram majoritariamente derivados da classe de proprietários que, contudo, não reconheciam os juízes como seus representantes. Muitos dos juízes exerciam o cargo sem formação jurídica[160]. Mesmo a justiça de paz, composta por juízes eleitos, e criada pela reforma de cunho liberal e descentralizador que instituiu o Código de Processo Criminal em 1832, falharia. O envolvimento dos juízes de paz nas disputas locais associava-os ao abuso de poder para perseguir inimigos políticos[161].

Imperador poderá suspende-los por queixas contra eles feitas, procedendo audiência dos mesmos Juízes, informação necessária, e ouvido o Conselho de Estado. Os papéis que lhes são concernentes serão remetidos à relação do respectivo distrito para proceder na forma da lei."

[157] A combinação de elementos intelectuais, ideológicos e práticos dirigidos aos negócios do Estado conferia inegável relevância política à magistratura, ao tempo em que reforçava a tendência estatista e corporativa do judiciário. Entre 1822 e 1871, a magistratura foi a classe que proporcionalmente mais forneceu ministros e senadores, lugar ocupado pelos advogados entre 1871 e 1889. Cf. Carvalho, 2003, p. 99 e 103; Flory, 1981, p. 233.

[158] Cf. Nunes Leal, 2012, p. 98.

[159] Cf. Adorno, 1988, p. 36.

[160] Só após quatro anos de vigência da Lei nº 261, de 3.12.1841, tornou-se exigível o bacharelado para nomeações de juízes de direito, recrutados entre juízes municipais, de órfãos e promotores que houvessem servido com distinção. Cf. Nequete, 2000, p. 71. E só em 1855 a definição de critérios para o treinamento de magistrados tornou-se uma pauta da Câmara. Cf. Carvalho, 2003, p. 180.

[161] Flory, 1981, p. 87 ss e 163, recupera o registro do Padre Lopes Gama, de Pernambuco, que via a imagem dos juízes locais "como sultões" e os "mais intoleráveis déspotas do Brasil". No mesmo sentido: Faoro, 1979, p. 306, atribuindo aos juízes de paz o centro do sistema de 'mandonismo' local.

À PROCURA DE UMA IMAGEM: A CONSTRUÇÃO DA IMPARCIALIDADE JUDICIAL...

O uso do cargo para a prática de ilícitos nas províncias se estabelecia sem supervisão ou controle do Ministério da Justiça, cujo titular em 1841, Paulino José Soares de Souza, chegou a declarar que muitos dos juízes "deveriam estar nas prisões cumprindo pena por suas longas carreiras no crime"[162]. O suborno parecia fato corriqueiro e tolerado no cotidiano da administração judiciária. Descrevendo o relato do que vira no Brasil em 1845, o viajante francês Conde de Suzannet indicava a necessidade de vigilância ativa[163] sobre a magistratura do país, vista como venal e cínica. Embora estivesse o judiciário constituído sobre bases regulares, a justiça lhe parecia confessadamente impotente. Igual impressão manifestou o viajante alemão Hermann Burmeister, em 1850, porém dando especial atenção às decisões do júri:

"O Poder Judiciário merece pouco a confiança da população, pois todos sabem que boas relações pessoais e dinheiro conseguem vencer mesmo os maiores obstáculos. Tal lacuna não se deve tanto ao funcionalismo quanto aos jurados, que não recebem vencimentos. O hábito já inveterado das decisões injustas faz com que ninguém se preocupe mais com o direito, mas antes com as condições que hão de prevalecer para as deliberações. Assim, o mais rico sempre ganhará do mais pobre; o branco, do homem de cor; e, no caso de um processo entre brancos, vencerá o que tiver mais prestígio ou posição social, o mesmo acontecendo nas demandas entre mulatos ou pretos. Ninguém pode remediar tal deficiência, e um homem que, por correção, ousasse opor-se à maioria, ver-se-ia expulso do seio da sociedade e apontado como réprobo. (...) Mas o mau exemplo é dado pelo próprio governo, que nobilita pessoas ricas, cuja fortuna provém, na maioria dos casos, de fraudes cometidas contra o fisco, concedendo-lhes até o baronato, como aconteceu durante minha permanência em Minas."[164]

Ao comentar a função do Judiciário na Constituição do Império, em 1858, Pimenta Bueno a descreveu como independente, assim como os

---

[162] Paulino José Soares de Souza *apud* Flory, 1981, p. 166.

[163] "Assim não se veria, como se vê hoje, desde o desembargador até o pobre juiz municipal, todos estenderem a mão e só dar a sentença depois de fartamente recompensados" *apud* Nequete, 2000, p. 183. Destacando a frágil profissionalização e a impotência dos juízes: Flory, 1981, p. 61.

[164] Hermann Burmeister *apud* Nequete, 2000, p. 188. Para uma análise sobre a criação e o funcionamento do júri durante o Império: Flory, 1981, p. 140 ss.

demais poderes, emanada da autoridade soberana da nação[165], e que tinha como missão "distribuir exata justiça, não tendo por norma senão a lei, e só a lei ou o direito"[166]. Bueno se opunha aos publicistas que loclizavam o judiciário como integrante do poder executivo. A relação entre independência judicial e imparcialidade da jurisdição era estabelecida como *condição* da garantia dos direitos e liberdades. A magistratura era retratada como expressão moral sem o que não haveria o império da lei. Logo, Bueno defendia que não era " por amor, ou no interesse dos juízes, que o princípio vital de sua independência deve ser observado como um dogma, é sim, por amor dos grandes interesses sociais"[167].

A diferenciação entre direito e política na formação dos quadros da magistratura, por sua vez, foi considerada por Pimenta Bueno a mais importante das condições da atividade judicial. Ao afirmar que era essencial retirar do magistrado os hábitos, paixões, ambições e lutas, Bueno destacou que ao juiz convém que "seja sempre imparcial, sem ódios, sem alianças políticas". O que poderia diminuir a "confiança de sua imparcialidade ao menos no pensar dos partidos contrários"[168]. Essa preocupação com o olhar externo sobre probidade da atividade judicial era ressaltada nos comentários sobre a *responsabilidade* dos juízes[169], os contornos da ação popular contra o abuso de poder e a publicidade dos atos e decisões judiciais.

A noção de imparcialidade judicial integrou o universo linguístico da aplicação do direito no Império bem antes das iniciativas de codifica-

---

[165] Bueno não identificava a soberania na figura do Imperador e qualificava o direito divino como "dogma irracional dos Estados ou povos patrimoniais", incompatível com o progresso civilizatório. Ele conceituava a sociedade nacional enquanto "massa coletiva de seus membros, todos sócios" e a soberania como "atributo nacional, a propriedade que a nação tem de sua própria inteligência, força e poder coletivo e supremo; é o indisputável direito de determinar as formas, instituições, garantias fundamentais, o modo e condições da delegação do exercício desse mesmo poder." Cf. Pimenta Bueno, 1978, p. 25. Sobre a recepção do conceito de soberania *nacional* e não *popular* v. Faoro, 1979, p. 281.

[166] Cf. Pimenta Bueno, 1978, p. 320.

[167] Cf. Pimenta Bueno, 1978, p. 324.

[168] Cf. Pimenta Bueno, 1978, p. 327.

[169] "Os juízes não podem olvidar que os olhos do povo estão sobre eles, e que seus erros ou abusos sero bem percebidos e expostos com energia à reprovação. A opinião pública é o tribunal da responsabilidade moral." Cf. Pimenta Bueno, 1978, p. 330. Bueno entendia a atividade dos tribunais como delegação equivalente à de "decretar leis privadas entre os cidadãos" Id., 1911, p. 25.

ção das leis. No conjunto de axiomas e expressões reunidas em *Regras de Direito*, publicada por Augusto Teixeira de Freitas em 1882[170], a menção às *parcialidades* foi enfática: "causão grande escandalo na Justiça, e perturbação no govêrno do Estado". Seguindo o ideário iluminista, a designação jurídica do léxico *razão* se associava à natureza e ao homem[171], enquanto o *interesse* era deslocado para fora do direito, pois só *de fato* era relevante.

Em hipótese de suspeição do juiz, a autoridade que a tivesse declarado teria de fazê-lo por escrito, apontando o motivo, além de jurá-lo[172], antes de remeter o caso ao substituto. Se o afastamento fosse pretendido por alguma das partes, a recusa deveria ser apresentada em audiência com rol de testemunhas, outras provas e a comprovação do depósito de caução respectiva (perdida em caso de improcedência), cujo valor dependia de qual autoridade se estivesse a recusar[173]. Não reconhecendo o motivo da recusa, o juiz estava obrigado a responder de modo circunstanciado e remeter os autos a outro magistrado, a quem caberia julgá-lo, ouvindo as testemunhas em até 5 dias e concedendo mais 24 horas para alegações finais. Se a recusa recaísse sobre juiz de direito, a competência para julgamento era do júri, presidido na ocasião pelo juiz municipal, substituto do juiz de direito recusado.

Em matéria criminal, a imparcialidade dos juízes de direito ou juízes municipais do Império estava sujeita a questionamento na forma do *Regulamento* nº 120 de, 31 de janeiro de 1842. O ato disciplinava a atuação das polícias administrativa e judiciária e fixava um procedimento

---

[170] Cf. Teixeira de Freitas, 1882, p. 343, 387/388 e 417.

[171] "Mais nobre patrimônio do homem"; "Fonte de todas as leis da naturêza. Entende-se, natureza ornada pelo Sól da Sapiencia, mediante a diuturnidade do mundo, e não Natureza inexperiente"; "Razão Natural é o fundamento primeiro, tôdo o direito positivo"; "o único Tribunal, à que só se-devem pedir as luzes, os princípios para a decisão da Jurisprudencia natural." Cf. Teixeira de Freitas, 1882, p. 435.

[172] O juramento era condição de validade da suspeição, antes dele qualquer decisão do juiz substituto era nula por incompetência como entendeu o Supremo Tribunal de Justiça nos acórdãos de 5.8.1851 e 30.4.1852. Cf. Sales, 1884, p. 86 e Pimenta Bueno, 1911, p. 54.

[173] *"para os Subdelegados e Delegados da quantia de 12$000; para os Juizes Municipaes de 16$000 e para os Juizes de Direito, o Chefes de Policia de 32$000"*, conforme o Art. 250 do Regulamento. A caução poderia ser dispensada caso a parte comprovasse ser pobre. Cf. Sales, 1884, p. 89.

IMAGENS DA IMPARCIALIDADE ENTRE O DISCURSO CONSTITUCIONAL E A PRÁTICA JUDICIAL

para os afastamentos em caso de suspeição ou recusa pelas partes[174]. Do julgamento que acolhesse a suspeição poderia o juiz recorrer, além de ser condenado ao pagamento das custas do processo[175].

Esse detalhamento da regulação do incidente de recusa dos juízes nas leis e atos normativos do Império pode demonstrar que, além da preocupação com a probidade da judicatura, num contexto de incipiente institucionalização do judiciário, a decisão do magistrado sobre sua imparcialidade não se revestia de proteção absoluta à responsabilização. A equiparação do juiz às partes no procedimento da recusa de sua jurisdição constituía evidência de que o exercício da função judicial era compreendido mais aproximadamente dos parâmetros do direito privado do que identificado com a manifestação soberana do Estado[176], que põe à disposição das partes um terceiro acima delas para garantir a ordem social. Tal dimensão é reforçada pela observação do inciso XXIX do art. 179 da Constituição de 1824, que responsabilizava *estritamente* os empregados públicos pelos "abusos e omissões praticadas no exercício de suas funcções, e por não fazerem effectivamente responsáveis aos seus subalternos". Essa imagem da magistratura, distante da que o constitucionalismo do século XX seria testemunha, ajustava-se a um poder que, de fato, não era independente nem autônomo no plano operativo do direito.

A avocação patrimonial do exercício do poder de polícia e da jurisdição por fazendeiros restringia a percepção de que tais atividades constituíam prerrogativa exclusiva do Estado mediada por agentes dotados de independência. O fato de a função judicial ser exercida em caráter de poder delegado e submetida aos termos da lei, cujo sentido poderia ser interpretado apenas nos limites de um espaço de poder restrito foi uma característica marcante do período. Se observada por uma perspec-

---

[174] Dizia o art. 247: "*Os Chefes de Policia, Delegados e Subdelegados, os Juizes de Direito e Municipaes, quando forem inimigos capitaes, ou intimos amigos, parentes, consanguineos, ou affins até o 2º gráo de alguma das partes, seus amos, senhores, tutores ou curadores, ou tiverem com algumas dellas demandas, ou forem particularmente interessados na decisão da causa poderão ser recusados. E elles são obrigados a dar-se de suspeitos, ainda quando não sejão recusados.*"

[175] Cf. Sales, 1884, p. 93.

[176] A própria divisão de competências dos órgãos judiciais constitui elemento dessa compreensão. Além da competência geral e comum, as Ordenações e outras leis esparsas estabeleciam as jurisdições eclesiástica, militar e comercial, além das específicas segundo o contrato ou privilégio legal.

À PROCURA DE UMA IMAGEM: A CONSTRUÇÃO DA IMPARCIALIDADE JUDICIAL...

tiva hierárquica[177], a chefia da polícia ocupava lugar de maior destaque do que qualquer dos cargos do judiciário, o que lhe conferia mais autonomia para a organização interna. Mas se no plano normativo os limites de atuação judicial pareciam reduzidos, na prática a falta de critérios uniformes de aplicação do direito abria margem ao descrédito da magistratura. A percepção da gravidade do problema foi exposta pelo juiz de direito Magalhães Castro[178], que em 1862 fez um apelo ao Imperador para que reformasse a organização judiciária. A obra do magistrado, que teve o caráter de denúncia e reivindicação, equiparava[179] a relevância das garantias constitucionais da magistratura à glória da monarquia para a segurança dos direitos dos súditos.

Essa leitura também pode ser feita a partir da descrição do *abuso de poder* dos juízes: "Dá-se abuso de poder quando o magistrado, usando mal da sua jurisdicção legal, ordena, ou permitte aquillo que a lei prohibe, ou nega ou deixa de fazer o que ella manda, ou faculta ou posterga as condições que a mesma lei manda, que se observem nos actos."[180] A usurpação das funções judiciais e administrativas para beneficiar parentes ou pessoas próximas foi objeto de publicação do juiz de direito Luiz Francisco da Camara Leal, em 1863. A obra de Camara Leal tinha o propósito de fornecer critérios para o exame, na prática, dos conflitos de interesse que pusessem em questão a validade das decisões e colocassem em dúvida a idoneidade dos tribunais. O sentido de imparcialidade era associado à uma visão da função judicial como expressão moral, quase religiosa, pela qual a *razão natural* necessariamente deveria se manifestar[181].

---

[177] Estabelecia o art. 2º da Lei nº 261, de 3 de dezembro de 1841 que "Os Chefes de Policia serão escolhidos d'entre os Desembargadores, e Juízes de Direito: os Delegados e Subdelegados d'entre quaesquer Juizes e Cidadãos: serão todos amoviveis, e obrigados a acceitar."

[178] "Quando com as mesmas leis variam as decisões em casos identicos, agrava-se o mal a ponto de ser melhor viver sem lei alguma. Estamos nestas circumstancias desanimadoras. Interpreta-se a lei como cada um quer; não ha limite para a liberdade de julgar, e desta liberdade, tão ampla póde abusar, sem receio algum, desde o juiz de paz até o ministro da justiça, e este talvez, com mais algum receio." Cf. Castro, 1862, p. 3.

[179] Cf. Castro, 1862, p. 22.

[180] Cf. Sales, 1884, p. 83. Também Pimenta Bueno, 1911, p. 51-52.

[181] "o impedimento legal, fundado da rasão natural do peijo, pelo interesse resultante das relações do parentêsco que nasce dos laços do sangue ou dos da igreja em virtude dos Sacramentos do Matrimonio, Baptismo e Confirmação; ou resultante do interesse, da afeição

As hipóteses de suspeição previstas no Regulamento, para Camara Leal, estavam relacionadas a quatro grandes causas: o amor, o ódio, o temor e a cobiça. Ao mencionar a possibilidade de afastamento em virtude da presença de interesse próprio do juiz na causa, o autor afirmava que tantas poderiam ser as hipóteses que seria impossível descrever todas. O reconhecimento desse limite da regulação da atuação judicial à legislação foi acompanhado da consideração de que "depende isso do escrúpulo e da religiosidade do juiz que se declarar suspeito; e fôra conveniente que em todos os casos se fizesse positiva declaração d'esses motivos sem se limitar áquella forma indeterminada da lei"[182].

Disso não resultava deixar ao puro arbítrio dos magistrados o entendimento das hipóteses em que havia ou não o conflito de interesse em prejuízo da imagem da justiça. Tanto que diversos Avisos expedidos pela Secretaria de Estado dos Negócios da Justiça regulavam o impedimento da atuação de autoridades entre si (juízes, promotores, procuradores da fazenda, oficiais de justiça, testamenteiros, tutores e até curadores) e vedavam a advocacia perante magistrado que fosse pai, irmão ou cunhado no mesmo grau[183].

No topo da organização judicial estava o Supremo Tribunal de Justiça, instituído por iniciativa de Bernardo Pereira de Vasconcelos em 7 de agosto de 1826, aprovado pela Lei de 18 de setembro de 1828 e instalado em 8 de janeiro de 1829. Composto por 17 ministros nomeados por decreto[184] e sem o crivo do Senado do Império, tinha a competência de

---

intima, e do ódio; o qual faz com que qualquer juiz, autoridade ou funccionario publico, não possa exercer as suas funções e cumprir o seu dever em relação a certas determinadas pessoas, de existencia real ou ideal, por se sentir ou dever sentir-se eivado de parcialidade, que a lei presume ainda quando excepcionalmente ella se não dê". Cf. Leal, 1863, p. 26 ss. Aproximando a moralidade, mais do que a vitaliciedade e inamovibilidade, do sentido de independência e integridade da magistratura. No caso, a moral era descrita como *virtude* natural que poderia ser apurada pela experiência. Cf. Castro, 1862, p. 8 e 13.

[182] Cf. Leal, 1863, p. 15. Entre a política e o direito, o dever de imparcialidade se manifestava pela "boa razão", além da lei. Por isso, Leal insistia que o juiz deveria dar-se suspeito quando também fosse vereador e nessa qualidade ocupasse o ofício de juiz municipal, impedindo que viesse a julgar causas em que a Câmara fosse interessada, remetendo o caso à comarca vizinha (Art. 9º do Dec 2.012/1857).

[183] Cf. Leal, 1863, p. 44. Também a previsão do Título XXIII do Livro 3º das Ordenações Filipinas.

[184] A escolha deveria ser feita entre *letrados*, que recebiam o título de caráter nobiliárquico do Conselho de Estado, o que restringia bastante o universo de candidatos. Entre 1829 e

À PROCURA DE UMA IMAGEM: A CONSTRUÇÃO DA IMPARCIALIDADE JUDICIAL...

revista das causas das Relações em casos de *injustiça notória* ou *manifesta nulidade*; julgar crimes praticados por algumas autoridades[185], como os dos seus próprios ministros, magistrados das Relações, empregados do corpo diplomático e presidentes das províncias, além de decidir os conflitos de jurisdição entre as Relações. Em 1851, a Lei 609 acrescentou-lhe a competência para julgar bispos e arcebispos, nas causas não meramente *espirituais*, que ficavam sujeitas à justiça eclesiástica, indicando a forte presença da igreja no campo das instituições estatais.

O caráter político mais do que propriamente judicial do Supremo Tribunal de Justiça era destacado. Essa distinção foi feita por Pimenta Bueno por compreender nele a instância que mais garantias oferecia à ordem social. Na missão da Corte incluíam-se a defesa da lei em tese e a autoridade de inspeção sobre os demais juízes[186]. A *neutralização* da ofensa à ordem jurídica estaria em melhores mãos na cúpula do judiciário do que no executivo ou legislativo, embora aquele também estivesse sujeito ao poder moderador[187].

A imparcialidade dos ministros do Supremo Tribunal de Justiça também foi objeto dos comentários de Bueno[188], que fez referência à *recusa* de seus membros pelas partes, em caso de *suspeição*, nas hipóteses previstas para os desembargadores das Relações: as *Ordenações Filipinas* (Livro III, Título 21), no *Código de Processo Criminal* (art. 61), quando o próprio magistrado assim não o procedesse. O regimento do Tribunal, inclusive, previa a possibilidade de recusa de dois juízes pela parte ré e de um juiz pelo autor, sem exigir motivação para tanto. Não havia um processo especial disciplinado para o exame das recusas na Corte Suprema de Justiça, então, Bueno entendia aplicável o regulamento das Relações, de 3 de janeiro de 1833, e o Decreto de 23 de novembro de 1844.

1891 foram nomeados 124 ministros. Três quartos deles derivados das carreiras de *Juiz de Fora* (46,8%) e *Juiz de Direito* (26,6%), sendo os demais nomeados pelo Imperador entre ouvidores, juízes municipais, juízes do crime e desembargadores. Cf. Santos & Da Ros, 2008, p. 134.

[185] O Senado era o responsável para julgar membros da família Imperial, Ministros de Estado, Senadores Deputados e Conselheiros de Estado.

[186] Cf. Pimenta Bueno, 1978, p. 337.

[187] Cf. Pimenta Bueno, 1978, p. 210.

[188] Cf. Pimenta Bueno, 1978, p. 372.

Sobre esse ponto divergia Camara Leal, para quem a omissão do legislador em disciplinar a recusa dos ministros da Suprema Corte de Justiça representava uma espécie de silêncio eloquente. A ausência de autoridade judiciária acima da Corte e o caráter sábio e moralmente digno da personalidade dos seus integrantes foram invocados como restrições à disposição de recusa por suspeição das partes litigantes:

"Parece-me que muito de caso pensado deixou o legislador de providenciar sobre o modo de serem recusados táes juizes e perante quem nos casos de revista. Magistrados que teem encanecido no exercício da judicatura, que se presumem sabios na jurisprudência, que teem como missão especial rever, em suprema instancia, os feitos para conhecerem da injustiça notória ou da nullidade manifésta insupprível, não podem dar lugar a que se lhes lembre ou impônha, por pedido e articulado das partes, a obrigação de se declararem suspeitos quando o devam fazer. Quanto à elles, em táes casos, basta a disposição da lei para a declaração de impedidos de darem vóto na causa. É de segurança que, achando-se eles nos casos da lei, se deem pressa em se averbar impedidos para funcionarem no feito"[189]

O funcionamento da organização judiciária correspondia tanto à estrutura social constituída sob relações baseadas na reprodução econômica agrário-exportadora marcada pela escravidão, quanto à semântica que mesclava religião, política e direito e se configurava pelo domínio restrito à classe dos proprietários rurais, a quem se sujeitavam os escravos, os homens livres despossuídos, mulheres e crianças. No cenário político, o elemento que parecia unir liberais e conservadores era evitar a ampliação da participação popular, cuja votação era demasiadamente restrita e as eleições invariavelmente fraudadas[190]. Em termos weberianos, a partir desse entrelaçamento contraditório de elementos da dominação legal-racional e tradicional, a *neutralidade* liberal da atuação do Estado alcançava apenas a retórica da modernização, que ideologicamente funcionava para manter padrões de comportamento constituídos no período colonial.

Assim, embora as disputas conceituais nas esferas do direito e da política se dessem com base no léxico moderno do constitucionalismo[191], no

---

[189] Cf. Leal, 1863, p. 56.
[190] Cf. Nunes Leal, 2012, p 113; Carvalho, 2003, p. 393-413; Adorno, 1988, p. 66-69.
[191] Cf. Paixão, 2014, p. 424; Lima Lopes, 2003, p. 202.

À PROCURA DE UMA IMAGEM: A CONSTRUÇÃO DA IMPARCIALIDADE JUDICIAL...

plano operativo a Constituição não era *liberal* e, menos ainda, *democrática*. O Estado havia se formatado *sob* e *para* o exercício da dominação de uma classe de proprietários autocompreendida como distinta e superior. A contingência na qual se inscreviam o tempo e o espaço do exercício da autoridade judicial era marcada pela limitação das relações de poder e se impunham sem a intermediação do direito[192]. Logo, enxergar na atividade do incipiente judiciário a presença de um sentido abrangente de *imparcialidade* não fazia parte do universo de expectativas socialmente difundidas.

Foi nesse conjunto de fatores, em que se mesclavam o crescente processo de urbanização e uma economia predominantemente rural, que se forjou o pensamento jurídico na primeira metade do século XIX no Brasil[193]. Para tanto, desempenhara papel relevante a instalação das Faculdades de Direito de Olinda (Recife após 1854) e São Paulo, em 1827, que passariam a ocupar o lugar de Coimbra como celeiro da formação dos quadros de bacharéis identificados com o *status* de elite intelectual comprometida com a unidade nacional contra o risco de fragmentação territorial, tal qual ocorrera nas demais ex-colônias latino-americanas[194].

O acesso altamente seletivo aos cursos conferia o *status* que garantia o *prestígio* da imagem de nobre numa sociedade escravista, constituída por uma elite de aproximadamente 16 mil pessoas (0,1% do contingente populacional), o que, consequentemente, importava na concentração de

---

[192] Segundo José Murilo de Carvalho, a ação da justiça do Rei era limitada ora pela justiça privada dos proprietários, ora pela ausência de autonomia de suas instituições ou ainda pela corrupção dos magistrados. Cf. Carvalho, 2008, p. 22.

[193] Nesse sentido, os trabalhos de Adorno, 1988, p. 75 e 79, sobre o liberalismo como privilégio do que ele chama de "mandarinato imperial" de políticos profissionais, e não enquanto dimensão constitutiva de um pensamento jurídico nacionalmente abrangente; Mendes de Almeida, 1999, descrevendo o entrelaçamento da distribuição de papéis na *família* e ascensão do privilégio estamental dos bacharéis a que se relacionavam as atividades cultural, política e literária no país. Além da conexão entre *família, propriedade* e *natureza* refletida nas teses jurídicas da época; e Fonseca, 2006, pp. 97-116, ao indicar o relevante papel de ambas Faculdades de direito na formação de uma "cultura jurídica brasileira" – contraditando a tese de Adorno –, ainda que, na primeira metade do século, o caráter tradicional do currículo dos cursos, que incluía o direito público eclesiástico e dava caráter teológico à disciplina do direito natural, tivesse permanecido vinculado à herança do direito português.

[194] Cf. Holanda, 2013, p. 119-122; Pécaut, 1990, p. 24; Carvalho, 2003, p. 21, 37 e 70.

privilégios na ocupação de funções na burocracia do Estado[195]. Esse traço jurídico elitista se reproduzia na majoritária composição dos quadros políticos do Império – uma intenção expressa, inclusive, nos estatutos elaborados pelo Visconde Cachoeira para as duas faculdades[196]. À essa dinâmica se adequava a referência vaga e abstrata aos princípios liberais combinada com a exclusão baseada em critérios raciais e do domínio senhorial que caracterizaram o exercício do poder no período imperial, fortalecendo a percepção da presença de direitos na lei e distantes da prática.

Por outro lado, a organização dos grêmios estudantis, confrarias literárias e congregações de atividades artísticas, filantrópicas e culturais, lideradas por padres, médicos e maçons com formação não escolástica, passou a contar também com os bacharéis. Esses grupos incorporavam no Brasil as ideias de liberdade e fraternidade mediadas por símbolos e ritos semelhantes aos mantidos entre 'irmãos' da *maçonaria*[197]. Tal fator contribuiu para a formação semântica de uma igualdade peculiar, semelhante à referenciada nas reuniões maçônicas da burguesia francesa descritas por Koselleck. A ideia de agrupamentos de solidariedade corporativa entre 'iguais' autocompreendidos como 'mais iguais' que os outros, cuja circunstância de atuação no país configuravam seu papel "tanto de

---

[195] A importância do Estado na formação de elites no período imperial foi evidenciada pela preponderância dos cargos públicos, em especial para filhos de grandes proprietários. A busca das chamadas *sinecuras*, que conferiam estabilidade de rendimentos em troca de poucas exigências, permitia a dedicação dos funcionários a outras atividades. Machado Neto mostrou que de 60 escritores e intelectuais, entre os anos 1870 e 1930, identificou que 80% deles eram funcionários públicos *apud* Carvalho, 2003, p. 56. Sobre dos primeiros trinta anos pós-independência: Faoro, 1979, p. 310 e 389.

[196] Cf. Carvalho, 2003, p. 80-84 e Venancio Filho, 2011, p. 31, que reproduz as palavras de Cachoeira sobre o objetivos das Escolas: "formar homens hábeis para serem um dia sábios magistrados e peritos advogados que tanto se carece" além de "dignos Deputados e Senadores para ocuparem os lugares diplomáticos e mais empregos do Estado."

[197] Segundo Carlos Rizini, ligada à loja do Grande Oriente na França, a instituição maçônica no Brasil desempenhou ativo papel político na causa da Independência no início do século XIX, quando reunia-se em clubes secretos para debater ideais de liberdade e autonomia refletidos no constitucionalismo liberal francês e norte-americano. Foi também por influência da maçonaria que José Bonifácio criou o Apostolado – do qual participavam magistrados, em 1822, cuja função para a manutenção do regime monárquico fora relevante. Cf. Rizini, 1946, pp. 29-44.

força contestatória como braço manipulador do poder"[198], influenciaria o pensamento político e o funcionamento das instituições em quase todo o século XIX, convertendo-se num dos principais móveis da instauração da República.

2.2. A imparcialidade em fragmentos: a autonomia judicial entre o constitucionalismo liberal e o conservadorismo oligárquico na Primeira República

O constitucionalismo da Primeira República foi também marcado pelas contradições da adoção de uma semântica liberal de justificação para o exercício do poder político que se operava sobre uma estrutura autoritária, derivada da conturbada aliança entre oligarquias locais e militares. Ao fazerem da imagem de sua corporação a responsável pela instalação do regime republicano, militares aliaram-se a representantes do poder civil, num pacto que refletia a força das demandas do ciclo econômico cafeeiro nas decisões do governo. A eficácia das disposições constitucionais relativas aos direitos civis e políticos carregava ainda a pesada herança colonial[199] e as pretensões de autonomia do sistema jurídico eram bloqueadas pelas redes entrelaçadas de poder político e econômico concentradas nas mãos de poucos.

Logo após o golpe que levou ao poder o Governo Provisório do Marechal Deodoro da Fonseca, foi editado o Decreto nº 1, de 15 de novembro de 1889, que instituiu a República Federativa como forma de governo. O ato foi precedido da autoproclamação do poder militar enquanto comunhão dos sentimentos do povo[200], o que representava a paz, a liberdade, a fraternidade e a ordem. Curiosamente, tais argumentos foram invocados pelos defensores da República para fechar o Congresso, em virtude da instauração de uma ordem liberal e democrá-

---

[198] Angela Mendes de Almeida aponta que esse estreito relacionamento entre advogados, maçonaria e poder era atravessado pela influência do 'krausismo', corrente do pensamento de um dos seguidores de Kant, Karl Krause, cuja filosofia teve receptividade ampla na Espanha e em Portugal, vindo igualmente a repercutir na Faculdade de Direito de São Paulo pela obra de Vicente Ferrer Neto Paiva, "Elementos de Direito Natural e Filosofia do Direito". Cf. Mendes de Almeida, 1999, p. 91; Adorno, 1988, p. 99 e Venancio Filho, 2011, p. 76.

[199] Cf. Carvalho, 2008, p. 45 ss e Lynch & Souza Neto, 2012.

[200] Embora a participação popular tenha sido menor do que na Independência e não se tenha registrado movimento popular em defesa da República ou da Monarquia. Cf. Carvalho, 2008, p. 81.

tica[201]. A medida autorizava que, até realizadas as eleições para o Congresso Constituinte, a nação seria regida pelo Governo Provisório[202], seguida da edição do Decreto nº 29, de 3.12.1889, que nomeou cinco juristas para elaborar um projeto de Constituição inspirado nos moldes do desenho constitucional norte-americano. Eram eles: Saldanha Marinho, Américo Brasiliense, Santos Werneck, Rangel Pestana e Magalhães de Castro, a maioria ligados a oligarquias rurais.

Governando por decretos e adotando políticas autoritárias que procuravam lidar com os conflitos gerados internamente pela heterogeneidade dos grupos que haviam convergido para derrubar a monarquia, sete meses após se instalar no poder, o Governo Provisório editou o Decreto nº 510, de 22 de junho de 1890, que *publicou* a Constituição dos Estados Unidos do Brazil e convocou o futuro Congresso, a se formar após as eleições de 15 de setembro daquele ano, para *julgar* o texto da Constituição elaborado pelo governo[203]. O momento era de forte crise financeira[204], agravada pelas dificuldades em manter a união federativa diante das reivindicações sediciosas dos estados.

Em que pese ter sido instituído em caráter temporário, o decreto que seria o *projeto* da Constituição de 1891 *criou* o Supremo Tribunal Federal e trouxe um elemento simbólico do empoderamento da Corte na estrutura da organização dos poderes. Tratava-se da previsão do art. 41, que cuidava da formalidade do *juramento de posse* do Presidente da República,

---

[201] Cf. Lynch & Souza Neto, 2012, p. 95.

[202] BRASIL. Decreto nº 1, de 15.11.1889. "Art. 4º. Emquanto, pelos meios regulares, não se proceder á eleição do Congresso Constituinte do Brazil e bem assim á eleição das legislaturas de cada um dos Estados, será regida a nação brazileira pelo Governo Provisorio da Republica; e os novos Estados pelos governos que hajam proclamado ou, na falta destes, por governadores, delegados do Governo Provisorio."

[203] Na redação do Decreto nº 510/1890: "Art. 1º É convocado para 15 de novembro do corrente anno o primeiro Congresso Nacional dos representantes do povo brazileiro, procedendo-se a sua eleição aos 15 de setembro proximo vindouro. Art. 2º Esse Congresso trará poderes especiaes do eleitorado, para julgar a Constituição que neste acto se publica, e será o primeiro objecto de suas deliberações. Art. 3º A Constituição ora publicada vigorará desde já unicamente no tocante á dualidade das Camaras do Congresso, á sua composição, à sua eleição e á funcção, que são chamadas a exercer, de approvar a dita Constituição, e proceder em seguida na conformidade das suas disposições."

[204] Reforçada pela desconfiança dos credores em função da queda brusca do governo monárquico e que deixou o Governo Provisório sem recursos para cooptar os políticos reticentes à República.

À PROCURA DE UMA IMAGEM: A CONSTRUÇÃO DA IMPARCIALIDADE JUDICIAL...

a ser feito em sessão pública, perante o Tribunal[205]. É certo que a redação final da Constituição não consagrou a previsão nesses termos, estabelecendo que tal pronunciamento fosse feito em sessão do Congresso (art. 44), e apenas se este não estivesse reunido, remetia a formalidade ao Supremo. Ao comentar o compromisso de posse no dispositivo constitucional, Carlos Maximiliano registrou que a promessa de manter a Constituição de modo algum investia o Presidente em função jurisdicional, pois "o Judiciário é o intérprete supremo da lei básica. No caso de divergência entre a sua exegese e a do Executivo ou do Congresso, prevalece a primeira"[206].

O Decreto nº 510 já indicava o critério de nomeação dos ministros e as competências do Supremo, entre elas a de julgar os conflitos federativos e a validade das leis locais em face da Constituição. O detalhamento das atribuições da Corte e as funções de sua Presidência, todavia, seriam disciplinados pelo Governo Provisório cerca de quatro meses depois, com a edição do Decreto nº 848, de 11 de outubro de 1890, sobre a organização da justiça federal. A Exposição de Motivos[207] do decreto marcava uma mudança de compreensão sobre a função da magistratura com a incorporação do controle judicial de constitucionalidade. A *nova* concepção sobre o papel dos juízes guardava explícita

---

[205] "Art. 41. Ao empossar-se no cargo, o Presidente pronunciará, em sessão publica, *ante o Supremo Tribunal Federal*, esta afirmação: «Prometto manter e cumprir com perfeita lealdade a Constituição Federal, promover o bem geral da Republica, observar as suas leis, sustentar-lhe a união, a integridade e a independencia»".

[206] Cf. Maximiliano, 2005, p. 473.

[207] "A magistratura que agora se instala no país, graças ao regime republicano, não é um instrumento cego ou mero intérprete na execução dos atos do poder legislativo. Antes de aplicar a lei cabe-lhe o direito de exame, podendo dar-lhe ou recusar-lhe sanção, se ela lhe parecer conforme ou contrária à lei orgânica, O poder de interpretar as leis, disse o honesto e sábio juiz americano, envolve necessariamente o direito de verificar se "elas são conformes ou não à Constituição, e neste último caso cabe-lhe declarar que elas são nulas e sem efeito. *Por esse engenhoso mecanismo consegue-se evitar que o legislador, reservando-se a faculdade da interpretação, venha a colocar-se na absurda situação de juiz em sua própria causa*. É a vontade absoluta das assembleias legislativas que se extingue, nas sociedades modernas, como se hão extinguido as doutrinas do arbítrio soberano do poder executivo. A função do liberalismo no passado [...] foi opor um limite ao poder violento dos reis; o dever do liberalismo na época atual é opor um limite ao poder ilimitado dos parlamentos. Essa missão histórica incumbe, sem dúvida, ao Poder Judiciário, tal como o arquitetam poucos povos contemporâneos e se acha consagrado no presente decreto". Reproduzida em Barbalho, 1902, p. 222.

proximidade com o pensamento dos federalistas norte-americanos, em especial com o de Hamilton, descrito no *paper* 78[208].

Esse trânsito da imagem do juiz que atuava *secundum legem* para o juiz *de legibus* foi descrito nos comentários de João Barbalho[209] como a aquisição do poder de conhecer da legalidade da lei decorrente da *lógica do sistema*. O alargamento da esfera de poder dos juízes era compensado pela inércia de sua atuação, dependente da provocação das partes, e pela restrição dos efeitos de suas decisões aos casos relativos às restrições a direitos. Tais características permeavam o argumento em defesa de que a relevância da função do judiciário o que não implicaria na interferência da magistratura na política. Senão na garantia de supremacia da Constituição – fonte e objeto da autoridade judicial.

O Decreto nº 848 também estabeleceu as condições de imparcialidade da atividade judicial. A alínea *f* do inciso I do art. 9º dispôs sobre a competência do STF para julgar a suspeição de seus próprios ministros. Segundo o art. 133, a suspeição se fundaria na inimizade capital, amizade íntima, no parentesco por consanguinidade ou afinidade até o segundo grau e particular interesse na decisão da causa.

A composição inicial do STF foi integralmente preenchida pelos ministros do Supremo Tribunal de Justiça do Império, que sem se submeterem aos requisitos de nomeação do próprio Decreto e da Constituição de 1891 (aprovação pelo Senado), passaram a desempenhar a jurisdição numa Corte com perfil distinto. O funcionamento do Tribunal parecia alheio à mudança que se havia operado com o novo texto constitucional, o que foi objeto até da crítica do constituinte conservador Felisbello Freire. Ele destacava a pequena dimensão da contribuição dos ministros em relação ao regime que se instalava[210]. O art. 6º do ato das disposições constitucionais transitórias era reticente à permanência

---

[208] Cf. Madison *et al*, 2006, p. 498ss.

[209] Cf. Barbalho, 1902, p. 223.

[210] "O espirito das duas instituições, dos dous tribunaes, as differenças profundas de sua attribuições e dos fins constitucionaes da sua creação; as differenças de educação e de conhecimentos especiaes que reclamam; tudo isto foi de nulla importancia para transportar-se um pessoal de magistrados velhos, tão conhecedores do direito constitucional de um regimen que creou um tribunal, sem a minima feição do poder politico, como o era o do Imperio, jogando sómente com o direito commum, para um tribunal esencialmente poder politico, e que tem a jogar mais com o direito constitucional do que com aquelle" Cf. Freire, 1894, p. 183.

dos magistrados do Império no novo regime, limitando as nomeações para a justiça federal e dos Estados aos "juízes de direito e Desembargadores de mais nota"; aposentando os demais que tivessem mais de 30 anos de serviço, e afastando os que tivessem menos tempo até a aposentadoria com vencimentos proporcionais ou o aproveitamento na atividade.

No debate da constituinte de 1890, o STF era descrito enquanto principal órgão da estrutura judiciária da federação. Corte suprema na defesa dos direitos individuais e, numa dimensão menor – mas não esquecida, árbitro do regime de separação de poderes conferindo ao Tribunal atribuições típicas do poder moderador[211]. Sobre essa posição institucional da Corte convergiram os dois maiores antagonistas na interpretação da Constituição: o liberal Rui Barbosa e o conservador Campos Sales.

No plano discursivo da produção jurídica nas faculdades de direito algumas mudanças significativas tinham se processado, em especial a partir da década de 1870. A assimilação do cientificismo positivista, do evolucionismo darwinista e da pandectística alemã tiveram impacto profundo na original reelaboração da doutrina do direito natural e construção filosófica anti-metafísica que caracterizaram a formação da 'Escola do Recife'[212]. Após a formação da primeira geração de bacharéis brasileiros formados no país que veio a integrar e movimentar a burocracia do Estado, já era possível observar que o Brasil tinha trilhado caminhos próprios[213], distintos dos da antiga metrópole, reunidos no

---

[211] Christian Lynch e Cláudio Souza Neto mencionam que essa já era uma ideia articulada ainda no Império por Teófilo Otoni, em 1841. A criação de uma Suprema Corte, nos moldes da norte-americana, teria sido cogitada pelo próprio Pedro II, ideia defendida por liberais como Nabuco de Araújo, em 1869, além do Marquês de Paranaguá e Lafayette Rodrigues Pereira, em 1882, no sentido de inspirar a confiança dos partidos na neutralidade política e "idoneidade intelectual e moral do magistrado e sua perfeita independência pessoal". Cf. Lynch & Souza Neto, 2012, p. 100-103. Em julho de 1889, o Imperador teria pedido a Salvador de Mendonça e Lafayette Rodrigues, em partida para missão diplomática nos Estados Unidos, para estudarem em detalhes o funcionamento da Suprema Corte.

[212] Como destaca Venancio Filho, 2011, p. 96, o movimento representou pela primeira vez a realização do propósito de transformar "as faculdades de direito em grandes centros de estudo das ciências sociais e filosóficas no Brasil (...), pois trazia o movimento no seu bojo um problema de transformação de ideias no campo da filosofia, no campo do pensamento científico e no campo da crítica literária".

[213] Cf. Fonseca, 2006, p. 247; Lima Lopes, 2003, p. 199 e Carvalho, 2003, p. 86.

conjunto de leis, decisões e doutrina com as particularidades de seu espaço e tempo[214].

Foi nesse período que se observou o trânsito entre a figura do jurista *escolástico* para o jurista *evolucionista*. Os traços desse deslocamento são descritos a partir da análise do perfil da obra de três juristas que escreveram no período: o projeto de codificação do direito privado de Teixeira de Freitas; o compêndio de hermenêutica jurídica de Francisco de Paula Bastista, e da concepção evolutiva e historicista do conceito de direito em Tobias Barreto, cujo cientificismo rompeu com o jusnaturalismo teológico. Não custa registrar que a segunda metade do século XIX testemunhou o convívio próximo entre ideias *novas* e *velhas* representadas pelos dois tipos de juristas mencionados por Fonseca (*escolástico/evolucionista* ou *eloquente/cientista*). Logo, definir a perspectiva desses autores como decisiva para uma transformação paradigmática do direito no Brasil demanda a rigorosa análise de contingências próprias, distantes deste trabalho. O registro dessa transformação do modo como o direito era compreendido aqui tem relevância para localizar o contexto do pensamento e da atuação de outro jurista, Rui Barbosa, que teve um papel chave na configuração do desenho institucional do judiciário na Primeira República.

O estabelecimento do liberalismo como ideologia influente no discurso constitucional e funcionamento das instituições políticas teve em Rui Barbosa o seu principal defensor. Tanto na sua intensa atividade como advogado quanto na de intérprete da doutrina federalista norte-americana que inspirou a redação da Constituição de 1891. O pensamento liberal de Rui Barbosa buscava na experiência constitucional anglo-saxônica os fundamentos da afirmação dos direitos individuais contra o arbítrio estatal. A centralidade da sua obra, que transitava entre a política e o direito além de outros domínios, teve papel fundamental na forma com que as recém-criadas instituições da República se autodescreviam.

---

[214] Essa é uma dimensão que escapa à obra de Sérgio Adorno, considerada a restrição da sua análise à academia de São Paulo. Cf. Adorno, 1988, p. 77-89, o que prejudica também a generalização da sua conclusão de que "o segredo do ensino jurídico no Império foi, justamente, o de nada ou quase nada haver ensinado a respeito de ciências jurídicas". Cf. Adorno, 1988, p. 237.

A obra de Rui Barbosa é vasta e multifacetada como foi a sua vida pública, então destacaremos os escritos que manifestaram a sua compreensão sobre a relevância da independência judicial no período de instalação do Supremo Tribunal Federal, onde se inserem os discursos sobre a imparcialidade dos juízes. Neles é possível observar que as expectativas de imparcialidade da jurisdição repercutiam nas reivindicações de autonomia do Judiciário, delineada como fronteira jurídica contra a política identificada no governo.

Perante o Supremo[215], a defesa da independência judicial foi tomada como pressuposto do Estado de Direito pelo *advogado* Rui Barbosa. A sua contribuição para a formação de uma identidade autônoma da magistratura em relação ao governo na Primeira República foi decisiva. Ele se constituiu numa espécie de advogado e fiador político do Judiciário, cuja função no novo regime era incompreendida inclusive pelos membros do Supremo Tribunal Federal. A face dessa defesa da autonomia pode ser observada na longa defesa[216] apresentada por Rui Barbosa na revisão criminal no STF em favor da liberdade de consciência do juiz Alcides de Mendonça Lima. O magistrado havia sido suspenso do cargo por 9 meses pelo Superior Tribunal de Justiça do Rio Grande do Sul, por ter deixado de aplicar a parte da lei de organização judiciária estadual que disciplinava o procedimento do júri. Argumentando contra a existência do *crime de hermenêutica* e recorrendo à doutrina norte-americana sobre a independência judicial e a competência do judiciário para apreciar a constitucionalidade das leis, a tese de Rui Barbosa foi acolhida pelo Supremo que deu provimento ao recurso e absolveu o juiz.

A construção dessa imagem do Tribunal como um terceiro que *integra* e, ao mesmo tempo, *exclui* a si mesmo dos fenômenos da política, dependeu de contornos assimétricos que expunham duas espécies de resistência: a *primeira* contra a noção de separação de poderes no pacto

---

[215] A atuação de Rui Barbosa em favor da magistratura se deu também nas demais instâncias do Judiciário, como na ação de nulidade contra o Decreto de 25.7.1895, que promoveu a aposentadoria forçada dos juízes postos em disponibilidade pela Constituição, perante o juízo seccional do Rio de Janeiro, quando fez uma longa defesa da vitaliciedade como direito adquirido. Cf. Barbosa, 1896a.

[216] A íntegra das decisões no processo e da defesa de Rui Barbosa no STF foi publicada pela Revista *O Direito*, v. 73, mai./ago. 1897, p.15-146. Disponível em: http://goo.gl/SZrw3k.

republicano[217], e a *segunda* se opunha à partilha de influência política sobre as decisões de caráter nacional entre o governo central e as oligarquias locais, que viam com receio uma Corte fortalecida e com poderes decisórios de amplo alcance. As restrições em relação ao Supremo se inscreviam nas disputas sobre o modelo de federação que seria adotado, ponto chave dos conflitos que levaram à desagregação do Império e instauração da República.

A legitimação de uma instituição que se apresentasse *distante* e *acima* desses dois conjuntos de conflitos era indispensável à afirmação de sua capacidade de julgá-los. Esse era um contexto propício à produção da imparcialidade como semântica generalizante e capaz de estabilizar as diversas expectativas sobre o lugar dos grupos de poder no espaço que se abria com o novo regime. Essa dimensão é explorada por Rui Barbosa em *Os actos inconstitucionais do Congresso e do Executivo*, publicado em 1893, constituído pelas razões finais da demanda de reparação civil dos professores demitidos e militares reformados pelos Decretos de 7 e 12 de abril de 1892 baixados pelo governo, após os manifestos de oposição ao golpe e auto-nomeação de Floriano Peixoto na Presidência da República.

Nessa *peça* de defesa que passou a ser lida como *obra* da literatura jurídica, o sentido autêntico da jurisdição é personificado na figura do magistrado. Também o argumento da imparcialidade é articulado como critério de *elucidação da justiça*[218], e não de contingências do direito. Foi sob a compreensão do judiciário *técnico*, pelo domínio da linguagem jurídica, e *desinteressado*, pelo afastamento dos conflitos políticos, que Rui Barbosa enxergou estarem os juízes mais bem posicionados para arbitrar o regime de separação de poderes na República, justificando a sua exaustiva defesa da independência judicial[219].

---

[217] Refletida nos inúmeros decretos de estado de sítio que determinavam o fechamento do Congresso e a suspensão de direitos nos período, contra os quais Rui Barbosa acionaria diversas vezes o STF.

[218] "O orgam da justiça publica não é um patrono de causas, interprete parcial de conveniencias, coloridas com mais ou menos mestria: é, rigorosamente, a personificação de uma alta magistratura. A lei não o instituiu solicitador das pretensões contestaveis do erario, de seus interesses injustos: mandou-o, pelo contrario, em todos os feitos, onde servisse, *dizer o direito*, isto é, trabalhar imparcialmente na elucidação da justiça" Cf. Barbosa, 1893, p. 11 e 12.

[219] Característica que aparece em diversas passagens: Barbosa, 1893, p. 30, 46, 106, 146, 167 e 239, negando aos juízes, por outro lado, uma *supremacia judicial*, já que atuariam na condição de administradores da vontade comum do povo, p. 68.

A defesa liberal de uma magistratura independente e atuante como condição de êxito da República aparece também nos escritos do *pensador* Rui Barbosa[220]. Em *Cartas de Inglaterra*, que reuniu os escritos durante o exílio no governo Floriano Peixoto, a enfática oposição[221] à forma com que os franceses condenaram o militar de origem judaica Alfred Dreyfus, por traição, após uma duvidosa acusação de espionagem para os alemães num julgamento a portas fechadas, sob a influência do nacionalismo e pressão da imprensa, refletia a preocupação de Rui Barbosa com a tendenciosidade das decisões inspiradas pela paixão que lançava contra os juízes a desconfiança política.

As críticas ao caráter injusto do julgamento aliavam-se ao entusiasmo idealizado das instituições liberais dos ingleses, o que se convertia na defesa irrestrita da magistratura como suprema intérprete da lei[222]. A influência britânica do empirismo na filosofia e do liberalismo na teoria política sobre as ideias de Rui Barbosa acerca do bom governo são expressamente assumidas em diversas passagens[223], sempre ressaltadas como virtudes quando comparadas com a 'exaltação francesa' da soberania popular, que para ele teria se refletido mais vigorosamente no Brasil.

Ao caráter liberal dos regimes políticos inglês e norte-americano, Barbosa contrapôs o autoritarismo que via nos governos latino-americanos. Essa visão negativa[224] foi construída em determinados limites normativos da sua análise, profundamente referenciada na *moral* e na *cultura* distintiva da *civilidade* da qual ele não via o Brasil plenamente integrado, mas que reduziu a dimensão de fatores como o colonialismo

---

[220] A divisão entre o Rui Barbosa *pensador* e o *advogado* obedece apenas ao critério sistemático.

[221] Cf. Barbosa, 1896b, p. 18 e 25.

[222] Característica a que ele atribuiu a solidez da República nos Estados Unidos e o fracasso no Brasil. Cf. Barbosa, 1896b, p. 38 e 350.

[223] Cf. Barbosa, 1896b, p. 30, 44, 51, 210, 339.

[224] Nesse sentido é a passagem que elogia a decisão da Suprema Corte norte-americana, que havia declarado a inconstitucionalidade do imposto de renda, como lição "para dar o ultimo golpe no erro, indigena á nossa terra, dos que suppõem á legislatura, sob o regimen americano, adoptado e accentuado, neste ponto, pela constituição de 24 de fevereiro, auctoridade de legitimar, e subtrahir assim á acção da justiça, approvando-os, os actos inconstitucionaes do poder executivo." Cf. Barbosa, 1896b, p. 335, além da passagem na página 378 que ressalta a postura da Suprema Corte em afirmar a inconstitucionalidade, comparada à "nossa desprezivel impostura, quando nos revestimos com as insignias de um systema politico de que somos indignos".

e as desigualdades estruturais marcantes das comunidades latino-americanas que conformavam as relações de poder político.

A interpretação crítica de Rui Barbosa das falhas da República se articularam na sua tentativa de estabelecer os contornos da *fronteira* entre a ação *política* do governo ou do legislativo e a garantia de *direitos* que não poderiam ficar à mercê do arbítrio. A sua contribuição teórica e prática para a institucionalização do controle judicial de constitucionalidade, a sua defesa de um Supremo Tribunal Federal que assumisse papel semelhante à Suprema Corte norte-americana no cenário político e sua luta pela estabilização do funcionamento do judiciário no Brasil, precisam ser compreendidas segundo as contingências do espaço temporal da atuação de Rui Barbosa e segundo o seu engajamento liberal em limitar, na via judicial, o exercício do poder político num contexto de autoritarismo.

No plano normativo, a independência judicial estava prevista no art. 57 da Constituição de 1891, que dispôs sobre a vitaliciedade e a irredutibilidade de vencimentos dos juízes federais, garantias aplicáveis aos 15 juízes do Supremo Tribunal Federal, cuja responsabilidade política sujeitava-se exclusivamente ao Senado. As características que constituíam a imagem independente da magistratura não eram vistas como garantias jurídicas *essenciais* contra o governo, antes disso se relacionavam à necessidade de condições materiais ao exercício da jurisdição[225]. Quando se tratou, por exemplo, de ato do Executivo que dizia respeito a tema de organização interna do Judiciário, o Supremo absteve-se de julgá-lo inconstitucional por entender legítima a autorização da lei ao chefe de Estado para a "criação ou remodelação dos serviços públicos"[226].

Diferentemente da perspectiva dos comentaristas[227], as autodescrições feitas na Corte não apresentavam a sua função como *política* no sentido de árbitro da governabilidade ou detentor da última palavra sobre a Constituição. O Tribunal se autocompreendia de modo contido quando era chamado a intervir na esfera política, embora tenha desde o início do regime republicano reservado a si a definição da própria compe-

---

[225] STF. Acórdãos de 9.12.1916; 24.1.1912 e 20.10.1923. Cf. Mendonça de Azevedo, 1925, p. 133 e 140.

[226] STF. Acórdão de 3.7.1915 citado em Mendonça de Azevedo, 1925, p. 21.

[227] Cf. Barbosa, 1893; Barbalho, 1902, p. 226.

À PROCURA DE UMA IMAGEM: A CONSTRUÇÃO DA IMPARCIALIDADE JUDICIAL...

tência[228] e exclusivamente ao judiciário a atribuição de interpretar a lei[229]. Em várias decisões em que a Corte era chamada a resolver conflitos que demandassem interpretação extensiva do texto ou intervenção no executivo, prevalecia a postura reticente relacionada ao argumento liberal da separação de poderes[230].

A fragilidade do preparo técnico do quadro dos membros do judiciário no Brasil era contraposta ao modelo de organização judicial do *Common Law* inglês, apontado no estudo comparado feito pelo ministro do STF, Enéas Galvão, como o melhor do Ocidente, por impedir que as disputas por promoção na carreira afetassem a autonomia da função judicial[231]. Para Galvão, era preciso dotar de estrutura adequada os órgãos judiciais e fixar remuneração condizente aos juízes que não poderiam continuar como "pedintes de emprego e nivelados à classe commum dos funccionarios publicos"[232], em desprestígio da justiça.

O principal tema discutido à época foi o caráter dual da organização do Poder Judiciário, dividido em federal e estadual, e traço do regime federativo na Constituição[233]. A ideia de criar mais competências em razão da matéria do litígio e distribuí-las a juízes especificamente recruta-

---

[228] STF. Acórdãos de 21.3.1891; 7.12.1892; 14.6.1999; 24.10.1906; 21.9.1912 e 28.9.1918, com ementas reproduzidas em Mendonça de Azevedo, 1925, p. 142. Por outro lado, também havia a critica à negativa do STF da própria competência para garantir o exercício do mandato do governador deposto do Maranhão, e formação da doutrina da incompetência das cortes federais para julgar crimes politicos, em interpretação questionável da Constituição. Cf. Freire, 1894, p. 187.

[229] STF. Acórdão de 16.10.1919: "Só o Poder Judiciário é quem tem competência para interpretar as leis, sendo, a esse respeito, o único poder sobreano o STF, como é corrente".

[230] Assim, o Acórdão de 26.6.1902: "Escapa à competência do Poder Judiciário conhecer de questões meramente políticas relativas à legitimidade dos poderes dos representantes do povo nas assembléas legislativas". E o de 30.11.1921: "O Poder Judiciário não intervem nos actos da Administração Publica para reparar possíveis injustiças de taes actos, e sim apenas para garantir os direitos patrimoniaes dos indivíduos contra actos 'manifestamente illegaes'", além de outros reproduzidos por Mendonça de Azevedo, 1925, p. 57 a 67.

[231] Cf. Galvão, 1896, p. 36, diferentemente do que ocorria na Alemanha, França e Itália.

[232] Cf. Galvão, 1896, p. 59.

[233] Nesse sentido, o relato de Roure, 1918, p. 7 ss. Três dos principais pilares republicanos na constituinte de 1890: o estado de sítio, a intervenção federal e o controle de constitucionalidade, não suscitaram grande debate no Congresso. Porém, a organização dual do Judiciário foi ponto de intensa disputa, pois interessava diretamente às oligarquias locais que pretendiam manter o poder de indicar juízes, promotores e delegados Cf. Lynch & Souza Neto, 2012, p. 112; Koerner, 1994, p. 60.

dos para tal era vista negativamente por Galvão, que defendia a unidade e a centralização da magistratura. O bom funcionamento da máquina judiciária estaria na formação do juiz[234], a quem deveria ser delegado, inclusive, o poder de formular regras sobre procedimentos judiciais, tal qual se via entre os juízes ingleses.

O relativo grau de autonomia funcional do judiciário, incluído o STF, foi conquistado gradualmente, em momentos pontuais e vacilantes, e afirmado mais pelo próprio Tribunal do que pelos governos da República Velha. Exemplo disso foi a recusa do Senado à competência da Corte para licenciar seus próprios ministros em 1908, e só autorizada por delegação do Decreto legislativo n.º 2.756, de 10 de janeiro de 1913 que, no entanto, não atribuiu a competência para organizar a própria secretaria e fixar os vencimentos dos respectivos servidores[235].

A progressiva afirmação da independência dos juízes foi consentânea com a conquista de maior espaço da magistratura de base no cenário institucional da política. Diferentemente do que ocorrera no período imperial, a compreensão da atividade judicial, em especial do STF, como expressão de uma das funções de poder do Estado passava a fazer parte da semântica das relações entre a política e o direito institucionalizadas com o governo da República. Essa compreensão, contudo, era limitada por severas restrições e direcionada segundo a conjuntura das disputas de poder da época, em que estavam inseridos os próprios ministros da Corte Suprema e seus interesses[236]. Enrte eles as demandas do seu grupo

---

[234] Essa confiança na personalidade do julgador parecia clara: "Um magistrado, por peiores que sejam seus defeitos, não tem coragem de, em público, rebellar-se contra a lei, nem opprimir seus concidadãos; forçado a emittir publicamente sua opinião, tudo envidará para impor-se à consideração geral; o capricho para haver-se com honra e acerto torna-se, então, um acto natural de seu espírito; assim educando-se, corrigirá as más qualidades que tenha, ou augmentará o brilho de suas virtudes." Cf. Galvão, 1896, pp. 121-122.

[235] Cf. Carneiro, 1916, p. 31.

[236] Nesse ponto, Andrei Koerner mostra como a *política dos governadores*, aliança com as oligarquias locais inaugurada por Campos Sales em 1900, incidiu diretamente nas nomeações de ministros do STF, além das diversas nomeações de juízes seccionais e desembargadores. Cf. Koerner, 1994, p. 61-64. Sobre a generalização das fraudes e a permanência das "eleições a bico de pena", que haviam se constituído ainda no Império para manutenção de poder das oligarquias. Um domínio no qual se inseriam as figuras do "juiz nosso" e do "delegado nosso". Cf. Carvalho, 2008, p. 41 e 56.

À PROCURA DE UMA IMAGEM: A CONSTRUÇÃO DA IMPARCIALIDADE JUDICIAL...

oligárquico de origem, para o que contavam com a influência na nomeação dos juízes federais locais.

O art. 48, 11, da Constituição dispunha que cabia ao Presidente da República nomear "os magistrados federaes, mediante proposta do Supremo Tribunal", o que dava ao Tribunal o poder de formar listas tríplices e encaminhá-las ao Presidente. O procedimento se iniciava com a publicação de editais em todo país, convocando juízes com comprovada experiência e relevantes serviços prestados para inscrever-se no prazo de 30 dias. Em seguida, era elaborada a ordem de classificação por uma comissão de três ministros do STF. Estabelecida a classificação, o Tribunal votava em sessão secreta para decidir os três nomes encaminhados ao Presidente para a escolha e nomeação de um deles. Na lista, figuravam dois candidatos com qualificação notável e um indicado pela oligarquia local, que invariavelmente era o nomeado. Em contrapartida, os juízes federais nos Estados nomeados por esse sistema permaneciam em relação de "favor" com os ministros do STF, que instrumentalizavam a cobrança da "dívida" para manter sua influência política e negócios no Estado, inclusive pela nomeação de parentes e aliados[237]. Tal procedimento de classificação elaborado pelos ministros do Supremo era visto como ofensivo à garantia da independência judicial na visão de um veículo da imprensa[238].

Contribuiu para a atualização do sentido com que o STF compreendia seu papel a submissão ao seu exame de uma série de questões polí-

---

[237] Cf. Koerner, 1994, p. 64, mencionando os casos de São Paulo, Paraíba e Espírito Santo. Num dos casos, em 1898, mesmo após a publicação da nomeação no diário oficial, a pedido da oligarquia hegemônica no Mato Grosso, o ministro da Justiça Epitácio Pessoa comunicou ao Presidente do STF que não desse posse ao juiz seccional nomeado, no que foi atendido, sob o protesto da imprensa.

[238] "(...) mas aos seus executores, aos Ministros do STF, mesmo que representantes supremos da lei e da justiça, não trepidam em sacrificar a lei e a justiça à influência nefasta dos interesses e dos empenhos. (...) É da maior evidência, por exemplo, que o fato de ser candidato um político no Estado em que se abriu a vaga, ou parente e dependente do oligarca ali reinante, constitui uma circunstância que o desabona para exercer com isenção e independência as funções de juiz nesse Estado". *Jornal do Commercio*, 15.7.1910 *apud* Koerner, 1994, p. 63. Conclusão semelhante à que chegou em leitura do comportamento do Tribunal no julgamento de *habeas corpus* no período: "Criaturas da patronagem que presidia as carreiras políticas do Império, dificilmente os ministros escapavam das malhas das lealdades que haviam forjado ao longo da vida. O Supremo Tribunal politizava-se". Cf. Viotti da Costa, 2006, p. 35.

tícas relevantes e que exigiam o seu pronunciamento, ainda que o Tribunal negasse a própria competência para decidir. Nesse sentido, por exemplo, o *habeas corpus* nº 4.104, impetrado por Rui Barbosa e Clóvis Beviláqua, sustentando o direito à posse do governador e vice-governador eleitos do Amazonas. O caso não foi conhecido pelo STF por entender cuidar de questão exclusivamente política[239]. Mas principalmente nas decisões que repercutiam no ambiente político[240], como o recurso no *habeas corpus* nº 8.584, julgado em 3 de julho de 1922, que indeferiu a pretensão de José Joaquim Seabra de declaração de sua vitória eleitoral no pleito para vice-presidente da República, para o quatriênio de 1922 a 1926, após a morte do candidato mais votado, Urbano Santos, antes que o Congresso houvesse proclamado o resultado, do que decorria a impossibilidade de cômputo dos votos registrados por se destinarem a pessoa inexistente[241].

Um sinal do trânsito pelo qual passava o STF foi a provocação para que se pronunciasse a respeito da constitucionalidade do Decreto nº 10.796, de 4 de março de 1914, que instituiu o estado de sítio declarado pelo Presidente Hermes da Fonsêca. Tratou-se do *habeas corpus* nº 3.527, impetrado por José Eduardo de Macedo, em seu favor e de outros três pacientes, julgado de 15 de abril de 1914. O pedido foi articulado contra a detenção ordenada em decorrência do estado de sítio e se fundava em dois motivos: o de que o decreto do governo não estava de acordo com as condições do art. 80 da Constituição[242], e que, embora se pudesse apresentar o litígio como *questão política*, era o STF competente para declarar a nulidade do ato frente à Constituição.

---

[239] STF. HC nº 4.104 *DJ* 18.10.1916. Relato do caso em Costa, 1964, p. 243-251.

[240] *e.g.* o HC nº 1.073, em favor do senador João Cordeiro, dos deputados Alcindo Guanabara e Alexandre José Barbosa Lima, e do major Thomaz Cavalcante de Albuquerque, presos em razão de decreto de estado de sítio expedido por Floriano Peixoto, que teve a ordem concedida sob o fundamento de que os direitos individuais dos detidos não poderiam ser suprimidos na ocasião.

[241] No julgado, o Supremo deu provimento ao recurso e cassou decisão que reconhecia ao segundo colocado, José Joaquim Seabra, o direito ao mandato. Cf. Costa, 1964, p. 269-302.

[242] Essa era a posição de Rui Barbosa, à época no Senado, de onde fez um longo pronunciamento contra o arbítrio do governo ao decretar o estado de sítio. Cf. Naud, 1965, p. 74. O que não impediu a aprovação dos atos praticados sob os vários decretos de estado de sítio no período pelo Congresso.

O relator, ministro Amaro Cavalcanti, conheceu o *habeas corpus*, mas concluiu pela incompetência do Tribunal para entrar no mérito da constitucionalidade do estado de sítio, pois a Constituição atribuía privativamente ao Congresso Nacional o poder de apreciar o ato do Presidente, entendimento que se moldava à noção de separação de poderes predominante na Corte[243]. A posição de Cavalcanti foi acolhida pela maioria, que denegou a ordem. No entanto, cabe destacar o discurso adotado no voto do ministro Pedro Lessa, vencido, que reivindicava ao STF o poder de declarar inconstitucional qualquer lei ou ato dos demais poderes, como função própria do Tribunal[244].

Recorrendo à doutrina e à prática da Suprema Corte norte-americana, o argumento de Pedro Lessa sustentava inexistir conflito de competência entre os poderes quando a Constituição atribuía ao Supremo a *última palavra* sobre o seu significado. A interpretação consistia no fato de que segundo os preceitos do constitucionalismo liberal incorporados no regime republicano, a supremacia do Tribunal na supervisão do funcionamento das instituições era uma consequência lógica do governo das leis de que resultava a vontade do povo. Uma interpretação que conferia aos próprios ministros um poder inédito na história constitucional brasileira, mas cujo exercício era seletivamente ativado para garantir as posições de correntes políticas do conservadorismo oligárquico que interferiam diretamente na nomeação dos membros do Tribunal.

A *vitaliciedade* foi alçada à principal garantia de independência do Judiciário na argumentação do STF que a compreendia como princípio

---

[243] Esse era o entendimento firmado no conhecido HC nº 300, impetrado por Rui Barbosa em favor do Senador Almirante Eduardo Wandenkolk, contra as prisões decorrentes de estado de sítio decretado por Floriano Peixoto contra a "Revolta da Armada", cuja ordem foi denegada por 10 a 1, em 27.4.1892, dias após Floriano ameaçar os ministros com a frase: "*Se os juízes concederem habeas corpus aos políticos, eu não sei quem amanhã lhes dará o habeas corpus de que, por sua vez, necessitarão.*"

[244] "Quando se trata de um decreto do executivo, como é a presente hipótese, há algum motivo de ordem constitucional que obste a que o Supremo Tribunal Federal exerça essa função máxima? O fato de nesse decreto se declarar em estado de sítio uma parte do território nacional ou todo este, impede que o Tribunal exercite a sua faculdade constitucional, que é também uma obrigação, imposta pela lei fundamental, de julgar inconstitucional o ato do executivo, e garantir os direitos individuais ofendidos por esse ato? Absolutamente não. Na Constituição nenhuma norma se lê, que restrinja a competência do Tribunal nesta espécie". Trecho do voto do min. Pedro Lessa no HC n 3.527, *DJ* 15.4.1914 *apud* Costa, 1964a, p. 174.

IMAGENS DA IMPARCIALIDADE ENTRE O DISCURSO CONSTITUCIONAL E A PRÁTICA JUDICIAL

a ser adotado simetricamente pelas constituições estaduais[245]. Nesse sentido o Tribunal afirmava a incompatibilidade da nomeação de juízes por prazo determinado com a Constituição, além de declarar nulos os atos de magistrados que renunciassem à própria vitaliciedade, o que muitas vezes ocorria por pressão política nos estados[246].

Quanto à *inamovibilidade*, a Constituição de 1891 não lhe fazia menção expressa enquanto garantia da magistratura, sendo interpretada pelo Supremo[247] como uma decorrência implícita da independência do poder judiciário, prevista no art. 15, em conjunto com a disposição do art. 74 ("As patentes, os postos e os cargos inamovíveis são garantidos em toda a sua plenitude"), constante do rol da declaração de direitos. Essa interpretação alcançava também os juízes estaduais, ainda que ausente a previsão nas constituições dos Estados[248]. No entanto, essa garantia não parecia consolidada como as demais na jurisprudência do STF, tanto que ao julgar o HC nº 9.801, em 19.12.1923, o Tribunal entendeu válida a criação do Tribunal de Remoções de Magistrados, criado pelo Estado de Minas Gerais[249], composto por três membros (Presidente do Tribunal, Porcurador-Geral do Estado e Presidente do Senado estadual) com competência disciplinar e administrativa. Após alguns julgados que determinavam o retorno a comarcas de juízes removidos a contragosto e por decisão dos governos locais, o Supremo voltou a discutir a constitucionalidade do tema, no *habeas corpus* impetrado pelo juiz de direito Aristides Sicca, julgado em 3.8.1925, quando explicitamente reconheceu a inamovibilidade como princípio integrante das garantias de independência da magistratura[250].

---

[245] STF. Apelação Cível nº 3.043 *DJ* 29.05.1918; HC nº 5.129 *DJ* 12.07.1919; Apelação Cível nº 3.426 *DJ* 29.07.1922, e Apelação Cível nº 4.225 *DJ* 27.07.1923.

[246] Cf. Nunes Leal, 2012, p. 103.

[247] STF. Apelação Cível n. 3.362, *DJ* 02.06.1920.

[248] STF. Recurso Extraordinário nº 997, *DJ* 25.05.1918.

[249] "Efetivamente, a Constituição só garante aos juizes a vitaliciedade e a irredutibilidade dos vencimentos (art. 57) mas não a inamovibilidade, a cujo respeito não contem dispositivo algum. Ora, a vitaliciedade não importa necessariamente a inamovibilidade, tanto que a Carta Constitucional do Império assegurava aos juizes de Direito aquela e não esta (art. 153) Conhecendo o dispositivo deste artigo 153 e só se referindo à vitaliciedade é claro que o legislador constituinte republicano não assegurou aos juizes a inamovibilidade.". HC nº 9.801 *DJ* 19.12.1923.

[250] Cf. Costa, 1964, p. 338.

A decisão declarou a nulidade da remoção efetivada pelo órgão e entendeu pela inconstitucionalidade da Lei constitucional nº 5/1903, de Minas Gerais, que havia criado o Tribunal de Remoções. Dos fundamentos do acórdão, destacou-se a incompatibilidade com a Constituição da presença majoritária de membros *políticos* na composição e apenas um juiz, inaugurando uma vertente do pensamento do Tribunal de que o controle funcional e administrativo dos órgãos do Judiciário deveria pertencer, predominantemente, aos próprios magistrados. Nesse ponto, a decisão rompia com a jurisprudência até então construída, que inclusive havia admitido a constitucionalidade do *Tribunal de Conflitos* da Bahia, composto por 2 juízes e 4 membros *políticos* (1 da Câmara, 1 do Senado e 2 do Executivo), com competência jurisdicional e recursal sobre decisões proferidas por juízes de carreira[251].

Também o reconhecimento da *irredutibilidade de vencimentos* dos magistrados estaduais, foi resultado de longa série de acórdãos[252] e incidentes processuais. Interpretando a cláusula da irredutibilidade, o Supremo iniciava a construção de precedentes que isentavam a magistratura do pagamento do imposto de renda[253]. Em sentido contrário a essa decisão, o governo editou o Decreto de 28 de janeiro de 1915, que determinou a cobrança do tributo sobre os vencimentos dos magistrados. O ato normativo, porém, foi revogado após o protesto unânime pelo Supremo no dia seguinte a sua edição. No mesmo sentido, a rejeição ao projeto de 1911, que estabelecia a responsabilidade dos ministros do STF, aprovado na Comissão de Legislação e Justiça do Senado[254].

---

[251] Cf. Costa, 1964, p. 350.

[252] Na publicação do texto constitucional interpretado pelo STF, Mendonça de Azevedo cita 10 precedentes nesse sentido. Cf. Mendonça de Azevedo, 1925, p. 130. Também a exclusão da categoria da aposentadoria compulsória.

[253] "A taxa de vencimentos lançada sobre os Juízes Seccionaes ofende a garantia constitucional de irredutibilidade de vencimentos dos magistrados federaes, desde que isentou do mesmo imposto os Ministros do S.T.F., quando a prerrogativa estatuida no art. 57, §1º, da Constituição Federal é comum a todos os Juizes, membros do Poder Judiciario da União, sem distinção de categorias". No mesmo sentido: STF. RE nº 773 *DJ* 26.06.1913; RE nº 737 *DJ* 14.06.1911; Apelação Cível nº 3.214 *DJ* 10.01.1919; Apelação Cível n. 3970 *DJ* 16.09.1922, e Apelação cível n. 4225 *DJ* 11.10.1922.

[254] Levi Carneiro indica que o projeto tinha sido articulado após decisão da Corte no caso do Conselho Municipal da Capital Federal, tornando-se objeto de protestos de Amaro Cavancanti e Pedro Lessa. Cf. Carneiro, 1916, p. 33.

A ampliação do espaço conquistado pelo Supremo nos primeiros anos da República sofreu um revés com a reforma da Constituição promovida em 1926, pela Emenda nº 3. A reforma foi articulada pelo governo Artur Bernardes em resposta a uma série de conflitos marcantes do contexto de reorganização das forças políticas oligárquicas em disputa, destacadamente a resistência ao surgimento dos movimentos operários e a pressão dos setores de baixa patente militar do Exército. Entre as medidas de centralização do poder no executivo, contra as possíveis ameaças à hegemonia de seus representantes, estava a exclusão de apreciação judicial de atos praticados sob o estado de sítio, intervenção federal ou sobre a ocupação de mandatos eletivos[255], além de outras alterações no desenho de competências do judiciário.

A circularidade entre o crescimento da importância da função judicial na supervisão da constitucionalidade da atuação dos demais poderes e a consolidação das garantias de independência da magistratura, no período da República Velha, apresentou-se de modo mais evidente no julgamento da Apelação Cível nº 5.914, em 4 de janeiro de 1929, que tratou da compatibilidade da incidência do imposto de renda sobre os vencimentos dos magistrados com o princípio da irredutibilidade de subsídio. A decisão é particularmente interessante por revelar os contornos da argumentação dos ministros sobre a própria *imparcialidade* ao julgar um caso que lhes interessava diretamente, pois dizia respeito à condição deles enquanto contribuintes.

Uma das medidas da reforma de 1926 foi a modificação do art. 72 da Constituição, inserindo na garantia de irredutibilidade de vencimentos a sujeição aos impostos gerais[256]. Até então, a jurisprudência[257] do Supremo assegurava aos magistrados a imunidade tributária com funda-

---

[255] Alteração do Art. 60. "*§ 5º Nenhum recurso judiciario é permittido, para a justiça federal ou local, contra a intervenção nos Estados, a declaração do estado de sitio e a verificação de poderes, o reconhecimento, a posse, a legitimidade e a perda de mandato dos membros do Poder Legislativo ou Executivo, federal ou estadual; assim como, na vigencia do estado de sitio, não poderão os tribunaes conhecer dos actos praticados em virtude delle pelo Poder Legislativo ou Executivo.*"

[256] Art. 72 (...) "*§ 32. As disposições constitucionaes assecuratorias da irreductilidade de vencimentos civis ou militares não eximem da obrigação de pagar os impostos geraes creados em lei.*"

[257] Esse entendimento foi firmado pelo STF à época em que fora instituída a *taxa de vencimentos*, criada em caráter provisório em 1867 para cobrir despesas da Guerra do Paraguai. Cf. Mendonça de Azevedo, 1925, p. 130. E mantido em julgados posteriores: Apelação Cível nº 3.129 *DJ* 23.04.1921 e Apelação Cível nº 3.691 *DJ* 02.09.1922.

À PROCURA DE UMA IMAGEM: A CONSTRUÇÃO DA IMPARCIALIDADE JUDICIAL...

mento na irredutibilidade. Contudo, a situação criada com a reforma era distinta, pois texto normativo de igual hierarquia (a Emenda) instituía a irredutibilidade de vencimentos e a limitava pela incidência de impostos. Insurgindo-se contra o pagamento do imposto, cujo desconto já havia se processado nos seus vencimentos, o ministro do STF, Geminiano da Franca, propôs ação sumária contra a União, que foi julgada procedente pela 2ª Vara do Distrito Federal. O caso chegou ao Supremo via apelação da União e foi relatado pelo ministro Bento de Faria, que antes de votar traçou longas considerações para afastar o seu impedimento no julgamento. Em um trecho, disse o relator:

"É sabido que o sistema processual desta justiça sujeita imperativamente à obrigação de dar-se de suspeito o Ministro deste Tribunal quando, entre outros motivos, tiver – *particular interêsse na causa*, e certo é também que nesta contenda se há de decidir direito igual ao de todos seus julgadores, com a possibilidade de ser invocado por qualquer deles, quando entender. Mas, tal circunstância traduzirá, por ventura, tal – *interêsse,* – de que fala a lei, com o caráter de exclusivo – se o qualifica de – *particular* – para a recusa de todos nós, por presunção de parcialidade em proveito próprio, com detrimento da justiça? – A negativa se impõe, não por mim, mas por várias razões. (...) O interêsse, que assim se apure e daí resulta, não é portanto, o meu nem o de V. Exa. particularmente, mas o da própria Nação, se fundamentalmente assenta na intangibilidade de uma preceituação da sua Lei Magna, ditada por necessidade de ordem pública, qual seja a de assegurar, sem dependências debilitantes, o funcionamento da magistratura brasileira."[258]

O cuidado empreendido por Bento de Faria para justificar seu voto era indicativo do constrangimento causado em ter de julgar um tema que afetava diretamente o seu patrimônio e dos ministros do Supremo. Então, diante do inegável paradoxo entre valorar o próprio interesse na causa e o dever de interpretar a Constituição, o argumento articulado foi o de que a "natureza da causa repele a exceção de suspeição figurada na consulta. Embora na lide se envolva, com efeito, um interesse individual do pleiteante, idêntico ao dos julgadores, o que determina,

---

[258] Trecho do voto do min. Bento de Faria na Apelação Cível nº 5.914 *apud* Costa, 1964, p. 10-11.

fundamenta e caracteriza é uma imunidade constitucional do Poder Judiciário". Além do envolvimento *subjetivo* com o caso, o relator registrou outro fator que, em tese, afetaria seu juízo ao apreciar o recurso. Ele havia sido o único dos ministros a ter se pronunciado sobre idêntica questão em julgamento anterior, possuindo entendimento *objetivo* sobre a matéria jurídica discutida, fato que, contudo, não foi considerado suficiente para afastá-lo do julgamento. Nesse ponto, o argumento mostrou outra dimensão da autocompreensão do magistrado em torno de sua imparcialidade[259].

No mérito, o voto de Bento de Faria dividiu-se em dois fundamentos para negar a validade da cobrança. O primeiro, invocava o regulamento do imposto de renda (Decreto nº 3.966, de 25 de novembro de 1919) para afirmar que a incidência do tributo sobre os vencimentos estava restrita às *nomeações, promoções, aposentadoria, portarias de gratificações*, o que excluía o *acréscimo* ou *aumento de vencimentos*, situação na qual se encontrava o recorrido[260]. Nesse sentido, estando o magistrado empossado no cargo à época da instituição do imposto, não estaria sujeito à cobrança. O segundo ponto do voto se baseou na interpretação sistemática de que o imposto sobre a renda não poderia incidir sobre a magistratura, pois a regra constitucional que autorizava a sua instituição não deveria ser compreendida isoladamente, mas em conjunto com a irredutibilidade de vencimentos dos juízes, cuja menção pelo texto constitucional era específica (§1º do art. 57), diferentemente da disposição geral relativa a todas as demais classes de servidores civis e militares.

Foi sobre o segundo fundamento, o da irredutibilidade, que o voto do ministro Bento de Faria se estendeu e agregou argumentos secundários em reforço de sua prevalência na decisão. À irredutibilidade foi associada a ideia *originalista* da *vontade do constituinte* em garantir a

---

[259] "Não é, pois, a opinião do magistrado, vulgarizada por seus votos ou por seus escritos, sobre esta ou aquela tese, sobre este ou aquêle mandamento legal, o que a lei atende para garantir o prestígio da Justiça contra os desfalecimentos de quem a distribui. A função judicial é função social, hoje liberta de preconceitos e superstições, e não pode ser equiparada à vida mística de um sacerdócio vinculado às regras do silêncio. – Assim, essa manifestação anterior do meu pensar não podia exaltar-me o escrúpulo contra a minha própria consciência". Trecho do voto do min. Bento de Faria na Apelação Cível nº 5.914 *apud* Costa, 1964, p. 14.

[260] Um argumento incongruente com o plano da hierarquia e da vigência das normas, pois recorria à um decreto anterior para afastar a aplicação de uma Emenda Constitucional posterior.

segurança do patrimônio dos magistrados; a *objetivação do direito*, não traduzido em privilégio pessoal ou de classe, mas medida de ordem constitucional indispensável à independência do poder judiciário; ao *direito adquirido*, cujo respeito era devido num regime liberal e só suprimido pelas "forças naturais desencadeadas" por uma revolução[261], e por último a *imparcialidade* da aplicação das leis que deveria obedecer apenas a "íntima convicção e inteligência do juiz, sem outra inspiração que não seja o cumprimento do próprio dever".

A decisão foi seguida pelos ministros Edmundo Lins, Pedro dos Santos, Hermenegildo de Barros e Heitor de Sousa, ficando vencidos Soriano de Sousa e Muniz Barreto. Contra o acórdão foram interpostos embargos pela União, renovando o argumento da incongruência da interpretação do Supremo e de que não havia "razão para aliviar o magistrado federal de contribuir para o erário público, na exata medida que o fazem todos os que vivem neste imenso território"[262]. Contudo, os embargos foram rejeitados pela maioria do Tribunal pelos mesmos fundamentos do julgamento da apelação. A incidência do imposto de renda sobre os vencimentos dos magistrados, inclusive, é um fator marcante do modo como tradicionalmente a categoria recebeu tratamento fiscal privilegiado na ordem constitucional brasileira. O entendimento da Corte seguira nessa linha, mesmo após a inovação da disposição do art. 90, *c*, da Constituição de 1937, que estabelecia a irredutibilidade, mas a sujeitava aos impostos, o que levou Getúlio Vargas a expedir o Decreto nº 1.564, de 5 de setembro de 1939[263] suspendendo a decisão do STF, medida possível durante a vigência da Constituição do Estado Novo, mas utilizada unicamente nesse caso.

Com a redemocratização simbolizada pela Constituição de 1946, novamente se estabeleceu "*a irredutibilidade de vencimentos que, todavia, ficarão sujeitos aos impostos gerais*" (art. 95, III). Por seu turno, ao julgar o RE nº 43.941/DF, em 13.1.1960, o STF construiu o entendimento de que o imposto de renda não tinha caráter geral, pois a própria Constituição excepcionava algumas carreiras do seu pagamento no art. 203 (o autor,

---

[261] Nesse ponto, o voto parece pôr em xeque a rigidez da Carta de 1891 (art. 90) ao equiparar a Emenda aprovada a um "simples aditamento à Constituição" Cf. Costa, 1964, p. 25.

[262] Cf. Costa, 1964, p. 29.

[263] Considerando que a "decisão judiciária não consulta o interesse nacional e o princípio da divisão equitativa do onus do imposto".

pelos seus direitos, professores e jornalistas), e se assim o fizera não poderia ser diferente em relação aos magistrados. O voto do relator, ministro Luiz Gallotti foi seguido pela unanimidade do plenário, apresentando pontos emblemáticos no sentido do recurso à independência judicial compreendida enquanto distinção funcional dos magistrados[264]. Nesse julgado, o Supremo resgatou sua jurisprudência firmada durante a vigência da Constituição de 1891, e reiterada após a vigência da Carta de 1934, que associava o pagamento de impostos sobre os vencimentos dos juízes à falta de independência em relação ao Executivo e Legislativo. O entendimento pela constitucionalidade da cobrança do imposto sobre os vencimentos dos membros do Poder Judiciário só seria restabelecido em 3.6.1970, quando o plenário da Corte julgou o RE nº 67.588/MG[265] afirmando que desde a vigência da Constituição de 1967 não subsistia mais o privilégio tributário. A isonomia de tratamento fiscal, no entanto, sofreu mudanças após a edição do Decreto-lei nº 2.019/1983, que retirou da base de cálculo do imposto de renda dos magistrados a parcela recebida a título de 'verba de representação'[266].

Feito esse breve aparte, importa registrar que os percalços da trajetória dessa primeira fase de alargamento do espaço institucional da magistratura no regime republicano seriam interrompidos logo após a ascensão de Vargas ao poder com a Revolução de 1930. Com a edição do Decreto nº 19.938, de 11 de novembro de 1930, que instituiu o Governo Provisório, o fechamento do Congresso foi acompanhado da suspensão das garanias constitucionais, inclusive as da magistratura, além de

---

[264] "[a] Consituição, no tocante aos juízes, e só no tocante a êles, como garantia necessária à sua independência e portanto visando a proteger os próprios jurisdicionados, estabelece o princípio da irredutibilidade dos vencimentos, salvo os impostos gerais (art. 95, III). A regra é a irredutibilidade. (...) De outro modo, resultaria o absurdo de estarem isentas do imposto de renda várias outras categorias profissionais e não estar dêle isenta precisamente aquela, única, cujo estipêndio a Constituição declarou irredutível, como garantia precípua da função jurisdicional e em proteção dos próprios jurisdicionados, a quem fundamentalmente interessa a independência, inclusive econômica, dos seus juízes". Trecho do voto do min. Luiz Gallotti no RE 43.941/DF, *DJ* 13.1.1960.

[265] Ainda no mesmo sentido, a Rcl n° 733, da Guanabara, rel. min. Adauto Cardoso, *DJ* 20.3.1969.

[266] Prevista no §1º do art. 65 da LC nº 35/17979 e excluída do cálculo do imposto de renda pelo art. 2º do Decreto-lei nº 2.019/1983. Uma ofensa à isonomia de tratamento tributário que foi extinta com a promulgação da Constituição de 1988.

excluídos da apreciação judicial os atos do Governo que se instalava. Em 3 de fevereiro do ano seguinte, o Decreto n° 19.656 reduziu o número de ministros do STF de 15 para 11 e dividiu a Corte em duas Turmas, o que foi justificado sob o argumento de aperfeiçoamento das deliberações[267]. Quinze dias após, um novo Decreto, o de número 19.711, considerando que "imperiosas razões de ordem pública reclamam o afastamento de ministros que se incompatibilizaram com as suas funcções por motivo de moléstia, idade avançada, ou outros de natureza relevante", aposentou os ministros Godofredo Cunha, Edmundo Muniz Barreto, Antonio C. Pires e Albuquerque, Pedro Affonso Mibieli, Pedro dos Santos e Geminiano da Franca, dispensados os exames de sanidade.

Contudo, necessário se faz o registro de que antes do estopim da Revolução, o fosso que separava o texto constitucional e a prática das instituições políticas e jurídicas já era denunciado. Porém, não para cobrar a efetividade da dimensão normativa liberal da Constituição, mas para inserir no plano semântico do discurso constitucional as aspirações elitistas conservadoras[268], que iriam se tornar centrais na justificação do autoritarismo centralizador durante um largo período do regime varguista.

2.3. A era Vargas, o Estado corporativo e o associativismo da magistratura

O movimento civil-militar vencedor em 1930 foi desencadeado a partir das disputas entre as oligarquias locais, quando o cenário político apontava a predominância dos paulistas, mas trouxe consigo uma agenda reformista centralizadora e anti-federalista, o que implicava a diminuição do poder local. No projeto incluíram-se demandas diversas, das quais se destacavam o fortalecimento das forças armadas, o controle das polícias dos Estados, a representação classista no Congresso e a adoção de uma legislação social, trabalhista e sindical, que foram adotadas em maior ou

---

[267] A preocupação com a *sobrecarga* de processos e a *morosidade* dos julgamentos na Corte já era registrada como sintoma de *crise* da prestação jurisdicional no início do século. Levi Carneiro apontava com espanto o fato de que a crescente estatística do Tribunal significava um penoso sacrifício para os juízes, para o que eram sugeridas reformas processuais, a criação de mais tribunais, além das críticas à extensão dos acórdãos na Corte. Cf. Carneiro, 1916, p. 68 e Maximiliano, 2005, p. 554.

[268] Nesse sentido: Vianna, 1927, p. 19-25 e 63-66.

menor grau. O fato de governar sem o parlamento e sem a submissão às limitações constitucionais deu a Vargas amplo espaço para implementar algumas dessas medidas nos dois primeiros anos pós-Revolução.

A continuidade desse projeto passou a ter forte resistência da elite de São Paulo que havia sido derrotada e, sob intervenção federal, exigiu do governo o retorno do regime constitucional na Revolução de 1932. Como aponta José Murilo de Carvalho[269], embora o discurso de legitimação do movimento tivesse cunho liberal, com o apoio de amplos setores da sociedade paulista, os seus propósitos eram conservadores e motivados pela recuperação do poder oligárquico no plano nacional. E em que pese o fato de terem os paulistas perdido a batalha armada, a vitória política foi alcançada com a convocação de eleições para a formação de uma assembleia constituinte, sob o voto secreto e organizada pela recém-criada justiça eleitoral. A instituição de juízes e tribunais eleitorais foi, inclusive, evidência do deslocamento do poder de fiscalizar o alistamento, a votação, a apuração e a diplomação dos eleitos, que passava das mãos dos coronéis para as do judiciário.

Esse empoderamento da função judicial era, de fato, uma novidade no regime constitucional e contrariava os primeiros atos do governo em relação à magistratura. Apesar de ter mantido o judiciário da União e dos Estados, o ato que instiuiu o Governo Provisório pós-Revolução, Decreto nº 19.398, de 11.11.1930, havia suspendido as garantias constitucionais, excluído da apreciação judicial os seus próprios atos (art. 5º) e criado um Tribunal Especial. Organizado pelo Decreto nº 19.440, de 28.11.1930, este Tribunal era composto por cinco membros, além de dois procuradores, todos livremente nomeados pelo Governo Provisório e tinha competência para julgar *crimes políticos* e *funcionais* (art. 2º) relativos a *todos os fatos que tenham tido princípio ou fim no período do Governo que determinou a Revolução* (art. 3º). O colegiado tinha ainda atribuição para apreciar faltas de agentes públicos, incluídos os magistrados.

Na constituinte de 1933, as garantias de independência da magistratura não foram objeto de grande discussão. Em coletânea dos discursos sobre a organização do judiciário publicada no ano seguinte[270], o deputado constituinte Negrão de Lima (PP/MG) registrou o clima de con-

---

[269] Cf. Carvalho, 2008, p. 100.
[270] Cf. Negrão de Lima, 1934.

senso sobre a necessidade de conferir maior autonomia e manter a dualidade da magistratura. Os pontos que geraram algum debate foram a manutenção do número de 11 ministros[271] na composição ou restabelecimento dos 15 previstos na Constituição de 1891. Na opinião do ministro do STF, Arthur Ribeiro, ouvido na constituinte, a redução havia causado prejuízos à atuação do Tribunal que se deparava com uma sobrecarga significativa. O critério de nomeação com indicação do Presidente e aprovação pelo Senado foi mantido.

O segundo item da pauta do judiciário que causou debate na Assembleia foi a atuação política da Corte. A experiência do final dos anos 1920 e os atritos com o regime varguista no início dos 1930 levaram à discussão a proposta de retirar da pauta dos STF as "questões exclusivamente políticas", disposição que figurou no art. 100 do anteprojeto da Constituição[272]. O ministro Arthur Ribeiro e alguns constituintes, no entanto, invocaram a desnecessidade de uma cláusula nesse sentido, já que a avaliação do caráter exclusivamente político da demanda ficaria a cargo do próprio Tribunal à semelhança do que ocorria com as *political questions* na prática da Suprema Corte norte-americana. A discricionariedade do STF foi alegada como justificativa que tornava dispensável a inclusão da previsão no texto constitucional. Contudo, a redação final manteve o dispositivo no art. 68. Por outro lado, foi expressamente vedada a atividade político-partidária aos magistrados, mesmo os que estivessem em disponibilidade, sob pena da perda do cargo (art. 67).

Sobre o Supremo e o controle judicial de constitucionalidade, a principal inovação levada à Assembleia foi a transformação do STF em Tribunal Constitucional na proposta do deputado constituinte Nilo Alvarenga. A ideia era inspirada no modelo kelseniano que configurou a composição e funcionamento da Corte austríaca, com atribuição exclusiva para a jurisdição constitucional concentrada e decisões dotadas de efeitos *erga omnes*. Segundo a proposta, o Tribunal seria composto por nove membros escolhidos pelo Supremo Tribunal Federal (2), pelo Parlamento Nacional (2), pelo Presidente da República (2) e pela Ordem dos Advogados do Brasil (3), que elegeriam também nove suplentes.

---

[271] Em 3.2.1931, o governo Vargas publicou o Decreto nº 19.656, que "reorganizou" o STF e estabeleceu regras para "abreviar" os seus julgamentos, reduzindo a composição para 11 ministros.

[272] Cf. Negrão de Lima, 1934, p. 69.

A ideia foi rejeitada em favor da 'tradição' que o controle difuso havia alcançado desde a edição do Decreto nº 848/1890. Em contrapartida, fora estabelecia a cláusula de reserva de plenário (art. 179) e atribuiu-se ao Senado a competência para decidir sobre a suspensão dos efeitos da declaração de inconstitucionalidade (art. 91, IV).

Os atributos característicos da independência judicial seguiam vigorosamente defendidos por juristas. O modelo inglês permanecia como referência importante no discurso pela estabilidade que havia proporcionado e, mais além, o reconhecimento do papel do juiz como intérprete já era articulado contra o excesso de formalismo das leis, especialmente as que disciplinavam o processo[273]. A imagem da magistratura também já era destacada da categoria mais ampla dos 'funcionários públicos'. Em parecer[274] que interpretava o parágrafo segundo do art. 41 da Constituição, elaborado em 17 de setembro de 1934, por ocasião de controvérsia na deliberação de projeto de lei sobre os vencimentos dos juízes, Clóvis Bevilaqua externou a posição de que ao destinar capítulo específico aos órgãos judiciais o texto dava aos juízes tratamento distinto no quesito remuneratório. Assim, o tema não ficaria restrito à iniciativa exclusiva do Presidente, mas poderia ser objeto de proposta dos parlamentares. Esse foi o entendimento prevalecente no Congresso ao aprovar projeto do deputado Mozart Lago que fixava os vencimentos dos ministros do STF e demais juízes do Distrito Federal.

A Constituição de 1934 deu ainda passos importantes na profissionalização da magistratura e na ampliação do espaço de auto-organização dos tribunais. A disciplina das promoções por antiguidade e merecimento e a discussão sobre a unidade dos critérios de ascensão dos juízes nos âmbitos federal e estadual foram traços marcantes desse trânsito técnico que passava o judiciário, do qual já participavam ativamente

---

[273] Nesse sentido, o ensaio do advogado José de Mello Nogueira sobre a reorganização judiciária publicado na *Folha da Manhã* de 4.3.1936, argumentando contra a hipertrofia do Executivo no presidencialismo nacional e se posicionando contra a incidência do imposto de renda sobre os vencimentos dos magistrados.

[274] Íntegra do parecer e da discussão sobre o projeto de lei em Passalacqua, 1936, pp. 1268-1274. Essa distinção entre as figuras do *juiz* e do *funcionário público* permeneceria reconhecida nos julgados do STF durante o Estado Novo e após a Carta de 1946. Cf. Guimarães, 1958, p. 38.

os próprios magistrados[275]. A criação de varas especializadas segundo competências distintas e a afirmação de um grau maior de autonomia na definição do número de desembargadores, inclusive pela declaração de inconstitucionalidade de leis sobre o tema em nível estadual[276], também foram observadas.

No plano da semântica que influenciava a concepção de Estado profundas mudanças estavam em curso. Na teoria política, a descrição do *corporativismo* como modelo de organização social ganhou força no período do entreguerras. A insatisfação com os regimes da democracia parlamentar e a crise econômica, que colocou em xeque as respostas do liberalismo do século XIX, abriram espaço para a defesa teórica do crescimento do papel do Estado. Em especial em referência à regulação jurídica da intervenção sobre a dinâmica de reprodução do capitalismo. O tema do corporativismo despertou o interesse do governo, empresários e trabalhadores. Na academia, a produção de juristas italianos a respeito do corporativismo e das instituições do chamado "Estado corporativo" agitavam as discussões nas faculdades de direito. Uma das obras de destaque que influenciou o debate no Brasil sobre o tema foi "O século do corporativismo"[277], do economista romeno Mihaïl Manoïlesco, escrita em 1936, cujo trabalho já influenciava as ideias de defensores de políticas de proteção à indústria nacional. O livro tinha como objeto a desconstrução da imagem negativa do corporativismo, desvinculando-o do fascismo italiano, para apresentá-lo como sistema mais complexo e sofisticado do que o liberalismo[278]. O propósito de demonstrar a fata-

---

[275] Vide a ampla análise das promoções nos tribunais de justiça dos Estados, em especial, no de São Paulo feita pelo juiz Paulo Américo Passalacqua, 1936, pp. 31-142.

[276] Assim, a decisão da Apelação Criminal nº 962, julgada em 1.8.1935 pela Corte de Apelação do Piauí, que declarou inconstitucional o aumento do número de membros sem proposta da própria Corte (art. 104, "d"), submetida a recurso ao STF. Pelo mesmo fundamento, a Corte de Goiás também declarou inconstitucional o Decreto estadual nº 340, que aumentou de 3 para 6 os membros da Corte, e cuja decisão foi acatada pelo Governo estadual. Cf. Passalacqua, 1936, p. 356-377 e 400 a 406.

[277] "Le Siècle du Corporatisme", traduzido para o português em 1938 por Azevedo Amaral, ideólogo do Estado Novo e diretor do *Correio da Manhã*.

[278] O individualismo liberal e o sufrágio universal também são criticados, este por seu "caráter simplista e anti-orgânico" que introduz em todos os regimes uma uniformidade, e aquele por igualar o indivíduo "a todas as outras unidades humanas", diferentemente do corporativismo onde o indivíduo "possue uma significação qualitativa, que lhe confere valor políti-

IMAGENS DA IMPARCIALIDADE ENTRE O DISCURSO CONSTITUCIONAL E A PRÁTICA JUDICIAL

lidade da tese do corporativismo como única alternativa viável à desagregação social foi expressamente anunciada pelo autor como "fórmula de salvação" e "resultado da intuição de alguns homens, filtrada depois pelo instinto dos povos"[279].

Predominava no contexto uma confusão semântica entre os conceitos de *sindicato* e *corporação*, cuja distinção foi apontada por Cotrim Neto, em referência ao Real Decreto italiano de 1 de julho de 1926, que designava as corporações como instituições que "reúnem as organizações syndicaes dos factores de produção (empregadores, trabalhadores, intellectuaes ou manuaes), por um determinado ramo de produção ou por mais categorias determinadas de empresa". Segundo ele, a corporação se distinguiria do sindicato por sua "integridade, e propriamente só se pode denominar corporação, na ordem social-economica, ao organismo de direito publico que mantem equilibrados dentro do seu seio todos os legítimos interesses pertencentes a um ou vários ramos da produção"[280]. Cotrim Neto[281] procurou promover um resgate das origens coloniais do corporativismo na historiografia nacional pelo transplante das "corporações de mistéres" de Portugal, ainda no século XVI, por reivindicação da Villa de São Paulo em denúncia contra a exploração de sapateiros, ferreiros, tecelões e cabeleireiros. Essas categorias foram obrigadas a organizarem-se em ofícios e fora criado o cargo de "Juiz de officio", com a incumbência de fazer cumprir regulamentos do trabalho, definir padrões profissionais e preços dos serviços. Embora a estrutura de tais organizações fosse incipiente, uma das disposições transitórias da Constituição do Império, o art. 179, §5º, extinguiu as "corporações de officio, seus juízes, escrivães e mestres". O que segundo Neto se ajustava ao espírito anti-corporativista e individualista da época.

---

co proporcional à função que exerce na sociedade, como elemento social, cultural e econômico." Cf. Manoïlesco, 1938, p. XVI.

[279] Cf. Manoïlesco, 1938, pp. 3-4.

[280] Cf. Cotrim Neto, 1938, p. 12.

[281] Recorrendo às descrições de Affonso d'E Taunay, que havia escrito um livro sobre São Paulo entre 1504 e 1601 e Pedro Calmon, sobre o surgimento dos 'meisteiraes', que se assumiam como representantes encarregados de "dar os Regimentos aos officios e taxar certos preços de mão de obra" na Bahia, e como "juizado do povo" numa "Comissão de procuradores" formada por um representante de cada classe ou estado, comério, indústria e "nobres da terra", reunida ocasionalmente para deliberar sobre assuntos de interesse da capitania, no Maranhão. Cf. Cotrim Neto, 1938, p. 195-211.

Interessa, no entanto, notar que o sentido do termo "corporativo" deriva de uma ampliação do compartilhamento de interesses abrigados dos "sindicatos", assim como as derivações que também indicam o movimento desses conceitos pela inclusão do sufixo 'ismo'. O sindicalismo e o corporativismo eram incorporados ao vocabulário político brasileiro numa época em que o Estado Novo conjugava a semântica do seu domínio entre o autoritarismo, em parte inspirado em regimes facistas europeus, e a expansão do desenvolvimentismo da era Vargas, contexto no qual o controle dos sindicatos se mostrava fundamental. A operacionalidade desse modelo, por sua vez, produziu efeitos diretos sobre o constitucionalismo no Brasil e implicou a substituição da Carta de 1934 pela de 1937. A mudança constitucional havia sido precedida de substanciais transformações na relação Estado-sociedade e interferia diretamente na organização autônoma dos sindicatos e associações profissionais[282]. Foi sob tal contingência que o Estado Novo criou o *Conselho da Economia Nacional* (art. 57, da Constituição de 1937), dividido em 5 Seções: da Indústria e do Artesanato; de Agricultura; do Comércio; dos Transportes, e do Crédito.

Ao contrário da conotação que o termo adquiriu hoje, uma análise do termo *corporativismo* nos textos da época mostra o sentido positivo de seu uso nas descrições sobre a organização do Estado. Tratava-se já de uma reabilitação da sua significação após a atribuição pejorativa a que o termo tinha se sujeitado no século XIX, quando seu uso estava invariavelmente ligado ao "medievalismo" e à exploração do trabalho em proveito de uma minoria[283]. O regime corporativo era articulado contra a ideia de democracia liberal e ativado em defesa da maior intervenção do Estado, avaliada como reinvidicação justa[284]. Associado aos discursos integralistas, o modelo corporativo era também apresentado como única

---

[282] À verticalização estatal do controle dos movimentos operários se seguiu a instituição do imposto sindicial pelos Decretos-lei n° 1.402 e 2.377, de 1939 e 1940.

[283] Cf. Cotrim Neto, 1938, p. 215-216. No mesmo sentido: Haman, 1938, p. 54.

[284] Nesse sentido Cotrim Neto: "Hoje vivemos nos primordios da época da democracia corporativa, e não se póde mais admitir a symbiose da democracia com o liberalismo, seja elle politico, economico, ou philosophico. Se a economia dirigida, por exemplo, é incontestavelmente uma reacção alias justissima, dadas as condições economicas da nossa epoca, contra o liberalismo economico, e se alguns paizes como a propria Italia, ainda a conservam, isto não importa em confundir corporativismo com economia dirigida (...)." Cf. Cotrim Neto, 1938, p. 218.

alternativa lógica aplicada às esferas da política e da economia. O termo era empregado não apenas no seu sentido profissional, embora dele não se desvinculasse por completo. O seu uso nacionalista passava a ser relacionado à ideia de restauração do progresso. Seus defensores reivindicavam então um "Corporativismo puro ou total"[285], inspirado nas "nações vitoriosas da Europa" (em que se instalara o fascismo), e que não se oporia à forma republicana acolhida nas Constituições de 1891 e 1934. Por essa razão, os que apontavam a inconstitucionalidade do fortalecimento das corporações, concebida nas reformas do Estado Novo, eram vistos como conservadores[286].

No plano da política, Cotrim Neto[287] chegou a afirmar que se o século XVIII havia sido o da 'monarquia absoluta' e o XIX da 'democracia absoluta', o século XX era claramente o século do corporativismo. Essa conclusão era derivada da observação do esvaziamento da noção universal de democracia que dava lugar à representatividade de interesses vagos relacinados a grupos específicos dos setores agrário, industrial e operário, mobilizados em fazer das ações do governo o espelho de suas demandas. Porém, entre os grupos a que ele se referia, apenas o dos trabalhadores poderia ser considerado uma "novidade" na dimensão institucional dos discursos políticos.

A organização social passava a ser concebida por um viés nacionalista antiliberal, embora guiada pela ótica cientificista, tecnocrática e concentradora do poder auto-observada como realista. Nela se incluíam o enquadramento corporativo da população e a redefinição do papel do Estado enquanto interventor nas relações sociais. A semântica articulada com essa operação consistia na negação de que a divisão de classes teria sido possível no Brasil, apesar da herança colonial escravocrata, pois, na *essência*, a *natureza cultural* do povo brasileiro derivava de caracte-

---

[285] "A ideia de Corporativismo Integral, Puro ou Total é, comtudo, a que está fadada ao maior sucesso. – A Itália, conforme já deixamos expresso, promette realizal-a dentro em breve, e o prorpio Brasil, cuja constituição mais recente, a de 1937, consagra uma formula aproximada do corporativismo subordinado, o Brasil, graças ao progresso da corrente doutrinaria do Integralismo ou do Corporativismo Puro, unico logicamente applicavel ao meio politico e economico nacional." Cf. Cotrim Neto, 1938, p. 206.

[286] Cf. Cotrim Neto, 1938, p. 241-242.

[287] Cf. Cotrim Neto, 1938, pp. 77-84.

À PROCURA DE UMA IMAGEM: A CONSTRUÇÃO DA IMPARCIALIDADE JUDICIAL...

rísticas peculiares em que se dissolviam as nossas contradições sociais[288] ou se oporiam à racionalização moderna em termos weberianos.

O autoritarismo varguista contava com amplo apoio de parte relevante da *intelligentsia* do país que atribuía a si a capacidade de interpretar a *cultura* do povo brasileiro e dar-lhe expressão política "por cima" e à frente da história. Vários acadêmicos e políticos entusiastas do corporativismo, como Agamenon Magalhães e Oliveira Vianna, chegaram a ocupar cargos na burocracia estatal. Como aponta Daniel Pécaut, essa categoria de intelectuais[289] que fornecia mecanismos de legitimação e inspirava a Administração do Estado Novo provinha de famílias de grandes proprietários e *advogavam* sobretudo *em causa própria*. Parte do grupo estava reunida sob o manto da Ação Integralista Brasileira, congregação composta por nacionalistas conservadores católicos, entre eles, Plínio Salgado, Filinto Müller, Alberto Tores, Miguel Reale, Azevedo Amaral, Lindolfo Collor, Gustavo Capanema, Salgado Filho, Goes Monteiro e Francisco Campos, este o artífice da Constituição de 1937. A proximidade de muitos deles ao poder lhes garantia a liberdade de criação negada aos perseguidos pela censura do regime. Na prática, intelectuais e Estado estavam autoimplicados, na medida em que aqueles dependiam do poder para dar voz às suas ideias, enquanto o Estado instrumentalizava o discurso teórico para fundar a unidade social, dar-lhe uma finalidade política apresentada como real e formar uma corporação acima da demais sob a retórica do interesse nacional.

No direito, a influência da doutrina italiana sobre o corporativismo fazia-se refletir nos escritos de juristas brasileiros publicados nas décadas de 1930 e 1940, que o apresentavam como nova tendência do direito constitucional. Cursos de direito corporativo começavam a aparecer nas universidades. O primeiro deles proferido por Alcibiades Delamare, na Faculdade de Direito da Universidade do Brasil, no Rio de Janeiro, em

---

[288] Na linha da visão romanceada de Gilberto Freyre em *Casa Grande e Senzala*, publicado em 1933, que é tomada como descrição científica por Sérgio Buarque de Holanda três anos mais tarde em *Raízes do Brasil*, obras que influenciaram as gerações seguintes do pensamento político no Brasil e se refletiram em concepções de autores centrais no Estado Novo, como Oliveira Vianna e Azevedo do Amaral. Cf. Pécaut, 1990, p. 46 ss e Santos, 2010, 303.

[289] Formada em especial por três perfis: advogados identificados com o regime autoritário, enegenheiros positivistas que viam na técnica o fundamento do poder e, por último, o homem de cultura, todos autocompreendidos enquanto elite dirigente. Cf. Pécaut, 1990, p. 34.

IMAGENS DA IMPARCIALIDADE ENTRE O DISCURSO CONSTITUCIONAL E A PRÁTICA JUDICIAL

1936, como ramo destacado do direito administrativo. Também naquela Faculdade foi apresentada, a tese de livre docência de Demetrio Haman para a cadeira de Direito Industrial e Legislação do Trabalho, publicada em 1938, cujo título foi "Corporativismo e Fascistivismo". A tese de Haman procurava mostrar diversas faces do corporativismo moderno, de acordo com sua apropriação por correntes políticas de direita, esquerda ou centro. O trabalho mencionava a categoria de *pseudo-corporativismo*, na qual se incluíam o corporativismo sindicalista e o paternalista, ambos num sentido negativo em contraposição ao caráter *moderno* das verdadeiras corporações. Em seu estudo, Haman[290] mostrava que nas *corporações econômicas* deveriam aderir, obrigatoriamente, todos os patrões e profissionais em defesa da representação de seus interesses e negócios; nas *corporações sociais* estariam inseridos patrões e empregados de determinado ramo para assegurar o interesse do operariado no progresso da própria corporação, organização profissional e, por último, o *corporativismo político* (também um *pseudo-corporativismo*), que poderia ser autoritário (fascismo) ou parlamentar.

A preocupação teórica manifestamente assumida no trabalho de Haman era a integração do sindicalismo na estrutura do Estado[291], confundindo-o com o *estatismo*, o que se justificava pela experiência recente de cooptação, com posterior perseguição e destruição das organizações de operários nos regimes de Mussolini e Hitler. Por isso, de um lado, parecia necessário deixar claro o campo semântico de um "corporativismo fascista" como integrante do processo de consolidação da tirania daqueles regimes onde as corporações seriam apenas instrumentos a serviço do poder, e de outro, afirmar a necessidade de um "corporativismo reformista" empenhado na formalização da autonomia de organização e funcionamento de diversos setores da sociedade. Essa divisão, contudo, não deixava de lado a ideia de formatar, via corporativismo, uma espécie de cidadania regulada.

O pensamento jurídico procurava responder aos estímulos do novo ajuste entre capital e trabalho no Brasil. A observação de modelos de organização de operários e sindicatos no exterior, assim como das instituições criadas por outras nações para lidar com a questão, fazia parte

---

[290] Cf. Haman, 1938, p. 56 e ss.
[291] Cf. Haman, 1938, p. 72 e ss.

À PROCURA DE UMA IMAGEM: A CONSTRUÇÃO DA IMPARCIALIDADE JUDICIAL...

do repertório discursivo[292]. Mas entre as corporações pensadas como modelo de organização social, havia também as de caráter não-econômico, ou seja, as corporações sociais e culturais. Nelas se enquadravam a igreja, o exército, a magistratura e os serviços sociais da saúde, educação e a ciência. Segundo Manoïlesco, os "órgãos que as executam têm um direito natural à autonomia e revestem todos o carácter corporativo. As corporações são, consequentemente, tão originárias e primordiais (senão mais) que o próprio Estado"[293]. Essa visão é concebida pelo autor como plenamente aplicável à organização interna da magistratura na estrutura do poder judiciário nacional:

"No Estado corporativo, o poder judiciário será extremamente descentralizado. A jurisdição corporativa será a regra. Cada corporação terá sua jurisdição para regularizar as dúvidas surgidas entre os seus membros. As corporações econômicas exercerão a jurisdição profissional e a dos conflitos coletivos entre os sindicatos competentes. Entretanto, apezar desta descentralização extensa, ficarão ainda grandes atribuições à jurisdição e à magistratura ordinárias.

Impõe-se o problema de saber si a magistratura póde constituir um corpo com caracteres de uma corporação. Inicialmente, mesmo no Estado democratico, ha muitos caracteres corporativos na magistratura. O primeiro é o carácter de poder separado que a doutrina democrática reconhece à justiça. Em seguida, a magistratura exerce, tanto quanto a igreja e o exército, poderes normalizadores internos, a disciplina interna e, enfim, o recrutamento e a formação de seus membros quasi sem ingerencia do Estado.

Entretanto, o que de mais importante existe é que os magistrados sendo, ao contrário dos militares, a expressão de um poder independente do executivo, não têm de receber ordens do Estado. O coroamento destes privilégios da magistratura é o espírito de classe muito acentuado.

Quais, seriam, diante desta situação de fato, as inovações de uma reforma corporativa? Seria, fóra da descentralização da jurisdição, a autonomia mais completa da justiça e da representação da magistratura no Parlamento corporativo.

---

[292] Um discurso que negava o conflito entre patrões e trabalhadores e submetia as relações de classes à *harmonia* regulada pelo Estado. Cf. Carvalho, 2008, p. 115 e Alvim, 1934, p. 8.

[293] Cf. Manoïlesco, 1938, p. 166. A autonomia das *corporações econômicas* abrangeria, inclusive, funções judiciárias para interpretar contratos coletivos de trabalho, conflitos comerciais e econômicos, para o que seriam indicadas jurisdições especiais. Cf. Manoïlesco, 1938, p. 211 ss.

Esta representação far-se-ia segundo os mesmos princípios que para outros funcionários e comportaria eleições separadas em todos os gráus da hierarquia. Estas eleições, por degráus hierarquicos, teriam uma vantagem dupla. A primeira seria permitir a participação no Parlamento de todas as categorias de magistrados, cada um com seu contingente especial de experiencia e de pontos de vista. A segunda seria a de não ter lugar a eleição, senão entre os da mesma categoria, o que constitue um princípio geral da doutrina corporativista."[294]

Esse discurso corporativo sobre a composição da magistratura parecia articular-se sem conflito com a defesa da independência judicial. Essa interpretação aparece de modo claro no último capítulo de *Instituições Políticas Brasileiras*, escrito por um dos principais intelectuais de sustentação do regime, Oliveira Vianna[295]. A defesa da autonomia dos juízes como atributo indispensável à solidez das instituições no Brasil invocou o legado de Rui Barbosa. Contudo, Vianna não criticou o fato de que a independência judicial tivesse sido instrumentalizada pelo regime varguista.

O Estado Novo, a que a Constituição de 1937 correspondia, pretendeu instaurar um equilíbrio entre "corporativismo tecnicista" e a "modernização patrimonialista", nas palavras de Vamireh Chacon[296]. Essas vertentes se projetaram na organização dos três poderes do Estado refletindo-se na criação de múltiplos institutos, autarquias, fundações, conselhos profissionais e superintendências, muitas vezes com atividades superpostas à de ministérios e outros órgãos da Administração. A descentralização e desconcentração de atividades administrativas fundadas no argumento do ganho de eficiência dos serviços era contraditada pelo formalismo burocrático e centralizador do governo.

No poder judiciário, foram mantidas nominalmente as garantias de independência judicial (art. 91). A realização das noções mais amplas do corporativismo implicou um aprofundamento da burocratização e o

---

[294] Cf. Manoïlesco, 1938, pp. 171-172.

[295] Cf. Vianna, 1999, p. 501 ss.

[296] Analisando o impacto do Estado Novo e da Constituição de 1937. Cf. Chacon, 1987, p. 165 ss.

À PROCURA DE UMA IMAGEM: A CONSTRUÇÃO DA IMPARCIALIDADE JUDICIAL...

fomento ao associativismo mobilizado no discurso dos próprios juízes[297]. São dessa época as primeiras iniciativas associativas dos magistrados. Em 1936, o juiz mineiro José Júlio de Freitas Coutinho propôs criar uma congregação dos magistrados de todo país, que não chegou a se concretizar antes de sua morte. Então, o ministro do STF, Edgard Costa, apoiado por desembargadores e juízes, convocou uma reunião em 1941 para discutir a formação de uma associação. Porém, apenas em 1948 deu-se o nome de Associação dos Magistrados Brasileiros[298], cujo registro foi formalizado em 10 de setembro de 1949[299]. O art. 1º do estatuto, cuja última alteração foi feita em 16 de dezembro de 2004, prevê que a associação tem como objetivo "a defesa das garantias e direitos dos Magistrados, o fortalecimento do Poder Judiciário e a promoção dos valores do Estado Democrático de Direito"[300].

Distinguindo-se dos processos de sindicalização das demais categorias de trabalhadores e servidores públicos que tinham na defesa dos interesses corporativos o seu principal propósito manifesto, o associativismo da magistratura seria marcado por uma ambiguidade refletida na hierarquia de posições de poder na organização judiciária e na atividade política de seus membros. A ideia de fomentar a congregação de juízes em torno de laços comuns com propósito de auxílio mútuo, reuniões clubísticas, festas e confraternizações corporativas foi também o espaço para o debate de questões políticas mais amplas. Essa dupla vinculação do associativismo na magistratura entre questões eminentemente corporativas e a amplitude dos grandes temas nacionais *ocultava sua imagem como classe*, no sentido marxista do termo[301]. A formação de uma con-

---

[297] Para Paulo Passalacqua, 1936, p. 484: "O magistrado que pusilanimidade não enfrenta quaesquer situações para dizer o que sente em defesa da classe que representa, não é digno de sua toga."

[298] Atualmente, a AMB é considerada a maior entidade de magistrados do mundo, reunindo cerca de 14 mil filiados e representando os 17 mil juízes e desembargadores do Brasil.

[299] Antes da AMB, havia se constituído a Associação de Juízes do Rio Grande do Sul, em 11 de agosto de 1944.

[300] Íntegra do Estatuto disponível em http://goo.gl/ftPCpk.

[301] Esse é um ponto constitutivo da divisão da burocracia estatal entre *servidores públicos* e *agentes políticos*, pelo qual a linguagem do direito administrativo oculta a disputa classista interna ao estamento burocrático, mantendo desproporcionais regimes remuneratórios, o que é ainda mais agravado quando comparado ao tratamento legislativo dos trabalhadores da iniciativa privada.

IMAGENS DA IMPARCIALIDADE ENTRE O DISCURSO CONSTITUCIONAL E A PRÁTICA JUDICIAL

gregação de profissionais responsáveis por aplicar o direito não *poderia* ou *deveria* parecer uma organização de indivíduos auto-interessados em ampliar seu poder e, em consequência, os benefícios do cargo. A manutenção da imagem do burocrata neutro na formulação weberiana corria o risco de transformar-se numa realidade em si[302], desvinculada das condições sociais nas quais se inseria. O que teria consequências para sua autocompreensão e mobilização no campo político.

A vedação constitucional (art. 92) do exercício de outras funções públicas, da filiação partidária e a exigida discrição quanto à manifestação pública das próprias preferências políticas contribuíram para caracterizar a distinção associativa da classe de juízes. O compartilhamento de espaços e interesses comuns passava a colocar no mesmo plano discursivo temas diversos como prerrogativas funcionais, questões salariais, promoção e outras particularidades da carreira, mas que publicamente seriam apresentadas como essenciais à dignidade da magistratura, à garantia de independência do poder judiciário e, por sua vez, da imparcialidade dos juízes.

Esse discurso não destacava, contudo, que a ocupação de vários postos na hierarquia superior da organização judiciária era substancialmente diferente do que ocorre nas outras duas funções de poder do Estado. Nas carreiras do serviço público vinculadas ao Executivo, a direção da cúpula administrativa (ministros, presidentes de estatais, etc.) era atribuída em comissão segundo avaliação técnica ou política, a juízo da autoridade nomeante. Já as funções de direção dos trabalhos legislativos eram renovadas a cada legislatura, conforme os critérios de composição da representação proporcional dos partidos. A ascensão funcional no poder judiciário, todavia, fixava-se internamente por critérios que permitiam a autoidentificação de interesses comuns e a definição da unidade do discurso sobre as atribuições e responsabilidades dos juízes entre a cúpula e a base.

Por isso a vida associativa adquiriu um peso muito significativo na formação da autoimagem da magistratura e de sua função na sociedade, mas também para a percepção da imparcialidade judicial. Além de ser um espaço importante de mobilização da política interna, senão necessária, para galgar nomeações para funções de desembargador ou minis-

---

[302] Cf. Faoro, 1979, p. 741.

tro, as associações passaram a ocupar um lugar de destaque nos modos de relacionamento externo da magistratura com a política, condição necessária para o alcance das nomeações. Essa perspectiva pode ser evidenciada a partir do entrelaçamento da direção da representação associativa e a ocupação de cargos na cúpula do judiciário.

O primeiro presidente da AMB foi o seu próprio fundador, o ministro do STF Edgard Costa, entre os anos 1949 a 1953, seguido por outros dois ministros do Supremo Tribunal Federal, Luiz Gallotti (1954/1955) e Antônio Carlos Lafayette Andrade (1956/1957). A lista de ex-presidentes da AMB que ocuparam cargos de ministros do STF ou outros tribunais superiores é extensa. O quarto presidente da associação, José Eduardo Gonçalves da Rocha (1958/1959), foi ministro do TSE[303], na vaga de jurista entre julho de 1951 e setembro de 1959. O quinto, Delfim Moreira Junior (1960/1961) foi ministro e presidente do TST[304] nos biênios 1955 a 1957 e 1958 a 1960. O sexto presidente, Afrânio Antônio da Costa (1962/1963), por sua vez, foi juiz do Tribunal Federal do Recursos[305], Corte que presidiu nos biênios 1947 a 1949 e 1959 e 1961, além de membro do TSE e ministro convocado diversas vezes pelo STF. O primeiro a quebrar a sequência de ministros de tribunais superiores na direção da entidade foi o internacionalista Oscar Accioly Tenório (1964/1965), desembargador do Tribunal de Justiça do Estado da Guanabara, que presidiu nos dois anos anteriores, além de depois ter sido eleito reitor da UERJ em 1972. Entretanto, depois da gestão de Tenório, vários outros presidentes da AMB[306] haviam ocupado ou ocupariam cargos nos tribunais superiores do país.

Se por um lado a dimensão corporativa do Estado Novo havia incentivado a organização de sindicatos profissionais da burocracia, aproximando-os da esfera estatal, por outro, manteve sob seu estrito controle a atuação dos agentes públicos civis e militares. O art. 177 da Constituição

[303] Quadro de todas as composições do TSE disponível em: http://goo.gl/h8eZyo.

[304] Biografia disponível no *site* do Tribunal Superior do Trabalho: http://goo.gl/yhlqaq.

[305] Informação colhida no *site* do STJ: http://goo.gl/pV7cUi.

[306] Foi o caso de Júlio Barata (1966/1967) no TST; Washington Vaz de Mello (1970/1971) no STM; Sydney Sanches (1982/1983) no STF, e Paulo Benjamin Fragoso Gallotti (1994/1995) no STJ. O *site* da AMB informa que dos 29 magistrados que presidiram a entidade, 20 tiveram origem em Estados do Sudeste (RJ/11; SP/5; MG/4); 6 da região Sul (SC/3; RS/2; PR/1), PE e AM tiveram um representante, sendo que o atual presidente é originário do Rio Grande do Sul.

de 1937 previa o afastamento de servidores, inclusive juízes[307], "a juízo exclusivo do Governo, no interesse do serviço público ou por conveniência do regime", em até 60 dias contados do início da vigência do texto constitucional. A separação dos poderes era apenas aparente, mas a independência do judiciário era apresentada como consenso no discurso oficial[308]. Por sua vez, o reconhecimento da fragilidade do poder judiciário frente ao executivo aparecia na academia. Na defesa de tese para a cadeira de direito constitucional da Faculdade de Direito da USP, em 1940, Paulo Leite de Freitas faz referência ao enfraquecimento que o Estado Novo impunha ao judiciário, embora manifestasse também a confiança de que se tratava de situação passageira[309].

Entre outros motivos, a decadência do Estado Novo deu-se pelo imediatismo de Vargas em buscar apoio militar à sua ditadura, quando já não era mais possível. Isso porque diferentemente de outras experiências autoritárias, e.g. Portugal e Espanha, o fascismo no Brasil "limitou-se a mordernizar a estrutura patrimonialista da tradição ibero-americana. Sem elaboração institucional política, apenas imediatista, deixara livre o capitalismo selvagem para prosseguir impondo que só o forte tem direito, sem maiores mediações"[310], uma herança que se projetaria por longos anos.

A dimensão jurídica do constitucionalismo na era Vargas foi marcada pela ambiguidade semântica construída sobre a estrutura autoritária ancorada no processo de modernização industrial. Se o período de 1930 a 1945 foi caracterizado pela inserção dos direitos sociais, trabalhistas e previdenciários nos textos normativos, por outro lado, a adoção de políticas tecnoburocráticas, concentradoras de poder e renda, com impacto

---

[307] Cf. Tucunduva, 1976, p. 200. O dispositivo curiosamente foi revogado pela Lei nº 12 de 7 de novembro de 1945 e não pela Constituição de 1946.

[308] Nesse sentido, as manifestações do Presidente do STF, Eduardo Espínola, e do ministro da Justiça, Francisco Campos, por ocasião da abertura do ano Judiciário em 2.4.1941, ambos exaltando a relevância da função política da atividade judicial. Íntegra em: http://goo.gl/NvgdAW.

[309] "Como quer que seja, o enfraquecimento, em nosso país, do órgão judiciário, não importa, não pode importar em sua subordinação do executivo. Por certo, há de ser transitória essa situação, mesmo porque já se esboça, da parte dos nossos governantes, a preocupação de restituir-lhe a fôrça e a independência de que sempre gozou, desde quando instaurada a República". Cf. Leite de Freitas, 1940, p. 79.

[310] Cf. Chacon, 1987, p. 83.

direto na independência judicial também foi uma constante refletida nas expectativas de atuação imparcial do judiciário. Uma ambiguidade paternalista que voltaria a fazer parte do cenário institucional brasileiro duas décadas depois com o início do regime militar[311].

2.4. Entre o dever da toga e o apoio à farda: independência judicial e imparcialidade no STF durante o regime militar[312]

A rejeição da inclusão de significativa parcela da população no sistema político, com o aumento da pressão por pautas de redução das desigualdades através de programas distributivos, pôs em xeque o discurso liberal que unia as elites políticas e econômicas no Brasil pós-Vargas. Entre outras contradições, o golpe militar de 1º de abril de 1964 contou com o franco apoio de juristas que mais tarde reivindicariam o poder constituinte ao povo no processo de transição à democracia.

Por suas características, a institucionalização do regime autoritário no Brasil demandou um grau maior de cooperação entre militares e civis, e dentre estes a especial contribuição daqueles que integravam a burocracia judicial. Como registra Anthony Pereira, o tipo de legalidade autoritária desenvolvida pelo regime militar brasileiro distinguia--se das demais ditaduras do Cone Sul pela "margem de manobra mais ampla, para que os réus e os grupos da sociedade que assumem a sua defesa consigam agir dentro dos limites do sistema"[313]. Logo, o aparato de repressão estatal precisava articular a participação de juízes e advogados civis em procedimentos públicos que aparentemente garantissem a validade dos direitos dos opositores, aplicados por um sistema judicial

---

[311] Cf. Carvalho, 2008, p. 170. Sobre como a hegemonia dos discursos sobre a *organização* se impõem aos de *participação* no corporativismo incorporado por governos autoritários no Brasil, a passagem de Chacon: "[e] ninguém mais estatizante que a ultradireita no poder, porque em proveito estamental próprio, da mesma forma que ninguém mais anti-estatizante que esta ultradireita quando fora do poder, ao vislumbrar a possibilidade, mesmo remota, de diluir-se o seu controle pelo capitalismo" Cf. Chacon, 1987, p. 210.

[312] Uma versão modificada deste tópico foi publicada pela *Revista Brasileira de Ciências Sociais*, Vol. 32, n. 94.

[313] Cf. Pereira, 2005, p. 34. Sobre a inserção do Judiciário na dinâmica combinação de elementos de exceção com a legalidade herdada da Constituição de 1946, tornando mais flexível a administração de conflitos enquanto reduzia o desgaste dos militares entre 1964 a 1969: Lemos, 2004, p. 409-438.

visto como independente e imparcial. Uma das razões do alto índice de judicialização da repressão da ditadura militar brasileira.

Embora o golpe tenha contado com amplo apoio e participação por segmentos populares e religiosos de diversas regiões do país, no plano político, fazia sentido para os juristas evitar a identificação com o discurso moralista conservador ou com a mera referência de que o novo governo se fez necessário em face da ameaça comunista. A ambígua manutenção da Constituição de 1946 com a adoção do discurso *revolucionário* do *poder constituinte* delimitava um campo semântico fundamental para a imagem do movimento[314]. Nas manifestações públicas de aclamação da subida ao poder dos militares pelos juristas, a característica mais marcante foi a negação da expressão "golpe de Estado" para designar o movimento pelo nome que ele se autodescrevia: "Revolução"[315], termo que adquiriu significado peculiar no discurso dos juristas empenhados em oferecer uma justificativa ao golpe.

Foi o caso de Goffredo Telles Junior que publicou em 1965 o ensaio "A democracia e o Brasil: uma doutrina para a Revolução de março"[316], afirmando logo no início que a "Revolução Vitoriosa foi a sublevação do Brasil autêntico, em consonância com os mais profundos anseios da Nação", dedicando um capítulo à "resistência violenta aos governos injustos", justificando-o sob a guarda do *direito natural* à resistência[317].

---

[314] Essa imagem foi inscrita logo no parágrafo inicial do primeiro Ato Institucional, de 9.4.1964: "É indispensável fixar o conceito do movimento civil e militar que acaba de abrir ao Brasil uma nova perspectiva sobre o seu futuro. O que houve e continuará a haver neste momento, não só no espírito e no comportamento das classes armadas, como na opinião pública nacional, é uma autêntica revolução".

[315] Cf. Paixão, 2014, p. 428. Nesse sentido: Miguel Reale (então Secretário de Justiça de São Paulo); Vicente Ráo (ex-ministro da Justiça e das Relações Exteriores) e Basileu Garcia (professor da USP), este último lançando expectativas de que "o Poder Judiciário há de compreender e legitimar o ato institucional como decorrência do estado de necessidade para salvação da pátria". *O Globo*, de 14.4.1964.

[316] Cf. Telles Júnior, 1977, p. 413 e 420. A carta costuma ser referência no discurso dos juristas como ato de engajamento pela democracia, mas o apoio de Telles Júnior ao golpe segue esquecido.

[317] Seguida da defesa de que "[p]ode um governo, injusto por sua origem, tornar-se justo por seu funcionamento e redimir-se. Um governo imposto pelas armas ou pela astúcia pode tornar-se, por sua ação, órgão do poder legítimo. (...) Em consequência, ilegítima será a resistência violenta a um tal governo". Cf. Telles Júnior, 1965, pp. 94-105 e 117.

Na atividade decisória do Supremo logo após o golpe, não se observou a defesa ou condenação explícita do regime que se instalava, a regra era o silêncio sobre os efeitos políticos da ascensão do governo militar. Entretanto, algumas exceções se fizeram presentes. Uma delas ocorreu em 24 de agosto de 1964, durante o julgamento do HC nº 40.910/ /PE – o primeiro com impacto político sobre o regime, impetrado pelo professor de economia Sérgio de Cidade Rezende, que era acusado de subversão por ter distribuído um manifesto contra a situação política a 26 alunos na UNICAP sugerindo que os militares *gorilarizavam* o país. Em sua decisão, o ministro Pedro Chaves manifestou o seu apoio ao movimento militar, que denominou de "revolução". Embora tenha votado com a unanimidade do Tribunal pela concessão da ordem, em razão da liberdade de cátedra e do reconhecimento de que a conduta do professor não constituía crime previsto na Lei nº 1.802/1953, Chaves deixou clara a sua posição político-ideológica de alinhamento com os militares[318]. O seu voto colocava em xeque a própria permanência da validade da Constituição diante dos propósitos da "revolução", cujas diretrizes haviam alcançado expressão jurídica no primeiro ato institucional:

"Há nesta revolução, no momento em que estamos vivendo, uma evidente contradição; alguma coisa está positivamente errada, porque se há ideias que se repelem que *hurlent de se trouver ensemble*, são estas de *revolução* e de *Constituição*. E o Ato Institucional, que procurou dar colorido ao Movimento de 31 de março, no seu art. 1º diz que está em vigor a Constituição de 1946.

Esta Constituição de setembro de 1946, como todas as Constituições inspiradas nos princípios da Liberal Democracia, é uma Constituição que não oferece meios de defesa às instituições nacionais e é uma Constituição onde se prega um liberalismo à Benjamin Constant, pleno, amplo e absoluto, mesmo contra os interesses que se presumem ser da nacionalidade, porque consagrados por uma Assembleia Constituinte"[319].

---

[318] Nesse sentido o seguinte trecho do voto de Chaves: "A mim, ao contrário, acho que eram os *gorilas* aquêles que queriam fazer da nossa independência, da nossa liberdade de opinião, do nosso direito de sermos brasileiros e democratas, tábula rasa, para transformarnos em colônia soviética, onde êles não seriam capazes de manifestar um pensamento sequer em favor das ideias liberais para êles, então, haveria Sibéria, *paredón* e outros constrangimentos".
[319] Trecho do voto do ministro Pedro Chaves. STF. HC nº 40.910/PE, rel. min. Hahnemann Guimarães, j. 24.08.1964.

A trajetória de intervenções na organização do Judiciário e do STF, em particular, oscilou bastante durante o regime militar. Dias após o golpe, em 17 de abril de 1964, Castello Branco foi recebido pelo presidente do STF, ministro Álvaro Ribeiro da Costa, que discursou em apoio ao regime justificando o sacrifício provisório de algumas garantias constitucionais[320]. Ribeiro da Costa, que tinha fortes ligações com udenistas, além de ser filho e irmão de militares, havia participado da sessão no Congresso Nacional na qual se declarou vaga a Presidência da República. Presença confirmada pelo presidente do Senado, Auro Moura Andrade, que havia feito visita em agradecimento ao Supremo no dia anterior[321]. Além disso, o Presidente do Supremo também esteve presente no Palácio do Planalto para posse nominal de Ranieri Mazzilli, no dia 2 de abril, como registrou Aliomar Baleeiro em sua obra sobre o Supremo quatro anos mais tarde[322]. Contudo, naquele momento, as ameaças à independência do STF tinham mais ressonância na imprensa e no discurso isolado do deputado udenista paranaense Jorge Curi, na Câmara, do que nas atitudes do novo governo. Em abril de 1964, o Supremo Tribunal Federal tinha a seguinte composição:

Ministros do STF (01/04/1964)			
	Nome	Posse	Nomeado por
1	Alvaro Moutinho Ribeiro da Costa	26/01/1946	José Linhares
2	Antonio Carlos Lafayette de Andrada	01/11/1945	José Linhares
3	Hahnemann Guimarães	24//10/1946	Enrico Gaspar Dutra
4	Luiz Gallotti	12/09/1949	Enrico Gaspar Dutra
5	Cândido Motta Filho	13/04/1956	Juscelino Kubitschek
6	Antônio Martins Villas Boas	13/02/1957	Juscelino Kubitschek
7	Antônio Gonçalves de Oliveira	10/02/1960	Juscelino Kubitschek
8	Vitor Nunes Leal	26/11/1960	Juscelino Kubitschek
9	Pedro Rodovalho Marcondes Chaves	14/04/1961	Jânio Quadros
10	Hermes Lima	11/06/1963	João Goulart
11	Evandro Cavalcanti Lins e Silva	14/08/1963	João Goulart

---

[320] Cf. Viotti da Costa, 2006, p. 161.
[321] Para a íntegra dos discursos de Auro Andrade e Ribeiro da Costa durante a visita realizada em 16 de abril de 1964: Andrade, 1985, p. 297 ss.
[322] Cf. Baleeiro, 1968, pp. 132-133.

À PROCURA DE UMA IMAGEM: A CONSTRUÇÃO DA IMPARCIALIDADE JUDICIAL...

Embora nenhuma prerrogativa do Tribunal nem quaisquer dos seus integrantes tenha sido afastado nos meses que se seguiram ao golpe, evidenciando a busca por uma possível aliança com a cúpula do Poder Judiciário, o mesmo não se repetia nos órgãos de base do sistema de justiça. O conjunto de restrições à independência judicial teve início com o primeiro Ato Institucional, de 9 de abril de 1964, que em seu artigo 7º suspendeu por seis meses as garantias constitucionais de vitaliciedade e estabilidade, além de autorizar, no parágrafo 1º, a aposentadoria ou demissão via decreto presidencial de quaisquer servidores públicos, inclusive os magistrados.

Na magistratura foram atingidos pelo primeiro ato institucional o ministro do Tribunal Federal de Recursos, José Aguiar Dias[323] e o desembargador do TJRJ, Osny Pereira Duarte, posto em disponibilidade por dez anos por Carlos Lacerda, então Governador da Guanabara. Ambos magistrados constaram da lista de cem nomes que tiveram de seus direitos políticos cassados pelo Ato do Comando Supremo da Revolução nº 1, publicado em 10 de abril de 1964, quando foram também cassados Luís Carlos Prestes, João Goulart, Jânio Quadros, Leonel Brizola, Celso Furtado, 41 deputados federais, 29 líderes sindicais, oficiais militares, entre tantos outros[324].

A exemplo de outras medidas do governo que se instalava, os atos do Comando Supremo da Revolução foram excluídos de apreciação judicial, salvo para "o exame de formalidades extrínsecas, vedada a apreciação dos fatos que o motivaram, bem como da sua conveniência ou oportunidade". Contra a previsão normativa de exclusão do acesso à justiça para a discussão das medidas restritivas de direitos não há registro de pronunciamento do Supremo Tribunal Federal, do mesmo modo que não houve decisão da Corte relativa à redução das garantias de independência judicial das demais instâncias na fase de instalação da ditadura.

Segundo apurou a Comissão Nacional da Verdade[325], o exercício da competência para apreciar os recursos criminais e *habeas corpus* impetrados em favor de investigados por crimes políticos, muitos deles

---

[323] Declarado aposentado pelo Decreto de 17.06.1964, nos termos do art. 7º, § 1º, do Ato Institucional de 09.04.1964. Cf. BRASIL. Superior Tribunal de Justiça. *Homenagem Póstuma*. v. 22. Brasília: Seretaria de Documentação, 1997, p. 33.

[324] BRASIL. Diário Oficial da União. Seção 1 – 10.04.1964, p. 3.217.

[325] BRASIL. Comissão Nacional da Verdade. Relatório Vol. I, dez./2014, p. 935.

considerados adversários do regime e acusados nos termos da lei de segurança nacional, foi inicialmente marcado por contradições na prática institucional do Supremo. Se de um lado o Tribunal não esboçou reação contrária à redução de suas atribuições na arquitetura judicial promovida pelos dois primeiros Atos Institucionais, por outro a interpretação adotada na concessão de diversos pedidos de *habeas corpus* havia evoluído para desvincular-se da figura da *autoridade coatora* (o que impedia a Corte de conhecer HC's impetrados contra militares) e abranger a análise do *ato impugnado*, sujeitando ao seu exame casos de competência do Superior Tribunal Militar[326].

Da inicial relação de condescendência com a atuação da Corte, marcada pela visita de Castello Branco, à radical interferência na atividade dos ministros após a concessão de alguns *habeas corpus* a governadores[327] e outros perseguidos políticos[328] não se passou muito tempo. Nas decisões envolvendo governadores e ex-secretários estaduais, a tensão com os militares residiu na posição do STF em afirmar que os afastamentos violavam o princípio federativo e a prerrogativa de foro para o julgamento[329].

A interferência no STF havia sido incentivada em campanha do jornal *O Estado de São Paulo*[330] dias após o golpe pelo grupo conservador

---

[326] A respeito da ampliação do entendimento do Supremo sobre a própria competência para examinar casos envolvendo a aplicação da Lei nº 1.802/1953 (lei de segurança nacional), o recurso no HC nº 40.865, julgado em 5.8.1964 e o HC nº 41.879, julgado em 17.3.1965, ambos concedendo a liberdade a civis investigados pela prática de crimes sujeitos, a princípio, à jurisdição militar nos termos do AI n. 2.

[327] Decisões nos HC's ns. 41.609/CE (Percival Barroso); 41.891/AC (José Augusto de Araújo); 41.049/AM (Plínio Ramos Coelho); 41.296/GO (Mauro Borges), e 42.108/PE (Miguel Arraes), os três últimos analisados em Vale, 1976, pp. 57-92. A decisão no caso Arraes deu, inclusive, origem a um conflito entre o Presidente do STF, Ribeiro da Costa, e o chefe do estado-maior do I Exército, general Edson de Figueiredo, que se recusara inicialmente a cumprir a ordem, considerando-a "um abuso". A situação foi contornada após a interferência de Castello Branco, quando Arraes foi liberado e exilou-se na Argélia. Cf. Gaspari, 2002, p. 257.

[328] HC's ns. 46.405/GB (professor Darcy Ribeiro); 43.829/GB (professor Mário Schenberg); 45.060/GB (arquiteto Vilanova Artigas); 40.976/GB (jornalista Carlos Heitor Cony), e 42.560/PE (ex-deputado Francisco Julião Arruda de Paula, líder das *Ligas Camponesas* e preso há um ano e meio sem condenação). Relatado pelo min. Luiz Gallotti que negava a ordem, este último caso, julgado em 27.9.1965, marcou uma divisão da Corte. Cf. Valério, 2010, p. 101.

[329] Cf. Vale, 1976, p. 66

[330] Como ficou evidenciado no editorial datado de 14.4.1964, intitulado "Expurgo no âmbito do Judiciário".

que apoiou a deposição de João Goulart ao pedir a cassação dos ministros indicados por ele: Evandro Lins e Silva e Hermes Lima, que havia sido chefe da Casa Civil e Ministro do Trabalho no governo Goulart. O próprio Evandro Lins e Silva chegou a admitir que poderia ser cassado no primeiro ato institucional. Porém, ele e o minisro Hermes Lima reagiram em carta contra as acusações, entregue a Ribeiro da Costa que, por sua vez, fez uma enérgica defesa dos ministros atacados na sessão de julgameno no plenário do STF, no que foi apoiado por Hanemann Guimarães e Victor Nunes Leal. Segundo Lins e Silva: "esse episódio nos fortaleceu muito no Tribunal, porque mostrou a solidariedade da instituição conosco. Tanto que, daí por diante, os ataques serenaram"[331]. A intenção de cassar os dois ministros, além de Victor Nunes Leal acabou sendo revelada mais tarde por Costa e Silva, na 45ª sessão do Conselho de Segurança Nacional, em 16 de janeiro de 1969[332]. Na reunião, o então Presidente afirmou que foi devido à intervenção de Francisco Campos – artífice jurídico dos atos institucionais, para quem o governo deveria "preservar, pelo menos, um dos Poderes", que o Supremo foi poupado no momento inicial do regime. Contudo, já em agosto de 1964, o general Golbery do Couto e Silva via na ampliação da competência da Justiça Militar a alternativa de contenção do Poder Judiciário nos limites da "linha dura" que começava a se desenhar, o que culminaria com a "militarização do processo judicial"[333].

A percepção de que o STF estava sendo moldado pelos militares para atuar de acordo com as diretrizes do regime foi também evidenciada pela troca de correspondências[334] entre dois juristas. O primeiro deles, Heráclito Fontoura Sobral Pinto, destacado advogado na defesa dos direitos de perseguidos políticos durante as ditaduras do Estado Novo e militar, além de defensor das prerrogativas da advocacia durante o regime[335]. O segundo, José Eduardo Prado Kelly, deputado udenista, que

[331] Cf. Lins e Silva, 1997, p. 381.
[332] BRASIL. Conselho de Segurança Nacional. 45ª sessão do Conselho de Segurança Nacional. 16.01.1969. Sessão que precedeu a publicação do decreto de aposentadoria dos ministros.
[333] Cf. Gaspari, 2002, p. 260.
[334] As 6 cartas foram doadas por Maria de Lourdes Kelly ao Arquivo Nacional (Fonte: BR RJANRIO TI), em 1993.
[335] Apesar de ter se colocado na Liga de Defesa da Legalidade e manifestado a favor da posse de João Goulart em 1961, Sobral Pinto apoiou sem restrições a ascensão dos militares em 1º

havia sido constituinte em 1946, além de presidente do Conselho Federal da OAB entre 1960-1962, e naquele momento integrava a Comissão formada pelo governo para elaborar o projeto de reforma do Judiciário. Na primeira carta, escrita em 28 de julho de 1965, Sobral Pinto manifesta sua preocupação:

> "Venho agora, à sua presença sob a inspiração de um nobre sentimento: defender o Poder Judiciario, ameaçado pela paixão politíca daqueles que estão hoje no Poder ou dos que desfrutam a estima do Poder. Tenho profundas magoas da maioria dos membros do Supremo Tribunal Federal. Não são magoas de ordem pessoal mas de alguem que luta pela distribuição da Justiça. Vejo, às vezes, o Supremo Tribunal Federal votar em maioria, sob a inspiração de razões políticas, deixando de lado normas legais e preceitos de Justiça aplicáveis às espécies decididas. Revolto-me com as deliberações infelizes. Mas não misturo o erro dos Juizes com a estrutura do órgão que encarna o Poder Judiciário em nossa Patria, convencido de que os homens passam e a Instituição permanece.
>
> Os políticos e os militares que subiram ao Poder em Abril do ano passado querem que a Justiça se ponha ao serviço de seus propósitos, de suas ambições ou de seus caprichos. Pretendem, meu caro amigo, conciliar duas causas inconciliáveis: a violência representada pela rebeldia de abril do ano passado, e a Justiça que á uma virtude isenta e serena, que tem de dar a cada um aquilo que lhe pertence independentemente de sua raça, de sua posição, de sua fortuna, de suas crenças e de suas idéias."

O pedido de Sobral Pinto consistia na atuação de Prado Kelly para impedir que fosse excluída da competência do Supremo a apreciação de *habeas corpus* e mandados de segurança. O pedido, contudo, não surtiu efeito. A grande insatisfação do governo militar com o Supremo se manifestaria cerca de um ano e meio após o golpe, logo em seguida à

---

de abril de 1964, tendo escrevido cartas aos comandantes do 1º e 4º Exércitos antes do golpe, considerando que a "bolchevização do Brasil havia começado" Cf. Goldman & Muaze, 2010, p. 25. Contudo, já em 9 de abril de 1964, o advogado enviou carta a Castelo Branco criticando o primeiro ato institucional (Pinto, 1977, p. 65) e apresentou-se como advogado de diversos perseguidos e presos políticos que tiveram seus mandatos cassados. Para as correspondências de Sobral Pinto dirigida a diversas autoridades, incluindo Castello Branco, Costa e Silva, Geisel e Médici em defesa da advocacia, dos direitos de presos políticos, além das denúncias de tortura e violações aos direitos humanos no país v. Pinto, 1977.

entrevista concedida por Ribeiro da Costa[336] em defesa da independência judicial para o controle de legalidade e constitucionalidade dos atos do governo. A repercussão da entrevista nos meios militares provocou a dura resposta de Costa e Silva ao afirmar que: "O exército tem chefe. Não precisa de lições do Supremo. (...) Dizem que o Presidente é politicamente fraco, mas isso não interessa, pois ele é militarmente forte"[337], acrescentando que as forças armadas tinham sido aclamadas pelo povo e apenas o povo poderia determinar o seu retorno aos quartéis. A preocupação de Castello em não dividir o Exército foi mais forte que a manutenção da boa relação com o Ribeiro da Costa. Então, no dia seguinte, este pediu uma audiência com Geisel, chefe do gabinete militar, e devolveu a Ordem do Mérito Militar dizendo: "Eu não posso mais ficar com isso".

Ainda em reação às declarações de Costa e Silva, Ribeiro da Costa afirmou publicamente que fecharia o Tribunal e mandaria entregar as chaves no Planalto se a "revolução" cassasse algum integrante do STF. Episódio que ficou conhecido como o 'Caso das Chaves', cujo contexto foi descrito por Ézio Pires[338]. A reação de Ribeiro da Costa se fez sentir entre os demais ministros do STF. Em seu apoio, os ministros alteraram o regimento do Tribunal prorrogando a sua gestão como presidente do Supremo até a sua aposentadoria[339].

Coube ao AI n. 2 promover o *enquadramento* do Supremo Tribunal Federal[340]. O ato aumentou o número de ministros do STF de onze para

---

[336] Publicada no *Correio da Manhã*, em 20.10.1965. Nela o presidente do STF condenava a intervenção do Executivo no Legislativo e Judiciário, criticando abertamente o projeto de reforma que tramitava na Câmara para aumentar o número de ministros. Oportunidade em que, *só então*, denunciou os militares por "fazer ruir o sistema constitucional (...) coisa jamais vista em países civilizados, pois nos regimes democráticos não são os militares os mentores da Nação". No que foi apoiado pelo deputado Paulo Coelho em longo discurso na Câmara. Cf. Vale, 1976, p. 102-118.

[337] Costa e Silva *apud* Gaspari, 2002, p. 271. Ver tb. Dulles, 2007, p. 124 e o depoimento de Gustavo Moraes Rego, tenente-coronel assessor de Geisel, que presenciou o episódio. Cf. Rego, 1994, p. 37-72.

[338] Cf. Pires, 1979, pp. 87-91.

[339] Cf. Oliveira, 2012, p. 38 e Queiroz, 2015, pp. 323-342.

[340] Tradicionalmente chamado de *court packing*, a interferência direta na composição da cúpula da Suprema Corte com o objetivo de ajustá-la à diretriz política governamental. Tal qual no exemplo do plano de reorganização da Suprema Corte norte-americana por Roosevelt, após decisões contrárias ao New Deal em 1937: Kline, 1999, pp. 863-954; além do

dezesseis; estabeleceu que os juízes federais e os do antigo Tribunal Federal de Recursos seriam nomeados pelo Presidente da República; excluiu de apreciação judicial os atos praticados pelo "Comando Supremo da Revolução e pelo Governo Federal", assim como os atos de cassação de mandato ou impedimento de parlamentares, governadores e prefeitos; e por fim, ampliou a competência da Justiça Militar para estendê-la aos civis, inclusive os governadores, na repressão aos crimes "contra a segurança nacional ou as instituições militares", prevalecendo sobre qualquer outra prevista em leis ordinárias. O ato se propunha a impedir a continuidade da resistência institucional do Supremo a medidas autoritárias, ocasião em que foram nomeados cinco novos ministros:

Ministros nomeados para preencher as vagas criadas com o AI 2 (16/11/1965)	
1	Adalício Coelho Nogueira
2	José Eduardo do Prado Kelly
3	Oswaldo Trigueiro de Albuquerque Mello
4	Aliomar de Andrade Baleeiro
5	Carlos Medeiros Silva

O ato se propunha a impedir a continuidade da resistência institucional do Supremo a medidas autoritárias. Como destaca Leonardo Barbosa[341], dos cinco novos ministros nomeados quatro tinham relação explícita com os militares. O próprio Prado Kelly, jurista e deputado udenista, além de ex-presidente do partido e presidente da comissão de juristas cujo parecer subsidiou o AI-2; Carlos Medeiros e Silva havia auxiliado Francisco Campos na redação da Carta de 1937[342], além da redação dos dois primeiros atos institucionais pós-golpe e, num futuro breve, auxiliaria na redação do anteprojeto da Constituição de 1967 na condição de Ministro da Justiça; Oswaldo Trigueiro era Procurador-Geral da República, além de ex-governador e deputado udenista; Aliomar Baleeiro era um dos mais ferozes críticos do governo Goulart e

caso da transição para a democracia na Argentina em 1990, quando Carlos Menem aumentou o número de ministros da Suprema Corte de 5 para 9 integrantes, promovendo ele próprio as novas nomeações, com aprovação do Senado, como apontam Garoupa & Maldonado, 2011, p. 619.
[341] Cf. Barbosa, 2012, p. 86.
[342] Cf. Chacon, 1987, p. 201.

deputado udenista pela Guanabara, e Adalício Nogueira, juiz de carreira e acadêmico. Este, segundo Barbosa, era o que menor ligação explícita mantinha com os militares.

A nomeação de Prado Kelly foi vista com decepção por Sobral Pinto que, em 3/11/1965, novamente escreveu uma carta àquele elencando uma série de motivos pelos quais ele não deveria ter aceitado o convite. Entre eles, estavam o fato de o Supremo ter se posicionado categoricamente contra a majoração de seus membros; de Kelly ter sido escolhido justamente em ato de violação à independência da Corte e do Judiciário, com a suspensão simultânea da vitaliciedade e inamovibilidade da magistratura; de a nomeação ter sido promovida em retaliação à atuação de cinco ministros nomeados por Kubitcheck e Goulart, que se recusariam servir à "Revolução", o que estava claro na declaração do então ministro da Justiça Juracy Magalhães – "ou aumentar 5 Ministros ou tirar 5". Sobral Pinto invocou a situação de que o próprio pai de Prado Kelly, o ex-ministro do STF Octávio Kelly, ter sido intimidado e instado a se aposentar durante o Estado Novo, também por efeito da "paixão política, inspiradora da atual hostilidade ao Supremo Tribunal Federal".

A carta foi respondida por Prado Kelly no dia seguinte, quando alegou ter contrariado sua vontade pessoal para seguir razões de ordem nacional, além da "esperança de servir o país e à nossa classe (dos juristas)". Sobre o elenco das denúncias de Sobral Pinto, o ministro recém-nomeado não se pronunciou, mas apresentou uma justificativa técnica para a elevação do número de integrantes na reforma de que tinha participado enquanto membro da Comissão: "a imprescindível formação de uma terceira turma, para dar vazão ao saldo copioso dos recursos extraordinários, cujo vulto, como se frisou, excede aos 50.000, e que tenderá pela progressão demográfica, a ultrapassar em muito os índices anuais até hoje registrados"[343].

Dias depois, o Congresso Nacional aprovava a Emenda Consitucional n. 16, de 26/11/1965, que instituía a representação de inconstitucionalidade, primeiro instrumento de controle concentrado de constitucionalidade, com legitimação ativa exclusiva ao Procurador-Geral da República, cargo de confiança do governo. A medida evidenciava mais um

---

[343] Carta de Prado Kelly a Sobral Pinto, 4.11.1965. Arquivo Nacional (Fonte: BR RJANRIO TI).

passo da dupla centralização política[344] (no Executivo, no âmbito dos poderes e na União, no âmbito federativo), com a ampliação do controle sobre os Estados.

Internamente, a nomeação dos cinco novos ministros não parece ter causado grande impacto no perfil das decisões do STF. Segundo Lins e Silva, os nomeados foram bem recebidos e logo passaram a votar "absolutamente de acordo" com os veteranos nos processos políticos[345]. Outro ponto que diluiu a influência do regime com as nomeações foi a organização dos trabalhos da Corte. Antes dividida em duas turmas com cinco ministros cada, a divisão interna passou a contar com três turmas de cinco membros, sendo que dois dos novos ministros ocuparam a primeira turma; dois integraram a segunda e um teve lugar na terceira. Tal configuração na distribuição dos novos ministros nas turmas desenhou um quadro que eles nunca pudessem formar maioria em qualquer delas.

A nomeação dos novos ministros e aprovação da reforma do Judiciário também não foi capaz de romper as relações institucionais entre o Tribunal e o governo militar. É o que se observa no discurso que recorre à *neutralidade política* do ministro Antônio Gonçalves de Oliveira, Vice-Presidente do Supremo, em 13 de março de 1967, quando recebeu a visita de despedida de Castello Branco, cujo mandato terminaria dois dias depois:

> "É com grande honra que recebemos a visita de Vossa Excelência a esta Casa. Registramos, a propósito, que Vossa Excelência, a primeira vez que saiu oficialmente de seu Palácio, como Presidente da República, foi para uma visita a esta Corte de Justiça. Vossa Excelência, então, manifestava o apreço do Chefe do Executivo ao Supremo Tribunal Federal. Causa-nos, assim, justo orgulho esta segunda visita, três anos após, uma das últimas, que faz, como chefe do governo, cujo mandato findar-se-á a 15 do corrente. **Este Tribunal não terá desmerecido do apreço então externado por Vossa Excelência**. Todos sabemos que não é fácil harmonizar a ordem política com os programas e propósitos revolucionários. **No fervilhar das paixões, nós, os Juízes, nem sempre somos compreendidos. É que, no**

---

[344] Para uma análise sobre o impacto da EC n. 16/1965 para o funcionamento da jurisdição constitucional no Brasil v. Carvalho, 2012, p. 124-131 e Costa; Carvalho & Farias, 2016, p. 160-170.

[345] Cf. Lins e Silva, 1997, p. 393.

exercício de nossas funções, não podemos ficar a favor, nem contra, precisamente porque somos Juízes, escravos da Lei, que juramos cumprir e de acordo com a qual julgamos."[346]

As considerações do ministro foram reiteradas por Castello Branco ao afirmar ter ouvido de um jurista brasileiro que, em situação de crise "não é possível haver juízes revolucionários; o que é possível é haver leis revolucionárias". No discurso do general estava presente a ideia de ter conferido ao STF mais autonomia, num passo rumo à evolução da Corte. Um "traço revolucionário" a ser assegurado pelo projeto de constituição que resultaria na Carta de 1967, cuja redação não trouxe inovações substanciais sobre a organização interna do Judiciário[347], mas que avançou em direção à concentração da jurisdição constitucional no âmbito do Supremo Tribunal Federal[348].

No entanto, uma das alterações na organização do Judiciário promovidas pelo texto constitucional de 1967 chegou ao Supremo Tribunal Federal[349]. O art. 118 da Constituição mudou a forma de nomeação dos juízes da Justiça Federal, que havia sido recriada com o AI nº 2[350] e na Lei nº 5.010/1966, que previam a nomeação por decreto presidencial a partir de lista quíntupla elaborada pelo STF. Segundo a nova regra, a nomeação deveria recair sobre brasileiros maiores de 30 anos, de cultura e idoneidade moral, mediante concurso de títulos e provas organizado pelo Tribunal Federal de Recursos.

Quando já havia entrado em vigência a disposição do art. 118 da Constituição de 1967, juízes aprovados como substitutos pleitearam

---

[346] Cf. Gonçalves de Oliveira, 1968, pp. 53-54.
[347] O parecer do constituinte Adauto Cardoso destacou a necessidade de equiparação dos vencimentos dos desembargadores com os dos secretários estaduais, a limitação da incidência de impostos sobre a remuneração dos juízes, além do grande volume de processos no STF.
[348] Tal diagnóstico pareceu claro na dissertação defendida por Anhaia Mello em concurso para a cátedra de direito constitucional da USP em 1968, que apontou o abandono do modelo difuso articulado por Rui Barbosa para "entrarmos, decididamente, no campo da ação direta", a ponto de justificar e defender a criação de uma Corte Constitucional para o país. Cf. Mello, 1968, p. 199 e 209 ss.
[349] STF. MS nº 19.873/SP, rel. min. Themístocles Cavalcanti, *DJ* 20.6.1968.
[350] *"Art. 20. – O provimento inicial dos cargos da Justiça federal far-se-á pelo Presidente da República dentre brasileiros de saber jurídico e reputação ilibada".*

a nomeação para cargos de juiz federal para a Seção Judiciária de São Paulo, mas foram preteridos por juízes não concursados. O grupo ajuizou o Mandado de Segurança nº 19.873/SP, questionando o ato de nomeação do Presidente da República, general Costa e Silva, realizado de acordo com as regras revogadas do AI nº 2 e da Lei nº 5.010/1966, que não exigiam a prévia aprovação em concurso público.

A ação foi relatada pelo ministro Themístocles Cavalcanti que, no julgamento realizado em 22 de junho de 1968, denegou a segurança. A decisão entendeu que eram aplicáveis os incisos I e III do art. 173 da Constituição de 1967, que ao dispor sobre as regras gerais e transitórias, excluiu de apreciação judicial os atos praticados pelo Comando Supremo da Revolução, além consubstanciados nos atos institucionais ou deles derivados. O entendimento assegurava que, apesar de praticado após o início da vigência da Constituição, o ato de nomeação editado em desacordo com a exigência do concurso público seria alcançado pela abrangência dos dispositivos revogados, posto que as nomeações do Presidente teriam passado pelo crivo do Senado Federal, atendendo o requisito normativo anteriormente vigente.

A decisão foi seguida pela maioria do Tribunal, vencidos os ministros Evandro Lins e Silva, Hermes Lima e Victor Nunes Leal, que acolhiam a alegação de incompatibilidade da nomeação dos juízes federais sem concurso com o texto constitucional. Embora não reconhecessem o direito líquido e certo dos impetrantes à nomeação. Além de rejeitarem a tese de que tal ato estaria protegido pelo alcance do AI nº 2 e da Lei nº 5.010/1966 por força do art. 173 da Constituição, pois era fruto de normas de exceção e assim deveria ser interpretado, ou seja, restritivamente. O resultado do julgamento é um bom exemplo de como as garantias de independência da magistratura passaram a ajustar-se às mudanças impostas pelo autoritarismo ao desenho institucional do Judiciário[351].

---

[351] Nesse sentido foram as conclusões da Comissão Nacional da Verdade que registrou o modo particular de atuação de magistrados e ministros do STF na legitimação do regime: "*sublinha-se que, em conjunto, as decis.es do Poder Judiciário, quando do período ditatorial, refletem, muitas vezes, seu tempo e seus senhores; são expressões da ditadura e de seu contexto de repressão e violência. Os magistrados que ali estiveram – ou melhor, que ali permaneceram – frequentemente eram parte dessa conjuntura, inclusive porque, por meio da ditadura militar, foi-lhes garantido um assento naqueles tribunais. Quem quer que tenha sido nomeado para o STF, por exemplo, durante a ditadura, tinha cla-*

No plano das relações entre o Supremo e os militares parecia prevalecer uma relação de condescendência mútua que marcava a cumplicidade de alguns ministros na função de direção da Corte com a ditadura. Nessa relação, o discurso de pleno vigor da *independência judicial* ocupou espaço relevante, ainda que a prática do STF fosse vacilante sobre a autonomia dos demais órgãos do Judiciário. Se entre os militares e os ministros do Supremo a tensão parecia, de algum modo, mantida sob controle, no plano interno da caserna a percepção era de que o Poder Judiciário era uma ameaça ao regime, em virtude do seu potencial desmoralizador para o governo, em especial pela sua atuação em sede de *habeas corpus*. Nesse sentido, o curso promovido pela Escola Superior de Guerra em 1969:

> "O Judiciário. A infiltração nesse Poder confere aos comunistas uma garantia de impunidade crescente, permitindo-lhes uma situação cada vez mais ostensiva e desafiadora, o que muito concorre para desmoralizar o governo. Um ruidoso "habeas-corpus", habilmente explorado, não só irrita e desencoraja a população que se vê à mercê da subversão, como desestimula e desmoraliza os agentes da Lei."[352]

Em 12 de dezembro de 1968, um dia antes da edição do AI nº 5, na sessão solene de transmissão da Presidência do ministro Luiz Gallotti a Gonçalves de Oliveira, o primeiro destacou que durante sua gestão a relação com os outros poderes havia sido harmoniosamente mantida, sem prejuízo da independência. Já Oliveira destacava o fato de a Corte atravessar uma "fase crítica de sua história", porém, para relacionar as expressões *crítica* e *história* à sobrecarga de processos nos gabinetes dos ministros. Na sua visão, o Tribunal continuaria a julgar de modo independente como sempre havia julgado, sem pressões de qualquer espécie[353].

---

reza das circunst.ncias a que estavam jungidos e quais votos eram esperados da sua lavra; sabiam da aus. ncia de garantias dos magistrados; conheciam as reformas promovidas na composição e atribuições do tribunal; e, sobretudo, eram cônscios acerca de quem deveriam servir".

[352] BRASIL. Escola Superior de Guerra, 1969, p. 18.

[353] E completou: "Dou o meu testemunho, não por vanglória ou ostentação de poderio, que é pecado, mas para gáudio da verdade e da democracia, por cujos ideais lutaremos sempre, que nunca sofremos aqui nenhuma pressão, nos nossos julgamentos". Cf. Gonçalves de Oliveira, 1968, p. 68.

No dia seguinte, a consolidação do autoritarismo sobre as funções do Supremo[354] foi reforçada pelo Ato Institucional nº 5, de que se seguiu a aposentadoria forçada dos ministros Victor Nunes Leal, Hermes Lima e Evandro Lins e Silva, no mês de janeiro de 1969. Sobre o decreto da aposentadoria, registrou Hermes Lima em suas memórias o seguinte:

> "Fui o terceiro juiz aposentado pelo Ato Institucional nº 5. Essas aposentadorias, cinco anos depois de deflagrada a revolução, remataram obstinada campanha de índole política discriminatória que inicialmente visou a Evandro e a mim, acabou colhendo Victor Nunes Leal e, por pouco, não atingiu outros ministros. Sem dúvida, repercutiram fundamente na maioria judiciária que, embora silenciosa, sentiu, mais uma vez, o drama das depurações políticas de juízes em épocas revolucionárias. Mas, no Tribunal do Estado da Paraíba, em sessão plena, levantou a voz o desembargador Emílio de Farias, que, evocando Calderon de la Barca: 'Dê-se tudo ao rei, menos a honra' – disse a seus pares. 'Eu mentiria a mim mesmo, que é a forma mais vergonhosa de mentir, se por conveniência ou pusilanimidade silenciasse ante a perda irreparável que sofreram a magistratura e a cultura jurídica do Brasil com o afastamento compulsório das atividades judicativas de tão eminentes jurisconsultos patrícios'. Foi logo em seguida aposentado."[355]

Após serem pressionados por Costa e Silva, aposentaram-se os ministros Gonçalves de Oliveira, então presidente, e Lafayette de Andrada, a quem caberia assumir o seu lugar[356]. Além do impacto sobre o STF, o AI nº 5 suspendeu o *habeas corpus* relativos aos crimes políticos, viabilizou demissões e aposentadorias de magistrados, que tiveram suspensas suas garantias de inamovibilidade e vitaliciedade. Sob o ato, prisões sem mandato judicial e acusação formal se intensificaram, sem que advogados pudessem buscar na jurisdição civil a proteção dos direitos de opositores do governo.

---

[354] Sobre as competências do STF, o ato excluiu a apreciação de *habeas corpus* nos casos relativos à segurança nacional, crimes políticos, ordem econômica e economia popular.

[355] Cf. Lima, 1974, p. 289-290.

[356] Atos que escancararam a crise no STF e mostraram a ausência de garantias da continuidade do funcionamento da Corte. Logo após as aposentadorias, na sessão de 5 de fevereiro de 1969, o ministro Luiz Gallotti prestou homenagem aos colegas. O discurso e as cartas com os pedidos de aposentadoria de Gonçalves de Oliveira e Lafayette de Andrada foram reproduzidas em Pires, 1979, p. 71-77. Após o episódio, Aliomar Baleeiro e Oswaldo Trigueiro assumiram a Presidência Vice-Presidência da Corte.

À PROCURA DE UMA IMAGEM: A CONSTRUÇÃO DA IMPARCIALIDADE JUDICIAL...

Com a edição do Ato Institucional nº 6, de 1 de fevereiro de 1969, que reduziu o número de ministros de 16 para 11, a composição do STF passou a contar apenas com Luiz Gallotti que não havia sido nomeado pelo regime. Gallotti assumiu novamente a presidência do Supremo em caráter provisório, razão pela qual recebeu as críticas de Sobral Pinto, cuja posição era de que a única medida honrosa a ser tomada seria a renúncia de todos os ministros da Suprema Corte[357]. Já na fase posterior ao AI nº 6, as manifestações públicas dos ministros passaram a ser marcadas pela tolerância ao regime. A exaltação da independência da toga era identificada como qualidade *moral* do caráter do magistrado[358] e não como *prerrogativa* a ser reconhecida e respeitada pelo poder. Em 1968, a função política do tribunal era reconhecida e descrita pelo ministro Aliomar Baleeiro em termos de fazer prevalecer a opção política da Constituição sobre todos os desvios do Executivo ou Legislativo. Logo, os "freios, aceleradores e amortecedores constitucionais estão entregues à prudência do Supremo Tribunal Federal, que, inevitavelmente, há de refletir os julgamentos de valor e as opções formadoras da educação e do espírito de seus membros."[359] Posição semelhante foi descrita por Evandro Lins e Silva, que destacou a fidelidade do STF à Constituição negando, contudo, que a Corte tivesse se posicionado contra os militares[360].

Todavia, a defesa da postura dos ministros em relação aos militares não pareceu suficiente para a garantia da independência judicial no Tribunal. Após o AI nº 5 a Corte havia deixado de ser um órgão da sobe-

---

[357] Cf. Dulles, 2007, p. 161.

[358] Nesse sentido, a declaração para a imprensa do ministro Thompson Flores ao comentar da extinção do AI n. 5 pela EC n. 11, de 13 de outubro de 1978: "Acompanhei desde 1964, como magistrado de segunda instância, a perda dos predicamentos da magistratura, em decorrência da Revolução e das injunções criadas a partir delas. Os magistrados brasileiros, principalmente os do Rio Grande do Sul, que eu bem conheci, não se perderam na sua independência no desempenho de suas atribuições inerentes ao exercício da função judicante (...) Nunca soube, durante todo esse tempo, que um só juiz houvesse deixado de ser um homem de bem, deixasse de ser honrado, cedesse à subversão, ou comprometesse por outro modo a majestade da toga, pelo fato de estarem suspensas as prerrogativas constitucionais da magistratura. A independência de um magistrado, em verdade, está na força do seu caráter, da sua formação moral, da sua probidade". Cf. Pires, 1979, p. 66.

[359] Cf. Baleeiro, 1968, p. 103. Também em sua atuação como ministro, Baleeiro parecia compreender o papel do Tribunal enquanto "constituinte permanente". Cf. Oliveira, 2004, p. 108.

[360] Cf. Lins e Silva, 1997, p. 386.

rania nacional e passado a subordinar-se ao Presidente da República. Segundo Lins e Silva, o STF havia sido "castrado no seu poder de órgão que compõe o sistema dos três poderes independentes e harmônicos entre si". (Lins e Silva, 1997, p. 407). O aumento de competências que algumas das reformas legislativas conferiu ao STF não havia lhe concedido poder suficiente para afirmar a Constituição contra as medidas autoritárias do Executivo. Essa carência passava a se refletir nos julgamentos, a exemplo do acolhimento da constitucionalidade da lei de censura prévia editada por Médici em 1971 pelo Tribunal, contra o voto isolado de Adauto Lúcio Cardoso, que jogou a abandonou o plenário em seguida. Nessa linha, a posição de Victor Nunes Leal, em palestra proferida no ano de 1980, quando registrou a incompreensão dos militares sobre o papel da Corte e o recrudescimento do regime em relação ao Tribunal:

> "Naqueles primeiros anos da Revolução de 1964 não havia, em algumas áreas do Governo, a nítida compreensão – ou aceitação – de que o papel do Supremo Tribunal Federal não era interpretar as normas constitucionais, institucionais ou legais de acordo com o pensamento ou interesse revolucionário, mas interpretá-las consoante o seu próprio entendimento. Havia reservas, menos ou mais explícitas, à independência do Judiciário [...] Mais tarde, certamente, o sistema jurídico da Revolução se foi desdobrando para cobrir a superfície até então ocupada pelo direito anterior, que era de inspiração liberal. E também se ampliaram as situações em relação às quais ficou obstada a apreciação judiciária de atos do Governo."[361]

Ao tratar das restrições aos magistrados, Baleeiro sugeria uma equivalência entre *apartidarismo* e *neutralidade política*, afirmando que "qualquer ativismo partidário prejudiciaria o dever de imparcialidade na aplicação da Constituição, para solução daqueles atritos sociais, que são normalmente levados à balança da Justiça. A fim de que os pese e decida"[362]. Já em relação ao que denominou de "impacto da Revolução sobre o STF", absteve-se de avaliá-la enquanto *fato político* ao dizer que "ninguém pode ser historiador dos fatos de seu tempo, mormente quando

---

[361] Cf. Leal, 1999, p. 267-268.
[362] Cf. Baleeiro, 1968, p. 104.

neles, além de testemunha, algumas vezes se desempenhou o papel de corista humilde, entre os solistas e regentes da orquestra"[363].

Mesmo tendo desempenhado o mandato de deputado pela UDN e ascendido ao Tribunal por relações políticas com os militares, em texto publicado em 1972, Aliomar Baleeiro, condenou a figura do "juiz partidário" e designou como 'horror' a justiça política. Nas palavras do ministro, o mecanismo era uma deturpação para "a consecução de objetivos partidários ou determinado e específico programa político com sacrifício do ideal de imparcialidade e nobreza do aparelho judicial"[364]. No entanto, realizando juízo *técnico*[365] a partir das estatísticas de julgamento do Tribunal entre 1965 e 1966, concluiu que o sucesso do movimento era evidente, pois se havia registrado a melhora de rendimento em 90%.

A avaliação da eficiência técnica do Supremo na comunicação entre Judiciário e Executivo na ditadura militar incorporava-se no plano das relações institucionais, das quais dependiam os próprios ministros para exercerem suas atividades. A sintonia do diálogo entre Geisel e o STF poderia ser atribuída ao objetivo de promover maior estabilidade institucional e previsibilidade política ao regime, acompanhada da afirmação de Geisel de iniciar uma transição "lenta gradual e segura". Contudo, a derrota da Arena nas eleições gerais de 1974, primeiro ano do governo, que renovou um terço do Senado e toda a Câmara dos Deputados retirou do governo a maioria de dois terços do Congresso, provocou uma mudança nos planos.

Em 1975, o STF havia elaborado um detalhado diagnóstico do seu funcionamento e o encaminhou ao Presidente Ernesto Geisel[366]. O relatório continha dados da sobrecarga e informava a crise de morosidade nos julgamentos, a dificuldade no recrutamento de bons juízes, a defa-

---

[363] Cf. Baleeiro, 1968, p. 131.

[364] Cf. Baleeiro, 1972, p. 6.

[365] O número de processos julgados/arquivados por ano havia se reduzido de 11.929 para 6.282. "Um fato é certo: a Revolução, que não pode ser sentenciada por paixões, interesses e ressentimentos do presente, quis manter o Supremo no papel político que inspirou a sua criação pelos fundadores da República. Ao invés de enfraquecê-lo, no meu entender, deu-lhe poderes políticos ainda mais graves e com maiores responsabilidades, como a competência para declarar, em tese, a inconstitucionalidade de leis federais e não, apenas, como antes, a das estaduais contrárias ao art. 7, VII, da Carta de 1946". Cf. Baleeiro, 1968, p. 134.

[366] STF. Reforma do Judiciário: diagnóstico. Ofício nº 142, de 17 de junho de 1975, pp. 17-38.

IMAGENS DA IMPARCIALIDADE ENTRE O DISCURSO CONSTITUCIONAL E A PRÁTICA JUDICIAL

sagem remuneratória e a necessidade de adoção de uma Lei Orgânica da Magistratura Nacional. A fase era de aproximação entre os ministros e o Executivo, representado pelo ministro da Justiça Armando Falcão, que coordenou o projeto de Reforma do Judiciário, encaminhado pelo governo ao Congresso.

Mas o resultado das eleições de 1976 tinha conferido ao MDB poder suficiente para travar as reformas constitucionais, entre elas a do Judiciário. O comando emedebista negociava com o governo os termos da projeto e ofertou como contraproposta "o restabelecimento das garantias que o AI-5 tirou dos juízes e dos tribunais e do princípio do habeas--corpus para proteger acusados de crimes políticos"[367], não aceita pelo governo. Ulysses Guimarães, Tancredo Neves e Thales Ramalho, líderes moderados do MDB, chegaram a defender a aceitação da proposta do governo como forma de capitalizar o apoio da Arena para futuras reformas institucionais vistas como mais significativas. Mas o diretório não acolheu a ideia de que votar contra a reforma do Judiciário seria evitar "um prematuro e inútil confronto com o governo". Venceu a corrente levantada pelo Senador Paulo Brossard fechando a posição do partido contra a aprovação do projeto enviado por Geisel.

A rejeição do projeto de reforma do Judiciário pelo MDB desencadeou a brusca reviravolta de Geisel em direção ao autoritarismo. Ao saber da derrota no Congresso, o governo resolveu baixar o "pacote de Abril". A medida não escondia seu objetivo eleitoral. A previsão de eleições diretas para governadores estaduais em 1978 tornou-se um virtual problema para os militares, agravado pela perda de espaço no Legislativo para alterar o quadro. Então, em 1º de abril de 1977, Geisel fechou o Congresso por 14 dias e estabeleceu, por meio de seis decretos-lei, um conjunto de reformas. Entre elas: o aumento do mandato presidencial de cinco para seis anos; a alteração do *quórum* de aprovação das emendas constitucionais para maioria simples; a instituição de eleições indiretas para governadores e um terço do Senado (os "biônicos");

---

[367] Trecho extraído da edição nº 447 da *Revista Veja* a partir do levantamento feito por Tatiana Senne Chicarino: *A Transição e a revista Veja: um estudo sobre política e democracia no Brasil*. Disponível em: http://www.pucsp.br/neamp/acervo/transicao_revista_veja/index.html. O *habeas corpus* e as garantias dos juízes foram reinseridas apenas com a EC nº 11 em outubro de 1978, que revogou o AI 5.

a ampliação bancadas em que a Arena tinha resultados eleitorais mais favoráveis e a extensão da Lei Falcão[368] às eleições estaduais e federais.

A medida também aprovara a reforma do Judiciário causando profundo impacto na burocracia judicial. Foi criado o contencioso administrativo para as relações de trabalho de servidores com a União, institui-se a avocatória e a representação interpretativa, além de criado o Conselho Nacional de Magistratura. A reforma foi duramente criticada entre os juristas militantes e defensores de perseguidos pelo regime[369]. As principais objeções ao autoritarismo da reforma vieram da oposição política ao regime no Congresso, a exemplo do discurso de Paulo Brossard, já no cenário da incipiente abertura[370].

Nas conferências realizadas na Universidade de Brasília, entre 11 e 14 de setembro de 1978, por ocasião da comemoração do Sesquicentenário do Supremo Tribunal Federal, o ministro da Corte, José Pereira Lira, defendia o afastamento dos modelos constitucionais de 1891, 1934 e 1946 naquele momento do contexto de institucionalização da reforma do Judiciário: "[a] tarefa do momento reclama o armar o Estado de poderes excepcionais – como, aliás, em todos os continentes –, e passageiros no tempo e conformes com as circunstâncias que mudaram e quem sabe se não tornarão a mudar"[371]. Numa interpretação contraditória, mas politicamente funcional, Lira entendia o papel do STF enquanto poder moderador de supremo intérprete, em cuja manifestação se incorporava a vontade do povo, associado à "roda mestra" da maquinaria do regime, sobre o qual não faltava o elogio[372].

---

[368] Lei nº 6.339/1976, que restringiu o debate político na cadeia de rádio de TV ao prever no inciso I do §1º do art. 250 do Código Eleitoral que *"na propaganda, os partidos limitar-se-ão a mencionar a legenda, o currículo e o número do registro dos candidatos na Justiça Eleitoral, bem como a divulgar, pela televisão, suas fotografias, podendo, ainda, anunciar o horário local dos comícios."*

[369] Sobral Pinto destacou que suas críticas dirigiam-se aos militares que editaram a EC 7/1977 e não ao Supremo, cuja autonomia sofria novo ataque. Cf. Dulles, 2007, p. 188.

[370] Cf. Paixão & Barbosa, 2008, p. 122.

[371] José Lira *apud* Koerner, 2010, p. 308. No mesmo evento, em sentido contrário foi a fala de Miguel Seabra Fagundes, que destacou a função política do STF com ênfase nos primeiros 30 anos da República e o papel da Corte contra os abusos do governo. Cf. Fagundes, 1978, pp. 1-10.

[372] "A maior conquista do regime, entre nós, foi a transformação de uma Corte de Julgamentos Judiciários num instrumento admirável de Poder Político". José Lira *apud* Koerner, 2010, p. 309.

IMAGENS DA IMPARCIALIDADE ENTRE O DISCURSO CONSTITUCIONAL E A PRÁTICA JUDICIAL

Para Koerner[373], a análise das representações de inconstitucionalidade pós-1964 indica que essa avaliação do ministro José Pereira Lira era minoritária entre os demais membros do Tribunal. A assimetria no exercício dos poderes era patente e contava com a postura austera de autocontenção dos próprios ministros, que evitavam dar declarações na imprensa – especialmente diante de casos com potencial repercussão política – mesmo quando já esgotado o regime militar e no curso da transição. Esse era um modelo de comportamento consentâneo com a ampliação das atribuições de controle concentrado no Supremo, com composição já majoritariamente redefinida pelo regime militar, quando o Tribunal passaria a julgar a representações também contra as leis aprovadas pelo Congresso Nacional e não apenas pelos Estados.

Porém, a compreensão do papel do STF e da independência do Judiciário enquanto consectários da defesa da ordem e não das expectativas de justiça ou de demandas por igualdade também era expressamente asseverada no discurso oficial da Corte. Na sessão solene do dia 18 de setembro de 1978, também em comemoração ao Sesquicentenário, o presidente do Tribunal, ministro Thompson Flores[374] fez um longo apanhado histórico da vida institucional do STF. No seu pronunciamento: "o Supremo Tribunal Federal se manteve sempre independente e imparcial. Seus juízes em todos os tempos julgaram como entendiam em sua consciência, de direito e justiça". E, negando a função política da Corte, absteve-se de qualquer crítica para descrever a EC n⁰ 7/1977 como acertada opção *técnica*, externando a sua concordância com a posição do ministro Oswaldo Trigueiro ao reproduzir o seguinte trecho: "Dizer-se que o Supremo Tribunal sempre esteve a favor das forças dominantes é menos um juízo crítico do que a constatação de uma contigência inelutável. Toda ordem jurídica reflete, necessariamente, as condições dominantes em determinado momento político e social. A missão dos Tribunais não é outra senão a de defender a ordem estabelecida, aplicando leis que não são feitas por eles".

A percepção de que os militares tinham alcançado a imposição hegemônica do seu domínio sobre as instituições judiciais não se repete

---

[373] Cf. Koerner, 2010, p. 313.

[374] Texto integral do discurso e pronunciamento de Ernesto Geisel disponível em: http://goo.gl/XSu5Lv.

quando se dirige a análise ao plano das ideias políticas em disputa naquele momento. A resistência dos grupos de intelectuais, artistas, profissionais liberais, estudantes, a dissidência católica ligada à teologia da libertação e os partidos de esquerda isolados da institucionalidade, havia sido responsável pela manutenção de uma reserva crítica influente e, em alguma medida, autônoma nos primeiros anos do regime (1964--1968)[375].

A edição do AI nº 5 e o endurecimento da repressão provocaram o exílio de muitos dos membros dessa resistência intelectual e acadêmica que, por outro lado, passou a falar mais para si mesma após as falhas nas tentativas da desejada ampliação do seu campo de influência contestadora sobre a população. Tal condição limitadora da livre circulação de ideias ocorreu simultâneamente à expansão da fragmentação de correntes do pensamento social no Brasil, crescimento dos cursos de pós--graduação e profissionalização acadêmica nas ciências sociais, por um lado, e a reunião daqueles diversos grupos da resistência com interesses os mais distintos – porém, autoidentificados na luta contra o autoritarismo –, em torno na reorganização da sociedade civil que passava a ser vista como a única alternativa viável para a superação do regime militar.

Segundo Pécaut, essa aparente contradição entre a divisão de correntes e a aliança pragmática com outros setores foi em parte responsável pela redefinição da imagem dos intelectuais enquanto atores políticos. Após a vitórias da oposição (MDB) em alguns Estados nas eleições de 1982, alguns daqueles atores voltaram a ocupar cargos na alta burocracia estatal, quando já se articulava discursivamente as reivindicações pelas eleições diretas e a convocação da constituinte. Nesse movimento se incluíram também a SBPC, a ABI e a OAB, esta última aliando a defesa do interesse corporativo da advocacia, que tinha perdido espaço com a redução ou até exclusão de competências do Judiciário pela EC nº 77, com a defesa dos direitos humanos e o restabelecimento da democracia.

Esse breve histórico de como o sentido da atividade judicial foi construído na relação entre os juristas e a ditadura, quando a independência da magistratura foi suprimida e as expectativas de imparcialidade do STF no julgamento de conflitos políticos pareciam inexistentes, ajuda-nos

---

[375] Cf. Pécaut, 1990, p. 202, que registra o grande aumento do consumo de bens culturais, como livros, peças teatrais, discos e cinema, no período.

a pensar o espaço de experiência que configurava o passado imediato à instalação da constituinte. Mais ainda, ajuda-nos a compreender a participação de integrantes do Poder Judiciário no longo processo que formalmente foi inaugurado com a Emenda Constitucional nº 26/1985, mas cujo debate se inseria no campo mais amplo da distenção de poder dos militares e da nossa transição lenta, gradual e controlada.

Capítulo 3
Desenhando a própria imagem: os juízes e os juristas no debate sobre o Judiciário na Assembleia Nacional Constituinte (1987-1988)[376]

Por muito tempo a principal razão para a baixa repercussão de estudos críticos da imparcialidade judicial e sua função na administração da justiça no país foi atribuída à inexistência de dados sobre a atividade do Poder Judiciário. A ausência de critérios uniformizados para medir a eficiência da atuação dos Tribunais, a falta de um banco de dados sistematizado e da padronização de estatísticas[377] dificultavam a avaliação do impacto das decisões judiciais e, consequentemente, restringiam uma percepção mais abrangente do modo como decidiam os juízes brasileiros.

Muitas das análises sobre comportamento judicial e o papel político da magistratura após a Constituição de 1988 estavam dirigidas a fornecer critérios hermenêuticos que dessem aos juízes o arsenal argumenta-

---

[376] Os dados apresentados neste capítulo foram previamente publicados na *Revista Brasileira de Estudos Políticos*, nº 114, jan./jun de 2017, pp. 31-77.

[377] O histórico da reunião de estatísticas sobre o Judiciário é bastante irregular. Após a divulgação de dados com riqueza de detalhes pelo IBGE no início do século XX (o censo de 1908 destinou um tópico específico para o Judiciário), os registros posteriores aos anos 1930 divulgavam apenas a movimentação de processos do STF e as estatísticas da justiça criminal e segurança pública, o que foi mantido durante o regime militar e alterado apenas após 1988. Disponível em: http://goo.gl/wkcDdS.

tivo compreendido como adequado à aplicação dos direitos fundamentais. Ao tempo em que reconhecia a impossibilidade de manutenção do discurso de *neutralidade* da função judicial ao convocá-la a assumir a dimensão política das escolhas na concretização dos direitos contra posturas tidas por omissivas dos demais poderes, o perfil da produção acadêmica no direito constitucional sobre o Judiciário nos primeiros dez anos de vigência da Constituição ressentia-se de carência de instrumentos adequados à descrição global do que viria a ser denominado como *judicialização da política*. O cenário discursivo pautava-se por uma perspectiva mais enaltecedora da função dos juízes no cumprimento das promessas do texto do que propriamente por avaliações fundadas em pesquisas empíricas focadas nas condições do espaço judicial e seu reflexo nas decisões.

Embora essa perspectiva mais normativa do que analítica permaneça prevalecente de maneira significativa nas narrativas dos constitucionalistas sobre a magistratura, um eixo institucionalista informado pelas demais ciências sociais – em especial a ciência política e a sociologia, passou a ser construído como lugar relevante de compreensão da atividade judicial. Nesse sentido, a iniciativa de Joaquim Falcão no final dos anos 1980, e depois os trabalhos coordenados por Luiz Werneck Vianna no IUPERJ publicado em 1997, dedicado a traçar um perfil do juiz brasileiro, e depois por Maria Tereza Sadek na Fundação Getúlio Vargas em 2006, que mostrou algumas alterações daquele perfil. O pioneirismo que constituiu parte do mérito de ambas pesquisas, no entanto, parece ter ofuscado ou reduzido a dimensão das críticas a que esses estudos poderiam ter sido submetidos[378]. Um fator que parece justificar, em parte, a permanência de uma visão otimista ou entusiasmada sobre o papel da magistratura e do judiciário no Brasil[379].

---

[378] Resultante de encomenda e parceria com a Associação dos Magistrados Brasileiros, a inegável seriedade que marca a qualidade da ambas as obras precisam ser vistas com a ressalva dos limites que tal empreendimento conjunto impõe. Outro registro relevante é que, apesar do esforço na coleta dos dados pelo envio de questionários a aproximadamente 12 mil juízes de todo o país e incluídos os inativos, as duas pesquisas lograram cobrir 30,56% e 28,9% do universo pesquisado, Cf. Vianna *et al*, 1997, pp. 325 e Sadek, 2006, p. 12, o que pode ser lido como certa resistência da magistratura.

[379] Nesse sentido: Vianna, 2008, p. 91-109.

A informatização da burocracia judicial, o aumento das demandas por acesso à justiça e democratização do Judiciário, as exigências de mais transparência na prática dos atos de gestão e nas relações entre magistrados e os vários grupos de interesse em torno da prestação jurisdicional, além da institucionalização do CNJ, criaram um ambiente propício ao crescimento recente de estudos[380] que têm buscado explicar as distinções entre o discurso e o comportamento dos juízes com base em fontes até então pouco usuais no campo da produção acadêmica acerca do Judiciário.

Os levantamentos feitos nessas pesquisas, contudo, ainda não contemplaram um estudo abrangente sobre o papel específico dos membros e associações[381] ligadas ao Poder Judiciário *nos trabalhos* da Assembleia Nacional Constituinte de 1987-1988. Então, considerando a relevância da nossa última constituinte para a formação de uma *nova* imagem daquele poder e do quadro institucional em que hoje atua a magistratura, este capítulo se decicou a analisar o ambiente discursivo dos *juristas* e os movimentos dos *membros da magistratura* na redefinição de suas funções, mapeando em ambos os usos da imparcialidade.

3.1. O cenário pré-constituinte pelos juristas e o lugar do Judiciário na instalação da Assembleia Nacional Constituinte

Para além das particularidades da formação da cidadania no Brasil e os meandros das categorias de sua explicação sociológica[382], processos

[380] Além do enriquecimento do potencial crítico sobre a compreensão da atuação judicial, alguns desses estudos têm fornecido chaves para a leitura das classes de *juristas* e *juízes* como agentes politicamente mobilizados nos espaços de poder institucionalizado. Nesse sentido: Oliveira, 2008, pp. 93-116; Santos & Da Ros, 2008, pp. 141-149; Da Ros, 2010, pp. 102-130; Almeida, 2010; Koerner & Freitas, 2013, pp. 141-184, e Engelmann & Penna, 2014, pp. 177-206.

[381] Engelmann, 2009, pp. 184-205, examina a mobilização associativa da magistratura, mas concentra sua análise nas disputas em torno dos processos de reforma do Judiciário nos anos 1990.

[382] Uma crítica a certo atavismo da tradição sociológica ao explicar as causas do fracasso de uma cidadania nos moldes 'modernos', tendo como referência sempre o modelo de desenvolvimento dos 'países centrais', é feita por Sérgio Tavolaro ao tentar demonstrar uma dimensão *agonística* e *contingente* presente na história das instituições brasileiras, especialmente no conflito entre os projetos federalista e centralista ainda na República Velha, cujas disputas, para além do nível oligárquico, teriam se refletido na formação de "padrões de sociabilidade e normatividade que se consolidaram ao longo dos quinze anos que se seguiram à emergência de Vargas no governo provisório" Cf. Tavolaro, 2009, p. 114. Aspectos como

IMAGENS DA IMPARCIALIDADE ENTRE O DISCURSO CONSTITUCIONAL E A PRÁTICA JUDICIAL

constituintes não raro são marcados pela forte participação de elites auto-interessadas na consolidação ou manutenção de arranjos político--jurídicos que conservem o *status quo* estrutural em que se funda o seu domínio. Esse fator envolve a mobilização da agenda da assembleia constituinte segundo aqueles interesses no pacto de reorganização do Estado[383].

A validade dessa avaliação encontra no reagrupamento partidário anterior à constituinte um relevante elemento de sustentação. Conforme demonstrou a pesquisa de David Fleischer, o PMDB era a representação partidária com mais parlamentares no congresso em 1987 – 298 constituintes, reunia em sua bancada 40 ex-integrantes do PDS na legislatura de 1983 (herdeiro da ARENA, cuja divisão em 1984 abriu dissidência em apoio da candidatura de Tancredo Neves), além de 42 ex-arenistas da legislatura de 1979. Fator que, entre outros motivos, causaria divergências internas durante o processo, marcadas pelas convergências de pemedebistas com as posições do PFL e do PDS, que tinham as segunda e terceira maiores representações[384].

Os diagnósticos de uma sociedade extremamente desigual e excludente, cuja concentração de renda sempre foi o traço marcante – mas, particularmente aprofundado durante o regime militar –, lançavam dúvidas e ceticismo sobre o *novo* pacto social de reorganização das demandas de classe. Esse ceticismo aparecia de modo mais evidente nas correntes de intelectuais e juristas considerados "progressistas", muitos

---

esse demandariam uma análise conjunta entre *oportunidades políticas* e *práticas de luta*, que não encontrariam o devido espaço na nossa *sociologia da dependência*, com foco na industrialização tardia do país, ou na *sociologia patriarcal-patrimonial* centrada na herança ibérica. As implicações dessa avaliação na nossa forma de compreender o discurso sobre a imparcialidade e sua prática na atividade judicial serão tratadas mais adiante.

[383] Essa foi a leitura de Tércio Sampaio Ferraz Jr. ao registrar que: "no Brasil, o fracasso do regime desagrega muito rapidamente as forças políticas que, no entanto, por um processo de conciliação e adaptação, jamais se desarticulam totalmente. A importância do Estado na formação de elites não permite que as rupturas signifiquem uma ruptura do próprio Estado." Cf. Ferraz Jr., 1986, p. 55. Sobre a mobilização de elites via processos de constitucionalização dos anos 1980 e 1990: Hirschl, 2007, p. 38-49 e 187, argumentando que a preservação da hegemonia dos grupos de poder doméstico reforçou desenhos institucionais que ampliaram a revisão judicial. Para ele, posição que fortaleceu justamente o campo daqueles detentores do conhecimento e do poder conferido pelo discurso constitucional: os juristas e juízes, destinatários da delegação de decisões políticas no lugar do legislador democrático.

[384] Um perfil dos constituintes e a genealogia dos partidos estão em Fleischer, 1987.

deles, inclusive, os que haviam combatido a ditadura, em especial nos momentos de endurecimento da repressão. Era o caso, por exemplo, de Florestan Fernandes, que escreveu inúmeros artigos de opinião[385] sobre o momento político e as expectativas na atuação da constituinte, embora visse na composição do Congresso o quadro de poder que até então unia a elite política e econômica aos militares, ou seja, a mesma convergência de interesses responsável pela descontinuidade da legalidade constitucional promovida pelo golpe de 1964, agora com o propósito de desmobilizar os movimentos populares pela democracia.

Dessa avaliação, entretanto, Fernandes não concluía pela negativa da soberania da constituinte. Pelo contrário, qualificava como posições políticas "mais retrógradas" aquelas que negavam a ruptura histórica a justificar uma nova Constituição. Para ele, um entendimento que apenas beneficiava os donos do poder e a burguesia reacionária na defesa do "absolutismo das classes privilegiadas, de suas elites políticas e de seus partidos de patronagem, tendo como eixo o PMDB (ou seu todo-poderoso núcleo conservador)"[386].

Tocando expressamente na questão da miserabilidade e restrições de acesso a informação, Cláudio Abramo foi enfático, indicando que o primeiro fato irrecorrível da constituinte era saber que "se quatro quintos da população de nosso país não são constituídos escravos, sofrem, à semelhança destes, constrições e constrangimento iguais, que noventa por cento do povo brasileiro não têm acesso a quase nenhuma informação realmente importante e que de verdade não participam de nenhum processo realmente decisório"[387].

Em parte, o cenário político da constituinte se colocava no desafio de reproduzir a aliança entre os diversos grupos de interesse corporativo que haviam se reunido nos últimos anos da ditadura militar[388]. Na esfera das ideias sobre a função do direito, por sua vez, impossível era a cons-

---

[385] O autor, que foi senador constituinte, teve seus textos reunidos em Fernandes, 1989.

[386] "A crise" publicado na *Folha de São Paulo*, 23.2.1987. Cf. Fernandes, 1989, p. 66.

[387] Cf. Abramo, 1987, pp. 44-53.

[388] Segundo Pécaut, a permanência daquela unidade pragmática acabou não se constituindo, pois o retorno da democracia mostrou os limites da coesão entre os setores profissionais envolvidos, que logo voltaram a se fechar em torno de suas próprias demandas corporativas. Cf. Pécaut, 1990, p. 310. Em sentido contrário, destacando a inserção do debate sobre a convocação da constituinte na mobilização política de trabalhadores, da OAB e da igreja católica: Paixão & Barbosa, 2008, p. 121 ss.

trução de uma imagem unidimensional do 'pensamento dos juristas' sobre a constituinte. Essa dificuldade, entretanto, não anula a observação de que algumas das descrições imediatamente anteriores à instalação da ANC destacavam o caráter contrafático do conceito de *poder constituinte* associando-o às *expectativas* (à direita e à esquerda) sobre o que processo poderia significar para a realidade político-jurídica do país. Contudo, a discussão do caráter exclusivo ou congressual da constituinte assumiu a centralidade do debate à época[389].

Alguns deles, como Pinto Ferreira e Eros Grau apresentavam a Constituição como mito moderno, refletindo sobre a distância entre os anseios do povo e a Carta que viria a ser elaborada[390]. Valendo-se da combinação entre análises histórica e sociológica, Nelson Saldanha apontava limites, inclusive jurídicos, sobre a categoria de poder constituinte[391]. A crítica ao caráter congressual do processo constituinte foi abertamente assumida pelo deputado constituinte Flávio Bierrenbach[392], afirmando que o poder do congresso constituinte não seria ilimitado, pois não identificado com poder originário do povo, mas ainda assim lançava expectativas positivas.

No mesmo sentido, mas menos otimista, Raymundo Faoro[393], avaliava a constituinte congressual como movimento gatopardista do governo aliado ao Congresso em reação às *Diretas Já*. Assim como Fábio Konder Comparato[394], que criticava o conceito de representação parlamentar e reclamava a soberania do povo como única manifestação legítima do poder constituinte. A reivindicação do desarme do Estado autoritário, a apuração das violações aos direitos humanos pelos agentes do regime e a submissão do judiciário ao controle democrático, fez parte dos argumentos que Paulo Sérgio Pinheiro[395] apresentou como pautas indispensáveis da Assembleia Nacional Constituinte. O pensamento mais conservador sobre o papel do direito e dos juristas na formatação da nova

---

[389] Cf. Paixão, 2014, p. 436-439.

[390] Cf. Ferreira, 1987, pp. 17-23; Grau, 1985, pp. 39-47.

[391] Cf. Saldanha, 1986, pp. 90-92.

[392] Cf. Bierrenbach, 1986, pp. 90-95.

[393] Cf. Faoro, 1987, pp. 11-28.

[394] Cf. Comparato, 1986b, pp. 85-109.

[395] Cf. Pinheiro, 1987, pp. 54-68.

ordem constitucional foi defendido, entre outros, por Ronaldo Polletti[396], isolando o saber jurídico da política.

Retirada a sobrecarga normativa com que os juristas costumam descrever o poder constituinte – como manifestação livre, soberana e ilimitada do povo, a observação sobre as relações subjacentes envolvidas na composição das comissões, nos mecanismos de votação e redação, além das disputas partidárias sobre o significado do regimento, pode oferecer uma visão sobre como política e direito mutuamente se condicionaram no desenho institucional do Poder Judiciário e do Supremo Tribunal Federal, limitando escolhas, por um lado, e reforçando privilégios de classe, por outro.

Convocada pela EC nº 26, de 27 de novembro de 1985, a Assembleia Nacional Constituinte teve sua legitimidade contestada de imediato, seja por ser fruto do poder de reforma ou por não contar com membros exclusivamente eleitos para a formação de um congresso constituinte. Fatores relacionados à manutenção do poder dos militares e à desigual representatividade no Congresso mitigam a ideia de que em 1987 tivemos um daqueles momentos especiais descritos por Bruce Ackerman para explicar a existência do conceito de democracia dualista, ou seja, a de que em ocasiões raras e marcadas por forte participação, o povo manifesta o seu poder independentemente de qualquer condição.

Disso não resulta afirmar que a influência dos movimentos da sociedade civil organizada não se tenha refletido no processo. Para o relator da comissão de sistematização, Bernardo Cabral, os trabalhos da constituinte foram organizados segundo uma *metodologia extremamente fluida e com acentuado potencial dispersivo*[397], já que após embate com o governo os congressistas rechaçaram guiar-se por um anteprojeto de natureza técnica, tal qual defendido por juristas como Manoel Gonçalves Ferreira Filho e Miguel Reale. Essa característica seria o fator diferencial para que a Assembleia de 1987/88 rompesse com o paradigma dos demais processos constituintes brasileiros, tradicionalmente circunscritos às instituições e dirigido pelos técnicos do governo[398].

---

[396] Cf. Poletti, 1986, p. 27 e 166.

[397] Cf Cabral, 2008, p. 82.

[398] Cf. Barbosa, 2012, p. 146, 217 e 229. Barbosa atribui o caráter inovador à ampla discussão sobre o regimento interno da ANC, que incluiu todos os constituintes e esteve aberto à opinião pública.

A pressão popular exercida pelos movimentos da sociedade civil, que haviam se organizado em torno da campanha pelas eleições diretas – fracassada com a rejeição da Emenda Dante de Oliveira, foi então redirecionada para o fortalecimento das demandas pela redemocratização no acompanhamento do debate político-institucional. Esse reânimo em relação à política, após vinte anos de autoritarismo, refletiu-se na elaboração do regimento interno da constituinte ao contemplar a abertura de amplos canais de participação. Foram exemplos o recebimento e emendas populares e a realização de audiências públicas, ambas exaustivamente utilizadas nas comissões e subcomissões temáticas[399]. Esse é possivelmente um dos fatores que explicam porque as aspirações manifestadas pela maioria dos constituintes no ato de instalação não se converteram no texto constitucional promulgado[400], o que evidencia como uma adequada compreensão do conceito de Constituição decorre menos do resultado de um planejamento intencional, do que como uma dinâmica interpenetração entre a política e o direito.

No caso da Assembleia de 1987/88, tratando-se de um ambiente em que a capacidade para a tomada das decisões estava fragmentada entre diversas correntes[401], e destacando que uma das dimensões da consti-

[399] No que denominou de "participação possível", Paulo Sérgio Muçouçah indica que foram recebidas 122 emendas populares, sendo que 83 delas (reunindo cerca de 11 milhões de assinaturas/15% do eleitorado brasileiro) adequavam-se ao regimento. Além da mobilização de quase 300 entidades na defesa dessas emendas nas comissões e subcomissões, grupos de pressão entre os quais se destacaram a CNBB, a UDR, as centrais sindicais, a FIESP e as Forças Armadas, estas com um "exército" de 60 assessores parlamentares atuando em tempo integral no Congresso. Cf. Muçouçah, 1991, p. 10 ss. Sobre a força da irrupção social na constituinte e a formação da "Articulação Nacional de Entidades para Mobilização Popular na Constituinte" v. Michiles *et al*, 1989, pp. 61-84.

[400] Como aponta estudo de Sandra Gomes, baseado em pesquisas de opinião da época, 60% dos constituintes preferiam a adoção de um texto constitucional conciso, o que não se tornou realidade; 54,4% afirmaram ser partidários do parlamentarismo, entretanto, o presidencialismo foi mantido; o voto distrital tinha apoio de 63% dos constituintes, porém também nesse tema o *status quo* prevaleceu. Cf. Gomes, 2006, p. 194.

[401] A prevalência do PMDB, que tinha feito 303 parlamentares nas eleições de 1986 (54,02% dos constituintes) contra 35 do PFL (24,15%), fez com que aquele monopolizasse o processo decisório, ocupando a relatoria de todas as comissões temáticas (um contrassenso ao princípio da proporcionalidade consagrado no Regimento da ANC). Porém, a heterogeneidade do ponto de vista ideológico e o desgaste entre constituintes pemedebistas durante o processo, além da insatisfação de parlamentares da direita com posições ditas progressistas aprovadas nas comissões dificilmente alteráveis no plenário, abriu espaço para a coalizão de

tuinte é a escolha de instituições e a definição de regras, inclusive sobre o seu funcionamento, não se pode deixar de considerar que os agentes políticos envolvidos no processo tinham em conta a maximização de seus interesses na escolha daquele quadro institucional, de modo que o procedimento adotado implica significativos custos políticos para a defesa das propostas em jogo.

Uma das características fundamentais do discurso jurídico sobre a categoria do poder constituinte é de que ele é livre, soberano, ilimitado, além de fonte da destruição da *velha* ordem e da criação de um *novo* ordenamento, a partir do qual se origina a autoridade de dizer o direito. Por outro lado, a constituinte é um momento de contingência sobre a organização institucional do poder político e da distribuição de competências. Ou seja, uma oportunidade em que *tempo* e *espaço* podem conformar-se mutuamente, pois a própria esfera de poder onde são desempenhadas as atribuições de seus agentes está em disputa. Por isso, o momento constituinte se mostra rico para a observação do discurso jurídico sobre a imparcialidade dos julgamentos, cuja reflexividade sobre quem o produz (especialmente ministros, desembargadores e juízes, também atores políticos), sugere uma série de contradições.

O Poder Judiciário mantinha-se fechado à interferência da esfera pública e avesso à crítica[402], o que se combinava, entretanto, com o aumento da concentração de competências, no caso particular do Supremo[403]. A virtual mudança de cenário com a constituinte era, então, uma oportunidade que não poderia ser desconsiderada. Nesse sentido,

---

veto conhecida como "Centrão", que contou com 43 constituintes do PMDB e provocou a mudança no Regimento da constituinte. Cf. Gomes, 2006, p. 206. Para uma visão global das condicionantes político-partidárias refletidas nas demandas, composição e funcionamento da ANC v. Pilatti, 2008, p. 19-55.

[402] Um exemplo do repúdio aos críticos pode ser encontrado na abertura de processo criminal, em 1982, nos termos da lei de segurança nacional, contra o ex-presidente da OAB//Goiás, Wanderley de Medeiros, a pedido do ministro Xavier de Albuquerque, porque o advogado havia afirmado em discurso que "O Supremo é um apêndice rançoso do Executivo". Um desagravo em nome do advogado foi objeto de pronunciamento do Sen. Lázaro Barboza, dias depois. Cf.: http://goo.gl/HK5ipz.

[403] Além das medidas aprovadas pelo regime militar, a autodescrição da Corte indicava uma compreensão da sua distinta função política em relação ao restante do Judiciário, o que justificava, por exemplo, deferir a si instrumentos processuais não extensíveis aos demais tribunais – como no caso da declaração de inconstitucionalidade de parte do Regimento do antigo Tribunal Federal de Recursos que havia instituído previsão da reclamação para

antes mesmo da formação da *Comissão dos Notáveis*, o ministro Moreira Alves, Presidente do Supremo, já havia manifestado a José Sarney o desejo da Corte de ser ouvida pela comissão quanto às mudanças relacionadas ao Judiciário[404]. Embora, já naquele momento parecesse compreender o complexo papel que o Tribunal iria desempenhar durante todo o processo, ao afirmar que à Corte não caberia se pronunciar sobre a forma de convocação da constituinte enquanto "guardiã da Constituição em vigor", pois "de um jeito ou de outro, alguém pode entrar com um recurso, justamente por considerar inconstitucional o processo de convocação". Contudo, uma vez convocada e superada eventual impugnação, Moreira Alves entendia que "o STF poderia participar, já que não se discutiria mais o processo e sim o conteúdo da nova Constituição".

A disposição em participar ativamente foi manifestada também ainda antes da convocação, pelo ministro Oscar Dias Corrêa, que publicou a reunião de várias palestras suas sobre as propostas em torno da constituinte, dedicando dois dos três capítulos da obra à função política do judiciário e do STF. A publicação apresentava a visão de Corrêa sobre a crise da Constituição de 1967, os problemas da inefetividade do direito no país, que para ele combinava um texto neoliberal com uma atuação intervencionista, e trouxe a proposta para a "Ordem Econômica e Social" que o ministro havia oferecido em 1978 ao Instituto dos Advogados Brasileiros[405].

A defesa de que ao STF cabia a interpretação do *sentido político* da Constituição foi assumida expressamente pelo ministro Corrêa, que via no tribunal o árbitro dos conflitos entre os demais poderes do Estado, cuja função seria a de reequilibrar "a interdependência ameaçada, ou a harmonia atingida"[406]. A noção de que o tribunal era um *terceiro* pacificador do regime da separação de poderes era compreendida ao lado, e sem contradição, da sua localização *entre os demais poderes*.

---

preservar a autoridade de seus julgados – tal qual havia feito o próprio STF em 1964. STF. Rep nº 1.092/DF, rel. min. Neri da Silveira, *DJ* 3.2.1986.

[404] "Supremo quer ajudar a preparar a futura constituição" em *O Globo*, 21.05.1985. Nesse mesmo sentido, o min. Sidney Sanches expôs diretrizes sobre o judiciário: *Folha de São Paulo*, 6.10.1985.

[405] Cf. Corrêa, 1986, p. 32 e ss.

[406] Cf. Corrêa, 1986, p. 65.

Uma posição que lhe assegurava uma ambiguidade institucional concomitante de *parte* e *juiz* da Constituição – ambiguidade evidentemente incompatível com a noção de que a ninguém é dado ser juiz em causa própria, o que de algum modo poderia ser problematizado no debate da constituinte. Mas, ao tratar da crise numérica presente no cotidiano da Corte, que em 1984 profirira 17.780 julgamentos, o próprio ministro Corrêa também deixava clara a sua opinião: "[o] STF, ao contrário do que se pensa, repete-se e parecerá blasfêmia ou heresia a afirmação – não foi criado para corrigir injustiças. Foi criado para ser intérprete da Constituição, reparando ofensas do direito federal que se configuram na vulneração de norma legal ou constitucional."[407]

Em relação aos demais aspectos da constituinte e sua convocação, chamada por ele de "panacéia milagreira", Corrêa se apresentava como conservador[408]. Atribuiu a uma série de propostas de mudança o caráter de *slogan* de grupos entusiasmados, que em relação ao Judiciário se manifestavam em reclamos de seu fortalecimento, mas sem parâmetros para fazer efetivas as reformas. Porém, em dois pontos da reforma o seu argumento[409] se colocou em oposição: a transformação do STF em Corte Constitucional e o aumento do número de ministros na composição do Tribunal. E conclui a obra citando Victor Nunes Leal, num clamor de que os constituintes confiassem nos ministros do STF: "Uma reforma judiciária bem intencionada não pode deixar de confiar nos juízes, especialmente quando integram o mais alto Tribunal do País"[410].

O tom pessimista, entretanto, não era generalizado. Pelo contrário, além das expectativas criadas com a reabertura democrática que res-

---

[407] E completou: "A injustiça – que não se corporifique em violação de texto legal, como a que se contenha no exame da prova dos autos e das circunstâncias da causa – a menos que envolva manifesto erro de valoração dessa prova e dessas circunstâncias – não é da competência da Corte, que não se detém nela, estranha à sua missão. (...) Por mais honroso que seja ao STF essa incontida vocação de tê-lo como juiz de todas as causas, cria-lhes dificuldades que lhe desgastam a atuação e o prestígio, desviando-o da missão constitucional prevalente, que deve ter e que, por definição tem." Cf. Corrêa, 1986, pp. 91-92.

[408] Segundo ele, no papel de um "autêntico jurista" Cf. Corrêa, 1986, p. 102.

[409] Cf. Corrêa, 1986, pp. 116-120.

[410] "conclui-se que a missão atual do STF não pode ser diminuída, sem risco da própria normalidade do exercício da vida institucional do país, na qual, apesar de todas as dificuldades e incmpreensões, tem desempenhado o papel de moderador de crises e árbitro imparcial." Cf. Corrêa, 1986, p. 121.

soavam sobre os mais diversos setores da sociedade, para os magistrados era a oportunidade de que se fizessem ouvir após duas décadas de centralização do Executivo sob comando dos militares. A significativa presença dos juristas refletiu-se na composição da Comissão Provisória de Estudos Constitucionais convocada pelo Decreto n. 91.450, de 18 de julho de 1985 ou Comissão Afonso Arinos[411]. Nela haviam 32 bacharéis em direito (advogados, ex-magistrados, professores de direito, ex-parlamentares) entre os 49 integrantes[412]. A forte presença de bacharéis em direito também foi identificada na formação do congresso constituinte. No levantamento feito por David Fleischer[413], dos 559 parlamentares 243 tinham formação jurídica, ou seja 43,50% dos constituintes, embora apenas 51 deles tinham na advocacia a sua principal fonte de renda.

O período foi marcado pela forte inserção de juristas no debate público[414] sobre a existência de limites da atuação do congresso constituinte, as propostas dos diversos setores da sociedade, o sistema de governo e o desenho institucional adequado à nova Constituição. A amplitude das discussões promovidas à época sobre a autonomia e organização do Poder Judiciário aparece, nesse sentido, como um campo fértil para observar as diferentes leituras que juristas e não juristas faziam da ativi-

---

[411] Pois comandada pelo Senador de mesmo nome, que havia feito um projeto de emenda constitucional à Constituição de 1946, na primeira fase do regime militar. Cf. Chacon, 1987, p. 202.

[412] O Decreto presidencial previa 50 integrantes, mas diante da indicação de Célio Borja para o Supremo Tribunal Federal, o que lhe impedia de participar de qualquer órgão do Executivo, a comissão funcionou com 49 membros. O perfil de cada um deles foi reproduzido em Pereira, 1987, pp. 18-21. Entre as outras profissões estavam 3 jornalistas; 3 sociólogos; 3 economistas; 2 engenheiros; 1 pastor evangélico; 1 cientista político; 1 escritor; 1 sindicalista; 1 usineiro e 1 médico.

[413] Cf. Fleischer, 1987, p. 8.

[414] Além dos diversos congressos e seminários realizados, o debate gerou dezenas de publicações e anteprojetos de constituição organizados por representantes de grupos ideológicos distintos, como o do engenheiro e empresário neoliberal Henry Maksoud (cuja proposta e debate contaram com a participação de inúmeros juristas, publicadas na revista Visão entre julho de 87 e fevereiro de 88 v. Maksoud, 1988), o de Fábio Konder Comparato, jurista e intelectual ligado à esquerda, que redigiu o anteprojeto a pedido da direção nacional do PT, publicado pela editora Brasiliense em fevereiro de 1986 v. Comparato, 1986, além do anteprojeto do constitucionalista José Afonso da Silva, de viés comunitarista e com amplo catálogo de direitos e instrumentos processuais. Um mapeamento das ideias e propostas à Comissão Afonso Arinos publicadas na imprensa foi organizada pelo jornalista político Luiz Gutemberg, que incluiu um capítulo sobre o Judiciário. Cf. Gutemberg, 1987, pp. 132-150.

dade judicial, oferecendo instrumentos de análise dos usos discursivos da imparcialidade naquele contexto de reajuste das relações entre política e direito. Essa é uma perspectiva que oferece categorias explicativas úteis ao modo como o Supremo Tribunal Federal passou a compreender o seu próprio papel na experiência constitucional brasileira pós-1988.

Procurados por jornalistas para dar declarações, muitas vezes os ministros do Supremo recusavam se manifestar justificando que desde fevereiro de 1987 haviam acordado manter o silêncio sobre os trabalhos da constituinte até a promulgação da nova Constituição, o que, entretanto, não impedia a imprensa de obter informações sobre a opinião dos ministros por outras fontes ou mesmo conseguir alguma declaração de alguns deles ocasionalmente[415]. O contexto da participação do Supremo Tribunal Federal nos debates foi marcado pela ambivalência de ser parte interessada (nas diversas questões de desenho institucional envolvidas) e virtual árbitro da constituinte (a quem caberia dar a palavra sobre os seus limites) durante todo o processo. Essa foi uma contingência que se mostrou presente ainda antes do início[416] dos trabalhos e perdurou até mesmo depois de aprovado o texto da Constituição[417].

Na mesma semana da instalação da Assembleia Nacional Constituinte o STF recebeu consulta do líder do PL, Alvaro Valle, sobre temas que implicavam diretamente na limitação do exercício da *soberania* da cons-

---

[415] "Plínio vai reapresentar seção constitucional" *Folha de S. Paulo*, 11.6.1987. A matéria destaca que "O presidente do STF telefonou para Egídio [Ferreira Lima, relator da Com. Org. dos Poderes] na segunda-feira à tarde, logo depois da divulgação do relatório cumprimentando-o pelo texto. Os dois haviam almoçado juntos na véspera, ocasião em que o presidente do STF reforçou suas sugestões à constituinte".

[416] Nesse sentido, artigo do ministro Sydney Sanches que expunha a sua análise sobre a ausência de independência do judiciário e lançava as sugestões que mais tarde seriam enviadas na proposta do STF à Comissão Afonso Arinos. A opinião dele foi de que como não houve ruptura com o regime ditatorial bastaria uma emenda que mudasse todo o texto constitucional, salvo a República e a Federação. *Folha de São Paulo*, 9.3.1986. Também: "As propostas do STF", *Gazeta Mercantil*, 23.7.1986, informando que os ministros consideraram inceitável a extinção da Corte e criação do Tribunal Constitucional, além da perda de competência para julgar a validade da lei federal, ao tempo em que defendiam a autonomia orçamentária. Dos vinte textos coletados de 1986 onze abrangiam o tema da autonomia.

[417] "STF aponta incorreção na Carta", *Correio Braziliense*, 6.9.1988. Indica que o Presidente do STF havia encaminhado carta ao relator da constituinte informando erro do texto ao referir-se à representação de inconstitucionalidade e não à recém-criada ação direta de inconstitucionalidade.

tituinte. A consulta dizia respeito à vigência da Constituição de 1967 e se a constituinte tinha poderes para promulgar partes da futura Constituição. Na pauta das principais discussões políticas estava a duração do mandato transitório de Sarney; a participação de senadores biônicos na constituinte; o direito de greve e a extinção do decreto-lei, temas que parte dos constituintes queriam ver alterados de imediato.

As questões dividiam os constituintes e preocupavam o governo, que já cogitava provocar o Supremo[418], através do Procurador-Geral da República, para fixar o entendimento pela impossibilidade de alteração provisória da Constituição de 1967 nos termos do regimento da constituinte, que estabelecia a aprovação sob quórum de maioria absoluta, assegurando que até a promulgação do novo texto constitucional, as mudanças estavam reservadas ao procedimento de emenda, exigindo a aprovação por dois terços do Congresso. O tema dividia também juristas procurados pela imprensa[419]. Celso Ribeiro Bastos e Manoel Gonçalves Ferreira Filho viam limites à ação dos constituintes. Para o primeiro: "era preciso verificar e decidir de acordo com o espírito com que ela foi convocada", o segundo afirmava que "a constituinte é, na verdade, um procedimento simplificado de modificação da atual constituição". Já Gofredo da Silva Telles defendia que a consulta do PL "revolta a consciência jurídica nacional, pois a constituinte pode tudo, estando limitada apenas à vontade do povo".

Embora formalmente o Supremo não tivesse atribuição de responder a consulta[420] – formulada por parte ilegítima, pois eventual representação de inconstitucionalidade era privativa do Procurador-Geral da República, o pedido não foi arquivado. A Presidência do STF abriu vistas ao PGR, que já havia opinado[421] pela permanência da vigência da Constituição de 1967, cujo parâmetro fundava representações encaminhadas por ele contra leis e decretos estaduais. Então, ao constituinte

---

[418] "Moreira Alves decide hoje sobre a questão dos limites dos poderes", *Gazeta Mercantil*, 6.2.1987; "Governo pode recorrer ao Supremo para manter Carta atual", *O Globo*, 26.2.1987. A matéria acrescentava que Sarney havia recebido o PGR e os 11 ministros do STF na noite anterior, em jantar no Palácio da Alvorada, quando Moreira Alves foi homenageado pelo término da sua gestão de presidente.

[419] Gazeta Mercantil, 9.2.1987.

[420] Fato reconhecido pelo próprio Moreira Alves ao dizer que a *soberania* da constituinte não era um problema do Judiciário. *Gazeta Mercantil*, 27.2.1987.

[421] *Gazeta Mercantil*, edições de 6.2.1987 e 9.2.1987

caberia apenas interpretá-la, mas não alterá-la durante o processo. Uma solução conciliatória foi alcançada[422] com a retirada do projeto que havia provocado a discussão, mas a imagem do Supremo enquanto potencial árbitro dos limites da constituinte perdurou até o final dos trabalhos[423]. Nesse cenário, poderia se esperar que tal condição lhe dava uma posição distinta para negociar o próprio estatuto funcional e o desenho de suas competências na nova Constituição. Uma posição evidentemente mais confortável, mas que, por outro lado, colocava em xeque as expectativas de sua imparcialidade na apreciação das demandas políticas surgidas no período.

3.2. O Poder Judiciário na constituinte: entre instituição e corporação

Apesar de pouco utilizada em trabalhos jurídicos[424], a observação de textos jornalísticos se afigura útil ao exame do tema da imparcialidade. Primeiro porque, assim como em outras atividades de repercussão pública, também os juristas se informam sobre os efeitos de sua atuação através da imprensa e a avaliação desses efeitos tem potencial influência no processo de decisão, constituindo-se em reflexo no qual se projeta a

---

[422] Cf. Koerner & Freitas, 2013, p. 150.

[423] Essa autoridade interpretativa do STF sobre o regimento da constituinte foi evidenciada pela decisão da Corte que abriu processo penal contra o líder do PDT, Brandão Monteiro, sem licença do congresso como previa o regimento. "Pode o STF apreciar os atos regimentais da ANC?" *O Estado de São Paulo*, 4.11.1987. O recurso ao STF foi politicamente articulado no discurso do *Centrão* como meio de impor o seu substitutivo global ao texto de Cabral, aprovado em primeiro turno na Comissão de Sistematização. *Correio Braziliense*, 2.11.1987 e *Jornal do Brasil*, 2.11.1987. E ainda quando o governo anunciou que iria ao Supremo se a constituinte reduzisse o mandato do presidente Sarney para 4 anos, com apoio das forças armadas. *Folha de São Paulo*, edições de 27.2.1988 e 29.2.1988. Para Koerner & Freitas, embora "o STF não declarasse explicitamente, deixava aberto o campo para examinar e controlar os trabalhos da ANC e para determinar o alcance das mudanças criadas por esta em face dos poderes constituídos." Cf. Koerner & Freitas, 2013, p. 162.

[424] Uma iniciativa semelhante foi adotada em Oliveira, 2004, pp. 101-118, mas o levantamento compreende apenas os jornais *O Estado de São Paulo* e *Folha de São Paulo*, e abrangem um período maior (1979-1999), o que se justifica pelo objetivo da autora de descrever a assunção do papel político pelo STF na transição do período autoritário para a democracia e não apenas na constituinte. Em outra oportunidade, sobre o direito de propriedade na constituinte: Migliari & Carvalho, 2015.

imagem da Corte e seus juízes[425]. Segundo porque ao dar declarações, entrevistas ou escrever opiniões nos veículos de comunicação são revelados, em algum grau, aspectos da autocompreensão que os juristas têm de sua atividade, sem a obrigação do uso formal da linguagem técnica empregada nos julgamentos e decisões.

Essas duas dimensões que os textos da imprensa oferecem contribui para avaliar o impacto da discussão sobre o desenho do Judiciário no texto aprovado e para identificar se o recurso à imparcialidade teve uma função na disputa por autonomia e prerrogativas institucionais do grupo de interessados. Embora seja dispensável, não é demais lembrar que a maior parte dos discursos colhidos e analisados no período escolhido são produto do seu contexto e revelam engajamentos de seus atores nas lutas políticas em que estavam envolvidos. Para o nosso propósito, o fator relevante está em observar *se* o uso semântico da *imparcialidade* como *neutralidade* ou *objetividade* dos julgamentos fez parte do repertório de argumentos utilizados pelos juristas para afirmar o próprio campo em que eles desempenham suas atividades contra interferências externas (da política ou da economia, por exemplo), e ainda *se esse uso foi instrumentalizado* em benefício de pautas corporativas que permanentemente estiveram em discussão durante a constituinte[426].

Considerando que a variedade dos discursos e os diversos vieses da redação jornalística no universo dos dados levantados, optei pelo uso do método de pesquisa quantitativa[427] em função do objetivo da análise proposta: a identificação de padrões nas descrições sobre a atividade

---

[425] No passado recente à constituinte essa percepção parecia relevante para o presidente do Supremo, min. Xavier de Albuquerque que convocou reunião com proprietários de jornais e jornalistas, além dos demais ministros, com o objetivo de ajustar um acordo para aproximar o Tribunal e a opinião pública. Fabiana de Oliveira registra que do encontro resultou a publicação pela *Folha de São Paulo* do texto "Revalorizar a justiça, proposta do Supremo", em 14.4.1982, onde Xavier de Albuquerque indicou que esse esforço do STF implicava em "resgatá-lo das páginas mais modestas da imprensa para as mais destacadas e condizentes com a sua importância institucional". Cf. Oliveira, 2004, p. 105.

[426] Essa instrumentalização, em tese, não indica a violação do sentido da vedação de julgamento em causa própria que orienta a noção de imparcialidade. Mas que, no plano simbólico da tradicional imagem do juiz enquanto agente politicamente neutro a fatores externos ao direito, demonstra um conjunto de contradições que impactam na sua atuação e são lidas pelo sistema jurídico como causas de impedimento ou suspeição.

[427] Nesse particular, seguindo Sátyro & Reis, 2014, p. 13-39 sobre o método de produção de inferências válidas na observação de fenômenos e processos de mudança institucional.

judicial. A partir do número de publicações levantadas foram criadas seis categorias que identificam o grau de inserção dos temas do Poder Judiciário nos veículos de imprensa escrita pesquisados[428]. As categorias foram divididas em A) Desenho Institucional (151); B) Autonomia (20); C) Crise do Judiciário (9)[429]; D) Sistema de Justiça (10)[430]; E) Poderes da Assembleia Nacional Constituinte (14), F) Função do Judiciário (21)[431] e, por último, a categoria residual *Outros* com (7) textos sobre o impacto da Constituição sobre as regras de processo, além de ordem econômica e social, envolvendo também a atuação judicial.

Observada a vasta predominância em relação às demais, além da semelhança entre ambas, as categorias *desenho institucional* e *autonomia* foram divididas de acordo com o foco das publicações. Para publicações que tratavam prevalentemente sobre organização interna, estatuto corporativo e distribuição de competências foi adotada a classificação de desenho institucional. Nas que tiveram maior peso questões como atribuição para a iniciativa de lei, orçamento e administração funcional próprios foram classificadas sob autonomia.

Por sua vez, dada a quantidade e a especificidade de subtemas existentes na categoria de *desenho institucional* que demandam avaliação específica quando comparadas ao número global, foram criados três subgrupos. Uma característica marcante nesses três grupos secundários é a presença do argumento corporativo, que teve impacto significativo sobre a configuração de partes distintas da organização judiciária adotada na redação final, justificando a divisão. São eles: A.1.) Questões corporativas genéricas (63); A.2.) Controle externo (34), e A.3.) STF-TC/Tribunal Constitucional (36). A quantidade de matérias reunidas nos três

---

[428] Oito jornais de grande circulação serviram como fonte: Correio Braziliense, Folha de S. Paulo, O Estado de S. Paulo, Jornal do Brasil, Jornal da Tarde, Jornal de Brasília, O Globo e Gazeta Mercantil.

[429] Classificação que reuniu diagnósticos e críticas à atuação do judiciário. As variáveis mais constantes nesse tópico foram as menções à morosidade, sobrecarga e o custo do acesso à justiça.

[430] Em referência à formatação das funções de carreiras não integrantes do judiciário, mas que se constituem em agentes responsáveis por movimentá-lo, como a advocacia e o Ministério Público.

[431] Textos que refletem as expectativas sobre o desempenho da justiça e o papel político do STF durante as discussões, na aprovação do texto e logo após a promulgação da Constituição.

subtemas soma 133 publicações, número que revela a dimensão que eles tiveram no reflexo na cobertura da imprensa sobre as discussões à época.

Para a observação da noção de imparcialidade a partir do entrelaçamento entre as descrições reproduzidas pela imprensa e o desenho do Poder Judiciário consolidado no texto constitucional foram adotadas três distinções analíticas. A primeira se dirige à *representação do judiciário e dos magistrados* nas publicações selecionadas durante o processo constituinte. A segunda foca especificamente as *menções à imparcialidade* relacionadas ao exercício da jurisdição procurando localizá-las nas categorias criadas a partir do número global de publicações. Por fim, a atenção da última será voltada para os discursos sobre a *função do judiciário* no texto aprovado, com destaque para a adequação entre o arranjo institucional adotado e as expectativas criadas sobre a imparcialidade da atuação judicial com a nova Constituição.

3.3. O Judiciário pelos juízes ou para os juízes?

As leituras de juristas vinculados ou não aos órgãos do Poder Judiciário sobre o funcionamento da justiça no início do processo constituinte foram bastante semelhantes. As notícias[432] prevalecentes gravitavam entre os problemas da *falta de autonomia*, como fator impeditivo da formação de uma estrutura adequada, da *sobrecarga* de trabalho, como sintoma da escassez de juízes e servidores, da *morosidade* da prestação jurisdicional, que era compreendida como sinal da precariedade do seu funcionamento e do *alto custo* do serviço judicial, indicador do fato de que o acesso à justiça no país era reflexo da desigualdade marcante da estrutura social. O consenso era de que a constituinte teria a responsabilidade de mudar esse quadro, sem o que o próprio projeto em discussão seria

---

[432] "Judiciário atuou com sobrecarga de trabalho em 1986" *Gazeta Mercantil*, 5.1.1987, informando que cada min. do STF tinha julgado mais de mil processos no ano anterior; "Outro Judiciário" *Folha de São Paulo*, 20.4.1987; "Poder Judiciário não existe, afirma Alceni" (opinião do deputado Alceni Gerra, relator da Subcomissão de minorias) *Jornal de Brasília*, 25.4.1987; "A Constituinte deve organizar Judiciário" *O Estado de São Paulo*, 7.5.1987; "Judiciário na Constituinte [1, 2 e 3]" – sequência de textos do editorial de *O Estado de São Paulo*, dias 16, 21 e 29 de maio de 1987; "Justiça reflete a crise social" *O Estado de São Paulo*, 14.5.1987; "As falhas do Judiciário, segundo Temer" *Jornal da Tarde*, 28.5.1987; "Por uma ordem jurídica justa" *Folha de São Paulo*, 12.7.1987, entre outros. Para uma síntese dos problemas do judiciário no cenário pré-constituinte: Pereira, 1985, p. 115-130.

apenas mais um capítulo de promessas não cumpridas da história constitucional brasileira.

O diagnóstico comum sobre os problemas da justiça brasileira, no entanto, não se repetia quando se tratava de considerar as *características da magistratura* brasileira e o seu potencial em funcionar como agente de transformação daquele contexto. Muitas das descrições da organização judiciária à época não distinguiam a *instituição* Poder Judiciário de seus *agentes*, o que contribuía para a representação de uma falsa unidade de interesses de ambos. Dessa unidade parecia resultar, como consectário lógico, que o reforço e ampliação das prerrogativas dos juízes eram condicionamentos essenciais à autonomia da instituição e vice-versa. Embora essa espécie de análise fosse predominante, ela não era única. Logo, era possível perceber uma divisão na compreensão da composição e papel da magistratura nas opiniões de juristas e não juristas expostas nas publicações da época.

Entre os juristas, aqui incluídos os próprios juízes, prevalecia o discurso que associava a magistratura nacional a atributos de *preparo intelectual* e *comportamento moralmente apreciado*, além da dedicação ao correto funcionamento do Estado. Essa descrição é destacadamente registrada nos artigos de opinião escritos durante o ano de 1987. Entre elas estão o texto de Celso Ribeiro Bastos para quem "no Judiciário tem residido as reservas maiores da sociedade em termos de saber, moralidade e devoção à coisa pública"[433]; dois artigos de Ives Gandra da Silva Martins[434]; opinião do ministro Célio Borja notando um paradoxo no fato de que o Brasil não tivesse boa justiça, mesmo possuindo juízes "trabalhadores e independentes dos poderosos de sempre e dos poderosos do dia, vocacionados para a vida dura e sem brilho e desamparada das galas do reconhecimento público"[435].

---

[433] "Do insubstituível papel do Poder Judiciário" *Jornal da Tarde*, 6.2.1987.

[434] Em "Por que é necessário preservar a Justiça Federal" *Gazeta Mercantil*, 31.3.1987, disse Gandra: "o poder que menos pode exercer suas funções é o Judiciário, não obstante seja aquele composto pelos melhores homens. Nem o Poder Executivo nem o Poder Legislativo possuem elementos de tão elevado nível, não só pelos concursos de conhecimento a que estão submetidos para o ingresso na carreira como também pelo controle da idoneidade moral de que não descuidam os examinadores". E mais adiante, ao defender a manutenção do STF contra a criação do TC, Gandra afirma que é o Judiciário "o poder mais competente e culto" *Folha de São Paulo*, 30.10.1987.

[435] "Em defesa da Justiça" *O Globo*, 1.4.1987.

Entretanto, também era possível encontrar opinião contrária sobre o bom desempenho técnico dos juízes. Era o caso do ministro Moreira Alves, o único a observar que as demandas por celeridade e segurança jurídica eram contraditórias, além de afirmar a decadência do ensino jurídico no país. Para ele "onde os juízes são fracos, a demora e a carência não se resolvem, nem com a melhor das leis"[436], e que a Constituição não era o instrumento adequado para resolver os principais problemas do Poder Judiciário.

Em relação à proximidade da política e a capacidade de negociar as condições do exercício da função judicial, prevaleciam as descrições que representavam a impotência da magistratura frente ao Executivo e Legislativo, o que tornava o Judiciário um poder dependente. Nesse sentido eram as opiniões de Manoel Gonçalves Ferreira Filho[437]; do ministro Sydney Sanches[438]; do juiz federal Fábio Bittencourt da Rosa[439], entre outros na defesa da autonomia orçamentária. Por outro lado, ao tratar de questões corporativas relativas aos magistrados, alguns[440] registravam a 'desvantagem' em compor um poder não político ou o fato de não terem a *expertise* necessária para a defesa de suas prerrogativas, vistas como garantias da sociedade[441]. Esse discurso associativo também localizava a classe da magistratura num plano distinto e superior ao dos funcionários públicos, com os quais os juízes não desejavam ser confundidos. O afastamento da política foi destacado por Sanches

---

[436] "A nova Carta não mudará Judiciário" *Gazeta Mercantil*, 27.2.1987.

[437] Cf. Ferreira Filho, 1985, pp. 61-76.

[438] "O Poder Judiciário e a Constituinte", *O Estado de São Paulo*, 9.3.1986 e "Judiciário quer autonomia orçamentária" *Folha de São Paulo*, 10.11.1986.

[439] "Poder Judiciário, sem poder" *O Estado de São Paulo*, 15.9.1987.

[440] "Prerrogativas iguais desagradam juízes" *Correio Braziliense*, 24.6.1987, que reproduziu a fala de Hélio Assunção, representante da associação de magistrados fluminenses: "*Se todos forem autoridade, ninguém será autoridade(...) Nós, magistrados, não temos vivência política e por isso não nos preocupamos antes com a possibilidade de medidas assim serem aprovadas*" o que implicava o "*risco de serem [os juízes] rebaixados a funcionários públicos*", sobre a equiparação de vencimentos pleiteada por promotores e defensores públicos com a magistratura. Também o presidente do TJSP, Nereu César de Moraes em "*Juízes repelem controle externo*" *O Estado de São Paulo*, 8.3.1988 e Odyr Porto, presidente da AMB, que rejeitou a palavra *lobby* para definir a mobilização dos juízes. *Jornal da Tarde*, 6.4.1988.

[441] Na opinião de Emílio Carmo, da associação fluminense de magistrados, sobre a isonomia entre carreiras do ministério público e da magistratura. "Distorções inadmissíveis" *O Globo*, 6.8.1987.

como traço necessário à manutenção da imparcialidade, o que fundamentava a necessidade de autonomia e maior grau de independência:

"Ora, o juiz, para ser juiz, precisa ser imparcial, o que pressupõe não estar vinculado a qualquer tipo de partido, por mais respeitável que seja. Até está proibido de exercer atividade politico-partidária. Mas se ele depende, para ser nomeado, removido ou promovido, da escolha do Executivo, vinculado a partidos, corno se pode dizer que seja politicamente independente? Ele pode ter independência moral e intelectual. Pode não pagar pela boa-vontade do Poder Executivo em o nomear, remover e promover. Não está sequer eticamente obrigado a manifestar gratidão. Mas a gratidão é um dos sentimentos mais nobres do ser humano. E pode até ser mais forte do que o sentimento ditado por uma simples vinculação partidária. (...) Anote-se que, no plano federal, a dependência política do Poder Judiciário, em face dos Poderes Executivo e Legislativo, é até maior. Para certos cargos, nos Tribunais Superiores e até para a corte judiciária maior do País na sua totalidade, a escolha de seus integrantes é feita segundo critério exclusivo do Poder Executivo (observados os requisitos constitucionais da reputação ilibada e do notável saber jurídico), sujeito a aprovação pelo Poder Legislativo.Vale dizer, para o órgão de cúpula do Poder Judiciário, e para certos cargos de Juízes de Tribunais Superiores (Ministros) a escolha é feita sem a mínima participação dos Juízes ou Tribunais. Em outras palavras: estes não participam da indicação, embora possam ser nomeados (sempre pelo Poder Executivo, com aprovação do Legislativo)."[442]

A insatisfação da magistratura com as mudanças propostas para o Judiciário no anteprojeto da Comissão Afonso Arinos tinham se difundido nas páginas da imprensa já no segundo semestre de 1986[443]. Contra as alterações sugeridas pelos *notáveis*, 803 juízes assinaram uma moção dirigida ao Presidente Sarney, no X Congresso da Associação nos Magistrados Brasileiros, realizado em setembro daquele ano em Recife. Havia entretanto, mesmo entre os juízes integrantes de associações, a preocupação discursiva em demonstrar que os magistrados atuariam em

---

[442] "O Poder Judiciário e a Constituinte", *O Estado de São Paulo*, 9.3.1986.

[443] "Constituinte" *Jornal da Tarde*, 30.9.1986; "Uma investida contra o STM", *O Estado de São Paulo*, 10.9.1986; "O Judiciário que os juízes pretendem", artigo de José Renato Nalini em *O Estado de São Paulo*, 10.8.1986 e ainda as críticas da APAMAGIS em *O Globo*, 19.9.1986.

defesa do Judiciário e não em causa própria para assegurar benefícios de classe[444].

Os ministros do STF compartilhavam da rejeição ao anteprojeto, e consideravam inaceitável a transformação do Tribunal em Corte Constitucional[445], um tema que estaria na pauta da constituinte por um longo período. A composição da Corte era quase integralmente formada por ministros nomeados pelos militares. Dos onze integrantes, seis tinham sido indicados por João Baptista Figueiredo e apenas dois por Sarney, o primeiro Presidente civil após duas décadas de governo militar. Esse fator era visto com reservas pela Subcomissão do Poder Judiciário e do Ministério Público, em especial por Plínio de Arruda Sampaio[446], ao considerar que a tarefa de adaptação do ordenamento vigente à nova Carta não poderia ser confiada aos mesmos juízes do regime autoritário.

Tabela (A): Composição do Supremo Tribunal Federal no biênio 1987-1988:

Ministro	Presidente que o nomeou (data)
Luiz Rafael Mayer (Presidente no biênio 87/88)	Ernesto Geisel (13/12/1978)
José Néri da Silveira	João Baptista Figueiredo (24/8/1981)
Aldir Passarinho	João Baptista Figueiredo (16/8/1982)
Sydney Sanches	João Baptista Figueiredo (13/8/1984)
Octávio Gallotti	João Baptista Figueiredo (8/11/1984)
José Francisco Rezek	João Baptista Figueiredo (10/3/1983)
Célio de Oliveira Borja	José Sarney (7/4/1986)
José Carlos Moreira Alves	Ernesto Geisel (18/6/1975)
Carlos Madeira	José Sarney (4/9/1985)
Djaci Alves Falcão	Castello Branco (1/2/1967)
Oscar Dias Corrêa	João Baptista Figueiredo (16/4/1982)

---

[444] "[d]esde logo, saliente-se que os membros do Judiciário estudaram as necessidades de alteração do poder que estão a compor, não sob os lindes de classe, na formação de *lobby* endereçado a resguardar privilégios de um estamento bastante diferenciado no exaurimento da soberania estatal. Mas se posicionaram, com evidente maturidade, como intérpretes categorizados de postura visando ao fortalecimento da Justiça, como instrumento – em última, analise – de Integral promoção humana. (...) Os atributos do Judiciário foram considerados à luz dessa instrumentalização, como garantidores dos direitos da comunidade e não como apanágio funcional de seus membros". José Renato Nalini em artigo publicado em *O Estado de São Paulo*, 10.8.1986.

[445] "As propostas do STF" *Gazeta Mercantil*, 23.7.1986.

[446] Defensor da proposta de um Tribunal Constitucional, substituída pela alternativa de uma seção constitucional no STF, após a fortes reação contrária dos ministros. "Plínio vai reapresentar seção constitucional" *Folha de São Paulo*, 11.6.1987.

DESENHANDO A PRÓPRIA IMAGEM: OS JUÍZES E OS JURISTAS...

As propostas que o STF havia encaminhado em 30 de junho de 1986 à Comissão Afonso Arinos, após ouvir todos os tribunais do país, foram as mesmas que o Tribunal levou à constituinte. Em maio de 1987, o ministro Sydney Sanches[447], ex-presidente da AMB, expôs as propostas do STF à Comissão de Organização dos Poderes e Sistema de Governo, quando fixou os principais itens da pauta do Judiciário: 1) autonomia orçamentária e administrativa, nos planos federal e estadual, com a submissão da proposta orçamentária diretamente ao Legislativo; 2) a permanência da exclusividade do PGR para a propositura da representação de inconstitucionalidade; 3) oposição à criação do STJ e manutenção da competência do Supremo para o julgamento dos recursos extraordinários, com alguns ajustes; 4) oposição à transformação do Tribunal em Corte Constitucional por ofensa ao princípio federativo; 5) criação dos Tribunais Regionais Federais[448]; 6) exclusão da competência da justiça militar para julgar civis; 7) extinção dos juízes classistas na justiça do trabalho; 8) mudança nas regras de promoção da magistratura para evitar a perda de quadros; 9) criação de novos tribunais de alçada; 10) criação dos juizados especiais de pequenas causas; 11) gratuidade da justiça, e 12) oficialização dos cartórios, a serem remunerados por recursos públicos, porém, mantidos os titulares de então.

O debate sobre a possibilidade de criação do Tribunal Constitucional fora da organização do Poder Judiciário, com competência exclusiva para a jurisdição constitucional, mobilizou parte significativa da atenção[449] sobre os trabalhos da Subcomissão na constituinte. A inovação encontrava apoio entre constituintes que defendiam a adoção do parlamentarismo como sistema de governo, inspirando-se no modelo que associava o peso do Parlamento e da figura do Primeiro-ministro nas

---

[447] Exposição realizada em 6.5.1987 e publicada no Diário da ANC de 4.8.1987. No mesmo sentido havia sido a intervenção de Sanches na Subcomisão do Poder Judiciário em 28.4.1987.

[448] A demanda pela expansão e descentralização da justiça federal era grande. Em 1986 haviam apenas 111 juízes federais em todo país, para os quais foram distribuídos 143.534 processos.

[449] Das 54 matérias coletadas entre abril e junho de 1987, 30 tratavam do tema, sendo que 17 delas refletiram a posição das associações de juízes, parlamentares, do governo e dos próprios ministros contra a mudança; 4 traziam o entendimento dos defensores do Tribunal (Plínio de Arruda Sampaio e Márcio Thomaz Bastos); 1 veiculava a sugestão alternativa de Michel Temer que criava a Seção constitucional no STF elevando para 19 o número de ministros, e outras 8 noticiavam o embate.

democracias representativas em muitos dos países da Europa Ocidental ao papel de legislador negativo das Cortes Constitucionais, com competência exclusiva para o controle de constitucionalidade. A inserção de uma Corte nesses moldes, então, alteraria profundamente o funcionamento da jurisdição constitucional do país, historicamente forjada no modelo concreto e difuso de fiscalização normativa.

No plano político, a criação da Corte enfrentava dois focos de resistência que teriam suas eferas de competência consideravelmente atingidas com a potencial modificação. A primeira delas era o Poder Executivo[450] que perderia a exclusividade da indicação dos ministros, compartilhando a atribuição com o Legislativo e o Judiciário, além de perder eventual expectativa de influência sobre as decisões dos já nomeados em relação à futura Constituição, pois a Corte seria integralmente formada segundo os novos critérios. Essa era uma preocupação comum dos ministros[451] do Supremo que, apesar de permanecerem na cúpula do Poder Judiciário (como Tribunal Superior de Justiça), perderiam a competência jurisdicional para fixar a interpretação da Constituição e passariam a compor um Tribunal eminentemente recursal[452]. Além dos ministros, incluíam-se nesse segundo foco de resistência à Corte Constitucional as associações representativas[453] dos magistrados,

---

[450] Segundo matéria da *Folha de São Paulo*, de 25.5.1987, o líder do PFL, constituinte José Lourenço, mencionou que havia recebido ligação de Sarney pedindo apoio contra a aprovação da proposta do Tribunal Constitucional durante a sessão do dia anterior. No mesmo sentido, a matéria "Bloco tentará agora derrubar Corte Constitucional", de *O Globo*, 25.5.1987, noticiou que o mesmo grupo parlamentar que aprovou o mandato de 5 anos para Sarney lutava contra a inovação, que tinha apoio da OAB.

[451] "Supremo pede voto no Congresso" *Correio Braziliense*, 7.5.1987, refletindo posição de Sydney Sanches; "Extinção do Supremo, uma surpresa" *Jornal da Tarde,* 14.5.1987; "STF não aceita criação do Tribunal Constitucional" *Folha de São Paulo*, 27.5.1987; Egídio Ferreira Lima (PMDB/PE) disse que, em consulta, os ministros manifestaram revolta: *Jornal de Brasília*, 7.6.1987; "STF quer preservar competência" *Correio Braziliense*, 21.8.1987, menciona receio dos ministros de a indicação político-partidária de integrantes para o Tribunal Constitucional pelos constituintes violaria a imparcialidade e idoneidade para qualquer assunto. Além de Néri da Silveira e Moreira Alves, os ex-ministros Evandro Lins e Silva, Carlos Thompson Flores e Leitão de Abreu também se posicionaram contrariamente.

[452] Cogitou-se ainda a formação da Corte com os mesmos ministros, renovando-a gradualmente.

[453] As reações mais destacadas foram da AMB, APAMAGIS e da Assoc. de Magistrados Fluminenses.

talvez motivadas pela manutenção da jurisdição constitucional difusa, que assegurava a todos os juízes um importante papel político-institucional no regime da separação de poderes.

A pressão corporativa ressoava entre alguns parlamentares. Entre eles, o presidente da Subcomissão do Judiciário, José Costa (PMDB/AL), contrário à criação da Corte e Costa Ferreira (PFL/MA). Além de Gerson Peres (PDS/PA) e Paes Landim[454] (PFL/PI), que encampavam a defesa corportativa da magistratura com afinco. Para o último, o modelo de tribunal constitucional era próprio de países sem indepedência judicial e citou os casos de Alemanha e Chile para sustentar que neles a Corte não impediu a ascensão de Hitler e Pinochet.

O outro ponto particularmente polêmico do debate constituinte visto a partir do discurso da magistratura propagado na imprensa[455] foi o da instituição do controle externo das funções administrativa e disciplinar do Poder Judiciário. O controle da atividade dos magistrados era realizado pelo Conselho Nacional da Magistratura, órgão integrante do STF e formado por sete dos seus ministros. O Conselho foi criado pela EC n. 7/77 e disciplinado no art. 50 e seguintes da LC n. 35/1979 (Lei Orgânica da Magistratura Nacional). As discussões prévias[456] à instalação da constituinte praticamente não tratavam do assunto. O tema passou a atrair a atenção dos magistrados quando sugerido nas reuniões da Subcomissão do Poder Judiciário e incluído no relatório e anteprojeto[457], que criava uma Comissão Judiciária no Poder Legislativo, responsável pela análise da prestação de contas e fiscalização gerencial da aplicação de recursos e medidas administrativas, realizadas semestralmente com o próprio Judiciário.

---

[454] O Estado de São Paulo, 15.5.1987.

[455] Das 42 referências ao controle externo no levantamento global (1986 a 1988), 37 estão localizadas no último trimestre de 1987. Fator explicado pela aprovação da instituição do Conselho Nacional de Justiça na Comissão de Sistematização, após a incorporação do substitutivo apresentado pelo Centrão (Projeto Cabral II). A evolução da proposta na constituinte pode ser observada na *Tabela (B)*.

[456] A proposta inicial do STF mantinha o Conselho sem qualquer alteração, enquanto a Comissão Afonso Arinos apenas acrescentava um representante da OAB na composição.

[457] A exposição de Calmon de Passos, em 27.4.1987, foi enfática no sentido da necessidade do controle externo da magistratura, citando o caso italiano onde a máfia havia cooptado inúmeros juízes.

Em seguida a proposta recebeu a forte reação contrária de juízes e entidades associativas, numa proporção maior que a oposição ao Tribunal Constitucional. Manifestaram opinião os representantes da Associação Paulista de Magistrados, Dínio de Sanctis Garcia[458], Régis Fernandes Oliveira[459], José Renato Nalini[460] e Odyr Porto[461] (ambos os que mais escreveram sobre o Judiciário no levantamento global, com 5 textos cada); da Associação de Magistrados Brasileiros, Dalmo Silva[462]; Associação dos Juízes Federais, João Gomes Martins Filho[463], e da Associação de Magistrados do Rio de Janeiro, Thiago Ribas Filho[464], para quem a unanimidade dos juízes exigia a supressão do Conselho e que a inovação era objeto de *lobby* da Ordem dos Advogados do Brasil.

Vários outros magistrados[465] manifestaram-se criticando veementemente a proposta e os jornais noticiavam paralisações do serviço judicial em várias regiões do país[466] em resposta à constituinte. Algumas iniciativas inusitadas também foram tomadas pelas corporações. Numa

---

[458] Entrevista concedida a *O Estado de São Paulo*, 3.11.1987 "Marchamos para o desastre total", quando disse: "não há e nem haveria clima para se convocar uma Assembleia Nacional Constituinte". Por quê? "Porque a Constituição (de 67) que temos ainda em vigor é boa. Com algumas emendas aqui e ali ela ficaria melhor; com isso se ganharia tempo e se evitaria tanto gasto."

[459] "O Poder Judiciário no projeto constitucional" *O Estado de São Paulo*, afirmando que criar o CNJ era "típico ato de ditadura falida (...) nenhuma moderna democracia no mundo há controle externo", e ao final disse que *a grande conquista popular* – os juizados especiais, se deu graças à sua associação.

[460] "Correicionalidade a cargo do Judiciário e Constituinte" *O Estado de São Paulo*, 10.5.1987, defendendo que a proposta ofendia o autogoverno dos juízes, pois cuidava de matéria *interna corporis*.

[461] "Contra o Conselho Nacional de Justiça" *O Globo*, 21.11.1987, referindo-se à proposta com "síndrome de inescondível europeização" e risco permanente para a magistratura. Porto declarou ao *Estado de São Paulo*, edição de 7.10.1987 que os juízes "submetidos a esse Conselho estarão sujeitos a pressão de políticos e partidos, *perdendo a isenção* para tomar suas decisões."

[462] "Atentado à Democracia" *O Globo*, 15.10.1987 citando ato do governo espanhol, comandado pelo PSOE, contra a independência judicial ao aposentar prematuramente 600 juízes.

[463] Definindo a iniciativa como um "crime" que destruiria a secular independência judicial no país. "Fiscal da consciência do juiz" *O Estado de São Paulo*, 5.11.1987.

[464] O Globo, 16.11.1987; O Estado de São Paulo, 22.9.1987; Jornal de Brasília, 24.9.1987.

[465] O Presidente do TST, Marcelo Pimentel, declarou-se "chocado" com a ameaça "a inviolabilidade dos juízes, que é condição de imparcialidade dos julgamentos" *Correio Braziliense*, 6.11.1987.

[466] "Juízes protestam contra Conselho que os tornaria dependentes" *O Globo*, 24.9.1987

delas, os presidentes da Associação dos Magistrados Fluminenses e da Associação dos Magistrados Brasileiros redigiram e enviaram uma carta ao diretor de chefia de redação de *O Globo*, Roberto Marinho, "denunciando" a instituição do controle externo enquanto "estrutura jurídica típica de regimes totalitários, como os de Hitler, Stalin e Idi-Amin [ex-ditador da Uganda]". Na percepção dos subscritores, seria melhor "suprimir o Judicário da organização dos poderes"[467]. Em outra, por ocasião da reunião de vinte e cinco desembargadores do TJSP em protesto contra o anteprojeto, um deles revelava que aquele era o pior momento da história do Judiciário, pois havia "um divórcio entre o texto elaborado por uma minoria anarcóide e as aspirações do povo brasileiro"[468]. A matéria ainda destacava que "os desembargadores ficaram desapontados, porque receberam, em agosto, com todas as honras, a visita do relator da Comissão de Sistematização Bernardo Cabral, e não esperavam por isso". Da reação corporativa foi-se à mobilização política organizada, a magistratura incluiu na própria agenda a articulação da sua demanda contra o controle externo e a criação do CNJ diretamente sobre o processo deliberativo dos constituintes.

3.4. Eles, os juízes, vistos de fora do Judiciário

A leitura sobre a composição da magistratura e seu papel na constituinte era significativamente diversa entre jornalistas e juristas não vinculados a órgãos judiciais. Embora a autonomia orçamentária e administrativa fosse consenso do qual comungavam e descreviam como dimensão fundamental para o resgate da função política, o modo como as associações e os integrantes do Judiciário atuavam na defesa e ampliação de suas prerrogativas foi objeto de críticas[469]. O foco desse segundo grupo de avaliações sobre a magistratura na constituinte estava, justamente, na crítica à *sobreposição das questões corporativas* à discussão do melhor dese-

---

[467] *O Globo*, 24.9.1987.

[468] "No dia do protesto, juiz inclui Cabral na 'minoria anarcóide'" *Jornal da Tarde*, 24.9.1987.

[469] Editorial da *Folha de São Paulo*, de 21.5.1987, intitulado "Desvio corporativista" destacava que o arraigado corporativismo brasileiro tinha alcançado o capítulo sobre o Judiciário, na Subcomissão. No mesmo sentido *O Estado de São Paulo*, 16.5.1987, apontou a hipertrofia do sistema remuneratório e a deficiência do controle interno e ausência de controle externo e disciplinar, e na edição de 21.5.1987 criticava a "incongruência entre o diagnóstico e as propostas da Subcomissão." Enquanto o *Jornal de Brasília*, 31.5.1987 registrava que o parecer de Plínio Sampaio já havia sido profundamente alterado.

nho institucional para uma organização judiciária funcional na futura Constituição.

À direita ou à esquerda, não se pouparam críticas à conveniência do Poder Judiciário e do STF com as interferências diversas no processo constituinte. Um dos fundamentos dessas críticas foi o de que a tolerância do Tribunal com aquelas interferências ajustavam-se à defesa dos interesses corporativos dos membros da magistratura. O que colocava em xeque a imparcialidade do exercício da função judicial. Esse era um dos fatores que projetava sobre o Judiciário a imagem de poder a serviço dos 'donos do poder'[470]. No mesmo sentido, opinando sobre as alterações acolhidas no relatório da Subcomissão do Judiciário, Miguel Reale exclamava: "*Data maxima venia*, os ilustres ministros do STF apegam-se com unhas e dentes às suas prerrogativas, com duas consequências danosas: de um lado, há um bloqueio na apreciação substancial das causas ajuizadas, sem preservar a necessária unidade real e concreta da jurisprudência; e, de outro, fica o país privado de um órgão que no exercício de seus poderes soberanos, deveria participar, de maneira permanente e corajosa, do processo constitucional do país, não deixando a cargo do Procurador-Geral da República dizer a última palavra sobre o que deva ser considerado constitucional ou não" [471].

A criação do *Tribunal Constitucional* encontrava a simpatia de Reale, que, por outro lado, defendia o STF como última instância recursal, além de Raymundo Faoro e Tércio Sampaio Ferraz. Entre os juristas que expuseram suas opiniões na Subcomissão do Judiciário, Calmon de Passos, Pinto Ferreira e Lamartine Corrêa de Oliveira (com mais ênfase) defenderam a ideia, enquanto Roberto Araújo de Oliveira Santos e Raul Machado Horta manifestaram-se pela permanência do Supremo e do modelo de jurisdição constitucional mista com algumas reformas.

---

[470] Nesse sentido, Florestan Fernandes, em abril de 1988, denunciou o lobby da magistratura no reforço e ampliação dos seus privilégios. Cf. Fernandes, 1989, p. 244.

[471] "O Poder Judiciário na Constituição" *Folha de São Paulo*, 14.5.1987. Em outro artigo, Reale disse que havia participado de discussão sobre a criação de outro tribunal (nos moldes do STJ) para reduzir a carga do Supremo na reforma do Judiciário imposta pelos militares no AI n. 2/1965, e afirmou que a sugestão não alcançou êxito pela oposição do ex-ministro do STF, Carlos Medeiros Silva, que se tornaria ministro da Justiça. "O Tribunal Superior de Justiça" *Folha de São Paulo*, 5.6.1987.

Representantes da OAB e do Instituto dos Advogados Brasileiros, Márcio Thomaz Bastos[472] e Francisco José Pio Borges de Castro[473] escreveram artigos em defesa do *controle externo* como mecanismo de democratização do Judiciário, mencionando a experiência vista como bem sucedida na Itália. Posição não compartilhada por Celso Bastos e Tércio Sampaio Ferraz, que viam[474] o risco de superpolitização do Conselho em prejuízo do adequado funcionamento da justiça. Na Subcomissão, posicionando-se pela necessidade de ampliação do controle sobre os gastos com salários, Plínio Sampaio considerou "um absurdo os magistrados fixarem seus próprios vencimentos, e os parlamentares os seus. Ninguém pode legislar em causa própria"[475].

A necessidade de adotar critérios unificados para a remuneração da magistratura havia sido objeto de discussão na Subcomissão do Judiciário ao tratar do "Sistema de ingresso e promoção na Magistratura e Ministério Público", na reunião extraordinária do dia 27/04/1987. Foram ouvidos José Joaquim Calmon de Passos e Roberto Oliveira Santos[476], ambos condenando a possibilidade de que os próprios magistrados pudessem de algum modo fixar os seus vencimentos. A ausência de transparência na remuneração se manifestava pela presença de uma série de parcelas autônomas pagas cumulativamente com os vencimentos dos magistrados, impedindo o amplo conhecimento sobre quanto ganhavam

---

[472] Reivindicando a autoridade da OAB para a defesa do CNJ. *Folha de São Paulo* 24.10.1987.

[473] "Contra as oligarquias" *O Globo*, 15.10.1987, dizendo o anteprojeto levaria a justiça ao século XX.

[474] "Impor um controle externo ao Judiciário é puxar tapete do exercício democrático do poder" disse Ferraz em opinião publicada pela *Folha de São Paulo*, em 24.10.1987. Na mesma edição, Celso Bastos rejeitava o Conselho, mas opinava pela aproximação do Judiciário à população.

[475] Folha de São Paulo, 28.5.1987.

[476] "eu queria, enfim esclarecer minha posição em dar pleno apoio à idéia do Constituinte Plínio de Arruda Sampaio no sentido de que os juízes não devem ser senhores de estabelecer os seus próprios vencimentos e, em casos concretos, não devem ser senhores de julgar seus próprios interesses administrativos. Queria dizer que isto não significa concordância da minha parte com remuneração indigna para os Magistrados. O que condeno é a ocultação dos vencimentos reais, tanto da magistratura, como das Forças Armadas, por exemplo. Há tantos componentes na remuneração que o povo fica impossibilitado de saber quanto ganha um magistrado, um deputado, um general, um oficial das Forças Armadas". O constituinte Raul Ferraz chegou a apresentar a Emenda nº 544, propondo a unificação do Judiciário no país, conferindo a todos os juízes vencimentos iguais, que ao final foi rejeitada.

IMAGENS DA IMPARCIALIDADE ENTRE O DISCURSO CONSTITUCIONAL E A PRÁTICA JUDICIAL

efetivamente os juízes. A conjunção entre a falta de transparência sobre as remunerações e um histórico de privilégios funcionais, inclusive tributários, submetidos apenas ao frágil controle interno dos Tribunais constituía a imagem de uma magistratura politicamente forte que integrava um Judiciário institucionalmente fraco, ao menos no plano da divisão dos poderes. Ainda assim, a ampliação do espaço profissional se configurava numa espécie de trincheira das associações da magistratura na esfera da negociação na constituinte.

Em 24 de junho de 1987, o *Correio Braziliense* noticiou que Ulysses Guimarães tinha descartado a criação da Corte Constitucional, após visita ao Presidente do Supremo, ministro Rafael Mayer, mas que estaria consolidada a ampliação do número de legitimados para a ação direta de inconstitucionalidade. Um acordo entre os integrantes da Comissão de Sistematização, com participação do Poder Executivo, teria levado a retirada da proposta de transformação do Supremo na nova Corte[477]. Mas, em seguida, logo o tema voltava à polêmica na pauta da constituinte e da imprensa, um fator lido pelos grupos de interesse como indicativo de que só a votação do anteprojeto poderia estabilizar as expectativas em torno do tema.

Esses foram fatores frequentemente registrados na construção narrativa da imprensa no período analisado. Mas que não chegaram a influenciar as decisões dos constituintes sobre o desenho institucional do Poder Judiciário, quando comparados ao impacto do conjunto de propostas articulado no discurso do primeiro grupo na redação do anteprojeto da Comissão de Sistematização.

No final de outubro de 1987 agravou-se outra situação que era motivo de preocupação de Ulysses Guimarães e do grupo considerado "progressista" na constituinte. Tratava-se da tentativa de imposição do substitutivo global articulado pelo "Centrão" ao anteprojeto da Comissão de Sistematização, cujo relator era Bernardo Cabral. O "Centrão", liderado pelo deputado governista Expedito Machado (PMDB/CE), opunha-se às medidas vistas como "esquerdizantes" aprovadas nas comissões temáticas, entre elas a *duração do mandato* de Sarney e o *parlamentarismo* como sistema de governo, e que dificilmente seriam alteradas no plenário, dado que o regimento interno exigia o quórum de 280 votos para

---

[477] Jornal do Brasil, 25.6.1987.

DESENHANDO A PRÓPRIA IMAGEM: OS JUÍZES E OS JURISTAS...

tanto. O bloco conseguiu reunir 317 parlamenares em torno das forças "conservadoras" de vários partidos na constituinte, coletando assinaturas para mudar o regimento[478]. Para tanto, o Centrão mobilizava, com o apoio do governo via Consultor-Geral da República, o discurso[479] de que provocaria o Supremo Tribunal Federal contra a mesa diretora da constituinte para sustar a votação do anteprojeto de Bernardo Cabral. Esse foi o momento de maior tensão nos trabalhos.

Em reação, Ulysses[480] estimulou a aceleração da votação na Comissão de Sistematização no início de novembro. O capítulo do Poder Judiciário foi posto em votação na primeira semana daquele mês, levando dezenas magistrados aos corredores da Câmara em defesa de suas posições corporativas[481], em especial pela supressão do dispositivo que instituía o Conselho Nacional de Justiça[482]. A sessão foi marcada pelo tumulto

[478] Segundo Paulo Sérgio Muçouçah, a derrota das posições de constituintes conservadores na Comissão de Sistematização, que, por outro lado, havia produzido um texto com o qual a maioria do plenário pouco se identificava, considerando-se excluída de sua redação, "na medida em que este [o texto] não incorporava uma série de demandas particularistas cuja principal finalidade era garantir a reeleição de seus defensores", marcaram a reação contra o projeto. Cf. Muçouçah, 1991, p. 21. Já Florestan Fernandes denominou o ato como um "autêntico golpe parlamentar no seio da ANC", pois o mesmo grupo de parlamentares havia votado e aprovado o regimento anterior, além das suas inúmeras contradições internas e o estigma da corrupção generalizada. Cf. Fernandes, 1989, p. 260. Sobre a rearticulação do campo parlamentar conservador com o governo e o patronato na dinâmica de reformulação do anteprojeto da Comissão de Sistematização: Pilatti, 2008, p. 147 ss.

[479] À imprensa, o Consultor-Geral, Saulo Ramos, teria dito que o STF tinha poderes inclusive para dissolver a constituinte, e que a demanda do governo contava com a "simpatia" dos ministros. *Correio Braziliense*, 2.11.1987.

[480] "Ulysses não aceita que STF julgue ato da constituinte" *Jornal do Brasil*, 2.11.1987 e *Gazeta Mercantil*, 5.11.1987.

[481] A *O Globo*, Hélio Bicudo disse que não havia condições de resistir ao lobby dos juízes. Segundo a Folha de São Paulo, de 5.11.1987 "Sob forte pressão de representantes dos juízes, os membros da Comissão de Sistematização racharam. Os presidentes das associações dos magistrados de São Paulo (Odyr Porto) e do Rio Grande do Sul (Ivo Gabriel) tentavam convencer os parlamentares da inviabilidade do conselho".

[482] A *Folha de São Paulo*, de 6.11.1987 relatou: "Os lobistas do Poder Judiciário foram tão agressivos que sofreram advertência da Mesa por três vezes. Após a confirmação da manutenção do conselho no texto do substitutivo do relator Bernardo Cabral, a sessão foi suspensa para que os seguranças pudessem retirar dezenas de lobistas que ocuparam o plenário. A sessão foi iniciada às 10h (o horário normal é às 9h) em função do tumulto. Uma emenda do deputado Gérson Peres (PDS-PA) tentou suprimir a proposta de criação do conselho. Houve muita confusão, porque essa proposta não estava incluída na relação de

provocado pelo *lobby* corporativo, que ao final se saiu vencedor em praticamente todas as suas demandas. Em entrevista publicada no final de 2014, Fernando Henrique Cardoso, que foi senador constituinte e presidiu em diversas ocasiões a Mesa da Comissão de Sistematização, destacou que *a corporação mais forte* entre as mobilizadas na constituinte foi a dos *juízes*, lembrando que teve de pedir a vários deles que "abandonassem a sala porque estavam perturbando"[483] os trabalhos. O depoimento pessoal de Fernando Henrique sobre essa sessão foi relatado à época pelo *Correio Braziliense*:

> "A manutenção ou não, de Conselho Nacional de Justiça – órgão criado pelo relator Bernardo Cabral para controlar as atividades administrativas e funcionais do Poder Judiciário – criou, na sessão matutina da Comissão de Sistematização, ontem, um clima de tumulto. O lobby do Poder Judiciário, que invadiu os corredores do plenário, procurava convencer os constituintes da conveniência de se suprimir o artigo 144, que institui o conselho, enquanto muitos parlamentares insistiam em manter o dispositivo. Por diversas vezes a Mesa da Sistematização tentou fazer com que os lobistas se retirassem do plenário. Os senadores Jarbas Passarinho, Aloysio Campos e Fernando Henrique Cardoso, que se alternaram na presidência da sessão, se empenharam nos apelos às dezenas de juízes, advogados e outros interessados na matéria, no sentido de que não tumultuassem. Foi inútil. A solução só aconteceu depois que o senador Fernando Henrique suspendeu a sessão 15 minutos antes da hora marcada, determinando que, 'para o período da tarde', seriam 'tomadas providências mais eficazes para impedir este desrespeito'.
>
> Muitos deputados e senadores saíram da sessão reclamando dos lobbistas. A deputada Sandra Cavalcanti disse a um juiz, que a abordou para pedir seu voto contra o Conselho: 'no momento em que você esta aqui falando deve haver uma pilha enorme de processos sobre sua mesa, sem andamento'.

emendas a serem votadas. (...) Irritados com a pressão, os membros da comissão acabaram acatando os argumentos favoráveis ao conselho, expostos pelos deputados Bernardo Cabral e pelo ex-juiz Egídio Ferreira Lima. No início da sessão da tarde, os lobistas do Judiciário foram proibidos de entrar no plenário para que fosse evitada uma abordagem corpo a corpo". E completou: "Foi o mais forte e eficiente lobby até o momento. Nenhuma modificação substancial arranhou as posições dos grupos".

[483] Cf. https://www.youtube.com/watch?v=jZlUqHHN1RU a partir do min. 44:00. Também afirmando o *lobby* da magistratura como o maior da constituinte, Miguel Reale Júnior, que foi assessor especial de Ulysses Guimarães: https://www.youtube.com/watch?v=oYCz6fj--dkg a partir do min. 23:00.

A partir da metade da sessão, os parlamentares começaram a evitar sair do plenário para tomar café – era na cantina onde o lobby funcionava mais agressivamente, com juízes se dirigindo a deputados em tom bastante ríspido. (...) A proposta que resultou no artigo 144 do substitutivo 2 recebeu inúmeras manifestações de apoio, mas outro tanto de reações completamente desaforadas e desrespeitosas."[484]

A Comissão de Sistematização sequer discutiu a criação do Tribunal Constitucional[485]. Foi rejeitada, por 60 a 31, a proposta de Nelson Jobim (PMDB/RS) que ampliava para 16 o número de ministros, estabelecia mandato de oito anos e dava à Câmara dos Deputados e ao próprio STF, além da Presidência da República, a competência para a indicação ao cargo. A emenda do deputado Egídio Ferreira Lima (PMDB/PE), que mantinha a vitaliciedade e aumentava o número de ministros do STF para 19 foi também rejeitada por 56 a 28. Entre as competências do Supremo, a única modificação foi a extinção da avocatória. Incluiu-se ainda a ampliação do número de legitimados para o ingresso da ação direta de inconstitucionalidade, atribuição exclusiva do Procurador-Geral da República desde 1965.

A votação do Conselho Nacional de Justiça foi mais polarizada. A disputa não havia sido definida no dia anterior (4/11/1987) por falta de quórum – 46 a favor contra 40 que rejeitavam o Conselho. A pressão das associações havia sido objeto de intensas reclamações da deputada Cristina Tavares (PMDB/PE) que denominou a ação como "lobby de uma poderosa casta que não quer ser fiscalizada"[486], contra o que Aroldo de Oliveira (PFL/RJ) fez um desagravo na tribuna, afirmando que a "justiça brasileira é imparcial e que os privilégios estavam no Poder Executivo". Contra a instituição do CNJ manifestou-se Stélio Dias (PFL/ES) que registrou o evidente conflito de interesses em jogo, para identificá-lo na tentativa da OAB de controlar a magistratura: "Não se pode mais disfarçar a existência de um dissídio, astutamente encoberto por 'lobbies' embuçados, entre a magistratura judicante, atingida em sua mais

---

[484] "Lobby do Judiciário tumultua votação" *Correio Braziliense*, 6.11.1987.

[485] Em que pese o fato de pesquisa posterior do *Datafolha* ter revelado que 51% dos constituintes eram favoráveis; 37% contrários e 11% estarem indecisos sobre a nova Corte. *Folha de São Paulo*, 6.4.1988.

[486] O Estado de São Paulo, 6.11.1987.

alta Corte, e a magistratura postulante, representada pelas tendências fiscalizadoras da Ordem dos Advogados do Brasil"[487].

O impasse gerado levou a aprovação de emenda apresentada pelo constituinte José Maria Eymael (PDC/SP) que suprimia a expressão "controle externo" do dispositivo que criava o CNJ. O placar de 80 a 10 foi expressivo do peso que o tema havia adquirido na Comissão e sinalizava a clara preferência dos membros pelo compromisso dilatório. Para Eymael, "toda a reação da magistratura com relação ao problema do Conselho se devia a uma discussão emocional do problema"[488], e completou: "toda a reação da magistratura em relação ao tema vinha me sensibilizando". A proposta remetia a composição e a organização do Conselho à disciplina de lei complementar.

Essa perspectiva *compromissória* ou do resultado constituinte que delegava ao legislador ordinário o debate e a solução de muitas das questões mais relevantes do contexto político foi lembrada em testemunho de Miguel Reale Júnior publicado dois anos após a promulgação do texto[489]. O debate sobre o Conselho permaneceria na pauta das associações, que insistiam na exclusão integral de sua previsão no texto final. Em artigo de opinião escrito dias após a votação que suprimiu o "controle externo" do dispositivo, Calmon de Passos[490] fez uma dura crítica

---

[487] BRASIL. Diário da Assembleia Nacional Constituinte. 05 de novembro de 1987.

[488] Declaração reproduzida por *O Estado de São Paulo*, 6.11.1987.

[489] Cf. Reale Jr., 1990, p. 23.

[490] "Todas as grandes democracias do Mundo moderno dispõem de formas de controle e de limitação do Judiciário, como delas dispõem no tocante ao Legislativo e ao Executivo. (...) E no momento em que se assegura, no Brasil, ao Judiciário, a tão necessária independência, de que precisa gozar, em face do Executivo, novas formas de controle e de limitação precisam ser institucionalizadas, sob pena de criarmos um corpo burocrático dotado de poderes incontrastáveis e liberto de todo e qualquer limite ou controle político, sendo ele, como o é, um órgão do poder político. (...) **O que se busca com a solução do Conselho Nacional de Justiça é dar raízes à legitimidade do Poder Judiciário, num momento em que a crença na neutralidade do juiz e na sua assepsia política são coisas de museu. Já ninguém mais põe dúvida na função criadora do direito desempenhada pelos magistrados, pelo que a compreensão clássica do juiz, nos moldes traçados por Montesquieu, é algo morto e fossilizado. E se alguma dúvida ainda fosse possível a respeito, as Associações de Magistrados, no Brasil, sindicatos atuantes e poderosos, desnudariam essa verdade.** Surpreende o alheamento da opinião pública no tocante ao problema. Ele comprova algo que nos assusta e acabrunha: no Brasil, é tão grande a denegação de Justiça que para o povo o Judiciário é perfumaria (assunto irrelevante). E para as elites, dispõem elas de tantos pri-

ao corporativismo que bloqueou a deliberação sobre o tema na constituinte, fato que depunha contra a legitimidade do Judiciário.

À época, também José Eduardo de Faria e José Reinaldo de Lima Lopes trataram do recurso à imparcialidade como neutralidade no discurso de alguns juízes no texto denominado "Pela Democratização do Judiciário"[491], publicado num dos Seminários da Assesoria Jurídica Popular/AJUP. O artigo criticava abertamente a postura legalista da tradição jurídica no Brasil. No contexto, a Associação Paulista de Magistrados havia patrocinado uma dicussão sobre a *sindicalização de juízes* diante do aumento da litigiosidade provocada por reivindicações populares que chegavam ao Judiciário paulista, o que exigiria, na visão da associação, uma *reavaliação* da função judicial. Sobre o tema, os autores disseram que os cidadãos estariam melhor informados sobre as razões de decidir de cada magistrado, caso suas inclinações ideológicas fossem conhecidas, não encobertas pelo véu da neutralidade. E reforçando o próprio argumento com base em pesquisas da época, concluíram que o problema do Judiciário não era a falta de verbas e aparelhamento, o fato de "estar formado numa cultura jurídica incapaz de entender a sociedade e seus conflitos e a má-vontade em discutir-se a efetiva democratização deste ramo do Estado"[492].

A mobilização das associações de magistrados também não permaneceria inerte no semestre seguinte quando se aproximava a votação da constituinte no plenário. Na imprensa, mais notícias sobre paralisações[493] e mais críticas de juízes[494] ao trabalho dos constituintes eram publicados. O capítulo sobre o Poder Judiciário do anteprojeto de Bernardo Cabral (Cabral II) foi pautado para o início do mês de abril, em primeiro turno. O resultado da votação implicou a manutenção de todos os dispositivos aprovados na Comissão de Sistematização, salvo a

---

vilégios que o Judiciário é algo descartável ou aliciável. Quanto isso é doloroso e quanto isso preocupa." *In*: "Controle democrático" *O Globo*, 16.11.1987.

[491] Cf. Faria & Lopes, 1987, pp. 11-17.

[492] Cf. Faria & Lopes, 1987, p. 17.

[493] No RS se discutia a interrupção total do Judiciário contra o CNJ. *O Estado de São Paulo*, 14.2.1988.

[494] São exemplos: "Constituinte – um Judiciário em expectativa" de Odyr Porto, *Folha de São Paulo*, 5.1.1988, e "A Justiça na nova Carta", de José Renato Nalini, *O Estado de São Paulo*, 30.3.1988.

exclusão[495] do art. 144, que instituía o CNJ. A discussão sobre a criação do Conselho, com atribuição para o controle externo, voltaria ao Congresso por ocasião da revisão constitucional, quando novamente a reação da magistratura[496] se refletiria em publicações de artigos e livros, sustentando a inconstitucionalidade da previsão. Como demonstrou Maria Tereza Sadek[497], a resistência da magistratura contra o CNJ caiu gradualmente na década de 1990, o que ela atribui tanto à mudança da base das associações de classe em virtude da renovação de quadros, quanto à concepção da composição institucional do Conselho, formado majoritariamente por membros do próprio Judiciário, como restou consolidado posteriormente com a edição da Emenda Constitucional n. 45/2004.

Após a votação, os constituintes Arnaldo Faria de Sá, Gastone Righi e Bonifácio Andrada declaravam o seu apoio às demandas dos juízes e afirmaram que o Judiciário saíra do plenário mais forte. Em editorial de 6.4.1988, a *Folha de São Paulo* classificou o texto de conservador e conformista, "frustrante no seu conjunto", em razão da "prevalência dos interesses corporativos". No mesmo sentido foi a opinião de Celso Campilongo[498], ao dizer que o capítulo do Judiciário não inovava a ordem jurídica e exemplificava o seu fracasso e a vitória do corporativismo, com a supressão do CNJ e das demandas por maior participação popular. Campilongo registrava a importância de se atribuir função política ao Judiciário, mas enxergava no formalismo da "tradicional formação dos juízes" um impeditivo aos avanços previstos na Carta.

---

[495] A previsão já tinha sido retirada no projeto do "Centrão", mas foi rejeitada no plenário por 245 a 201. Constituintes novamente haviam sido "pressionados por uma verdadeira caravana de juízes de todo país", segundo a edição da *Folha de São Paulo*, de 8.4.1988.

[496] Uma publicação coordenada pelo ministro Sálvio de Figueiro Teixeira, intitulada "O Judiciário e a Constituição", reuniu textos, entre outros, de Thiago Ribas Filho e Waldemar Zveiter, contrários ao Conselho, Walter Ceneviva que criticava o distanciamento entre Judiciário e população. Em outra publicação, Luiz Flávio Gomes defendeu a inconstitucionalidade do controle externo que viesse a ser discutida na revisão de 1993, por ofensa à cláusula da separação de poderes. Cf. Gomes, 1993, p. 54.

[497] Mapeando comparativamente a opinião dominante dos juízes sobre a criação do CNJ com atribuição para o controle externo realizadas nos anos de 1993, 1996 e 2000. Cf. Sadek, 2001, pp.112-133.

[498] "Sem inovações no sistema Judiciário" *Jornal da Tarde*, 11.4.1988.

No segundo turno, realizado em agosto, o texto não sofreu alterações significativas. Mais duas reivindicações da magistratura foram acolhidas: a inclusão do livre provimento de cargos em comissão nos tribunais – independentemente de concurso, na parte que assegurava autonomia administrativa ao Judiciário, e a aprovação da aposentadoria integral para os juízes. Nelson Jobim referiu-se a ambas disposições como "privilégio descabido a uma categoria do país"[499], embora Jobim não restringisse sua avaliação do corporativismo no processo constituinte à atuação da magistratura[500].

A percepção de que a corporação dos magistrados, incluídos os do Supremo, tinha sido uma das grandes vitoriosas do processo constituinte parecia evidente na resposta de Egydio Ferreira Lima à crítica feita pelo ministro do STF, Oscar Corrêa, de que o texto era "excessivamente grande e altera relações de poderes fortalecendo excessivamente o legislativo"[501], causando incômodo entre os constituintes. Contestando a afirmação do ministro, Ferreira Lima disse: "O Poder Judiciário não pode criticar a Constituição porque todo o capítulo referente ao Judiciário foi negociado com eles e aprovado ainda na primeira fase dos trabalhos"[502], mencionando duas reuniões havidas com o presidente do Tribunal, Rafael Mayer.

Ao final, a maior parte da estrutura interna do Judiciário foi mantida pela constituinte (*Tabela B*). Ao contrário do Ministério Público, que teve profundas alterações em seu estatuto funcional, e da Defensoria Pública, criada com a nova Constituição, a organização das competências dos membros da magistratura sofreu poucos ajustes. Conservou-se o Supremo Tribunal Federal como órgão de cúpula, com atribuição para

---

[499] Jornal de Brasília, 26.8.1988.

[500] "O que aconteceu é que, sem haver hegemonia, cada setor corporativo da sociedade brasileira chegava ou no Centrão ou no PMDB, pegava um pedaço do Estado brasileiro, punha embaixo do braço e ia embora. E veja, não havia aquela história de organismo da sociedade civil. A Igreja Católica, por exemplo, na questão da reforma agrária, conversava com a esquerda mais radical, a Pastoral da Terra, mas saía da sala da reforma agrária e entrava na sala da educação para negociar com a direita, porque queria verba para a PUC. Ou seja, estavam todos tentando defender seus espaços, a OAB inclusive, que não batalhou por parlamentarismo ou instituições, mas para conquistar a reserva de mercado do advogado" *apud* Barbosa, 2012, p. 227 (nota de rodapé n. 273).

[501] Declaração reproduzida em *O Estado de São Paulo*, 9.8.1988.

[502] Trecho da fala reproduzido na *Folha de São Paulo*, 9.8.1988.

o controle de constitucionalidade difuso e concentrado. A justiça federal foi descentralizada em tribunais regionais e o antigo Tribunal Federal de Recursos transformado no Superior Tribunal de Justiça. Mantiveram-se as justiças especializadas do Trabalho, Eleitoral e Militar, além da autonomia dos Estados para organizar suas próprias justiças. A principal mudança foi a aprovação da autonomia administrativa e financeira, com a previsão de que caberia aos próprios tribunais a elaboração de seus orçamentos, atendidos os limites da lei de diretrizes orçamentárias.

Do processo constituinte como um todo as impressões foram as mais variadas, porém a maioria delas convergia para os aspectos positivos da nova Carta, cuja principal função havia sido alcançada: estabelecer as regras sobre as quais o jogo político se desenvolveria a partir de então. Escrevendo na véspera da promulgação do texto, Florestan Fernandes contabilizava os percalços do processo constituinte, mas afirmava que ela não era "uma peça homogeneamente conservadora, obscurantista ou reacionária. Ao revés, abre múltiplos caminhos, que conferem peso e voz ao trabalhador na sociedade civil e contém uma promessa clara de que, nos próximos anos as reformas estruturais reprimidas serão soltas"[503].

3.5. O recurso à imparcialidade na constituinte e os deslocamentos da função judicial na Constituição de 1988

O fenômeno do corporativismo e o seu reflexo sobre a construção da imagem da magistratura durante a constituinte não foi suficientemente problematizado na época[504]. Após o término dos trabalhos da constituinte, um dos magistrados que havia participado ativamente do debate corporativo, escreveu trabalho acadêmico sobre o recrutamento dos juízes em que criticava a figura do "juiz burocrata ou estatuário"[505]. Uma

---

[503] Cf. Fernandes, 1989, p. 361. Já Miguel Reale alertava para o perigo do "totalitarismo normativo" criticando a pretensão demasiadamente abrangente da constituinte. Cf. Reale, 1989, p. 8.

[504] O baixo índice da produção sobre questões internas do Poder Judiciário, como mecanismos de seleção, formação e o impacto no modo de compreender a atividade judicial não se alterou significativamente após a Constituição, como nota Cláudia Roesler, 2007, pp. 5624-5640, registrando que o aumento do interesse acadêmico no tema manifestou-se apenas após a vigência da EC nº 45/2004.

[505] "Magistrados há que se identificam de imediato com as teses corporativistas e passam a investir todo o talento e disponibilidade na defesa de sua concretização. A preocupação

análise do tema sob a perspectiva da relação entre a crise do conceito de representação e a atuação de grupos de pressão no Congresso foi feita por José Ribas Vieira, em outubro de 1988, no XII Encontro Anual da ANPOCS. Do debate sobre o Judiciário na constituinte, Vieira concluiu que "perpassa, muitas vezes, não a ideia do predomínio de organizações associativas de interesse, e sim mais o aspecto de caráter institucional"[506].

Esse diagnóstico parece não se confirmar quando examinadas as menções à imparcialidade nos discursos dos juristas nas publicações selecionadas. Foram encontradas e mapeadas 20 menções expressas[507] que indicavam referência à atuação do Judiciário enquanto poder imparcial, seja especificamente em relação à atividade do juiz na apreciação de casos concretos ou ao papel da instituição enquanto árbitro do regime de separação dos poderes. O número é relativamente baixo (8,26%) quando comparado ao global (248 textos) do que não resulta, porém, a conclusão de que o argumento da imparcialidade teve pouco significado nos textos, pois em muitos deles o seu sentido aparece sob as expressões *autonomia* e *independência*, que são exaustivamente mencionadas nas publicações. Atribuímos essa ambiguidade a um elemento particular: por serem textos jornalísticos, na sua maioria, a distinção precisa e rigorosa dos sentidos jurídicos desses conceitos não foi tomada em consideração, assim como não era essa a expectativa dos leitores.

---

permanente é com o reajuste de vencimentos e demais vantagens. Formulam hipóteses que permitem a extensão ao quadro dos magistrados de qualquer benefício auferido por outra categoria. Interpretam favoravelmente as disposições, recorrem a uma análise assistemática para a conclusão que beneficia os seus interesses, conjugam leis conflitantes para delas extrair soluções que a explicitude normativa não lhe garante. Tornam-se insensíveis a reivindicações de outras classes e à realidade nacional. O universo se reduz a aspectos retributórios de função em torno desta órbita deve garantir tudo o mais". Cf. Nalini, 1992, p. 91. Porém, recentemente o juiz autor, defendeu o pagamento do auxílio-moradia deferida em liminar pelo ministro Luiz Fux, do STF, em demanda cuja opinião pública tem amplamente se oposto.

[506] Cf. Vieira, 1988, p. 15. Em sentido inverso, destacando a força do corporativismo de juízes e promotores pós-redemocratização, José Murilo de Carvalho, 2008, p. 223. Uma análise específica sobre a mobilização dos membros do Ministério Público articulada entre as disputas da transição e as novas atribuições funcionais na defesa do interesse público, no período de 1974 e 1988, não derivadas exclusivamente do lobby corporativo, foi feita em Maciel & Koerner, 2014, p. 97-117.

[507] Além da referência exata à *imparcialidade*, foram encontradas no mesmo sentido: *impessoalidade, isenção, neutralidade*, além das variações modais *imparcial, isento e neutro*.

Entre as categorias criadas, a de *desenho institucional* tem o domínio de menções à imparcialidade nas publicações, somando 16 delas. Por sua vez, 13 dessas referências se concentram nos subtemas *controle externo* e *questões corporativas* que, entre outros assuntos, envolveram as discussões sobre a autonomia do judiciário e as prerrogativas da magistratura. Isso é evidenciado pela grande presença de menções (9) nos meses de outubro e novembro de 1987, quando a Comissão de Sistematização aprovou o Projeto Cabral II que havia incorporado ao texto provisório a transformação do Tribunal Federal de Recursos em Superior Tribunal de Justiça (que receberia também algumas competências do STF) e a criação do Conselho Nacional de Justiça. As mudanças constavam das sugestões do parecer da Subcomissão do Poder Judiciário e do Ministério Público, relatada pelo deputado Plínio de Arruda Sampaio, e foram alvo das reações dos ministros do Supremo, ainda que de modo mais discreto que a das associações de magistrados.

Os efeitos dessa reação sobre as discussões na Subcomissão foram registrados por Plínio Sampaio[508] em entrevista concedida ao pesqui-

---

[508] "Na comissão o grande lobby, a grande dificuldade que eu tive aqui foi o pessoal que estava ligado ao Supremo. O Supremo não queria isso (um Tribunal Constitucional), ele queria essa coisa mista que saiu, que eu acho que foi uma pena, eu fui derrotado nisso. A figura mais forte era esse que depois foi Ministro do Supremo, o Maurício Corrêa. Eles estavam preocupados com os artigos 101 e 102, o 103 eles deixaram passar (...) Eu fui ao Supremo conversei muito com eles, mas eles não abriram mão. Através do Maurício Corrêa fizeram as emendas e mudaram. Com o artigo 103 eles não criaram o menor problema eles estavam interessados era nisso (arts 101 e 102). Uma vez que eles ganharam o que eles queriam eles não fizeram nenhuma força, então isso passou sem muita dificuldade (...) Eu, na verdade, não verifiquei nenhuma pressão para restringir e nenhuma pressão para pôr. Isso na verdade foi fruto dos acadêmicos que me assessoraram com as novas teorias da constitucionalidade, não houve uma pressão popular por isso, nem uma contra-pressão política por isso. (...) No Brasil ninguém acredita na justiça, também ninguém deu bola, a turma estava mais preocupada com as coisas sociais. A própria esquerda também não se preocupou muito e depois tinha um deputado deles lá e eles tinham confiança. Foi um capítulo tranqüilo, não houve rolo. O que eles queriam tirar tiraram. Ou seja, eu tinha estatizado os cartórios, eles tiraram, eu tinha criado uma Justiça Agrária, eles tiraram, eu tinha suprimido a Justiça Militar, eles mantiveram, eu queria acabar com os vogais da Justiça do Trabalho e também perdi. Depois que eles conseguiram essas vitórias eles esvaziaram a sala, ficaram três gatos pingados às duas da manhã para discutir a Justiça Agrária. Eu até fiz um discurso dizendo está bem a imagem do povo brasileiro, os lobbies poderosos vêm, conseguem as suas coisas e vão embora. O lobby do povo, que são milhões, eram os três cidadãos lá. Todo mundo ouviu o que eu disse, acharam muito grave, me derrotaram e foram felizes para casa. (...) Fora esses

sador Ernani Carvalho, cerca de vinte e oito anos mais tarde. Ao relatar que a vitória dos ministros em manter o desenho do STF foi acompanhada da concessão na ampliação dos legitimados para a ação direta de inconstitucionalidade. Também José Afonso da Silva, que participou ativamente, assessorando membros da Subcomissão, concedeu entrevista[509], oportunidade em que falou sobre aspectos do processo constituinte que impactaram na configuração institucional do STF no texto promulgado. A partir dessas declarações é possível observar que, embora a Subcomissão não tenha sido alvo das fortes disputas partidárias no que tange ao desenho institucional do STF e do Poder Judiciário, assim como sobre a configuração do modelo de jurisdição constitucional a ser adotado, a preservação do *status* corporativo dos grupos de interesse a que aquelas funções estavam relacionadas ocupou um papel decisivo nas escolhas da Subcomissão do Poder Judiciário e do Ministério Público e, por sua vez, da Assembleia Nacional Constituinte.

Durante a constituinte o recurso ao léxico da *imparcialidade* estava relacionado mais claramente à defesa de atributos da independência judicial, como a prerrogativa de vitaliciedade dos ministros do STF – em oposição à transformação do Tribunal numa Corte Constitucional composta por integrantes com mandatos temporários[510], que estariam sujeitos à influência da política partidária. Em seguida, as múltiplas referências passaram a ser mobilizadas contra a criação do CNJ, que ao prever a participação de membros externos à magistratura ameaçaria "a inviolabilidade dos juízes, que é condição primordial para a imparcialidade dos

---

pontos, os outros os Deputados topavam tudo. Não foi uma comissão dividida com debates acalourados, não foi." Cf. Carvalho Neto, 2007, p. 310.

[509] "Já existia o anteprojeto Afonso Arinos que tratava dessa problemática. Na comissão Afonso Arinos lutou-se muito para se estabelecer um Judiciário diferente. Mas o próprio Poder Judiciário fez um lobby muito forte lá (na comissão) e na própria constituinte e até o Supremo Tribunal Federal. Na comissão Afonso Arinos eu propus a criação de uma Corte Constitucional, por exemplo. Depois isso foi aceito (na comissão), os conservadores bombardearam, depois foi proposto também na constituinte e caiu no primeiro turno". Cf. Carvalho Neto, 2007, p. 314.

[510] Nesse sentido, a fala dos ex-ministros Evandro Lins e Silva e Leitão de Abreu no *Jornal do Brasil*, 19.5.1987. Também, matéria da *Correio Braziliense*, de 21.8.1987: "Para os ministros do Supremo, a indicação político-partidária de juízes, com mandato determinado, tira a imparcialidade dos julgamentos. Pensam os ministros – que até agora ocupam cargos vitalícios, que se um juiz vem de uma determinada corrente partidária, jamais poderá gozar de segurança para manter sua imparcialidade."

julgamentos"[511]. Em menor proporção, alguns textos associavam a imparcialidade à garantia dos direitos individuais[512] em oposição ao controle externo, que não poderia ser instituído sem riscos para a "eficiência da burocracia estatal" de que dependeria uma "expressiva senão plena neutralização política do Judiciário"[513] ou a ofensa às "condições mínimas para exercício da jurisdição, que se espera neutra e equânime"[514].

As menções ganharam uma significação distinta após a aprovação do texto no segundo turno pelo plenário da constituinte. Ao crecimento de expectativas sobre o papel institucional do Poder Judiciário com a promulgação da Constituição se equivaleram as declarações de constituintes e de representantes dos três poderes. O presidente do STF, Rafael Mayer[515], garantiu que os ministros estavam prontos para julgar com imparcialidade e lidar com o esperado aumento significativo de processos que versariam sobre questões interpretativas relativas ao novo texto constitucional. Ao elogiar a nova Constituição, o presidente da República José Sarney[516] destacou a missão do Judiciário em *buscar a interpretação perfeita da alma da Carta*", afirmando ser tarefa do STF manifestar-se sobre a auto-aplicabilidade de preceitos não suficientemente claros. Também Nelson Jobim registrou a centralidade do Poder Judiciário na transição entre a ordem anterior e a nova. Prevendo que um período de insegurança jurídica se aproximava, foi enfático: "Teremos um grupo a favor de derrubar a legislação, outro a favor de mantê-la. E caberá ao Judiciário decidir a questão"[517].

---

[511] Declarou Marcelo Pimentel, ex-presidente do TST, em apoio à manifestação dos ministros do Supremo pela desnecessidade do CNJ no lugar do Conselho Nacional da Magistratura, órgão do STF.

[512] A exemplo do artigo do juiz José Palmacio Saraiva: "Conselho Nacional de Justiça: retrocesso de mais de 100 anos" *O Estado de São Paulo*, 29.11.1987.

[513] Tércio Ferraz Jr. em "Judiciário – a espinha dorsal do sistema", *Folha de São Paulo*, 24.10.1987.

[514] Celso Bastos em "O poder e a vontade popular", *Folha de São Paulo*, 24.10.1987.

[515] *Correio Braziliense*, 25.9.1988. Também Moreira Alves sobre o papel da criação de jurisprudência para "corrigir as imperfeições do texto e sanar as dúvidas", *Correio Braziliense*, 5.10.1988.

[516] Jornal do Brasil, 5.9.1988.

[517] *Gazeta Mercantil*, 10.9.1988. A mesma edição reproduziu opiniões semelhantes de Rafael Mayer, Márcio Thomaz Bastos, Evandro Gueiros Leite e Saulo Ramos, para quem a incerteza momentânea sobre a compatibilidade da legislação anteior com a Constituição faria do Judiciário um "legislador temporário".

DESENHANDO A PRÓPRIA IMAGEM: OS JUÍZES E OS JURISTAS...

Igual posição era refletida em publicações na imprensa assinadas por juristas, que replicavam as discussões sobre os efeitos da nova Constituição. Nesse sentido, Walter Ceneviva[518], invocando o Judiciário a assumir a sua tarefa criadora do direito; Adhemar Maciel[519] avaliando que a Constituição não tinha uma alma, pois era "uma verdadeira colcha de retalhos", e que caberia ao STF "dar uma alma ao texto constitucional, harmonizando-o, direcionando-o". E Ney Prado[520], que via na assunção da função política pelos juízes a garantia de estabilidade na conversão de previsões abstratas em realidade.

Essa caracterização da centralidade do Poder Judiciário no arranjo político-jurídico da Carta e o reforço da percepção de que seria dele a missão de implementar a nova ordem constitucional – em discursos que a fundiam as noções de Constituição e democracia ou redemocratização, também era evidenciada em seminários organizados por juristas[521] para debater o texto aprovado. A manifestação mais expressiva dessa posição foi de Ives Gandra Martins, que em reunião do grupo de 33 juristas em Belo Horizonte realizada no final de setembro de 1988, disse que após a promulgação da Constituição o poder efetivo passaria ao Judiciário. Conclusão que, na visão dele, daria aos próprios juristas uma posição privilegiada – senão exclusiva, para avaliar os efeitos do texto. Nas palavras de Gandra: "Em nível de Legislativo, será válida apenas a opinião daqueles que forem, além de constituintes, juristas. É o caso de um Michel Temer, que poderá opinar, mas na condição de constitucionalista"[522].

Ao lado dessa compreensão também se alinhavam as críticas ao governo Sarney que enfrentava um momento difícil na condução da política econômica após o fracasso de uma série de planos de estabilização e controle da inflação. O cenário institucional de incerteza em relação à nova Constituição fazia parte dos prognósticos pessimistas do Presi-

---

[518] "A Justiça com a nova Constituição", *Folha de São Paulo*, 4.9.1988.

[519] "O Supremo e a nova Constituição", *Correio Braziliense*, 8.9.1988.

[520] "A Constituição de 1988 e a vez do Judiciário", *Gazeta Mercantil*, 31.10.1988.

[521] Em 11.10.1988, o *Estado de São Paulo*, ouvindo Geraldo Ataliba, Márcio Thomaz Bastos, Evandro Lins e Silva e Roberto Santos, participantes da XII Conferência Nacional da OAB, destacava que "o Judiciário surge como instância em que será decidida a efetiva implantação da democracia no país".

[522] *O Globo*, 23.9.2988. No mesmo sentido, a entrevista concedida por Gandra ao *Jornal da Tarde*, edição de 26.9.1988.

dente, que em julho de 1988 havia criticado duramente os trabalhos da constituinte por pavimentar a "ingovernabilidade" do país[523], posicionava o governo entre as forças conservadoras que se oporiam à efetividade do texto. Esse era um fator que localizava os juristas críticos[524] do governo no campo progressista ao tempo em que reforçava a própria imagem e a do Poder Judiciário na opinião pública.

A parte mais significativa do conjunto de notícias, relatos e opiniões levantados no período mostrou que da debilidade e falta de autonomia do Poder Judiciário no arranjo de poderes não se poderia concluir pela fragilidade da magistratura. A capacidade de impor prerrogativas e suas concepções sobre a organização do espaço em que os próprios magistrados desempenhariam suas funções havia demonstrado que a unidade entre o *interesse institucional* e o *interesse corporativo* era uma contradição. Essa contradição era negada nos discursos dos juristas funcionalmente vinculados àquele poder, que atribuíam suas demandas à exigência popular de um judiciário forte e não a reivindicações corporativas da própria classe profissional. No entanto, uma comparação entre as avaliações negativas do mesmo grupo sobre a situação e o funcionamento da justiça no país no início da constituinte e a manutenção ou ampliação de suas posições de poder no sistema constitucional não eram problematizadas como potencial causa ou elemento contributivo para o mal desempenho do judiciário. Logo, a sensação de frustração sobre o capítulo dedicado ao desenho institucional do judiciário, no final do processo constituinte, aparecia apenas nas declarações de alguns constituintes, editoriais de jornais ou de juristas não diretamente vinculados ao Poder Judiciário.

---

[523] Cf. Barbosa, 2012, p. 215.

[524] À Gazeta Mercantil, de 4.10.1988, Miguel Seabra Fagundes disse: "Enquanto em comunicações matinais o governo promete a execução rigorosa da Constituição, seus assessores mais qualificados confessam o propósito de burla ao texto constitucional", levantando a hipótese de impeachment. E a crítica de Florestan Fernandes à tentativa do governo em ajustar a Constituição ao seu alcance em atitude de rejeição à normatividade da Carta que estava evidente na declaração de Saulo Ramos de seu "propósito em desconstitucionalizar a Constituição" Cf. Fernandes, 1989, p. 376. Cerca de um ano depois, Manoel Gonçalves Ferreira Filho afirmava o mesmo à Revista IstoÉ: "O mais sério, porém, está em que a Constituição também não se cumpre porque os que devem fazê-lo não o querem fazer." In: "Direito ao lucro", Edição n. 1043, 1989.

Como a imagem do passado imediatamente anterior à Constituição de 1988 está construída pelos vinte e um anos de ditadura militar, pela série de violações aos direitos humanos perpetradas por agentes do Estado e pela impossibilidade de crítica ao autoritarismo sem o risco do constrangimento físico ou moral, as referências feitas ao texto constitucional estão sempre associadas ao restabelecimento da democracia. Fator que nos faz assimilar a defesa da assembleia constituinte e do texto quase como condição naturalizada, atribuindo a ambos a responsabilidade pela transição democrática e pelo que consideramos ter avançado na realização dos direitos. Mas, passados vinte e sete anos desde a promulgação da Constituição, já construímos uma referência ao passado que não é apenas de autoritarismo.

Disso não resulta negar à Constituição o mérito por várias das conquistas, inclusive para a redução das desigualdades, ponto de convergência entre as análises sobre o significado do texto. O que não se costuma evidenciar é que alguns grupos, e nesse particular se insere o dos juristas, ganharam mais do que outros nesse período, renovando a crença de que os direitos fundamentais ainda não realizados constituem o desafio dos próximos anos. É sobre esse ponto que subjaz uma percepção equivocada da realização desses direitos, pois oculta o papel das disputas semânticas entre a política e o direito, para delegar aos juízes a tarefa primordial de realizadores do projeto constitucional. Perceber os avanços significa reconhecer na Constituição um espaço diferenciado de comunicação sobre o sentido dos direitos que deve estar permanentemente aberto à crítica. Porém, os discursos que inflacionam o papel dos agentes do sistema de justiça esquecem que muitas das mudanças operadas tanto no direito quanto na política prescindem do texto constitucional, não justificando uma *fetichização* do conceito de Constituição, numa crença quase ontológica de que todas as conquistas em matéria de direitos devem ser atribuídas à forma constitucional.

Da reflexividade que representa o espaço de experiência de uma constituinte para a organização do Estado poderiam ter sido criadas, e efetivamente foram, expectativas normativas amplas e diversas sobre o papel institucional do Judiciário e dos seus representantes. Antes do processo constituinte estas expectativas se lançaram sobre como a redemocratização refletiria a sua incidência sobre espaços pouco acessíveis e transparentes, como era o espaço judicial naquele momento. A reação às modificações que pudessem significar a redução de prerrogativas e competências ou a criação de instrumentos para o controle da atuação responsiva de integrantes dos tribunais, no entanto, mostrou três limites sobre o sentido mais abrangente da imparcialidade.

O primeiro foi o de que a contingência na qual a narrativa da soberania do poder constituinte foi construída dependia de uma complexa rede de acordos com a ordem constituída, cujos pactuantes (entre eles os integrantes do Poder Judiciário) buscavam manter ou ampliar suas posições no desenho jurídico-político[525]. Situação que desmistifica o repetido dogma da teoria constitucional sobre o caráter incondicionado e ilimitado do poder constituinte ou a tese da *democracia dualista* em que se funda a explicação de Bruce Ackerman[526] sobre os raros *momentos constitucionais* que separam o exercício autêntico de uma soberania popular da política ordinária. A análise dos diversos fatores envolvidos nas deliberações da ANC mostrou as rígidas fronteiras para o seu livre espaço de atuação, entre elas a atuação do Judiciário, ora em defesa de suas próprias prerrogativas, ora sendo mobilizado por agentes do governo contra as decisões que ameaçacem alterar intransigentemente a estrutura sobre a qual o poder era exercido.

O segundo mostrava de modo mais claro que não se poderiam manter as expectativas da atuação imparcial de ministros, desembargadores e juízes quando a deliberação tivesse como objeto a delimitação institucional de sua autoridade decisória ou as suas próprias prerrogativas, vantagens e benefícios corporativos. A eficácia da antiga categoria *nemo iudex in causa propria* em tal situação não passaria de referência retórica vazia de sentido, ainda que a promoção do autointeresse como fator primordial das disputas políticas e jurídicas permanecesse oculta no dis-

---

[525] Embora não tenha sido investigada a relação entre a corporação dos juízes e outros grupos de pressão política e econômica no período, o que permanence carente de explicação, a mobilização da magistratura na definição do desenho institucional acolhido no texto parece validar a perspectiva de Ran Hirschl, 2007, p. 49 e 99, segundo a qual o reforço da revisão judicial em processos de constitucionalização pode ser o resultado do pacto estratégico entre o isolamento de elites econômicas das disputas na arena política combinado às preferências e interesses profissionais da magistratura.

[526] Cf. Ackerman, 1991, p. 6 ss. Uma crítica à dubiedade dessa posição é feita por Hirschl, 2007, p. 190 e também por Benvindo, 2016, que analisa os efeitos de uma série de recentes protestos populares como restrições à concepção nuclear e estanque dos *momentos constitucionais* de Ackerman.

curso, especialmente na fala dos que estavam em posição de decidir sobre a validade das deliberações aprovadas.

Nesse ponto, cabe destacar o paradoxo de que era justamente a semântica da imparcialidade presente no discurso dos juristas que reforçava o desempenho do papel ativo dos juízes em defesa dos seus interesses no processo constituinte. Essa observação evidencia a inviabilidade da manutenção do binômio criatura-criador como categoria explicativa da imparcialidade no Supremo Tribunal Federal, cuja atuação na constituinte influiu na configuração de seu próprio desenho institucional e que, enquanto intérprete máximo do texto constitucional, passaria a definir os contornos de sua atuação político-jurídica valendo-se da circularidade que o arranjo constitucional atribuiu ao Tribunal.

O último limite se colocava na associação entre imparcialidade e neutralidade política como dimensão constitutiva fundamental da imagem dos juízes e do Judiciário. Essa dimensão passava por uma radical mudança de significado articulada pelos próprios magistrados mobilizados pela reinserção da função política das suas atividades, o que exigiria a reformulação do discurso sobre a imparcialidade da jurisdição no campo constitucional. Em contrapartida à delegação de mais poder para a tomada de decisões políticas aos juízes estaria a exigência de uma construção mais complexa da imparcialidade, que rearticulasse, no entrelaçamento entre política e direito, o sentido da *confiança* na atuação dos ministros do STF, sem o que as expectativas criadas sobre a atuação do Tribunal na nova ordem constitucional seriam frustradas.

3.6. Imparcialidade à brasileira?

Como procurei demonstrar até aqui o ideal de imparcialidade alcança diferentes significações como prática discursiva a partir das relações sociais subjacentes. A partir do complexo espectro em que foi construída a imagem da autoridade judiciária no Brasil, alguns fatores merecem destaque para ilustrar como uma autocompreensão distintiva de magistrados se choca com o papel institucional que lhes foi destinado pela Constituição. No sentido de aproximar a leitura sistêmica da imparcialidade ao modo como a função da jurisdição foi desenhada na Assembleia Nacional Constituinte, são relevantes as descrições sobre como a sociedade no Brasil se vê, e de que modo essa auto-observação se articula ou não com as práticas adotadas pelo Supremo Tribunal Federal.

IMAGENS DA IMPARCIALIDADE ENTRE O DISCURSO CONSTITUCIONAL E A PRÁTICA JUDICIAL

Para o constitucionalismo moderno, a categoria do poder constituinte configura um novo ajuste político da sociedade expresso numa carta de direitos que limita o poder do governo. Essa concepção clássica de uma soberania como expressão legítima da unidade do povo que funda sua própria ordem político-jurídica joga um papel normativo fundamental, mas quando confrontada com a dinâmica de funcionamento dos processos constituintes, torna-se uma noção abstrata de difícil adequação. A operatividade da lógica de articulação sob mútua tensão entre política e direito no processo constituinte é dependente de condições estruturais de inclusão da participação dos cidadãos capazes de serem efetivamente ouvidos e terem suas demandas políticas convertidas no direito positivo. Por outro lado, em contextos plurais e complexos, como os de sociedades capitalistas que se pretendem democráticas, essa participação depende também da prestação que o direito fornece à política: regras sobre o procedimento de formação da vontade. A função do direito se converte na formulação de regras submetidas à deliberação pública e escrutínio transparente, sem o que o dito titular do poder constituinte (o povo) perde capacidade de interferência na tomada de decisão. Porém, a afirmação de uma unidade do povo, aqui, sempre despreza uma multiplicidade de grupos de interesse que não se deixa resumir numa única vontade.

Nesse sentido, qualquer comparação entre a constituinte brasileira e as experiências norte-americana e europeia incorre em anacronismo, além de permanecer devedora de uma série de contextualizações especiais que escapam ao objeto deste livro. Contudo, seria ingênuo desprezar que também naquelas experiências a dinâmica de redação do texto constitucional é cercada por conflitos, cujas disputas linguísticas sobre a organização do poder fizeram-se refletir nas escolhas dos constituintes. Esse aspecto tem como efeito alertar para o fato de que a nossa Constituição não é fruto de uma espécie de "brasilidade"[527] autêntica, sugerida por algumas apropriações da antropologia cultural descritas por parte da tradição sociológica nacional. Nem que as constituições norte-ameri-

---

[527] Jessé Souza descreve o mito da "brasilidade" como construção freyriana de *Casa-grande & Senzala* engajada no esforço da afirmação de uma "identidade nacional" autocomplacente e autoindulgente, manifestada pela cordialidade, simpatia e calor humano, cujos efeitos neutralizam a autocrítica e o conflito como ações produtivas no debate político e intelectual do país. Cf. Souza, 2009, pp. 29-39.

cana e europeias são o resultado da manifestação genuína de um poder constituinte originário do povo, cuja força revolucionária seria soberana e ilimitada, como a dogmática costuma repetir. Logo, para o nosso propósito, parece mais produtiva a análise de como algumas categorias do pensamento social foram incorporadas nos discursos que entrelaçam o direito e a política no Brasil, e a partir dela identificar hipóteses factíveis para descrever a organização judiciária no país e o sentido imparcial de sua função.

Uma crítica à tradição de tratar os problemas brasileiros como derivados de um patrimonialismo a-histórico, em contraponto à idealização hipostasiada do desenvolvimento norte-americano como exemplo da ideologia liberal clássica é feita por Jessé Souza[528]. Souza identifica em Raymundo Faoro a descrição de uma "intencionalidade" no estamento criminoso, que estaria na base de um "pecado original" da formação social brasileira. Problematizando a noção de "modernidade" nos chamados "intérpretes do Brasil", a crítica de Souza se estende ao déficit explicativo da categoria de iberismo pré-moderno e do personalismo, que segundo ele seriam traços comuns do pensamento de Sérgio Buarque, Faoro e Roberto DaMatta. Embora o próprio Souza não negue a importância das "relações pessoais" na solução informal de conflitos como uma espécie de "gramática dual", que separa indivíduo e pessoa na sociedade no Brasil.

A formação do pensamento constitucional no Brasil guarda complexidades próprias que se inscrevem num campo aberto de possibilidades de pesquisa e demandam descrição cuidadosa. Se desde meados da década de 1980 a produção acadêmica das ciências sociais no país parece progressivamente desvincular-se de uma autocompreensão subalterna[529] ou subproduto intelectual do centro, a atenção ao tempo e espaço próprios à historicidade das ideias que ajudaram a formatar o desenho das nossas instituições judiciais precisa, de fato, ser levada a sério. E esta tarefa envolve não só o emprego de métodos adequados à análise das fontes das quais emergem aquelas ideias, mas a autoavaliação crítica

---

[528] Cf. Souza, 2000, p. 184 e 191.

[529] O termo "inserção subalterna" é utilizado em Lynch, 2013, ao analisar os fatores subjacentes ao uso distinto entre "teoria política" e "pensamento político" como referências terminológicas dirigidas à produção intelectual no capitalismo central e periférico, especificamente no Brasil, respectivamente.

sobre a possível instrumentalização da descrição do passado a serviço de ideologias. Isso porque assim como em outras áreas das ciências sociais, também as narrativas sobre o papel do judiciário como poder são permeadas pela extensão de pressupostos não adequadamente refletidos. Caberia-nos, então, analisar em que medida tais narrativas sobre o sistema de justiça refletem o culturalismo atávico dos modelos de compreensão da sociedade no Brasil, cujo foco demasiado no *personalismo* como elemento, por excelência, constitutivo da nossa experiência social, subestima o fato de que "homens não escolhem as condições sociais e naturais que condicionam sua vida e comportamento"[530].

Esse reconhecimento implica observar os eventos do processo constituinte (1987-1988) sob duas perspectivas. A primeira delas a partir da *semântica* de sua autodescrição enquanto processo legítimo de rompimento com o passado autoritário. E a segunda com foco nos elementos da *estrutura* dos interesses mobilizados no debate, e que procuravam se inserir na justificação abrangente de que *agora* teríamos instituições funcionais, criadas por uma constituição democrática. A articulação entre ambas perspectivas reduz o risco da sobreposição de uma visão normativa enviesada sobre o passado. A avaliação da discussão sobre o judiciário na constituinte brasileira escapa ao paradigma culturalista que isola as condições de reprodução do direito e da política, como se no Brasil tivéssemos uma situação restritiva à comparação com outras ordens locais da sociedade mundial.

O desenho institucional da função judicial é um relevante espaço de disputa na formatação da organização estatal e igualmente marcado pela alta contingência das escolhas de um processo constituinte. Por isso eles escapam à perspectiva 'cultural' de análise. Assim, perde sentido a centralidade do que Roberto Schwarz chamou de "ideias fora do lugar", ao afirmar que "ao longo de sua reprodução social, incansavelmente o Brasil põe e repõe ideias europeias, sempre em sentido impróprio"[531].

---

[530] Cf. Souza, 2000, p. 206. Também Gildo Marçal Brandão apresenta uma visão crítica à tendência de agregar *linhas evolutivas, famílias intelectuais* e *formas de pensar* díspares e contextuais sob um mesmo viés explicativo de *intérpretes* da sociedade no Brasil. Para a sua descrição das descontinuidades fragmentadas, mas também das persistentes semelhanças, entre autores clássicos da história intelectual nas ciências sociais e sua repercussão na política v. Brandão, 2005, pp. 231-269.

[531] Cf. Schwarz, 2005, p. 29.

Também sobre esse ponto, a crítica de Marcelo Neves[532] ao "provincianismo empírico"[533] da teoria dos sistemas mostra sentido, ao tempo em que também demonstra severas restrições às interpretações sociológicas dos problemas brasileiros baseadas na cultura nacional ou na manifestação de uma *brasilidade*, frequentemente invocada em sentido negativo em contraposição à *modernidade* europeia. Então, especificamente no ponto em que a deliberação política depende da afirmação da cidadania segundo as regras do direito é que a reprodução do sistema jurídico pode ser bloqueada pela ação destrutiva de particularismos políticos e econômicos, impeditivos de sua autonomia. Aqui parece válida a distinção feita por Neves, afastando-se dos pressupostos subjacentes aos conceitos de subcidadão e supercidadão de DaMatta[534].

Focado nas particularidades da formação cultural dos padrões de sociabilidade no Brasil, Roberto DaMatta reuniu traços antropológicos para justificar que entre nós, diferentemente do que ocorreu com os países que experimentaram a revolução individualista e puritana predecessora da afirmação do capitalismo, existiria uma "ética dúplice" em termos weberianos. Ou seja, de que no Brasil as noções de *espaço* e *temporalidade* seguem uma dualidade específica intermediada pelo mundo das "relações". Para DaMatta, a *rua* seria o espaço impessoal das leis universais e eternas. A *casa*, o lugar dos laços afetivos onde se misturam sangue, idade, sexo e hospitalidade, local do *personalismo* visto como "humano e solidário". E o *outro mundo* seria a síntese dos outros dois espaços que sublima os conflitos e contradições, sob a ideia de renúncia do 'mundo real', ao estabelecer um "triângulo ritual", que explicaria a sociedade no Brasil[535]. Se para DaMatta a construção do conceito an-

---

[532] Essa característica se manifesta em especial na aproximação sistêmica do conceito de sociedade mundial, na influência das ideias liberais nos debates sobre a Constituição de 1891 e o Código Civil de 1916, apropriadas no ambiente conservador e marcado pela concentração de poder da República Velha, o que evidentemente se refletiu na estrutura do funcionamento dos institutos jurídicos liberais e na semântica daquelas ideias na compreensão da sociedade no Brasil. Cf. Neves, 2015, pp. 5-27.

[533] Para um relato de como a recepção da crítica de Neves sobre os limites da diferenciação funcional na chamada 'modernidade periférica' provocou transformações na teoria sistêmica, especialmente na forma de compreender os conceitos de inclusão e exclusão: Ribeiro, 2013, pp. 105-123.

[534] Cf. DaMatta, 1997, p. 40.

[535] Cf. DaMatta, 1997, p. 13.

tropológico da casa e da rua são definidores dos espaços de atuação do subcidadão e do supercidadão, para Neves a rua, esfera dos sem direitos, seria também um espaço sujeito ao exercício dos privilégios dos sobre-integrados. Nesse sentido, os subintegrados permaneceriam dependentes dos benefícios do sistema jurídico, sem contudo alcançá-los, o que não significaria a sua exclusão do sistema[536]. Isso porque estariam sujeitos às prescrições impositivas própria de uma integração marginalizada, pois ainda que lhes sejam negadas as condições de exercer os direitos fundamentais, "não estão liberados dos deveres e responsabilidades impostos pelo aparelho coercitivo estatal, submetendo-se radicalmente às suas estruturas punitivas"[537].

À subintegração de amplos setores da população está associada a manutenção de privilégios dos sobreintegrados, com o apoio da estrutura burocrática do Estado. Essa é a condição que garante a 'institucionalização' do bloqueio ao funcionamento adequado do direito para a conservação de privilégios incompatíveis com o regime da igualdade. Os efeitos da sobreintegração no acesso aos bens jurídicos constitucionalmente definidos obedecem a uma seletividade própria. Isso porque os sobrecidadãos usurpariam o discurso normativo quando em jogo os seus interesses, mas o descartariam quando a Constituição impõe limites à sua esfera de interesses políticos e econômicos. Logo, o texto constitucional não age como "horizonte do agir e vivenciar jurídico-político dos 'donos do poder', mas sim como uma oferta que, a depender da constelação de interesses, será usada, desusada ou abusada por eles"[538].

---

[536] A construção de Neves tem como pressuposto o conceito de inclusão em Luhmann, que "significa la incorporación de la población global a las prestaciones de los distintos sistemas funcionales de la sociedad. Hace referencia de un lado, al acceso a estas prestaciones y, de otro, a la dependencia que éstas van a tener los distintos modos de vida individuales". Um traço característico do Estado de bem-estar. Cf. Luhmann, 1993, p. 47-48. Para uma noção mais ampla dos conceitos de inclusão e inclusão na teoria sistêmica: Luhmann, 2013, p. 15-50.

[537] Cf. Neves, 1994, p. 261.

[538] Cf. Neves, 1994, p. 261. Em sentido semelhante, José Murilo de Carvalho descreve a estratificação social no Brasil em três níveis: os cidadãos de primeira classe ou "doutores", que constituiriam 8% das famílias com renda maior que 20 salários mínimos; os de segunda classe ou "cidadãos simples", 63% das famílias com renda entre 2 e 20 salários, e os de terceira ou "elementos" no jargão policial, formada pelos 23 % das famílias com renda até 2 salários mínimos, que ignoram os próprios direitos civis e vêem na lei o aparato opressor do Estado. Cf. Carvalho, 2008, p. 215.

DESENHANDO A PRÓPRIA IMAGEM: OS JUÍZES E OS JURISTAS...

Numa sociedade em que o acesso à justiça ocupa uma função determinante para a fruição dos direitos fundamentais, a exclusão do exercício desse direito à grande parte da população reforça a percepção de uma "cidadania inexistente" ou restrita à função simbólica do discurso constitucional, o que "pode servir mais à manutenção do *status quo* do que à integração jurídica e igualitária generalizada na sociedade, isto é, atuar contra a própria realização da cidadania"[539]. Do estabelecimento de uma cidadania de cima para baixo ou de uma *estadania*[540], as relações entre a população e o judiciário não escapam. Visto mais como órgão da estrutura de poder aliado à "governabilidade" na cúpula, e gestor burocrático de demandas de massa na base, a independência de juízes e tribunais pouco têm representado para a afirmação do sentido de liberdade e a redução da desigualdade. Nesse particular reside o principal problema de reconhecimento da confiança no judiciário como imparcial, questão não resolvida com a recente conquista de independência frente ao executivo.

A análise específica dos problemas de reprodução do direito no Brasil não implica, contudo, afirmar a descrição caricatural de uma imparcialidade à brasileira. Exemplos[541] graves de sujeição do sistema jurídico ao personalismo dos 'donos do poder' podem ser encontrados em outras partes da sociedade mundial. Uma observação metodologicamente comprometida com análises empíricas e comparativas dos padrões de funcionamento do sistema jurídico no plano global mostram que tais problemas não são exclusividade da modernidade periférica, atribuíveis

---

[539] Cf. Neves, 1994, p. 268.

[540] Cf. Carvalho, 1996, p. 290 e 2008, p. 221.

[541] A gravidade da intervenção de Berlusconi sobre procedimentos sujeitos à reserva de jurisdição na Itália é emblemática nesse sentido. A capacidade de neutralizar processos judiciais em cursos mediante a aprovação de leis *ad personam* mostraram como a concentração de poder político e econômico por um governante pode tornar frágil a estrutura punitiva das instituições judiciais e, pior, converter o Parlamento numa espécie de *escritório de advocacia* personalíssimo a serviço de negócios políticos socialmente reprováveis. Entre as medidas aprovadas em benefício de Berlusconi estavam a redução de *prazos prescricionais* dos crimes a ele imputados; o *legítimo impedimento* em frustração às citações nos processos pela alegação obrigações próprias da função de *premier*; a suspensão de processos durante o mandato e o aumento ou redução do tempo máximo de processos para tipos legais que o afetavam diretamente, pelas variáveis do *processo breve* e do *processo lungo*. Cf. Ibañez, 2012, p. 52.

ao *jeitinho brasileiro*[542] ou sintoma de uma *brasilidade* mitológica descrita em termos conservadores. Traços comuns desses problemas têm sido objeto da preocupação de distintos grupos de crítica em ordens locais diversas[543] e apreciada em decisões de tribunais internacionais. Uma perspectiva que não descarta, mas antes reforça, o interesse numa descrição adequadamente complexa das manifestações na administração de justiça no discurso constitucional no Brasil.

Sob a perspectiva da imparcialidade como expectativa normativa de igualdade de tratamento, a marcada desigualdade estrutural da sociedade no Brasil impõe severas restrições ao fechamento operativo do sistema jurídico à realização do juízo imparcial nas mais diversas demandas judiciais. Esse problema adquire especial gravidade quando observado o campo discursivo dos juízes e tribunais sobre o próprio estatuto funcional e as garantias do exercício independente de suas atribuições. Como será detalhado no próximo capítulo, o déficit de transparência na atuação de ministros; as interferências governamentais na independência dos juízes com reflexos na imparcialidade, além da organização corporativa da magistratura, potencializam o risco da conversão do funcionamento do judiciário em instrumento aristocrático da *proteção de redes*[544] organizadas por elites políticas e econômicas entrincheiradas na ampliação ou manutenção de seus privilégios.

---

[542] Seja na percepção de autores nacionais, como DaMatta, ou estrangeiros, como Keith Rosenn, 1984.

[543] Cito exemplificativamente os trabalhos de Garapon, 1996, pp. 53-75, em referência à rejeição ao controle democrático pela magistratura francesa manifesto ora pelo *desvio aristocrático* e ora pela *tentação populista*, ambos alimentados pela decepção com a política; Maus, 2000, pp. 183-202, apontando como a *deificação da jurisprudência* do TC alemão pode assumir um caráter paternalista em prejuízo da participação cidadã na democracia; antes dela, Simon, 1985, relatando como o estamento dos juízes haviam transformado em fetiche a própria independência convertendo-a em exigências políticas corporativistas, na Alemanha sob a Constituição de Weimar; a descrição de Cappelletti, 1999, p. 42 e 82-92; 1989, p. 7-14, sobre o aumento da criatividade judicial na experiência italiana entre 1948 e 1956 (período entre a promulgação da Constituição e a instalação da Corte Constitucional) e a permanência do *isolamento corporativo* da magistratura associada ao deficiente controle interno, tomados como propósito de sua investigação sobre responsabilização judicial.

[544] No sentido sistêmico trabalhado em Luhmann, 2013, p. 27-36, que descreve como a estabilização dessas relações mediadas pelos 'serviços de amizade' adquirem caráter estrutural excludente e provocam 'curto-circuito' no processo de diferenciação funcional dos sistemas parciais.

Uma descrição da imparcialidade no funcionamento da administração de justiça no Brasil imprescinde dos referenciais de inclusão e exclusão presentes na reprodução das inúmeras desigualdades refletidas no acesso à justiça. A estabilização do alto grau de exclusão, refletido na autocompreensão das nossas instituições, contribui para a percepção de um judiciário que se adapta defensivamente às assimétricas demandas dos grupos de pressão. Descrever sociologicamente o modo como essas relações de exclusão se impõem destrutivamente sobre o sentido constitucional da igualdade ocupa o fundamental espaço da crítica sobre os efeitos seletivos da prática judicial. Uma preocupação atual e que, segundo Florestan Fernandes, reflete-se na consideração de que "a lei se corporifica em códigos, mas sua aplicação distorcida, com a tolerância dos que sofrem suas consequências, engendra uma cidadania e uma democracia dos privilegiados"[545]. Tal perspectiva potencializa a crítica do déficit da imparcialidade judicial como dimensão jurídica da (des) igualdade no Brasil, enquanto exigência de tratar casos iguais de maneira igual. Se no plano normativo o sistema jurídico impõe a adoção do comportamento judicial congruente nas esferas formal e material do acesso à justiça, no plano operativo esse mandamento constitucional não têm produzido os resultados práticos esperados.

---

545 E completa: "A jurisprudência obedece essa trilha: conforma o Direito ao monopólio do poder das elites das classes dominantes. Malgrado sua erudição, os magistrados curvam-se à manutenção da ordem deturpada." Cf. Fernandes, 1993. Essa percepção também aparecia nas reflexões de Fernandes durante a constituinte: "Se uma constituição não responde às exigências da situação histórica, pior para aqueles que a tecem para usá-la como ardil político. A Constituição é um meio de dominação de classe. Quando os de baixo se recusam a obedecer, eles passam como um vendaval sobre todas as resistências. A primeira coisa que desobedecem é a Constituição, uma linha subjetiva de defesa da ordem, quando não se implanta na cabeça e no coração dos homens. Por que deveriam respeitar mais a Constituição se aqueles que a inventaram a compreendem como mera ideologia?" e em outro trecho: "Quanto maiores sejam as contradições entre a ordem existente e os interesses particularistas dos quadros dominantes e dirigentes, piores serão as consequências negativas de uma constituição do 'faz de conta'. O formalismo constitucional converte-se em recurso heurístico e dita formulas avançadas, mas inócuas. A função da Constituição passa a ser simbólica: um indicador do 'progresso' das elites (e, por extensão, do País)." Cf. Fernandes, 1989, p. 155 e 215.

CAPÍTULO 4
Mapeando uma imagem: a imparcialidade nos julgados do STF

A Constituição de 1988 representou um ponto de inflexão na autocompreensão da magistratura sobre o caráter de sua função. Contudo, a percepção mais abrangente do *novo* papel que seria desempenhado pelo Judiciário e, em especial, pelo Supremo Tribunal Federal não foi instantânea. O momento imediatamente posterior à promulgação do texto constitucional foi marcado pelas discussões sobre o alcance da aplicabilidade dos direitos fundamentais[546]; dos limites da interpretação do STF na definição das regras político-eleitorais[547] e da omissão inconstitucional[548]. A posição autocontida do STF a respeito desses temas sinalizava a manutenção da autodescrição de sua imparcialidade associada à neutralidade exigida para a julgar disputas fundadas nos direitos individuais, em decisões de efeito restrito aos litigantes.

---

[546] A amplitude do debate em torno da classificação das normas constitucionais em *plena*, *contida* e *limitada* formulada por José Afonso da Silva, 2008, p. 63 ss, e sua repercussão na jurisprudência, constitui evidência dos contornos que a doutrina e os tribunais projetavam a eficácia do texto.

[547] STF. MS nº 20.916, rel. min. Carlos Madeira (rel. p. acórdão min. Sepúlveda Pertence), *DJ* 11.10.1989; e MS n 20.927, rel. min. Moreira Alves, *DJ* 11.10.1989, ambos fixando o entendimento da inaplicabilidade da *fidelidade partidária* para parlamentares e seus suplentes que se desvinculassem dos respectivos partidos após o ato de diplomação da justiça eleitoral.

[548] Cf. Ferreira Filho, 1988, p. 35-43; Coelho, 1989, p. 43-58 e Rosa, 2006, p. 453 ss.

O trânsito da imagem do STF entre uma instância recursal de função política limitada a árbitro do regime de separação de poderes tornou-se mais claro a partir dos anos 2000. As avaliações da mudança institucional do perfil do Tribunal refletiram-se no debate que vem se consolidando no Brasil em torno do significado dos léxicos *ativismo* e *autocontenção* da jurisdição constitucional[549]. A inegável importância do tema para a configuração de parâmetros críticos da atividade judicial do STF, entretanto, adquire na maior parte das avaliações focadas no comportamento ativista ou contido do Tribunal dois pontos que me parecem problemáticos.

O *primeiro* deles se refere à imprecisão dos termos da crítica. A carência de instrumentos suficientemente consistentes para classificar a postura do Supremo numa dada decisão como ativista ou tímida torna a crítica ao Tribunal, segundo esses termos, mais a exposição das perspectivas políticas ou ideológicas do avaliador do que a indicação de critérios construtivos sobre os quais a Corte *deveria* ter julgado. A fragilidade dos parâmetros para definir a atuação judicial como *criativa* ou *reticente*, em relação ao programa normativo do texto constitucional, é sintomática do predomínio que as teorias da argumentação jurídica fundadas na ética do discurso lograram alcançar nas últimas duas décadas do debate jurídico-acadêmico no Brasil.

O *segundo* problema de parte significativa dessas avaliações está no fato de que, apesar de se fundamentarem de modo sujacente na possibilidade de atuação *imparcial* do Tribunal, não são constituídas desde a análise dos critérios que o STF adota para si mesmo. Nesse particular, permanecem inexistentes investigações empíricas sobre a autoavaliação da imparcialidade do Tribunal, segundo a descrição dos mecanismos institucionais em que ele se manifesta sobre a própria imparcialidade: as arguições de suspeição e impedimento.

Ao mapear o discurso da imparcialidade a partir da fonte que se autolegitima por ele, este capítulo procura radicalizar a perspectiva semântica autodescritiva do sistema jurídico. Enquanto categorias que permitem a Corte movimentar recursivamente a semântica da impar-

---

[549] Sobre esse ponto a tese de Flávia Lima, 2013. Para a descrição do trânsito da jurisdição do STF após 1988: Koerner, 2013, p. 69-85; Vieira, 2008, p. 441-464, e, com dados, Vianna et al, 2007, p. 39-85.

cialidade, as arguições de suspeição e impedimento demandam atenção analítica. O que direciona a observação da compreensão semântica da *imparcialidade* pela comunicação produzida *no* direito.

De modo mais acentuado que nas demais instâncias do Judiciário, o arranjo institucional do STF favorece uma baixa percepção da imparcialidade. Quando analisados os dados das arguições de suspeição e impedimento torna-se visível como é sintomática a desproporção entre a grande relevância do tema e a pouca atenção que a ele se tem dirigido. O Tribunal é formado por 11 ministros, todos amplamente conhecidos pela advocacia que atua na Corte e cada vez mais expostos à opinião pública de que têm ativamente participado com progressiva frequência[550]. De modo distinto da primeira e segunda instâncias do Judiciário, os membros do STF não têm substitutos[551]. E quando se trata da apreciação de matéria que implique a pronúncia de constitucionalidade ou inconstitucionalidade, o art. 22 da a Lei n. 9.868/1999 exige o quórum 8 ministros para a deliberação. Desse modo, vê-se que esse arranjo da agenda e organização interna do Tribunal abre possibilidades inversamente proporcionais entre a identificação dos ministros pelas partes/advogados e as dificuldades de deliberação colegiada quando um dos integrantes seja afastado por impedimento ou suspeição dos julgamentos.

Para observar a dinâmica desse problema na Corte, a estrutura do capítulo será construída com o apoio de avaliações distintas, porém complementares. A primeira se constitui pela descrição do panorama das impugnações que questionam a imparcialidade dos ministros na

---

[550] Nesse sentido, o levantamento realizado por Falcão & Oliveira, 2013, pp. 429-469, identificando que as menções ao Tribunal em três veículos de comunicação eletrônicos de amplo acesso aumentaram 89% comparativamente entre os anos 2004-2007 e 2008-2011. A análise concluiu que apesar de o STF ainda ser desconhecido pela maioria dos brasileiros, a própria estratégia de comunicação da Corte com a sociedade havia mudado, o que os autores atribuem a quatro fatores em especial: "a disposição dos ministros de falarem fora dos autos, a adoção da agenda temática, a criação da TV Justiça e a criação do CNJ".

[551] Diferentemente dos demais Tribunais, inclusive superiores, que costumam convocar juízes ou desembargadores para compor temporariamente o colegiado, o art. 37 e seguintes do Regimento do STF prevê a substituição apenas entre os seus 11 ministros por ordem de antiguidade para o exercício das funções da Presidência – inclusive das Turmas, em caos de licenças e ausências legais do titular; a substituição do relator pelo revisor em impedimentos e afastamentos, seguido do mais antigo se o impedimento persistir. Em caso de empate, o art. 40 estabelece que o Presidente convocará o ministro licenciado para votar, caso ultrapassado o período de 30 dias do afastamento.

apreciação do Supremo Tribunal Federal, segundo as regras do Regimento Interno. Para tanto, foram levantadas e analisadas todas as decisões da Corte em sede de Arguição de Suspeição (AS) e Arguição de Impedimento (AImp), tal qual disponibilizadas pela Seção de Jurisprudência do Tribunal. Foram adotados três recortes a partir das seguintes categorias de decisões: 1) as que decidem arguições de impedimento; 2) as que decidem arguições de suspeição; 3) o argumento da imparcialidade em processos que envolvem o interesse de membros da Corte e da classe dos juízes.

A segunda parte dirige atenção à qualidade dos argumentos de duas decisões sobre a imparcialidade no exercício da jurisdição constitucional em debatidos em tribunais distintos. Os casos escolhidos do Tribunal Constitucional espanhol e do STF se justificam pela exploração das diversidades discursivas. Além disso, a análise das decisões tem um caráter exemplificativo e não comparativo entre os sistemas de justiça constitucional brasileiro e espanhol. A descrição dos argumentos com que os tribunais se referiram às condições da imparcialidade de seus magistrados tem como função avaliar em que medida os casos constituem-se em "exceções" ou se revelam como exemplos da *naturalidade* com que compreendem o tempo e o espaço de suas funções institucionais.

O que se pretende pôr em xeque com a análise é a função e o uso da imparcialidade enquanto justificativa de uma instituição contramajoritária, que abre espaço para a efetiva proteção dos direitos fundamentais, contrapondo-a à tese de que ela apenas reserva um espaço do Estado teoricamente livre da pressão popular, como trincheira de defesa de interesses corporativos de grupos[552]. E ainda se e como seria possível articular a ideia de imparcialidade judicial com o amplo controle social.

4.1. As arguições de impedimento e suspeição no Supremo Tribunal Federal

Tanto a legislação do processo civil quanto do processo penal tratam a imparcialidade do juiz como pressuposto de validade, qualificando-a como regra de ordem pública e garantia do devido processo legal. As hipóteses de suspeição e impedimento tratadas no ordenamento jurídico brasileiro foram construídas a partir de uma concepção tradi-

---

[552] Costa & Benvindo, 2014.

214

cionalmente ligada à contraposição entre os aspectos subjetivos do julgador e o interesse das partes, com o objetivo de preservar a igualdade de tratamento dos litigantes em juízo.

O grau de proteção conferido ao direito das partes de serem julgadas por um juiz imparcial é tal que constitui motivo de nulidade da decisão o julgamento proferido em condições de impedimento[553]. No caso da suspeição não reconhecida pelo próprio magistrado, pode a parte invocá-la em incidente processual que, caso não interposto no prazo, deixa de produzir efeitos no processo e perpetua a jurisdição. A distinção entre suspeição e impedimento foi caracterizada por Pontes de Miranda do seguinte modo: "Quem está sob suspeição está em situação de dúvida de outrem quanto ao seu bom procedimento. Quem está impedido está fora de dúvida, pela enorme probabilidade de ter influência maléfica para sua função"[554]. Esta distinção é acolhida na jurisprudência do STF[555] que entende serem taxativas as hipóteses de impedimento previstas no Código de Processo Civil, atribuindo-lhes *presunção absoluta* de parcialidade. Já a parcialidade que se cogita na suspeição goza de *presunção relativa*, razão pela qual não pode ser questionada após o prazo legal. Então, o vício processual é convalidado e o magistrado considerado imparcial para todos os efeitos jurídicos.

O quadro representativo do discurso da imparcialidade dos ministros do STF descrito a partir das decisões nas arguições de impedimento e suspeição é destacado por duas características marcantes: a forte *concentração do poder de decisão* assumida pela Presidência do Tribunal e a *deficiência de critérios* deliberativos adequados a exprimir a visibilidade do modo como os integrantes da Corte definem os limites da própria jurisdição quando têm a sua imparcialidade questionada.

O resultado do levantamento das arguições[556] aponta para um grande e eloquente silêncio. O art. 282 do regimento interno do STF dispõe que, admitida a arguição e ouvidos o ministro recusado e testemunhas, o incidente de impedimento ou suspeição deve ser submetido ao plenário do Tribunal. Entretanto, das 133 arguições analisadas, nenhuma foi levada

---

[553] Previsão contida no §7º do art. 146 do Código de Processo Civil.

[554] Pontes de Miranda, 1997, p. 420.

[555] STF. AgRMS n. 24.613/DF, rel. min. Eros Grau, *DJ* 22.06.2005.

[556] Atualizados até o dia 15 de maio de 2017, os dados registram a existência de 133 arguições, sendo 45 delas de impedimento (Aimp) e 88 de suspeição (AS).

à deliberação dos demais ministros. Sobre o campo é necessário distinguir três grupos: 1) as que são *rejeitadas* de plano pela Presidência em função do não preenchimento de uma condição formal; 2) as que tiveram o julgamento *prejudicado* por algum motivo posterior ao recebimento, e 3) aquelas que são *indeferidas* sob o fundamento de sua manifesta improcedência, nos termos do art. 280 do Regimento Interno.

Via de regra, as petições iniciais das arguições não são disponibilizadas eletronicamente pelo Tribunal, o que dificulta a identificação das causas alegadas nos pedidos de afastamento por suspeição e impedimento, restringindo a observação comparativa entre o fundamento invocado pela parte e o referenciado na decisão. No entanto, essa informação perde importância para a nossa análise, considerando que o objetivo foi mapear o conteúdo das decisões dos ministros naquelas duas classes processuais.

O regimento interno do Supremo Tribunal Federal remete as causas de impedimento e suspeição dos ministros às previsões da lei processual civil e penal, porém os casos indicam não haver muita clareza na distinção entre uma e outra forma de impugnação no recebimento das arguições. Em virtude disso, em especial, é possível encontrar arguições de suspeição ajuizadas sob as hipóteses de impedimento. Reforça essa percepção o fato de que só em 28/08/2007 fora autuada a primeira arguição classificada como de impedimento (AImp), por determinação da ministra Ellen Gracie na arguição de suspeição nº 41.

Do número global de decisões foram identificados os principais fundamentos indicados para justificar a alegada recusa dos ministros. Esse conjunto é formado por decisões que fazem referência a quatro grandes categorias de argumentos articulados tanto nas exceções de impedimento quanto nas de suspeição: 1) Segregação de funções; 2) Prejulgamento; 3) Tratamento desigual, e 4) Aplicação do direito. A classificação não corresponde às hipóteses de suspeição e impedimento definidas na legislação, pois foram identificadas a partir da frequência com que aparecem nas decisões.

O argumento da *segregação de funções* como fator de parcialidade da atuação dos ministros costuma ser recorrente entre as arguições de impedimento e suspeição. Em vinte e seis delas a suposta parcialidade é atribuída ao fato de os julgadores terem se manifestado ou atuado na discussão do caso quando ocupavam outras funções, em especial ligadas ao Poder Executivo. Onze delas foram dirigidas contra a participação de ministros advindos da Advocacia-Geral da União[557] (Gilmar Mendes e Dias Toffoli). Mas também se observam arguições dirigidas contra a participação de ministros advindos do Ministério da Justiça[558] (Nelson Jobim e Maurício Corrêa); Secretário Estaual de Justiça[559] e advogado municipal[560]. Mas a atuação anterior dos ministros dentro do próprio Judiciário, em funções distintas, também já fora objeto de impugnações[561]. Assim como a suposta perda de imparcialidade derivada de atividade privada, como a defesa de investigado[562] ou emissão de parecer[563].

Na categoria do *prejulgamento* foram computadas as referências à convicção manifestada pelo julgador, tanto em função da atuação em fases anteriores do processo ou casos idênticos aos que chegam à pauta do Tribunal[564], quanto pela emissão de opinião divulgada pela imprensa sobre o objeto da demanda[565].

---

[557] Caso das Aimp nºs 1, 7, 8, 9, 10, 18, 19 e 24, além das AS nºs 28, 31, 40.

[558] STF. AS nº 14, rel min. Celso de Mello, *DJ* 05.11.1997 e AS nº 15, rel. min. Carlos Velloso, *DJ* 02.07.1999.

[559] STF. Aimp nº 44, apresentada pelo PSOL contra a relatoria do min. Alexandre de Moraes na ADPF nº 412/DF, considerando que ele havia assinado Ofício que integrou o ato impugnado na ação (autorização do uso da força para a desocupação de imóveis públicos, sem autorização judicial).

[560] STF. Aimp nº 20, rel. min. Cármen Lúcia, *DJ* 16.11.2015, que questionou a imparcialidade do min. Lewandowski na Suspensão de Liminar nº 755, requerida pelo Município de São José do Rio Preto, para o qual o ministro havia prestado consultoria quando da elaboração da Lei Orgânica municipal.

[561] São casos de prévia manifestação em função distinta: atuação como Presidente do CNJ (em relação à ministra Ellen Gracie. AS nº 42 e 43, rel. min Gilmar Mendes); ministra do TST (caso da ministra Rosa Weber. AS nº 78, rel. min. Lewandowski) e ministro do STJ (caso do ministro Teori Zavascki. Aimp nº 11, rel. min. Joaquim Barbosa).

[562] Caso da defesa que Dias Toffoli, enquanto advogado, fez do senador João Alberto Capiberibe, antes de se tornar ministro: AS nº 56, rel. min. Cezar Peluso, *DJ* 25.10.2011.

[563] A exemplo dos pareceres emitidos pelo ministro Eros Grau, enquanto professor de direito econômico da USP: AS nºs 36 e 37, relatados pelo min. Gilmar Mendes e analisados mais detidamente na segunda parte deste capítulo.

[564] Por exemplo, atuação como relator de acórdão que se pretende rescindir: Aimp nºs 37 e 38; ou por decisão interlocutória que possa indicar antecipação do juízo de mérito: Aimp nº 4, rel. min. Cezar Peluso e a AS nº 39, rel. min. Ellen Gracie.

[565] Casos das AS nºs 47 e 48 relativas a críticas de Joaquim Barbosa a liminares deferidas em favor do banqueiro Daniel Dantas. E da Aimp nº 6, que arguiu a parcialidade de Dias Toffoli em razão de entrevista sobre o direito a diferenças de correção monetária nas cadernetas de poupança decorrentes dos planos econômicos Bresser e Verão.

Sob a classificação de *tratamento desigual*[566] foram analisadas as menções à amizade ou inimizade íntima; ofensa pessoal; relação de parentesco, demora excessiva e prática de ato incompatível com a equidade na condução do processo. E por último, na categoria de *aplicação do direito*[567] foram agrupadas as decisões que atribuem às arguições a tentativa inadequada de impugnação das questões de direito.

Na escala organizada pelo número de arguições de impedimento e suspeição por ministros recusados[568], a seguinte classificação é alcançada:

Posição	Ministro(a)	Nº de arguições
1º	Gilmar Ferreira Mendes	20
2º	José Antônio Dias Toffoli	14
2º	Marco Aurélio Mello[569]	14
3º	Luiz Fux	8
4º	Joaquim Barbosa	7
5º	Celso de Mello	6
6ª	Ellen Gracie	5
7º	Sepúlveda Pertence	4
7º	Nelson Jobim	4
7º	Ricardo Lewandowski	4
7ª	Rosa Weber	4
8º	Octávio Gallotti	3
8º	Eros Roberto Grau	3
8ª	Cármen Lúcia Antunes Rocha	3
8º	Carlos Ayres Britto	3
8º	Luís Roberto Barroso	3
9º	Ilmar Galvão	2
9º	Teori Zavascki	2
9º	Alexandre de Moraes	2
10º	Pedro Soares Muñoz	1
10º	Aldir Passarinho	1
10º	Djaci Falcão	1
10º	Moreira Alves	1
10º	Paulo Brossard	1
10º	Maurício Corrêa	1

[566] Nessa categoria foram catalogadas 25 decisões em arguições de suspeição e de impedimento.

[567] No grupo foram analisadas apenas 5 decisões, embora o mesmo argumento apareça, em menor intensidade, em outras decisões nos processos.

[568] Não há coincidência entre o número total de decisões e a soma de arguições por ministro, pois alguns dados, em especial anteriores a 1988, não registram o ministro recusado, além da ausência de outras informações no cadastro do STF.

[569] Das 14 arguições em que figura o ministro Marco Aurélio, 8 foram apresentadas pelo mesmo autor e versam sobre a mesma causa: a participação de sua esposa, a desembargadora Sandra de Santis Mello, do TJDFT, em processos originários daquele Tribunal. Em todas as oito arguições, o ministro Marco Aurélio se deu por impedido, levando a Presidência a julgar prejudicados os pedidos.

MAPEANDO UMA IMAGEM: A IMPARCIALIDADE NOS JULGADOS DO STF

Já sob a perspectiva temporal é possível identificar um gradual aumento da interposição das arguições a partir dos anos 2000. Se entre 1949 (data do registro da primeira arguição de suspeição no STF) até 1988, apenas 11 arguições foram contabilizadas. Uma média muito baixa para um período de 39 anos. Mas o número seguiu baixo entre 1993 (ano da primeira arguição de suspeição sob a nova Constituição) e 2000, quando se registraram apenas 4 delas. O salto quantitativo, que talvez ainda seja baixo em relação ao contingente de processos que o Tribunal julga, ocorreu entre 2000 e 2010, quando foram registradas 40 arguições, sendo 3 delas de impedimento. E a tendência de crescimento mostrou-se mais acentuada entre 2010 a 2017 (até maio), quando foi possível levantar 70 decisões, que se dividem de modo equilibrado entre arguições de suspeição (34) e impedimento (36).

Logo, vê-se que num período de menos de 7 anos (2010 a 2017) registrou-se um número significativamente maior de arguições que questionam a imparcialidade dos ministros do que em todo o período de 61 anos anterior de que se dispõe das informações sobre os instrumentos de impugnação da parcialidade no STF. Esse dado pode sugerir um aumento da desconfiança dos jurisdicionados sobre a atuação dos ministros ou pelo menos que os eventuais custos dos constrangimentos relacionados à apresentação das arguições foram consideravelmente reduzidos.

Se analisada essa perspectiva em conjunto com a classificação por ministro recusado, pode-se concluir que o ingresso na Corte de ministros com perfil mais político do que técnico aumenta o grau de desconfiança na jurisdição do Tribunal. Desde que postas de lado as dificuldades da divisão entre o que é ser *técnico* e o que é ser *político*, mas observando a biografia dos julgadores – previamente ligados ao Poder Executivo, pode-se concluir nesse sentido. São exemplos os casos dos ministros Gilmar Mendes e Dias Toffoli, com respectivamente 15 e 8 anos de atuação na Corte, quando comparados a Moreira Alves e Celso de Mello, ambos com 28 anos de Tribunal (marca a ser superada por Mello) e um número muito baixo de recusas em arguições, qual seja de 1 e 6, respectivamente.

Como já dito, do conjunto de arguições de suspeição levantadas, apenas 11 foram ajuizadas antes da vigência da Constituição de 1988, e os dados coletados não permitem uma conclusão a respeito do tema de fundo discutido em todos eles. Esse baixo número de arguições registrado antes de 05.10.1988 também sugere um grau maior de confiabilidade da Corte na percepção dos jurisdicionados, caso essa percepção seja associada à postura de autocontenção dos ministros do STF, vistos como intérpretes exegéticos do direito e distantes da política. Essa é uma avaliação congruente com as conclusões do capítulo III, que demonstraram como a participação efetiva e direta da magistratura e dos ministros do STF no debate da constituinte constituiu parte relevante da ressignificação de sua própria função institucional, aproximando-os da política[570].

4.1.1. Arguições de Impedimento

As arguições de impedimento formam um universo relativamente significativo. Foram catalogados 45 incidentes. Desse contingente, 35 foram objeto de decisão. Em linhas gerais, 10 tiveram seguimento negado por questões formais (ajuizadas fora do prazo, por parte ilegítima ou sem capacidade postulatória); 15 foram prejudicadas e 10 foram indeferidas sob o fundamento de manifesta improcedência. Entre as demais, 2 foram autuadas novamente como agravos de instrumento; 3 estão aguardando manifestação da Presidência da Corte, 1 teve autuação cancelada e 2 não tiveram os dados divulgados (AImp nº 12).

O art. 282 do Regimento Interno dispõe que, admitida a arguição e ouvidos o ministro recusado e testemunhas, o incidente deve ser submetido ao Tribunal em *sessão secreta*. Embora a previsão de sigilo contraste com a exigência de publicidade dos atos do Judiciário, nos termos dos incisos IX e X do art. 93 da Constituição, o tema permanece desatualizado no Regimento Interno. Entretanto, de todas as arguições ajuizadas nenhuma foi levada à deliberação dos demais ministros da Corte.

Do universo de arguições levantado é necessário distinguir três grupos: 1) as que são *rejeitadas* de plano pela Presidência em função do não preenchimento de uma condição formal; 2) as que tiveram o julgamento *prejudicado* por algum motivo posterior ao recebimento, e 3) aquelas que são *indeferidas* liminarmente pelo Presidente sob o fundamento de sua manifesta improcedência.

---

[570] O número de arguições originadas de processos em matéria eleitoral ou ajuizadas contra a participação de ministros advindos do Poder Executivo é outra evidência nesse sentido.

MAPEANDO UMA IMAGEM: A IMPARCIALIDADE NOS JULGADOS DO STF

No primeiro grupo encontram-se dez decisões. Seis delas negam seguimento às arguições por terem sido propostas fora do prazo de 5 dias após a distribuição (art. 279 do RISTF). Duas foram rejeitadas por ausência de capacidade postulatória, uma por incompetência do STF (AImp nº 26), pois dirigida contra ministro do STJ e a remanescente, AImp nº 8, foi rejeitada por ilegitimidade do excipiente, que não era parte do processo principal. O grupo das arguições prejudicadas concentra quinze casos. Em treze deles os ministros recusados reconheceram o próprio impedimento e afastaram-se do julgamento. Os outros dois casos tiveram a prejudicialidade declarada por perda superveniente de objeto, pois o julgamento da ação principal deu-se antes da deliberação sobre a arguição.

O terceiro grupo tem 10 decisões que indeferem os incidentes de impedimento por manifesta improcedência. Em algumas das decisões há a contradição entre o uso da expressão "negativa de seguimento" e o juízo de mérito a que corresponde ao acolhimento da "manifesta improcedência". O tema está disciplinado, contudo, em previsão regimental. O art. 280 do Regimento Interno autoriza o arquivamento pela Presidência, em decisão monocrática e sem ouvir o ministro excepto, mesmo que a arguição preencha os requisitos processuais exigidos. É certo que há a possibilidade de interposição de agravo regimental ou embargos de declaração contra a decisão, mas importa notar que a atribuição dessa competência dá à Presidência da Corte um grande poder sobre as arguições, constituindo-se quase num monopólio do controle sobre o questionamento da imparcialidade dos ministros, dada a baixa probabilidade de alteração do seu juízo em eventual recurso manejado pelo excipiente.

As dez arguições classificadas como *indeferidas* por manifesta improcedência têm fundamentos distintos. A primeira delas (AImp nº 1) foi ajuizada contra a participação do ministro Gilmar Mendes no recurso extraordinário nº 554.512/SC sobre a inexigibilidade de sentença que determinou a correção monetária de contas vinculadas ao FGTS. O ministro-arguido havia atuado como Advogado-Geral da União no julgamento da ação direta de inconstitucionalidade nº 2.418, relatada por Sepúlveda Pertence, que discutiu a alteração do art. 741 do Código de Processo Civil pela Medida Provisória nº 2.180-35/2001. A modificação introduziu o instituto da inexigibilidade da coisa julgada inconstitucional, quando Mendes representava judicialmente a Presidência da República perante o STF. O argumento para determinar o arquivamento da arguição foi o de que a natureza do processo objetivo de controle de constitucionalidade abstrato inviabiliza o questionamento da imparcialidade do julgador.

Outras duas foram motivadas em alegado prejulgamento. A primeira delas (AImp nº 4, rel. min. Cezar Peluso, *DJ* 14.09.2011), proposta por Marcos Valério Fernandes de Souza na Ação Penal nº 470 (caso do "mensalão") contra a participação de Joaquim Barbosa em razão de afirmações do ministro na fase de recebimento da denúncia. Segundo Marcos Valério, Barbosa por três vezes referiu-se a ele afirmando que "este é expert em atividades de lavagem de dinheiro, tem expertise em crime de lavagem de dinheiro e é pessoa notória e conhecida por atividades de lavagem de dinheiro" e, por isso, sua participação violaria regra de impedimento no processo penal[571]. O relator, ministro Cezar Peluso arquivou a arguição justificando que a regra de impedimento invocada aplica-se somente aos casos em que o magistrado tenha atuado no mesmo processo em instâncias distintas, ressaltando ademais a taxatividade das hipóteses de impedimento previstas na lei processual penal.

A segunda arguição nesta categoria (AImp nº 6, rel. min. Cezar Peluso, *DJ* 24/05/2010) diz respeito a possível prejulgamento da questão por opinião divulgada na imprensa. No caso, o ministro Dias Toffoli, relator do agravo de instrumento nº 759.656, afirmou ser contrário à procedência das ações judiciais movidas para exigir o pagamento dos expurgos inflacionários incidentes sobre saldos de caderneta de poupança, em entrevista ao jornal Valor Econômico. Acrescentou ainda que as regras do Plano Verão "não afetaram apenas os correntistas com depósitos em poupança, mas também os bancos como credores em seus diversos contratos, e os tomadores de crédito, o que garantiu, na ocasião, o tal equilíbrio desses negócios". Para os excipientes, que litigavam sobre o tema contra o Unibanco S.A., tal afirmação demonstrava a prévia convicção do relator contrária à pretensão. Porém, a arguição foi arquivada pelo Presidente da Corte sob o fundamento de que a "transcrição revela, apenas, opinião sobre assunto jurídico em tese", além de invocar nova-

---

[571] Código de Processo Penal. "Art. 252. O juiz não poderá exercer jurisdição no processo em que: (...) III – tiver funcionado como juiz de outra instância, pronunciando-se, de fato ou de direito, sobre a questão."

mente a impossibilidade de ampliar, por via interpretativa, as causas de impedimento disciplinadas na lei.

Outras duas decisões expuseram uma situação curiosa no processamento das arguições de impedimento no Supremo. Tratam-se das AS nº 17 e nº 18, ambas ajuizadas em 28/11/2013 pela Associação dos Consumidores Mutuários da Habitação, das Cadernetas de Poupança, Beneficiários do Sistema de Aposentadoria e de Revisão do Sistema Financeiro – PROCOPAR. As arguições pugnaram pelo afastamento do ministro Dias Toffoli, relator dos recursos extraordinários nº 626.307/SP e nº 591.797/SP, em que figuram como recorrentes, respectivamente o Banco do Brasil e o Banco Itaú. A discussão estabelecida nos recursos diz respeito ao direito de percepção pelos correntistas do sistema bancário do pagamento dos expurgos inflacionários relativos aos planos econômicos Bresser e Verão. A questão teve repercussão geral reconhecida pelo STF em 16 de abril de 2010 (Tema 264), quando fora determinado o sobrestamento dos processos em trâmite que tenham idêntico objeto.

Em atenção à magnitude da discussão e ampla irradiação dos efeitos da decisão, habilitaram-se como interessados e *amicus curiae* uma série de associações e institutos ligados à defesa dos interesses de consumidores e bancos. Uma delas, a Confederação Nacional do Sistema Financeiro – CONSIF, é representada pelo escritório Sérgio Bermudes Advogados, onde à época trabalhava[572] a filha do ministro Luiz Fux e permanece atuando[573] a esposa do ministro Gilmar Mendes. Fato que levou a também interessada, POCOPAR, a requerer o impedimento dos ministros no julgamento.

Após o recebimento das arguições nºs 17 e 18, o ministro Lewandowski abriu vista aos ministros recusados. O relator dos recursos extraordinários, ministro Dias Toffoli, alegou que a arguição era intempestiva e não reconheceu o impedimento por não ter emitido declaração nos autos dos processos sob sua relatoria, entendendo que a declaração reproduzida na imprensa não seria suficiente para afastá-lo. Já os ministros

---

[572] De acordo com registro da própria OAB/RJ e de idêntica alegação veiculada pela POCOPAR em arguição de suspeição incidental na ADPF nº 165/DF, sobre o mesmo objeto dos recursos extraordinários, mas que foi indeferida pelo ministro Joaquim Barbosa em decisão de 28.11.2013.

[573] Conforme registro de página do escritório: http://goo.gl/Nho9gV.

Luiz Fux e Gilmar Mendes, apesar de notificados, quedaram-se silentes, optando por não se manifestar sobre a indicação do parentesco com as causídicas que integravam a banca de advogados representante da Confederação Nacional do Sistema Financeiro.

Na decisão tomada em 30 de junho de 2015, o Presidente do Supremo acolheu a intempestividade levantada em relação ao ministro Toffoli, que não alcançava os demais arguidos. Em relação ao pedido de afastamento de Fux e Mendes, o ministro Lewandowski afirmou que "conforme entendimento desta Corte, a relação de parentesco apenas constitui causa de impedimento quando o familiar do magistrado atua diretamente na causa, o que não ocorre no presente caso". E, então, concluiu pela negativa de seguimento das arguições em relação a Dias Toffoli, relator, e pela improcedência em relação a Luiz Fux e Gilmar Mendes.

Um quadro geral das arguições de impedimento decididas mostra que, em geral, elas não demoram a ser julgadas. Além disso, apesar de serem fundadas numa variedade de causas, não conseguem ultrapassar a barreira da negativa de seguimento – seja pela rejeição formal por alguma questão processual ou pelo acolhimento de plano da improcedência, sendo função da Presidência da Corte realizar esse filtro, que de tão rigoroso impede a apreciação de qualquer arguição pelos demais ministros na forma do Regimento.

Das 40 recusas com dados disponibilizados pelo STF, o ministro Marco Aurélio figirou como excepto em 9; Dias Toffoli em 8; seguido por Luiz Fux com 7 e Gilmar Mendes com 6. Os ministros Ricardo Lewandowski, Rosa Weber e Roberto Barroso aparecem em 2 delas, e com apenas 1 estão Joaquim Barbosa, Celso de Mello, Teori Zavascki e Cármen Lúcia. A divergência entre a soma das arguições e a contagem de recusas de cada um dos ministros está no fato de que, como já mencionado, em duas delas (AImp's 17 e 18) três ministros foram recusados simultaneamente (Toffoli, Mendes e Fux).

4.1.2. Arguições de Suspeição

Das 88 arguições de suspeição, 51 tiveram seguimento negado pela Presidência da Corte. Entre as demais, 11 foram julgadas prejudicadas; 18 foram indeferidas; 3 aguardam julgamento (entre elas, uma que tramita sob segredo de justiça); 3 foram extintas por desistência da parte excipiente e 2 não tiveram seus dados divulgados pelo Tribunal. Outros casos identificados não dispõem de informações suficientes que permitam conhecer qual o seu resultado[574].

A exemplo da constatação em relação às arguições de impedimento, nenhuma das arguições de suspeição foi deferida ou mesmo levada à deliberação da Corte na sessão de que fala o art. 282 do Regimento Interno. Entre as 11 arguições julgadas prejudicadas, 2 foram motivadas na aposentadoria do ministro excepto, Octávio Gallotti, antes do ajuizamento do incidente. Quatro delas foram arquivadas pela perda superveniente do objeto em virtude do julgamento dos processos originários a que se vinculavam, sendo que numa delas o Presidente destacou entre os fundamentos que o resultado havia sido favorável ao excipiente, e em outra que a contagem de votos do julgamento indicava a desinfluência da participação do ministro excepto para a decisão da Corte. Argumentos que sugerem a adoção de um viés pragmático, senão consequencialista, na apreciação das suspeições arguidas.

Ainda na categoria das arguições prejudicadas encontram-se 3 nas quais os ministros arguidos se abstiveram de votar. Em duas delas os ministros invocaram razões de foro íntimo para se afastar do julgamento. Outra foi acolhida pelo ministro Marco Aurélio em razão de vínculo familiar, mesmo que em grau não vedado pela lei, com um dos recorrentes. Sobre as outras duas arguições prejudicadas remanescentes segundo o antigo livro de tombamento do Supremo, as de nº 2 e nº 6, autuadas em 17.10.1962 e 3.8.1965, não foi possível identificar os fundamentos para o arquivamento.

Do total de 51 arguições que tiveram seguimento negado, 21 o foram sob o fundamento de intempestividade. O art. 279 do Regimento Interno estabelece que a suspeição do relator "poderá ser suscitada até cinco dias após a distribuição; a do Revisor, em igual prazo, após a conclusão dos autos; e a dos demais Ministros, até o início do julgamento". Do conjunto das arguições rejeitadas por intempestividade há quatro em que o Presidente do STF adicionou outro fundamento ao decidir, em uma

---

[574] STF. AS nº 7, rel. min. Adalício Nogueira. Dos dados que constam no livro de tombamento aberto em 25 de abril de 1949 para o registro das arguições de suspeição, e onde é possível encontrar os dados das Arguições nºs 1 a 8, não disponíveis no *site* do STF, vê-se que a AS nº 7 foi ajuizada por Antonio José Pereira das Neves contra o Banco do Estado da Guanabara, como incidente na Ação Rescisória nº 766. Esse registro leva a crer que a autuação tenha sido equivocada.

delas justificou o arquivamento também por ilegitimidade da parte excipiente e nas três outras invocou o art. 280 que autoriza a negativa de seguimento por manifesta improcedência. A princípio, esta última hipótese induz a avaliação de mérito da arguição, situação incompatível com a rejeição liminar.

A ausência do pressuposto formal de capacidade postulatória fundamentou a negativa de seguimento de 11 arguições, enquanto a condição de ilegitimidade da parte foi invocada em 4 decisões. Nesse último grupo, duas arguições se referiram a processos penais, a AS nº 52 e a AS nº 63, e a terceira, AS nº 75[575], fora ajuizada incidentalmente em mandado de segurança que discutia o controle da administração judiciária. Outra rejeitada por vício processual foi AS nº 24, arquivada por inadequação da petição inicial, cujo vício não foi reconhecido pela parte.

Um grande contingente de incidentes de suspeição foi indeferido por manifesta improcedência. Nessa categoria se inserem 18 arguições, que foram sumariamente negadas por diversos motivos. Em cinco delas a Presidência fundamentou a decisão na inadequação do incidente, seja para insurgir-se contra decisão do ministro arguido[576], afirmando que a arguição não poderia ser utilizada como sucedâneo recursal, seja para questionar o mecanismo de distribuição do Tribunal ao destinar recurso a ministro prevento.

O regimento interno do STF não detalha hipóteses de suspeição dos ministros, remetendo-as às causas da legislação processual civil e penal. A não subsunção do fato articulado na inicial àquelas causas motivou a rejeição por manifesta improcedência de 5 arguições, quatro delas ques-

---

[575] AS nº 75, rel. min. Ricardo Lewandowski, *DJ* 2.2.2015 arguida pelo Sindicato dos Servidores do Poder Judiciário do Estado do Rio de Janeiro/SINDIJUSTIÇA-RJ que pediu o afastamento do relator, ministro Luiz Fux, do MS nº 33.227/DF, impetrado pelo Tribunal de Justiça do Estado do Rio de Janeiro e pelo Estado do Rio de Janeiro contra ato do Conselho Nacional de Justiça que em procedimento de controle administrativo anulou licitação daquele tribunal para a contratação de psicólogos e assistentes sociais. No CNJ o procedimento foi instaurado a pedido do SINDIJUSTIÇA-RJ, mas não sendo ele parte no mandado de segurança, a arguição foi arquivada. No processo principal, o relator deferiu a liminar requerida pelo TJRJ e o julgamento do mérito ainda está pendente.

[576] AS nº 68, rel. min. Joaquim Barbosa, *DJ* 13.12.2013. Nesse caso, a suspeição do ministro Teori Zavascki foi requerida pela parte pela aplicação anterior de multa processual pelo relator. No mesmo sentido, a AS nº 35, min. rel. Nelson Jobim, *DJ* 25.4.2007; a AS nº 39, rel. min. Ellen Gracie, *DJ* 3.5.2006, e a AS nº 45, rel. min. Gilmar Mendes, *DJ* 20.10.2008.

MAPEANDO UMA IMAGEM: A IMPARCIALIDADE NOS JULGADOS DO STF

tionando a parcialidade do ministro Joaquim Barbosa e uma da ministra Rosa Weber. Em duas delas, a alegação dos excipientes se opunha à atuação dele em *habeas corpus* em razão de declarações anteriores concedidas à imprensa em contrariedade à previsão contida no inciso III do art. 36 da Lei Orgânica da Magistratura Nacional. Outras duas decisões destacaram a ausência de correspondência entre a arguição e as previsões do Código de Processo Civil, a primeira, a AS nº 49, rel. min. Gilmar Mendes, *DJ* 6.9.2009, apontou a inexistência de prova de que o ministro havia determinado a citação de litisconsortes por interesse pessoal, e a segunda entendeu pela inocorrência de *inimizade pessoal* evidenciada por declarações proferidas em outro processo.

As outras 10 arguições arquivadas por manifesta improcedência assumiram motivos diversos, nem sempre claramente descritos no conteúdo de sua fundamentação ou dispositivo, o que dificulta um enquadramento dogmático mais preciso. Por isso, a análise desse grupo de decisões precisou ser feita também a partir das causas articuladas pela parte que arguiu a suspeição, com o objetivo de fornecer evidências seguras sobre os fatos a que essas decisões se referiram.

A *atuação anterior* dos ministros arguidos em *cargo ou função pública* justificou doze das arguições de suspeição. Em várias delas a impugnação recusou a atuação dos ministros pela conexão do objeto da causa discutido no STF e suas atividades anteriores no Poder Executivo[577]. Nas outras duas (AS nº 42 e nº 43) a rejeição foi motivada na prévia participação da ministra Ellen Gracie na apreciação do tema em discus-

---

[577] Entre outras, as Arguições nº 14 e 40, a primeira ajuizada em oposição à relatoria do min. Nelson Jobim, que havia sido Ministro da Justiça no governo Fernando Henrique, no Agravo de Instrumento n. 192.336/SP, interposto para que fosse conhecido recurso extraordinário versando sobre a validade de dispositivos da Lei nº 9.069/1995, sobre o plano real e outras disposições. A arguição foi arquivada pelo min. Celso de Mello por ser "absolutamente incabível" *DJ* 5.11.1997. A segunda (AS nº 40) se dirigiu à recusa do min. Gilmar Mendes no julgamento do RE n. 545.645/SC, que tratou da constitucionalidade da MP nº 2.180-45/2001, instituidora da vedação de pagamento de honorários advocatícios em execuções contra a Fazenda Pública não embargadas. A alegada suspeição fundava-se no fato de que, enquanto Advogado-Geral da União, Gilmar Mendes havia defendido a norma impugnada na ADI nº 2.418/DF. A arguição foi arquivada em 23.10.2008 pelo min. Cezar Peluso sob o fundamento de que "a mera identidade ou semelhança de teses jurídicas em discussão ou mesmo a defesa, ainda que pública, de teses jurídicas, não são causas de impedimento. Também por isso, o impedimento em um determinado processo não acarreta o impedimento automático para outros processos".

IMAGENS DA IMPARCIALIDADE ENTRE O DISCURSO CONSTITUCIONAL E A PRÁTICA JUDICIAL

são por ocasião do exercício do seu mandato de Presidente do Conselho Nacional de Justiça, condição que externaria o seu interesse pessoal no processo, ou seja, induziria a hipótese de suspeição do art. 135, I, do Código de Processo Civil. Em ambos os casos, o ministro Gilmar Mendes motivou o arquivamento na manifesta improcedência.

A *prévia atuação como advogado* de uma das partes foi invocada como fundamento da Arguição de Suspeição nº 56, ajuizada com o objetivo de afastar o ministro Dias Toffoli do julgamento do RE n. 636.359/AP, em que figuravam como recorrente o senador João Alberto Rodrigues Capiberibe e como recorridos Raimundo de Deus Loyola Belair e o Ministério Público Eleitoral. O recurso extraordinário tinha como objeto a constitucionalidade da aplicabilidade da Lei Complementar nº 135/2010 (chamada lei da ficha limpa) às eleições gerais de 2010, do que resultava a possibilidade de indeferimento do registro de candidatura do recorrente para o Senado Federal. Na inicial da arguição ajuizada pelo recorrido, o Senador Raimundo de Deus Loiola Belair, o afastamento de Toffoli foi requerido "(...) em virtude de ser amigo íntimo do recorrente e ter interesse no julgamento da causa em favor de João Alberto Rodrigues Capiberibe, de quem foi advogado por longos anos, afetando sua imparcialidade para julgar o RE em questão, com sérios prejuízos ao direito do litisconsorte passivo". O ministro excepto não reconheceu a suspeição arguida e em suas informações alegou o seguinte:

> "Em verdade, no caso, não existe sequer relação de amizade, quanto mais 'amizade íntima'. Mais precisamente, esclareço que minha atuação, na época, como advogado de João Alberto Rodrigues Capiberibe e como colaborador eventual junto à Procuradoria Geral do Estado do Amapá – tida como prova de relacionamento íntimo com o recorrente –, não denotam nada além de uma relação – já de há muito pretérita – estritamente profissional, inerente ao desempenho da profissão de advogado que então exercia, o que evidentemente não é capaz de abalar a necessária imparcialidade para julgar as causas em que eventualmente seja parte perante esta Suprema Corte".

Em seguida, o ministro Cezar Peluso, relator, reproduziu outro trecho das informações prestadas por Dias Toffoli e indeferiu a arguição:

> "Para reforçar o argumento de que se encontra em plenas condições de manter a imparcialidade, o Ministro DIAS TOFFOLI sustenta já ter rejeitado queixa-crime formulada por João Alberto Rodrigues Capiberibe contra

o Senador Gilvam Pinheiro Borges, arguente na AS nº 55, na qual proferi decisão que indeferiu o pedido:

> 'Tanto é verdade que, no julgamento do Inq. nº 2674, de relatoria do Min. Carlos Britto, votei pela rejeição de queixa-crime formulada, exatamente, por João Alberto Rodrigues Capiberibe contra Gilvam Pinheiro Borges, ora arguente, o que demonstra não restar evidenciada a alegada parcialidade'.
>
> 3. Ante o exposto, indefiro o pedido, por manifesta improcedência (arts. 280, do RISTF, e 310, do CPC)."

Chama atenção na decisão a observação de que o indeferimento da arguição toma como fundamento apenas e tão-somente a reprodução de trecho dos esclarecimentos prestados pelo ministro Dias Toffoli em relação aos fatos alegados na inicial. Ao substituir o ônus de fundamentar o indeferimento da arguição pela descrição das informações apresentadas pelo ministro arguido, no plano concreto o relator delegou a decisão da arguição ao colega cuja imparcialidade era questionada. O que subjaz à compreensão do processamento e decisão da arguição é o fato de que a resposta institucional do STF sobre da suspeição de um de seus ministros restou a cargo do próprio ministro. O caso é exemplificativo das falhas na condução dos procedimentos das arguições, com efeitos claros sobre a transparência e confiabilidade das decisões dos ministros. O que se observa, então, é a precarização da consistência argumentativa da decisão na arguição, num caso em que a manifestação de imparcialidade foi demandada enquanto garantia de equidade de tratamento das partes, e que *em tese* poderia ter resultado distinto caso o Presidente da Corte tivesse submetido a arguição aos demais ministros, como inclusive prevê o regimento.

Em outra ocorrência de arquivamento, a atuação de ministros arguidos em recurso ou incidente discutido em *fase anterior do mesmo processo* foi sustentada como motivo de recusa na AS nº 46 dos ministros Ricardo Lewandowski, Marco Aurélio, Ayres Britto e Cármen Lúcia, que negaram agravo regimental nos embargos de declaração em *habeas corpus* impetrado pelo arguente. A mesma situação foi levantada na AS nº 78, incidental à Reclamação nº 20.003/SP, em relação à atuação anterior da ministra Rosa Weber no Tribunal Superior do Trabalho[578]. A parte arguente pugnou pela suspeição da ministra "em razão dos fortes laços de amizade existentes entre ela e sua antiga Corte de origem". Ao decidir a arguição, a Presidência do Supremo destacou o seguinte:

> "O fato de um Ministro ter integrado a Corte prolatora da decisão impugnada não é elemento hábil a demonstrar a parcialidade do magistrado, tratando-se de alegação subjetiva da requerente. Ademais, a existência de convívio social entre os membros dos Tribunais não é situação descrita no rol do artigo 135 do Código deProcesso Civil."

A demora no julgamento fora invocada como causa de suspeição na arguição nº 29, que requereu o afastamento do ministro Sepúlveda Pertence, mas foi arquivada pelo ministro Maurício Corrêa em razão de seu *descabimento*. As duas remanescentes (AS nº 1 e nº 8) na categoria de arquivamento por *manifesta improcedência* foram julgadas em 12.5.1949 e 12.6.1980, segundo o antigo livro de tombamento do STF, que não disponibiliza dados suficientes para a descrição.

Em sede de controle abstrato de constitucionalidade o STF recebeu cinco incidentes de suspeição, sendo quatro relativos ao julgamento de arguições de descumprimento de preceito fundamental. O primeiro incidente foi ajuizado contra a participação do ministro Gilmar Mendes na ADPF nº 33/PA, da qual era relator, movida pelo governador do Pará contra o Instituto de Desenvolvimento Econômico-Social daquele Estado, cujo objeto era norma estadual que vinculava a remuneração de servidores do quadro do instituto ao salário mínimo[579]. Dois dos servidores potencialmente atingidos pela decisão do Supremo, então, pediram o reconhecimento da suspeição do relator por este ter defendido, quando ocupava a Advocacia-Geral da União, a constitucionalidade da Lei n. 9.882/1999, que disciplina o procedimento da ADPF – tema que ainda estava em discussão no Tribunal.

---

[578] O registro do andamento do processo originário no TST (AIRR – 11100-23.2008.5.15.0100) não indica que a ministra Rosa Weber tenha participado do julgamento. A decisão do TST reclamada, datada de 18.04.2012, foi tomada após a sua posse no STF, ocorrida em 19.12.2011.

[579] Possibilidade vedada pelo inciso IV do art. 7° da Constituição Federal.

Em seus esclarecimentos, Mendes invocou três precedentes[580] alegando que sua prévia atuação na defesa do ato havia se resumido à aprovação de informações posteriormente encaminhadas à Corte pelo Presidente da República. Logo, a sua parcialidade poderia ser arguida apenas quanto ao julgamento da ADI e não de qualquer das ADPF's em trâmite no Supremo. Acrescentou ainda que "fosse correta a tese formulada pelos arguentes, o meu impedimento ocorreria em todas as ADPF's que viessem a ser ajuizadas perante o Supremo Tribunal Federal. O absurdo da consequência revela o absurdo da premissa". O ministro Marco Aurélio, relator da arguição, acolheu as razões do colega e decidiu pela improcedência do pedido de afastamento de Mendes, justificando que o impedimento estaria restrito ao processo em que ele havia atuado.

Situação semelhante ocorreu na ADI n. 3.198/DF, proposta em 05.05.2004 pela Associação Nacional dos Proprietários e Comerciantes de Armas/ANPCA – ainda não julgada – impugnando a constitucionalidade de dispositivos do Estatuto do Desarmamento, Lei nº 10.826/2003. Em seguida, a associação autora ajuizou arguição em rejeição ao relator, o ministro Carlos Velloso. A suspeição do ministro estaria motivada em pronunciamento à imprensa de opinião favorável ao registro de armas e proibição de sua comercialização em território nacional. O então Presidente do STF, Nelson Jobim, negou seguimento à arguição sob o fundamento de que, conforme a orientação da doutrina e precedentes do Supremo, em ação direta de inconstitucionalidade "instaura-se um processo objetivo, sem partes ou litígio, que não se destina à proteção de

---

[580] A ADI nº 55, DJ 31.5.1989, em que o relator, min. Octavio Galloti afirmou: "o Tribunal decidiu, por unanimidade, que nos julgamentos das Ações Diretas de Inconstitucionalidade não está impedido o Ministro que, na condição de Ministro de Estado, haja referendado a lei ou o ato normativo objeto da ação. Também por unanimidade o Tribunal decidiu que está impedido nas Ações Diretas de Inconstitucionalidade o Ministro que, na condição de Procurador-Geral da República, haja recusado representação para ajuizar Ação Direta de Inconstitucionalidade". Também a ADI nº 4, rel min. Sydney Sanches, *DJ* 7.3.1991, quando fora decidido que "Ministro que oficiou nos autos do processo da ADIn, como Procurador--Geral da República, emitindo parecer sobre medida cautelar, está impedido de participar, como membro da Corte, do julgamento final da ação". De outra parte, decidiu o Tribunal que "Ministro que participou, como membro do Poder Executivo, da discussão de questões, que levaram à elaboração do ato impugnado na ADIn, não está, só por isso, impedido de participar do julgamento". E ainda a ADIn nº 2.321, rel. min. Celso de Mello, *DJ* 25.10.2000, adotando o mesmo entendimento em relação aos ministros que oficiavam junto ao TSE.

relações subjetivas ou de interesses individuais. Por essa razão, a jurisprudência do STF não tem admitido, em hipótese alguma, arguição de suspeição em sede de ação direta de inconstitucionalidade, mas apenas impedimento em casos excepcionais".

O argumento da inviabilidade de perquirir a imparcialidade dos ministros do STF em processos de *natureza* objetiva voltou ao repertório discursivo do Tribunal no julgamento da AS nº 54, exceção incidental na ADPF nº 165/DF, relatada pelo ministro Ricardo Lewandowski. A suspeição foi levantada pela Associação de Proteção e Defesa Ativa dos Consumidores do Brasil/APROVAT em face do ministro Dias Toffoli também em virtude de declarações dadas à imprensa sobre o mérito da ação principal, que versa acerca de expurgos inflacionários em virtude de planos econômicos. Argumentou a associação que antes de compor o STF o ministro arguido disse que "o plano econômico rompe a cultura da inflação e regras valem para toda a sociedade", evidência de prejulgamento do objeto da causa. A decisão do relator, ministro Gilmar Mendes, reafirmou a jurisprudência acrescentando referências à sua própria obra doutrinária e à apropriação do tema na Corte Constitucional alemã.

Em três dos precedentes do STF citados nas decisões que negaram seguimento às arguições acima referidas, algumas particularidades merecem destaque. Isso porque neles a Corte transita de uma perspectiva *pragmática* na rejeição do exame das arguições para, em seguida, adotar uma vertente *ontológica* de decisão ao considerar incabível a impugnação de parcialidade no controle abstrato em função da *natureza* que tal espécie processual assume na jurisdição constitucional. Os casos indicam ainda uma postura flexível do Tribunal na apreciação das arguições do ponto de vista das regras do Regimento Interno. Isso porque, como vimos, o regimento determina o processamento e julgamento das arguições em autos apartados, mas em alguns casos a deliberação se deu em sede de preliminar no exame da ação principal. Assim foi com a ADI nº 1.354/DF, relatada pelo ministro Maurício Corrêa, em que fora requerida a suspeição do ministro Sepúlveda Pertence por ter opinado previamente contra a existência de pequenos partidos políticos. No julgamento, o próprio relator antes de iniciar seu voto, rejeitou a arguição[581].

---

[581] "Sr. Presidente, como Parlamentar, muitas vezes, inclusive em discurso de despedida no Senado, manifestei-me contra a proliferação de partidos políticos no Brasil, e sobre a siste-

Sobre a rejeição da suspeição na ADI nº 1.354/DF, alertaram os ministros Moreira Alves e Marco Aurélio que o tema não havia sido suficientemente esclarecido no voto do relator, sobressaindo-se dúvidas sobre o não cabimento das arguições de suspeição nas ações diretas ou se sendo cabíveis seria o caso de indeferimento. O resultado proclamado indicou que o Tribunal se posicionara pelo não cabimento da arguição, em que pese ter destacado a ausência de voto do ministro Pertence por haver-se declarado impedido. Pouco mais de quatro anos depois, o plenário do Supremo se deparou com pedido de impedimento do ministro Néri da Silveira, que havia oficiado como Presidente do Tribunal Superior Eleitoral quando o objeto da ADI 2.243/DF havia sido discutido. O primeiro a se manifestar sobre o impedimento foi o ministro Moreira Alves invocando uma razão estritamente prática para a negativa do pedido:

"Sr. Presidente, não pode haver impedimento aqui, senão, em caso de empate, vamos convocar um Juiz do Superior Tribunal de Justiça, que não é uma Corte com as nossas atribuições? Temos que encontrar uma solução. Veja V. Exa., imagine que desse aqui cinco a cinco iríamos convocar numa matéria dessa natureza?

O único caso que acho realmente sério é o do ex-Procurador-Geral da República ter sido o autor. Aqui não. Na realidade foi o Tribunal que fez; não foi o Presidente que fez. Não se trata de mandado de segurança, porque nele é o Presidente que presta a informação. Aqui não. Quem está prestando é o Tribunal. O Presidente apenas a assina como seu representante. É uma resolução feita pelo Tribunal, e o Presidente pode até ficar vencido. Sr. Presidente, levanto a preliminar de que o ministro Néri da Silveira não está impedido, tendo em vista essas razões."

Por unanimidade, o plenário acompanhou Moreira Alves e negou a pretensão de afastamento de Néri da Silveira. A ação direta, contudo, sequer chegou a ser conhecida pela Corte. No entanto, o caso mais curioso entre os citados como precedentes para negar a viabilidade do

---

mática existente, concebida exatamente pelo texto atual da Constituição. Nem por isso entendo que haja suspeição; ademais estamos em sede de controle de abstrato, e *não me parece adequado* examinar-se, nesta sede, a suspeição de qualquer dos integrantes da Corte, como tem acontecido em outras situações. Este Tribunal tem entendido não poder o Ministro dar-se por impedido ou suspeito em campo da ação direta de inconstitucionalidade." Trecho do voto do min. Maurício Corrêa na ADI nº 1.354, *DJ* 7.2.1996.

exame de eventual parcialidade da jurisdição se deu no julgamento da ADI-MC n. 2.370/CE[582]. O pedido de cautelar na ação direta foi distribuída ao ministro Sepúlveda Pertence, que mesmo não diretamente provocado por via do incidente de exceção, abriu uma preliminar em seu voto para justificar a razão de se considerar hábil a votar no processo, ainda que tivesse relações com um dos interessados no resultado[583].

Em seguida, nenhum dos demais ministros referiu-se à questão preliminar levantada por Pertence e o pleno do Tribunal, à exceção do ministro Marco Aurélio, deferiu a liminar requerida pelo PGR, que beneficiava, em tese, o magistrado mencionado no voto do relator. Por outro lado, o argumento para o afastamento de dúvida sobre a imparcialidade do ministro não era articulado em termos consistentes segundo características suficientemente claras que dividissem a *natureza* do processo objetivo dos demais procedimentos sujeitos à jurisdição do Supremo Tribunal Federal.

Esse fato, por si só, não denota ou sugere eventual favorecimento pessoal, falta de zelo ou intransparência do ministro relator – talvez até indique o contrário no caso específico-, porém a falta de um critério deliberativo incorporado à prática discursiva do STF nas questões envolvendo a imparcialidade de seus membros potencializa o surgimento de dúvidas sobre o grau de isenção do Tribunal em casos semelhantes. Além disso, a negativa de competência[584] da Corte para apreciar questões infraconstitucionais em sede recursal, na qual se insere o tema das

---

[582] Ajuizada pelo Procurador-Geral da República contra o Tribunal de Justiça do Ceará, que versou sobre a constitucionalidade das regra do art. 7° do Regimento Interno daquele Tribunal local sobre os critérios de elegibilidade dos magistrados para funções de direção. *DJ* 09.03.2001.

[583] "Ao tempo em que presidi o Tribunal Superior Eleitoral, presidia o TRE do Ceará o il. Desembargador Ernani Barreto Ponte, que então conheci e de quem, desde então, sempre que visito aquele Estado tenho recebido as mais cordiais manifestações de hospitaleira estima pessoal que superam as da gentileza cerimonial de tais ocasiões (...) o provocador da iniciativa do em. Procurador-Geral da República e notoriamente interessado na questão constitucional proposta – fosse outra a natureza do processo, tenderia a declarar minha suspeição". Voto do relator, ministro Sepúlveda Pertence, na ADI n. 2.370/CE.

[584] Súmula n. 279: "Para simples reexame de prova não cabe recurso extraordinário". Além da Súmula n. 399: "Não cabe recurso extraordinário, por violação de lei federal, quando a ofensa alegada fôr a regimento de tribunal".

causas de suspeição e impedimento dos demais juízes e tribunais[585], impede a construção de uma distinção entre o regime da imparcialidade dos ministros do STF em relação ao restante da magistratura. Sob o fundamento de que a violação reflexa à Constituição não autoriza o conhecimento do recurso no Supremo, justifica-se a rejeição do exame de questões de fato pelo Tribunal, e com elas a apreciação dos motivos pelos quais as exceções de impedimento ou suspeição nas demais instâncias tenham sido rejeitadas[586].

As distintas atribuições dos ministros, justificadas pela função política desempenhada pela Corte, indica que a avaliação da imparcialidade no STF está sujeita a um grau de responsabilidade distinto dos demais integrantes do Poder Judiciário. Porém, também sob essa perspectiva há dificuldades de enquadramento dogmático claro, pois os ministros não dispõem de estatuto funcional próprio, vinculando-se à Lei Orgânica da Magistratura. A resistência à aplicação dos padrões legais de recusa dos juízes a magistrados dos tribunais de cúpula e responsáveis pela chamada guarda da Constituição não é exclusividade brasileira. Exemplos do modo reativo com que a interpretação das cláusulas de recusa têm sido acolhidas na jurisprudência podem ser vistos também na Suprema Corte norte-americana[587], além dos Tribunais Constitucionais do Chile[588] e da Espanha[589].

Entre discursos de domínios diversos, a comunicação produzida pelo STF agrega argumentos da política e do direito, muitas vezes postos sob forte tensão. Ocorre que, não raro, essa tensão passa despercebida pelos próprios julgadores e pelos jurisdicionados, pois uma das funções

---

[585] Nesse sentido: STF. 1ª Turma. AgReg no RE 577.297/SP, rel. min. Ayres Britto, *DJ* 26.5.2009; AgReg no RE 629.080/DF, rel. min. Rosa Weber, *DJ* 04.2.2014, que versou sobre aplicação de regras sobre impedimento e suspeição do regimento interno do TJDFT, e 2ª Turma, AgReg no AI 599.452, rel. min. Joaquim Barbosa, 6.5.2008; AgReg no AI 383.510/ /DF, rel. min. Carlos Velloso, *DJ* 27.8.2002, que analisando pretensão de suspeição de ministro do STJ levada em recurso ao STF afirmou que "compete ao Judiciário, no conflito de interesses, interpretando a lei, fazer valer a vontade concreta desta. Se, em tal operação, o Judiciário interpreta bem ou mal a lei, a questão continua no campo da legalidade comum, inocorrendo o contencioso constitucional".

[586] STF. 1ª Turma. AgReg no AI n. 828.647/MG, rel. min. Dias Toffoli, *DJ* 20.9.2011.

[587] Cf. Virelli, 2011, p. 1.202-1.207.

[588] Cf. Salamanca, 2009, p. 263-302.

[589] ATC 18/2006, de 24.01.2006; ATC 26/2007, de 05.02.2007 e Rincón, 2008, p. 347-393.

da linguagem do direito é ocultar as contradições envolvidas na argumentação sobre o caso, condição para que o conflito possa receber uma solução. A operação se materializa pela invisibilização da contingência presente no paradoxo da decisão[590]. Ocorre que essa operação precisa ser feita por meio da adoção de mecanismos deliberativos vistos como confiáveis pelas partes e terceiros. A rejeição absoluta da discussão sobre a parcialidade dos ministros, constatada pelo fato de que nenhuma das 133 arguições examinadas foi levada ao colegiado, indica a existência de um sério problema no modo como a Corte se autocompreende enquanto órgão imparcial. A opção institucional de colocar-se *acima de qualquer suspeita* quando deparada com questionamentos parece apostar na manutenção da ingênua crença de que a *confiança* pode se estabelecer independentemente das contingências que a cercam.

Por outro lado, como mostram os dados, *ocultar* a parcialidade dos magistrados mostra-se relevante na organização interna do Supremo e seus *quóruns* de deliberação. No funcionamento dos tribunais que têm por função apreciar casos com repercussão política, paradoxalmente, a *transparência* dos discursos decisórios parece conspirar contra a *confiança* no trabalho dos seus magistrados. Isso porque o fato de serem eles responsáveis por decidir temas políticos (orientados por programas finalísticos) com base no sistema jurídico (condicionado pelos programas do direito), demanda o *silêncio* acerca de suas posições e relações pessoais. Sem o recato do silêncio, a decisão não será vista como resposta juridicamente legítima, mas como manifestação da vontade ou preferência política pessoal. Contudo, essa alternativa tampouco é suficiente porque o *comportamento* dos ministros muitas vezes viola as previsões do regimento, além de permanecer disponível à apropriação estratégica dos litigantes.

Se por um lado não é possível apontar uma causa única para o déficit dos critérios de aferição da imparcialidade no STF, de longe pode-se afirmar que o STF seja um Tribunal cuja transparência esteja acima de qualquer suspeita. Apesar da maior exposição que a Corte e os ministros passaram a experimentar nos últimos anos, diversos conflitos de interesse envolvendo direta ou indiretamente os ministros têm sido noticiados pela imprensa, o que é bastante revelador de uma incongruência

---

[590] Cf. Luhmann, 1988 e 2005, p. 370-381.

entre o discurso normativo pronunciado nas decisões e o comportamento dos integrantes da Corte.

A impossibilidade de uma imparcialidade judicial politicamente asséptica como característica da função judicial pós-burocrática nas democracias contemporâneas não significa, de modo consequente, o abandono dos critérios de transparência decisória e *accountability* compreendidos como instrumentos de legitimação das respostas do direito. Como apontaram Nonet e Selznick, é da sujeição da jurisdição a uma supervisão dual entre participação e qualificação do compromisso profissional dos juízes que a imparcialidade dos julgamentos pode aflorar[591]. No Brasil, contudo, a desproporcionalidade entre a gravidade da situação institucional e a pouca atenção que ela tem merecido do Supremo Tribunal Federal é sintomática da reduzida dimensão da consideração que a Corte tem conferido à sua imagem imparcial.

4.2. A imparcialidade diante dos conflitos de interesse.

A descrição das estatísticas e casos de suspeição e impedimento mostra que o STF parece pouco disposto a discutir a parcialidade de seus ministros, considerando que nenhuma delas foi levada a julgamento colegiado. Isso indica que o questionamento da imparcialidade dos ministros não tem encontrado espaço adequado nas vias institucionalizadas postas à disposição dos jurisdicionados, em que pese a previsão normativa do Regimento. Os dados podem indicar ainda que a autocompreensão dos ministros sobre a própria imparcialidade e de seus colegas assume uma condição *naturalizada*, sequer discutida na forma juridicamente estabelecida. Essa é uma situação que depõe contra a impessoalidade na condução de procedimentos, além de expor a fragilidade da autorreflexividade do discurso produzido pela Corte sobre a exigência de transparência no comportamento de agentes políticos integrantes dos demais poderes.

Por outro lado, o silêncio acerca da limitação do alcance da própria jurisdição quando as condições de apreciação objetiva dos casos pelos ministros é questionada pode sugerir ainda que a manutenção desse padrão decisório pela Corte constitui uma espécie de *autoproteção* dos ministros em relação à *desconfiança externa*. Aqui pode ser cogitado que,

---

[591] Cf. Nonet & Selznick, 2001, p. 100.

de forma deliberada ou não, os ministros teriam criado um ambiente de cumplicidade entre si como mecanismo de preservação das suas próprias biografias e da imagem do Tribunal contra tentativas de desvelar alguma *motivação pessoal* para as decisões. Esta relação pode ser bem compreendida entre os pares ao contribuir com a percepção de que a Corte julga por princípios e não por política ou, num cenário institucional mais precário – por motivos particularistas fundados no interesse de seus membros.

Entretanto, também essa postura de autoproteção que bloqueia a discussão institucional da imparcialidade dos ministros assume uma feição problemática para o funcionamento do Tribunal em determinados casos, além de sequer suprimir o risco de insinuações de atuação parcial em benefício próprio ou de outrem. Uma atitude tal parece crer ingenuamente que a *confiança* se pode estabelecer por decreto[592] e, pior, esquece que a validade normativa da suposição de boa-fé argumentativa dos juízes depende também das práticas adotadas no processo decisório. Isso porque o silêncio ou a negação discursiva da presença de conflitos de interesse no STF estão sujeitos à apropriação estratégica pelas partes e advogados com o objetivo de afastar ministros dos julgamentos, valendo-se do cálculo em relação a voto cuja posição do julgador é previamente conhecida – ou ao menos esperada –, e cuja exclusão pode ser decisiva para o resultado.

Um exemplo da mobilização dessa variável que evidencia o caráter complexo da imparcialidade no STF foi noticiado em outubro de 2010. Segundo publicação da imprensa[593], o advogado Adriano Borges, genro do ex-ministro Ayres Britto, havia sido contratado pelo ex-Senador Expedito Gonçalves Ferreira Júnior (à época filiado ao PSDB) para atuar no Supremo e no Tribunal Superior Eleitoral, em processos envolvendo cassação de mandato e a discussão da aplicabilidade da LC nº 135/2010 às eleições de 2010. O caso a que a publicação fez referência foi o Inqué-

---

[592] Na expressão usada por Schedler, 2005, p. 88.

[593] Genro de ministro atuou para ex-senador. *Folha de São Paulo*. Especial n. 5, edição de 02.10.2010. A matéria registrou que o advogado tinha iniciado negociação com o ex-governador do Distrito Federal, Joaquim Roriz (PSC), com o propósito de afastar Britto, sabidamente favorável à aplicabilidade imediata da "Lei da Ficha Limpa", do julgamento do RE 630.147/DF, que acabou empatado em 5 a 5, com o minstro Britto votando pela vigência imediata e alcance da lei ao caso Roriz.

rito nº 2.828/RO, distribuído ao gabinete do ministro Ayres Britto em 1.7.2009, em que figurava entre outros investigados o senador Expedito Júnior. Segundo o andamento registrado no *site* do Tribunal, em 7.7.2009, o senador peticionou requerendo a juntada de procuração/ /substabelecimento e, então, no dia seguinte, o ministro relator declarou seu impedimento invocando o art. 252 do Código de Processo Penal. Os autos foram redistribuídos ao ministro Marco Aurélio.

Cerca de um ano antes, o ingresso de Adriano Borges como representante judicial do ex-senador teve o efeito de afastar Ayres Britto do julgamento do MS nº 27.613/DF. O mandado de segurança foi impetrado por Acir Marcos Gurgacz contra ato da Mesa do Senado Federal que se negava a dar cumprimento à decisão de cassação do diploma do então senador Expedito Júnior, proferida pela justiça eleitoral de Rondônia. A ação foi distribuída ao ministro Lewandowski em 23.9.2008, que negou a liminar requerida. Segundo informações do andamento processual no STF, após a notificação, Expedito Júnior apresentou contestação em 9.12.2008 representado pelo advogado Luiz Alberto Bettiol. Porém, em 08.7.2009, fora certificada a substituição do causídico com o ingresso de Adriano Borges na defesa do senador cassado, o que teria provocado o afastamento do ministro Ayres Britto de participar do julgamento, embora não se tenha certificado formalmente o seu impedimento[594].

Em que pese a desinfluência do voto de Britto para o resultado do julgamento do mandado de segurança[595], os casos revelaram a falha no funcionamento dos mecanismos de impedimento e suspeição no Tri-

---

[594] Nos debates o min. Marco Aurélio alertou: "Presidente, ficamos sem quórum para matéria constitucional. O Ministro Carlos Ayres Britto estava no Plenário, mas se ausentou." Ao que a ministra Cármen Lúcia respondeu: "Ele não pode participar."

[595] O resultado proclamado teve o seguinte teor: "O Tribunal, por maioria, concedeu a segurança para determinar à Mesa do Senado Federal que cumpra imediatamente a decisão da Justiça Eleitoral, dando posse ao impetrante Acir Marcos Gurgacz, na vaga do Senador Expedito Gonçalves Ferreira Júnior, cujo registro foi cassado pela Justiça Eleitoral, prejudicado o agravo regimental de fls. 267-278, vencido o Senhor Ministro Marco Aurélio, que indeferia a segurança. Votou o Presidente, Ministro Gilmar Mendes. Ausentes, justificadamente, a Senhora Ministra Ellen Gracie, licenciado o Senhor Ministro Joaquim Barbosa e, neste julgamento, o Senhor Ministro Carlos Britto. Falaram, pelo impetrante, o Dr. Fernando Neves da Silva e, pelo litisconsorte passivo, Expedito Gonçalves Ferreira Júnior, o Dr. Adriano José Borges Silva. Plenário, 28.10.2009". STF. Plenário. MS 27.613, rel. min. Lewandowski.

bunal. Isso porque segundo regra do processo civil[596] aplicável à última hipótese descrita, não é admitido o ingresso de advogado com a finalidade de criar impedimento do juiz quando o processo já se encontra em andamento. Uma regra que o STF poderia aplicar analogicamente ao processo penal.

Por vezes, as relações que perpassam domínios distintos do convívio entre profissionais da área jurídica, como a academia, a advocacia e a magistratura também chamam a atenção para situações conflitivas, porém não necessariamente ilegais ou funcionalmente irregulares. São circunstâncias que se situam numa 'zona de penumbra', mas põem em dúvida a expectativa de confiança na atuação da Corte.

Num exemplo recente, decisão da 2ª Turma do Supremo Tribunal Federal no Agravo Regimental no Habeas Corpus nº 128.261/MT despertou a atenção da imprensa[597] em virtude da presença do advogado do ministro Gilmar Mendes, Rodrigo Mudrovitsch que também é professor do Instituto Brasiliense de Direito Público, instituição da qual sabidamente o ministro é sócio. O causídico figurou na defesa do impetrante, o ex-presidente da Assembleia Legislativa de Mato Grosso, José Geraldo Riva (PSD), que responde a mais de 100 processos e fora impedido pelo TRE do estado de Mato Grosso de disputar as eleições ao governo daquele Estado em 2014[598]. Riva estava em prisão preventiva pela suposta prática de crime de quadrilha ou bando e acusação de peculato por vinte e seis vezes, de que resultara um prejuízo superior a R$40 milhões. A impetração se dirigia contra o indeferimento de liminar no Habeas Corpus nº 319.331/MT no STJ[599], que havia denegado a ordem por maioria e foi distribuída ao ministro Teori Zavascki. Este havia negado o

---

[596] BRASIL. Código de Processo Civil. Art. 144, incisos III e VIII c/c §2º.

[597] "STF solta José Riva, conhecido como 'maior ficha suja do país'" *Folha de São Paulo*, 23.6.2015. Segundo a matéria: "A assessoria de Gilmar Mendes disse que não há desconforto ou qualquer constrangimento com o julgamento de Riva, uma vez que a linha para se declarar impedido se dá em relação ao réu e não ao advogado. O gabinete informou que, na mesma sessão, o ministro aceitou denúncia contra um réu que tinha como advogado outra professora do Instituto Brasiliense de Direito Público. Os assessores disseram ainda que os advogados que atuam no Supremo acabam tendo relação com os ministros, uma vez que são os melhores do país."

[598] "'Maior ficha suja do país' renuncia e coloca mulher no lugar em MT" *Folha de São Paulo*, 12.9.2014.

[599] STJ. Sexta Truma. HC nº 319.331/MT, rel. min. Maria Thereza de Assis Moura.

MAPEANDO UMA IMAGEM: A IMPARCIALIDADE NOS JULGADOS DO STF

recurso sob o fundamento de que caberia ao paciente impugnar a decisão do STJ por via adequada, ou seja, através de recurso naquela Corte, sem o que haveria supressão de instância, no que foi acompanhado pela ministra Cármen Lúcia. Zavascki ainda registrou que "em petição protocolada em 23/6/2015 (hoje), a própria defesa informa a impetração de novo habeas corpus, 'tombado sob o nº 128.977'. Daí por que, por mais esse motivo, mostra-se inviável a análise da pretensão formulada nesta ação"[600].

Porém, abrindo a divergência, o ministro Gilmar Mendes deu provimento ao agravo e concedeu a ordem entendendo que "os fatos estão associados a práticas nos anos de 2005 a 2009 e, portanto, está-se usando a possibilidade de que se dê continuidade a uma prática delitiva nos tempos atuais; fatos praticados enquanto Presidente da Assembleia, cargo que ele já não mais detém. Essas hipóteses aparecem no debate travado no próprio STJ. De modo que, a mim me parece, é caso, sim, de superação da Súmula n. 691"[601]. A divergência foi acompanhada pelo ministro Dias Toffoli. Em virtude do empate, pois ausente o ministro Celso de Mello, a ordem foi concedida nos termos do Regimento do Tribunal.

Procurado pela imprensa, o advogado afirmou o acerto da decisão do STF e disse que "Não se pode julgar o processo pela capa". De fato, a ideia de imparcialidade associada à isenção na apreciação do Tribunal visa afastar a possibilidade de direcionamento de julgamentos em virtude das partes. Entretanto, no contexto afirmado, a resposta paradoxalmente quer dizer o contrário. Isso porque, em casos envolvendo personalidades ou interesses nesse grau, a exemplo do citado caso do ministro Britto, pode-se esperar que a escolha do advogado não se dá em virtude de suas qualidades técnico-profissionais refletidas na elaboração das teses de defesa, mas sim pela proximidade, efetiva ou potencial, do advogado com o julgador. Aos olhos do cliente/contratante é essa 'proximidade' que fará a diferença no momento da decisão. Essa, contudo, é uma dimensão que permanece *invisibilizada* na doutrina e

---

[600] Trecho do voto do min. Teori Zavascki no AgR no HC n. 128.261/MT, *DJ* 23.6.2015.
[601] Trecho do voto do min. Gilmar Mendes no AgR no HC n. 128.261/MT, DJ 23.6.2015. A súmula 691 do STF diz: "Não compete ao Supremo Tribunal Federal conhecer de habeas corpus impetrado contra decisão do relator que, em habeas corpus requerido a tribunal superior, indefere a liminar."

na construção de critérios mais sólidos de impedimento e suspeição na jurisprudência do Supremo.

Ainda que sem a intermediação de profissional da advocacia, a conexão entre parte ou investigado e o eventual julgador na Suprema Corte pode emergir ao conhecimento público expondo uma situação conflitiva. Foi o caso, por exemplo, da ligação telefônica feita em maio de 2014, a partir do gabinete do ministro Gilmar Mendes para o então governador do Mato Grosso, Silval Barbosa (PMDB). Este acabara de sair de prisão em flagrante por porte de arma sem registro, após o pagamento de fiança de R$100 mil, no âmbito da operação Ararath, da Polícia Federal. No momento, o governador tinha o seu telefone celular grampeado e, em seguida, a imprensa[602] divulgou gravações da conversa entre o ministro e o governador. A interceptação telefônica e a ordem de prisão partira do STF[603], por decisão do ministro Dias Toffoli. O diálogo reproduzido pela revista *Época* teve o seguinte teor:

"Governador: Ilustre ministro

Ministro: Governador, que confusão é essa?

Governador: Barbaridade, ministro, isso é uma loucura, viu?

Ministro: Que coisa, estou sabendo isso agora (...)

Governador: E não tem, graças a Deus, não tem nada aqui que levaram, a não ser uma arma com registro vencido (...) Uma loucura, viu

Ministro: Que loucura!

Governador: É!

Ministro: Eu vou... Eu tô indo pro TSE, eu vou conversar com o Toffoli

Governador: (...) O advogado tá indo amanhã aí, pra ver, pegar cópia aí, o que que é esse dinheiro que ele fala, próximo de 4 milhões, que eu teria pego pra campanha, que eu teria dado pro Éder (operador do esquema) ir pagar umas coisas. Eu não sei o que é isso.

Ministro: hum, hum

Governador: E é com isso que fizeram a busca e apreensão aqui em casa

Ministro: Meu Deus do céu!

Governador: É!

Ministro: Que absurdo! Eu vou lá, depois, se for o caso, a gente conversa.

Governador: Tá bom, então, ministro. Obrigado pela atenção!

Ministro: Um abraço aí de solidariedade!"[604]

---

[602] *Revista Época*, 6.2.2015 (http://goo.gl/p870gL).

[603] Onde o governador figura como investigado em inquérito por corrupção passiva.

[604] O áudio integral da conversa pode ser ouvido aqui: https://goo.gl/R5f69E. Procurado, o gabinete do ministro disse que: "[a]o ser informado pela imprensa sobre a busca e apreensão

A matéria ainda noticiou que meia hora depois da conversa, o ministro da Justiça também ligou para o governador, tendo a conversa conteúdo semelhante à acima reproduzida, mas que foi marcada pela seguinte pergunta: "O pessoal da PF se comportou direitinho com você? (...) Eu queria saber muito se a PF tinha feito alguma arbitrariedade". Ao que o governador respondeu "Fizeram o trabalho deles na maior educação, tranquilo" para ouvir do ministro ao final: "Qualquer coisa me liga, tá, Silval?"

No STF, o relator do Inquérito nº 3.842/DF da operação Ararath[605], ministro Dias Toffoli, recebeu por redistribuição a relatoria do Agravo Regimental interposto pelo Ministério Público Federal. O recurso pedira nova prisão de Éder de Moraes Dias (ex-Secretário da Fazenda na gestão Blairo Maggi e ex-Chefe da Casa Civil do governo Silval Barbosa). Éder foi acusado de ser o "operador do esquema" investigado pela operação da Polícia Federal. A Procuradoria-Geral da República renovou o pedido de prisão sob o argumento da tentativa de fuga e "pelo encontro, em poder do investigado, de um documento falso, e pelo fato de ter ele mantido contatos com promotor de justiça, a fim de, supostamente, interferir em investigação criminal federal"[606]. Após o voto de Toffoli, que negou provimento ao recurso, acompanhado por Luiz Fux, votaram pelo provimento e, consequentemente, pela

---

na residência do então governador do Estado do Mato Grosso, com quem mantinha relações institucionais, o Min. Gilmar Mendes telefonou ao Governador Silval Barbosa para verificar se as matérias jornalísticas eram verídicas', diz a nota. A assessoria do ministro disse ainda que ele usou as expressões 'que absurdo' e 'que loucura' como interjeições, sem juízo de valor. Gilmar Mendes preferiu não fazer nenhum comentário adicional sobre o assunto." A publicação ainda acrescentou: "O ministro Gilmar Mendes também mantém boas relações com Silval Barbosa. Em 21 de junho de 2013, quando Silval Barbosa era governador e o caso começava a ser investigado pela força-tarefa, Gilmar Mendes foi ao gabinete dele em Cuiabá para receber a medalha de honra ao mérito do Estado de Mato Grosso. Assim falou Gilmar Mendes: 'É uma visita de cortesia ao governador. **Somos amigos de muitos anos**, temos tido sempre conversas muito proveitosas. Fico muito honrado. Faço tudo para que o nome de Mato Grosso seja elevado'".

[605] Em que figuram, entre outros investigados, os ex-governadores de Mato Grosso, Silval Barbosa e Blairo Maggi; o prefeito de Cuiabá, Mauro Mendes; o Conselheiro do TCE/MT, Sérgio Ricardo Almeida, além de José Geraldo Riva, também aqui representado pelo advogado Mudrovitsch.

[606] Trecho da ementa do Acórdão no AgReg no Inq. 3.842/DF, rel. min. Dias Toffoli, *DJ* 7.10.2014.

expedição de ordem de prisão, os ministros Marco Aurélio e Rosa Weber. O julgamento foi então suspenso em 19/08/2014 pelo empate, pois o ministro Roberto Barroso averbara o seu impedimento para o julgamento, o que demandou, em questão de ordem, aguardar o voto de algum ministro da Segunda Turma do Tribunal. O art. 150, parágrafos 1º e 2º do Regimento Interno do STF diz que em caso de empate por ausência, licença superior a um mês ou impedimento de algum integrante da Turma, ministro da outra em ordem decresente de antiguidade deve ser convocado.

Seguindo a ordem de antiguidade, na forma do Regimento, o processo foi encaminhado ao gabinete do ministro Celso de Mello[607] em 17.9.2014, porém este se considerou suspeito para julgar, sem declinar os motivos. Na linha de antiguidade da Turma estava o ministro Gilmar Mendes, cujo voto decisivo, proferido em 07.10.2014 (cerca de 5 meses após o diálogo telefônico com Silval Barbosa), negou provimento ao agravo do Ministério Público. O teor da decisão de Mendes e os demais votos não foram disponibilizados pelo STF, por razões de segredo de justiça.

É sob esse ajuste entre o compartilhamento de *espaços* profissionais e o *tempo* das manifestações institucionais que o argumento da técnica pode ocultar as 'boas relações' ou a 'troca de favores' fundados no personalismo de vínculos não expressamente proibidos pelo direito, mas que atuam destrutivamente sobre a autonomia de suas respostas, atingindo igualmente a formação congruente das expectativas de imparcialidade dos magistrados e da Corte.

O caráter marcadamente político da jurisdição do STF exige que os ministros adotem posições que necessariamente beneficiam ou prejudicam um dos lados das disputas partidárias. E a derrota, muitas vezes,

---

[607] Conforme extrato do andamento processual disponível em: http://goo.gl/cg4WJX Despacho do ministro Marco Aurélio consignou: "(...)2. Ante o fato de a Turma haver atuado com quatro integrantes, ocorreu empate na votação do agravo. Conforme o Regimento Interno, cumpre convidar o Ministro mais antigo da Segunda Turma para proferir o voto-desempate. 3. Remetam os autos do inquérito, com as notas do julgamento iniciado, ao ministro Celso de Mello, cuja presença, na Primeira Turma, será motivo de grande honra. A Secretaria Judiciária, à folha 1.284, juntou certidão apontando ter o ministro Celso de Mello declarado suspeição. Por isso, submeto os autos a Vossa Excelência. 2. Ante o quadro, cumpre convidar aquele que se segue ao ministro Celso de Mello em antiguidade, ou seja, o ministro Gilmar Mendes. 3. Providenciem. 4. Publiquem. Brasília – residência –, 30 de setembro de 2014, às 22h10. Ministro Marco Aurélio."

passa a ser atribuída à ausência de imparcialidade do Tribunal e não à fragilidade da posição defendida. Diversos exemplos recentes[608] têm evidenciado que a difícil conciliação entre a atuação judicial e a participação política dos ministros esbarra também na falta de critérios transparentes para a aferição da isenção da Corte. As próprias relações institucionais de integrantes do STF com representantes dos demais poderes, sujeitos à sua jurisdição – inclusive no âmbito penal, podem ser observadas como pontos de tensão com a imparcialidade. Mediadas por encontros, telefonemas e reuniões, essas discussões de que participam os ministros tratam de temas que já estão sob a apreciação da Corte ou certamente chegarão num futuro breve, de modo que a posição do julgador parece afetada pela prévia participação. Como resume Arguelhes: "Quem se apresenta como articulador político ou consultor jurídico de partes em conflito arrisca sua imparcialidade como juiz na decisão futura"[609].

Esses fatores contribuem para que se mantenham ocultos os espaços de algumas relações pessoais, que podem sugerir trocas de favores ou vínculos indesejáveis. Assim, embora no plano do discurso se mantenha a ideia de neutralidade e impessoalidade das relações institucionais, os efeitos desses problemas incidem de modo muito negativo sobre a imagem do Tribunal, promovendo o descrédito de suas decisões.

A frágil pressão da esfera pública sobre o comportamento do STF parece contribuir para a normalização dessas situações conflitivas. É ainda baixa a repercussão que a cobertura da mídia desempenha nas discussões institucionais de processos envolvendo a atuação dos ministros, suas redes de relacionamento político e interesses, incluídos os ligados à extensão de prerrogativas e benefícios corporativos da magistratura e do Ministério Público. Além da pequena representatividade da cobertura especializada do Poder Judiciário por veículos de comunicação externos

---

[608] Nesse sentido, o encontro não agendado no exterior entre o Presidente do Tribunal, min. Lewandowski, o ministro da Justiça e a Presidente Dilma Rousseff em 9.7.2015, que teria como objeto reajuste do Poder Judiciário, e outro com Renan Calheiros, investigado no inquérito da operação *Lava Jato* no STF, para tratar da nomeação do min. Edson Fachin. Também, na mesma data, o encontro de Gilmar Mendes e o deputado denunciado no mesmo inquérito, Eduardo Cunha, realizado *na residência oficial* do parlamentar para discutir o processo de *impeachment* de Rousseff. Cf. Arguelhes, 2015.

[609] Cf. Arguelhes, 2015.

à organização do sistema de justiça ou sem vínculos diretos ou indiretos com ela[610], mas que se proponham a criticar abertamente decisões de caráter corporativo e fiscalizar a agenda do Supremo Tribunal Federal segundo parâmetros de transparência. Exemplo de uma iniciativa nesse sentido é o *site* criado com o objetivo ampliar o controle sobre a atividade da Suprema Corte norte-americana e propor reformas, *Fix the Court*[611], que se descreve como uma organização nacional, não partidária, criada em função da ausência de *accountability*, e com o objetivo de pressionar os *Justices* a adotar reformas que tornem a Corte mais aberta e confiável. Para tanto, propõe difundir informações sobre os problemas que assolam a Suprema Corte e seus juízes.

A ausência de um canal ou veículo específico para a cobertura do Judiciário, com enfoque na demanda por mais transparência na agenda dos membros não tem impedido, contudo, a revelação de situações conflitivas que levantam suspeitas sobre relações de magistrados com o setor privado[612] ou mesmo entes públicos[613], como no caso da partici-

---

[610] A difusão recente de *sites* como o *Jota* (http://jota.info/); *Justificando* (http://justificando.com/); *Empório do Direito* (http://emporiododireito.com.br/), entre outros mesclam notícias sobre decisões judiciais e artigos de opinião de juristas, alguns deles vinculados ao Poder Judiciário. Porém, nenhum deles tem o propósito de noticiar e difundir a agenda judicial, cobrando-lhe *accountability*.

[611] No campo About, a menção: "They've told us where we can pray, picked our President, allowed billionaries to buy elections and made choices of life and death. Nine judges appointed for life to a court that 'makes its own rules' and has 'disdain for openness and transparency'. The Supreme Court – America's most powerful, least accountable government institution." (http://fixthecourt.com/).

[612] Foi o caso da ausência de Dias Toffoli em quatro sessões no STF por motivo de viagem ao casamento do advogado Roberto Podval, na ilha de Capri, em junho de 2011, que teria oferecido as diárias da hospedagem, segundo a *Folha de São Paulo* (http://goo.gl/NKh6Ru), quando o ministro relatava duas ações patrocinadas pelo advogado. Sobre o caso, disseram os presidentes da AJUFE e da AMB, respectivamente: "Os casos de suspeição previstos em lei são referentes apenas a relação de amizade íntima ou inimizade capital entre o magistrado e a parte e jamais em relação ao advogado" e "O caso não tem essa gravidade. Juízes, promotores e advogados convivem a vida toda". Mais recentemente, a *Folha* divulgou (http://goo.gl/aKYZwU) que 4 ministros do TST haviam recebido pagamentos do banco Bardesco por palestras de *atualização profissional*. Um dos ministros, corregedor do Tribunal, segundo a publicação, havia recebido R$161,8 mil por 12 palestras em dois anos e meio, enquanto relatava 10 processos envolvendo o banco no TST, que também era parte em casos relatados pelos outros três ministros citados. Questionados sobre data, local, contratante e remuneração bruta das palestras, o STF e o STJ não responderam ou o fizeram de modo incompleto.

pação em palestras patrocinadas, para o que o CNJ ainda não dispõe de disciplina abrangente para toda a magistratura.

Em determinadas ocasiões, a exemplo de confraternizações associativas, a relação de proximidade com algumas empresas chega a render prêmios, como automóvel, viagens internacionais e outros, a exemplo do evento de final do ano de 2012 da Associação Paulista de Magistrados, quando um ministro do STJ ganhou um cruzeiro de cinco dias com acompanhante[614]. Porém, questionados se os brindes não deixariam em evidência um conflito de interesses em tal ocasião, magistrados alegam o caráter privado da associação que integram e o interesse publicitário dos patrocinadores, elementos incapazes de interferir no exercício da atividade judicial. O argumento expõe como o grupo de magistrados parece compartilhar internamente a crença de que essas relações de proximidade não comprometem sua atividade judicante – uma constatação que só pode ser afirmada empiricamente-, porém, o ponto mais problemático de tal argumento é a desconsideração da suposição de que, na perspectiva de terceiros (os jurisdicionados), aquele tipo de relação põe em xeque o exercício imparcial da jurisdição e contribui para a queda de confiança na instituição.

4.3. A imparcialidade em relação ao estatuto funcional da magistratura

A análise do capítulo III mostrou a forte mobilização corporativa dos membros do Judiciário no debate constituinte e o seu impacto no desenho institucional adotado na Constituição. Contudo, a perspectiva corporativa dos agentes do sistema de justiça permanece pouco investigada e ainda recente na produção acadêmica da área jurídica no Brasil[615].

---

[613] Também a *Folha* (http://goo.gl/lLnYWm) noticiou o pagamento de R$40 mil aos ministros Luiz Fux (STF) e Felipe Salomão (STJ) para realização de palestra contratada pelo governo de Minas Gerais. Questionados pelo jornal "os ministros disseram que a Lei Orgânica da Magistratura Nacional permite a remuneração. Três dias depois, informaram ter decidido abrir mão dos honorários".

[614] O evento contou com o patrocínio da Caixa Econômica Federal, Banco do Brasil, cervejaria Itaipava, seguradora MDS e da operadora de planos de saúde Qualicorp. http://goo.gl/SQcBXZ.

[615] Apontando a representativa significação global da defesa de interesses corporativos na jurisdição constitucional concentrada do STF: Costa & Benvindo, 2014. No mesmo sentido, mas analisando a dimensão do argumento corporativo nas ações propostas da Procuradoria-

Enquanto relevante elemento de compreensão para a avaliação do desempenho das instituições incumbidas da defesa dos direitos fundamentais no âmbito da jurisdição constitucional, o perfil da atuação dessas instituições lança questões fundamentais para uma percepção mais ampla do papel do STF como guardião da imparcialidade e independência dos juízes.

Associada à essa perspectiva, a validação da suposição de um baixo grau de autorreflexividade na compreensão da Corte direciona a observação do seu comportamento no contexto interpretativo das condições funcionais da magistratura, carreira da qual integram os próprios ministros. Para tanto, a atenção será agora dirigida a julgados de outras classes processuais na base de dados do Supremo Tribunal Federal que permitam avaliar o seu posicionamento nas demandas sobre a independência judicial e o estatuto da corporação dos juízes.

Observando a dimensão institucional da imparcialidade na prática do Judiciário norte-americano, Adrian Vermeule[616] aponta algumas zonas de conflito entre interesses corporativos e racionalidade dos procedimentos deliberativos. Como, por exemplo, a apreciação de demandas corporativas dos próprios juízes e os julgamentos de casos outros patrocinados por escritórios que defendem causas de juízes. No entendimento construído pela jurisprudência do Tribunal, a independência judicial assumiu o sentido de condição essencial ao regime democrático e pressuposto indispensável à plena liberdade decisória dos magistrados. A assunção da função de garante da independência judicial pela Corte, no entanto, gera potenciais conflitos com a dimensão normativa da imparcialidade de seus julgamentos quando em discussão a independência de seus membros.

Nesse sentido, o voto do ministro Celso de Mello na ação penal privada[617] movida por Carlos Frederico Guilherme Gama contra dos ministros Carlos Ayres Britto e Marco Aurélio Mello. A ação foi proposta sob

---

-Geral da República: Gomes, 2015, p. 87-93. Para a atuação da Ordem dos Advogados do Brasil: Carvalho, Barbosa & Neto, 2014, p. 69-98, que mostram como a legitimação universal da entidade para mover o controle concentrado – livre da restrição de pertinência temática aplicável às demais associações e sindicatos-, é utilizada e tem maior taxa de sucesso na defesa de interesses corporativos, embora justificada no interesse público.

[616] Cf. Vermeule, 2012, p. 393 e 409.

[617] STF. Inq nº 2.699/DF, rel. min. Celso de Mello, *DJ* 12.3.2009.

a alegação de prática de crimes contra a honra do advogado e fraude processual materializada pela conduta de "...enganar, ludibriar e induzir a erro o plenario do STF", razão do pedido de condenação e afastamento cautelar dos ministros. A ofensa relatada na inicial dizia respeito a manifestações no Inquérito n 2.657/DF, ação em que o mesmo advogado ingressara contra a ministra do STJ, Eliana Calmon, por injúria e difamação, arquivada pelo Tribunal.

Invocando precedentes[618] e acompanhado à unanimidade, o voto de Celso de Mello foi enfático em afirmar a imunidade formal dos magistrados em relação aos fatos apontados pelo autor da queixa, o que impediria o reconhecimento, sequer em tese, da prática de crime pelos ministros – pois presente causa de exclusão de tipicidade penal. A defesa da independência judicial foi associada à "condição indispensável às liberdades fundamentais", sem o que "o regime das liberdades públicas se transformaria num conceito vão, abstrato e inútil".

O discurso judicial está juridicamente protegido pelos arts. 142, III, do Código Penal e art. 41 da Loman, e só pode ser objeto de censura e responsabilização em casos de "impropriedade ou excesso de linguagem". Entretanto, como no STF a competência para apreciar essas ocorrências é reservada ao próprio colegiado – em sede de recurso ou pela via disciplinar, a hipótese implica sempre atribuir o caso a um colega próximo (considerando o número de membros), a responsabilidade para o julgamento de queixas, denúncias e outras ações em que um dos ministros figure como parte. Além de causadora de eventuais constrangimentos entre os pares, a configuração desse modelo institucional contraria as expectativas de imparcialidade do público externo à Corte, pois atua na contramão da confiança na objetividade esperada para a apreciação dos casos em que seja manifesto o interesse de algum dos ministros. Esse é um ponto cego que se deixa observar, mesmo quando a reserva de competência para si, nesses casos, seja discursivamente articulada pela Corte como garantia da independência judicial.

No Brasil, essa tensão entre independência e imparcialidade em nível constitucional busca solução na argumentação do Supremo Tribunal Federal, que assumiu sem reservas o papel de "guardião" último do

---

[618] STF. HC nº 71.049/RJ, rel. min. Ilmar Galvão, *DJ* 15.12.1994 e Queixa-crime nº 501/DF, rel. min. Celso de Mello, *DJ* 27.04.1994.

exercício independente da função judicial. Essa assunção foi evidenciada no emblemático julgamento da ADI nº 3.367/DF, proposta pela Associação dos Magistrados Brasileiros contra os dispositivos dos arts. 1º e 2º, da Emenda Constitucional nº 45/2004, que instituiu o Conselho Nacional de Justiça. O pedido da AMB foi articulado sob dois argumentos[619] de inconstitucionalidade material: 1) o da *violação à separação de poderes* consubstanciado no atentado ao auto-governo dos juízes e a sua autonomia orçamentária, financeira e administrativa; 2) o da *ofensa ao princípio federativo*, pois submeteria os órgãos do Poder Judiciário nos Estados à supervisão de um órgão da União.

A ação direta foi relatada por Cezar Peluso, um dos dois ministros advindos da magistratura na composição do STF à época[620], cuja trajetória profissional fora construída em parte pelo vínculo associativo com a APAMAGIS[621] e a ocupação das funções de vice-diretor e diretor da Escola Paulista da Magistratura, entre 1998 e 2001. O viés crítico de Peluso em relação ao controle externo da magistratura já era conhecido e ele o destacou no início do seu longo voto[622].

O voto de Peluso foi estruturado em quatro blocos. O primeiro reviu aspectos gerais e históricos do princípio da separação dos poderes em autores clássicos e no pensamento dos federalistas norte-americanos. O segundo tratou do modo como o constitucionalismo brasileiro

---

[619] Havia ainda o pedido de inconstitucionalidade formal sob alegação de a redação final do texto ter sido submetida apenas ao Senado, em ofensa ao §2º do art. 60 da Constituição.

[620] Ao lado apenas do ministro Carlos Velloso. Para a composição do STF entre 30.6.2004 a 18.1.2006, presidida por Nelson Jobim: http://goo.gl/FVX1uD.

[621] Fato registrado pelo ministro Sydney Sanches, seu antecessor na mesma cadeira no STF, por ocasião da posse de Peluso na Presidência da Corte em 2010: "O Ministro Cezar Peluso é um Magistrado exemplar, uma figura admirável e foi meu vizinho. Seus filhos foram criados juntos com as minhas filhas no clube da APAMAGIS (...). Vai ser um grande Presidente do STF". *Tribuna da Magistratura*, Informativo da Associação Paulista de Magistrados, Ano XIX, n. 189, mai./2010, p. 7.

[622] "Eu próprio jamais escondi oposição viva, menos à necessidade da ressurreição ou criação de um órgão incumbido do controle nacional da magistratura, do que ao perfil que se projetava ao Conselho e às prioridades de uma reforma que, a meu sentir, anda ao largo das duas mais candentes frustrações do sistema, a marginalização histórica das classes mais desfavorecidas no acesso à Jurisdição e a morosidade atávica dos processos. Não renuncio às minhas severas críticas, nem me retrato das críticas pré-jurídicas à extensão e à heterogeneidade da composição do Conselho". Trecho do voto do min. Cezar Peluso, na ADI nº 3.367/DF, *DJ* 13.4.2005.

incorporou a separação, menos como rígida divisão do que como contrabalanceamento, harmonia e equilíbrio de funções do poder político, mencionando diversos exemplos do texto constitucional, referendados na doutrina[623] e em decisões do Supremo. O terceiro descreveu as características da composição e atribuições do CNJ como as de um *órgão interno* à organização do Poder Judiciário, afirmando o "erro de o tomar por órgão de controle externo", pois despido de competência jurisdicional própria. Por último, Peluso registrou que a criação da Emenda não conflitava com a Constituição dado que a separação de poderes poderia adquirir distintos desenhos institucionais e tampouco ofenderia o pacto federativo, considerado o caráter uno do Poder Judiciário no país.

Perpassam todo o voto registros que sugerem o esforço argumentativo do relator em demonstrar que a compatibilidade do CNJ com a ordem constitucional se dá em reforço às condições de independência e imparcialidade dos juízes e tribunais, porém nunca em parâmetros de concorrência ou eventual superioridade. Pelo contrário, há manifestação de aspectos pontuais tomados como exemplos claros de que o exercício das funções do órgão estaria limitado à autonomia funcional do Judiciário. Simbolizam essa compreensão a passagem de que "[o] Conselho não julga causa alguma, nem dispõe de nenhuma atribuição, de nenhuma competência, cujo exercício fosse capaz de interferir no desempenho de função típica do Judiciário", a lembrança da não submissão dos ministros do STF ao controle disciplinar do órgão[624] e o destaque para o fato de que "a função de Corregedor é destinada ao ministro representante do STJ (art. 103-B, §5º)".

O ministro também fez referência à ineficiência do controle disciplinar dos juízes pelas corregedorias dos diversos tribunais, sobretudo nos graus superiores de jurisdição, e também à necessidade de que os juízes se desfizessem dos "preconceitos corporativos e outras posturas irracionais, como a que vê na imunidade absoluta e no máximo isolamento do

---

[623] Entre os constitucionalistas, foram expressamente citados José Afonso da Silva, Manoel Gonçalves Ferreira Filho e Celso Ribeiro Bastos.

[624] Ponto em que Peluso menciona e reproduz trecho da obra de Sérgio Bermudes, que havia sido publicada pouco antes do julgamento, cujo trecho foi também citado no voto de Eros Grau, que revelou precisamente a posição do autor: "*A instituição do Conselho Nacional de Justiça constitui vitória da ampla corrente, a que me filiei, contrária ao controle externo do Poder Judiciário.*"

Poder Judiciário condições 'sine qua non' para a subsistência de sua imparcialidade". Peluso ainda destacou como preocupação central do seu voto a independência e imparcialidade dos juízes, acolhida textualmente como *única* garantia constitucional indiscutível. Entretanto, o voto designa como motivo decisivo da declaração de constitucionalidade da criação do CNJ, o fato de o texto da EC nº 45/2004 ter submetido ao Supremo Tribunal Federal a competência para rever os atos praticados pelo Conselho, conforme expressamente declarou o relator: "Ninguém pode, aliás, alimentar dúvida alguma a respeito da posição constitucional de *superioridade absoluta* desta Corte como órgão supremo do Judiciário e, como tal, armado da preeminência hierárquica sobre o Conselho, cujos atos e decisões, todos só de natureza administrativa estão sujeitos ao seu incontrastável controle jurisdicional". No ponto, Peluso ainda citou Sérgio Bermudes, no mesmo sentido, e arrematou: "O Supremo Tribunal Federal é o fiador da independência e da imparcialidade dos juízes, em defesa da ordem jurídica e da liberdade dos cidadãos".[625]

Cinco ministros acompanharam integralmente o voto de Cesar Peluso. Foram eles: Eros Grau, ressaltando que o Conselho era órgão interno do Judiciário e que o STF não poderia "privilegiar a particularidade dos interesses da magistratura" ao apreciar a ação direta; Joaquim Barbosa que registrou o fato de a larga maioria da composição do CNJ ser formada por membros do Poder Judiciário, além de Ayres Britto, Gilmar Mendes e Celso de Mello, destacando aspectos presentes no próprio voto de Peluso.

Uma divergência quanto ao mérito foi aberta pela ministra Ellen Gracie ao pontuar que o modelo constitucional brasileiro acolhera uma *"independência qualificada do Poder Judiciário"*, razão pela qual considerou indevida a participação de membros externos na composição do Conselho. Por isso, julgou parcialmente procedente a ação direta, no que foi acompanhada pelos ministros Marco Aurélio e Carlos Velloso. Em seu voto, Marco Aurélio entendeu que a criação do órgão com a presença de integrantes da OAB, do Ministério Público e indicados pela Câmara e o Senado ofenderiam a cláusula pétrea da separação de poderes (art. 60,

---

[625] Trecho do voto do min. Cezar Peluso, na ADI n° 3.367/DF, DJ 13.4.2005.

§4º, I), além de criticar[626] a própria concepção do modelo de controle da magistratura.

Os dois últimos votos foram de Sepúlveda Pertence e Nelson Jobim. O primeiro declarou a Emenda nº 45 inconstitucional na parte em que incluía os dois membros indicados pelo Congresso para formar o CNJ, recordando discursos de políticos que compreendiam o controle externo como uma necessidade de ocasião, somente invocada quando uma decisão judicial, em geral do STF, desagradava alguma corrente política. Também por isso via com "felicidade" o fato de o relator ter deixado explícito que os ministros da Corte não estariam submetidos ao controle do órgão.

O voto de Nelson Jobim foi o único a considerar a intensa polêmica sobre a criação da CNJ durante a constituinte, confessando a derrota da sua posição na época e trazendo elementos históricos que haviam passado despercebidos pelo restante do colegiado: "Junto com outros, fui derrotado em 1987, na Assembleia Nacional Constituinte, quando se propôs um desenho de Conselho (...). Lembro que toda vez que íamos debater o assunto da reforma do Poder Judiciário, até o final do século passado, só sentavam à mesa as corporações, as representações da magistratura, as dos advogados e as do Ministério Público". O traço corporativo do debate constituinte sobre o sistema de justiça foi descrito em detalhes no voto de Jobim que destacou como o "debate real que se travava naqueles fóruns, exatamente o debate do espaço de cada uma dessas corporações no controle do Poder Judiciário. Muito pouco se debatia sobre celeridade, sobre eficiência, mas debatiam-se os conflitos sobre os espaços de cada um". E ao final concluiu que "[t]udo isso levou sempre a um desenho e um modelo autônomo-corporativo de isolamento, na linguagem de Cappelletti, que era exatamente a absolutização da inde-

---

[626] Consignou que a ideia partia "quase do pressuposto de que o Judiciário nacional é composto por pessoas que, costumeiramente, adentram o campo do desvio de conduta" e que "a autonomia do Poder Judiciário não será fruto da existência de um órgão que atue ao lado do próprio Judiciário", dizendo ainda: "tudo o que o Conselho vier a decidir estará sujeito ao crivo do STF. Também pudera, se não ocorresse assim, talvez fosse mais interessante fecharmos para balanço." Trechos do voto do min. Marco Aurélio na ADI nº 3.367/DF, DJ 13.4.2005.

IMAGENS DA IMPARCIALIDADE ENTRE O DISCURSO CONSTITUCIONAL E A PRÁTICA JUDICIAL

pendência, isolando o Poder Judiciário do resto da organização estatal e da sociedade"[627].

Jobim relatou ainda que o "isolamento absoluto" dos 96 tribunais da estrutura do Judiciário passou a ser objeto de maior preocupação nos anos 2000, inclusive sobre a ausência de uma política nacional para organização judiciária dando ensejo à continuidade de "situações invisíveis" como a folha de pagamento dos tribunais. Assim, Jobim entendia positiva a presença de dois integrantes indicados pelo Congresso no CNJ. Ele também enxergava naquele momento uma virada na "curva do modelo autonômico corporativo de isolamento", para um "modelo em função dos consumidores" do aparelho judicial.

A argumentação prevalecente na decisão, contudo, desenvolveu uma espécie de "domesticação do controle externo" do Judiciário, definindo os contornos de atuação do Conselho Nacional de Justiça nos limites do que o Supremo, e não o Congresso Nacional, entenderia como toleráveis para o exercício das funções de fiscalização administrativa, orçamentária e disciplinar do CNJ, entendimento que poderia converter o Conselho numa instituição análoga ao antigo Conselho da Magistratura, órgão vinculado ao Supremo no final do regime militar. Além disso, essa posição evidenciou que as contradições entre os discursos e práticas judiciais referentes ao estatuto funcional da magistratura tem, de fato, significação relevante para a autoimagem do STF, que reservou a si a função de "guardião imparcial" do estatuto corporativo dos juízes nas demandas contra o Conselho Nacional de Justiça.

O papel do Supremo na definição do desenho da corporação dos magistrados e a influência do argumento corporativo da burocracia judicial no processo decisório da Corte é um campo rico em possibilidades, mas ainda inexplorado. Na opinião da magistratura de base, contudo, a imparcialidade da atuação STF tem merecido avaliação menor do que a das demais instâncias do Judiciário[628], reproduzindo uma desconfiança

---

[627] Trecho do voto do ministro Nelson Jobim na ADI nº 3.367/DF, *DJ* 13.4.2005.

[628] Para um estudo sobre a imagem negativa do STF projetada por juízes e desembargadores a partir de pesquisas de opinião: Da Ros, 2013, pp. 47-64, sugerindo que parte da suspeita da magistratura estaria na interferência político-partidária na forma de nomeação dos ministros, mas também pelas restrições corporativas dos juízes ao controle político da produção jurisprudencial exercido pelo STF, perspectiva que se mostra no forte apoio da proposta de nomeação de ministros apenas entre juízes de carreira.

em relação ao Tribunal em grau maior do que o restante da população. Em levantamento feito em janeiro de 2016, no *site* do STF, foi encontrado um número bastante significativo de processos em que figuram como partes ou intervenientes três grandes associações de magistrados do país. A Associação dos Magistrados Brasileiros/AMB, a maior delas, aparece como parte em 174 ações e peticionante em outros 85 registros; a Associação dos Juízes Federais do Brasil/AJUFE figurou em 80 ações e 68 petições, e a Associação Nacional dos Magistrados Trabalhistas/ /ANAMATRA em 69 ações e 52 petições.

A atuação do Supremo nesse campo pode ser exemplificada pelo julgamento do MS nº 28.215/DF, ajuizado por três associações de magistrados (AMB, ANAMATRA e a AJUFE) contra a Resolução nº 82/2009 do CNJ, que regulamentou as declarações de suspeição por foro íntimo dos juízes. O ato normativo impugnado, também chamado de "Resolução da preguiça"[629], foi editado pelo CNJ após a constatação em inspeções realizadas pela Corregedoria Nacional de Justiça de um elevado número de declarações de suspeição por motivo de foro íntimo, numa indicação de violação ao dever funcional previsto no art. 35, I, da Loman[630]. A Resolução prevê que, além de abster-se de decidir nos autos dos processos nos casos de reconhecimento de suspeição por foro íntimo, os juízes de primeiro grau deveriam expor as razões do seu afastamento em ofício enviado à Corregedoria do Tribunal local e, no caso dos magistrados de segundo grau, à Corregedoria Nacional de Justiça. Segundo o ato, os órgãos correicionais devem mantê-las arquivadas, em sigilo, para consulta em casos de eventual apuração. As associações alegaram que a Resolução feria a isonomia, pois aplicável apenas aos juízes e desembargadores (excluindo os ministros), além de violar a intimidade criando uma espécie de "confessionário" de magistrados e que o CNJ não teria competência para legislar sobre matéria disciplinar.

O ministro Britto deferiu a liminar requerida pelos impetrantes ao entender plausível a alegação de que se tratava de matéria reservada à lei complementar, e que a negativa de expor a causa da suspeição se constituía em condição do exercício imparcial da jurisdição. E em que

---

[629] Cf. Baptista, 2013, p. 142.

[630] *"Art. 35 – São deveres do magistrado: I – Cumprir e fazer cumprir, com independência, serenidade e exatidão, as disposições legais e os atos de ofício;".*

pese a decisão ter sido revogada com a extinção do processo por motivo formal[631], as mesmas associações já haviam ajuizado a ADI nº 4.260/DF, que tramita em conjunto com a ADI nº 4.266/DF proposta pela Associação Nacional dos Magistrados Estaduais/ANAMAGES, ainda pendentes de julgamento.

No Brasil a ausência de estudos doutrinários específicos sobre a distinção entre independência e imparcialidade e seu reflexo sobre o estatuto funcional da magistratura é um fator sintomático da pouca atenção que o tema tem recebido. Um fato curioso e revelador dos efeitos preocupantes desse problema é que no discurso jurídico-institucional essa distinção tenha sido feita com maior precisão numa manifestação do Conselho Nacional de Justiça, em voto de 11 de março de 2008 do conselheiro Joaquim Falcão[632]. O objeto da discussão versava sobre fraudes na condução de concurso público para a magistratura do Tribunal de Justiça do Rio de Janeiro.

O procedimento foi instaurado a requerimento da OAB que apontou um conjunto articulado de fraudes envolvendo a Presidência do TJRJ, a comissão do concurso e a banca examinadora no sentido de frustrar o caráter isonômico do certame. Entre as principais ilicitudes materialmente reconhecidas pelo CNJ estavam a nomeação de membros da banca que haviam ministrado aulas no curso preparatório mantido pela própria Escola do Tribunal; utilização de questão reproduzida de apostila no mesmo curso; a realização de duas sessões administrativas dirigidas sob impedimento do Presidente, em virtude de parentesco com candidatos; o fato de que membros da banca impedidos indicaram seus substitutos; proposição de questão na prova de direito tributário à banca pelo Presidente do Tribunal; a elaboração de gabarito não previsto no edital por solicitação do Presidente; distinção dos critérios de dificuldade na aplicação da prova oral com o fim de "declassificar candidata suspeita de fraudar o concurso", reduzindo o grau de exigência para os "candidatos que deveriam ser aprovados".

A decisão de Falcão mostrou estatisticamente que a probabilidade de aprovação dos 24 parentes de magistrados, dos 33 que concorriam, entre

---

[631] Fora aplicada a Súmula nº 266 do STF: "não cabe mandado de segurança contra lei em tese".

[632] CNJ. PCA nº 510, rel. conselheiro Felipe Locke Cavalcanti, relator designado: Rui Stoco. Íntegra do voto do conselheiro Joaquim Falcão disponível em: http://goo.gl/aeqssA

os 2.083 do universo de inscritos no concurso, era de 0,000000066. Ou seja, de seis vezes a cada 100 milhões de concursos com o mesmo padrão. Essa foi uma evidência que se aliava ao relato das insistentes medidas administrativas adotadas pelo TJRJ contra a aplicação da Resolução nº 7 do CNJ, que vedou a prática de nepotismo no Judiciário brasileiro. Para Falcão, os atos da Presidência do Tribunal haviam se convertido "em verdadeira *policy*, uma diretriz gerencial transformada em verdadeira cruzada política em defesa de um status quo nespótico", caracterizada pela "permanente mobilização política interna ao TJRJ e de um tremendo esforço doutrinário para usar e reinventar mecanismos processuais legais – ou subterfúgios – em favor da manutenção do nepotismo". A gravidade do quadro descrito foi considerada como destrutiva para a imagem do Judiciário, magistrados, servidores, candidatos nos concursos, além de promover a desconfiança generalizada dos jurisdicionados na função judicial. É nesse ponto que o voto constrói a distinção entre independência e imparcialidade[633].

---

[633] "O concurso público é primeiro de todos os testes pelos quais um país reconhece se tem ou não um Poder judiciário verdadeiramente imparcial e, como lembra Alexandre de Moraes, a imparcialidade do judiciário está estreitamente ligada à sua independência. Aquela é fundamento desta. E imparcialidade judicial não se evidencia apenas no direito processual e no direito material das sentenças. Evidencia-se também, e sobretudo, na maneira como se estrutura e administra a justiça. A imparcialidade processual e material, sem a imparcialidade administrativa, dificilmente se concretiza. A imparcialidade no julgar e a imparcialidade no administrar do julgar são faces da mesma moeda: a moeda da independência do Poder judiciário. Sem esta, Estado Democrático de Direito não há. Não é por menos que toda ditadura ou todo regime autoritário não dispensa o controle do ingresso e da permanência dos juízes, chegando a extremos como a própria cassação de magistrados, com a aposentadoria dos que não lhes são gratos. O processo de seleção dos juízes, o concurso público previsto no art. 93, I, é, pois, a porta de entrada, a origem, o primeiro passo da imparcialidade que fundamenta e legitima a independência do Poder judiciário. Mas dever ser imparcial não necessariamente assegura que realmente seja. Na vida quotidiana, o concurso pode, então, ser a afirmação ou a negação da imparcialidade. Há sempre que se verificar. Daí este PCA. Imparcialidade não é uma propriedade 'ontológica' dos juízes só porque passaram em uma prova técnica. É, antes, uma propriedade que está nos olhos de quem vê o judiciário, isto é, da sociedade. É a sociedade que considera ou não o judiciário como imparcial. A sociedade deve ser constantemente "persuadida" de que o judiciário é imparcial. Imparcialidade é, então, um atributo de uma relação entre instituições judiciais e a sociedade, não um atributo pessoal e permanente dos juízes individualmente considerados; é uma forma de credibilidade social. Independência e imparcialidade judicial não são fins em si mesmos. São meios. São meios para se assegurar a liberdade dos cidadãos. São, pois, antes de prerro-

4.4. Uma imagem sob distintos olhares: comparando o discurso judicial sobre a imparcialidade

Após a observação do modo como o Supremo Tribunal Federal desenha os contornos da imparcialidade de seus ministros, além de considerados outros pontos críticos da sua prática judicial, dirigir a atenção à qualidade dos argumentos que põem em xeque a imparcialidade da jurisdição constitucional no Tribunal e compará-los a um contexto de contingências distintas parece útil. Neste ponto é necessário registrar que, embora a descrição dos casos feita aqui envolva detalhes de um caso do Tribunal Constitucional espanhol, o trabalho não tem enfoque comparatista. Como a atenção aqui está na forma de interpretação e, secundariamente, na exploração de diversidades discursivas, seguiu-se critério *qualitativo* e não o *comparativo*. Logo, a confrontação entre os julgados ganha relevância ao mostrar a distinção de tratamento do tema na experiência dos sistemas de justiça constitucional brasileiro e espanhol.

A aproximação do tema na argumentação das Cortes se utiliza da comparação de dois casos em que foram articuladas razões para manter ou afastar os magistrados que tiveram sua imparcialidade impugnada. Avaliar os argumentos a partir dos quais os tribunais se referiram às condições da imparcialidade de suas jurisdições tem como função observar em que medida os casos constituem-se em uma "exceção" ou se relevam mais um exemplo corrente da "naturalidade" com que ambos compreendem o *tempo* e o *espaço* de suas funções institucionais.

Os dois casos escolhidos tratam de julgamentos em sede de controle concentrado de constitucionalidade, que envolveram o questionamento da imparcialidade de juízes integrantes de Cortes distintas, mas que têm um mesmo fundamento: a atuação do magistrado em favor de uma das partes, antes da assunção da função jurisdicional. O primeiro deles, julgado pelo Tribunal Constitucional espanhol em fevereiro de 2007, tratou da impugnação do magistrado Pablo Pérez Tremps por ter elaborado parecer jurídico a pedido do Governo da Catalunha durante o processo de reforma do seu Estatuto de Autonomia; o segundo é a arguição de suspeição n. 37[634], do Supremo Tribunal Federal, que pugnou

---

gativas exclusivas do Poder judiciário, direitos da própria cidadania, fundamento do Estado Democrático de Direito."

[634] STF. AS 37, Rel. Min. Gilmar Mendes, *DJ* 05.03.2009.

o afastamento do ministro Eros Grau por também ter elaborado parecer antes de tomar posse. No caso, para a Empresa de Correios e Telégrafos sobre tema que chegou à Corte[635].

4.4.1. O caso Pérez Tremps
Em 31 de julho de 2006, um grupo de noventa e nove parlamentares do Partido Popular espanhol interpôs no Tribunal Constitucional um recurso de inconstitucionalidade[636] contra alguns dispositivos da Lei Orgânica 6/2006, que promoveu a reforma[637] do Estatuto da Autonomia da Catalunha por violarem a repartição constitucional de competências. Naquele mesmo dia, o mesmo grupo apresentou uma *recusación*[638] contra o magistrado Pablo Pérez Tremps pela ausência de imparcialidade para julgar o caso.

Antes de assumir o cargo de juiz e na condição de professor cate-drático de direito constitucional da Universidade Carlos III de Madrid, Pablo Pérez Tremps e outros nove juristas tinham emitido parecer jurí-dico, a pedido do Instituto de Estudos Autônomos do Governo da Cata-lunha, a respeito do projeto da reforma enviada ao Parlamento catalão. Pérez Tremps é um reconhecido acadêmico no campo do regime cons-titucional das relações exteriores, e segundo o diretor do Instituto, era necessário encomendar dez trabalhos de professores de fora da Catalu-nha sobre os aspectos mais polêmicos do projeto para que "nos ilustrem e nos deem seu parecer, e também, para buscar cumplicidades por parte desses autores, que realmente são pessoas de muito peso", disse à época Carles Viver Pi-Sunyer, ex-magistrado do Tribunal Constitucional.

De acordo com o contrato celebrado em 10/05/2004, Pérez Tremps recebeu a quantia de 6.000 euros pelo trabalho, cujo parecer foi aco-lhido de forma satisfatória pelo Instituto de Estudos, convertendo-se

---

[635] Tratava-se da ADPF n. 70, Rel. Min. Marco Aurélio, proposta pelo Sindicato Nacional das Empresas de Encomendas Expressas contra dispositivos do Decreto-Lei nº 509/1969 e da Lei nº 6538/1978, que estabeleceram o regime de monopólio dos serviços postais para os Correios.

[636] TC. Pleno. RI n. 8045/2006. Sentencia 31/2010, de 28.06.2010 (BOE núm. 172, de 16 de julho de 2010).

[637] Entre as mudanças mais significativas estavam o reconhecimento da Catalunha como nação, a intenção de dar preferência à língua catalã sobre a castelhana e ampliar as autonomias fis-cal e judicial.

[638] Instituto equivalente à arguição de impedimento no direito brasileiro.

quase literalmente nos dispositivos dos artigos 185.1 e 2, 187, 189, 193, 196.2 e 3, 198, integrantes dos Capítulos II (*Relaciones de la Generalitat con la Unión Europea*) e III (*Acción exterior de la Generalitat*), do Título V do Estatuto, que trata sobre as relações institucionais da Catalunha.

Um mês depois, acolhendo a indicação do governo, o Rei Juan Carlos nomeou Pablo Pérez Tremps para o cargo de juiz do Tribunal Constitucional para um mandato de 9 anos, e no mês seguinte, em 19/07/2004, as sugestões feitas no parecer foram enviadas ao Parlamento catalão, que aprovou a reforma em 30/09/2005. No ano seguinte, após um longo e polarizado debate, o Estatuto foi aprovado pelo Congresso espanhol por uma maioria de 54%, passando também por um referendo que contou com o apoio de 73,90% dos votantes catalães, ainda que apenas 49,42% de todos os eleitores da comunidade tenham ido às urnas.

A aprovação do Estatuto da autonomia catalã e a interposição do recurso de inconstitucionalidade pelo Partido Popular deram início a uma série de disputas políticas e jurídicas no Tribunal Constitucional espanhol, e entre elas estavam a própria competência da Corte para julgar o recurso e a imparcialidade de três de seus doze juízes, entre eles Pérez Tremps, o que torna o caso particularmente interessante para observar o modo como os magistrados e o tribunal avaliaram sua própria posição diante da ampla suspeita da ausência de condições institucionais indispensáveis para o julgamento.

A *recusación* apresentada contra Tremps estava fundamentada em quatro hipóteses[639] do art. 219, da Lei Orgânica do Poder Judiciário, e seu processamento foi admitido pelo pleno. O Tribunal já havia negado impugnação anterior contra o magistrado pelo mesmo parecer, sob o fundamento de que o trabalho era "uma contribuição acadêmica, racional, doutrinária e teórica sobre as diversas opções e possibilidades de

---

[639] A lei estabelece dezesseis hipóteses para recusa de juízes, no caso discutido foram apontados os seguintes incisos: "6ª) Haber sido defensor o representante de alguna de las partes, emitido dictamen sobre el pleito o causa como letrado, o intervenido en él como fiscal, perito o testigo; 10ª) Tener interés directo o indirecto en el pleito o causa; 13ª) Haber ocupado cargo público, desempeñado empleo o ejercido profesión con ocasión de los cuales haya participado directa o indirectamente en el asunto objeto del pleito o causa o en otro relacionado con el mismo; 16ª) Haber ocupado el juez o magistrado cargo público o administrativo con ocasión del cual haya podido tener conocimiento del objeto del litigio Y formar criterio en detrimento de la debida imparcialidad."

MAPEANDO UMA IMAGEM: A IMPARCIALIDADE NOS JULGADOS DO STF

tratamento jurídico que oferece o marco constitucional e estatutário sobre ação exterior e europeia das Comunidades Autônomas".

Na impugnação anterior, o Partido Popular alegava que Tremps tinha perdido a imparcialidade objetiva ao haver estudado como especialista o repetido texto da norma estatutária, formando um "critério preconcebido da qualificação e alcance da mesma, o que o inabilita a continuar conhecendo da causa por estar impregnado de intensa *suspicio partialitatia*"[640]. Acrescentando, no entanto, que a *recusación* se dirigia à falta de imparcialidade subjetiva do magistrado, ou seja, sobre o que ele pensava em seu foro íntimo, já que a própria "aparência é por si mesmo muito importante e se deve apreciar de modo subjetivo, tentando determinar a convicção pessoal de tal juiz em tal ocasião", de modo a certificar a presença de garantias suficientes à imparcialidade contra qualquer dúvida legítima que se pudesse apresentar.

Naquela oportunidade, o juiz não reconheceu sua parcialidade ao negar que tinha trabalhado em parecer[641] a pedido do governo da Catalunha, e que talvez a impugnação estivesse indevidamente relacionada a uma publicação anterior sobre a defesa da autonomia local das comunidades espanholas no Tribunal Constitucional[642]. Acrescentou que tinha dúvidas sobre a existência do projeto de reforma do estatuto à época de sua nomeação para o Tribunal e que apenas teria sido convocado por Carlos Viver i Pi-Sunyer para uma reunião de cunho acadêmico, porém disse "não saber a que conclusões chegaram em tal encontro, nem se a mesma tinha alguma relação com a reforma do Estatuto da Autonomia catalã"[643].

Destacando o caráter acadêmico do trabalho feito por Tremps a pedido do Governo catalão, o Tribunal negou a *recusación* apresentada no recurso de amparo, além de ressaltar que a noção de imparcialidade estava fundada exatamente numa discussão racional, aberta e submetida

---

[640] Recurso de amparo n. 7.703/2005, interposto contra o trâmite do novo Estatuto catalão no Congresso. TC. Pleno. ATC 18/2006. Sentença de 24.01.2006.

[641] O trabalho era um dos dez pareceres do volume "Estudos sobre a reforma do Estatuto", publicado pelo Instituto de Estudos Autônomos do Governo da Catalunha, cuja data da primeira edição é de novembro de 2004.

[642] Cf. Tremps, 1998.

[643] Trecho da manifestação extraído da Sentencia ATC 18/2006, de 24.01.2006.

a debate[644]. Embora a discussão dessa primeira *recusación* estivesse fundada na questão da existência ou não de interesse direito ou indireto de Tremps no julgamento, a palavra *interesse* é mencionada apenas 5 vezes, sendo uma delas no voto vencido[645] do juiz Jorge Rodríguez-Zapata Pérez, que negou o caráter "acadêmico" do parecer, classificando-o como atividade profissional de assessoramento jurídico parlamentar ou trabalho "pré-legislativo". E invocando três precedentes[646], afirmou a ausência de imparcialidade objetiva de Tremps para o caso, posição não acolhida pelo Tribunal.

Já a segunda *recusación* provocou um grande debate sobre as condições da imparcialidade de Tremps para julgar o caso, seja no meio jurídico acadêmico ou na imprensa. A diametral divisão das opiniões foi um fator marcante da discussão. A expectativa criada sobre a decisão acerca do afastamento de Tremps se justificava pela importância do caso[647] e pelo fato de que se esperava ser o seu voto o ponto decisivo para desequilibrar a composição do Tribunal, aprovando a constitucionalidade do Estatuto catalão.

Muitos constitucionalistas espanhóis manifestaram-se contrariamente à recusa de Tremps. Fundamentavam sua posição no fato de que

[644] "[u]n trabajo académico como el ya analizado y descrito no puede justificar una sospecha fundada de parcialidad, incluso si su tesis coincidiera con la que luego es defendida por alguna de las partes. Precisamente el trabajo académico, cuando merece tal calificativo – como lo merece el trabajo analizado –, se caracteriza por suponer la participación en una discusión racional desde una perspectiva que se somete a debate y consideración de la comunidad científica. Por ello, nunca es definitivo en sus conclusiones ya que implícitamente admite posiciones en contra y queda abierto a su modificación ante argumentos más razonables o mejor justificados. Tal naturaleza abierta, e intelectualmente sometida a debate, no sólo no choca sino que entronca con el fundamento mismo de la idea de imparcialidad". Trecho da Sentencia ATC 18/2006, de 24.01.2006.

[645] Dos onze juízes votantes, três deles votaram pelo acolhimento da *recusación*: Ramón Rodríguez Arribas, Roberto García-Calvo y Montiel e Jorge Rodríguez-Zapata Pérez.

[646] São citados: a ATC n. 226/2002, do próprio TC; o caso Pinochet, da *House of Lords* britânica de 15.01.1999, e o caso *Indra v. Eslovaquia*, da Corte Europeia de Direitos Humanos, 01.02.2005. Todos eles no sentido de bastaria a "suspeição de parcialidade" por uma das partes para acolher a recusa.

[647] Para o porta-voz do PP na Comissão Constitucional do Congresso espanhol, Federico Trillo, o caso colocava o TC numa "encruzilhada histórica, já que a sentença marcaria a evolução do modelo autonômico desenhado na Constituição de 1978". *In*: El PP presenta su recurso de inconstitucionalidad contra la reforma del Estatuto catalán. *El País*. Madrid, 31 de julho de 2006. Disponível em: http://migre.me/ndXx0. Acesso em: 22.09.2014.

o Tribunal ataria suas próprias mãos caso aceitasse o pedido de afastamento, pois muitos dos seus membros[648] já tinham opinado juridicamente sobre matérias que eventualmente chegariam à Corte. Consideraram também que os juízes eram nomeados precisamente em função do seu conhecimento e expertise, cuja aferição se dá em trabalhos escritos, tal qual o de Tremps. Então, a mudança de posição poria em risco a possibilidade de que destacados juristas, potenciais membros do Tribunal, pudessem pronunciar-se publicamente sobre temas de suas respectivas áreas, gerando um efeito pernicioso para a prática constitucional na Espanha.

É importante registrar que dos doze juízes que compunham a Corte, seis eram vistos como "conservadores", nomeados por indicação do PP, e seis eram considerados "progressistas", favoráveis à reforma do Estatuto, entre eles, a Presidente María Emilia Casas que, segundo o art. 90 da Lei Orgânica do Tribunal, mantém o voto de minerva. Logo, o acolhimento da *recusación* de Tremps era fundamental para o êxito do PP contra a reforma do Estatuto[649], já que além de afastar um dos juízes "em tese" contrário à demanda, evitaria a manifestação de desempate da Presidência.

Tremps voltou a negar que sua relação profissional anterior era impeditiva de sua participação no julgamento. Esta posição adotada também pela *Fiscalía* (Ministério Público), ao observar que o parecer não se constituía em uma análise técnico-jurídica para verificar a adequação do Estatuto à Constituição, além de ter sido a questão já decidida no recurso de amparo. Porém, o Tribunal mudou seu entendimento ao julgar a segunda recusa do PP, acolhendo pela primeira vez em sua história institucional o afastamento de um de seus magistrados.

No segundo julgamento sobre o afastamento de Tremps a palavra *interesse* aparece em 25 passagens, cinco vezes mais do que no primeiro. E, apesar de o Tribunal ter mudado de posição em relação à significação daquele léxico na segunda *recusación*, os fundamentos para acatar o impedimento do juiz no caso partiram do argumento de que a Corte

---

[648] À época, metade dos membros do Tribunal eram provenientes da academia e pesquisadores, com numerosas publicações antes de ocupar a função de juiz da Corte.

[649] O recurso de inconstitucionalidade contra a reforma do Estatuto foi caracterizado por uma série de *recusaciones* disputadas entre o Governo catalão, que recusou, sem sucesso, o juiz Roberto García-Calvo, e o PP, que obteve o afastamento de Pérez Tremps.

IMAGENS DA IMPARCIALIDADE ENTRE O DISCURSO CONSTITUCIONAL E A PRÁTICA JUDICIAL

estava, na verdade, mantendo sua própria jurisprudência sobre o conceito de *interesse*. A referência ao termo foi remetida ao Dicionário da Real Academia de Língua Espanhola: "inclinación del ánimo hacia un objeto, una persona o una narración". Além disso, destacou-se que o legislador tinha aprovado uma reforma na Lei Orgânica do Poder Judiciário em 2003, incluindo novas causas de impedimento de caráter objetivo, como a de haver exercido profissão em função da que tenha participado direta ou indiretamente do assunto julgado ou relacionado a ele.

Embora a reforma já estivesse vigente na primeira recusa, a Corte afirmou que as exigências de imparcialidade agora estariam configuradas em grau superlativo, bastando que o recusado houvesse participado de tema relacionado, dispensando a constatação da perda de imparcialidade subjetiva. Para o Tribunal, a noção de imparcialidade acolhida na decisão de afastar Tremps não se relacionava a sua ligação prévia com uma das partes ou objeto da demanda, mas com a necessidade de justificar uma "aparência de imparcialidade". O juiz imparcial não seria apenas um direito fundamental, mas "una garantía institucional de un Estado de Derecho establecida en beneficio de todos los ciudadanos y de la imagen de la Justicia, como pilar de la democracia."[650]

Em seguida, a fundamentação passa a fazer referência às qualidades de um Tribunal independente, o que para a Corte estaria resumida em duas regras: 1) o juiz não pode assumir processualmente as funções de parte; 2) não pode realizar atos nem manter com as partes relações jurídicas ou conexões de fato que possam por de manifesto ou exteriorizar uma prévia tomada de posição anímica a seu favor ou contra. Da distinção destas duas regras estaria a divisão entre uma *imparcialidade subjetiva*, consubstanciada na ausência de relações entre juízes e partes, e a *imparcialidade objetiva*, relativa ao tema do litígio, de modo a certificar que o juiz não teria tomado posição com relação a ele. Para o Tribunal, no caso de Tremps, estaria ausente a imparcialidade objetiva.

Entretanto, nota-se que para chegar à essa conclusão, ao contrário do que ocorreu na primeira recusa, o TC descreveu em detalhes a natureza do trabalho de Tremps para a Comunidade catalã. Dessa descrição fora ressaltado que sua atuação como acadêmico sob remuneração não era um ato dotado de generalidade de abstração incapaz de contaminar

---

[650] Trecho extraído da Sentencia ATC 26/2007, de 05.02.2007.

seu *juízo* sobre a validade do Estatuto frente à Consituição espanhola. Se a atividade acadêmica de Tremps era um fator importante que o legitimava a assumir a função de magistrado da Corte, paradoxalmente, também poderia ser um fator negativo para a sua imagem e do Tribunal como objetivamente imparciais.

O caso tornou-se especialmente interessante para o exame do sentido da imparcialidade na Corte espanhola porque colocava em xeque a dificuldade de separar elementos subjetivos e objetivos da atuação judicial. A composição do TC enquanto órgão político era dependente, também, de sua íntima relação com a técnica jurídica fundada na reputação acadêmica dos juízes. Separar política e direito no caso, qualquer que fosse o resultado, abalaria a credibilidade do Tribunal como instituição. Se mantivesse Tremps no julgamento, as críticas dos "conservadores" contra o Estatuto se fundariam na flagrante violação da imparcialidade, em benefício da Catalunha; se o afastasse, como acabou ocorrendo, as críticas dos "progressistas" recorreriam à explicação de que fatores políticos externos, ocasionados por pressão de seus oponentes, foram a causa da recusa. Esta disputa sobre o sentido da imparcialidade colocava em questão o próprio significado da jurisdição exercida pela Corte[651].

Não foi à toa que o acolhimento da *recusación* provocou uma forte reação contrária de acadêmicos e reforçou o debate sobre as condições de imparcialidade do Tribunal Constitucional, cuja composição é eminentemente política, para julgar um caso político (adequação de um estatuto de autonomia com a Constituição). Entretanto, no manifesto[652]

---

[651] Também por isso a fundamentação fazia referência ao fato de que as causas de *abstención* e *recusación* nos "procesos constitucionales, en especial los recursos y cuestiones de inconstitucionalidad, como procesos objetivos y abstractos de control de constitucionalidad de las leyes– pueden comportar modulaciones." Trecho extraído da Sentencia ATC 26/2007, de 05.02.2007.

[652] "Si admitiéramos la corrección del razonamiento en el que la coyuntural mayoría del Tribunal Constitucional se apoya para recusar al profesor Pérez Tremps, no solo se estaría causando un daño inmediato a la libertad de investigación científica, sino que irremediablemente, a medio plazo, estaríamos destinados a tener un Tribunal Constitucional lleno de ilustres desconocidos, personas desprovistas de opiniones previas antes de acceder a la magistratura, no sabemos si verdaderamente independientes, pero desde luego desconocedoras en profundidad de las materias de las que se ocupa la jurisdicción constitucional. Difícilmente podrían contribuir a hacer del Tribunal el intérprete supremo que la Constitución quiere. Justo lo contrario de lo que se pretende. Confiamos en que lo sucedido no ponga en cuestión la importantísima tarea, **estrictamente jurídica**, que corresponde desempeñar

IMAGENS DA IMPARCIALIDADE ENTRE O DISCURSO CONSTITUCIONAL E A PRÁTICA JUDICIAL

assinado por 45 catedráticos de direito constitucional de 29 universidades espanholas, essa função política é claramente convertida no domínio da técnica jurídica, numa confusão entre autonomia científica, o poder de dizer o direito e a independência judicial.

O cuidado em destacar o papel técnico e estritamente jurídico do Tribunal na interpretação da Constituição não estava a salvo de suas contradições. No dia seguinte à divulgação do manifesto (10.02.2007), o professor Alejandro Saiz Arnaiz, catedrático de direito constitucional da Universidade Pompeu Fabra, que também assinara a carta de apoio a Tremps, concedeu entrevista ao periódico *El País* defendendo que, apesar das causas de *abstención* e *recusación* dos membros do Tribunal Constitucional serem as mesmas previstas para os juízes ordinários, a interpretação não poderia ser idêntica, para então justificar sua posição na função claramente política da Corte[653].

Interessa notar que, muito antes de ser nomeado, ao escrever sua tese de doutorado sobre o caráter da função da jurisdição constitucional, Pérez Tremps afirmava a irrelevância da forma política de nomeação para o Tribunal Constitucional frente ao "dado fundamental da técnica estritamente jurídica com que exerce a sua função"[654]. Tremps argumentava que a independência do órgão estaria preservada desde que respeitadas as garantias institucionais pelos demais poderes, inclusive dos responsáveis pela nomeação de seus membros. Também em obra posterior[655] ao seu afastamento do julgamento sobre o Estatuto catalão, manteve a posição de que a postura dos juízes no Tribunal não estaria

---

al Tribunal Constitucional como garante de la supremacía de la Constitución". A carta de apoio a Pérez Tremps diante da decisão do TC está disponível aqui: http://www.iceta.org/madcpt07.pdf Acesso em: 26.11.2014.

[653] "Los jueces y magistrados ordinarios acceden a sus puestos mediante oposición, para evitar toda contaminación política, mientras que al Constitucional se llega a propuesta del Congreso, el Senado, el Gobierno y el Consejo General del Poder Judicial, todos órganos políticos. La política impregna la composición del tribunal casi por definición. Además, en el caso del recurso contra el Estatuto se estudia si es compatible con la Constitución. Ambos tienen una intensa carga política por su contenido, su procedimiento de elaboración y por su función institucional". *In*: "No hay constitucionalista que no haya opinado sobre el Estatuto." Entrevista: Alejandro Saiz. *In*: *El País*. Madrid, 11 de febrero de 2007. Disponível em: http://migre.me/nljGX Acesso em 26.11.2014.

[654] Cf. Tremps, 1985, p. 15.

[655] Cf. Tremps, 2010, p. 40-41.

relacionada às condições políticas de sua nomeação e sim aos princípios constitucionais regentes de sua atividade (art. 159.5 da CE), independência e inamovibilidade, além do sistema de incompatibilidades (art. 159.4 CE e arts. 389 a 397 da Lei Orgânica do Poder Judiciário). O curioso é que o seu próprio caso enquanto juiz do Tribunal Constitucional mostrou o contrário, ou seja, de que a rede de relações políticas subjacentes à nomeação dos juízes pode ser fator decisivo para a manutenção ou não da credencial de imparcialidade da Corte.

É fato que após o afastamento de Tremps do caso, e a superação de uma série de outros entraves políticos[656], o Tribunal julgou inconstitucionais vários dispositivos da reforma, por 6 votos a 4, anulando 14 artigos e dando nova interpretação a outros 27. Entre as disposições mais afetadas pelo julgamento estavam a proibição dos utilização dos termos "nação" e "símbolos nacionais" em sentido jurídico-constitucional; a negação de que o autogoverno catalão se fundava em "direitos históricos", tal qual a Constiuição garante ao país Vasco e Navarra; previsão de que as relações entre a Catalunha e o governo central se baseiam na soberania deste último; impossibilidade de obrigatoriedade ou preferência da língua catalã no sistema de ensino; proibição da descentralização do sistema de Justiça, que segue administrado pelo *Consejo General del Poder Judicial*; a invalidação do princípio da nivelação fiscal[657], e a negativa ao distinto regime de competências compartilhadas com o Estado espanhol.

A sentença foi considerada um ponto de inflexão nas negociações entre o governo da Catalunha e o poder central na Espanha, abrindo espaço para o aumento de reivindicações por mais autonomia e, inclusive, da independência catalã. O movimento inclusive realizou consulta popular em 9 de novembro de 2014, também declarada inconstitucional pelo Tribunal. Mas além disso, o processo foi o mote de um profundo debate

---

[656] A série de conflitos entre os juízes sobre a forma de redigir a decisão se refletiu em 7 projetos debatidos na Corte, que em 16.07.2010 publica a sentença, com o total de 881 páginas, incluindo os 5 votos apartados. Sentencia 31/2010, de 28 de junio de 2010. Disponível em: http://migre.me/nlOuM Acesso em: 12.10.2014.

[657] A previsão do art. 206.3 do Estatuto continha a possibilidade de ajustar a aportação de recursos da Catalunha para o financiamento do Estado espanhol de acordo com os níveis de contribuição das outras comunidades autônomas, elevando ou diminuindo o repasse para o conjunto do Estado de acordo com o esforço fiscal dos demais governos locais.

sobre imparcialidade e independência judicial no país, acompanhado do crescimento da reivindicação de associação de juízes e membros do ministério público[658] por mais autonomia.

Importa destacar, entretanto, que o entendimento sobre a divisão de uma imparcialidade *subjetiva* dirigida à relação entre juiz e partes, e outra *objetiva* a respeito do tema em julgamento, acolhido pela Corte para afastar Tremps não se aplicou em *recusación* posterior[659] apresentada pelo governo da Catalunha contra o Presidente do Tribunal, Pérez de los Cobos, também interposta na discussão sobre a constitucionalidade do estatuto de autonomia catalão. Pérez de los Cobos figurava na lista de doadores e filiados do PP entre os anos de 2008 a 2011, e ocultou o fato de ter assessorado o partido quando de sua sabatina no Senado espanhol, em outubro de 2010. Além disso, em 2006, o juiz havia publicado um livro de aforismos em que manifestava sua rejeição ao nacionalismo catalão.

A Constituição espanhola (art. 159.4) não veda aos magistrados do Tribunal Constitucional a condição de filiação político-partidária[660], não tomando esse elemento por si só como prejudicial à imparcialidade. Ocorre que a contradição entre os papéis de juiz e militante é revelada pelas disposições da Lei Orgânica do Tribunal (art. 22), sobre o dever de imparcialidade, e da Lei Orgânica dos Partidos Políticos (art. 8.4), que estabelece deveres para os afiliados[661]. A *recusación* estava motivada no

---

[658] Na Espanha a *Fiscalía* não conta com as garantias de inamovibilidade e autonomia orçamentária, os membros da instituição são nomeados por Decreto Real (primeiras instâncias) ou pelo Ministério da Justiça (demais cargos), por proposta do *Fiscal General del Estado*, atendidos os requisitos de ser espanhol, maior de dezoito anos e licenciado em Direito, após uma *oposición libre* (concurso público), de acordo com os arts. 42 e 43, da Ley 50/1981. O órgão tem uma autonomia relativa, integrada com a do Poder Judiciário.

[659] Sentencia ATC n. 180/2013, de 17 de septiembre de 2013. Texto integral: http://goo.gl/IOJ6Bb.

[660] Esse é um traço compartilhado com o Tribunal Constitucional alemão (art. 18.2, Lei Orgânica daquela Corte), a Corte Constitucional italiana, que não veda a filiação, mas proíbe o exercício de atividades partidárias durante o mandato (art. 8°, Lei Orgânica da Corte), o Conselho Constitucional francês, que veda apenas a ocupação de postos diretivos (art. 2°, do Decreto 59-1292/1959) e o Tribunal Constitucional português (art. 29, 2, Lei Orgânica n. 28/1982), que veda o exercício de funções, mas não a filiação. Característica que deixa evidente o caráter político dessas Cortes.

[661] "8.4. Los afiliados a un partido político cumplirán las obligaciones que resulten de las disposiciones estatutarias y, en todo caso, las siguientes: **a) Compartir las finalidades del**

art. 219, da lei orgânica do poder judiciário, pela evidência de "amizade íntima ou inimizade manifesta com qualquer das partes" e o fato de "ter interesse direto ou indireto no pleito ou causa". No julgado, entretanto, o Tribunal negou que o fato de ser filiado a um partido político por si só fosse fator prejudicial[662], e reafirmou a doutrina de que, apesar de cabível a *recusación* com base no art. 22 da lei orgânica, em processos de controle de constitucionalidade abstrato não se resolvem conflitos entre interesses subjetivos, mas se cuida da "depuração objetiva do ordenamento". Logo as causas de abstenção ou impedimento seriam passíveis de uma modulação.

Sobre o fato de ter Pérez de los Cobos prestado assistência a uma fundação mantida pelo PP, o Tribunal disse que o fator não representava parcialidade, já que o acesso à Corte por juristas reconhecidos presumia a experiência. A decisão destacou que o necessário à função jurisdicional era que os juízes tivessem "mente aberta aos termos do debate e suas sempre variadas e diversas soluções jurídicas" presentes em cada caso. Igualmente foi negado que o livro escrito pelo magistrado fosse influência prejudicial ao julgamento, constituindo-se em livre exercício da expressão de suas ideias, direito garantido a todos. Além do fato de não ter o governo catalão apresentado elementos que indicassem ser as afirmações do livro "algo mais do que um posicionamento ideológico". No ponto, o Tribunal recorreu a sua antiga jurisprudência[663] para afirmar que no caso faltaria o caráter *personalíssimo* de uma amizade ou inimizade com as partes. Assim como não existiria elemento que denotasse a existência de interesse direto ou indireto de Pérez de los Cobos no caso. Ao final, o Tribunal negou liminarmente a *recusación* catalã, com os votos particulares dos juízes Luis Ignacio Ortega Álvarez[664] e Fernando Valdés Dal-Ré[665].

---

partido y colaborar para la consecución de las mismas. b) Respetar lo dispuesto en los estatutos y en las leyes. c) Acatar y cumplir los acuerdos válidamente adoptados por los órganos directivos del partido. d) Abonar las cuotas y otras aportaciones que, con arreglo a los estatutos, puedan corresponder a cada uno."

[662] Destacou-se inclusive o fato de não haver obrigação jurídica para que magistrado revele publicamente sua condição de filiado, inclusive perante o Senado, durante a sabatina. Além dessa omissão não contrariar o dever de transparência dos poderes públicos.

[663] ATC 358/1983. Texto integral: http://goo.gl/2LDeOA.

[664] Para quem: "aceptar la militancia política de los Magistrados del Tribunal Constitucional lleva, a mi juicio, a alterar profundamente la recognoscibilidad de esta Institución como

Ao justificar ponto por ponto que a filiação partidária e as manifestações escritas de Pérez de los Cobos não configuravam elementos suficientes para o seu afastamento do caso, o Tribunal ignorou o precedente firmado no caso Pérez Tremps. A tese da imparcialidade objetiva, baseada apenas na suspeita fundada de uma das partes sobre o comportamento do juiz como elemento suficiente ao reconhecimento da parcialidade do magistrado pelo Tribunal, não foi sequer debatida entre os juízes. Se no primeiro caso a oferta de um parecer ao governo da Catalunha era motivo suficiente para que o Tribunal reputasse fundada a suspeita do PP sobre a imparcialidade de Tremps, no segundo, a militância e o assessoramento partidário que levaram Pérez de los Cobos à Corte não foram o bastante aos olhos do colegiado.

Percebida ou não a contradição, o fato é que a descrição feita pelo Tribunal sobre a imparcialidade de seus juízes assumiu critérios distintos quando alterado o viés político esperado de dois dos seus magistrados. A variação do grau de exigência para o acolhimento da parcialidade e afastamento dos juízes revelou que, contrariamente ao repetido dogma da independência da Corte frente à política, também naquele espaço as disputas partidárias se refletiram diretamente.

O mesmo ocorreu com o argumento da inviabilidade do questionamento da imparcialidade no juízo de constitucionalidade. Enquanto no caso Pérez Tremps o fundamento da objetividade da interpretação sobre a adequação do estatuto em face da Constituição foi relativizado, dando lugar às considerações sobre os laços subjetivos do magistrado com o governo catalão, no caso Pérez de los Cobos a caracterização do controle de constitucionalidade como processo abstrato ganha muito mais força entre os fundamentos acolhidos pela Corte para negar limi-

---

último árbitro en términos de interpretación jurídica de los conflictos derivados del pluralismo político y el pluralismo territorial con relación a los mandatos constitucionales." ATC 180/2013, de 17 de septiembre de 2013.

[665] Em sua manifestação defendeu o processamento da *recusación* como forma de preservar a imagem do tribunal, destacando que "Determinadas vicisitudes, incluso cuando posean cobertura constitucional, pueden revelar falta de imparcialidad ad casum, siempre que aflore en el examen correspondiente una inidoneidad específica para juzgarlo, ya por indebida relación con una de las partes, ya por contaminación respecto del objeto del procedimiento." ATC 180/2013, de 17 de septiembre de 2013.

narmente possibilidade de que aquele juiz pudesse ser afastado do julgamento.

O que interessa notar, então, é o modo como se entrelaçam as categorias da imparcialidade e da abstração do juízo de constitucionalidade nos casos, moldando um mecanismo de seleção dos magistrados que devem ou não participar do julgamento. Essa seleção foi baseada na distinção que a Corte faz entre *pretensões subjetivas* e a *defesa da ordem constitucional objetiva*. Subjaz a contrução desse mecanismo a compreensão, pelo Tribunal, de que essas duas esferas podem ser claramente delimitadas. Como se a promoção de um recurso de constitucionalidade não envolvesse custos politicos que só poderiam ser suportados quando em jogo um interesse subjetivo das partes na resposta constitucional da Corte[666].

Se por um lado a argumentação da Corte encontra legitimidade no fato de estar amparada numa linguagem normativa construída a partir da Constituição e aplicada por juízes imparciais, por outro, ocultar a dimensão do interesse que leva as partes a juízo em busca da declaração de inconstitucionalidade de uma norma naturaliza um formalismo ingênuo na Corte. Um formalismo que depõe contra o seu próprio papel de árbitro das relações entre o direito e a política. Este problema revela não só como a defesa asséptica da independência do Tribunal frente à política-partidária pode ser capturada pelos interesses das agremiações, mas também como a estrutura institucional fundada numa concepção de separação dos poderes pode ser subvertida em favor de uma política menos transparente e menos participativa.

O problema da interferência do Executivo sobre a independência dos juízes espanhóis não é uma novidade. Porém, recentemente foi objeto de denúncia[667] de três associações e da ONG *International Rights Spain* perante a Relatoria especial sobre a independência de juízes e

---

[666] Dimensão evidenciada nas *recusaciones* discutidas, quando o conflito opunha o Estado e uma das comunidades autônomas ou maioria e minorias parlamentares, ponto em que tradicionalmente se justifica a função da jurisdição constitucional. O próprio TC, após o caso Pérez Tremps, entendeu ser constitucional reforma do regimento do Senado, que incluía previsão da indicação de seus magistrados pelas assembleias legislativas das comunidades autônomas, o que pode indicar o reconhecimento de que os interesses locais de fato põem em xeque os seus julgamentos. STC 101/2008, de 24 de julho. Disponível em: http://goo.gl/3gSfp8 Acesso em 05.01.2014.

[667] Cf. IUSTEL, *Diario del Derecho*, 26.11.2014. Disponível em: http://migre.me/nehtz. Acesso em 01.12.2014.

advogados da ONU, para que visite e intervenha junto ao Governo da Espanha. Além da falta de recursos financeiros, entre as demais violações apontadas pelos juízes esteve a forma de composição do Conselho Geral do Poder Judiciário[668] (CGPJ), preenchido integralmente por juízes e juristas indicados pelos poderes políticos, e no projeto de reforma da Lei Orgânica do Poder Judiciário, que prevê a nomeação dos presidentes dos órgãos judiciários locais diretamente pelo CGPJ, além de impor restrições à liberdade de expressão dos magistrados.

4.4.2. O caso Eros Grau

Um caso semelhante, no entanto, sem a mesma repercussão da discussão do afastamento de Pérez Tremps, ocorreu no Supremo Tribunal Federal durante o julgamento da Arguição de Descumprimento de Preceito Fundamental nº 70[669], quando o demandante, Sindicato Nacional de Empresas de Encomendas Expressas, questionou a participação do Ministro Eros Roberto Grau no julgamento, em razão de um parecer emitido, na qualidade de consultor jurídico e antes de assumir sua função no Tribunal, a pedido da Empresa Brasileira de Correios e Telégrafos/ECT (a partir daqui, Correios), demandada na citada ADPF.

A demanda tinha como objeto a recepção ou não[670] dos arts. 2º e 12, do Decreto-lei nº 509/1969, e da Lei nº 6.538/1978, que dispõem sobre o monopólio do serviço postal pelos Correios, pela Constituição de 1988, sob o fundamento de que esta não manteve expressamente no art. 177 a exclusividade do serviço postal sob a responsabilidade da União, em que pese o art. 21, X, dizer – "Compete à União: manter o serviço postal e o correio aéreo nacional". Além disso, de que se tratando o monopólio de atividade econômica uma exceção constitucional, não seria cabível a interpretação extensiva, de modo que a manutenção dos dis-

---

[668] Também o Conselho da Europa já havia manifestado preocupação com a excessiva interferência política sobre a independência dos juízes espanhóis. Cf. *El Diario*, 15.01.2014. Disponível em: http://goo.gl/0DxZYG. Acesso em 10.02.2015. Para uma comparação entre o funcionamento do Conselho Geral do Poder Judiciário espanhol e o Conselho Nacional de Justiça no Brasil v. Carvalho, 2017, pp. 98-125.

[669] STF. ADPF nº 70, rel. min. Marco Aurélio. Por versar sobre o mesmo objeto de outra arguição (ADPF nº 46, rel. min. Marco Aurélio, *DJ* 25.02.1010) proposta pela Associação Brasileira de Empresas de Distribuição/ABRAED, ambos foram julgados na mesma oportunidade, conforme informação disponível no *site* do STF.

[670] O art. 157, §8º, da Constituição de 1967 admitia o monopólio do serviço postal.

MAPEANDO UMA IMAGEM: A IMPARCIALIDADE NOS JULGADOS DO STF

positivos impugnados violaria os princípios constitucionais da livre iniciativa, livre concorrência e livre exercício de qualquer trabalho ou atividade econômica. A discussão promovida na arguição teve importantes contornos na compreensão do STF sobre a distinção entre atividade econômica e serviço público no Brasil, mas o problema que interessa aqui é como o Tribunal tratou o questionamento da imparcialidade de um de seus membros.

Assim como Pérez Tremps, Eros Grau é um reconhecido acadêmico[671]. Professor titular da Faculdade de Direito da Universidade de São Paulo desde 1990, com uma tese intitulada "Contribuição para a interpretação e a crítica da ordem econômica na Constituição de 1988", coordenou uma linha de pesquisa denominada "Direito, desevolvimento e planejamento", ocupou diversos cargos administrativos na burocracia universitária e recebeu vários títulos de doutor *honoris causa* e condecorações de universidades brasileiras e francesas, além de ter publicado várias obras[672] sobre direito econômico e hermenêutica jurídica. Tal qualificação lhe assegura também uma função como consultor jurídico e árbitro em litígios sobre concorrência e livre mercado, no Brasil e fora dele.

Com base no regimento, em 17.11.2005, o Sindicato Nacional de Empresas de Encomendas Expressas ingressou com arguição de suspeição do ministro Eros Grau por ter ofertado parecer sobre o tema para uma das partes, os Correios. Como disse o Sindicato: "a demonstração mais visível de prejulgamento foi a dada pelo Ministro: manifestou-se já por escrito, na linha do parecer exarado (e ao qual negou publicamente importância), no sentido de estar convencido de que uma das partes (a estatal) estava absolutamente correta quanto ao mérito".

A arguição foi recebida pelo Ministro Gilmar Mendes, presidente do Tribunal, que cerca de 8 meses depois (26.06.2006) abriu vistas ao Ministério Público. Em 05.07.2006, o processo foi devolvido com o parecer do Procurador-Geral da República opinando pelo não cabimento da arguição se suspeição. O fundamento invocado foi o de que por se

---

[671] Informações extraídas do seu currículo lattes. Disponívem em: http://migre.me/np1w4 Acesso em: 03.10.2014.

[672] Entre os seus trabalhos mais conhecidos, está "A Ordem Econômica na Constituição de 1988", na 14. edição; "O Direito Posto e o Direito Pressuposto", na 7. edição; "Ensaio e Discurso sobre a Interpretação/Aplicação do Direito", 5. edição.

tratar de processo objetivo de controle de constitucionalidade, a ADPF não admitiria o questionamento da imparcialidade do ministro[673].

Passados mais dois anos e sete meses, sem que nenhum outro ato processual tenha se registrado, em 18.2.2009, o Ministro Gilmar Mendes, decide acolher na íntegra o parecer e arquivar a arguição de suspeição. Entre os fundamentos da decisão, além da jurisprudência da Corte no sentido de que o caráter abstrato do controle de constitucionalidade seria incompatível com a inquirição da parcialidade dos juízes, citou seu próprio trabalho como doutrinador e a jurisprudência do Tribunal Constitucional alemão[674].

Negada a possibilidade de discutir a participação de Grau no julgamento, a ADPF nº 46 foi julgada em 05.08.2009, sob a relatoria de Marco Aurélio Mello, que apresentou um longo voto defendendo uma interpretação evolutiva da regra constitucional sobre manutenção do serviço postal pela União. Afirmando a ocorrência de uma "mutação constitucional", o ministro destacou o papel do Tribunal em "concretizar e realizar os princípios constitucionais de forma ótima, o que se traduz na observância do processo dialético e ininterrupto de condicionamento entre norma e realidade", justificando que não faria sentido em manter o monopólio do serviço, tal qual previa um Alvará português de 1798, que organizou o correio terrestre no Brasil.

Após uma breve exposição sobre a passagem do paradigma liberal clássico para o modelo do Estado de bem-estar, Marco Aurélio destacou a ineficiência das estatais, submetidas à intervenção política, frente à ideia

---

[673] Trecho extraído da decisão STF. Arguição de Suspeição n° 37, rel. min. Gilmar Mendes, *DJ* 04.03.2009, que citou os precedentes da AC 349/MT, Rel. Min. Carlos Britto, DJ 23/09/2005 e ADI-MC 1354/DF, rel. Min. Maurício Côrrea, DJ 25/05/2001, no mesmo sentido.

[674] "Tem-se aqui, pois, o que a jurisprudência dos Tribunais Constitucionais costuma chamar de processo objetivo (objetives Verfahren), isto é, um processo sem sujeitos, destinado, pura e simplesmente à defesa da Constituição (Verfassungsrechtsbewahrungsverfahren). Não se cogita, propriamente, da defesa de interesse do requerente (Rechtsschutzbedürfnis), que pressupõe a defesa de situações subjetivas. Nesse sentido, assentou o Bundesverfassungsgericht que, no controle abstrato de normas, cuida-se fundamentalmente, de um processo sem partes, no qual existe um requerente, mas inexiste requerido. A admissibilidade do controle de normas – ensina Söhn – está vinculada a uma necessidade pública de controle (öffentliches Kontrollbedürfnis)". STF. Arguição de Suspeição n° 37, rel. min. Gilmar Mendes, *DJ* 04.03.2009.

de uma Administração Pública "imparcial e despersonalizada", em que a técnica e a experiência desempenham papel relevante" na gestão do Estado. Ponto que foi lembrado pelo relator em reforço ao argumento de que a disputa pela direção dos Correios era marcada pela possibilidade de "beneficiar os amigos de quem tem poder" em prejuízo do erário. Além disso, a adoção de parâmetros de eficiência pelo Estado regulador no Brasil, também seria elemento a indicar a não recepção do monopólio do serviço postal.

Passagem curiosa do voto do ministro Marco Aurélio é a expressa menção do parecer elaborado por Eros Grau, como fundamento para sua posição[675]. Em seguida, o ministro Eros Grau abriu a divergência para afirmar que entendia o serviço postal como modalidade de serviço público, razão pela qual seria descabida toda a argumentação liberal empreendida por Marco Aurélio. Justificou que o parecer citado, e não publicado, tratava do tema sob o mesmo viés da lei vigente (cuja constitucionalidade se questionava), oportunidade em que defendera a ideia da existência de um "privilégio" e não de "monopólio" estatal sobre o serviço postal. Ainda assim, não viu o ministro qualquer empecilho a sua participação no julgamento.

Seu voto ainda trouxe considerações sobre a mutabilidade do direito, ao afirmar que "o significado válido dos textos é variável no tempo e no espaço, histórica e culturalmente". Porém, logo após, diz que as disposições normativas impugnadas foram recepcionadas pelos arts. 1º e 3º, da Constituição, que manifestariam a opção do constituinte por um Estado forte, vigoroso e capaz de assegurar a todos a existência digna, o que seria incompatível com a "proposta de substituição do Estado pela sociedade civil, vale dizer, pelo mercado"[676].

---

[675] "No ano 2000, o professor da Universidade de São Paulo, Eros Roberto Grau, em parecer exarado a pedido da ECT – pendente de publicação, manifestou-se positivamente sobre a constitucionalidade do Projeto de Lei nº 1.491/99, admitindo a possibilidade de prestação do serviço em regime privado e, ainda, a constitucionalidade da prestação do serviço postal em duplo regime, a despeito de haver concluído que os serviços postais seriam espécie de serviço público. O professor entendeu, também, que os serviços postais não poderiam configurar monopólio, não obstante poderem eventualmente submeterem-se a um regime especial de privilégio". Trecho extraído do voto do min. Marco Aurélio. STF. ADPF nº 46, *DJ* 26.02.2010.

[676] Trechos extraídos do voto do min. Eros Grau. STF. ADPF nº 46, *DJ* 26.02.2010. Mais adiante Grau afirma que seu voto teve fundamento em texto de Rui Barbosa, escrito no início da República.

Além da permanência de Eros Grau, outro fator que tornou o caso especialmente curioso para o exame da imparcialidade no STF foi a assunção de suspeição pelo ministro Menezes Direito, por motivo não apresentado. Embora a Corte tivesse consolidado o entendimento de que tal mecanismo era inviável no processo objetivo, a lei ou o regimento não possuem regras que 'obriguem' um ministro a votar, seja na discussão constitucional de um caso concreto ou de uma previsão normativa abstrata.

A realização do julgamento com 10 ministros trouxe um impasse para a deliberação do Tribunal. A contagem dos votos resultou em empate e não havia regra legal ou regimental sobre a hipótese. O julgamento das ações diretas exige a manifestação da maioria absoluta dos membros[677], e a divergência aberta por Eros Grau, que julgava totalmente improcedente a ADPF, tinha sido acompanhada pelos ministros Joaquim Barbosa, Cézar Peluso, Ellen Gracie, Cármen Lúcia. Em posição distinta, julgando parcialmente procedente estavam Carlos Ayres Britto, Gilmar Mendes, Ricardo Lewandowski e Celso de Mello, entendendo que alguns serviços de natureza comercial estariam fora do regime de monopólio, o que não significava a adesão à posição do relator, Marco Aurélio, cujo voto dava provimento integral à ADPF. Ou seja, a posição majoritária contava com 5 votos, inviabilizando a proclamação do resultado.

A Corte se encontrava em meio a um paradoxo de necessidade de dar resposta à demanda[678] diante da ausência de um critério para a divisão dos fundamentos, quando um de seus membros se afastara voluntariamente do julgamento. Na oportunidade, disse o relator: "A meu ver, não existe espaço, como o quê, para a coluna do meio, para dizer-se simplesmente que no caso concreto não haverá jurisdição porque não foi alcançada a maioria", ao sugerir a adoção, por analogia, da regra do mandado

---

[677] Art. 23 da Lei nº 9.868/1999. Nesse caso, a regra se aplica às arguições de descumprimento de preceito fundamental em função do veto da regra específica da Lei 9.882/99, que previa o quórum de dois terços para o julgamento.

[678] O *non liquet* (vedado no art. 5º, XXXV, CF) é a expressão latina derivada da frase "*iuravi mihi non liquere, atque ita iudicatu illo solutus sum*", que significa "jurei que o caso não estava claro o suficiente e, em conseqüência, fiquei livre daquele julgamento", era a fórmula a que recorriam os juízes no direito romano para eximir-se do dever de julgar quando a resposta do direito não era nítida.

MAPEANDO UMA IMAGEM: A IMPARCIALIDADE NOS JULGADOS DO STF

de segurança, que daria vitória ao grupo que votou com o Presidente do Tribunal.

O que se segue é uma discussão quase ontológica de onze juristas para a definição do conceito de "carta"[679], medida vista como necessária para ajustar a corrente do ministro Ayres Britto à procedência ou improcedência, em que pese o objeto da ADPF ter sido a recepção ou não pela ordem constitucional de texto normativo. O impasse levou, inclusive, o advogado da requerente, Luís Roberto Barroso, a cogitar a desistência da arguição, no que foi estimulado pelos ministros Ellen Gracie e Joaquim Barbosa, que disse: "Desista. Seria o melhor caminho", ao que Barroso responde: "diante do impasse, verdadeiramente, se fosse possível, eu já teria desistido. Mas a recepção, na linha do voto do Ministro Eros Grau e da Ministra Cármen Lúcia, sim. A questão da definição infralegal do que seja carta, aí já refoge se for recepcionado".

O ponto de superação do impasse só foi possível pela intervenção, contra o regimento, da advogada dos Correios[680], que trouxe o esclarecimento de uma *questão de fato* não refletida em nenhum dos votos ou no debate travado no plenário. Este esclarecimento foi tomado pela Corte como fundamento para ajustar o voto de Ayres Britto ao lado dos que declaravam recepcionada a Lei nº 6.538/1978, e após nova discussão e mais um ajuste do voto de Gilmar Mendes, dando interpretação conforme ao art. 42 daquela lei e destacando que a situação era de um *processo de inconstitucionalização*, demandando a atuação do legislador.

Mais do que a disputa dos discursos refletidos no processo deliberativo da Corte, há que se lançar luzes para o *não dito*, mas cujos efeitos tiveram uma dimensão fundamental. Impressiona, por exemplo, que a discussão sobre a participação de Eros Grau, autor de parecer sobre o

---

[679] Durante os debates, Joaquim Barbosa reconhecia que esse papel era do Poder Legislativo.

[680] "É uma questão apenas de fato, Excelência. Então eu gostaria de rápidas palavras, deixar bastante explicitado que ao Correio cabe a prestação do serviço postal de correspondência, valores e encomendas. E que a Lei 6.538 apenas considerou monopolizadas, expressão que não é a mais adequada, mas exclusivas da ECT, o recebimento, expedição, transporte e entrega de objetos de correspondência, ou seja, carta, cartão-postal e correspondência agrupada. 'Encomendas' é serviço postal porque nós precisamos levar às vezes o medicamento para todo o Brasil, mas também pode ser feito pela iniciativa privada, e impressos: jornais, livros e periódicos não são monopolizados, têm apenas tratamento tarifário diferenciados. Então, nos Correios, a prática e a lei nos autorizam a agir dessa forma". Trecho extraído dos debates no acórdão. STF. ADPF nº 46, *DJ* 26.02.2010.

objeto da causa a pedido da requerente, não tenha sido sequer possibilitada sob o argumento de que no controle de constitucionalidade abstrato não há partes no sentido subjetivo. Chama também a atenção o afastamento, por suspeição, de outro ministro sem que o Tribunal não tenha sequer considerado haver uma incongruência lógica entre negar discutir a suspeição de Grau, como se a posição do ministro não tivesse qualquer papel no julgamento, e nem mencionar a auto-recusa de Menezes Direito em votar, quando tal recusa, ao final, causou o empate e a impossibilidade de proclamar o resultado de acordo com as regras do regimento.

A justificativa da relação processual objetiva, abstrata, sem partes ou interesse concreto a ser tutelado, motivo da pronta negativa em discutir a relação subjetiva de um ministro com o objeto do litígio no Supremo Tribunal Federal, entretanto parece obedecer a uma lógica particular. Após a promulgação da Constituição de 1988, a Corte criou o requisito da *pertinência temática*[681] exigindo a demonstração de interesse jurídico concreto, para a admissão da fiscalização normativa abstrata. Ainda nesse sentido, o plenário do STF construiu entendimento[682] pelo *não cabimento de recursos interpostos por terceiros* nos processos objetivos, inclusive daqueles que ingressaram na lide na qualidade de *amicus curiae*. A princípio, estes dois elementos mostram a contradição da noção de processo objetivo consolidada na Corte ao vincularem-se a características subjetivas dos litigantes para restringir o acesso ao processo deliberativo no Tribunal.

Outro fator decisivo, mas que quase passa despercebido na leitura do acórdão, com os extensos votos e o grande número de páginas de debate, é que o resultado só se tornou viável, juridicamente possível, após o esclarecimento de *fato* destacado pela advogada dos Correios ao explicitar como a empresa operacionaliza a distinção entre "correspondência agrupada", legalmente submetida ao monopólio, e "encomendas"

---

[681] Mesmo sem previsão constitucional ou legal, aos chamados "legitimados especiais" (Governadores de Estado e Mesas das Assembleias Estaduais, Confederação sindical ou entidade de classe de âmbito nacional) se exige a demonstração de interesse subjetivo na lide a ser demonstrado pela relação entre as finalidades institucionais da entidade autora e o conteúdo material da norma questionada em sede de controle abstrato. STF. ADI-MC 138/RJ, rel. min. Sidney Sanches, *DJ* 16.11.1990.

[682] STF. ADI-ED nº 3.615/PB, rel. min. Cármen Lúcia, *DJ* 17.3.2008.

(em que se inserem impressos, livros, jornais e periódicos), cujo serviço postal também estava aberto à iniciativa privada. Logo, toda a discussão sobre a "natureza" do conceito de "carta" tinha sido inócua para decidir a ADPF.

A conjunção desses elementos que tangenciam o caso, geralmente subestimadas pelo discurso judicial no controle abstrato, chamam a atenção para como o Tribunal parece operar segundo uma lógica que naturaliza a sua própria imparcialidade e de seus membros, como se houvesse uma capacidade evidente e inquestionável de atuação judicial justa, assegurada pela investidura no cargo de Ministro e, então, bastaria seguir previsões normativas abstratas que as condicionantes personalísticas de cada um não teriam impacto no resultado.

Juntas, essas duas dimensões pouco discutidas na nossa jurisdição constitucional concentrada, a *fática* (como as situações se reproduzem na sociedade) e a *subjetiva* (a relação entre julgador e litígio), têm um potencial explicativo relevante para a descrição dos problemas do acesso à justiça no país e podem ajudar a observar quais os critérios de seletividade envolvidos na prática institucional do Supremo Tribunal Federal. Elas apontam para as principais falhas de um modelo concentrado e progressivamente abstrato do uso da linguagem jurídica que se autodescreve como imparcial, mas que gera consequências políticas desiguais para jurisdicionados e a sociedade.

Essa exigência de uma autocompreensão afastada da complexidade dos fatos discutidos no processo objetivo tem sido assumida como o dogma da imparcialidade na jurisdição constitucional. Porém, o principal problema dessa ideia de imparcialidade no constitucionalismo contemporâneo é o fato de que ela é constantemente submetida às mais variadas perspectivas sobre o seu próprio significado, confundindo-se com o conceito próprio do que é "fazer justiça". Isso não deixa de produzir efeitos relevantes para a prática das instituições, geralmente associados a discursos que contradizem ou mesmo negam aquele ideal de imparcialidade dogmaticamente repetido.

A consideração de que as palavras são ações e não coisas separadas do agir traz uma dimensão ainda não suficientemente explorada nos estudos sobre como a imparcialidade judicial é apropriada pelo discurso jurídico. Os casos descritos linhas atrás são uma evidencia disso. Ou seja, os discursos produzidos pelos dois tribunais nesses casos revelam severos limites para que seus juízes reconheçam a parcialidade de sua própria atuação[683]. É essa a tese teórica a que este trabalho se vincula.

À diferença dos demais magistrados que integram o Judiciário, o Supremo Tribunal Federal e os Tribunais Constitucionais são compostos, a princípio, apenas por juristas que tenham se destacado como acadêmicos e profissionais do direito. Tal pressuposto satisfaz a exigência constitucional de que a Corte esteja preparada para dar respostas para as complexas questões que a ela se apresentam. Porém, compatibilizar essa exigência normativa com a imparcialidade dos seus juízes não é tarefa simples, já que uma das formas de reconhecer o mérito dos juristas está em observar a sua atuação, inclusive por meio de suas publicações.

Uma face do problema que se mantém obscura é que o reconhecimento da parcialidade dos juízes permanece dependente do seu reconhecimento por eles mesmos ou da sua comunidade de pertencimento. Esse é um modelo que restringe demasiadamente o controle da imparcialidade, tonando-o insuficiente, capturado pelo corporativismo e contribuindo para a perda de confiança da sociedade nas decisões da Corte. Essa imparcialidade submetida apenas ao autocontrole das Cortes encontra-se incorporada como dogma do constitucionalismo e possui uma longa tradição no pensamento jurídico. Então, reconstruir parte da história da imparcialidade é função primordial para verificar quais as continuidades e interrupções ela desempenha nas operações da política e do direito fornecendo parâmetros críticos com que ela possa dialogar.

4.5. Qual imparcialidade?

Os detalhes que cercam os casos descritos acima mostram a inadequação do afastamento *a priori* do questionamento da imparcialidade em processos de controle de constitucionalidade, sob o fundamento de que esses processos cuidam da proteção de um interesse objetivo: a higidez da ordem constitucional. Essa constatação aponta para o equívoco da jurisprudência produzida com base em tal argumento, mas não indica sob quais critérios seria possível aperfeiçoar o controle da imparcialidade dos juízes em sede de jurisdição constitucional.

---

[683] Fatores institucionais ou não contribuem para essa restrição em relação aos juízes constitucionais. Por exemplo, o dogma do *non liquet* e a sobrecarga decisória sobre a figura do magistrado; a função de árbitro constitucional do princípio da separação de poderes; a manutenção da semântica da última palavra no discurso judicial, etc.

Uma dificuldade de aproximar os estudos sobre a imparcialidade no direito processual ao processo de controle abstrato de constitucionalidade é que este prescinde da análise de um conjunto probatório. Não havendo propriamente uma discussão fundada no desacordo acerca de *fatos*, mas sobre interpretações da validade do *direito*, a produção de provas como a oitiva de testemunhas, depoimentos, inspeções, perícias e outros meios admitidos pela lei passam a ter uma função bastante reduzida na formação da convicção do juiz constitucional. Essa é uma característica que dificulta a análise sobre a atuação imparcial do magistrado, inclusive porque os próprios Tribunais consolidaram o entendimento de que a imparcialidade é presumida, e as suspeitas em contrário devem ser efetivamente provadas[684]. Porém, não torna a demonstração dos conflitos de interesses e o seu questionamento tarefas impossíveis. Há problemas de congruência quando o ideal de imparcialidade do juiz constitucional é confrontado com a atividade acadêmica do jurista[685]. Mas não são apenas esses casos que revelam as dificuldades de manutenção do sentido da imparcialidade como característica inafastável do devido processo em um tribunal constitucional. Uma série de outras situações descritas adiante demonstram o quão limitado e flexível pode ser o conceito de imparcialidade acolhido pelo tribunal a que ele próprio se refere.

---

[684] Nesse sentido: "la imparcialidade del Juez ha de presumirse, y las sospechas sobre su idoneidad hay que probarlas...y han de fundarse en causas tasadas e interpretadas restrictivamente sin posibilidad de aplicaciones extensivas o analógicas." ATC 177/2007, de 7 de marzo; STF. RE n. 601.145, rel. min. Barroso, *DJ* 03.12.2013 e AImp n. 4 AgReg/DF, rel. min. Ayres Britto, *DJ* 29.06.2012.

[685] Caso semelhante ocorreu em *recusación* à Corte Constitucional do Chile (TC Rol n. 740/2007), contra os juízes Raúl Bertelsen Repetto e Enrique Navarro Beltrán, que na qualidade de acadêmicos ofertaram parecer sustentando a inconstitucionalidade da comercialização de remédios que tivessem a droga *Levonorgestrel* 0,75 mg, por seu efeito abortivo. O caso que chegou à Corte por provocação de 36 deputados chilenos contra o Decreto Supremo 48/2007, do Ministerio da Saúde daquele país, que aprovou as normas nacionais de regulação da fertilidade e incluiu contraceptivos de emergência (pílula do dia seguinte) com o *Levonordestrel* como princípio ativo. Embora tenham assinado o mesmo informe, Beltrán reconheceu sua parcialidade e afastou-se do caso, enquanto Repetto negou estar influenciado pelo parecer e habilitou-se ao julgamento. O Tribunal acolheu a manifestação de ambos e viabilizou a participação do juiz Repetto, embora o resultado tenha sido contrário ao seu entendimento.

Em um caso curioso, também do Tribunal Constitucional espanhol[686], o partido político do país Vasco Lehia de Loiu apresentou *recusación* contra todos os juízes da Corte, sob o fundamento de que lhes faltava imparcialidade objetiva, pois eles teriam interesse direto no caso. O argumento do partido era de que todos os magistrados já tinham se manifestado sobre o tema de fundo (caso principal), quando declararam a inconstitucionalidade de disposições da Lei Orgânica dos partidos políticos em caso anterior. A Corte negou conhecer a recusa afirmando que, por ser órgão que atua em instância única e fora da estrutura do Judiciário, resultaria impossível a aplicação da causa de afastamento de todos os seus magistrados, ou seja, reconhecer a parcialidade do Tribunal mesmo.

Um caso envolvendo a auto-regulação do sistema político e a constitucionalidade do regime proporcional na definição do número de vereadores no Brasil pôs o STF diante da condição de juiz de uma norma editada em função de sua própria decisão[687]. Atuando em sede de controle difuso[688], o Tribunal determinou ao TSE que regulamentasse em resolução os critérios a serem observados pelas câmaras municipais de todo país em relação ao número de vereadores, segundo interpretação do art. 29, IV, da Constituição. A Resolução TSE nº 21.702/2004, que estabeleceu tabelas com o número máximo de vereadores por município, foi então impugnada nas ações diretas de inconstitucionalidade nº 3.345 e n° 3.365, por paridos politicos insatisfeitos com a redução do número de vagas nas legislaturas municipais.

O caso trouxe ao STF duas alternativas: a de reconhecer que a regulamentação do número de vereadores era atividade de caráter normativo de competência do Congresso Nacional[689]; ou de julgar em favor da norma criada por ele próprio, negando posterior reexame da matéria pelos órgãos legislativos municipais. O que significaria assumir-se como detentor da última palavra sobre o tema. O relator, Celso de Mello, não só optou por afirmar que ao STF pertencia o monopólio da última palavra sobre o significado da Constituição, mas também sobre "a própria subs-

---

[686] ATC n. 144/2003, de 7 de mayo. Texto integral: http://goo.gl/ZMxtqO Acesso em 23.01.2015.

[687] Sobre como o caso impactou a imparcialidade da Corte: Carvalho, 2013, pp. 16389-16411.

[688] RE nº 197.917/SP, rel. min. Marco Aurélio, *DJ* 07.05.2004.

[689] Consideração acolhida pelo ministro Marco Aurélio, voto vencido na ADI n. 3.345 *DJ* 20.08.2010.

tância do poder". Uma afirmação que não só manifesta uma concorrência entre legislativo e judiciário na definição das regras do jogo democrático, mas que põe em xeque o papel da Corte como árbitro imparcial do regime de separação dos poderes. Aqui a imparcialidade tornou-se o objeto de uma disputa institucional pela detenção da *última palavra* e o fundamento para afirmar a posição da Corte para *defini-la*, ainda que em sentido contrário à eventual aspiração da representação democrática expressa na possibilidade de reação do Parlamento.

Em outra situação, na Argentina, a apropriação do sentido de imparcialidade assumiu um significado estratégico. Em 2009, o país celebrou um acordo com um grupo de idosos que tinham apresentado denúncia à Comissão Interamericana de Direitos Humanos[690] por uma série de violações ao devido processo em tempo razoável, direito de propriedade e igual proteção aos seus cidadãos. No acordo, o governo se comprometera a dar efetividade ao acesso à justiça em matéria previdenciária, seja deixando de recorrer das decisões que garantissem a implementação de aposentadorias e pensões aos beneficiários, ou mesmo desistindo dos recursos já apresentados perante a Suprema Corte ou a Câmara Federal de Seguridade Social. Porém, na fase de execução das medidas previstas no acordo, o governo argentino passou a propor *recusaciones* em massa contra os magistrados da Sala II, da Câmara de Seguridade Social, abrangendo 90% de todos os processos em trâmite naquele órgão judicial[691].

O caso mostrou que além da tensão criada entre o governo e a corporação dos juízes pelo manejo excessivo da recusa de magistrados, o instituto processual de controle da imparcialidade judicial pode ajustar-se funcionalmente como obstáculo à concretização de direitos fundamentais. A combinação entre o compromisso em nível internacional pela implementação dos direitos dos idosos, de um lado, com o bloqueio interno à realização daqueles direitos pela instrumentalização do discurso da parcialidade dos magistrados argentinos, do outro, demonstrou um tipo de uso da imparcialidade que não costuma ter lugar nas análises dogmáticas sobre o juízo imparcial.

---

[690] Informe n. 168/2011 (Amílcar Manéndez, Juan Jamón Caride y otros vs. Argentina).
[691] Cf. Domínguez, 2012, p. 62.

A afirmação da imparcialidade baseada no juízo de constitucionalidade pode também resultar em posterior ameaça ou violação à independência judicial. Esse foi o objeto do caso *Tribunal Constitucional v. Peru*[692]. Nele se discutiu a destituição em *juicio político* pelo Congresso dos juízes Manuel Aguirre Roca, Guillermo Rey Terry e Delia Revoredo Marsano da Corte peruana após os três terem declarado a inconstitucionalidade da lei interpretativa nº 26.657[693], que possibilitava ao então Presidente do Peru, Alberto Fujimori, candidatar-se ao terceiro mandato. E em que pese o não comparecimento e a tentativa do Peru em recusar a jurisdição internacional[694], a Corte Interamericana de Direitos Humanos considerou que o Estado havia violado o art. 8º da Convenção, porque o *juicio político*, além de não ter seguido as garantias constitucionais do contraditório e ampla defesa, carecia de um *juízo imparcial*. O fato de que quarenta congressistas, dentre eles muitos integrantes das comissões de investigação e acusação, haviam participado do julgamento que resultou no afastamento dos juízes foi tomado como ofensa à impacialidade subjetiva do *juicio*. No caso, restou evidenciado que a maioria do Congresso já tinha a convicção formada antes do início do processo, violando o dever de imparcialidade.

No caso, a imparcialidade foi tomada pela Corte num sentido mais amplo, ou seja, numa dimensão político-institucional não restrita ao Poder Judiciário, mas a todos os casos que envolvam a proteção dos direitos fundamentais. Ao afirmar a ilegítima interferência do Congresso ao empregar o *jucio político* para controlar ou pressionar o exercício da

---

[692] CIDH. Sentencia de 31.01.2001. Disponível em: http://goo.gl/zkygve Acesso em 02.02.2015.

[693] Lei de interpretação autêntica do art. 112, da Constituição de 1993, que em relação à limitação da reeleição, dispôs o seguinte: *"está referida y condicionada a los mandatos presidenciales iniciados con posterioridad a la fecha de promulgación del referido texto constitucional"*, viabilizando o terceiro mandato do Presidente. Em virtude dos três votos, somadas as abstenções, a Corte declarou a impossibilidade da candidatura de Fujimori nas eleições de 2000. Expediente 002-96-I/TC, disponível em: http://goo.gl/mHRSyh Acesso em 04.02.2015.

[694] Em 8 de julho de 1999, quase dois anos após a Comissão ter recebido a denúncia contra o governo peruano, o embaixador daquele país apresentou resolução do Congresso que retirava o reconhecimento da competencia contenciosa da CIDH, com efeitos imediatos. Manifestação não acolhida pela Corte.

jurisdição por parte dos membros do Tribunal[695], a Corte Interamericana distinguiu *imparcialidade* e *independência* como princípios que guardam diferentes expectativas normativas, mas que por sua vez são complementares. Logo, onde não há independência dificilmente se poderia proteger a imparcialidade.

Em outro caso envolvendo a relação entre *independência* e *imparcialidade*, a Corte Europeia de Direitos Humanos considerou violada a cláusula de proteção à liberdade de expressão (art. 10 do Convênio) pelo governo da Hungria, no caso *Baka v. Hungria*[696]. *Após dezessete anos como juiz da Corte Europeia de Direitos Humanos, em 2009 o parlamento húngaro aprovou a nomeação de András Baka para um mandato de seis anos como Presidente da Suprema Corte, função exercida em conjunto com a presidência do Conselho Nacional de Justiça do país. Com a vitória do partido Fidesz–Magyar Polgári Szövetség* (União Cívica Fidesz Húngara) e sua aliança com o Partido democrata cristão, o novo governo passou a ter dois terços do parlamento e articulou uma ampla reforma constitucional, incluindo a organização do Poder Judiciário[697]. Os dispositivos da reforma judicial foram criticados por Baka, que via no projeto uma ameaça à independência judicial. Baka enviou uma carta com sua manifestação ao primeiro ministro[698] e criticou a reforma, abertamente, na imprensa húngara[699].

---

[695] Nesse mesmo sentido foi a decisão da CIDH no caso *Camba Campos e outros v. Equador*, sentença de 28.08.2013.

[696] *Baka v. Hungria*, julgado em 15.12.2014. Inteiro teor disponível em: http://goo.gl/zgkOCb Acesso em 08.02.2015.

[697] Entre as medidas estava a redução da idade para a aposentadoria compulsória dos 70 para 62 anos; ampliação do número de ministros da Suprema Corte e a exclusão de competências para o controle de constitucionalidade sobre leis orçamentárias e de ajuste fiscal; criação da secretaria judicial, ocupada por um ministro indicado pelo Congresso, com amplos poderes para nomeação dos presidentes de tribunais e transfência de magistrados; alteração dos critérios de acesso à Corte (renomeada como *Kúria*) ao exigir o mínimo de 5 anos de judicatura em território húngaro; possibilidade do Ministério Público escolher em qual juízo demandar causas que se discuta a convenção europeia de direitos humanos.

[698] Nela Baka afirmou: "It is, however, unacceptable if a political party or the majority of Parliament makes political demands on the judiciary and evaluates judges by political standards."

[699] As declarações causaram a reação do partido do governo, que através de István Balsai, president da comissão para a reforma no parlamento, disse: "The adopted legal solution was said to be unfortunate. Now, I myself find it unfortunate if a member of the judiciary, in any position whatsoever, tries to exert influence over the legislative process in such a way".

Com a aprovação da reforma no Congresso, Baka foi destituído da presidência da Suprema Corte em 2012, terceiro ano do seu mandato, já que não possuía o mínimo de 5 anos de atividade como juiz na Hungria, e haviam sido desconsiderados os dezessete anos na Corte Europeia de acordo com o texto recém-aprovado. Com a denúncia de que a alteração constitucional havia sido produto do casuísmo para destituir Baka em virtude das críticas à reforma promovida pelo governo, a Corte Europeia declarou que as medidas violavam a Convenção por três fundamentos. O primeiro foi que as expressões de Baka sobre o funcionamento do judiciário e independência dos juízes constituíam tema de interesse público. O segundo, que como presidente da Suprema Corte e do Conselho de Justiça, as manifestações sobre o impacto da reforma em trâmite no Congresso que impactavam sobre a atividade dos magistrados eram um dever, mais além do que um direito. E, por último, que a destituição precoce de Baka, além de lhe causarem prejuízos pecuniários e a perda de garantias ligadas ao *status* do cargo, poderiam ter efeito sobre o exercício da liberdade de expressão dos demais juízes que desejassem manifestar-se sobre o tema. Como a reforma excluía a si própria de revisão judicial, também restou violado o direito ao acesso à justiça do juiz Baka.

O caso é interessante à medida que mostra como as discussões sobre as garantias institucionais relacionadas à independência e imparcialidade dos juízes[700] podem alcançar níveis múltiplos na escala de proteção dos direitos humanos, inclusive em confronto com as perspectivas internas dos Estados nacionais, tradicionalmente vinculadas à semântica da soberania associada à tensão entre constitucionalismo e democracia em um espaço territorial definido. Como o caso demonstra, nem mesmo uma reforma constitucional formalmente aprovada pelo parlamento escapa de uma avaliação sobre a sua validade numa Corte com competência supra-nacional.

---

[700] Especificamente sobre as dimensões subjetiva e objetiva da imparcialidade, o TEDH já tinha se pronunciado no precedente *Piersack v. Bélgica*, quando destacou que "Whilst impartiality normally denotes absence of prejudice or bias, its existence or otherwise can, notably under Article 6 § 1 (art. 6-1) of the Convention, be tested in various ways. A distinction can be drawn in this context between a subjective approach, that is endeavouring to ascertain the personal conviction of a given judge in a given case, and an objective approach, that is determining whether he offered guarantees sufficient to exclude any legitimate doubt in this respect". TEDH. *Application n. 8692/1979, judgement* 01.10.1982.

A observação da variedade dos usos a que se presta a ideia de imparcialidade dos juízes constitucionais, além de como os incidentes de suspeição e impedimento instrumentalizam uma espécie de controle seletivo sobre os possíveis resultados das decisões, é um elemento que ajuda a visualizar o quão estratégica a atuação de um tribunal pode ser. Nessa articulação discursiva da imparcialidade, ora como garantia institucional contra a invasão da política (o que mais bem se ajusta à ideia de independência judicial) e ora como garantia ao juízo idôneo para um julgamento justo (direito fundamental ao juiz imparcial), ambas vertentes da imparcialidade (objetiva e subjetiva) trabalhadas na argumentação das Cortes desempenham um relevante papel.

Isso porque elas se transformam em *figuras de linguagem* indispensáveis na definição das escolhas que os juízes fazem de sua própria imagem, o que não deixa de produzir efeitos politicos de grande relevância para a justiça constitucional. Ao conformarem as *categorias de imparcialidade objetiva e subjetiva* a partir de padrões argumentativos que levam em conta o grau de implicação do magistrado, tanto em relação ao *objeto* da causa quanto às *partes* do processo, os juristas criam a alternativa para acolher ou rejeitar a participação de julgadores. A funcionalidade dessas categorias estaria em permitir ao Tribunal aplicar padrões mais ou menos exigentes para aferir a imparcialidade de seus juízes. Num grau mais alto de exigência, entende-se suficiente a suspeita de uma das partes sobre a relação do juiz com o tema da causa[701] (*imparcialidade objetiva*); e num grau mais baixo possibilita a desconsideração do objeto da causa e questiona pelas relações que o julgador teve ou tem com as partes[702] (*imparcialidade subjetiva*). Essa flexibilidade reconhecida pela jurisprudência para aferir o nível de comprometimento de seus magistrados com as discussões constitucionais expõe a fragilidade do próprio critério[703], que precisa ser manejado com um certa amplitude de significados para absorver as comunicações derivadas de domínios externos ao direito.

---

[701] Exemplo da causa de afatamento de Pérez Tremps acolhida pelo TC espanhol.

[702] Caso da aceitação da participação de Pérez de los Cobos nos processos em que a Comunidade da Catalunha é parte.

[703] Nessa linha, o acolhimento da abstenção de Beltrán ao mesmo tempo da aceitação de Repetto pelo TC chileno mostrou a ausência de um critério de imparcialidade da Corte, que delegou o juízo sobre a conveniência de participação no julgamento à consciência de cada um de seus juízes.

IMAGENS DA IMPARCIALIDADE ENTRE O DISCURSO CONSTITUCIONAL E A PRÁTICA JUDICIAL

Essa consideração leva-nos a pergunta: de qual imparcialidade estão os tribunais a se referir quando atribuem a si a função de controle da atividade política? Se não é possível afirmar que a seleção de julgadores decorre diretamente de uma prévia escolha do resultado desejado, ao menos se pode investigar o quanto ela impacta no processo decisório, inclusive sobre o modo como os próprios juízes seguem descrevendo a si mesmo como imparciais. Os casos mencionados mostram que o desafio de promover e controlar a imparcialidade dos juízes num tribunal com competência para a revisão judicial é uma questão complexa, que demanda uma avaliação de fatores contingentes próprios da interpenetração entre a política e o direito. O que nos situa diante da necessidade de compreender os fatores de seleção da comunicação produzida pelas Cortes que constituem suas próprias decisões.

Uma das formas de reforçar a imagem da imparcialidade judicial enquanto *autonomia do direito* é apresentá-la como autodisciplina diante de questões controversas e que exigem a manifestação da vontade do julgador. Essa dimensão do problema ganha relevância quando a suposta vontade contraria as expectativas da maioria dos destinatários da decisão. Tal situação redireciona o debate público sobre a imparcialidade do juiz para o campo da política, que passa a questionar os vieses ideológicos, as relações partidárias, as preferências e até as inclinações doutrinárias do magistrado. Porém, no caso das Supremas Cortes e Tribunais Constitucionais, em que temas políticos motivam a sua própria existência e fazem parte do cotidiano dos juízes, a dimensão da imparcialidade precisa reforçar a imagem de que o resultado dos julgamentos deriva da interpretação do direito e não de fatores externos ao ordenamento[704]. Se no quadro institucional legado pelo constitucionalismo as Cortes representam os principais órgãos que devem velar pelos pré-compromissos substantivos tomados pelo povo em relação a si mesmo no passado, os seus juízes precisam apresentar-se como imunes à 'compulsão ou induzimento' dos interesses de curto prazo.

Manter um arranjo como esse se torna mais complexo quando se observa o progressivo ingresso dos diferentes tipos de argumentação no processo, que podem variar das questões econômicas à escolha sobre políticas públicas, da intimidade às relações de família, da tecnologia ao

---

[704] Cf. Farejohn & Kramer, 2002, p. 968.

meio-ambiente, da religião à ciência, entre tantas outros matérias sobre o que versam os processos judiciais. Tal característica, além de evidenciar a sobrecarga com que tem de lidar o direito, confronta-o com a dificuldade de ter de lidar com uma semântica normativa cada vez mais precária para a ideia de imparcialidade dos julgamentos.

Configurado um quadro como esse, em que juízes encontram-se pressionados por vários agentes (como políticos e a imprensa), mostra-se como eles precisam negociar as condições de exercício do próprio poder. Isso envolveria ponderar as relações entre independência judicial e prestação de contas (*accountability*) – criando um espaço de proteção, por exemplo, para a autonomia orçamentária e prerrogativas dos magistrados contra ameaças vindas do Congresso ou do Executivo. E, por outro lado, exige mecanismos de auto-restrição refletidos no comportamento dos juízes, cujo interesse estaria em preservar o seu capital político que, publicamente, manifesta-se através de atributos intelectuais e de reputação.

Nesse sentido, uma das formas de observar a relação entre a construção da imparcialidade do Judiciário é considerar quais os temas em que as Cortes *decidem não decidir*. Ou seja, qual a *seletividade* presente nos julgamentos. Como vimos até aqui, no Brasil a noção de imparcialidade é articulada diante da mobilização do argumento que destina a última palavra sobre a Constituição ao STF. Entretanto, resulta claro na nossa prática constitucional que, ao tempo em que o uso conceitual da imparcialidade empodera os juízes para a adjudicação de questões políticas, ela introduz *claras tensões* com o princípio da separação de poderes. Isso sugere não só a distinta força do apelo com que os argumentos são recebidos pela Corte, mas como a atuação dos juízes pode ser medida em termos de imparcialidade nos casos que põem em risco as relações entre o Judiciário e os demais poderes.

Capítulo 5
A reconstituição de um mosaico:
as condições do juízo imparcial

Afinal, o que é um juízo imparcial? Tentar responder essa pergunta é ingressar num empreendimento paradoxal. A aporia em que se encontra a descrição de um comportamento objetivo ideal desde a singularidade subjetiva de quem fala ou escreve assume na ideia de imparcialidade um sentido especialmente delicado para as relações entre a política e o direito. E ainda que a ausência de neutralidade da interpretação seja um dos pontos sobre os quais a teoria do direito mais tenha se dedicado desde que as estruturas do pensamento moderno sobre a autonomia do sujeito começaram a ruir, as leituras dogmáticas sobre o fenômeno da imparcialidade não compreendem a si mesmas como apreensões contingentes de uma complexa rede de significações, que se refletem nas diversas possibilidades de compreender a atividade judicial[705]. Desse modo, segue sendo um desafio explicar a ideia de imparcialidade quando o direito passa a ser compreendido a partir de *relações* e não *coisas*.

A complexidade em torno da estabilização do conceito de juízo imparcial como um tipo de *relação discursiva* que organiza a função dos juízes foi observada por Foucault[706] ao analisar o significado da disposição

---

[705] Cf. Costa, 2007 e Costa, 2013, p. 12.
[706] Cf. Foucault, 1992, p. 51.

espacial de uma sala de audiências judiciais. A mesa que separa os litigantes e a centralidade da posição do juiz em relação àqueles, segundo a descrição foucaultiana, indica ao menos três elementos constitutivos da ideologia em que se funda o sistema de justiça. A primeira, a suposição da *neutralidade do juiz*, localizado de modo equidistante das partes. O segundo, que o juízo será formado em função de uma *norma da verdade ao alcance do juiz*, após o interrogatório do autor e réu, além da oitiva das testemunhas, não se deixando determinar previamente à apreciação das provas previamente estabelecidas. E a última delas, a *força de autoridade* de que se reveste a sentença, pois justificada sob um agrupamento de ideias sobre o justo e o injusto. Ainda segundo Foucault, a presença desses três elementos no ambiente forense representariam a noção de as respostas judiciais são absolutamente válidas e, assim, devem ser executadas.

A imagem descrita por Foucault, que evoca a figura tradicional dos tribunais, dirige-se muito claramente ao modo como a "revolução epistemológica" contra a ideia de autonomia da razão moderna chega ao pensamento jurídico. Tomar em conta que uma teoria científica não alcança a representação da verdade, mas se constitui em uma (re)construção de ideias, que supõem uma ideologia, põe em manifesta dificuldade a sustentação dos pilares modernos do pensamento jurídico, entre eles o da imparcialidade judicial. Se o conjunto de regras da linguagem em que se funda a imparcialidade passa a ser visto pelo ângulo da contingência das relações, uma dada objetividade das ordens do próprio sistema passa a ser questionável. A perda de referência daquela objetividade, por sua vez, põe em risco o sistema como um todo, pois assim estaria justificado o argumento para que essas ordens deixassem de ser cumpridas. E numa sociedade em que várias das normas nunca são cumpridas, é o próprio conceito de ordem que perde a sua finalidade[707].

A crítica da noção de verdade baseada numa dualidade do pensamento entre *ser* e *dever* alcança de modo particular a relação entre o domínio do saber técnico e o exercício do poder. É sobre essa relação que Foucault identifica a "política geral da verdade" numa construção deste mundo[708]. Esta política tem como função selecionar quais os dis-

---

[707] Cf. Wittgenstein, 2012, p. 150.
[708] Cf. Foucault, 1992, p. 187.

A RECONSTITUIÇÃO DE UM MOSAICO: AS CONDIÇÕES DO JUÍZO IMPARCIAL

cursos devem ser socialmente tomados como verdadeiros, segundo técnicas e procedimentos que os distinguem dos enunciados falsos. Para ele, cada sociedade possui o seu regime de verdade segundo múltiplas imposições das relações de poder. E o poder de dizer o direito seria articulado como fundamento dessa política da verdade.

Esta descrição foucaultiana da ascensão do poder dos juristas vai buscar suas raízes históricas nas revoluções liberais do século XVIII, disputadas em torno do sentido da lei e da Constituição como fontes do que é o *naturalmente* justo segundo a *razão*. Foi naquele contexto que se teria evidenciado a conexão de sentido entre o intelectual e o jurista[709]. O jurista não seria o intelectual profissional, mas aquele que faz da sua relação com a produção da verdade o instrumento da luta política baseada nas exigências de universalidade da lei. Na estrutura dessa mudança estava a rejeição do arcaísmo do funcionamento da justiça na Idade Média. Como o acesso à justiça era entendido enquanto extensão da riqueza e da propriedade dos nobres, que a usavam ou não de acordo com suas conveniências, o modelo passou a ser insustentável numa lógica de universalidade da lei e centralização da aplicação do direito no Estado. Para Foucault, entretanto, essa transformação significou o estabelecimento de uma justiça obrigatória e lucrativa, organizada sob um sistema baseado na força. Naquele contexto, o aparato judicial do poder público passou a ser "apresentado como neutro e autoritário. Encarregado ao mesmo tempo de resolver 'justamente' os litígios e assegurar 'autoritariamente' a ordem pública"[710]. Tal configuração serviria para garantir o aumento da renda sobre o produto do trabalho, escondendo uma guerra social.

A *imagem da imparcialidade* como modelo geral de funcionamento do poder judiciário, segundo a crítica foucaultiana, representaria apenas mais um idealismo construído pela divisão do trabalho. Nela estariam os que julgam com uma suposta serenidade e sem implicações pessoais. Como diz Foucault, por "um especialista da idealidade"[711], que estando fora do conflito seria capaz de administrar a justiça. Tal concepção apropria o tema da imparcialidade como um traço da estética moderna do

---

[709] Cf. Foucault, 1992, p. 185.
[710] Cf. Foucault, 1992, p. 49.
[711] Cf. Foucault, 1992, p. 70.

direito ainda à procura por uma espécie de terceiro mais elevado, que seja capaz extrair de um suposto mundo oculto, pensado como necessidade lógica, o sentido concreto da autoridade normativa.

Porém, essa forma de aproximar-se da ideia de imparcialidade, que a julga impossível qualquer que seja o contexto, carrega sua auto-refutação quando ela mesma manifesta a pretensão de crítica radical isenta. Ao apontar para a inexistência de critérios sobre o comportamento de alguém que está em posição de avaliar algo, exclui a si mesma daquela condição, criando um problema lógico para sua sustentação. Nesse sentido, a crítica de que vieses indissociáveis ao julgamento levariam ao fim a capacidade de fazer juízos imparciais tem também seus problemas.

Ao equiparar toda espécie de juízos ao manejo instrumental da linguagem, a crítica *reduz* o problema à pergunta sobre a existência de uma imparcialidade *em si*. Todavia, a complexidade do questionamento se concentra na compreensão dos *usos* a que ela é submetida e *como* é possível que ela continue justificando a autoridade de juízes e tribunais. Uma perspectiva que problematiza inclusive o *uso da própria negação* da possibilidade de um juízo imparcial. Por outro lado, a perspectiva foucaultiana despreza o fato de que diversos fatores normativos estão implicados no processo de decisão e, especialmente, o fato de a dimensão normativa se constituir em parâmetro relevante da crítica do comportamento dos juízes.

5.1. Imparcialidade como sentido: a contingência como condição de possibilidade do juízo imparcial

Retorno à analogia da noção de imparcialidade como *fronteira* entre a política e o direito. Após o trajeto percorrido parece ainda mais razoável observá-la sem a pretensão de compreendê-la segundo a linearidade de eventos contados numa narrativa racional. Os seus contornos parecem fazer sentido apenas quando permeados pela ideia de que ela não demarca mais quem somos e nem quem poderemos ser. Vista por esse ângulo, a fronteira mesma precisa ser imaginada com as experiências do passado, mas sem a garantia de utilidade da proteção do nosso território no futuro. Traçar a linha de fronteira num cenário carente de uma metanarrativa que lhe sirva de apoio não significa, entretanto, que toda a superfície esteja aberta ao domínio daquele que primeiro a ocupe. Intermediar *estrutura* e *semântica*, reconhecendo-lhes o mútuo condicionamento, acaba por se constituir numa espécie de *mito de Sísifo* moderno, sem o qual a ideia de imparcialidade não alcança significação. A necessidade de trabalhar na carência não se reduz, então, ao abandono da procura por critérios de *distinção*[712].

Ao admitir a inexistência de um ponto preferencial de observação e reconhecer a ausência de neutralidade de todo conhecimento, necessariamente parcial e limitado, a teoria dos sistemas de Luhmann oferece categorias adequadas à análise da relação entre a política e do direito como paradoxos sem síntese possível, cuja produção de *sentido*[713] se insere numa dimensão *temporal*, sempre contingente e sujeita à ressignificação. A perspectiva teórico-sistêmica me parece útil também sob a dimensão *espacial*, quando parte do reconhecimento de que os "universalismos estão correlacionados com os desenvolvimentos não universais da sociedade"[714], ainda que se trate a sociedade como sistema mundial[715]. O *sentido* está na própria *distinção* capaz de articulação enquanto observação que diferencia sistema e ambiente, e não numa criação, origem ou fundação.

A rejeição de uma fundamentação externa para legitimação do poder na teoria dos sistemas é proporcionada pelo abandono da dicotomia sujeito/objeto. Tal dicotomia superada pelo conceito de distinção, que, concebendo o sistema como forma de dois lados, pressupõe a unidade da diferença constituída de inclusões e exclusões operadas comunicativamente. Assim, os subsistemas da política e do direito tornam-se mais complexos à medida que se distinguem, ou seja, que suas operações se

---

[712] A referência aqui é ao conceito de *distinção* na teoria sistêmica, cuja função impede a continua confusão entre sistema e entorno e "impide también que el sistema confunda su propio mapa con el territorio o intente, como ha ponderado Borges, hacer su mapa con al complejidad que corresponda punto por punto al territorio". Cf. Luhmann, 1997b, p. 27 ss e 2007, pp. 40-55.

[713] Para o conceito de sentido no modelo sistêmico: Luhmann, 2007, pp. 27-39 e 1990, pp. 21-79.

[714] Cf. Luhmann, 2009, p. 108.

[715] O termo não despreza as desigualdades entre regiões do globo, o que poderia resultar em um "sistema global de sociedades regionais", mas parte da consideração de que a explicação dessas diferenças "não deve apresentá-las como dados, isto é, como variáveis independentes, mas deve, antes, começar com a suposição de uma sociedade mundial e, em seguida, investigar, como e porque esta sociedade tende a manter ou mesmo aumentar as desigualdades regionais". Cf. Luhmann, 1997c, p.72.

diferenciem funcionalmente. Prescindir do recurso à razão transcendental supraordenada[716] é talvez o principal o fator distintivo da diferenciação funcional[717] na teoria sistêmica. Cabe registrar, porém, uma advertência ao tomar o *sentido* das operações comunicativas enquanto *forma* de mútuas inclusões e exclusões: a distinção entre sistema e ambiente escapa à ação e interação como manifestações racionais e socialmente intencionadas.

Assim como Foucault, Luhmann atribui ao "valor da verdade" profundas raízes históricas desenvolvidas para o controle social e afirma a dificuldade de permanência de tal noção com a ascensão do método científico na modernidade. Então, a ideia de "verdade" passa a operar segundo lógicas distintas. Para essa concepção, "um procedimento constituiria, entre outros papéis sociais, uma estrutura separada, com relativa autonomia, em que seria acionada uma comunicação com o objetivo de decisão certa (orientada para a verdade, legítima, justa)."[718] O que não implica a conclusão de que a legitimidade conferida pelo procedimento conduza sempre ao consenso efetivo ou à harmonia coletiva de opiniões sobre a justiça, pois a pretensão de consenso precisa ser confrontada com a possibilidade de frustração[719].

A validade do direito para Luhmann é um problema fático. Nela reside a aceitabilidade da decisão a partir de fatores constituídos pelo próprio

---

[716] No direito, a renúncia à fundamentação normativa da validade é viabilizada pela substituição da noção de *hierarquia* pelo *tempo*, ou seja, pela validade temporal produzida no plano interno do sistema jurídico. Logo, para Luhmann "todo direito é direito vigente" e toda decisão jurídica é "um resultado contingente produto de operações contingentes". Cf. Luhmann, 2005, p. 158 e 241.

[717] Não cabe aqui descrever o conceito e as implicações da diferenciação funcional na teoria dos sistemas. Tratei especificamente do conceito no processo evolutivo da modernidade na distinção entre política e religião, distinguindo-o da noção weberiana de diferenciação social em: Carvalho, 2013, p. 125 ss. A centralidade da diferenciação na obra de Luhmann é evidenciada em diversas de suas obras, *e.g.* entre os sistemas parciais: Luhmann, 2007, p. 560 ss; na política: 2014, p. 95 ss, e especificamente no direito: 2010, p. 295 ss; 2005, p. 301 ss, v. tb. Neves, 2008, p. 1-25.

[718] Cf. Luhmann, 1980, p. 23. Neste ponto, destaca-se a observação sobre o paradoxo da lógica jurídica na construção da "certeza" das respostas no direito ao apontar-se como a indecidibilidade sobre os sentidos de certo e errado, decorrente da *ausência* de uma posição aprioristicamente verdadeira ou falsa, só encontraria alternativa na aplicação do código binário (lícito/ilícito) ao próprio direito. Cf. Luhmann, 1988, p. 154.

[719] Cf. Luhmann, 1980, p. 99 e 1996d, p. 888.

A RECONSTITUIÇÃO DE UM MOSAICO: AS CONDIÇÕES DO JUÍZO IMPARCIAL

sistema, cuja função é estabilizar expectativas de comportamento de acordo com procedimentos estruturalmente decisivos para a sociedade[720]. Esse é o principal fator distintivo da perspectiva sistêmica em relação ao modelo de legitimação do direito em Habermas, já que este mantém a aposta na razão deliberativa da política como procedimento de formação da vontade democrática. Por esse ângulo, a perspectiva procedimental construída a partir da ética do discurso[721], e viabilizada pela co-originalidade entre autonomia pública e privada[722], torna-se constitutiva da esfera pública orientada ao consenso no modelo habermasiano.

Para Luhmann, contudo, é da contingência presente nas condições do procedimento que o direito pode afirmar sua autonomia, independentemente das projeções dos participantes envolvidos num discurso racional. Sob essa perspectiva, a atenção de uma teoria preocupada com a reprodução do direito numa sociedade hipercomplexa se dirige às formas de diferenciação e acoplamento das distintas esferas de comunicação, e não à homogeneização de perspectivas diversas sob um critério ético universalizante. Compreender o procedimento de tal maneira torna-se adequado quando se abandona a ideia de que a sua adoção nos levará à verdade ou à correção das respostas no direito, mas possibilitará "investigar a função dela para a legitimação da decisão imparcialmente considerada numa forma sociológica moderna"[723]. O procedimento cumpre a função de *selecionar o sentido* de uma orientação em detrimento de inúmeras outras possibilidades, para que o sentido seja transmitido como tal. A função do procedimento estaria em absorver o risco e reduzir a complexidade a um nível de significação capaz de produzir a aceitabilidade do resultado de suas operações – criando espaço para a legitimação da decisão[724].

---

[720] Luhmann descreve como a eleição, o processo legislativo, o processo administrativo e o processo judicial respondem por essa função de estabilizar expectativas. Cf. Luhmann, 1980, p. 18.

[721] Cf. Habermas, 2012, p. 190 ss. Para a crítica de Luhmann ao modelo de validade em Habermas: Luhmann, 2005, p. 156 e, especialmente: Luhmann, 1996d, pp. 883-900.

[722] Cf. Habermas, 2001, pp. 766-781.

[723] Cf. Luhmann, 1980, p. 25.

[724] Ao contrário de leituras apressadas sobre o conceito luhmanniano de legitimação, esta não se confunde com legalidade ou ainda positividade do direito. As apreensões da distinção

Desse modo, reconhecer a contingência da categoria da *imparcialidade judicial* no discurso constitucional não significaria vulnerá-la ao ponto de excluir a sua relevância, mas considerá-la a condição de possibilidade para desparadoxizar a contradição entre direito e política. A imparcialidade é a categoria criada e reproduzida pelo próprio sistema jurídico como resposta à complexidade das questões constitucionais sem o recurso à uma razão transcendental tida como *essencial* ao direito. É essa a articulação do argumento da imparcialidade como categoria contingente do sistema jurídico que se expressa pela capacidade de aprendizagem (dimensão cognitivamente aberta) ao tempo em que proporciona também o fechamento operativo (dimensão normativamente fechada) do sistema.

Funcionalmente, o problema apresenta-se em termos de observar sob quais condições estruturais a semântica da imparcialidade dos juízes produz sentido no sistema jurídico. Em analogia à descrição de Neves[725] sobre a função simbólica da Constituição, importa visualizar que a imparcialidade ocupa uma *função representativa* da autonomia do sistema jurídico. Esta função demanda a capacidade de fornecer respostas a partir de seus próprios critérios, mediante uma estrutura de comunicação generalizável e livre da submissão a fatores que bloqueiam a sua operatividade. Sob esse ponto de vista, a pergunta ontológica sobre se uma decisão judicial é, *em si*, imparcial, perde o sentido.

O principal problema das compreensões sobre a imparcialidade judicial assumidas pela dogmática jurídica é que, manifestamente ou não, elas acabam por fazer da ideia de imparcialidade um conceito transcendental apartado. Ao isolar a concepção de juiz imparcial como condição *sine qua non* para um julgamento justo, a dogmática despreza o fato de que a imparcialidade é parte da mesma rede de significações sobre a qual o direito opera ordinariamente. Ocultar essa relação, entretanto, funciona enquanto justificativa da posição do órgão ou do juiz em condições de decidir. Assim, o sistema jurídico autodescreve o manejo de suas operações como a aplicação de uma técnica por agentes impar-

---

legal/legítimo permanecem na esfera das comunicações possíveis, e re-inseridas (*re-entry*) no sistema como novas formas de distinção.

[725] Cf. Neves, 2011, pp. 137-147.

A RECONSTITUIÇÃO DE UM MOSAICO: AS CONDIÇÕES DO JUÍZO IMPARCIAL

ciais[726]. Ocorre que manter a noção de imparcialidade a partir do corte entre essas duas dimensões da aplicação *justa* do direito (um juízo imparcial e um conflito subsumível às hipóteses do ordenamento), encontra muitas dificuldades no regime constitucional de uma sociedade hipercomplexa, cuja dinâmica institucional de produção das decisões foge à racionalidade da avaliação das decisões programadas[727]. Ou seja, *antecipar o sentido* de um juízo imparcial ou manter a segurança de decisões previsíveis precisa lidar com o fato de sujeitar-se cada vez mais a suposições e riscos, já que a tradição não é mais capaz de eliminar a sensação de insegurança e impermanência[728].

Como observa Edgar Morin[729] ao trabalhar a noção de pensamento complexo, nós produzimos a sociedade que nos produz. Assim, diante da necessidade de julgar qualquer situação, a maneira mais ingênua de fazê-lo seria partir da crença de que temos o *ponto de vista verdadeiro e objetivo* da sociedade. Isso seria ignorar que a sociedade está em nós e também somos parte da sociedade. O que significa dizer que carregamos na linguagem a capacidade de aprendizado normativo. Nesse sentido, a noção de pensamento incorpora a si mesma o modo de situar-se diante da incerteza e procura articular as *informações* sobre o mundo. Esta é uma visão que torna mais complexas as nossas referências à história desmistificando a noção de progresso[730] sobre a qual o conceito de imparcialidade se inscreveu na modernidade, como vimos no primeiro capítulo.

---

[726] No nível das instituições judiciais essa noção ganha importância diante do risco de afastamento do discurso jurídico da realidade. Como lembra Luhmann: "No se trata solo del problema de que la organización se aleje de la realidad; el peligro más grande es que ella se tenga a sí mesma por la realidad." Cf. Luhmann, 1997a, p. 85 v. tb. Luhmann, 1983, p. 76.

[727] Cf. Luhmann, 2005, p. 257.

[728] A referência aqui é a da impossibilidade semântica do "ontologicamente último", que o estado da ciência impôs aos mais diversos tipos de conhecimento. Cf. Luhmann, 1997a, p. 104.

[729] Sobre a complexificação da nossa visão da história atinge a ideia moderna de progresso e a noção própria de racionalidade, demandando uma reforma epistemológica da educação: v. Morin, 2003, p. 19-42 e Morin, 1999, p. 41-48.

[730] "Não há progresso necessário e inelutável; sabemos que todos os nossos progressos adquiridos podem ser destruídos pelos nossos inimigos mais implacáveis: nós mesmos, dado que hoje a humanidade é a maior inimiga da humanidade" Cf. Morin, 2003, p. 25.

Ainda com Morin, o termo *complexus* guarda o significado daquilo que se tece junto, a função do pensamento estaria na *distinção* e não na *separação*. Essa percepção envolve o desenvolvimento da capacidade de observar a multiplicidade na unidade e vice-versa. O objetivo do pensar se constitui na compreensão da unidade ao mesmo tempo em que "aceita o desafio da incerteza". O pensamento complexo se estrutura de modo a lidar com a incerteza ao tempo em que concebe a organização. Uma compreensão da imparcialidade nessa dimensão rejeita a sobrevaloração de seu conceito dogmático, potencializando a capacidade de se desenvolver de acordo com *mecanismos de amplificação*[731] mais adequados ao tipo de organização que tem como atribuição tomar decisões de modo interdependente, através do manejo de diferentes sistemas comunicativos, como a política e o direito.

Conformar o padrão das decisões dos sistemas sociais como as organizações, de que são exemplos os tribunais, não significa negar que o seu funcionamento depende de ações dirigidas pelo comportamento humano, movidas pelo funcionamento do sistema psíquico. Porém, significa compreender que uma organização institucional não pode ser compreendida como uma soma de fatores determinados pela manifestação da consciência ou vontade humanas, mas resulta de uma "seleção particular do ignorar, esquecer, da percepção seletiva e superestimação"[732] de fatos e efeitos da comunicação.

5.2. Abertura cognitiva e o processo de decisão

Promover a abertura da categoria da imparcialidade para a contingência em que ela mesma se inscreve exige levar em conta o peso de cada seleção feita pelas instituições na hora de decidir. Nesse sentido, aumento e redução de complexidade são constitutivos do momento da decisão[733]. Ou seja, de um lado a tomada de decisão é dependente de um complexo universo das possibilidades de escolha, sem o que o próprio sistema não teria condições operativas e, por outro, a inevitável redução dessas pos-

---

[731] Cf. Luhmann, 1997a, p. 44.

[732] Cf. Luhmann, 1997a, p. 45.

[733] Essa relação aparentemente paradoxal é lembrada por Luhmann: "Las decisiones no se dejan comprender como mónadas, ni como fenómenos únicos; se condicionan mutuamente en el sentido de que sin otras decisiones no habría nada que decidir" Cf. Luhmann, 1997a, p. 43.

A RECONSTITUIÇÃO DE UM MOSAICO: AS CONDIÇÕES DO JUÍZO IMPARCIAL

sibilidades com a escolha de uma delas não pode negar a própria contingência da qual ela deriva, sob o risco de simplificação[734]. Fator prejudicial à consistência da própria decisão.

A ampliação da concepção de imparcialidade que leve em conta os elementos constitutivos de seu próprio entendimento estaria, então, mais propícia a adequar-se às exigências da interpretação do direito numa sociedade hipercomplexa. Isto porque reconhece na importância dos programas do sistema jurídico os parâmetros da atividade do jurista, porém não os absorve de modo cristalizado sob a premissa de que a *natureza* das respostas constitucionais exige uma instituição imparcial acima de qualquer suspeita. A própria imparcialidade da instituição passa a fazer parte da contingência que marca a relação entre o sistema e o ambiente, de modo que a atuação dos juízes e tribunais pode se submeter à observação de quais elementos ganham maior ou menor peso na hora de decidir. No plano operativo, confrontada com a especificidade dos casos que progressivamente pressionam a autonomia interna do direito ao tempo em que demandam o cumprimento de sua função, a decisão judicial tem se sujeitado com especial ênfase pela observação dos vieses dos julgadores[735]. Esse é um fator que não pode ser reduzido à simplificação de sua alegada irrelevância[736] para a coerência interna do direito. Antes disso, contribui para aperfeiçoar a capacidade de *aprendizado cognitivo* do sistema, cuja abertura é condição do seu fechamento.

A abordagem da imparcialidade judicial informada por fatores multidimensionais que compõem o processo de decisão busca ainda se comprometer com os problemas decorrentes da crise de autoridade[737] com que as ordens jurídicas contemporâneas se deparam. E para os quais cada vez menos podem se servir dos paradigmas que construíram a imagem da *unidade* em torno da *soberania* característicos da formação dos

---

[734] Nesse sentido: "La *reducción* no puede concebirse como una simplificación, sino sólo como una relación entre complejos" Cf. Luhmann, 1997a, p. 104.

[735] Uma análise dos número de referências ao termo *judicial bias* no Ngram viewer (que tem como base de dados de cerca de 5 milhões de livros no *Googlebooks*), entre 1800 e 2015, mostra que após os anos 2000 o número de estudos sobre o tema cresceu vertiginosamente, alcançando o pico em 2002. O gráfico pode ser acessado aqui: https://goo.gl/UxQ4aC .

[736] Cf. Streck, 2013: http://goo.gl/5RPyt2 e 2014: http://goo.gl/ywJz88; http://goo.gl/xilHnR

[737] Cf. Nonet & Selznick, 2001, pp. 4-8. Sobre a emergência de uma 'autoridade líquida', no âmbito da governança global pós-nacional, marcada pela informalidade, multiplicidade e significado dinâmico: Krisch, 2015.

estados nacionais[738], contexto no qual a noção de imparcialidade e sua condicionante institucional – a independência judicial, foram forjadas. Contudo, uma distinção novamente precisa ser feita. Ao buscar referências sobre o modo como fatores externos, inclusive relacionados à autocompreensão dos juízes, impactam nas decisões judiciais, deve-se atentar para os riscos do restabelecimento de análises focadas no paradigma da filosofia da consciência. Como já foi dito, a busca por uma conexão da motivação das decisões com a consciência do julgador está fora dos propósitos deste trabalho[739]. A relevância da observação surge a partir da *variação* de elementos oferecidos por investigações empíricas e discursos e as irritações que elas provocam na autodescrição do sistema jurídico.

Uma aproximação adequada a essa compreensão aponta que, mais além do mapeamento de vieses cognitivos influentes sobre o comportamento judicial, a avaliação de tendências de julgamento pode contribuir para a definição de estratégias institucionais apropriadas à tomada de decisão em contextos de incerteza, limitação informativa, escassez de tempo e aumento de riscos. Em sentido contrário do que defende a postura de resistência[740] à análise do panorama de pesquisas focados nos vieses, essa abertura cognitiva não despreza ou reduz a função dos juízes enquanto agentes comprometidos com o direito. Antes procura pelas evidências empíricas desse comportamento. O propósito de utilizar métodos já empregados em outras ciências sobre fatores intuitivos e inconscientes no processo decisório dialoga com questões institucionais relevantes para o aperfeiçoamento deliberativo. A importância da abordagem se mostra tanto no condicionamento daqueles *vieses* à revisão consciente antes de decidir, quanto na ampliação da capacidade de

---

[738] Problematizando as condições de manutenção da semântica do constitucionalismo no contexto da sociedade mundial multicêntrica e policontextual, os pressupostos teóricos do transconstitucionalismo em Neves, 2009, pp. 22-34.

[739] Foge igualmente ao objeto desta tese o mapeamento dos diversos vieses presentes no comportamento judicial e seu impacto para a percepção da imparcialidade, o que não impede o registro da importância dessas investigações para a teoria do direito.

[740] Ricardo Horta aponta três hipóteses para o baixo grau de receptividade dos estudos de psicologia aplicados à decisão judicial no Brasil: o modo como o problema da decisão é formulado pelo campo jurídico, frequentemente associado à noção de argumentação racional; a apresentação da decisão como resultado técnico extraído do sistema segundo o silogismo interpretativo, e a própria estrutura de formação da pesquisa jurídica no país, pouco relacionada ao levantamento e problematização de dados empíricos. Cf. Horta, 2014, pp. 44-45.

A RECONSTITUIÇÃO DE UM MOSAICO: AS CONDIÇÕES DO JUÍZO IMPARCIAL

aprendizado do sistema jurídico em virtude da pressão por seleção exercida desde o ambiente.

No Brasil, a produção acadêmica recente tem registrado a importância de alguns desses fatores e buscado categorias explicativas para as variáveis do *modo* de decidir do STF com base no universo empírico. Nesse sentido, a pesquisa de Fabiana Luci de Oliveira que diagnosticou o relevante impacto da formação profissional no comportamento judicial, indicando a tendência mais contida de ministros advindos da magistratura em relação à postura mais ativista dos demais[741]. A série de indicações relacionadas nesses estudos empíricos sobre o processo de decisão serve-nos para observar a insuficiência do modelo jurídico--dogmático da imparcialidade judicial. Um fator que demanda uma adequada *teoria da decisão*. Ou seja, em como articular teoricamente os pontos de tensão entre os textos que a regulam e as diversas projeções cognitivas sobre a atuação da Corte enquanto modelo contrafático de estabilização de expectativas normativas.

As experiências da psicologia cognitiva sobre intuições morais que podem atuar decisivamente no processo de decisão, então, não são tomadas enquanto equivalente funcional do direito. Em especial porque se reproduzindo no ambiente conforme código distintivo de comportamento (consideração/desprezo)[742], a imposição da *moral* sobre o *direito* significaria a desdiferenciação deste último enquanto meio simbolicamente generalizado. Esta é uma situação que, embora não seja descartável no plano evolutivo, resulta demasiadamente improvável. A observação aponta a relevância dos estudos citados para o nível mais geral de *reflexão* do sistema jurídico[743]. Seguindo a indicação metodológica da teoria sistêmica, a operatividade da função decisória dos tribunais se apresenta sob três dimensões: 1) a *suposição*, lançada sobre os espaços vazios e carentes de decisão; 2) a *probabilidade*, que leva em conta os riscos envolvidos, e 3) a *reflexividade ao decidir*, que estabelece um segundo nível do processo decisório (*decidir sobre decisões*), dirigido a quem está

---

[741] Cf. Oliveira, 2008, p. 99.

[742] Cf. Luhmann, 2007, pp. 191.

[743] Como observa Neves, na teoria dos sistemas a autopoiese pressupõe três níveis: a *auto--referência* de base (sobre os elementos unitários); a *reflexividade* (sobre um processo sistêmico da mesma espécie), e *reflexão* (do sistema a si mesmo como um todo), que problematiza a sua própria identidade como sistema. Cf. Neves, 2008, pp. 63-66.

na posição de decidir, e está relacionado às condições temporais da própria decisão.

As *suposições* desempenham a tarefa especulativa frente a uma realidade não suficientemente conhecida. A projeção tomada em um dado contexto de uma organização social oferece a oportunidade de lançar mão de um conjunto de alternativas variáveis, porém num espaço de experiência que retira sua unidade da prática comunicativa mutuamente condicionada[744]. Em confronto com uma situação inesperada, resultante do ganho de complexidade, a suposição proporciona a decomposição de um padrão decisório e a projeção de cenários distintos, caso levadas em consideração as diversas opções de decidir. O que não necessariamente está em contradição com a realidade. O mecanismo da suposição como etapa de uma decisão encontra sua compatibilidade com o funcionamento dos sistemas sociais ao ajustar-se à autorreferência baseada nos seus próprios elementos constitutivos. Mas também pela incorporação do inesperado (heterorreferência) através das irritações que provocam mudanças evolutivas e passam a ser lidas como adequadas à estrutura sistêmica.

Já a *probabilidade* exige a avaliação dos riscos, naturais ou provocados, existentes no ambiente ou no sistema como teste das alternativas disponíveis. Luhmann trata da probabilidade como *auto-reforço do provável*, levando em consideração que o grau de sensibilidade frente aos riscos envolvidos reforçam ou não a segurança do processo decisório. Logo, os fundamentos da decisão são constituídos também por uma co-decisão, pelo modo com que são equilibradas a pressão e liberação no universo de possibilidades prováveis.

E finalmente o terceiro mecanismo, a *reflexividade ao decidir*, categoria que mais interessa à ideia de *imparcialidade* aqui tratada, tem como pressuposto o fator de que decidir é *se dirigir a si mesmo*. Concebe-se a decisão como ato reflexivo que se estabelece[745]. Ou seja, este mecanismo viabiliza o espaço para estabelecer "premissas de decisão para outras

---

[744] A operatividade desse conceito só faz sentido quando se assume que a decisão é um conceito interpretativo de atribuição de sentidos, cuja reflexividade se desenvolve dentro do sistema sob a influência do aumento e da redução de complexidade. Cf. Luhmann, 1997a, p. 47-48.

[745] Um "segundo nível do processo, ao qual se pode recorrer, para decidir se se vai decidir e quando, e que decisões se quer adotar". Cf. Luhmann, 1997a, p. 50.

decisões" nas instituições. Um espaço auto-produzido pela distinção em relação ao processo ordinário de decidir e que supõe uma relativa autonomia sobre o conteúdo das decisões ao deixar aberta a possibilidade de uma avaliação posterior.

A princípio pode parecer que manejar esses três mecanismos como etapas da decisão promove mais problemas do que alternativas de solução para o tema da imparcialidade judicial, aumentando o grau de insegurança do processo. Porém, é justamente a *abertura do espaço autorreflexivo* viabilizada pelas noções de complexidade e risco envolvidas no ato de decidir que torna possível avaliar os conflitos como contingências da reprodução da política e do direito, e não como querelas indesejáveis que precisam ser 'pacificadas' a qualquer custo[746].

5.3. Dupla contingência, confiança e a imparcialidade reflexa

A produção do sentido da imparcialidade no direito enfrenta a dificuldade de reconhecer quais são as expectativas a serem juridicamente protegidas sob a categoria do juízo imparcial. Numa sociedade complexa e altamente diferenciada, como pode o direito distinguir condutas parciais e imparciais de representantes funcionais do próprio sistema? Superadas e excluídas as hipóteses de justificação da imparcialidade, segundo a linguagem do direito natural e do imperativo da moral – como vimos no primeiro capítulo, as condições da descrição da atuação imparcial lidam com a contingência e o risco de que as expectativas normativas selecionadas não alcancem efeito prático nas operações concretas do sistema jurídico.

A formação dos sistemas de interação baseados na comunicação para descrever a sociedade tem sido uma alternativa oferecida pela sociologia para explicar escolhas institucionais na modernidade. Na sociologia, a reformulação da pergunta sobre como a ordem social é possível sem o recurso à teologia ou à moral fez parte das investigações do estruturalismo funcional, nos anos 1960, na teoria dos sistemas de Talcott Parsons. A iniciativa tinha como objetivo estabelecer um panorama teórico comum para a antropologia, a política e a sociologia, a partir do questionamento do surgimento dos sistemas sociais pelo conceito de

---

[746] Sobre a negação dos conflitos e a insuficiência de um modelo único para sua resolução v. Costa, 2003, pp. 161-201.

dupla contingência[747]. Ao submeter o projeto teórico de Parsons à revisão, Luhmann elaborou uma significativa distinção do conceito de *contingência*, provocando deslocamentos decisivos na teoria dos sistemas.

No funcionalismo estrutural luhmanniano o conceito de contingência alcança nível mais abstrato e passa a ser entendido por exclusão. Contingente é aquilo que não se inscreve nos campos semânticos da *impossibilidade* e da *necessidade*, ou seja, aquilo que "pode ser como é (foi, será), mas também aquilo que pode ser de outro modo"[748]. Ao rejeitar designar o mundo dos fatos *em si*, a contingência reconhece a si mesma enquanto condição substituível num horizonte de possibilidades aberto. Esta compreensão tem impacto na concepção da *ação* na teoria dos sistemas, que deixa de ancorar-se em motivacões do indivíduo, seja em função da natureza ou da razão. Afasta-se igualmente das perspectivas de explicação fundadas tanto na autonomia do sujeito (supondo a realização de um projeto de emancipação), quanto na escolha racional (pela investigação da distinção entre meios e fins). A pergunta sobre o sentido da ação que orienta a relação indivíduo/sociedade é deslocada para a perspectiva evolutiva que a compreende como a síntese de uma seleção. Esta é uma forma de explicação que não despreza as manifestações baseadas no interesse, nos motivos ou intenções, mas não as acolhe enquanto *causalidade* da comunicação, ou seja, da sociedade. Por isso a perspectiva sistêmica prescinde da consciência humana para descrever o sistema social, tarefa atribuída a um observador autoimplicado *na* sociedade.

A exclusão do ser humano (em suas dimensões biológica e psíquica) do sistema e sua localização no ambiente é talvez o ponto polêmico mais duramente criticado na teoria dos sistemas de Luhmann. Esse rompimento com a visão antropocêntrica, entretanto, tem um caráter amplificador da reflexão sobre o agir e vivenciar humanos quando apreendidos

---

[747] Luhmann afirma, contudo, que no funcionalismo estrutural parsoniano o conceito não adquiriu o peso suficiente para explicar como a ordem social seria possível, nos termos caracterizados na teoria geral da ação social. Cf. Luhmann, 2011, pp. 318-320 e 1998, pp. 113-115. Teria motivado essa insuficiência o foco na linguagem como código normativo que tornava o conceito de dupla contingência um valor amplamente compartilhado numa dada comunidade cultural, além da compreensão de contingência enquanto *dependência de* (causalidade teológica). Fatores que justificariam a ação social no modelo de Parsons num conjunto de expectativas orientadas a valores comuns (consenso).

[748] Cf. Luhmann, 1998, p. 115.

A RECONSTITUIÇÃO DE UM MOSAICO: AS CONDIÇÕES DO JUÍZO IMPARCIAL

como operações contingentes não submetidas a valorações apriorísticas. Ao localizar o homem no ambiente, a distinção que constitui o sistema social o libera da hipercomplexidade existente do mundo, cuja sobrecarga é inapreensível pela consciência. Sob esse anti-humanismo metodológico a própria reflexão sobre o homem pode ser compreendida de modo mais complexo, pois deixa de se sujeitar aos imperativos da moral, da razão ou da psicologia enquanto metanarrativas da sociedade e passam a integrar o sistema social. Logo, o paradigma da teoria dos sistemas assume que essa radical divisão entre consciência e comunicação é fator indispensável à redução de complexidade, sem o que não poderia haver sociedade[749].

A possibilidade de reprodução dos sistemas sociais é gerada, apenas e tão-somente, porque os interlocutores (*alter* e *ego*) experimentam a *dupla contingência*, cuja indefinibilidade cruza as expectativas de modo estruturante para ambos em qualquer atividade[750]. Independente das intenções ou razões que possam mover os atores num contexto de interação simbolicamente mediada, a presença de *alter* cria uma situação de contingência em *ego* que passa a considerá-lo como possível reflexo de sua autorreferência.

O conceito de *dupla contingência* é descrito por Luhmann pela metáfora das *black boxes*[751]. A hipótese é de que uma pessoa casualmente estabeleça alguma relação com outra definindo os limites da própria conduta em complexas operações referenciadas apenas a si, oferencendo à outra apenas uma *redução* do que *de fato* ocorre no nível da consciência. Ambas supõem o mesmo em relação à outra sem revelar a transparência de suas ações. Têm controle apenas sobre a observação que fazem de si mesmas e calculam os riscos da indeterminabilidade de sua mútua observação. Qualquer tentativa de influenciar a conduta externa é convertida em possibilididade de aprendizado, sobre o qual o próprio

---

[749] Luhmann exemplifica como a sobreposição da consciência adquire caráter destrutivo para a sociedade na relação médico/paciente. Caso se pudesse saber exatamente o que o primeiro pensa sobre o segundo, não haveria comunicação. Cf. Luhmann, 2011, p. 265.

[750] Cf. Luhmann, 1998, p. 117.

[751] Conceito apropriado pela teoria dos sistemas a partir da cibernética de Ashby. Segundo ele, a noção de diferença para a cibernética se baseia no fato de que a observação temporal das distinções entre duas coisas levam à construção de sua própria diferença. Essa é uma categoria epistemológica fundamental na construção da autorreferência sistêmica que dintingue a observação de suas próprias operações do entorno. Cf. Neves & Neves, 2006, p. 188.

cálculo pode ser aperfeiçoado. Como afirma Luhmann: "Por meio de sua simples suposição, geram certeza da realidade, posto que esta suposição leva à suposição da suposição no *alter ego*"[752]. À ordem que emerge desse mútuo condicionamento de complexidades distintas que se observam e, tampouco, deixam-se controlar uma pela outra, Luhmann designa como *sistema social*[753].

No plano operativo do sistema social a interação se forma com a presença dos indivíduos colocados em situação de dupla contingência, enquanto *endereços comunicativos* pressupostos para que haja comunicação. A presença supõe *perceptibilidade* de si e do outro em processos de consciência não controláveis na comunicação[754]. Criando suposições mútuas postas à disposição de ambos. Estas suposições, por sua vez, são baseadas na suposição de que foram percebidas, gerando para si a pressuposição de que se pode ouvir o que é falado e de que as dúvidas podem ser esclarecidas entre os presentes por meios comunicativos estruturados internamente[755]. Assim, ainda que o funcionamento do sistema social independa da consciência intencionalmente manifesta e localizada no ambiente, a *presença* é para Luhmann a *diferença* fundamental para a formação do sistema. Ou seja, por meio da diferença entre *presença* e *ausência* a interação constitui a diferença entre *sistema* e *ambiente* enquanto estrutura autopoiética que determina a si mesma. Inaugura-se uma relação circular, pois sem interação não haveria sociedade e sem sociedade não haveria dupla contingência[756]. O que projeta a descrição dos mecanismos de interação na própria autorreferência do sistema social.

Na teoria sistêmica é possível compreender a redução do nível de complexidade nesse contexto observando a experiência da *confiança*[757]. Como mecanismo de redução de complexidade, a confiança mantém

---

[752] Cf. Luhmann, 1998, p. 118.

[753] Cf. Luhmann, 1998, p. 119. Só as incertezas resultantes da conduta dos participantes sujeitam-se ao controle do sistema com a absorção daquelas incertezas mediante a estabilização de expectativas.

[754] Cf. Luhmann, 2007, p. 645.

[755] "O mundo (definido seja como for) está sempre pressuposto como condição da possibilidade de que possamos falar, escrever e nos comunicar eletrônicamente. Sem tal pressuposto, ninguém poderia utilizar sua própria capacidade de seleção, para optar entre isto ou aquilo." Cf. Luhmann, 2011, p. 269.

[756] Cf. Luhmann, 2007, p. 647.

[757] Cf. Luhmann, 1996c e 2000, pp. 94-107.

A RECONSTITUIÇÃO DE UM MOSAICO: AS CONDIÇÕES DO JUÍZO IMPARCIAL

especificidades funcionais a partir de sua relação com o tipo de comunicação simbolicamente generalizado[758]. Ela se privatiza à medida em que novas classes de risco criam espaço na personalidade do indivíduo para admitir mais visões de mundo distintas da sua. Sua formação e consolidação articula, no espaço de experiência (presente), cenários e possibilidades do horizonte de expectativas (futuro). Numa sociedade caracterizada pelo aumento gradual de escolhas possíveis pela especificação de funções sistêmicas diferenciadas, a noção de confiança só tem sentido se também houver espaço para a *suspeita*[759].

O sentido de confiança é reconstruído a partir da observação da experiência do mundo familiar. Enquanto estrutura social relativamente simples, em que os signos intencionais e de comportamento são tomados como evidentes por si mesmos, a esfera da família não articula a questão sobre *quem* tem ou deve assumir qualquer papel, os papéis estãos dados pela experiência. A forma de estruturação da comunicação no contexto da tradição serve de exemplo. Diante do baixo grau de diferenciação e limitadas as experiências possíveis, o sentido e o mundo permanencem unidos num consenso difuso[760] e o virtual dissenso pode ser facilmente reprimido. Uma sociedade mantida nesses padrões de organização não chegaria a problematizar a imagem do outro, do estranho ou não-familiar como *alter ego*. Em outros termos, alguém para quem os modos de agir e vivenciar podem ser radicalmente diferentes das concepções do seu grupo familiar. Essa percepção torna-se socialmente generalizável com a ruptura da tradição e o ganho de complexidade de sociedades funcionalmente diferenciadas pela adoção de *papéis*[761] sociais distintos.

A partir do aumento de grau de complexidade seria possível constituir o sentido de *familiaridade*, com capacidade de agregar expectativas diversas como *confiáveis*, potencializando a absorção de riscos maiores.

---

[758] Segundo Luhmann: a verdade, o amor, o poder e o dinheiro. Cf. Luhmann, 1996c, p. 82.

[759] Nesse sentido: "a dualidade de perspectivas mutuamente excludentes, garante a integridade e libera o homem da ideia de que tudo poderia variar simultaneamente com tudo, uma ideia com qual seria impossível viver." Cf. Luhmann, 1996c, p. 24-25.

[760] Cf. Luhmann, 1996c, p. 30.

[761] A inserção do conceito sociológico de papel na teoria sistêmica recupera a noção de *role-taking* do psicólogo George Hebert Mead, segundo a qual o homem reconhece sua própria identidade na assunção de papéis sociais pré-constituídos. Cf. Luhmann, 1980, p. 71 ss.

Segundo Luhmann[762], familiaridade é um fato inevitável da vida, enquanto confiança é uma solução para riscos específicos. A confiança, no entanto, demanda condições comunicativas construídas na familiaridade para se realizar no plano concreto da relações sociais.

Por sua vez, em sociedades altamente complexas – nas quais os sentidos passam a ser mediados por formas diferenciadas de comunicação, em especial a escrita e a impressa[763], e não mais diretamente experimentados ou transmitidos de forma oral enquanto *sabedoria* –, a relação entre confiança e familiaridade passa a demandar um ajuste distinto. Adapta-se a padrões tão abstratos quanto aqueles exigidos por uma organização social cujo grau de diferenciação rejeita a manutenção de papéis baseados em vínculos personalísticos. A confiança passa a se projetar sobre os sistemas sociais[764] numa relação circular entre *risco* e *ação* (compreendidos como exigências complementares), que incrementa a capacidade de aprendizado do sistema.

Nas sociedades funcionalmente diferenciadas a confiança deixa ser referenciada pela ética e se transforma num problema estrutural vinculado à nossa capacidade cognitiva, que se estabelece sob quatro condições[765]. A *primeira* é que se ponha à prova um compromisso mútuo entre *alter* e *ego*, sem o que não se viabiliza o ajuste da oferta e aceite da confiança. *Segundo*, a situação concreta do compromisso deve estar clara para ambos, ou seja, pareçam-lhes familiar. Em *terceiro*, a confiança nunca pode ser exigida, apenas oferecida, pois não há fundamento

---

[762] Cf. Luhmann, 2000, p. 95. Ele também distingue *confidence* (segurança) e *trust* (confiança) segundo graus de probabilidade de perigo e riscos envolvidos, criticando o foco do liberalismo no individualismo das escolhas do *risco* (confiança) por negligenciar uma série de fatores que supõe a *inclusão* (segurança) para o funcionamento do sistema, causando a erosão das condições estruturais do seu funcionamento. Nesse sentido: "Thus lack of confidence and the need for trust may form a vicious circle. A system – economic, legal, or political – requires trust as an input condition. Without trust it cannot stimulate supportive activities in situations of uncertainty or risk. At the same time, the structural and operational properties of such a system may erode confidence and thereby undermine one of the essential conditions of trust(...) The lack of confidence will lead to feelings of alienation, and eventually to retreat into smaller worlds of purely local importance to new forms of 'ethnogenesis', to a fashionable longing for an independent if modest living, to fundamentalist attitudes or other forms of retotalizing milieux and 'life-worlds'" Idem, p. 103-104.

[763] Descrevendo esse trânsito no significado da memória coletiva: Pomian, 2007, p. 191 ss.

[764] Cf. Luhmann, 1996c, p. 37.

[765] Cf. Luhmann, 1996c, p. 55 ss.

moral ou supraordenado para que ela se estabeleça. E, por *último*, ela implica necessariamente o risco de ser negada. A contingência é pressuposto para que o seu sentido seja construído enquanto mediação de comunicação simbolicamente generalizada.

Por seu turno, o cumprimento da função da confiança depende da *autoapresentação*. Na teoria sistêmica, a autoapresentação de um indivíduo se constitui na formação de um quadro consistente de si, segundo uma perspectiva socialmente aceitável, mas que ao mesmo tempo reforce a confiança em si mesmo. O gradativo aumento da complexidade sistêmica de uma sociedade diferenciada fragmenta não só as estruturas de comunicação mantidas em organizações mais simples pela tradição, mas fragmenta também as estruturas uniformes da personalidade, liberando o potencial para o surgimento de múltiplas personalidades protegidas pelo direito à individualidade[766]. Nesse sentido, o conceito de *indivíduo* supõe a liberdade da apresentação de si, ainda que contrariamente às expectativas socialmente estabilizadas.

As fontes da autoapresentação dependem de fatores como "habilidades naturais de imaginação e rápida reação, sorte ou azar no *status* herdado, a educação, a experiência prática e o sucesso profissional, as condições ambientais dos companheiros"[767]. Estes fatores são inegavelmente condicionados por elementos externos e que acabam por interferir diretamente na autoprodução da confiança, além da disposição mais abstrata para a confiança na confiança[768]. A diferenciação dos sistemas parciais da sociedade esvazia as probabilidades de uma metanarrativa conclusiva que sirva como unidade de referência para agregar os distintos aspectos da vida. Então, esses aspectos passam a se distinguir pela repetição recursiva de seu código binário à tensão entre as contingências dos elementos internos e externos (sistema/ambiente; autorreferência/heterorreferência).

Logo, do ponto de vista da organização do sistema social, a confiança é *despersonalizada* e convertida em mecanismo de absorção de riscos.

---

[766] Sobre o direito fundamental à dignidade e à liberdade enquanto esfera de proteção à autoapresentação da personalidade, condição prévia da interação: Luhmann, 2010, p. 139-171.

[767] Cf. Luhmann, 1996c, p. 145.

[768] Abstração que, no sistema jurídico, é lida como "expectativa na expectativa" ou "expectativa reflexiva". Cf. Luhmann, 1990, p. 232. Sobre a autoapresentação no processo judicial: Luhmann, 1980, p. 79 ss.

Ao operar reduzindo a complexidade, a confiança, paradoxalmente, potencializa o aumento da complexidade estrutural do sistema à medida em que o torna mais confiável. Ela permite que, no sistema, produzam-se mais expectativas com tolerância à incerteza[769]. Mas, a exemplo das demais operações sistêmicas, a confiança tem o seu outro lado, pode converter-se em desconfiança com maior facilidade do que se fez confiável[770].

Diferentemente da esperança, a confiança passa a ter sentido quando tomada como expectativa fiável para a tomada de uma decisão ao *imunizar* os riscos envolvidos. Quando se confia que os outros também estão atuando de acordo com expectativas confiáveis, cria-se um cenário favorável para atingir, racionalmente, os próprios interesses[771]. Luhmann exemplifica no fato de que mesmo um cético pode crer que um mecânico sabe como funciona o motor de um carro; um médico saberá tratar melhor a gastrite; que um jornal possui tendências, mas ao menos as notícias existem. Isso porque a confiança não exige o conhecimento de uma verdade ontológica, propõe-se a absorver riscos para a tomada de decisões[772]. Dessa forma, como aprendizado, a confiança se constrói com base nas necessidades da *experiência* prática, na sequência de pequenas etapas abertas a novas informações, e independendentemente do conhecimento de fatores pessoais ou de motivações baseadas na própria crença ou consciência.

Sob a generalização de expectativas da confiança pode-se esperar que o outro buscará aumentar sua esfera de ação mantendo a sua autoapresentação social. Ou seja, que assuma as características da própria identidade e estruture as suas expectativas segundo tal quadro referencial. Porém, no cenário hipercomplexo da sociedade mundial, em que as mais diversas visões de mundo disputam a seleção para estabilizar suas próprias expectativas, a perspectiva da confiança também passa a ser vista

---

[769] Cf. Luhmann, 1996c, p. 26.

[770] Ponto de especial relevância no plano operativo da política e do direito, pois, psicologicamente, a expectativas seguras tendem a ser destruídas e abandonadas (pela desilusão) mais facilmente que as inseguras, cuja estabilização as tornam imunes à refutação. Cf. Luhmann, 1996c, p. 138.

[771] Exemplos de ação coordenada nesses termos são a condução de automóvel no tráfego e o dilema do prisioneiro.

[772] Cf. Luhmann, 1996c, p. 89 e 126.

A RECONSTITUIÇÃO DE UM MOSAICO: AS CONDIÇÕES DO JUÍZO IMPARCIAL

paradoxalmente. Se observada pela ótica do avanço das novas técnicas de comunicação digital capazes de fornecer informação independentemente da presença pessoal (física), a confiança parece ser cada vez mais um mecanismo prescindível para a tomada de decisão. Por outro lado, a escassez de tempo, quando a velocidade e a fluidez com que a multiplicidade das mensagens podem ser geradas, captadas e substituídas, reforça a necessidade de reduzir o acesso e a obtenção da informação a fontes consolidadas pela reputação da confiança.

Na esfera da geração da informação esse paradoxo aparece de modo ainda mais evidente. Isso porque nos veículos da mídia de massa, hoje amplamente acessados via *internet*, a construção potencial da confiança se conecta à capacidade de também produzir desconfiança[773] e distanciamento crítico em relação a afirmações de agentes da política, da economia, das instituições governamentais, entre outros que tenham suas funções expostas à visibilidade pública. A dimensão sistêmica da comunicação produzida por esses veículos alcança uma *função informativa* da confiança para além do próprio jornalismo[774]. São eles, por exemplo, que levam notícias sobre escândalos e crise no sistema econômico-financeiro; corrupção nas instituições políticas e jurídicas; dopping no esporte; abusos sexuais na igreja; plágio na ciência, etc. Esses são campos em que a credibilidade da informação demanda análise empírica adequada de acordo com a especificidade da comunicação de cada um[775].

Decisões baseadas na confiança (e na desconfiança) são tomadas pela generalização de experiências projetadas sobre fatores de risco em situações similares que, então, são estabilizadas frente a sua variação. A redução de complexidade promovida pela confiança desempenha a função de substituir a *insuportabilidade do risco* do ambiente pela *tolerância à incerteza* no sistema. No plano concreto da interação social, quando lançada em direção a tema sobre o qual foram criadas expectativas comuns, a confiança restaria liberada de interesses particularistas individuais permitindo arranjos mais abstratos.

[773] Cf. Blöbaum, 2014, p. 24.
[774] Cf. Blöbaum, 2014, p. 23.
[775] Sobre a interação entre a mídia e os tribunais se constitui interferências recíprocas: Luhmann, 1980, p. 107, alertando para o impacto da antecipação jornalística de resultados para a imparcialidade do juiz.

O incremento de confiança potencializa o horizonte temporal das operações de um sistema, enquanto a desconfiança o diminui. Por isso, o próprio sistema funcional cria mecanismos estuturais de redução para evitar a perda de confiança. A confiança na capacidade de funcionamento do sistema depende da incorporação, pelos programas de decisão, do controle interno sobre suas operações[776] através de *processos explícitos* de redução da complexidade. Entretanto, a manutenção da consistência operativa autônoma de cada sistema vê-se ameaçada quando, pela expansão dos meios do dinheiro e do poder, um sistema "pode sobrepor suas decisões, além de assegurá-las num contexto de escolhas possíveis"[777]. Por conseguinte, a função da confiança só adquire significação social relevante quando a própria organização da sociedade oferece condições de institucionalizá-la em garantia da diferenciação funcional, ou seja, mobilizando-a enquanto mecanismo de criação e estabilização de expectativas generalizantes de ação.

No quadro de expansão do constitucionalismo nos Estados nacionais, a generalização do exercício do poder sobre um determinado território articulou-se mediante a institucionalização de mecanismos formais que viabilizaram a organização do poder de modo reflexivo[778]. A adoção da forma constitucional implicou a estabilização de expectativas asseguradas pelo direito enquanto condição de ocupação, permanência e mudança do poder político. Paradoxalmente, esse fator potencializou a força e o alcance do exercício do poder. Visto sob o ângulo da complexidade com que o poder passou a ser organizado, contraria-se a suposição de que o poder absoluto é menos poderoso que o limitado, em especial quando se compreende que a garantia de direitos fundamentais incrementa a confiança no poder político[779].

Nos modelos de organização da jurisdição no constitucionalismo, o paradigma da confiança é absorvido como *equivalente funcional* pelas chamadas técnicas de tomada de decisão, que se autodescrevem enquanto *procedimentos formais* e não como *consensos valorativos*. Logo, a observação da imparcialidade judicial sob o ponto de vista da organização desses procedimentos oferece mais possibilidades de adequação explicativa

---

[776] Cf. Luhmann, 1997c, p. 101.

[777] Cf. Luhmann, 1997c, p. 97.

[778] Visto em nível contrafático. Cf. Luhmann, 1997c, p. 115 e 2010, p. 126.

[779] Cf. Luhmann, 2010, p. 125-126.

A RECONSTITUIÇÃO DE UM MOSAICO: AS CONDIÇÕES DO JUÍZO IMPARCIAL

para fenômenos empíricos do que as análises da teoria do discurso fundadas na divisão entre razão *estratégica* e *comunicativa*. Essa é uma característica que se impõe em parte pelo aumento da improbabilidade de comunicação na sociedade mundial. O que paradoxalmente é capaz de gerar a comunicação, mas principalmente pelo fato de que a confiança é lida por outros sistemas sociais[780] de modo inteiramente distinto da forma com que é lida pelo direito. Então, perspectivas homogeneizantes da comunicação que privilegiam *consenso* ao invés dos *dissensos* tenderiam a impactar negativamente à noção de imparcialidade e, consequentemente, sobre o pluralismo e a autonomia funcional do direito.

Sendo assim, tratar o tema da imparcialidade judicial pela ótica da confiança é remetê-la à experiência autodescritiva do próprio sistema jurídico. Uma perspectiva que se afasta das propostas de um padrão corretivo da atuação judicial segundo uma *razão principiológica*, invariavelmente articulada desde o viés de quem a afirma, com os seus métodos detalhados e ofertas de *otimização* da tomada de decisão. Antes disso, a *amplificação cognitiva* viabilizada pela *função da confiança* insere o julgador na observação dos paradoxos do seu próprio discurso, problematizando--o frente às condições do ambiente em que ele foi construído. Essa é uma operação que potencializa o aperfeiçoamento da reflexividade do sistema diante dos conflitos entre o *interesse* em torno do caso e o papel do representante funcional competente para julgá-lo.

O desafio se coloca, então, em como *coordenar mecanismos de distinção* entre auto e heterorreferência sistêmica (ou aplicação e aprendizagem) hábeis a viabilizar a confiança nas perspectivas de uma *imparcialidade reflexa*. Ou seja, com capacidade operacional suficientemente complexa para identificar os aspectos segundo os quais um observador de segunda ordem confia ou desconfia[781] de comportamentos e discursos judiciais e suas relações com pessoas, grupos, organizações, etc. Tais mecanismos de identificação, por sua vez, poderiam atuar como redutores de complexidade do sistema jurídico por meio do regime de presunções, a exemplo das avaliações sobre questões probatórias[782] e a inversão de seu

---

[780] Por exemplo, como o *dinheiro* na economia, o *poder* na política ou a *reputação* na ciência.

[781] Cf. Luhmann, 1997c, p. 161.

[782] Nesse sentido, as presunções *jure et de jure* (absoluta) e *juris tantum* (relativa), as primeiras são raríssimas, por motivos óbvios – pretender o estabelecimento de verdade incontestável, como o parágrafo primeiro do art. 868 do CPC, que obriga o exequente ao registro da pe-

ônus no processo, além do estabelecimento de proibições à jurisdição em situações de conflito de interesse[783].

No plano normativo, a construção de critérios da *imparcialiade reflexa* passa pela adoção de uma perspectiva radicalmente *autocrítica* como primeiro passo do processo de decisão. É da percepção, por um observador de segunda ordem, de que o julgador é capaz de se autoavaliar criticamente ao apreciar conflitos entre terceiros, que se potencializa o surgimento de expectativas socialmente difusas da imparcialidade dos seus julgamentos[784].

Mas esse passo me parece insuficiente quando o desafio permanece na construção de critérios que, mais além de distinguir o interesse particular do público, impeçam a inserção simulada do primeiro sob o discurso do segundo. Se no primeiro momento da decisão a *autocrítica* é fundamental para ampliar a esfera reflexiva do julgador, em seguida ela potencializa a dimensão transcendental e universalizante que faz do sentido da imparcialidade uma abstração incapaz de ser percebida como perspectiva comprometida com as complexas particularidades envolvidas no julgamento. Então, mantida a exigência da autocrítica, pode-se

---

nhora sobre imóvel as segundas são mais usuais, como a de revelia (art. 344 do CPC) ou de recusa à se sumeter a perícia médica determinada em juízo (art. 232 do CC). Além das aprovadas pelos Tribunais, como a Súmula nº 301 do STJ: "*Em ação investigatória, a recusa do suposto pai a submeter-se ao exame de DNA induz presunção juris tantum de paternidade.*"

[783] Tais quais as discutidas no capítulo anterior. Foi possível observar que o atual regime legal de questionamento da imparcialidade dos magistrados tem sido incapaz de detectar situações conflitivas distintas como causa de afastamento, como a participação de ministros, desembargadores e juízes, com respectivas famílias, em eventos intermediados por associações e patrocinados por corporações e empresas, como seguradoras, bancos, telefônicas, companhias de transporte, que figuram como partes interessadas em processos judiciais, por vezes realizados em *resorts* e hotéis de alto custo. Cf. http://goo.gl/w1srYz; http://goo.gl/IWjKAD; o que levou a ex-Corregedora do CNJ a dizer que: "*Estão ficando muito comuns encontros com poucas palestras ou objetivos culturais, e mais com o tom de recreação*", e propor a edição da Resolução CNJ nº 170/2013 (http://goo.gl/TeGnQU), que limitou a 30% o patrocínio de entidades privadas com fins lucrativos e vedou o recebimento de vantagens, a qualquer título, por magistrados. Contra o ato do CNJ, a Associação dos Juízes Federais ingressou com o MS nº 32.040/DF, no STF, que teve medida liminar indeferida pelo min. Celso de Mello. O caso resta pendente de julgamento.

[784] O equacionamento agonístico desse problema aparece na compreensão de Garapon de que "[a] posição de um terceiro desencarnado parece tão ilusória quanto a de um juiz sem referências. As relações entre juiz e democracia tomam corpo nesta contradição maior: necessidade de um terceiro, impossibilidade de um terceiro." Cf. Garapon, 1996, p. 260.

cogitar um segundo momento cuja radicalidade esteja na *imanência* do olhar do julgador *refletida no discurso* decisório.

Esse segundo momento pode ter como ponto de partida a observação de que se compreender como *parcial* diante de um fato político não exige, em sequência, a *sublimação da posição* do julgador a qualquer custo, como parte da dogmática segue sustentando. Se o desvelamento da neutralidade valorativa do julgador na ciência e no direito há muito pôs em dificuldade a manutenção de uma imparcialidade transcendental, a produção renovada do sentido de um juízo imparcial encontra a sua principal fonte na *capacidade de geração de confiança* nos critérios dos procedimentos juridicamente regulados. Desvinculada a confiança na capacidade do direito em dar respostas consistentes em relação à singularidade dos casos concretos, destrói-se a noção de imparcialidade que, por sua vez, isola-se de uma semântica socialmente adequada à contingência das mais diversas expectativas envolvidas nos litígios.

Por isso, essa segunda perspectiva construtiva de critérios para observação do comportamento do julgador aponta para uma mudança semântica do próprio conceito de *imparcial*. O aumento do grau de complexidade que deslocou as antigas expectativas de *neutralidade* da posição do julgador à ideia de *imparcialidade* teriam perdido densidade de sentido diante do contexto altamente contingente da atual sociedade hipercomplexa. Essas relações, então, indicam que o gradual aumento de pressão por seleção do sentido da posição do julgador no sistema jurídico demandam compreender o espaço do juiz não mais como o da *imparcialidade* asséptica, mas sim como da *confiabilidade* no comportamento e decisões dos magistrados.

A redução da carga normativa que cerca o câmbio do léxico *confiável* em comparação *imparcial* sugere que a confiabilidade ocupa um sentido mais adequadamente complexo para descrever a relação de um terceiro (juiz) com as partes. Essa percepção fica mais clara quando as expectativas cognitivas sobre a postura de juízes e Cortes são lançadas mais sobre o modo como eles inspiram a *confiança* de que os processos não seram julgados por interferências externas, a exemplo do poder ou dinheiro, do que pela expectativa de que o julgador não se envolva subjetivamente com a situação das partes ou com o objeto dos casos em discussão.

A considerar os efeitos desse trânsito, a autonomia das comunicações do sistema jurídico passaria a proteger a si mesma das pespectivas moralizantes sobre o papel dos juízes, alterando a forma de descrever a relação partes-juiz. Por outro lado, este ajuste semântico reforçaria a adoção dos critérios de transparência e *accountability* vistos como adequados para a validade da prática dos atos processuais. Entretanto, tal mudança permanece dependente da reprodução de práticas internas pelo Poder Judiciário que inspirem a confiança ao invés de miná-la rotineiramente.

5.4. Função da imparcialidade judicial

A autodescrição do direito como sentido produzido no ciclo autorreferente do sistema social conduz à compreensão de suas operações no quadro de realização da *função* de equilíbrio das distinções entre expectativas normativas e cognitivas numa dimensão *temporal*[785]. A referência temporal do direito na teoria sistêmica encontra-se precisamente na estabilização de expectativas normativas em relação a um futuro incerto (oscilador funcional). Por isso, a impossibilidade de separação analítica entre tempo e sentido, cuja tensão incrementa, no plano evolutivo, a diferenciação funcional da sociedade.

Operando recursivamente por meio de distinções entre atualidade e potencialidade, o direito passou a ser compreendido enquanto máquina histórica que transforma a si mesma[786]. Essa transformação ocorre de forma estruturada por meio de programas condicionais autoconstitutídos, mas segue dependente da assimetria de complexidades em relação ao ambiente, cujo universo de contingências é mais abrangente. A reprodução da comunicação segundo critérios definidos internamente habilita a manutenção da avaliação funcional do direito no sistema jurídico e, assim, potencializa que a generalização congruente das expectativas sobre a atuação judicial imparcial possa ser observada segundo o grau de consistência operativa do próprio sistema.

À medida que os jurisdicionados podem *confiar* no *fato* de que a comunicação produzida por um tribunal não é determinada pelo *sentimento*, *vontade* ou *interesse* do julgador, e sim pelos programas referenciados no código do sistema jurídico[787], incrementa-se a capacidade de aprendizado do direito para lidar com questões mais complexas. Esse é

---

[785] Cf. Luhmann, 2005, p. 187.

[786] Cf. Luhmann, 2011, p. 238-240 e 2005, p. 163.

[787] Para a diferença entre programação e codificação no sistema jurídico: Luhmann, 2005, pp. 246-253.

um fator relevante para que a resposta judicial não seja atribuída à parcialidade ou subjetividade dos juízes. No plano operativo, essa é uma característica estruturante à medida em que a confiabilidade no sistema jurídico está associada à capacidade de aprendizado do próprio sistema na identificação de comportamentos parciais dos juízes e a sujeição aos seus programas, que vedam o julgamento em condições de suspeição e impedimento. A internalização de critérios que fomentam a transparência e impõem aos magistrados o dever de se abster em conflitos de interesse ou sugiram a atuação em causa própria reforça a confiança no funcionamento consistente do sistema, que, por sua vez, adquire maior complexidade ao tornar-se mais visível.

É nesse sentido que a diferenciação do procedimento judicial em sociedades hipercomplexas caracteriza-se pela adoção de *papéis* distintos entre os agentes que movimentam o Judiciário. A assunção de papéis pelas partes, advogados, defensores, representantes do Ministério Público e pelo juiz, regula juridicamente a autonomia e seus limites, fazendo-os comprometer-se com os efeitos de suas declarações no procedimento. É essa vinculação que reduz a complexidade a nível de tornar possível as operações do sistema e pôr em marcha o processo judicial. Se o procedimento se legitima pela interação comunicativa produzida por cada um desses agentes, estabelecer o papel que cada um deles *deve* desempenhar é condição da auto-organização do discurso jurídico contra a interferência direta da comunicação estranha ao sistema.

Para o papel dos juízes, os critérios típicos do desempenho da atividade estão no maior distanciamento crítico em relação às questões subjetivas e na vinculação aos *programas condicionais* do direito. Por isso, Luhmann exclui da esfera de competência do juiz o "poder de advinhar os princípios morais do parecer que sejam susceptíveis de consenso", e, por outro lado, afirma que ele "pode e deve decidir como um estranho"[788]. Reside aqui, contudo, o paradoxo da imparcialidade

---

[788] Cf. Luhmann, 1980, p. 56, afirmando em seguida que "[s]e esta isenção for institucionalizada como obrigação para um parecer objetivo e imparcial, com o tratamento de todos os assuntos com igualdade e apartidarismo, então neutralizam-se as relações particulares para com a pessoa do decisor. Pelo menos já não servem à formulação de reivindicações legítimas e expectativas; o decisor já não pode ser abordado ou influenciado no caminho da troca como companheiro, veterano ou vizinho, mas sim e apenas, através da aceitação dum papel dentro do próprio procedimento. Qualquer outra influência é desacreditada como corrupção".

judicial não trabalhado empiricamente por Luhmann que, nesse ponto, restringe a categoria de imparcialidade à noção de *igualdade negativa* ou vedação da influência de preconceitos na seleção comunicativa presente no momento da decisão. Assim, a imparcialidade assume a função de validação da garantia da soberania última da decisão, embora não despreze o fato de que o juiz decida sempre a favor de determinados interesses em detrimento de outros[789].

A produção de critérios da imparcialidade dos juízes no sistema jurídico assume uma prestação relevante no direito, pois mantém a *incerteza da decisão* no processo judicial[790]. Se a especialização do direito foi uma conquista evolutiva importante para a diferenciação funcional, isto se deveu à capacidade de proteção da autonomia das esferas de comunicação via direitos fundamentais. O cumprimento da prestação específica da imparcialidade da resposta judicial pode ser visto, então, como *equivalente funcional* sem o que resta prejudicada a própria autonomia do direito e sua capacidade de *promover inclusão*.

É da confiança proporcionada pela imparcialidade que o direito aumenta a potencial absorção dos riscos da tomada de decisões contrafáticas e, logo, da promoção contínua da estabilização de expectativas normativas. Ou seja, o incremento da confiança torna possível que conflitos antes vistos como não adjudicáveis possam sujeitar-se à leitura do direito. Demandando, por outro lado, o refinamento da institucionalização de controles mútuos no interior do sistema, como consequência do aumento do grau de especificação do sistema jurídico em sociedades hipercomplexas. Este aumento pressionou a semântica da imparcialidade a assumir *duas funções* primordiais: 1) o incremento da *confiança* sistêmica

---

[789] "O princípio não enuncia mais do que a enunciação da igualdade negativa de todos os interesses específicos na oportunidade de exercer influência sobre o juiz dentro do seu programa e assim não pode nunca fundamentar uma sentença que, afinal, tem sempre de ser decidida a favor de determinados interesses. Por detrás da ideologia da imparcialidade dos juízes podem imaginar-se mecanismos sociais latentes, que determinam que, apesar disso, o princípio é digno de crédito". Cf. Luhmann, 1980, p. 112.

[790] Processo aqui compreendido como procedimento juridicamente autorregulado no tempo e sujeito à contingência das alegações e provas. Sobre a incerteza quanto ao resultado como fundamento do procedimento: Luhmann, 1980, p. 46 e 98, afirmando que ela deve ser "tratada e mantida com todos os cuidados e através dos meios de protocolo – por exemplo, através da declaração enfática da independência e imparcialidade do juiz, evitando promessas de decisão e dissimulando opções já tomadas".

A RECONSTITUIÇÃO DE UM MOSAICO: AS CONDIÇÕES DO JUÍZO IMPARCIAL

capaz de produzir a estabilização progressiva de expectativas normativas diversas ao tempo em que viabiliza o aumento da complexidade interna do sistema jurídico; e 2) a promoção consistente da *igualdade* capaz de produzir decisões iguais para casos iguais, sem o que resta prejudicada a generalização congruente de expectativas normativas.

Entretanto, num contexto de desigualdade estrutural[791] em que a sobrecarga da função do direito apresenta-se como indicador de insuficiente diferenciação ou de complexidade desestruturada, o plano das expectativas cognitivas socialmente compartilhadas *tende* a demandar mais confiança dos agentes institucionais responsáveis pela aplicação da constituição. Isso implica observar o direcionamento de um grau significativamente maior de expectativas na atuação dos magistrados em comparação ao comportamento de legisladores e administradores, cuja atividade se orienta por *programas finalísticos* próprios da reprodução do sistema político, como a organização partidária e o posicionamento perante o eleitorado. A função dos juízes ganha relevância frente às demais, pois são eles os responsáveis pela interpretação da articulação (acoplamento) entre o direito e a política positivada na constituição.

É justamente a articulação estrutural entre política e direito que possibilita o oferecimento de heterogeneidades das distintas comunicações intrassistêmicas ao ambiente comum da sociedade – realizando a *função da constituição*. Porém, a interpenetração entre política e direito carece da função de coordenação entre as diversas complexidades postas à disposição dos demais sistemas potenciais receptores de sentido, sem o que se incrementam as possibilidade de expansão destrutiva de um dos sistemas parciais em detrimento dos demais[792]. Historicamente, essa mudança causou um impacto fundamental sobre a *imagem do magistrado* na modernidade, pois as constituições passaram gradativamente a remeter aos juízes a função de distinguir política e direito.

---

[791] Sobre os efeitos corrosivos da desigualdade sobre operatividade do direito: Neves, 1994, pp. 260-266; Vieira, 2007, pp. 42-49.

[792] Um problema evidenciado pela sobrecarga comunicativa provocada pela pressão externa, gradativamente mais aparente na reprodução da economia capitalista. Nesse sentido, se o direito passa ser condicionado apenas por questões de *poder* e não mais pela mediação da *aprendizagem cognitiva*, não se poderia mais reconhecer o *rule of law*. Cf. Luhmann, 2005, p. 150.

Se essa expansão destrutiva atinge o acoplamento das esferas política e jurídica[793], o discurso constitucional não se constitui enquanto *paradoxo construtivo* ou *produtivo* da diferenciação entre ambos os sistemas. Antes disso, a *distinção* é absorvida pelo discurso homogeneizador e desdiferenciante que atribui a totalidade das decisões constitucionais à política ou outros fatores externos ao direito, como o poder e o dinheiro[794]. Sobre a função do Judiciário, os efeitos dessa compreensão difusa contribuem para a formação da imagem do *juiz político* ou do *político juiz* sobre o qual não se criam expectativas de imparcialidade. O déficit de autonomia do direito faz com que as funções do procedimento jurídico sejam assumidas por outras instituições e, assim, o processo judicial perde consistência e passa a ser visto como caminho que leva unicamente a uma "central política"[795].

A diluição da fronteira semântica que distingue política e direito, por sua vez, manifesta-se sob dois fenômenos variantes. O primeiro deles é o aumento do risco de *sobrejuridificação* ao converter o discurso jurídico na gramática dos conflitos na arena de deliberação política, orientada pela defesa necessariamente parcial de posições na tomada de decisões coletivamente vinculantes. O segundo, por outro lado, potencializa a *hiperpolitização* do processo de decisão jurídica, que passa a ser visto como mais um cenário de disputas partidárias, e não como esfera de comunicação autônoma capaz de responder às exigências formais do procedimento orientado pela positividade do direito.

Na jurisdição constitucional, o paradoxo está no fato de que essa perspectiva sistêmica da imparcialidade judicial se sujeita às distinções de um observador que, ao decidir, manifesta-se ele mesmo como um

---

[793] Cf. Luhmann, 1996, p. 29.

[794] Cf. Neves, 2011, p. 165-179 e 187, alertando que a conjuntura de interesses dos 'donos do poder' em tal contexto se manifestaria na "realidade política desjuridificante e na realidade jurídica desconstitucionalizante".

[795] Cf. Luhmann, 1980, p. 63. E mais adiante acrescentando que "[u]m juiz a quem se exija alcançar determinados objetivos na realidade social, dificilmente poderá atuar com imparcialidade e, em todo caso, não poderá parecer apartidário, pois os partidos teriam no instrumental da realização de seus objetivos quase inevitavelmente um valor de posições diferentes. Um juiz a quem fosse dada plena responsabilidade pelas consequências de sua decisão, não poderia ser um juiz imparcial. A atitude do juiz liberta da crítica inspirada nos resultados, constitui também, sob esse aspecto um momento essencial do processo judicial". Cf. Luhmann, 1980, p. 113.

terceiro excluído, já que toda auto-observação é condicionada por um ponto cego[796]. A opacidade da auto-observação do juiz constitucional tem potencial impacto destrutivo para a diferenciação entre política e direito nas cortes. Este é um problema com especial relevância quando se considera que fechamento operativo do direito passa a ser determinado por fatores externos (alopoiese)[797]. Para Neves, quando a sobreposição de outros códigos de comunicação alcança o próprio nível das expectativas sobre o funcionamento autônomo do sistema se está diante da *corrupção sistêmica*[798], *o que implica no comprometimento generalizado da autonomia operacional do direito.*

Contra a corrupção sistêmica, a imparcialidade judicial precisa manifestar a capacidade de imunizar a influência de dois fatores: 1) a empatia subjetiva do juiz em relação às partes ou à causa enquanto fator determinante; e 2) o cálculo dos custos e benefícios pessoais do próprio juiz no processo de decisão. Contudo, como promover chances iguais em contextos de forte assimetria da influência das partes sobre a condução do procedimento? E, ainda, como descrever a imparcialidade dos magistrados quando as exigências da adequação social da decisão impliquem em conceder a uma das partes mais oportunidades?

---

[796] Apoiada na cibernética de Heinz von Foster, a metáfora do ponto cego na teoria Luhmann ("eu vejo o que tu não vês") chama atenção para o fato de que, para o observador, os esquemas de distinção permenecem ocultos, não os sendo, entretanto, para o observador de segunda ordem. Daí Luhmann afirmar que: *"La distinción es el punto ciego de la observación, y precisamente por eso el lugar de su racionalidad."* Cf. Luhmann, 2007, p. X, XXXIV, 62, 135, 336, 700 e 879. Na lógica e no direito, o ponto cego manifesta-se na inegabilidade dos pontos de partida. Esse é o paradoxo que permite a observação enquanto invisibiliza a sua própria origem, autorizando o caráter dogmático de toda a fundamentação das decisões jurídicas. Cf. Luhmann, 1980, p. 122; 2005, p. 234. A metáfora é recuperada na justificação teórica do *transconstitucionalismo* por Neves, no sentido de apontar os limites de ordens jurídicas diversas enquanto restrições cujo reconhecimento sugere a formação de articulações heterárquicas transversais para a reconstrução das próprias identidadades e, assim, de soluções para problemas constitucionais comuns. Cf. Neves, 2009, pp. 295-298.

[797] O que, segundo Luhmann, 2005, p. 253, esteve presente nas sociedades tradicionais e segue sendo um problema nos países em desenvolvimento, e que para Neves, 2011, p. 140, prevalece na maior parte da sociedade mundial.

[798] Segundo Neves, tal situação ocorre quando as operações do sistema jurídico passam a ser determinadas pela comunicação do ambiente, de modo a estabilizar, no nível das expectativas normativas, a inviabilidade do funcionamento do sistema de acordo com seu próprio código lícito/ilícito. Cf. Neves, 2011, p. 146 ss.

IMAGENS DA IMPARCIALIDADE ENTRE O DISCURSO CONSTITUCIONAL E A PRÁTICA JUDICIAL

Aqui o problema é agravado diante da percepção abrangente de que os agentes responsáveis pela aplicação do direito abandonam o seu *papel* para perseguir o *interesse pessoal* pela manipulação operativa dos programas do sistema. A amplitude desta percepção atinge de modo destrutivo os níveis de confiança interpessoal, além da orientação dos litigantes em relação ao julgador – visto como agente submetido, quando não é ele mesmo o engajado, aos processos organizados de interferência e pressões externas mediados pelo poder e o dinheiro. Nesse sentido, os diversos exemplos da prática judicial do STF descritos no capítulo anterior.

É sobre os efeitos desdiferenciantes desse problema que a perspectiva luhmanniana não oferece respostas suficientemente adequadas. O direcionamento da atenção para os efeitos da desigualdade na América Latina na obra tardia de Luhmann[799] não foi suficientemente trabalhado no plano operativo do direito. O que tem especial repercussão quando a *exclusão* se reflete na baixa percepção da imparcialidade na atividade judicial. O carregado foco da teoria dos sistemas na autopoiese do direito enquanto pressuposto da autonomia perde potencial explicativo em contextos de acentuada desigualdade estrutural. Em tais contextos, a generalização congruente da imparcialidade enquanto meio simbólico da atuação judicial é prejudicada em duas dimensões.

A *primeira* delas se configura quando a representação de determinados indivíduos ou grupos de pressão (formado em parte pelos *sobreintegrados*) orientados pelo poder ou dinheiro conseguem impor seus interesses particularistas na esfera deliberativa da cúpula do Poder Judiciário. Aqui, a aliança da sobreinclusão no sistema social aliada à desigualdade estrutural apresenta o potencial efeito destrutivo de estímulo à corrupção sistêmica da qual retira proveito político e econômico.

Sobre a dimensão da igualdade de oportunidades entre as partes – que marca a noção de imparcialidade judicial, esses efeitos perniciosos se manifestam, por exemplo, na contratação de lobistas ou parentes de ministros para a prática de determinados atos processuais objetivando o desequilíbrio no julgamento, sem fundamento técnico ou contra ele;

---

[799] Cf. Luhmann, 2013, p. 43 e 1996c, p. 897, quando ele indica as reduzidíssimas possibilidades de um consenso racional habermasiano nas condições das favelas de grandes metrópoles na América do Sul. Nesse sentido: Ribeiro, 2013, p. 105 ss.

A RECONSTITUIÇÃO DE UM MOSAICO: AS CONDIÇÕES DO JUÍZO IMPARCIAL

na realização de audiências particulares, e não agendadas nos gabinetes, entre julgadores e uma das partes sem a participação da parte adversa; no patrocínio de congressos, viagens, confraternizações e outros eventos de que participem magistrados por escritórios de advocacia ou empresas litigantes e, por último, na extensa abertura institucional do Poder Judiciário, em especial dos órgãos encarregados de gestão administrativa da burocracia judicial, à influência corporativa das associações de juízes e demais profissionais do sistema de justiça na defesa dos interesses de seus membros.

Todos esses exemplos, que não são uma exclusividade da prática constitucional no Brasil, atuam de modo corrosivo sobre a imunização do sistema proporcionada pelos papéis institucionais adotados pelos agentes do Judiciário e, consequentemente, *bloqueiam a função da confiança* na atuação judicial. Este é um problema tão mais visível quanto delicado na jurisdição de tribunais como o Supremo Tribunal Federal, seja pelo mecanismo político de recrutamento dos ministros ou pela repercussão das decisões para a uniformização do direito. Nesses casos, a decisão deixa de ser vista menos como a consequência da aplicação impessoal do programa normativo a fatos do que como a sobreposição dos códigos do poder e do dinheiro cuja influência passa ser conduzida, direta ou indiretamente, à imagem pessoal do julgador.

Já a *segunda* pode ser observada nas legítimas aspirações pela concretização de direitos pela maior parte dos clientes do sistema de justiça (os *subintegrados*), que acabam projetando na imagem imparcial do juiz a expectativa cognitiva de ser ele capaz de desvincular-se dos programas do código lícito/ilícito e realizar a *justiça social* no caso. Sob o pano de fundo da ampla exclusão que impede a formação de um horizonte compartilhado de acesso igual a direitos e obrigações, o acesso à justiça efetiva acaba sendo visto como um privilégio concedido por um o juiz visto como uma espécie de administrador de "bens salvíficos"[800]. A assunção dessa imagem pela magistratura, por sua vez, reforça o afatasmento dos

---

[800] A expressão não é tomada no sentido que lhe emprega Habermas, 2012, p. 180, supondo a figura de um chefe pré-moderno com poder socialmente reconhecido por uma ordem sagrada. A imagem do juiz "salvador" aqui referido se relaciona aos limites da formação consistente da imparcialidade por reflexo da exclusão massiva associada ao culto do *deus ex-machina* mencionado por Faoro, 1979, p. 740. Longe de suposições culturalistas, a exclusão retroalimenta as expectativas de concretização do direito na atuação pessoal de um repre-

juízes das características reais dos conflitos que lhes são submetidos a julgamento, tornando inviável o sentido de uma *imparcialidade reflexa* e contribuindo para uma visão do direito mais *sacralizado* do que efetivamente *respeitado*.

Essa dimensão do problema se reflete na autocompreensão dos membros da magistratura que passam a atuar paternalísticamente como "super-heróis" ou "reis-juízes" com autoridade normativa suficiente para interferir na autonomia funcional de procedimentos legislativos e administrativos. A ideia subjacente de que a *omissão* dos agentes dos demais poderes não pode ser justificada pela *formalidade* constitucional da separação dos poderes se concilia então com o recurso à principiologia argumentativa, onde se dissolve a consistência jurídica da decisão sob equívocas premissas de adequação social[801].

Mais além dos efeitos destrutivos sobre a formação das expectativas de atuação imparcial, essa autoprojeção da magistratura enquanto agente da *justiça* e não do *direito* se sujeita à instrumentalização perniciosa no âmbito corporativo. Isso porque o deslocamento da própria imagem dos fatores contingentes próprios da distribuição desigual de bens e recursos incluem-se no ponto cego das deliberações judiciais sobre o próprio estatuto funcional. A manutenção de visões cristalizadas sobre o *mérito* e o *esforço* que julgam constituir suas próprias carreiras repercutem diretamente na autocompreensão *naturalizada* que se manifesta em interpretações sobre a ampliação de benefícios salariais e outras vantagens do cargo. Desse modo, essas interpretações se mostram completamente desvinculadas de parâmetros sistêmicos adequados à distribuição do orçamento público no contexto de uma economia emergente, além de insustentáveis em cenários de menor desigualdade estrutural. Assim, os usos da função da imparcialidade no sistema jurídico reverberam contra a sua dimensão isonômica ao invés de promovê-la enquanto prestação jurídica relevante à inclusão.

---

sentante do estamento burocrático, cujo poder se funda justamente no controle das contingências sociais por redes interessadas na manutenção da desigualdade excludente.

[801] Uma crítica ao uso abusivo dos princípios como prática desdiferenciante na argumentação jurídica baseada na "ponderação desmedida" é feita em Neves, 2013, p. 171 ss. No mesmo sentido, criticando a referência ao "supercritério da justiça" como inapropriado para a validez do direito e a consistência da decisão jurídica: Luhmann, 2005, p. 437 ss.

5.5. Independência *versus* imparcialidade

A distinção entre *imparcialidade* e *independência* assume caráter por vezes confuso na argumentação doutrinária e decisões das Cortes, o que contribui para a proliferação de ambiguidades e dificultam um enquadramento dogmático claro. Em grande medida essa confusão é compreensível pela proximidade de ambos os conceitos com um terceiro, o de *autonomia*, cujo sentido orienta tanto a expectativa de objetividade na apreciação dos casos pelos juízes, quanto a pretensão de tratamento institucional da magistratura desvinculado de pressões externas[802].

Observar a imparcialidade e a independência como conceitos distintos, porém complementares, tem uma relevante função do discurso jurídico, pois permite que a autonomia seja articulada em duas vertentes: 1) na *esfera dos procedimentos* judiciais que examinam casos concretos, permitindo que as partes possam requerer o afastamento do juiz nas hipóteses legais; 2) na *esfera das garantias* jurídicas da adequação das relações instituídas entre juízes e Cortes com os demais poderes ou grupos de pressão que atuam na defesa das próprias demandas.

A complexa noção de independência judicial como expressão da separação dos poderes no direito contemporâneo tem dado lugar a estudos sobre seus usos semânticos. Contudo, esses usos são mais relacionados à retórica constitucional do que a princípios jurídicos de aplicação prática, como pontua Robert Stevens[803], diante da vagueza e da penumbra em que certas situações se colocam.

Tal qual o conceito de imparcialidade, o sentido da independência judicial é dependente de contingências específicas, ainda que em grau menor. Nos estudos sobre a independência, têm sido comuns as descri-

---

[802] Parte significativa da literatura recente sobre o binômio imparcialidade/independência tem enfocado que essa distinção tanto no plano nacional: Aguiló Regla, 2012, p. 163; Shetreet & Turenne, 2013, p. 4-8; quanto internacional: Pérez, 2014, pp. 66-88, no âmbito da Corte Interamericana, e Pérez, 2015, pp. 181-201, sobre a Corte Europeia de Direitos Humanos e o Tribunal de Justiça Europeu.

[803] Cf. Stevens, 1999, pp. 365 ss, levantando hipóteses acerca do aumento do controle democrático sobre a nomeação e as atividades dos juízes britânicos, pela institucionalização de novas formas de *judicial review* e a integração com o sistema de proteção de direitos humanos da União Europeia. Embora seja uma referência importante, o modelo inglês precisa ser pensado no seu contexto: o da conjugação de ampla independência dos juízes vinculados a um Judiciário institucionalmente dependente do Parlamento em muitos aspectos, como a disciplina dos tratados internacionais de direitos humanos.

ções que a designam como *categoria instrumental*, útil à medida que serve para assegurar os fins para os quais foi estabelecida. Traço do qual deriva o alerta para o risco de degenerá-la em privilégio[804]. Então, as avaliações sobre a independência justificam sua adequação quando capazes de fornecer uma reflexão sobre a prática judicial, servindo-lhe de instância crítica.

Ibañez[805] destaca que o par conceitual *imparcialidade – independência* apresenta-se como uma unidade/distinção da autonomia do direito, por um lado exigindo a equidistância do juiz às *partes litigantes* e manter as expectativas do exame imparcial dos interesses contrapostos à apreciação, e por outro exigindo a sujeição do juiz exclusivamente ao ordenamento jurídico. Esta última é a razão pela qual ele não pode ser *parte política* ou visto como agente do desequilíbrio de disputas próprias do sistema político. Assim, a previsão das garantias de imparcialidade e independência judicial desempenham relevante papel de proteção da diferenciação funcional entre política e direito ao promover a autonomia discursiva de espaços decisionais que se tensionam paradoxalmente no plano constitucional.

Também Dieter Simon[806] explica as razões da independência judicial em termos de dupla garantia. A primeira tem como objeto de proteção a função judicial reservando-lhe autonomia suficiente para que o único compromisso do juiz seja com o direito. A outra face da independência se dirige ao jurisdicionado, pois ao garantir a vinculação do julgador ao texto normativo impede que as decisões sejam o resultado do arbítrio do julgador no interesse de qualquer das partes (ou dele próprio). Essa é a forma configurada pelos modelos de atuação judicial do constitucionalismo liberal que concebem negativamente a eventual adjudicação da política pelo Judiciário, fato que põe em perigo a sua imparcialidade[807].

Tribunais de diversas ordens constitucionais locais têm construído distinções semelhantes em referência ao alcance da proteção do direito a ser julgado por um juiz imparcial integrante de um Judiciário inde-

---

[804]Cf. Requejo Pagés, 1989, p. 116 ss; Garapon, 1996, p. 271 chamando atenção para a responsabilidade dos juízes com a seguinte frase: "[p]ara poder pretender ser crítico da ética dos outros, deve responder pela sua própria ética".

[805] Cf. Ibañez, 2012, p. 49.

[806] Cf. Simon, 1985, p. 7.

[807] Cf. Simon, 1985, p. 144.

A RECONSTITUIÇÃO DE UM MOSAICO: AS CONDIÇÕES DO JUÍZO IMPARCIAL

pendente. Em especial na América Latina, os Tribunais Constitucionais da Colômbia[808], Chile[809] e Peru[810], mas também as Cortes Supremas da Argentina[811] e do México. Esta última dintinguido os conceitos em julgamento relativo à irredutibilidade de remuneração dos juízes que atuavam em casos eleitorais[812]. O principal traço dessa distinção aparece de modo claro em decisão da Suprema Corte do Canadá, que menciona as condições mínimas de independência enquanto parâmetros para a percepção externa da imparcialidade das Cortes, em interpretação do dispositivo 11 (*d*), da Carta Canadense de Direitos e Liberdades[813].

A iniciativa da formação de padrões de observação do grau de independência e aumento de confiança nas instituições judiciais foi tomada pelas Nações Unidas em 2000, quando fora constituído o Grupo de Integridade Judicial, inicialmente constituído por representantes de oito países[814]. O propósito de reunir magistrados para discutir sobre comportamento judicial em contextos diversos surgiu a partir do Programa Mundial contra a Corrupção no Décimo Congresso da ONU para

[808] TC de Colombia. Sentencias C-600/11; C-288/12 e C – 436/2013.

[809] Mencionando que o devido processo legal demanda um órgão judicial *"objectivamente independiente e subjectivamente imparcial"*. TC de Chile Rol n. 46/1987, Rol n. 1.243/2008 e Rol n. 1.518/2009.

[810] TC de Peru. Sentencia n. 1-2009-Pleno, 4.12.2009. Inteiro teor: http://goo.gl/zi4PHp.

[811] Suprema Corte de la Nación. *Fallo L-486. XXXI.* 17.5.2005. Inteiro teor: http://goo.gl/aDJyGX.

[812] Suprema Corte de la Nación. *Acción de inconstitucionalidad 138/2007.* Ponente: Juan N. Silva Meza. 15.10.2007. Em outro julgado, destacou que também o cumprimento de exigências legais do acesso e exercício do cargo constituem o binômio independência/imparcialidade: *Revisión administrativa (Consejo) 20/97.* Ponente: Mariano Azuela Güitrón. 29.2.2000.

[813] "Impartiality refers to a state of mind or attitude of the tribunal in relation to the issues and the parties in a particular case. Independence reflects or embodies the traditional constitutional value of judicial independence and connotes not only a state of mind but also a status or relationship to others--particularly to the executive branch of government--that rests on objective conditions or guarantees. Judicial independence involves both individual and institutional relationships: the individual independence of a judge as reflected in such matters as security of tenure and the institutional independence of the court as reflected in its institutional or administrative relationships to the executive and legislative branches of government". *Valente v. The Queen,* [1985] 2 S.C.R. 673. A decisão foi no sentido de interditar disposição do *Provincial Courts Act* que permitia ao governo de Ontário remover juízes por mau comportamento, além de aposentar, nomear e alterar salários após ouvida uma Comissão formada pelos presidentes das Cortes daquela província. http://goo.gl/1qOC1R.

[814] Bangladesh, India, Nepal, Nigéria, Tanzânia, África do Sul, Uganda e Austrália.

a Prevenção do Crime e Tratamento do Delinquente, realizado em Viena, em abril daquele ano. O grupo reuniu-se um ano depois, na Índia, para formatar um código de conduta judicial que definisse princípios básicos da atuação dos juízes, que mais tarde, após consulta a representantes de Tribunais Supremos de 75 países, converteram-se nos "Princípios de Bangalore", cidade onde foi realizado o evento.

Em 29 de abril de 2003, a Comissão de Direitos Humanos da ONU aprovou os Princípios de Bangalore com recomendação de sua observância por todos os Estados membros, órgãos das Nações Unidas, organizações intergovernamentais e não-governamentais. Os princípios fundamentais adotados pelo documento[815] são os da independência, imparcialidade, integridade, correção, equidade, competência e diligência.

A mútua tensão entre as esferas da imparcialidade e independência obedece a fatores diversos, mas que no discurso jurídico brasileiro pós-Constituição de 1988 tem sido demasiadamente reduzida ao aspecto institucional das *garantias jurídicas* do exercício da função jurisdicional. A assimetria discursiva entre o *dever de imparcialidade* da magistratura e as *condições da independência* judicial pode ser evidenciada pela descrição de como a política e o direito se entrelaçam no discurso constitucional e se refletem no cotidiano do Judiciário, promovendo, paradoxalmente, práticas contrárias ao exercício imparcial e independente da função judicial.

São exemplo dessa compreensão o uso das *boas relações* para a promoção interna e chegada aos tribunais, sejam os de segunda instância, superiores, com a subversão dos critérios de antiguidade e merecimento; a progressiva *exposição midiática* que, por um lado, procura legitimar a própria atuação, e, por outro, estimula a autopromoção individual; a forte *influência corporativa* na tomada de decisões sobre gestão administrativa, funcional e disciplinar, perpetuando mecanismos arcaicos de controle gerencial; a *falta de transparência* que sugere o conflito

---

[815] No Brasil, o Conselho da Justiça Federal em parceria com o Escritório das Nações Unidas contra Drogas e o Crime traduziram os "Comentários aos Princípios de Bangalore de Conduta Judicial" em maio de 2008: http://goo.gl/PNkS0T. Porém, pesquisa de jurisprudência no *site* do STF aponta que nenhuma decisão fez referência ao documento, situação que se repete no STJ. No CNJ, onde se poderia esperar mais discussões a respeito, há apenas uma notícia de 9.2.2010 informando o acordo entre o Conselho e a ONU celebrado para a cooperação de medidas contra o crime organizado transnacional.

A RECONSTITUIÇÃO DE UM MOSAICO: AS CONDIÇÕES DO JUÍZO IMPARCIAL

de interesses na realização de eventos para discussão de temas internos, mas patrocinados por agentes privados, não raro, diretamente interessados nos julgamentos.

Nesse sentido, pode-se indicar que, no plano operativo do sistema jurídico no Brasil, a hipertrofia do discurso e das demandas por maior grau de *independência judicial* bloqueiam diretamente a formação consistente de *expectativas de imparcialidade* do comportamento dos juízes. Esse fator se manifesta não só pela baixa reflexividade dos ministros do STF em relação às próprias implicações pessoais nos julgamentos, mas também pela institucionalização de processos públicos de intermediação de interesses privados conflitivos, com destaque para as demandas corporativas da magistratura.

É da observação da rede de relações concretas refletidas na interpretação jurídica sobre o estatuto funcional da magistratura que se pode verificar a funcionalidade e a adequação das garantias de independência judicial. Isso porque é através dessa avaliação que se pode checar se o conjunto das prerrogativas, tão vigorosamente reivindicadas nos discursos dos juízes como garantias da sociedade no plano normativo, não são voluntariamente sacrificadas pelos próprios magistrados no plano concreto da administração da justiça em nome de interesses outros que não a defesa de direitos ou do regime democrático[816].

Em outras palavras, os diversos elementos trazidos aqui demonstram que no atual cenário institucional do Judiciário no Brasil a maior *ameaça* à *imparcialidade* dos juízes vem das *instâncias internas* daquele próprio poder ao instrumentalizar o *uso* das garantias de *independência* judicial em benefício próprio da corporação de magistrados e em desprestígio do poder a que servem. Disso resulta a corrosão destrutiva da estrutura do sistema jurídico a ponto de torná-lo disfuncional em relação à organização interna do Poder Judiciário, convertido numa esfera do Es-

---

[816] Como vimos no tópico 2.4., a experiência constitucional no Brasil no contexto de instalação do regime de exceção admitiu a complacência do STF com o golpe de 1964, sem que a independência dos ministros tenha sido invocada contra a deposição do governo eleito. A convivência entre os discursos sobre a independência judicial e a ascensão de regimes autoritários não é uma exclusividade brasileira. Como relatou Rivas, 1987, pp. 21-29, os órgãos de cúpula do Judiciário no Chile, na Espanha e na Itália, ajustaram-se sem dificuldades aos regimes de Pinochet, ao franquismo e aos vinte anos de fascismo, utilizando-se da estrutura hierarquizada da organização judiciária para cassar juízes.

IMAGENS DA IMPARCIALIDADE ENTRE O DISCURSO CONSTITUCIONAL E A PRÁTICA JUDICIAL

tado apropriada por uma elite de altos funcionários com capacidade de sujeitar o orçamento e a administração judiciária às suas conveniências estatutárias e remuneratórias[817], assimetrizando a si mesma em relação aos demais grupos sociais com o apoio e amplo financiamento do Poder Público.

Usualmente o discurso jurídico[818] descreve a *independência* como conceito instrumental, que não tem um fim sem si mesmo, mas serve para resguardar a *imparcialidade*. Pois a nossa tese é justamente a *inversa*: a de que no contexto da reprodução do sistema jurídico no Brasil, o discurso da *imparcialidade* não tem um fim em si mesmo, mas tem sido politicamente utilizado para a garantia de privilégios corporativos sob a denominação de *independência*.

Na esfera institucional, o próprio desenho da organização do Judiciário na Constituição de 1988 torna possível essa instrumentalização. Cabendo aos juízes a última palavra na interpretação do estatuto que assegura a própria independência abre-se a perspectiva da invisibilização de práticas incompatíveis com o direito, salvaguardadas pelo excepcionamento da aplicação da lei àquele a quem cabe interpretá-la. Sendo o juiz o destinatário e garante ao mesmo tempo da proteção do exercício independente e imparcial de sua própria atuação, invoca-se a clássica pergunta sobre "Quem guardará os guardas?", com a qual o positivimo jurídico tem se debatido e re-problematizado sob distintos pontos de vista. Razões não faltam para que um observador de segunda ordem identifique em tal modelo a presença de pontos cegos a serem

---

[817] Nessa linha a comparação feita em Carvalho & Lima, 2014. E a observação de Ibañez, magistrado do Tribunal Supremo espanhol, sobre a questão remuneratória enquanto garantia de independência judicial: "Lo que nunca puede justificarse es la constitución de los jueces en una suerte de grupo privilegiado, por la percepción de sueldos estratosféricos, como es el caso de algunos, altos magistrados sobre todo, de ciertos países latinoamericanos. Que, además, gozan del injustificable privilegio de estar asistidos por un cuerpo de letrados – a veces, se habla incluso, como para que no haya duda de lo que hacen, de 'secretarios de sentencia' –, con el resultado de delegar en éstos la propia redaction de las sentencias. En supuestos de esta clase, y más cuando como es usual, la designación para tales cargos suele estar interferida políticamente se impone la pregunta de si hay que hablar del coste de la independencia (que es el tópico de la retórica oficial) o más bien del precio de la sumisión, de la que abundan los ejemplos prácticos." Cf. Ibañez, 2012, p. 50.

[818] No plano doutrinário: Requejo Pagés, 1989, p. 116; Cross, 2003, p. 197; Aguiló Regla, 2012, p. 162; e no plano jurisprudencial: STF. InQ nº 2.699/DF, rel. min. Celso de Mello, *DJ* 12.03.2009; ADI n° 3.367/DF, rel. min. Cezar Peluso *DJ* 13.4.2005, analisadas no capítulo IV.

desvelados e submetidos continuamente à recursividade do sistema jurídico.

Um dos principais discursos que promovem essa instrumentalização da imparcialidade parece confundi-la com a independência da administração judicial, articulando conceitos diversos sob o mesmo *uso político*, transformando-se em fator impeditivo das iniciativas de ampliação da democratização da gestão do Poder Judiciário. Ou seja, o argumento da imparcialidade é mobilizado em causa própria, na defesa da reserva do espaço institucional do Judiciário para a garantir benefícios corporativos à classe dos próprios magistrados e outros agentes do sistema de justiça. Essa ursurpação da função judicial em nome do corporativismo secularmente arraigado e manifesto em práticas arcaicas que violam a igualdade distributiva no Brasil reproduziria um sentido diametralmente inverso ao da imparcialidade como tratamento isonômico, contribuindo, paradoxalmente, para o aumento do grau de exclusão social no país.

O adequado dimensionamento desse problema passa pela análise dos dados levantados e observação da variação dos níveis de confiança depositada nas instituições judiciais. Segundo análise de Luciana Gross Cunha[819] os principais problemas do Judiciário na percepção da população são: o tempo de resolução dos conflitos, o alto custo do acesso, a desonestidade e *parcialidade* da instituição e sua deficiente capacidade para resolver os conflitos, nessa ordem. Sobre estes pontos, o último relatório do Índice de Confiança na Justiça Brasileira, publicado pela FGV em setembro de 2015, com dados de 2014, mostra que 70% do universo de entrevistados *não confia* no sistema de justiça. Comparativamente, entre 11 instituições pesquisadas, o Judiciário foi o 8º colocado, à frente apenas dos partidos políticos, do Congresso e do governo. O estudo mostra ainda que quanto menor a renda menor é a confiança no funcionamento da justiça, registrando que o acesso é maior quanto maior o grau de instrução e rendimento. A gradual queda de confiança no Poder Judiciário também pode ser observada no indicador divulgado pela *Latinobarómetro*[820].

---

[819] Cf. Cunha, 2011, p. 413.

[820] Na pesquisa realizada em 2015 em que foram ouvidas 1250 pessoas, apenas 1% delas avaliaram a atuação da justiça como muito boa; 28% como boa; 42% como ruim e 17% muito ruim, o pior resultado da série desde 2006.

A compreensão da forte expressividade político-corporativa da magistratura por prerrogativas no processo constituinte, reafirmadas continuamente, aponta para a ampliação de pesquisas por parte da produção acadêmica sobre o Judiciário no Brasil. Essa me parece uma tarefa urgente, não só pelo grande impacto dos temas corporativos na agenda do Supremo Tribunal Federal, mas destacadamente pela desconstrução do discurso naturalizado de que o aparato judicial funciona em virtude da realização da cidadania, quando permanece vulnerável à imposição de códigos diversos do direito, como o poder e o dinheiro, que emergem inclusive pelas relações corporativas mantidas internamente entre seus membros. Num cenário como esse, o horizonte de expectativas aponta para a necessidade de pensar em mecanismos de proteção da imparcialidade e da independência judicial resistentes aos próprios juízes.

Um quadro desfigurado: a seletiva imparcialidade judicial no Brasil

Vista em retrospectiva, toda a atenção que foi dada à história do conceito da imparcialidade demonstra uma dupla contradição da compreensão dominante sobre o juízo realizado pelo STF na nossa experiência constitucional. O ajuste entre uma *descrição histórica* fiel às fontes e os seus *usos no presente* tem o potencial de contribuir para evitar mistificações. Algumas destas mistificações, cristalizadas no discurso constitucional dogmático construído no país pós-1988, já não podem ser justificadas em termos empíricos. O que não impede a permanência dos efeitos de sua reprodução nas instituições. Esta reprodução é em parte responsável pela manutenção do nosso profundo quadro de desigualdades, caracterizado pela ampla exclusão e concentração de renda, que dificilmente encontra grau semelhante em outros locais da sociedade mundial.

A ***primeira dimensão*** dessa *mistificação* está na contradição do *modo de contar a história* da função do Tribunal como espaço imparcial da realização de aspirações da justiça, da democracia, ou mesmo da ampla proteção de direitos individuais. Se examinados com cuidado os fragmentos da trajetória descontínua do STF no contexto mais abrangente das relações entre os poderes, a percepção mais aproximada de sua atividade indica que a *função* da Corte tem sido *definida* segundo as contingências de manutenção da *ordem institucional* no regime presidencialista. Esta perspectiva afasta a validade das explicações do Tribunal como instância de *aplicação imparcial do direito*, segundo a avaliação do que os minis-

A RECONSTITUIÇÃO DE UM MOSAICO: AS CONDIÇÕES DO JUÍZO IMPARCIAL

tros compreendam ser juridicamente adequado à Constituição. Aqui é preciso deixar clara a compreensão do papel do Supremo como agente e garante da *governabilidade* e não como oráculo da *reserva de justiça*. O que tem um profundo impacto na forma de observar a atuação dos ministros e das redes discursivas que constituem o processo interno de decisão.

Um dos principais mitos construídos pelo discurso jurídico hegemônico no país nas três últimas décadas buscou legitimação na afirmação de que conferir ao Judiciário e ao STF, em particular, a responsabilidade da formulação de decisões coletivamente vinculantes era a nossa alternativa à ausência de "boa política". Este discurso deu ensejo à criação de diversos instrumentos processuais justificados no uso sofisticado da linguagem do direito comparado – muitas vezes sem correspondência com sua configuração nos ordenamentos de origem ou adequação semântica à prática constitucional no Brasil. Por outro lado, consolidava-se paulatinamente e de modo subjacente a ideia de que aqueles instrumentos funcionariam para concretizar direitos e promover a cidadania. Mas, para tanto, seria preciso destinar a *confiança* de que eles seriam operados por *agentes imparciais* comprometidos com a efetividade do projeto constitucional, para o que precisavam de *garantias institucionais* de autonomia e independência frente à política.

Essa narrativa teve, de fato, fortes elementos de justificação quando observamos a série de eventos autoritários na nossa história constitucional. Muitos desses eventos interferiram diretamente nas pretensões de autoafirmação dos juízes como agentes da autonomia do direito contra a sujeição aos particularismos dos donos do poder, cuja imposição do poder e do dinheiro atuou rotineiramente contra a realização das expectativas criadas a cada nova Constituição. Sob contextos de dominação autoritária, fazia pouco sentido atribuir ao Supremo Tribunal Federal o papel de árbitro do regime de separação de poderes. Tal quadro se ajustava à autodescrição do STF enquanto instituição imparcial a serviço do direito, mesmo quando a imagem projetada sobre seu funcionamento o retratasse como órgão sem autonomia e politicamente sujeito às interferências mais diversas.

Foi sob essa compreensão que a mobilização em torno da constituinte de 1987-1988 reuniu diversas correntes de juristas e políticos em torno do fortalecimento do Poder Judiciário. Naquele momento, prevaleceu a ideia de que dotar os magistrados dos meios adequados para o exercício de suas atividades se converteria na garantia de que não teríamos mais uma *constituição nominal* como sequência do simbolismo marcante da nossa prática constitucional.

Mas me parece que a sobrecarga de expectativas normativas criadas na *nova* função política que seria desempenhada pela magistratura ocultou uma perspectiva relevante para observar os efeitos da comunicação jurídica na sociedade. Quando nos aproximamos dos discursos e práticas internas da magistratura, percebemos que a visão normativa construída por aquela narrativa do passado de uma instituição fragilizada, formada por juízes dependentes e incapazes de se opor aos donos do poder transformou-se em mais uma *mistificação* que produz efeitos contrários à dimensão isonômica enunciada no texto constitucional. No entanto, esta mistificação construída e alimentada pela manutenção de um ponto cego no discurso jurídico predominante pode ser *desconstruída* a partir da *distinção* de *perspectivas* que têm sido *projetadas* sob uma *imagem unidimensional*, mas que se constituem de interesses diversos – quando não contrapostos. Refiro-me aqui à representação discursiva da *magistratura* como se *Poder Judiciário* fosse.

É este o ponto da **segunda dimensão** da mistificação construída discursivamente tanto no plano acadêmico quanto na prática judicial que tem efeitos institucionais e sociais mais preocupantes. Estes efeitos, contudo, aparecem apenas quando vistos desde a pluralidade das expectativas projetadas na atuação do Tribunal. Mas a descrição dessas distintas expectativas deve ser feita a partir dos contornos da imagem que o STF desenha de si mesmo.

A *diluição da fronteira* que separa o *Judiciário* como instituição responsável por julgar conforme o direito; e a *magistratura* enquanto classe profissional politicamente organizada em torno dos próprios interesses corporativos, tem potencial efeito destrutivo sobre a imagem da imparcialidade indispensável à atividade judicial. A situação parece ainda mais grave quando a pressão por seleção de decisões jurídicas é exercida desde a comunicação produzida pelas associações de juízes, de profissionais das carreiras jurídicas e do serviço público, cuja proximidade à estrutura burocrática estatal facilita a mobilização do sistema segundo àqueles interesses.

É nesse sentido que o domínio da linguagem do direito pode se converter na apropriação indevida de parte do Estado atentando contra a igualdade constitucional de modo frontal, porém oculto. Uma operação que imuniza a si mesma pelo discurso de sua proteção, apresentado como imparcial e ainda sustentado pelo ultrapassado dogma de que aos juízes cabe identificar o direito e aplicá-lo segundo a forma previamente valorada pelo legislador. O que restringe a eficácia dos programas criados no sistema jurídico para a autoavaliação da atividade judicial, aprofundando a percepção da baixa reflexividade do Poder Judiciário sobre a compreensão dos limites de suas próprias decisões judiciais e administrativas.

Um dos reflexos desse problema está no recurso ao argumento da independência judicial como forma de suprimir o debate sobre a imparcialidade nos casos concretos. Neste particular, funcionam muito bem as alegações de que o autogoverno dos juízes prescinde do questionamento sobre as relações pessoais dos julgadores com integrantes do Executivo, Legislativo ou dos demais grupos de pressão. Não se nega a relevância da disciplina interna dos procedimentos judiciais e de algumas prerrogativas, como a inamovibilidade. Todavia, o problema da baixa percepção da imparcialidade se agrava justamente quando a corporação da magistratura suprime o seu debate ao deslocar o foco para o tema da independência judicial. Longe de promover uma solução institucional, essas tentativas apenas ocultam o fato de que o *uso* do discurso constitucional tem servido a propósito contrário à normatividade do direito.

Essas *duas variáveis* me parecem importantes para a avaliação da imagem imparcial assumida pelo Poder Juiciário e especialmente pelo STF. Elas irritam o discurso dos juristas focados quase que exclusivamente na afirmação da defesa da independência judicial contra as pressões externas, seja dos outros poderes ou de outros domínios da sociedade, como a política ou a economia. Mas, paradoxalmente, ampliam a visibilidade a que os usos da imagem de imparcialidade estão submetidos na argumentação jurídica. O que, por sua vez, pode orientar a construção mais transparente de critérios internos de decisão e seus resultados. E, finalmente, o mais importante: podem mostrar como a atuação dos juízes depende de uma articulação complexa, construída fora do âmbito judicial, e a partir das perspectivas de diferentes atores na defesa de interesses nada imparciais.

REFERÊNCIAS

Abramo, Claudio (1986). "Uma Constituição diferente" *In*: *Constituinte e Democracia no Brasil hoje* (Comparato; Dallari & Emir Sader – orgs.). São Paulo: Editora Brasiliense, pp. 44-53.

Acemoglu, Daron & Robinson, James (2012). *Why Nations Fail*: the origins of power, prosperity and poverty. New York: Crown Publishers.

Ackerman, Bruce (1983). "What is neutral about neutrality?" *In*: *Ethics*. n. 93(2), pp. 372-390.

_____ (1991). *We the people, foundations*. Cambridge: The Belknap Press of Havard University Press.

Adams, John (2000). *The Revolutionary Writings of John Adams*. Selected and with a Foreword by C. Bradley Thompson. Indianapolis: Liberty Fund.

Adorno, Sérgio (1988). *Os Aprendizes do Poder*: o bacharelismo liberal na política brasileira. Rio de Janeiro: Paz e Terra.

Aguiló Regla, Josep (2012). "Aplicación del Derecho, Independencia e Imparcialidad" *In*: *Novos Estudos Jurídicos*. v. 17, n.2, pp. 161-172.

Agostinho, Santo (1996). *A Cidade de Deus*. Vol. 1. 2 ed. Lisboa: Fundação Caloute Gulbenkian.

AJURIS – Associação dos Juízes do Rio Grande do Sul (1985). *O Poder Judiciário e a Nova Constituição*. Conferências proferidas durante o curso de aperfeiçoamento para juízes de direito do Estado do Rio Grande do Sul, realizado em Porto Alegre, de 27 a 31 de maio de 1985. Porto Alegre: Escola Superior de Magistratura.

Almeida, Frederico (2010). "A Nobreza Togada: as elites jurídicas e a política da justiça no Brasil". *Tese de Doutorado em Ciência Política*. São Paulo: Universidade de São Paulo.

Alvim, Decio Ferraz (1934). *Uma nova concepção do direito e o corporativismo*. Rio de Janeiro: Typ. do Jornal do Commercio Rodrigues & Cia.

Andrade, Auro Moura (1985). *Um Congresso Contra o Arbítrio*: diários e memórias. Edição póstuma revista por Glauco Carneiro. Rio de Janeiro: Nova Fronteira.

Arinos, Afonso (1972). "Introdução" *In*: *O Constitucionalismo de D. Pedro I no Brasil e em Portugal*. Coleção História Constitucional Brasileira. Brasília: Senado Federal.

Baleeiro, Aliomar (1968). *O Supremo Tribunal Federal, Êsse Outro Desconhecido*. 1 ed., Rio de Janeiro: Forense.

_____ (1972). "A Função Política do Judiciário" *In*: *Revista Forense*, v.68, n.238, abr./ jun., pp. 5-14.

Baptista, Bárbara Gomes Lupetti (2013). *Paradoxos e Ambiguidades da Imparcialidade Judicial*: entre 'quereres' e 'poderes'. Porto Alegre: Sergio Antonio Fabris Editor.

Barbalho, João (1902). *Constituição Federal Brazileira: Commentarios*. Rio de Janeiro: Companhia Litho-Typographia.

Barbosa, Rui (1893). *Os Actos Inconstitucionais do Congresso e do Executivo ante a Justiça Federal*. Rio de Janeiro: Typographia Nacional.

_____ (1896a). *A Aposentadoria Forçada dos Magistrados em Disponibilidade*. Acção de Nulidade do Decreto de 25 de julho de 1895 perante o Juízo Seccional. Rio de Janeiro: Typographia do Jornal do Commercio.

_____ (1896b). *Cartas de Inglaterra*. Rio de Janeiro: Typographia Leuzinger.

Barbosa, Leonardo (2012). *História Constitucional Brasileira:* mudança constitucional, autoritarismo e democracia no Brasil pós-1964. Brasília: Edições Câmara.

Bell, Duncan (2014). "What is Liberalism?" *In*: *Political Theory*. vol. 42(6), pp. 682-715.

Benvindo, Juliano Zaiden (2015). "The Seeds of the Change: popular protests as constitutional moments" *In*: *Marquette Law Review*. n. 99, i. 2, pp. 363-426.

Berman, Harold (2006). *Direito e Revolução*: a formação da tradição jurídica ociedental. São Leopoldo: Editora Unisinos.

Bianchi, Paola (2012). "Il principio di imparzialità del giudice: dal Codice Teodosiano all'opera di Isidoro di Siviglia" *In*: *Ravenna Capitale – uno sguardo ad occidente*. Roma: Maggiogli editore, pp. 181-215.

Bierrenbach, Flavio (1986). *Quem tem medo da Constituinte*. Rio de Janeiro: Paz e Terra.

Brandão, Gildo Marçal (2005). "Linhagens do Pensamento Político Brasileiro" *In*: *Dados* Revista de Ciências Sociais. Rio de Janeiro. v. 48, n. 2, pp. 231-269.

REFERÊNCIAS

Brunkhorst, Hauke (2014). *Critical Theory of Legal Revolutions*: evolutionary perspectives. London: Bloomsbury.

Cabral, Bernardo (2008). A palavra do relator. Ontem, há vinte anos. *Revista de informação legislativa*. Brasília ano 45, n. 179, jul./set., pp. 81-88.

Cappelletti, Mauro (1989). *Juízes Irresponsáveis?* Trad. Carlos Alberto Álvaro de Oliveira. Porto Alegre: Sergio Antonio Fabris Editor.

———— (1993). *Juízes Legisladores?* Trad. Carlos Alberto Álvaro de Oliveira. Porto Alegre: Sergio Antonio Fabris Editor.

Carneiro, Levi (1916). *Do Judiciário Federal*. Rio de Janeiro: Jacintho Ribeiro dos Santos Editor.

Carvalho, Alexandre (2012). *Efeito Vinculante e Concentração da Jurisdição Constitucional no Brasil*. Brasília: Consulex.

———— (2013). "Entre Política e Religião: diferenciação funcional e laicidade seletiva no Brasil". *In: Rivista Krypton*. n.1, Roma: Periodico semestrale del Dipartimento di Lingue, Letterature e Culture Straniere – Universitá Roma Tre.

———— (2013). "Última Palavra ou Primeira Incompreensão? Notas sobre a imparcialidade a partir de um julgado do STF". *In: Revista do Instituto do Direito Brasileiro*. n. 14, a.2. Lisboa: Faculdade de Direito da Universidade de Lisboa.

———— (2017). "Como se guardam os guardas? Limites institucionais à independência judicial no Brasil e na Espanha" *In: Revista Brasileira de Sociologia do Direito*. v. 4, n. 2, mai./ago., pp. 98-125.

Carvalho, Alexandre & Costa, Alexandre (2015). "Derechos fundamentales y la Evolución del Control Concentrado de Constitucionalidad en Brasil". *In: Sortuz – Oñati Journal of Emergent Social-Legal Studies*. vol. 7, issue. 1, pp. 112-138.

Carvalho Neto, Ernani Rodrigues (2007). A Ampliação dos Legitimados na Constituinte de 1988: revisão judicial e judicialização da política. *Revista Brasileira de Estudos Políticos*. Belo Horizonte. nº 96 (julho./dez.) p. 293-325.

Carvalho, Ernani; Barbosa, Luis Felipe & Neto, José Mario (2014). "OAB e as Prerrogativas Atípicas na Arena Política da Revisão Judicial". *In: Direito GV*. v. 10, n. 1, jan./jun., pp. 69-98.

Carvalho, José Murilo de (1996). "O Acesso à Justiça e a Cultura Cívica Brasileira" *In: Jusiça: Promessa e Realidade*: o acesso à justiça em países ibero-americanos. Associação dos Magistrados Brasileiros (org.). Rio de Janeiro: Nova Fronteira.

———— (2003). *A Construção da Ordem: a elite política imperial. Teatro das Sombras: a política imperial*. Rio de Janeiro: Civilização Brasileira.

———— (2008). *Cidadania no Brasil*: o longo caminho. 10 ed. Rio de Janeiro: Civilização Brasileira.

Casto, William (2002). "The Early Supreme Court Justices' Most Significant Opinion" *In: Ohio Northern University Law Review*. vol. 29, pp. 173-207.

Castro, José Antonio de Magalhães (1862). *A Decadência da Magistratura Brasileira*: suas causas e meios de restabelecel-a. Rio de Janeiro: Typographia de N. L. Vianna e Filhos.

Chacon, Vamireh (1987). *Vida e Morte das Constituições Brasileiras*. Rio de Janeiro: Forense.

Coelho, Inocêncio Mártires (1989). "Sobre a Aplicabilidade da Norma Constitucional que Instituiu o Mandado de Injunção" *In: Revista de Informação Legislativa*. Brasília, a. 26, n. 104, out./dez., pp.45-58.

Comparato, Fábio Konder (1986a). *Muda Brasil! Uma Constituição para o Desenvolvimento Democrático*. Brasília: Brasiliense.

_____ (1986b). "Por que não a soberania dos pobres?" *In: Constituinte e Democracia no Brasil hoje* (Comparato; Dallari & Emir Sader – orgs.). São Paulo: Editora Brasileiense, pp. 85-109.

Corrêa, Oscar Dias (1986). *A Crise da Constituição, a Constituinte, e o Supremo Tribunal Federal*. São Paulo: Revista dos Tribunais.

_____ (1987). *Supremo Tribunal Federal, Corte Constitucional do Brasil*. Rio de Janeiro: Forense.

Costa, Edgard (1964). *Os Grandes Julgamentos do Supremo Tribunal Federal*. vols. I e II. Rio de Janeiro: Civilização Brasileira.

Costa, Alexandre Araújo (2003). "Cartografia dos Métodos de Composição de Conflitos" *In*: Azevedo, André Gomma de (org.). *Estudos em Arbitragem, Mediação e Negociação*. Brasília: Editora Grupos de Pesquisa. v. 3, pp. 161-201.

_____ (2007). "Razão e Função Judicial na Hermenêutica Jurídica" *In: Revista dos Estudantes de Direito da Universidade de Brasília*. n. 6.

_____ (2008). "Direito e Método: diálogos entre a hermenêutica filosófica e a hermenêutica jurídica." *Tese de Doutorado em Direito*. Brasília: Universidade de Brasília.

_____ (2011). "O Poder Constituinte e o Paradoxo da Soberania Limitada". *In: Teoria & Sociedade*. n. 19.1 (jan./jun.). Belo Horizonte: UFMG.

_____ (2013). "Judiciário e Interpretação: entre direito e política" *In: Pensar*. Fortaleza. v. 18, n. 1, pp. 9-46.

Costa, Alexandre & Benvindo, Juliano (2014). *A Quem Interessa o Controle Concentrado de Constitucionalidade?* O Descompasso entre Teoria e Prática na Defesa dos Direitos Fundamentais. Pesquisa financiada pelo CNPq. Brasília: Universidade de Brasília.

REFERÊNCIAS

Costa, Alexandre; Cavalho, Alexandre & Farias, Felipe (2016). "Controle de Constitucionalidade no Brasil: eficácia das políticas de concentração e seletividade" *In: Direito GV*. v. 12, n. 1, jan./abr., pp. 155-187.

Costa de Oliveira, Ricardo (2014). "Política, Direito, Judiciário e Tradição Familiar" *In: Anais do IX Encontro da Associação Brasileira de Ciência Política*. Brasília, 4 a 7 de agosto de 2014.

Cotrim Neto, A. B. (1938). *Doutrina e Formação do Corporativismo*: as instituições corporativas na Charta de 10 novembro. Rio de Janeiro: A. Coelho Branco Filho Editor.

Cross, Frank (2003). "Thoughts on Goldilocks and Judicial Independence" *In: Ohio State Law*. v. 64, pp. 195-219.

Cunha, Luciana Gross (2011). "Medir la Justicia: el caso del índice de confianza en la justicia (ICJ) en Brasil. *In*: Garavito, César (coord.). *El derecho en América Latina: un mapa para el pensamiento jurídico del siglo XXI*. Buenos Aires: Siglo Veinteuno, pp. 401-420.

DaMatta, Roberto (1997). *A Casa & a Rua*: espaço, cidadania, mulher e morte no Brasil. 5ª ed. Rio de Janeiro: Guanabara Koogan.

Da Ros, Luciano (2010). "Judges in the Formation of the Nation-State: professional experiences, academic background and geographic circulation of members os the Supreme Courts of Brazil and United States" *In: Brazilian Political Science Review*. n. 4, v. 1, pp. 102-130.

_____ (2013). "Difícil Hierarquia: a avaliação do Supremo Tribunal Federal pelos magistrados da base do Poder Judiciário no Brasil" *In: Direito GV*, n. 9 (1), pp. 47-64.

Dippel, Horst (2007). *História do Constitucionalismo Moderno*: novas perspectivas. Lisboa: Calouste Gulbenkian.

Domínguez, Andrés (2012). "Recusaciones estatales masivas, justicia constitucional y sistema democrático" *In: Pensar en Derecho*. Año 1, n.1, Buenos Aires: UBA.

Dulles, John (2007). *Resisting Brazil's Military Regime*: an account of the battles of Sobral Pinto. Texas: University of Texas Press.

Engelmann, Fabiano (2009). "Associativismo e Engajamento Político dos Juristas após a Constituição de 1988" *In: Política Hoje*. v. 18, n.2, pp. 184-205.

Engelmann, Fabiano & Penna, Luciana (2014). "Política na Forma da Lei: o espaço dos constitucionalistas no Brasil democrático" *In: Lua Nova*. n. 92, pp. 177-206.

Fagundes, Miguel Seabra (1978). "A Função Política do Supremo Tribunal Federal" *In: Revista de Direito Administrativo*. Rio de Janeiro, v. 134, out./dez., pp. 1-10.

Falcão, Joaquim & Oliveira, Fabiana (2013). "O STF e a agenda pública nacional: de outro desconhecido a supremo protagonista?" *In: Lua Nova*, n. 88, pp. 429-469.

Faria, José Eduardo & Lopes, José Reinaldo de Lima (1987). "Pela Democratização do Judiciário" *In: Pela Democratização do Judiciário*. Coleção Seminários. n. 7, Apoio Jurídico Popular. Rio de Janeiro: FASE, pp. 11-17.

Faoro, Raymundo (1977). *Os Donos do Poder*: formação do patronato político brasileiro. Vols. 1 e 2. 5 ed. Porto Alegre: Editora Globo.

_____ (1987). "Constituinte ou Congresso com Poderes Constituintes" *In: Constituição e Constituinte* (Faoro; Ferraz Jr., Bandeira de Mello & outros). São Paulo: Revista dos Tribunais.

Farejohn, John & Kramer, Larry (2002). "Independent Judges, Dependent Judiciary: institutionalizing judicial restraint" *In: New York University Law Review*. vol. 77, pp. 962-1039.

Fernandes, Florestan (1989). *A Constituição Inacabada*: vias históricas e significado político. São Paulo: Estação Liberdade.

_____ (1993). "E o Judiciário?" *In: Folha de São Paulo*. Edição de 20.12.1993.

Ferraz Jr., Tércio Sampaio (1986). *Constituinte*: Assembleia, Processo, Poder. São Paulo: Revista dos Tribunais.

Ferreira, Pinto (1987). *Comissão Afonso Arinos*: caderno n. 12. Recife: Faculdade de Direito de Pernambuco – SOPECE.

Ferreira Filho, Manoel Gonçalves (1985). "O Estado de Direito, o Judiciário e a Nova Constituição" *In: Revista de Direito Administrativo*. Rio de Janeiro, v. 160, abr./jun., pp. 61-76.

_____ (1988). "A Aplicação Imediata das Normas Definidoras de Direitos e Garantias Fundamentais" *In: Revista da Procuradoria-Geral do Estado de São Paulo*. São Paulo, n. 18, jan./mar., pp. 35-43.

Figgis, John (1982). *El Derecho Divino de los Reyes*. México: Fondo de Cultura Económica.

Fioravanti, Maurizio (1999). *Costituzione*. Bologna: Il Mulino.

Fleischer, David (1987). Um Perfil Sócio-Econômico, Político e Ideológico da Assembleia Constituinte de 1987. Trabalho apresentado ao *XI Encontro Anual da ANPOCS*.

Flory, Thomas (1981). *Judge and Jury in Imperial Brazil 1808-1871*: social control and political satability in the new state. Austin: University of Texas Press.

Focault, Michel (1992). *Microfisica del Poder*. 3. ed. Madrid: Ediciones La Piqueta.

_____ (2011). *A Verdade e as Formas Jurídicas*. Rio de Janeiro: Nau Editora.

REFERÊNCIAS

Fonseca, Ricardo Marcelo (2005). "A Formação da Cultura Jurídica Nacional e os Cursos Jurídicos no Brasil: uma análise preliminar entre 1854-1879)" *In*: *Cuardernos del Instituto Antonio Nebrija*. n. 8, pp. 97-116.

_____ (2006). "Os Juristas e a Cultura Jurídica Brasileira na Segunda Metade do Século XIX" *In*: *Quaderni Fiorentini per la storia del pensiero giuridico moderno*. v. 35, Tomo I, pp. 339-371.

Frank, Jerome (1930). *Law and the Modern Mind*. New York: Bretano's.

Freire, Felisbello (1894). *Historia Constitucional da Republica dos Estados Unidos do Brasil*. Rio de Janeiro: Typographia Moreira Maximino.

Galvão, Enéas (1896). *Organisação Judiciaria*. Rio de Janeiro: Officina de Obras do Jornal do Brasil.

Garapon, Antonie (1996). *O Guardador de Promessas*. Lisboa: Instituto Piaget.

Garoupa, Nuno & Maldonado, Maria (2011). "The Judiciary in Political Transitions: the critical role of U.S. constitutionalism in Latin America" *In*: *Cardozo Journal of International and Comparative Law*. n. 19, pp. 593-644.

Gaspari, Elio (2002). *A Ditadura Envergonhada*. São Paulo: Companhia das Letras.

Gelinas, Fabien (2011). "The Dual Rationale of the Judicial Independence". *In*: Marciano, Alain (org.) *Constitutional Mythologies*: *new perspecives on controling the state*. New York: Springer.

Gerber, Scott Douglas (2011). *A Distinct Judicial Power*: the origins of an independent judiciary. New York: Oxford University Press.

Geyth, Charles Gadner (2013). "Dimensions of judicial impartiality". *In*: *Florida Law Review*. v. 65, pp. 493-551.

Goldman, Elisa & Muaze, Mariana (2010). "Sobral Pinto: uma Memória em Construção" *In*: Sá, Fernando; Muntreal Filho, Oswaldo & Martins, Paulo Emílio Matos (orgs.). *Os Advogados e a Ditadura de 1964*: a defesa dos perseguidos políticos no Brasil. São Paulo: PUC-Rio.

Gomes, Luiz Flávio (1993). *A Questão do Controle Externo do Poder Judiciário*. São Paulo: Revista dos Tribunais.

Gomes, Sandra (2006). "O Impacto das Regras de Organização do Processo Legislativo no Comportamento dos Parlamentares: Um Estudo de Caso da Assembléia Nacional Constituinte (1987-1988)" *In*: *Dados*. Revista de Ciências Sociais. Rio de Janeiro, vol. 49, n. 1, pp. 193-224.

Gomes, Kelton de Oliveira (2015). "Em defesa da Sociedade? Atuação da Procuradoria Geral da República em Controle Concentrado de Constitucionalidade (1988-2012)". *Dissertação de Mestrado*. Brasília: Universidade de Brasília.

Gonçalves de Oliveira, Antônio (1968). *Discursos no Supremo Tribunal Federal.* Brasília: Gráfica Alvorada.

González, Candela Galán (2005). *Protección de la imparcialidad judicial: abstención e recusación.* Valencia: Tirant Lo Blanch.

Grau, Eros (1985). *A Constituinte e a Constituição que teremos.* São Paulo: Revista dos Tribunais.

Grimm, Dieter (2015). *Sovereignty:* the origins and future of a political and legal concept. New York: Columbia University Press.

Gutemberg, Luiz (1987). *Mapa geral das ideias e propostas para a nova Constituição.* Org. Luiz Gutemberg. Brasília: Fundação Petrônio Portella.

Habermas, Jürgen (2001). "Constitutional Democracy: a paradoxical union of contracditory principles?" *In: Political Theory.* v. 29, n. 6, pp. 766-781.

_____ (2012). *Direito e Democracia:* entre facticidade e validade. Vols. 1 e 2. Rio de Janeiro: Tempo Brasileiro.

Hirschl, Ran (2007). *Towards Juristocracy:* the origins and consequences of the new constitutionalism. Cambridge: Havard University Press.

Hobbes, Thomas (2003). *Leviatã.* São Paulo: Martins Fontes.

Holanda, Sérgio Buarque (2013). *Raízes do Brasil.* São Paulo: Companhia das Letras.

Horta, Ricardo (2014). "Um Olhar Interdisciplinar para o Problema da Decisão: analisando as contribuições dos estudos empíricos sobre o comportamento judicial". *In: Diálogos sobre Justiça.* a. 1, n. 2, mai./ago. Brasília: Ministério da Justiça, pp. 38-48.

Ibañez, Perfecto Andrés (2012). "La Independencia Judicial y los Derechos del Juez" *In: Los Derechos Fundamentales de los Jueces.* Arnaiz, Alejandro Saiz (dir.) Generalitat de Catalunya – Centre d'Estudis Jurídics i Formació Especialitzada. Madrid; Barcelona; Buenos Aires: Marcial Pons.

Jeveaux, Geovany (1999). *A simbologia da imparcialidade do juiz.* Rio de Janeiro: Forense.

Kantorowicz, Ernst (1957). *The King's Two Bodies: a study in mediaeval political theology.* Princenton; New Jersey: Princenton University Press.

Kelsen, Hans (1999). *Teoria Pura do Direito.* Trad. João Batista Machado. Martins Fontes: São Paulo.

Koerner, Andrei (1994). "O Poder Judiciário Federal no sistema político da Primeira República" *In: Revista da USP,* «Dossiê Judiciário», n. 21, pp. 58-69.

_____ (2010). "Uma análise política do processo de representação de inconstitucionalidade pós-64" *In: Revista da EMARF.* Cadernos Temáticos: Rio de Janeiro, pp. 299-328.

REFERÊNCIAS

_____ (2013). "Jurisprudência Constitucional e Política no STF pós-88". *In: Novos Estudos*. Dossiê: Vinte e cinco anos da Constituição de 1988. n. 96, jul., pp. 69-85.

Koerner, Andrei & Freitas, Lígia (2013). "O Supremo na Constituinte e a Constituinte no Supremo". *Lua Nova*. São Paulo, 88: 141-184.

Koselleck, Reinhart (1999). *Crítica e Crise*: uma contribuição à patogênese do mundo burguês. Rio de Janeiro: Contraponto.

_____ (2003). *Aceleración, Prognósis y Secularización*. Trad. Faustino Oncina Coves. Valencia: Guada Impresores.

_____ (2006a). *Futuro Passado*: contribuição à semântica dos tempos históricos. Rio de Janeiro: Contraponto.

_____ (2006b). "Estructuras de Repetición en el Lenguaje y en la Historia" *In: Revista de Estudios Políticos*. n. 134, dec., Madrid: Centro de Estudios Políticos y Constitucionales.

_____ (2012). *Historia de Conceptos*: estudios sobre semántica y pragmática del lenguaje político y social. Madrid: Trotta.

_____ (2014). *Estratos do Tempo*: estudos sobre história. Rio de Janeiro: Contraponto.

Krisch, Nico (2015). "The Structure of the Postnational Authority". *Working paper*. Disponível em: http://ssrn.com/abstract=2564579 Acesso em: 21.06.2014.

Leal, Luiz Francisco Camara (1863). *Suspeições e Recusações no Judiciário e no Administrativo*. Curityba: Typographia de Candido Martins Lopes.

Leal, Victor Nunes (1999). *Problemas de Direito Público e outros problemas*. Brasília: Imprensa Nacional.

Leite de Freitas, Paulo (1940). *O Órgão Judiciário na Tripartição de Poderes do Estado*. São Paulo: São Paulo Editora Ltda.

Lemos, Renato (2004). "Poder Judiciário e poder militar (1964-1969)" *In*: Celso Castro, Vitor Izecksohn, Hendrik Kraay (org.). *Nova História Militar Brasileira*. Rio de Janeiro: Editora FGV/Bom Texto, pp. 409-438.

Levi, Giovani (2002). "The Distant Past: On the Political Use of History" *In: Political Uses of the Past*. London: Frank Cass, pp. 61-73.

Lima, Flávia Santiago (2013). *Ativismo e Autocontenção no Supremo Tribunal Federal*: uma proposta de delimitação do debate. *Tese de Doutorado*. Recife: Faculdade de Direito do Recife. Universidade Federal de Pernambuco.

Lima, Hermes (1974). *Travessia* – Memórias. Rio de Janeiro: José Olympio.

Lima Lopes, José Reinaldo de (2003). "Iluminismo e Jusnaturalismo no Ideário dos Juristas da Primeira Metade do Século XIX". *In:* Jancsó, István (org.).

Brasil: formação do Estado e da Nação. São Paulo: Hucitec; Ed. Unijuí; Fapesp, pp. 195-218.

Lins e Silva, Evandro (1997). *O Salão dos Passos Perdidos*: depoimento ao CPDOC. Entrevistas e notas: Marly Motta, Verena Alberti; edição de texto: Dora Rocha. Rio de Janeiro: NovaFronteira; Ed. FGV.

Locke, John (1980). *Second Treatise of Government.* Indianapolis; Cambridge: Hackett Publishing Company.

Luhmann, Niklas (1980). *Legitimação pelo Procedimento.* Brasília: Editora Universidade de Brasília.

_____ (1983). *Sistema Jurídico y Dogmática Jurídica.* Madrid: Centro de Estudios Constitucionales.

_____ (1988). "The Third Question: the creative use of paradoxes in Law and Legal History". *Journal of Law and Society.* vol. 15, n. 2, 1988, pp. 153-165.

_____ (1990). *Essays on Self-Reference.* New York: Columbia University Press.

_____ (1992). "The Direction of Evolution" *In*: *Social Change and Modernity.* Berkeley: University of California Press, pp. 280-293.

_____ (1993). *Teoría Política en el Estado de Bienestar.* Madrid: Alianza Editorial.

_____ (1996a). "La costituzione come acquisizione evolutiva" *In*: Zagrebelsky, G.; Portinaro, P.P.; Luther, J. (orgs.) *Il futuro della costituzione.* Torino: Einaudi.

_____ (1996b) "El Concepto de Riesgo". Josetxo Beriain (comp.). *Las Consecuencias Perversas de la Modernidad: Modernidad, Contingencia y Riesgo.* Barcelona: Anthropos, p. 123-153.

_____ (1996c). *Confianza.* Trad. Amada Flores. Barcelona: Anthropos.

_____ (1996d). "Quod Omnes Tangit: Remarks on Jürgen Habermas's Legal Theory" *In*: *Cardozo Law Review.* v. 17, pp. 883-900.

_____ (1997a). *Organización y Decisión. Autopoiesis, Acción y Entendimento Comunicativo.* Barcelona: Anthropos.

_____ (1997b). *Observaciones de la Modernidad: racionalidad y contingencia en la sociedad moderna.* Barcelona: Paidós.

_____ (1997c). "Globalization or World Society? How to conceive of modern society" *In*: International Review of Sociology. v. 7, n. 1, mar., pp. 67-79.

_____ (1998). *Sistemas Sociales*: lineamientos para una teoria general. 2. ed. Barcelona: Anthropos.

_____ (2000). "Familiarity, Confidence, Trust: Problems and Alternatives", in Gambetta, Diego (ed.) *Trust: Making and Breaking Cooperative Relations*, electronic edition, Department of Sociology, University of Oxford, chap-

REFERÊNCIAS

ter 6, pp. 94-107. Disponível em: http://sociology.ox.ac.uk/papers/luh-mann94-107.pdf.

_____ (2005). *El Derecho de la Sociedad*. 2. ed. Trad.: Javier Torres Nafarrate. Ciudad de México: Editorial Herder.

_____ (2007). *La Sociedad de la Sociedad*. Trad. Javier Torres Nafarrate. Mexico: Herder.

_____ (2009). *Como es posible el orden social?* Trad. Pedro Morandé Court. México: Herder.

_____ (2010). *Los Derechos Fundamentales como Institución*. Trad.: Javier Torres Nafarrate. México: Universidad Iberoamericana.

_____ (2011). *Introdução à Teoria dos Sistemas*. 3 ed. Petrópolis: Vozes.

_____ (2013). "Inclusão e Exclusão". Trad. Stefan Fornos Klein. *In*: Bachur, João Paulo & Dutra, Roberto (orgs.). *Dossiê Niklas Luhmann*. Belo Horizonte: Editora UFMG.

_____ (2014). *Sociología Política*. Trad. Iván Ortega Rodríguez. Madrid: Trotta.

Lynch, Christhian (2007). "O Conceito de Liberalismo no Brasil (1750-1850)" *In*: *Araucaria*, a. 9, n. 17. Universidad de Sevilla, pp. 212-234.

_____ (2010). "Do Direito à Política: a gênese da jurisdição constitucional norte-americana" *In*: *Revista de Ciências Sociais* (UGF). v. 20, pp.15-40.

_____ (2013). "Por Que *Pensamento* e Não *Teoria*? A imaginação político--social brasileira e o fantasma da condição periférica (1880-1970)" *In*: *Dados* – Revista de Ciências Sociais. v. 56, n. 4. Rio de Janeiro, pp. 727-767.

Lynch, Christhian & Souza Neto, Cláudio (2012). "O Constitucionalismo da Inefetividade: a Constituição de 1891 no Cativeiro do Estado de Sítio" *In*: *Quaestio Iuris*, vol. 5, n. 2, pp. 85-136.

Maciel, Débora & Koerner, Andrei (2014). "O Processo de Reconstrução do Ministério Público na Transição Política (1974-1985)" *In*: *Debates*. v. 8, n. 3, set./dez, pp. 97-117.

Maksoud, Henry (1988). *Proposta de Constituição para o Brasil de Henry Maksoud de junho de 1987*. São Paulo: Visão.

Malta, Edgar de Toledo (1958). "A Magistatura e o Impôsto de Renda" *In*: *Revista de Direito Administrativo*. v. 52, pp. 532-537.

Manoïlesco, Mihaïl (1938). *O Século do Corporativismo*. Trad.: Azevedo Amaral. Rio de Janeiro: Joé Olympio Editora.

Marques, José Frederico (1979). *A Reforma do Poder Judiciário*. 1 Vol. (Introdução – Comentários à Emenda Constitucional n. 7, de 13 de abril de 1977). São Paulo: Saraiva.

Marshall, John (1997). *Decisões constitucionais de Marshall*. Tradução de Américo Lobo. Brasília: Ministério da Justiça.

Maus, Ingeborg (2000). "O Judiciário como Superego da Sociedade" Trad. Martônio Lima e Paulo Albuquerque. *In: Novos Estudos*. CEBRAP. n. 58, pp. 183-202.

Maximiliano, Carlos (2005). *Comentários à Constituição de 1891*. Coleção História Constitucional Brasileira. Brasília: Senado Federal.

Mcilwain, Charles (1940). *Constitutionalism Ancient and Modern*. New York: Cornell University Press.

Mello, José Luiz de Anhaia (1968). *Da Separação de Poderes à Guarda da Constituição*. São Paulo: Revista dos Tribunais.

Mendes de Almeida, Angela (1999). *Família e Modernidade:* o pensamento jurídico brasileiro no século XIX. São Paulo: Porto Calendário

Michiles, Carlos *et al* (1989). *Cidadão Constituinte*: a saga das emendas populares. Rio de Janeiro: Paz e Terra.

Migliari, Wellington & Carvalho, Alexandre (2015). *The Barons of the Constitution*: pact, politics and property limits in the Brazilian constituency. Saarbrücken: Lambert Academic Publishing.

Möllers, Christoph (2012). "The Guardian of Distinction: constitutions as an instrument to protect the differences between law and politics." *In: Jus Politicum*. n. 7.

Mohnhaupt, Heinz (2012). "Constituição, *status, leges fundamentales* da Antiguidade até a Ilustração" *In*: Mohnhaupt & Grimm. *Constituição* História do Conceito desde a Antiguidade até nossos dias. Trad.: Peter Neumann. Belo Horizonte: Tempus, pp. 13-147.

Morin, Edgar (1999). *Seven complex lessons in education for the future*. Paris: UNESCO.

_____ (2003). Da necessidade de um pensamento complexo. In: Silva, J. M. (org.) *Para navegar no século XXI*. 3 ed. Porto Alegre: Meridional, p. 19-42.

Muçouçah, Paulo Sérgio de Castilho (1991). "A participação popular no Processo Constituinte". *In*: *Cadernos CEDEC*, nº. 17. São Paulo.

Müβig, Ulrike (2014). *El Juez Legal*. Trad. Anne Cullman; Inacio Czeghun & Antonio Sánchez Aranda. Madrid: Editoral Dykinson.

Nalini, José Renato (1992). *Recrutamento e Preparo de Juízes*. São Paulo: Revista dos Tribunais.

Naud, Leda Maria Cardodo (1965). "Estado de Sítio (2ª Parte: 1910-1922)" *In*: *Revista de Informação Legislativa*. Brasília: Senado Federal.

Negrão de Lima, Francisco (1934). *Organização do Poder Judiciário*: discursos pronunciados na Assembleia Nacional Constituinte.

Nequete, Lenine (2000). *O Poder Judiciário no Brasil após a Independência*. I – Império. Brasília: Supremo Tribunal Federal.

REFERÊNCIAS

Neves, Clarissa Baeta & Neves, Fabrício Monteiro (2006). "O que há de complexo no mundo complexo? Niklas Luhmann e a teoria dos sistemas sociais" *In: Sociologias*. Porto Alegre, a. 8, n. 15, jan./jun., pp. 182-207.

Neves, Marcelo (1994). "Entre Sobreintegração e Subintegração: a cidadania inexistente". *In: Dados* – Revista de Ciências Sociais. v. 37, n. 2, pp. 253-276.

_____ (2008). *Entre Têmis e Leviatã*: uma relação difícil. São Paulo: Martins Fontes.

_____ (2009) *Transconstitucionalismo*. São Paulo: Martins Fontes.

_____ (2011). *A Constitucionalização Simbólica*. São Paulo: Martins Fontes.

_____ (2013). *Entre Hidra e Hércules*: princípios e regras constitucionais como diferença paradoxal do sistema jurídico. São Paulo: Martins Fontes.

_____ (2015a). "Ideias em Outro Lugar? Constituição liberal e codificação do direito privado na virada do século XIX para o século XX no Brasil" *In: Revista Brasileira de Ciências Sociais*. vol. 30, n. 88, pp. 5-27.

_____ (2015b). "Os Estados no centro e os Estados na periferia: alguns problemas com a concepção de Estados da sociedade mundial em Niklas Luhmann" *In: Revista de Informação Legislativa*. a. 52, n. 206, abr./jun., pp. 111-136.

Nonet, Philippe & Selznick, Philip (2009). *Law & Society in Transition*: toward responsive law. New Brunswick; London: Transaction Publishers.

North, Douglass & Weingast, Barry (1989). "Constitutions and Commitment: the evolution of institutions governing public choice in seventeenth--century England" *In: The Journal of Economic History*. vol. XLIX, n. 4, dec., pp. 803-832.

Nunes Leal, Victor (2012). *Coronelismo, Enxada e Voto*: o município e o regime representativo no Brasil. São Paulo: Companhia das Letras.

Oliveira, Fabiana Luci de (2008). "Justice, Professionalism, and Politics in the Exercise of Judicial Review by Brazil's Supreme Court" *In: Brazilian political Science Review*. n. 2, v. 2, pp. 93-116.

_____ (2004). *O Supremo Tribunal Federal no processo de transição democrática*: uma análise de conteúdo dos jornais Folha de S. Paulo e O Estado de S. Paulo. *Revista de Sociologia e Política*. Curitiba. n. 22, jun., pp. 101-118.

_____ (2012). *Supremo Tribunal Federal*: do autoritarismo à democracia. Rio de Janeiro: Elsevier.

Paixão, Cristiano (2014). "Autonomia, Democracia e Poder Constituinte: disputas conceituais na experiência constitucional brasileira (1964-2014)". *In: Quaderni Fiorentini per la storia del pensiero giuridico moderno*. n. 43, tomo I, pp. 415-458.

Paixão, Cristiano & Barbosa, Leonardo (2008). "Cidadania, Democracia e Constituição: o processo de convocação da Assembleia Nacional Constituinte de 1987-88" *In*: Pereira, Flávio Henrique Unes & Dias, Maria Tereza Fonseca (org.). *Cidadania e Inclusão Social*: estudos em homenagem à professora Miracy Barbosa de Sousa Gustin. Belo Horizonte: Fórum, pp. 121-132.

Paixão, Cristiano & Bigliazzi, Renato (2008). *História Constitucional inglesa e norte-americana*: do surgimento à estabilização da forma constitucional. Brasília: Editora Universidade de Brasília.

Passalacqua, Paulo (1936). *O Poder Judiciário na Constituição Federal e nas Constituições dos Estados*. São Paulo: Saraiva & Cia.

Pécaut, Daniel (1990). *Os Intelectuais e a Política no Brasil*: entre o povo e a nação. São Paulo: Ática.

Pereira, Anthony (2005). *Political (In)Justice*: authoritarianism and the rule of law in Brazil, Chile and Argentina. Pittsburgh: University of Pittsburgh Press.

Pereira, Osny Duarte (1985). *Nova República: Constituição Nova* – apontamentos e sugestões para uma Constituição democrática e moderna. Rio de Janeiro: Philobilion.

_____ (1987). *Constituinte: Anteprojeto da Comissão Afonso Arinos*. Brasília: Universidade de Brasília.

Pérez, Aida Torres (2014). "La independencia de la Corte Interamericana de Derechos Humanos desde uma perspectiva institucional" *In*: Iglesias, Marisa. *Derechos Humanos:* possibilidades teóricas y desafios prácticos. Buenos Aires: Libraria, pp. 66-88.

_____ (2015). "Can Judicial Selection Secure Judicial Independence? Constraining state governments in selecting international judges". *In*: Bobek, Michael (org.). *Selecting Europe's Judges*: a critical review of the appointment procedures to the European Courts, Oxford University Press, pp. 181-201.

Pilatti, Adriano (2008). *A Constituinte de 1987-1988*: progressistas, conservadores, ordem econômica e regras do jogo. Rio de Janeiro: Lumen Juris.

Pimenta Bueno, José Antonio (1978). *Direito Público Brasileiro e Análise da Constituição do Império*. Brasília, Senado Federal: Ed. Univ. de Brasília.

_____ (1911). *Apontamentos sobre as Formalidades do Processo Civil*. 3 ed. Rio de Janeiro: Jacintho Ribeiro dos Santos Editor.

Pinheiro, Paulo Sérgio (1986). "A cidadania das classes populares, seus instrumentos de defesa e o processo constituinte" *In: Constituinte e Democracia no Brasil hoje* (Comparato; Dallari & Emir Sader – orgs.). São Paulo: Editora Brasileiense, pp. 54-68.

Pinto, Sobral (1977). *Lições de Liberdade*. 2 ed. Belo Horizonte: Universidade Católica de Minas Gerais.

Pires, Ézio (1979). *O Julgamento da Liberdade*. Brasília: Senado Federal (coleção Machado de Assis).

Pomian, Krystof (2007). "De la Historia, Parte de la Memoria, a la Memoria, Objeto de Historia". *In: Sobre la Historia* (cap. VII). Madrid: Cátedra, pp. 171-219.

Queiroz, Rafael Mafei Rabelo (2015). "Cinquenta anos de um conflito: o embate entre o ministro Ribeiro da Costa e o general Costa e Silva sobre a reforma do STF (1965). Dossiê Direito e Memória. *Direito GV*. v. 11, n.1. São Paulo, jan./jun., pp. 323-342.

Raban, Ofer (2003). *Modern Legal Theory and Judicial Impartiality*. London: GlassHouse Press.

Reale, Miguel (1989). "Estrutura da Constituição de 1988" *In: Revista de Direito Administrativo*. Rio de Janeiro, v. 175, jan./mar., pp. 1-8.

Reale Jr., Miguel (1990). *Constituinte: uma sociedade em busca de si mesma*. São Paulo: Serviço Social da Indústria.

Rego, Gustavo Moraes (1994). "Depoimento" *In: Visões do Golpe:* a memória militar sobre 1964. D'Araujo, Maria Celina; Soares, Gláucio Ary Dillon & Castro, Celso (orgs.). Rio de Janeiro: Relume-Dumará.

Requejo Pagés, Juan Luis (1989). *Jurisdicción e Independencia Judicial*. Madrid: Centro de Estudios Constitucionales.

Ribeiro, Pedro Henrique (2013). "Luhmann 'fora do lugar'? Como a 'condição periférica' da América Latina impulsionou deslocamentos na teoria dos sistemas." *In: Revista Brasileira de Ciências Sociais*. Vol. 28, n. 23, pp. 105-123.

Ricoeur, Paul (1991). "Autocomprehension y historia" *In*: Martínez, Tomás Calvo & Crespo, Remedios Ávila (eds). *Los caminos de la interpretación*. Barcelona: Anthropos.

Rincón, Luis E. Delgado Del (2008). "La Recusación de los Magistrados del Tribunal Constitucional" *In: Revista Española de Derecho Constitucional*. n. 82, ene./abr., pp. 347-393.

Rivas, Alícia Herrera (1987). "Crise na Justiça Judiciária" *In: Pela Democratização do Judiciário*. Coleção Seminários. n. 7, Apoio Jurídico Popular. Rio de Janeiro: FASE, pp. 21-29.

Rizini, Carlos (1946). "Dos Clubes Secretos às Lojas Maçônicas" *In: Revista do Instituto Histórico e Geográfico do Brasil*. n. 190, pp. 29-44.

Rocha, Antonio (2013). "Genealogia da Constituinte: do autoritarismo à democratização" *In: Lua Nova*, São Paulo, n. 88, p. 59.

Rodrigues, Lêda Boechat (2002). *História do Supremo Tribunal Federal*. Vol 4, Tomo I: 1930-1963. Rio de Janeiro: Civilização Brasileira.

Roesler, Cláudia (2003). "Enfoque Dogmático e Enfoque Zetético como Pontos de Partida para Realizar a Interdisciplinaridade no Ensino Jurídico Contemporâneo". *In*: *Revista Eletrônica de Direito Educacional*. Itajaí, v. 1, n.4.

_____ (2008). "Repensando o Poder Judiciário: os sistemas de seleção de juízes e suas implicações". *In*: Anais do XVI Congresso Nacional do CONPEDI. Florianópolis: Fundação Boiteux, pp. 5624-5640.

Rosa, André Vicente Pires (2006). *Las Omisiones Legislativas y su Control Constitucional*. Rio de Janeiro: Renovar.

Rosenn, Keith (1984). "Brazil's Legal Culture: The Jeito Revited" *In*: *Florida International Law Journal*. v. 1, n. 1, pp. 2-43.

Roure, Agenor de (1918). *A Constituinte Republicana*. Vol. II. Rio de Janeiro: Imprensa Nacional.

Sadek, Maria Tereza (2001). "Controle Externo do Poder Judiciário". *In*: *Reforma do Judiciário* (org.) Sadek, Maria Tereza. São Paulo: Fundação Konrad Adenauer.

_____ (2006). *Magistrados*: uma imagem em movimento. Rio de Janeiro: Editora FGV.

Salamanca, Andrés (2009). "El Derecho Fundamental a un Tribunal Independiente e Imparcial en el Ordenamiento Jurídico Chileno" *In: Revista de Derecho de la Pontificia Universidad Católica de Valparaíso*. XXXIII. Valparaíso. 2do Semestre, pp. 263/302.

Saldanha, Nelson (1986). *O Poder Constituinte*. São Paulo: Revista dos Tribunais.

Sales, José Roberto da Cunha (1884). *Tratado das Nullidades*. Actos do Processo Civil. Rio de Janeiro: Garnier.

Sanchez, Mari (2009). *Control de la Imparcialidad del Tribunal Constitucional*. Barcelona: Atelier.

Santos, André & Da Ros, Luciano (2008). "Caminhos que levam à Corte: carreiras e padrões de recrutamento dos ministros dos órgãos de cúpula do Poder Judiciário brasileiro (1829-2006)" *In*: *Revista de Sociologia e Política*. vol. 16, n. 30, pp. 131-149.

Santos, Rogério Dultra dos (2010). "Oliveira Vianna e o Constitucionalismo no Estado Novo: corporativismo e representação política" *In*: *Sequência*, n. 61, pp. 273-307.

Sátyro, Natália & Reis, Bruno (2014). "Reflexões sobre a Produção de Inferências Indutivas Válidas em Ciências Sociais" *In*: *Teoria & Sociedade* (Dossiê Metodologias), vol 22, n. 2, jul./dez., pp. 13-39.

Shapiro, Martin (1992). *Courts*: a comparative and political analysis. London; Chicago: The University of Chicago Press.

REFERÊNCIAS

Shetreet, Shimon & Turenne (2013). *Judges on Trial*: the independence and accountability of the english judiciary. New York: Cambridge University Press.

Schedler, Andreas (2005). "Argumentos y Observaciones: de críticas internas y externas a la imparcialidad judicial" *In*: *Isonomía*, n. 22. abr., pp. 65-95.

Sieyès, Emmanuel (1989). *¿Que es el Tercer Estado?* Ensayo sobre los privilegios. Madrid: Alianza Editorial.

Simon, Dieter (1985). *La Independencia del Juez*. Madrid: Ariel.

Souza, Jessé (2000). *A Modernização Seletiva*: uma reinterpretação do dilemma brasileiro. Brasília: Editora da Universidade de Brasília.

Schwartz, Stuart (2011). *Burocracia e Sociedade no Brasil Colonial*: o Tribunal Superior da Bahia e seus desembargadores, 1609-1751. São Paulo: Companhia das Letras.

Schwarz, Roberto (2005). "As idéias fora do lugar", *In*: *Ao vencedor as batatas*. Schwarz, Roberto, 5 ed., São Paulo, Editora 34.

Stourzh, Gerald (1988). "Constitution: Changing Meaning of the Term from the Early Seventeenth to the Late Eighteeth Century" *In*: *Conceptual Change and Constitution* ed. Ball, T. & Pocock, J. G. Lawrence, pp. 35-54.

Tavolaro, Sérgio (2009). "Para Além de uma 'Cidadania à Brasileira': uma consideração crítica da produção sociológica nacional." *In*: *Revista de Sociologia e Política*. Curitiba: UFPR, vol. 17, n. 32, pp. 95-120.

Teixeira, Sálvio de Figueiredo – coordenador (1994). *O Judiciário e a Constituição*. São Paulo: Saraiva.

Telles Junior, Goffredo (1965). *A Democracia e o Brasil*: uma doutrina para a Revolução de março. São Paulo: Revista dos Tribunais.

_____ (1977). "Carta ao Povo Brasileiro" *In*: *Revista da Faculdade de Direito da Universidade de São Paulo*. v. 72, n. 2, pp. 411-425.

Thornhill, Chris (2011). *A Sociology of Constitutions: constitutions and state legitimacy in historical-sociological perspective*. New York: Cambridge University Press.

Tremps, Pablo Pérez (1985). *Tribunal Constitucional y Poder Judicial*. Madrid: Centro de Estudios Constitucionales.

_____ (1998). *La Defensa de la autonomía local ante el Tribunal Constitucional*. Barcelona: Diputació de Barcelona.

_____ (2010). *Sistema de justicia constitucional*. Pamplona: Thomson Reuters.

Tucunduva, Rio Cardoso de Mello (1976). "O Poder Judiciário e a Constituição de 1937 (um estudo de direito constitucional comparado). *In*: *Justitia*, São Paulo, 38, v. 94, jul./set., pp. 191-205.

IMAGENS DA IMPARCIALIDADE ENTRE O DISCURSO CONSTITUCIONAL E A PRÁTICA JUDICIAL

Vale, Oswaldo Trigueiro do (1976). *O Supremo Tribunal Federal e a instabilidade político-institucional*. Rio de Janeiro: Civilização Brasileira.

Valério, Otávio (2010). "A Toga e a Farda: o Supremo Tribunal Federal e o Regime Militar (1964-1969). *Dissertação de Mestrado em Direito*. São Paulo: Universidade de São Paulo.

Venancio Filho, Alberto (2011). *Das Arcadas ao Bacharelismo*: 150 anos de ensino jurídico no Brasil. 2 ed. São Paulo: Perspectiva.

Vermeule, Adrian (2012). "Contra *Nemo Iudex in Sua Causa*: the limits of the impartiality" *In*: *Yale Law Journal*. n. 122, pp. 384-420.

Vianna, Oliveira (1927). *O Idealismo da Constituição*. Rio de Janeiro: Terra de Sol.

_____ (1999). "O Poder Judiciário e seu Papel na Organização da Democracia no Brasil" *In*: Vianna, Oliveira. *Instituições Políticas Brasileiras*. Brasília: Senado Federal, pp. 501-506.

Vianna, Luiz Werneck; Carvalho, Maria; Melo, Manuel & Burgos, Marcelo (1997). *Corpo e Alma da Magistratura Brasileira*. 2 ed. Rio de Janeiro: Revan.

Vianna, Luiz Werneck; Burgos, Marcelo & Salles, Paula (2007). "Dezessete anos de Judicialização da Política". *In*: *Tempo Social*: revista de sociologia da USP. v. 19, n. 2, pp. 39-85.

Vianna, Luiz Werneck (2008). "O Terceiro Poder na Carta de 1988" *In*: Oliven, Ridenti & Brandão (orgs.) *A Constituição de 1988 na Vida Brasileira*. Anpocs São Paulo: (Aderaldo e Rotschild Editores.

Vieira, José Ribas (1988). "O Corporativismo e o Poder Judiciário: uma reflexão". Trabalho apresentado no *XII Encontro Anual da ANPOCS*. Águas de São Pedro.

Vieira, Oscar Vilhena (2007). "A Desigualdade e a Subversão do Estado de Direito" *In*: *Sur Revista Internacional de Direitos Humanos*. vol. 4, n. 6, pp. 29-51.

_____ (2008). "Supremocracia" *In*: *Direito GV*, v. 4, n. 2, jul./dez., pp. 441-464.

Viotti da Costa, Emília (2006). *Supremo Tribunal Federal e a Construção da Cidadania*. São Paulo: Unesp.

Virelli, Louis J. (2011). "The (Un)Constitutionality of Supreme Court Recusal Standards" *In*: *Wiscosin Law Review*. n. 1181, pp. 1.181-1.234.

Yale, D.E.C. (1974). "*Iudex in Propria Causa*: an historical excursus". *In*: *Cambridge Law Journal*, 33 (1), April, pp. 80-96.

Young, Iris Marion (1990). *Justice and the Politics of Difference*. Princeton: Princeton University Press.

Trubek, David (2007), "Max Weber sobre Direito e Ascensão do Capitalismo". *Revista Direito GV*, vol. 3, n. 1, pp. 151-186.

Waldron, Jeremy (2009). "Legislatures Judging in Their Own Cause" *In*: *Legisprudence*. vol. 3, pp. 125-145.

REFERÊNCIAS

Warat, Luiz Alberto (1994). *Introdução Geral ao Direito*: interpretação da lei – temas para uma reformulação. Porto Alegre: Sergio Antonio Fabris Editor.

Weber, Max (2009). *Economia e Sociedade*: fundamentos da sociologia compreensiva. Vol. 2. Brasília: Editora UnB.

_____ (2012). *Sociología del Poder*. 2. ed. Madrid: Alianza Editorial.

_____ (2004). *A Ética Protestante e o 'Espírito' do Capitalismo*, São Paulo, Companhia das Letras.

Wittgenstein, Ludwig (2012). *Investigações Filosóficas*. Petrópolis: Editora Vozes.

Wood, Gordon (1999). "The origins of judicial review revisited, or how the Marshall Court made more out of less." *In*: *Washington and Lee Law Review*. Lexington, v. 56, n. 3, pp. 787-809.